TENGO EN MÍ
TODOS LOS SUEÑOS DEL MUNDO

JORGE DÍAZ

TENGO EN MÍ TODOS LOS SUEÑOS DEL MUNDO

PLAZA JANÉS

El papel utilizado para la impresión de este libro ha sido fabricado a partir de madera procedente de bosques y plantaciones gestionadas con los más altos estándares ambientales, garantizando una explotación de los recursos sostenible con el medio ambiente y beneficiosa para las personas. Por este motivo, Greenpeace acredita que este libro cumple los requisitos ambientales y sociales necesarios para ser considerado un libro «amigo de los bosques». El proyecto «Libros amigos de los bosques» promueve la conservación y el uso sostenible de los bosques, en especial de los Bosques Primarios, los últimos bosques vírgenes del planeta.

Papel certificado por el Forest Stewardship Council®

Primera edición: marzo, 2016

© 2016, Jorge Díaz Cortés
© 2016, Penguin Random House Grupo Editorial, S. A. U.
Travessera de Gràcia, 47-49. 08021 Barcelona

Printed in Spain – Impreso en España

ISBN: 978-84-01-01677-6
Depósito legal: B-738-2016

Compuesto en La Nueva Edimac, S. L.

Impreso en Cayfosa
Barcelona

L016776

Penguin
Random House
Grupo Editorial

No soy nada.
Nunca seré nada.
No puedo querer ser nada.
Aparte de esto, tengo en mí todos los sueños del mundo.

FERNANDO PESSOA

1

LA BUTACA DE PENSAR
Por Gaspar Medina para *El Noticiero de Madrid*

ESPAÑOLES DEL NORTE Y ESPAÑOLES DEL SUR

Hace sólo tres años celebrábamos el centenario de la primera Constitución española, la que salió de las Cortes de Cádiz y se dio en llamar la Pepa. En aquella feliz ocasión, desperdiciada más tarde por el feroz absolutismo de Fernando VII, un monarca estúpido, se procuró hacer una ley común, un marco de entendimiento para los españoles de ambos hemisferios, del norte y el sur. Desde entonces se han ido perdiendo todas las colonias que un día fueron parte de nuestra patria, desde aquellos países de Sud América hasta Cuba o Filipinas. Aquellos hombres y mujeres, nacidos a miles de kilómetros de la tierra de sus antepasados, dejaron de ser españoles para convertirse en chilenos, en colombianos, en mexicanos... Nuestros representantes en Cádiz quisieron trabajar para unos y otros, pero ya era tarde y la falta de miras de un monarca obtuso nos llevó al final del glorioso imperio que fuera el orgullo de medio mundo.

Pero quedan muchos españoles en todas las latitudes. Cada año parten de España miles de jóvenes, hombres y mujeres, para buscar un futuro mejor. Desde los comercios de La Habana hasta los cafetales del estado brasileño de San Pablo, desde las plantaciones de cacao de Guinea Ecuatorial hasta los vastos campos de la Patagonia, en cada uno de esos lugares se puede escuchar a alguien hablar con uno de nuestros acentos. Todo el continente americano, el asiático y el africano reciben a algunos de los mejores ejemplares de nuestra raza: andaluces, castellanos, vascongados, catalanes, gallegos... Los pueblos y las ciudades españoles quedan así representados hasta los confines más remotos de este planeta que habitamos.

No podemos dejarlos solos, no podemos abandonar de nuevo a nuestros compatriotas a su suerte y permitir que unos ciudadanos españoles, iguales a nosotros, acaben convertidos en cubanos, argentinos o peruanos. España y su rey deben estar junto a ellos, el gobierno español debe aprobar partidas presupuestarias que ayuden a mantener el contacto de nuestros emigrantes con sus familias y sus lugares de origen.

—Hacia el norte sólo hay hombres matándose. Mejor ir hacia el sur, como los pájaros cuando llega el frío.

Si Gabriela pudiese, se tiraría al mar y nadaría. Como le enseñó su padre cuando era niña, ayudándose con los brazos y las piernas, imitando el movimiento de las ranas en las charcas y sumergiendo la cabeza en el agua para expulsar el aire tras cada esfuerzo. Así durante horas y horas, días, semanas…, hasta alcanzar un mundo distinto. Uno en el que no tuviera que obedecer las órdenes de su familia, en el que pudiera decidir por sí misma lo que desea hacer con su vida, en el que no tuviera que casarse a las siete de la mañana del día siguiente con un novio al que no ha visto nunca. Quizá un mundo en el que ni siquiera fuese una mujer sino un hombre que no tuviese que someterse a nadie, que pudiera luchar para imponer sus deseos.

—Dicen que en línea recta llegas a Barcelona.

—Me da igual dónde llegar. Lo importante es huir, salir de esta isla.

Pero no es posible huir así: el agua del mar está fría —helada en esta época del año—, y nadando no se puede llegar a ningún sitio. Además, en Europa los hombres se matan unos a otros en una guerra que dura más de un año y que no tiene visos de acabar. Ella ni siquiera es un hombre libre, es una mujer y no le queda más remedio que acatar las decisiones que otros han tomado en su lugar y casarse al día siguiente, la mañana del día de Nochebuena de 1915.

—¿No irás a negarte…? Te echan del pueblo si dices que no.

—¡No estoy tan loca!

Àngels está preocupada por ella, pero no hay nada que temer. Hará lo que tiene que hacer, como de costumbre, lo que su madre le ordene. Será la buena chica que siempre ha sido.

Si al menos Enriq, el hombre del que está enamorada, hubiera hecho algo para frustrar su boda… Pero él, además de despreciarla e ignorarla desde que recibió la noticia de su compromiso, no ha movido un dedo. Aquella noche, cuando se lo dijo, ella le demostró lo mucho que le amaba dándole aquello que tantas veces le había negado —quería esperar a casarse con él—, pero entonces se le entregó para demostrarle hasta dónde estaba dispuesta a llegar. Ni eso cambió las cosas, ahora hace casi un mes de aquello y Enriq no ha llegado a recogerla a caballo para impedir que se case con otro, tampoco le ha hablado y le ha pedido que se niegue a hacerlo. No le ha propuesto fugarse juntos, montar en un barco rumbo a Barcelona, Francia o a donde sea y empezar una nueva vida, los dos solos. Ella le habría seguido hasta donde él le propusiera. Si por lo menos la hubiera raptado y deshonrado a ojos de todos, para que la familia del que va a ser su marido la repudiara y fuesen ellos los que impidiesen la unión, aunque después él desapareciera y con eso la condenara a la soledad para toda la vida, Gabriela lo daría por bueno, por amor. Pero no, quizá es que para él es una liberación que otro se la lleve, quizá él tenga los mismos sueños de libertad que ella y Gabriela sea la cadena que le atenaza y los impide.

Necesitaba a Enriq para cambiar su destino y parece que él ha decidido no ayudarla a escapar. Debe seguir esperanzada hasta el final, sin rendirse: queda una noche y debe seguir convencida de que él sólo apura el tiempo, no dejar de soñar en que aparecerá cuando llegue el momento

—¿Y si esta noche él viene a por ti…?

—Hasta el último minuto, hasta que yo entre en la iglesia, hasta que tenga el anillo en el dedo, Enriq está a tiempo.

—¿Y después?

—Si no lo hace antes, no lo hará después.

—Mejor, Enriq es un cobarde y no te merece.

Si no llega, Gabriela hará lo más lógico, poner rumbo al sur, como los pájaros. Tomar el camino de Buenos Aires; ¿llegan los pájaros tan lejos? Quién sabe si podrá volver al norte cuando aquí empiece el calor.

—Gabriela, ¿dónde estabas?

—En el Cap de Sa Paret, con Àngels.

Unas horas antes de casarse tiene que seguir obedeciendo a su madre. A partir de mañana, a quien deberá obedecer es a su marido.

—¿Lo tienes todo preparado?

—Creo que sí.

—Duerme, mañana será un día muy largo, y hay que madrugar.

Se va a la cama sin ganas de dormir. La boda es, según la costumbre local de los pueblos mallorquines, entre semana y a las siete de la mañana, para que los invitados puedan acudir a sus labores en el campo, el mar o las fábricas tras asistir a la ceremonia y al desayuno que ofrecerán las familias de los novios. Los domingos nadie se casa, exceptuando a los muy ricos: la iglesia se destina a las misas y a los demás servicios, no hay matrimonios; un casorio no es una gran celebración sino un trámite más, una de las cosas habituales que suceden en la vida, como la enfermedad, el nacimiento de los hijos o la muerte.

Gabriela tendrá que estar despierta antes de las cinco de la mañana para vestirse y salir, acompañada por su familia y los vecinos, hacia la iglesia de Sant Bartomeu. En apenas siete horas estará casada con Nicolau si nada lo remedia.

Ella nunca había oído hablar de Nicolau Esteve hasta hace dos meses. Su futuro marido es uno de tantos vecinos de Sóller que han emigrado de la isla. Gabriela conoce a algunos que están en Barcelona, Francia o Cuba, pero no sabía de ninguno que se hubiese marchado a Argentina. Ahora ha descubierto que sí, que hay algunos sollerenses en ese país y que Nicolau es el más importante, el más rico de todos. Se marchó hace casi treinta años, mucho antes de que ella naciera.

En el pueblo todos están muy orgullosos del buen trabajo que hace mosén Josep Pastor, al que todos conocen como el Vicari Fiquet; es él quien ha organizado el matrimonio. Son muchas las parejas de las estribaciones de la sierra de la Tramuntana que han contado con su intermediación. Dicen que lleva cerca de mil bodas combinadas y que nunca falla, que si él escoge a los contrayentes las parejas son un éxito y todos resultan agraciados con el premio de la felicidad. Cuentan que el Vicari Fiquet tiene un archivo con una ficha para cada una de las mozas casaderas de Sóller y de los pueblos de alrededor, de Deiá, de Valldemosa, de Buñola y hasta de Calviá. En la ficha consigna sus características más importantes: bonita, magnífica cocinera, buen carácter, aficionada a la lectura…, pero también nerviosa, irascible o descarada. Si las virtudes que el Vicari ha observado en la joven son positivas, la moza tiene posibilidades de hacer una buena boda con alguno de los emigrantes exitosos que se ponen en contacto con él para encontrar esposa en la vieja tierra. A Gabriela no le parece muy distinto de lo que hacen los chuetas con sus casamenteras; no entiende por qué en ellos lo critican mientras al cura se le abren todas las puertas.

El mosén ni siquiera habló con ella antes de cerrar el compromiso. Fue a su casa en un momento en que ella no estaba y se lo planteó a sus padres. Después su madre se lo anunció.

—Ha venido el Vicari Fiquet; hay un hombre del pueblo, un sollerense, que partió hace años a la Argentina y que busca esposa. El mosén cree que tú serías perfecta para él.

—Pero yo no quiero casarme con alguien a quien no conozco.

—Ya está la pavisosa ésta con los pájaros en la cabeza y la

llantina del amor, como si de eso se comiese. Tú harás lo que tu padre y yo decidamos. Nosotros sabemos lo que te conviene.

Cuando le contaron quién era su pretendiente, Gabriela se sintió halagada: un indiano rico, el dueño del Hotel Mallorquín y del Café Palmesano en Buenos Aires, un hombre que ha comprado para su familia una gran casa en el centro del pueblo y para su padre tierras en la zona de los mejores frutales. Junto a la petición de matrimonio llegó una caja con las naranjas más dulces que habían probado en casa de Gabriela Roselló. Incluso Àngels sintió envidia y deseó haber sido la escogida por el Vicari para ese hombre. Pero Gabriela, como todas sus amigas, soñaba con un amor como el de los folletines que leen a hurtadillas. Ella esperaba el amor y una vida distinta.

Distinta va a ser, eso seguro. Le quedan pocas semanas para dejar de estar acompañada por ese mar que lleva ahí desde siempre, por esas montañas que a ratos parecen aislar el pueblo y a ratos protegerlo, y cruzar el mundo entero hacia el sur, rumbo a un destino incierto. Ha soñado muchas veces con vivir en una de las mansiones que se levantan en el centro de Sóller, en la Gran Vía, casada con uno de sus ricos herederos; quizá vaya a vivir en una casona similar, situada en una avenida igual a ésa en otra ciudad, en otro país. Dicen que Buenos Aires es como París; da lo mismo, Gabriela no sabe cómo es París, aunque las dos ciudades le llenan de miedo.

A Nicolau le ha ido bien en la Argentina, no todos los que abandonan su tierra logran cumplir sus sueños. Su posición desahogada le permite pedir una esposa al pueblo: una joven bella, dulce y sana que se convierta en madre de sus hijos, que los eduque y sea capaz de hablar con ellos en mallorquín, de enseñarles la lengua de sus antepasados. Eso no se lo dará ninguna de las mujeres que pueda haber conocido allí, por muy grande, muy elegante y muy cosmopolita que sea Buenos Aires. Por eso ha recurrido al Vicari Fiquet y ha confiado en su habilidad como casamentero.

Algunos emigrantes vuelven a la isla en cuanto han ganado dinero suficiente para establecerse y vivir una vida de lujo: construyen bellas casas señoriales —como Can Prunera, levantada por un vecino que se hizo rico con los negocios de fruta en Francia; Can Massana, por uno que regresó de Puerto Rico, o Ca s'Amèrica, otra de las erigidas por los indianos regresados de las antiguas colonias españolas—; otros montan negocios relacionados con la agricultura o los tejidos, ahora que el tren a Palma ha facilitado los transportes y el puerto de Sóller es capaz de recibir barcos de buen tamaño; o lujosos cafés y comercios. Sóller es una ciudad muy próspera desde que muchos de ellos volvieron con sus fortunas. No es el caso de Nicolau Esteve; él nunca ha visitado el pueblo o ha demostrado intención de regresar para retirarse en él. Aunque Sóller sea un buen lugar para vivir, con una economía pujante y cierto bienestar, al menos en comparación con otros municipios de la misma isla de Mallorca, Gabriela cree que, cuando embarque al encuentro de su marido, nunca volverá a su pueblo. Su madre se pone furiosa cuando le dice que quizá no vuelvan a verse ni conozca a sus nietos.

—¿Y para qué quieres volver? Mejor ser la esposa de un hombre rico en una gran ciudad que la de un pescador miserable en un pueblo pequeño.

Pero su madre, nacida en Castilla, se casó con un simple pescador, pobre aunque no miserable, y Gabriela no recuerda que en su casa haya faltado nunca nada importante.

Cierra los ojos y piensa en cómo será el señor Esteve, Nicolau. Nadie le ha mandado un retrato. Cuando se lo pidió a su madre, ésta se lo tomó como una impertinencia, así que su única referencia para imaginarlo es su suegro. Espera que el hijo del señor Quimet no tenga las mismas manchas en las manos, las mismas arrugas en el rostro, la misma expresión de desconfianza que su padre. Tampoco entiende la impertinencia, ya que ella tuvo que ir con su madre a Palma para que Nicolau pudiera verla antes de dar su aprobación al compromiso. Al principio le resultó divertido, cogieron el ferrocarril a Palma y fueron al estudio de un fotógrafo en la plaça del Mercat. Le sacaron varias fotografías, con sombrero y sin él, vestida de blanco y de negro, sentada y de pie. Pronto empezó a fatigarse y a sentirse como una mercancía mientras su madre daba órdenes a todos.

—Sonríe, niña, que parece que te haces las placas obligada. De estas fotografías depende que tengas marido, te vayas a Argentina y puedas tirar de tus hermanos pequeños y llevártelos algún día. Y usted, afine con la cámara, que la niña tiene que estar guapa.

Gabriela fantaseaba con la idea de que al destinatario de los retratos no le gustaran y que Nicolau la repudiara por cualquier motivo, por fea, por antipática, por morena, el que fuera. Que el indiano le dijera a su madre lo que ella no se atrevía: que no, que no habría boda. Pero, a vuelta de correo, el casamiento quedó cerrado y marcado para este día navideño, el día de Nochebuena. El tiempo ha pasado tan deprisa...

Cada ruido azuza sus sentidos; cada momento, en medio de esa noche fría de diciembre, espera ver aparecer a Enriq —que habría esperado hasta el último momento pero llegaría—, dispuesto a convertirla en su mujer y hacer que el indiano se buscara a otra. Nicolau se quedaría con su dinero y ellos con su pobreza y su amor, con sus ganas de vivir unidos. Pero su amiga Àngels tiene razón y se atreve a decirlo en voz alta con más libertad que la propia Gabriela a pensarlo: Enriq es un cobarde que nunca se atreverá a tomar el mando de su vida, ¿cómo iba a hacerlo también con el de ella?

Quiere mantenerse despierta toda la noche, aprovechar sus últimas horas de soltería, estar preparada por si tiene que ayudar a Enriq a consumar su secuestro, pero de madrugada le vence el sueño. En el sueño comienza a nadar en mar abierto. Recorre una gran distancia; tanta, que apenas ya distingue la isla como una mancha verdosa en el horizonte, pero no está fatigada en absoluto. Quiere seguir nadando y alejándose de esa vida que no le corresponde. De pronto, avista tierra. El corazón le da un vuelco y hace un último esfuerzo por llegar. Cuando pone un pie en el suelo firme y echa la vista atrás para ver el camino que ha recorrido, repara en que hay cuerpos flotando en el mar. Decenas de cadáveres, de aquellos que no han aprendido a nadar. Grita muy alto y entonces ve a su madre frente a ella, zarandeándola.

Así comienza el día de su boda.

* * *

—Mañana a mediodía estaremos en Cádiz, capitán.

Don José Lotina Abrisqueta está orgulloso de lograrlo una vez más, tiene a gala ser uno de los capitanes más puntuales de toda la marina mercante, no sólo española, sino del mundo entero. Ni italianos, ni ingleses, ni franceses o americanos, el capitán Lotina es el que ha logrado llegar más veces a puerto cumpliendo con los horarios previstos. Y, aunque haya quienes le acusen de poner en riesgo las embarcaciones por alimentar sus estadísticas, lo hace con la mayor seguridad. En todos sus años de navegación sólo ha sufrido un incidente serio, en 1901, cuando al mando del vapor *Pilar* un temporal en el Cantábrico hizo que la carga se desplazara y el barco estuviera a punto de naufragar. Con gran habilidad y sangre fría consiguió vararlo en un banco de arena y salvar la vida de todos sus pasajeros. Un par de días después, se logró rescatar también toda la carga. Gracias a acciones como ésta se ha convertido en el capitán más apreciado de la compañía naviera Pinillos y por eso le han confiado el mejor barco de la flota, el magnífico *Príncipe de Asturias*.

—¿Alguna embarcación de guerra a la vista?

—No hemos divisado ninguna, de momento. Pero los barcos ingleses suelen patrullar por la zona del Estrecho. Todavía están a tiempo de darnos el alto.

La guerra ha convertido en un riesgo atravesar el Atlántico, los alemanes han cambiado las reglas del juego hundiendo el *Lu-*

sitania, un buque inglés que había izado la bandera norteamericana para burlar el bloqueo. El mensaje quedó claro: nadie está a salvo, lleve la bandera que lleve.

Su barco tampoco está al margen de este mercadeo. En las bodegas del *Príncipe de Asturias* hay varias toneladas de trigo argentino cargadas en el puerto de Buenos Aires. El capitán Lotina ignora por completo su destino final, si se quedarán en España, donde su esposa le ha dicho que los precios de los alimentos suben cada día y que las tiendas están mal surtidas pese a los beneficios económicos que trae la neutralidad, o si se venderán a los países en guerra que han dejado de producir cereales y necesitan importar casi todo lo que consumen.

—Si nos paran, podemos tener problemas con el trigo, capitán.

—Si nos paran, que lo arrojen al mar. Mi trabajo es llevar el barco a puerto con sus pasajeros y la correspondencia en perfecto estado. El trigo y la guerra no son asunto mío.

A otros la correspondencia les da igual, pero para el capitán Lotina es primordial. Muchas de las cartas que lleva son comerciales, pero muchas otras son personales: hijos que se fueron a Argentina y escriben a sus padres; otros que reclaman a sus hermanos para reunirse con ellos en su nueva vida; cartas de amor entre parejas a los que la vida ha separado, quizá por un tiempo o quizá para siempre… Prefiere perder una tonelada de trigo que una sola carta de amor.

Aunque vizcaíno, de Plencia, Lotina vive en la Barceloneta desde hace años. Tantos que, además de vasco, se considera un barcelonés más. No llegará a tiempo de pasar la Nochebuena y la Navidad con su familia, pero después disfrutará de casi un mes de vacaciones mientras se hacen algunos trabajos de acondicionamiento en el *Príncipe de Asturias*, el vapor que con tanto orgullo capitanea. No son trabajos importantes que él tenga que supervisar, nada relacionado con la navegación; se trata de mejoras en los camarotes de lujo, las cocinas y las bodegas de carga.

Otros oficiales a su servicio, residentes en Cádiz, se encargarán de que todo se haga según las instrucciones del capitán. En la ciudad andaluza sólo le retendrá algún día su obligada visita a don Antonio Martínez de Pinillos, el armador del barco. Sabe que está haciendo gestiones para que no se vean nunca interceptados por las naves alemanas o inglesas, y confía en que éstas tengan éxito, por el bien de todos.

Está deseando avistar la ciudad de Cádiz, de todas las que visita, una de sus preferidas junto con La Habana. Ambas son muy parecidas. Le gusta ver los miradores que se levantan en los edificios principales desde los que se observan los barcos que llegan, siente que le dan, de nuevo, la bienvenida a Europa. La demostración de que, una vez más, ha surcado el océano con éxito.

—¿Cuándo viajará usted a Barcelona, capitán?

—En cuanto zarpe un barco de nuestra compañía hacia allá. Uno que vaya lo más directo posible, sin parar en todos los puertos de la costa.

Félix Rondel, su hombre de confianza, será quien dirija las reformas del barco. Es gaditano y agradecerá quedarse todo el mes en su ciudad con la familia. Le relevará al mando del *Príncipe de Asturias*; Lotina sabe que no debe temer nada.

Además de la alegría y excitación propias de llegar a casa, los momentos previos a arribar a puerto se viven con cierta inquietud. ¿Estará todo bien? ¿Habrá pasado algo grave en estas semanas? Todos los marinos experimentan ese desasosiego a pesar de que la telegrafía haya simplificado las cosas. Lo único cierto es que cada viaje lleva implícita la renuncia a momentos importantes de la vida familiar. Él, por ejemplo, no ha estado presente en el nacimiento de su hija. El momento más emocionante de su vida tuvo lugar en el muelle del puerto, el día que su esposa se presentó a recibirlo con un pequeño bulto entre los brazos, su pequeña hija Amaya. Nunca se le borrará el recuerdo de ese instante. Pero no siempre son historias felices, muchas de ellas son tristes, como cuando las familias acuden a recibir a sus seres queridos vestidas de luto. Cada marinero tiene su historia que contar.

A Lotina le queda todavía cumplir con uno de los protocolos obligados para un capitán en la última noche de travesía: cenar en el comedor de gala con los pasajeros de la primera clase. A lo largo del trayecto lo evita con dedicación, pretextando toda clase de maniobras de seguridad del buque, pero la última noche no tiene más remedio que ponerse el mejor de sus uniformes y sentarse a la mesa con los viajeros más distinguidos. La primera clase regresa repleta de Buenos Aires, a diferencia de los viajes de ida, en los que la mayor parte del pasaje es de tercera. Son muchos los desfavorecidos que buscan llegar a la pujante América; pocos los que quieren volver a la decadente y sanguinaria Europa, por lo menos antes de haberse hecho ricos y regresar en una clase distinta a la que les vio partir. Los viajeros de tercera que emprenden el camino de vuelta más que pobres regresan desencantados, han fracasado en la carrera de la emigración y ya no les quedan esperanzas para empezar de cero en otro sitio.

—¿A quién pretenden sentar a mi mesa esta vez?

—Todavía no nos han traído el listado, pero cuente con don Mariano Cordel y su esposa.

—Ni hablar, no soporto a ese matrimonio. Ella es insufrible.

—Viajan en un camarote de lujo y se creen con derecho a cenar con el capitán, pondrán una queja.

—Que la pongan. Con un poco de suerte me degradan y debo dedicarme a líneas menos importantes. Empiezo a estar algo harto de viajar a América.

—No diga eso, capitán. Le quedan a usted muchos mares por surcar. Además, ¿qué sería del *Príncipe de Asturias* sin usted?

—Este barco es tan bueno que incluso podría llevarlo un niño… Haga el favor de sentar a mi mesa a los pelotaris que vienen de Montevideo, me lo paso mucho mejor con ellos que con unos aristócratas de pacotilla... Seguro que Paula me entiende. Por cierto, ¿alguna novedad en su estado? Me gustaría verla antes de la cena.

—Hablé hace un rato con el doctor. Está bien y pronto podrá tener el alta.

Hace tiempo que la gallega Paula Amaral trabaja como camarera en la primera clase y atiende las famosas mesas que tanto detesta el capitán. Durante el viaje, al inicio de la travesía, sufrió un ataque de apendicitis que se ha resuelto felizmente. Por suerte para ella, el barco de la Naviera Pinillos tiene un completo hospital a bordo, con quirófano incluido, y un profesional equipo médico que pudo hacer frente a su enfermedad sin problemas. Si esto mismo le hubiera sucedido en otra nave, lo más probable es que Paula estuviera muerta.

Tendida en la camilla de la enfermería, se recupera lentamente del susto. Los días se le han hecho muy largos y monótonos, salvo por las atentas visitas de sus compañeros. Lo cierto es que Paula hubiera preferido estar trabajando que dándole vueltas a la cabeza, encerrada entre cuatro paredes. Antes de partir de Buenos Aires tomó una decisión y no le gustaría volverse atrás por muchas dudas que le surjan ahora. Ella no quiere ser camarera, nunca lo ha querido, y por fin ha llegado el momento de intentar ganarse la vida haciendo lo que más le gusta. Su sueño es confeccionar vestidos: diseñarlos, coserlos, probárselos a las mujeres que los vestirán... Al regresar a Buenos Aires se bajará del *Príncipe de Asturias* y ya no volverá a subir más en él.

Después de tantos años visitando algunas de las ciudades más ricas del mundo, se ha hartado de soñar frente a los escaparates de sus calles principales, admirando a las mujeres elegantes y deseando formar parte de ese mundo. Sí, ser diseñadora no es lo mismo que llevar uno de esos impresionantes vestidos al Teatro Colón o a la Confitería Las Violetas, en Belgrano, o a La Perfección, en la calle Corrientes, pero al menos quiere dar un paso importante y empezar a ver la vida desde el lado del cristal que ella prefiere, desde el interior de la tienda.

Hasta el quinto viaje a Buenos Aires no tuvo el arrojo de franquear la puerta de ninguna de ellas. No se consideraba digna de acceder a un ambiente tan distinguido. Dio el primer paso con miedo, contando mentalmente los segundos que tendría para explicar su propósito antes de que la invitasen cortésmente a marcharse. Muerta de la vergüenza, entró en el mejor establecimiento de la calle Florida, el punto de encuentro de la alta sociedad, donde la recibió una mujer con fuerte acento francés. En lugar de rechazarla, la invitó a pasar y Paula pudo explicarse. Le contó que en su aldea gallega las madres enseñaban a las hijas a coserse la ropa que pudieran necesitar. Ella siempre fue mañosa y tanto su madre como las vecinas alababan sus labores. No fue hasta su primera visita a la capital cuando comprendió la cantidad de posibilidades que se escondían detrás de un trabajo tan humilde como la costura: telas lisas, brillantes, bordadas... Desde aquel momento, comenzó a fantasear con vestidos imposibles para ella y sus amigas; los dibujaba, imaginaba las telas y después se conformaba con remendar la ropa vieja con la que vestían todas a diario. A bordo del *Príncipe de Asturias*, como camarera de primera clase, ha tenido ocasión de ver a las mujeres más elegantes a ambos lados del océano vistiendo sus mejores galas, y cada noche, en su camarote, ha registrado con todo lujo de detalles los diseños más atrevidos, los tejidos de moda, los modelos que más favorecen a cada una de ellas... Está segura de que puede hacerlo bien y sólo pide una oportunidad.

—Creo que te la mereces y yo te la voy a dar. No te voy a pagar mucho, pero te prometo que vas a aprender lo que te falta por saber. La guerra ha hecho que las mujeres argentinas no puedan seguir comprando sus vestidos en París ni en Londres, por eso ahora tengo mucho trabajo. Además, con la cantidad de españoles que están emigrando, me vendrá bien tenerte aquí.

Quedó con ella en empezar en unas semanas, cuando regresara a Buenos Aires en su siguiente viaje. Confía en recuperarse pronto del ataque de apendicitis para poder embarcar.

—Me dicen que se encuentra usted mejor, Paula.

—Sí; lo siento, capitán, no he podido cumplir con mi trabajo.

—No se preocupe, estamos orgullosos de haber podido darle la mejor atención posible.

Sentirá abandonar el barco y a sus compañeros de travesía del último año, pero el próximo viaje comenzará una nueva vida para ella. Atrás quedará España; aquí ya no hay nada que la retenga y en Argentina podrá cumplir su sueño.

* * *

—¡Ay qué fino, ay qué fino, el pelito que tiene el minino! ¡Ay morrongo, ay morrongo, qué contento si aquí me lo pongo!

Raquel está completamente desnuda en el escenario mientras dos bailarines mueven sendos gatos de peluche, dos morrongos, de su pecho a su pubis, de su pubis a su pecho. Rápido, pero no lo bastante como para impedir que los espectadores sentados en la platea se priven de ver hasta el centímetro más escondido de su piel. Cuanto más cerca de la tarima, mejor visión, entrada más cara. Y Raquel, por si acaso, se mueve a uno y otro lado, para que los intentos de los bailarines por cuidar su decencia sean baldíos e incluso el más humilde asistente con la peor entrada se lleve la perspectiva que ha venido buscando: el minino de pelo muy fino. Un cliente satisfecho vuelve y el teatro hay que llenarlo entero, asientos caros y baratos.

Para que nadie se pierda nada, ni siquiera por culpa de un parpadeo involuntario, durante los aplausos finales Raquel se da la vuelta para abandonar el escenario, dejando la espalda —la grupa, como le llama su amante, don Amando— a merced de las miradas, como si hubiera olvidado su desnudez. Sólo al escuchar los silbidos se gira de nuevo de cara al público y ofrece una óptima visión de su cuerpo: frontal y magnífica, completa y absoluta. Después vuelve a taparse, mal, claro, y simula ser una moza vergonzosa que se enfada con los espectadores por haberse aprovechado de su descuido para verle la retaguardia —la *arrière garde*, como dice en un francés que no habla— y que así a ellos les resulte mucho más pecaminoso que ver un simple culo.

—¡Cómo os ponéis! Si cada uno tenemos el nuestro... ¿Es que el mío es distinto del de vuestras mujeres?

Siempre sale un rugido de la platea, un «¡sí, muy distinto!», un «¡como el tuyo ninguno!». Normalmente, los aplausos son vigorosos; los más osados, los que se jactan de ser madrileños, se atreven a gritarle piropos: «¡guapa!», «¡déjame que te cuide el morrongo!», «¡yo te doy sardina para tu minino!».

También viene gente de pueblo que visita Madrid, excitados porque van a ver uno de esos espectáculos que hay en la capital en los que las mujeres más bellas del mundo —nada que ver con las que los llevaron a ellos al altar y envejecen cada día— salen al escenario en cueros, como Dios las trajo al mundo, como algunos no han visto nunca a sus legítimas esposas. Les han dicho que deben acudir al Salón Japonés, el más famoso de los lugares de perdición, en la calle de Alcalá, muy cerca de la Puerta del Sol. Ésos, los de pueblo, son más tímidos y rara vez gritan, aunque Raquel recuerda a uno que pegó un silbido estruendoso mientras su compañero se desgañitaba: «¡Corderaaa!». Desde entonces, Juan y Roberto, sus compañeros de número; don Amando, su amante; los trabajadores de la parte técnica y los más íntimos de sus admiradores la llaman así: cordera.

—Tápate, cordera, que ya no estás en el escenario.

Su número es el que cierra el espectáculo, el más esperado, puesto que ella es la más descocada, el ejemplo mismo de perversión que pone Madrid a la altura de las capitales más pecaminosas de Europa. Raquel recibirá a alguno de los espectadores en el camerino antes de que entre don Amando, que afortunadamente entiende que ésa es parte de su trabajo y espera a que los admiradores se esfumen antes de aparecer para ejercer sus derechos; los más atrevidos del público le llevarán ramos de flores, le ofrecerán botellas de champán, y si tiene suerte, no más de dos o tres veces cada temporada, le regalarán una pequeña joya. Ella viste una ligera bata que deja casi abierta, para que las visitas tengan la misma visión, aunque mucho más cercana, de lo que vieron en el escenario: su morrongo, como dicen los más procaces.

—No sé cómo no te resfrías, cordera.

Mentiría si dijera que no le gusta que la vean así y que no tiene estudiada la forma de acomodar la bata para que ninguno de sus visitantes se vaya sin disfrutar de las vistas. Su admiración le da la vida.

Hoy es un día especial, hay más ambiente del habitual; es 23 de diciembre de 1915, la víspera de uno de los dos únicos días que no hay espectáculo —el otro es el Viernes Santo—, y se han abierto botellas de champán para todo el personal, incluidos los tramoyistas. Mañana es Nochebuena y, en un lugar donde nadie le presta mucha importancia a las tradiciones y a la familia, algunos hablan de la cena que disfrutarán —pavos, besugos, coles de Bruselas, sopas de almendras, dulces; un exceso en cada casa—, dónde la celebrarán, con quién, qué parientes les quedan vivos y hace cuánto tiempo no los visitan. Hasta Raquel, que no vuelve a casa hace años, ha pensado en madrugar para coger un tren que la deje en Chinchón y allí contratar un coche de alquiler que la lleve hasta Belmonte del Tajo, el pueblo en el que nació, donde viven todavía sus padres con tres de sus hermanos.

Esta tarde, antes de entrar a trabajar en el Salón Japonés, se acercó a Casa Mira, en la Carrera de San Jerónimo, y esperó la cola habitual para comprar turrón, mazapán y polvorones. Los compró más por sí misma que por sus padres o hermanos. Mientras pedía una libra de turrón del blando y otra del duro al dependiente, fantaseaba con una Navidad feliz, con todos los suyos orgullosos de ella y de su trabajo. Imaginó que era una diva que acababa de cantar en el Teatro Real, que recibía la visita de Su Majestad —quién sabe si hasta lograría seducirlo, como cuentan que han hecho tantas otras—, y que en lugar de una cupletista picante había llegado a ser una gran cantante, famosa en el mundo entero.

—¿Me acompañarías a brindar con una copa de champán en el Fornos, para celebrar el nacimiento de nuestro salvador, cordera?

—No blasfeme, don Felipe. Que usted lo que quiere es llevarme a su habitación del Hotel París. Y nada bueno me querrá hacer allí.

—Cuidarte, niña, que te veo desmejorada. A ver, déjame palparte esos pechos, que sabes que soy doctor.

—Doctor en procacidades y asuntos cochinos es usted, truhán.

Don Felipe sería un buen candidato a ser su amante si no existiera don Amando, piensa Raquel mientras su admirador, igual que siempre que la visita en el camerino, palpa su pecho.

—No te veo mal del derecho; a ver, deja que te palpe el izquierdo. Después te voy a dejar cinco duros, para que te compres algo por Navidad.

—Gracias, don Felipe. Déselos a mi compañero Roberto, que ya ve que no tengo bolsillos.

Raquel, Raquel Castro, como la anuncian en los carteles aunque se apellide de verdad Chinchilla, nunca coge el dinero; ella es una artista, no una fulana. Su trabajo es cantar, no lo otro, aunque con lo que gana actuando no podría ni comprarse los vestidos que le gustan; necesita su sobresueldo. Su problema es que gasta a manos llenas y no consigue hacerse con una hucha suficiente para el futuro, por mucho que se lo proponga.

Raquel no se marchó de Belmonte con la idea de desnudarse todas las noches en un escenario, ella quería ser cantante y tenía dotes; lo hacía —y lo sigue haciendo— muy bien, con ritmo, oído, tino y buena voz. Tan bien como la otra media docena de chicas que llega a Madrid o a Barcelona todas las semanas desde pueblos de toda España, tras haber escapado de sus casas, queriendo triunfar como artistas. No hay sitio para todas y ella tuvo que encontrar el suyo: ahorrar todo lo que pudiera en vestuario en sus números. Raquel, que era tan pudorosa de joven, es la mujer a la que más hombres han visto desnuda de todo Madrid, contando la Maja de Goya.

—¿Estás lista?

—Me tengo que vestir, Amando, cariñín, no querrás que salga así y nos detengan los urbanos por escándalo público. ¿Dónde me vas a llevar a cenar?

—Hoy tengo que volver temprano a casa, que tengo familia de mi esposa en Madrid por las fiestas, no me puedo quedar contigo. Sólo he venido a verte porque me gusta escuchar cómo te aplauden.

—Y ver que todos me desean pero saber que soy tuya, resalao. ¿No me vas a hacer un regalo por Navidad?

—Mañana, mañana a las cuatro me paso por el apartamento y tendré algún detallito contigo. Espérame como tú sabes, cordera.

El apartamento, no tu apartamento o nuestro apartamento. Es su manera de decirle que no es de ella, que es él quien lo ha pagado y que no debe hacerse demasiadas ilusiones, que no lo pondrá a su nombre. Don Amando no le exige mucho —fuera de la actuación particular que debe hacer para él en cada visita—, pero Raquel ya se ha dado cuenta de que tampoco la dejará situada. No es hombre que pierda la cabeza por una mantenida, por mucho que sea una mujer tan deseada por el respetable público del Salón Japonés.

Su amante irá a verla a las cuatro y ella le esperará como sabe, como otras veces —quién iba a sospechar que don Amando tuviera esos peculiares, aunque inofensivos, gustos—; eso quiere decir que no tendrá tiempo para ir a su pueblo y celebrar con los suyos la cena de Nochebuena. Lejos de molestarle, Raquel se siente aliviada. Es la excusa perfecta para no ver a su familia y dejar de pensar en ellos, al menos durante un año, hasta las próximas fiestas.

—Don Amando se ha ido, cordera. ¿Vienes a tomar algo con nosotros?

—Sí, ¿por qué no?

Le divierte salir con Juan y con Roberto, sobre todo con éste, su mejor amigo. Gracias a ellos conoce los lugares más divertidos de Madrid, los sitios a los que van los bailarines y las chicas como ella, las que actúan en teatros parecidos al Salón Japonés: el Trianón, el Salón París, el Ideal Room, el Club Parisina, el Chantecler... También ha visitado los clubes a los que muy pocas mujeres tienen acceso, como el cabaré sin nombre de la calle de la Flor, donde hay que decir el santo del día para que se abra la puerta, o la parte de atrás del bar de la calle de Fúcar, donde le contaron que hace unos meses actuó un par de días un hombre con una versión tan lasciva como la suya del mismo «Ay morrongo» que ella canta en el Japonés.

—¿Con gatos?

—Vivos, y con un minino que crece y que crece cuando lo acarician.

—Me encantaría ver eso. ¿Es tan procaz como parece?

—A lo mejor no lo hace con mujeres delante. Si nos enteramos de que vuelve, te llevamos. Hoy vamos al Café del Vapor.

El Café del Vapor pilla un poco a desmano, en la plaza del Progreso esquina con la calle Mesón de Paredes, pero es de los favoritos de la gente de la noche. Se puede cenar hasta muy tarde, hay un pianista amenizando las veladas y nadie se mete con nadie, se vea lo que se vea allí dentro. Y se ven cosas que en el resto de Madrid serían un escándalo. Madrid es como un pueblo hipócrita, muy liberal en privado y muy pacato de cara afuera: los mismos que practican los desmanes, protestan de ellos en los papeles y salen en procesión con sus esposas de peineta y mantilla.

Florencio, el pianista del Vapor, conoce a Raquel y le suele pedir que cante algo mientras la acompaña al piano. La gente lo pasa muy bien cuando ella hace una versión desinhibida, aunque no tanto como la del teatro, del «Vals de la Regadera».

—Tengo un jardín en mi casa, que es la mar de rebonito; pero no hay quien me lo riegue y lo tengo muy sequito…

La Bella Otero se hizo de oro con esa cancioncilla de Antonio Paso y Vicente Lleó. ¿Hasta dónde habría podido llegar Raquel Castro si en su momento hubiera tenido compositores como ellos que le escribieran canciones así? Ahora no se hace ilusiones, en primavera cumplirá treinta años. Todavía está lozana y bella, pero el día en que los hombres dejarán de pagar para ver su cuerpo se acerca. Piensa en ello las noches de insomnio, sabe que debe hacer algo para mantener su nivel de vida, pero no qué puede ser. Después lo olvida, lo deja para más adelante o hace caso a lo que le dice su amigo Roberto:

—Viejas se quedan las ropas, nosotros no, nosotros seremos jóvenes y bellos para siempre.

Copas de champán que alguien se presta a abonar a cambio de muy poca atención, risas con los bailarines, que le hablan de hombres atractivos con más libertad que ninguna amiga que haya tenido nunca, bailes, canciones y piropos. Un caballero se acerca a ella y le deja su tarjeta.

—Llámeme si decide hacer las Américas, tengo un teatro en Buenos Aires y me encantaría contratarla.

Antes de acabar la noche ya ha perdido la tarjeta. ¿Quién sabe si en Argentina su suerte iba a cambiar? Dicen que las más grandes hacen temporada allí. Que los argentinos aprecian el teatro y los espectáculos y tratan a las artistas como a verdaderas estrellas, que el Teatro Colón, que tiene cerca de diez años, es uno de los mejores del mundo y que allí actúan los más famosos. Se imagina su morrongo en el Colón, con una audiencia de señores encopetados, y le entra la risa.

Falta poco para que amanezca cuando llega al apartamento de la calle del Arenal, propiedad de don Amando, en el que ella vive a cambio de concederle lo que mañana por la tarde llegará buscando, su peculiar forma de placer, tan extraña, católica e inofensiva.

* * *

—Nicolau, ¿quieres como esposa a esta mujer para vivir juntos, en la ley de Dios, en santo matrimonio? ¿La amarás? ¿La consolarás? ¿La cuidarás tanto en la enfermedad como en la salud?

—Sí, lo haré.

—Gabriela, ¿quieres a este hombre como esposo, para vivir juntos, según lo ordena Dios, en el santo estado de matrimonio?

—Sí, quiero...

Se acabó el tiempo de Enriq, la vida de Gabriela sigue sin él. Ella abandonará Sóller y su isla e irá, como las aves, hacia el sur. Enriq no llegó por la noche, ni por la mañana, ni apareció en medio de la misa para interrumpir el acto. Gabriela está decepcionada, pero los demás sonríen y celebran el casamiento ajenos a su tristeza. Sólo ella podría albergar esperanzas de que viniera a buscarla e irrumpiera en la iglesia para salvarla; los demás conocen a Enriq y saben que eso no ocurrirá.

La boda se desarrolla de forma convencional excepto por un detalle, que Nicolau, el novio, está en Buenos Aires, a algo más de diez mil kilómetros de la novia, y en su lugar, contestando a las preguntas del sacerdote, está su padre, el señor Quimet, un hombre de más de setenta años.

Mientras ese anciano que es su suegro le tomaba la mano, y quizá la retenía en exceso para ponerle el anillo, ella no podía dejar de pensar que se habían liquidado los sueños que tenía para su vida, que se acababa de casar con un hombre al que no conocía y que era unos diez años mayor que su padre.

—*Ite, missa est.* Podéis ir en paz. *Bon Nadal.*

El cura, el Vicari Fiquet, salta del latín al castellano, y de éste al mallorquín, para dar por finalizada la celebración. No hay niños esperando a la novia a la salida de la iglesia, más allá de sus somnolientos hermanos; no hay invitados con ropas elegantes, e incluso la novia viste de negro, con un vestido nuevo que meterá en la maleta para que viaje a Buenos Aires con ella y que usará una y otra vez, como hacen todas las novias de la zona con sus vestidos. Cuentan que en otros sitios, incluso en Palma de Mallorca, las novias se mandan hacer vestidos blancos especialmente para el día de la boda y que no los volverán a usar nunca, que el blanco representa la pureza y la virginidad. Aunque nadie lo sepa, Gabriela ya no podría usarlo, hace unas semanas dejó de ser virgen. De todos modos, incluso aunque fuera pura, virgen y pobre, la hija de un humilde pescador y una estricta madre castellana no tiene dinero para mandarse hacer un traje que sólo usará un día. Y tampoco cree que su nuevo marido estuviera dispuesto a malgastarlo así, no habría conseguido ser propietario de un café y un hotel si fuera un manirroto.

—Me agradaría invitarle a desayunar, mosén Josep. Comeremos una ensaimada en el puerto.

Gabriela no siente tanto dolor en el pecho como esperaba, no nota que la tierra se vaya a abrir a sus pies para tragársela, ni que un huracán se levantará para llevársela a un lugar del que no podrá volver; está como flotando, aturdida. Ni siquiera se fija en los que se acercan a felicitarla, en los besos forzados de sus hermanos pequeños, en el abrazo de su padre, en la sonrisa de Àngels, en las constantes instrucciones de su madre. Es una mujer casada y apenas percibe ninguna diferencia; quizá no le llegue el dolor insoportable que espera hasta que se quede sola y piense en Enriq.

—Gabriela, tú siéntate con el señor Quimet.

En lugar de ir charlando en el camino hacia el puerto con su amiga Àngels, como tantas y tantas veces, su madre le ordena viajar al lado de ese anciano, del padre de su marido.

Se suben en el tranvía, el gran orgullo de los vecinos de Sóller desde que se inauguró hace tres años. En él recorren los tres o cuatro kilómetros que separan el pueblo del puerto, atravesando los campos de naranjas, los huertos y el puente de hierro del Torrent Major. Después, a partir de Sa Torre —donde su suegro sufre un ataque de tos que a Gabriela le asusta y le hace pensar en que su marido es hijo de ese hombre y toserá igual que él, quizá en la cama, a su lado—, viajan junto al mar, el territorio familiar para Gabriela y los suyos, el lugar al que temen porque conocen sus peligros, pero que les da la tranquilidad de lo que les lleva alimentando desde hace generaciones.

Gabriela disfruta siempre del paseo en tranvía. Cuando va hacia el pueblo tiene la sensación de partir hacia un gran viaje que puede estar lleno de descubrimientos y sorpresas, que para sumergirse en el mundo sólo tendría que atravesar las majestuosas montañas que ve enfrente; cuando vuelve hacia el puerto espera encontrar las bellísimas vistas de la bahía, un lugar tan maravilloso que nunca se cansará de verlo. Hoy no, toda la vida queriendo viajar y ahora, que está casi a punto de embarcar para ir al otro extremo de la Tierra, se siente casi paralizada por el miedo. Hoy no disfruta, hoy atiende, asustada, a las palabras de ese hombre que se ha convertido en su familia, en su suegro.

—Estoy esperando carta del Nicolau. Él dirá cuándo viajas a Buenos Aires.

—¿Le va a escribir a usted?

—Yo no sé leer. Escribirá al Vicari, él nos dirá qué ha decidido mi hijo. Has tenido suerte de casarte con él.

Así será siempre a partir de ahora, esperar a que su marido le comunique lo que ha decidido que ella haga y obedecer. Aunque ella sí haya aprendido a leer y sea capaz, no sólo de cocinar y coser, sino de llevar las cuentas de una casa mejor que cualquier hombre. No es una sorpresa, esa sumisión es la que ve en los demás matrimonios que conoce. Quizá donde menos lo note sea en su propia casa, allí es su madre la que toma las decisiones.

La cantina donde celebran el desayuno con el que se agasajará a los invitados a la boda está junto a la estación del tranvía del puerto de Sóller. No se ha dispuesto sólo la ensaimada que el señor Quimet ofreció a mosén Josep, también hay pan de payés con tomate, *all-i-oli*, aceite, sobrasada, *camaiot* y butifarrón. En las mesas hay porrones con vinos jóvenes de Mallorca, de los pocos que se producen tras la filoxera que hace unos años devastó las vides de toda la isla y envió a muchos mallorquines a la emigración, a abandonar su querida tierra. Es un banquete, del que ella casi no prueba bocado, que demuestra que su marido es un hombre con posibles y que reafirma a su madre en que ha tomado la decisión correcta respecto al compromiso de su hija.

—Llénale el vaso a tu suegro y tenle contento, que le hable bien a tu esposo de ti. Y no te metas la comida en la boca como si te hubiéramos criado con hambre y sin modales.

Hay mucha comida para los pocos invitados presentes. Gabriela espera que los compañeros de su padre, que han salido a pescar como todas las mañanas, no lleguen a tiempo de unirse a ellos en el desayuno. No porque no les tenga aprecio, son como su familia y a casi todos los conoce desde niña, sino porque no sabe cómo reaccionaría en presencia de Enriq, su hombre, el hombre al que ella, en palabras susurradas al oído, había prometido unirse antes de que el Vicari apareciese por su casa para hablarle a su madre del interés de un indiano en conseguir una esposa. Enriq era el único hombre que podía haber impedido la boda y no lo ha hecho; ha demostrado lo que todos piensan de él, que no la merece. Hasta Gabriela empieza a estar segura.

* * *

—La *shadjente* ha llegado a mi casa. Tengo que pedirle que me consiga un marido.

Sara no puede hacer caso a su amiga Judith y quedarse con ella en esta tarde de Janucá: la casamentera ha ido a visitarla y debe atenderla antes de que se canse de esperar. Es la segunda vez en su vida que la recibe y debe sentirse orgullosa, siendo como es una judía pobre. Y ahora, además, viuda. Lejos quedan los tiempos en que era la vieja Batsheva quien le rogaba que la atendiera, cuando era soltera y tantos hombres la pretendían.

—Ve, corre, no la hagas esperar o se irá.

Sara sigue siendo joven y bella y todavía tiene esa melena roja —del color de las llamas, le decía siempre su marido, Eliahu— que hacía a los hombres volverse a su paso, pero ya no es una mujer por la que suspiren los vecinos del pequeño *shtetl*, la aldea judía, de Nickolev, en el sur de Ucrania, a no demasiados kilómetros de Odesa.

Entonces, hace sólo unos meses, cuando los jóvenes casaderos del pueblo se disputaban sus atenciones, Sara eligió a Eliahu. ¿Quién iba a decirle que empezaría una guerra? ¿Quién que Eliahu, sólo tres meses después de la boda, sería reclutado para combatir en ella? ¿Quién que caería a los pocos días de llegar al frente y la dejaría viuda?

—No va a ser fácil encontrarte otro marido. Muchos creen que les darás mala suerte.

—Lo sé, Batsheva.

—Y menos mal que no tuviste hijos, entonces sería imposible.

Eliahu no le dejó hijos, no le dejó dinero, no le dejó tierras o una manera de mantenerse. Ni siquiera una familia: su marido no tenía hermanos y sus padres eran unos ancianos que murieron de pena pocas semanas después de que falleciera su hijo. Sara necesita un marido para no estar sola, para que los largos inviernos ucranianos no sean tan duros, para tener alguien en quien apoyarse.

—Quizá te encuentre un marido en Argentina. No esperes nada más.

Sara no amaba a Eliahu, aunque haya sentido su muerte, como la de cualquiera de los hombres de la aldea que han tenido que ir a luchar por el zar. Quizá el amor habría llegado, como le decía su madre, con el tiempo. Sabe que lo olvidará en pocos años, tal vez en meses. Se siente estafada, ha desperdiciado parte de su vida y no ha podido vivir, a ver qué le trae el destino ahora.

Si pudiera, esperaría tranquila y se enamoraría de algún joven judío, tal vez de algún forastero que visitara el pequeño *shtetl* de Nickolev. Quizá un judío de Odesa que estudiara en la universidad, que vistiera como los *goyim* y se afeitara la cara, que la sacara de la miseria y el miedo de su pequeña aldea. Pero no puede. ¿De qué iba a vivir una mujer como ella? Sus padres no pueden seguir dándole de comer, ya no es responsabilidad de ellos, cada plato de comida que le sirven a Sara se lo quitan a sus hermanas pequeñas. Por eso aceptará lo que la *shadjente* le ofrezca.

—¿Has hablado ya con la casamentera?

—Me ha dicho que me buscará un marido y que no puedo escoger, que tendré que aceptar lo que encuentre para mí. Cree que puede conseguirme uno en Argentina.

—¿No sabes lo que se cuenta de las mujeres a las que envían a Buenos Aires?

Todas las jóvenes saben lo que se cuenta. Se dice que las ofertas de boda que llegan de Argentina, de Chile y de Uruguay, incluso de Brasil, son falsas. Que allí las jóvenes son vendidas y tienen que trabajar como prostitutas hasta que se mueren o hasta que son tan viejas que nadie querría acostarse con ellas.

—Yo no creo que sea verdad. La hermana de Zimran viajó a Argentina para casarse y después volvió a visitar a su familia, hasta se llevó a sus hermanas pequeñas, no creo que se las llevara para venderlas allí. ¿Te acuerdas del vestido verde que traía?

—¿Quién puede olvidarlo? Era un vestido maravilloso. Yo tampoco creo que se venda allí a las judías. Ir a Buenos Aires y abandonar esta aldea miserable me encantaría.

Sara no está segura de que Argentina no suponga un futuro mejor que el frío, la soledad, el hambre cuando hay una mala cosecha, la falta de futuro o quedarse escondidas cuando los cristianos deciden hostigar a los judíos.

—Ven, corre, mi hermano Eitan me ha dicho que nos metamos en casa y que no salgamos de allí. Tú no tienes en la tuya un hombre que te defienda.

Hoy, cuando llegue la noche, se encenderá la sexta vela de la januquiá, el candelabro de nueve brazos con el que se celebra la fiesta de la Janucá, pero lo más importante es que este año coincide con el día en que algunos cristianos conmemoran la víspera de Navidad —otros no lo harán hasta dentro de un par de semanas, según el calendario por el que se rijan, el gregoriano o el juliano—. Eso significa que, como todos los años, habrá un pogromo. No muy grande, no como el de 1905; sólo unas pequeñas incomodidades para los vecinos judíos. Gente de aldeas cercanas, tan miserables como la suya pero con distinta religión, se acercará a su *shtetl* a provocar altercados, a quemar algún pajar, a insultar a los judíos con los que se crucen, tal vez a golpear a alguno. Para después, satisfechos y orgullosos de sí mismos, volver a sus casas, a celebrar sus fiestas, sus cenas, a comer la kutiá, un plato a base de trigo, semillas de amapola, frutos secos y miel.

—Los cristianos jóvenes están en el frente, como mi difunto marido, hoy nadie vendrá a acosarnos.

—No vendrán los jóvenes, vendrán los niños y los viejos. Pero no dejarán de venir. Seguro. Para ellos es una tradición, como echar puñados de trigo sobre la mesa en la que cenarán.

Desde la calle empieza a llegar ruido. Eitan, el hermano de Judith, tenía razón: los cristianos no van a dejar pasar el día sin divertirse a costa de sus vecinos.

—Han ido hacia la sinagoga.

—Espero que no piensen quemarla.

Hace diez años, cuando las dos eran sólo unas niñas, tras la revolución fallida de 1905, un grupo de hombres intentó quemar la sinagoga de Nickolev. Los jóvenes del pueblo —Eliahu era uno de ellos—, que normalmente observaban los ataques sin impedirlos, masticando su rabia, decidieron que el asunto había llegado demasiado lejos y se interpusieron en su camino. Hubo peleas, heridos y dos muertos, uno por cada bando. Tanto Judith como Sara recuerdan el terror de aquella noche, la cara de miedo de sus padres y el entusiasmo de los jóvenes, los mismos que ahora están en la guerra. Habían plantado cara a los antisemitas una vez y lo harían siempre. Al día siguiente llegó una multitud de cristianos enfurecidos y sedientos de venganza; los vecinos del *shtetl* sólo salvaron la vida por la intervención del ejército, que, por algún motivo que aún nadie se explica, decidió ayudar a los judíos.

Hoy no pensaban quemar la sinagoga —habrían tenido poca oposición, la de Eitan y otros chicos de quince años—; se detuvieron en la casa de los Samoilenko y lanzaron unas piedras al abuelo asomado a la ventana. Rompieron algunos vidrios y se contentaron cuando vieron que el viejo sangraba tras llevarse una pedrada. Entonces se marcharon del pueblo, contentos, a celebrar su Navidad, el nacimiento de ése al que supuestamente los judíos habían matado y por el que llevaban pagando casi dos mil años.

—¿No vuelves a tu casa? ¿No les vas a contar a tus padres lo que te ha dicho la shadjente?

—Tengo que hablar con ellos, pero a la vez me da miedo, sé que mi futuro está en Buenos Aires. Me quedaré aquí contigo, hasta la hora de encender la januquiá.

* * *

—He recibido una carta más.

Gaspar Medina no es un héroe, es un simple periodista. Son muchos años de profesión y cree haber escarmentado. Por eso, cada vez que se sienta a escribir lo hace con el firme propósito de no pisar los juanetes de los poderosos y dedicarse sólo a cuestiones que no puedan ofender a nadie: comentarios inocuos sobre temas poco controvertidos, análisis poco profundos acerca de cuestiones sociales que no causen polémica, apuntes frívolos sobre la vida social… Sin embargo, en algún punto del camino se extravía y, como si le poseyera un espíritu demoníaco, dedica la mitad restante de sus columnas a criticar al rey, a la Iglesia, a los generales —uno de sus blancos favoritos— o a los ministros.

—¿Qué te dicen esta vez?

—Que me van a emascular y me van a meter los órganos en la boca.

—¿Dice emascular?

—No, dice cortar los cojones.

—Ya me parecía a mí. Habría sido una buena pista para seguir. Seguro que en todo el ejército español no hay ni tres generales que conozcan la palabra «emascular».

Todos sus compañeros, acostumbrados como están a recibir amenazas, se ríen; pero a Gaspar no le dejan vivir, no se atreve a caminar por calles estrechas, intenta que le acompañen hasta su pensión y no pasear en solitario, da la vuelta siempre que escucha pasos a su espalda… Se encuentra muy preocupado desde que recibe estas amenazas.

—¿De qué trataba tu columna de esta semana?

—De los emigrantes españoles. Nada polémico.

—Ah, sí, llamabas estúpido a Fernando VII.

—Es que lo era. Pero ya murió hace muchos años, no creo que ofendiera a nadie.

—Y la semana que viene, ¿de qué vas a escribir?

—No lo sé, nunca lo decido antes de sentarme delante de la máquina de escribir.

—Escribe algo tranquilo, no pises charcos y ya está. Los que te odian se sentirán decepcionados y odiarán a otro. Además, ya sabes el refrán: perro ladrador, poco mordedor.

La columna de Medina, «La butaca de pensar», se publica una vez a la semana en *El Noticiero de Madrid*, y es una de las secciones de más éxito del periódico, porque, por más que su autor se empeñe, nunca deja indiferente. Gracias a ella ha abandonado el periodismo de calle y está sentado en la redacción del periódico haciendo las funciones, aunque no cobre por ellas, de adjunto al director. Ya no tiene que redactar breves, ahora puede escoger las noticias o reportajes en los que quiere trabajar. Muchos le reprochan haberse acomodado, pero todo se debe a que envidian su posición. Sin embargo, Gaspar preferiría seguir en la calle; está firmemente convencido de que sin salir de la redacción es imposible descubrir un tema de gran calado, de esos que hacen tambalearse los cimientos de un trono y ponen a un rey camino del exilio… Mientras siga en su despacho, lo único que va a encontrar es un sinfín de cartas anónimas jurándole toda clase de muertes terroríficas.

Gaspar Medina vive en una pensión de la calle del Pozo, no muy lejos de la redacción de *El Noticiero de Madrid*, que está a pocos metros de la calle del Turco, el lugar en el que hace ya casi cincuenta años cayó muerto el general Prim, entonces presidente del Gobierno de España. Se consuela pensando que no tiene que pasar por calles solitarias, excepto la suya, para llegar a casa.

—¿Te tomas algo con los compañeros?

—No, se hace tarde y mi patrona no me deja entrar.

—No puedes seguir así, Gaspar. Esa patrona es peor que una esposa celosa. Libérate de una vez.

Para todos sus compañeros, acostumbrados a beber hasta altas horas de la madrugada después de cerrar la edición, a moverse en los ambientes más degradados y a acabar la noche en burdeles de mala muerte, es fácil decirlo y ponerse el mundo por montera. Gaspar no es el hombre intrépido que aparenta ser en sus crónicas; es apocado, tímido y temeroso de todo. Por supuesto que su patrona le dejaría irse a tomar un aguardiente, y dos... Es él quien la usa de parapeto.

Ayer, al llegar a casa, doña Mercedes le entregó un sobre que le llenó de inquietud. Es extraño, Gaspar recibe toda su correspondencia en la redacción del periódico. No lo abrió hasta que estuvo a salvo, en la soledad de su cuarto. En su interior, una cuartilla de papel con un dibujo, un ataúd con su nombre en la tapa: Gaspar Medina.

—No puedes prestarle tanta atención a la amenaza de un loco. Se cansará de ti y la tomará con otro de nosotros...

—Lo han mandado a mi pensión. Eso es que se han preocupado por saber dónde vivo.

—¿Quieres que te enseñe cuántas cartas de amenazas recibí el año pasado? Hasta me retó en duelo un bejarano diciendo que había insultado a su tierra por decir que comí mal allí.

—¿Y qué hizo usted?

—No contestar.

El director se ríe, el redactor jefe también, pero Gaspar tiene dificultad para conciliar el sueño y esta tensión está empezando a pasarle factura.

—Si el periódico no me protege, tendré que dimitir.

—No digas sandeces, Medina. ¿Qué quieres que hagamos?

—Me sentiría más cómodo fuera de Madrid.

—No podemos mandarle de corresponsal, esto no tiene lógica.

Es el redactor jefe, entre risas, quien propone una solución:

—¿Buenos Aires? ¿Te gustaría pasar unos meses allí? Aunque no sé si dan visados a los cobardes...

Le da igual que le llamen cobarde; lo que él pretende es salvar su vida y Buenos Aires está muy lejos, así podrá poner kilómetros de distancia con sus enemigos.

—Sí, Buenos Aires me gusta.

—¿Has oído hablar de las estatuas del Monumento de los Españoles? Se las llevan en febrero y nos han invitado a mandar a un periodista para cubrir la entrega. Tendrás que entrevistar al rey y al hombre que envíe en su representación. Además, hay elecciones en Argentina, podrás enviar crónicas desde allí.

Irá a Buenos Aires y escribirá su próxima columna sobre las dichosas estatuas, ¿qué puede pasar? Esos bloques de piedra le parecen inofensivos y no se los imagina redactando anónimos injuriosos...

—Entonces tendrás que ir mañana a la recepción del rey. Iba a ir yo, pero si eres tú el que se marcha a Argentina, te toca. Así ceno con la parienta y los niños.

A una recepción en el Palacio Real hay que ir vestido de gala. Gaspar Medina no tiene ropa para acudir a una fiesta así. Tampoco sabe comportarse; se imagina tropezando, tirando una bandeja de canapés encima de Su Majestad, dejando caer un hueso de aceituna en el escote de una dama.

—Alquila un frac, a cuenta del periódico. Hay una sastrería en la calle de Alcalá que los alquila y les hace los arreglos que hagan falta. Tienes que ir ya.

—¿Y si el rey me quiere hablar?

—Pues ya sabes, le tratas de usted y te pones muy estirado, como si te hubieran metido un palo por salva sea la parte. Todo el mundo habla así con el rey.

—Por lo menos podré escribir una de mis columnas con lo que vea en la fiesta.

—Ni se te ocurra, eso sí que sería de mal tono y dejaría al

periódico en un lugar lamentable. Acudes y te comportas de una forma discreta, como si fueras un noble al que han invitado.

Ya dicen que el periodismo es oficio de canallas, no de caballeros. Gaspar no es un canalla, pero dista mucho de poder ser considerado un caballero: ni es de buena familia, ni ha tenido una educación refinada. Ni siquiera es de Madrid y se ha movido en los círculos cercanos al poder hasta hace siete años, cuando llegó a la capital. Si en su pequeño pueblo, Fuentes de Oñoro, en Salamanca, a apenas unos metros de Portugal, supieran que ese chico espigado, el hijo de la Juana, asistiría como invitado a una recepción en el Palacio Real, le recibirían con la banda, le nombrarían hijo predilecto y le harían un homenaje.

* * *

—¿Te falta mucho, Giulio?

«No os preocupéis por mí, no corro ningún peligro y espero tener pronto un permiso para volver a casa, aunque sea por unos pocos días.»

Giulio Bovenzi miente en la carta que escribe a sus padres. Es mucho mejor que contarles la verdad: que les escribe desde un pequeño fortín en una trinchera, que se esconde bajo una estructura de hormigón de tan mala calidad que, aunque debía protegerle de las bombas, apenas le resguarda de la lluvia que cae fuera, que no es ordenanza de ningún general sino uno más de los miles de jóvenes italianos que pasan frío, mal pertrechados y peor armados, esperando que una bala austriaca lleve su nombre.

Tampoco puede decirles a sus padres, a su novia o a los amigos de la retaguardia —los pocos que no han sido movilizados— que desde allí se ve imposible que Italia pueda reconquistar sus territorios: ni Trento, ni Istria, ni Dalmacia ni el puerto de Trieste. Todo permanecerá en manos de los austriacos, por mucha propaganda que se haga en las ciudades italianas para que los padres asistan a la marcha de sus hijos al frente con orgullo; aun sabiendo que los verán morir, que en tiempos de paz los hijos entierran a los padres y que en tiempos de guerra sucede lo contrario, como ya dijo un historiador griego del que ha olvidado el nombre, quizá fuera Herodoto. A Giulio le habría gustado seguir estudiando a los griegos y los latinos, no estar allí, con la vida pendiente de un hilo, aunque Italia nunca hubiese recuperado su esplendor.

Giulio lleva pocos meses en el frente. Se incorporó al ejército en verano después de un periodo de instrucción demasiado corto; les enseñaron a desfilar y a abrillantar los botones del uniforme, pero no a disparar, eso lo tuvo que aprender cuando las balas enemigas ya sobrevolaban su cabeza y amenazaban con dejarle sin vida; llegó a la unidad en la que sirve poco antes de que los enviaran a conquistar y perder Oslavia, una pequeña aldea junto a Gorizia. Le dio tiempo a experimentar en sus carnes el absurdo de mandar a la muerte a miles de hombres para atacar una posición que no sirve para nada y que fue abandonada, como a los muertos que allí quedaron, pocas horas después. Ahora está cerca del río Isonzo, sin saber si ataca o defiende. Quizá el general Cadorna, bajo cuyas órdenes está el ejército italiano, tampoco lo sepa. Tal vez lo único que les produzca orgullo a sus generales sea mantener en marcha esa fábrica de héroes y ascensos que está resultando la guerra. También verlos desfilar, marciales, en su honor, como si eso fuese a debilitar o asustar al enemigo; como si el brillo de sus botones de hojalata los fuera a cegar.

La valentía, esa que tanto ha visto en alguno de sus compañeros, es inútil; lo único que sirve de algo es aprender a conservar la vida, por lo menos un día más. Pero eso no lo va a dejar por escrito en las misivas para los suyos, su espíritu crítico es nulo. Ni siquiera le parecería mal del todo que una bomba cayera justo en el sitio en el que está y dispersara su cuerpo en todas las direcciones, como le pasó hace un par de horas a Luca, un soldado al que acababa de conocer. No les habían contado que aquello podía suceder, morir sí, pero no de esa forma: Luca estaba allí, fumándose un cigarro, sonó un petardazo y Luca ya no existía. Ni siquiera quedaban pedazos que pudieran rescatar; había sido desintegrado, o casi: a unos metros se reconocía algo que podía ser la mano. Giulio no pensaba ponerse a tiro para ir a buscarla, ni aunque se lo mandasen. Enterrar una mano y no enterrar nada viene a ser lo mismo.

Sólo hay una cosa que nadie puede arrebatarle, ni el ejército, ni los generales, ni siquiera las bayonetas de los soldados austrohúngaros: cuando cierra los ojos sigue recordando a Francesca, y si se concentra, todavía puede sentir la suavidad de sus manos y el sabor de sus besos.

—Retirada en cuanto llegue tu relevo.

Por fin una buena noticia: pasará la Nochebuena, *la vigilia di Natale*, en la retaguardia. Pobre del que le tenga que sustituir allí, en su endeble fortín de hormigón. No parece que los austriacos vayan a dejar de lanzar pepinazos. ¿Es que esa gente no celebra el nacimiento de Dios?

Por primera vez en lo que lleva de día se preocupa. No es lo mismo pensar que te pueden matar en cualquier momento, y que te dé igual, que exponerte a que lo hagan cuando te quedan unos minutos, una hora todo lo más, para ponerte a salvo. Para prepararte para pasar una noche caliente, al lado de un fuego, para comer una cena que, aunque no sea una *cenone*, será especial, y para dormir en un lugar más o menos seco.

El soldado que le releva es nuevo, un *marmittone*. Giulio ni siquiera le pregunta su nombre. Le desea que no le maten y que pase lo que queda de día y una noche tranquila, pero nada más. No está dispuesto a cambiarse por él. Están en guerra, siente que le haya tocado a él y hace que no se da cuenta de su cara de miedo. Adiós y *buon Natale*.

—Tienes carta, Bovenzi.

Recibir una carta es una de las mayores alegrías en el frente. Mucho más si es la víspera de Navidad. Giulio Bovenzi la coge con ansia, esperando encontrar en ella la letra redonda de Francesca, la novia que dejó atrás en Viareggio, su pequeña ciudad toscana, cuando recibió la orden de incorporarse al ejército. Pero en el sobre se distingue la cuidada caligrafía picuda de su padre, un maestro de escuela que ha enseñado a escribir a varias generaciones de chavales. Si la carta hubiera sido de Francesca la habría abierto de inmediato, siendo de su padre puede esperar a leerla más tarde, tras los preparativos para pasar la noche lo mejor posible.

—Giulio, podías preparar unos *gnocchi*.

Giulio es un buen cocinero, no se ha dedicado nunca a eso, era estudiante antes de esta locura, pero le gusta y siempre se ha fijado en cómo preparaban los platos las mujeres de su familia; ahora, a la fuerza ahorcan, se ha decidido a cocinar y hace las delicias de sus compañeros.

—Tenemos harina, patatas, huevos y un pollo que ha robado Marco. También aceite.

Marco es el gran suministrador de todo lo necesario, capaz de encontrar lo que sea, capaz de robar hasta en las trincheras austriacas. El compañero que siempre está riendo y que les dice a todos que en cuanto acabe la guerra se marcha de Italia, que le espera una novia a la que sus padres llevaron a Buenos Aires. A lo mejor debían irse todos con él. Giulio lleva desde muy joven aprendiendo español, hay algo que le atrae de ese idioma, quizá es que sin saberlo el destino le prepara para vivir en Argentina.

—Con eso nos hacemos un banquete. Sólo necesitamos hortalizas: cebollas, tomates…, lo que se encuentre.

Mientras los demás buscan lo que él les pide, robándolo en las cocinas y en las granjas en las que se suministra la comida a sus jefes, Giulio abre la carta. Es como todas, le cuentan cosas del pueblo, de su hermana pequeña, de la abuela que está peor de la pierna… Hasta el último párrafo, en la tercera cuartilla, no llega la noticia que le da un vuelco el corazón: Francesca los ha visitado para decirles que se casará en enero con Salvatore Marini.

Al principio se queda tan aturdido que no es capaz de reaccionar. Después, al cabo de un par de minutos, se da cuenta. Lo vuelve a leer convencido de haberse confundido, de haberlo entendido mal. Pero ahí lo dice muy claro: «Tu amiga —no dice novia, dice amiga— Francesca nos visitó la semana pasada, quería que te diéramos la noticia de que se casa con el señor Marini, el pescadero. Le habría gustado que estuvieras aquí para que pudieras asistir a la boda, te manda saludos y espera que te encuentres bien».

¿Se han vuelto todos locos? Su padre y su madre sabían que Francesca era su novia, que antes de incorporarse a filas hablaron de casarse cuando volviera, que ella le prometió que le esperaría y le entregó una medalla, que él lleva colgada del cuello, para que le diera suerte y lograra regresar con vida. Tienen que saber lo que están provocando con sus palabras: «tu amiga Francesca…»

—Hemos conseguido unos tomates secos. ¿Puedes hacer algo con eso?

Giulio está tan absorto que no se ha dado cuenta de que ha empezado a nevar copiosamente. Para su sorpresa, piensa en el soldado que le sustituyó en la trinchera, el novato; va a pasar una noche de perros. Después se da cuenta de que la suya, tras la noticia de la boda de Francesca —encima con Salvatore Marini, el pescadero, el cojo—, va a ser mucho peor, que las bombas del frente por lo menos le entretendrían y le permitirían olvidarlo a ratos.

No habla con sus compañeros mientras prepara la cena. Sólo piensa en Francesca y Salvatore. Los imagina besándose y haciendo el amor; le repugna. Francesca es bonita, joven y guapa; Salvatore Marini es casi viejo, cojo y huele a pescado. ¿Por qué está con él? Supone que sólo porque tiene dinero y porque está vivo. Un soldado italiano en el Isonzo no es un hombre vivo, es un hombre a punto de morir.

* * *

—Ahí vienen los compañeros de tu padre. Pórtate como lo que eres, como una mujer casada.

Su madre no tiene de qué preocuparse, Gabriela ya ha mirado a los hombres que se acercan y ha comprobado que Enriq no está entre ellos.

Vienen con la misma ropa con la que han estado faenando y llegan cuando el desayuno está a punto de terminar. Mira a su suegro, el señor Quimet; ha bebido demasiado, aunque todavía no sean las diez de la mañana; saluda a los recién llegados con simpatía, reparte palmaditas en sus espaldas y les invita a servirse, algunos le conocen y le sonríen amistosamente al verle. Son los hombres que trabajan día a día con Enriq y con su padre, que la conocen desde niña, que la han saludado y regalado dulces. Hoy se acercan casi como desconocidos que le guardan un respeto que no sabe si se ha ganado. Pere, el patrón, el jefe de su padre, es el primero que se acerca a felicitarla.

—*Moltes felicitats*, Gabriela. ¿Cuándo te vas a Buenos Aires?

—En unas semanas, cuando mi…, cuando Nicolau me mande los pasajes.

Todavía no le sale decir «mi marido». ¿Cómo va a llamar marido a alguien a quien nunca ha visto, a alguien al que, si se cruzara con él, no reconocería? ¿Es alto, es bajo, es moreno? No lo sabe; es su marido, pero también es un perfecto desconocido al que no le une nada.

—¿Usted conoció a Nicolau?

—Sí, es de mi edad y en el pueblo entonces no éramos tantos. Por lo menos de vista nos conocíamos todos.

—¿Cómo era?

—Normal, no lo recuerdo demasiado. Se marchó hace muchos años. Nadaba muy bien, como tú.

Los pescadores no suelen nadar. Muchos creen que es inútil, que en caso de naufragio, o de caída al mar, nadar sólo sirve para prolongar la agonía. El padre de Gabriela no es de ésos, nada muy bien y ha enseñado a su hija. En verano, por las tardes, llevaba a los niños que querían aprender a la playa y allí les enseñaba a bracear, a flotar, a respirar para no cansarse. Gabriela ha seguido yendo y es capaz de recorrer una gran distancia a nado, para escándalo de su madre.

—¿Nadar? ¿Para qué? Como si tú alguna vez te fueras a subir en un barco. ¿Y esa ropa que te pones? Cuando se moja parece que vas medio desnuda.

Eso le dijo siempre y ahora es la que provoca que se suba en un barco. Y no en uno de pesca, siempre con la costa a la vista, sino en uno que atravesará todo el mundo, que pasará días y días rodeado sólo de agua, algo que a cualquiera que conozca el mar sólo podría causarle escalofríos. Imagina con pavor nadar y nadar sólo con agua alrededor.

—Recuerdo que tenía una novia, la hija de uno de los estibadores del puerto, una mujer muy bonita. Ella se casó después con un rico.

Nicolau tenía una novia, es el primer dato que conoce Gabriela que le permite pensar en él como en un ser humano. Se pregunta quién sería y si vivirá todavía en Sóller.

Con el porrón en la mano, bebiendo vino del Migjorn, está Onofre. Es el mejor amigo de Enriq; tiene que acercarse a él y preguntarle cómo está. Pero desde que llegaron los pescadores su madre no le quita el ojo de encima. Seguro que no va a permitir que ella se quede a solas con Onofre. Le pide a Àngels que vaya a darle el recado de que quiere hablarle. Quizá haya suerte y su madre se distraiga.

—Mejor te olvidas del Enriq, que ya estás casada. Ayer lo dijiste, tenía tiempo hasta que el anillo luciera en tu dedo. Ahí está, de oro, no te metas en problemas y olvídalo, piensa en el futuro.

Àngels tiene razón, siempre la tiene. Ni siquiera su mejor amiga está dispuesta a ayudarla ahora que tiene marido.

Enriq es dos años mayor que Gabriela, se conocen desde que eran niños, desde entonces creían que se casarían cuando llegara el momento. La aparición de Nicolau Esteve y del Vicari Fiquet frustró sus planes.

—*Felicitats.*

—*Gracis*, Onofre.

Como Gabriela sospechaba, en cuanto Onofre se acerca a ella, su madre llega a su lado, casi atropellando a la gente que estaba entre ellos.

—Perdona que os interrumpa, Onofre. Gabriela, tienes que ir a atender a tu suegro. Pregúntale si quiere cenar esta noche en nuestra casa.

—Él tendrá dónde cenar, *mare*, es un día especial.

—Tú se lo preguntas, es tu obligación.

El señor Quimet acepta la invitación a la cena de víspera de Navidad; sonríe satisfecho y la observa con esa mirada que descubrió hace poco y que inquieta a Gabriela, no es la mirada o la sonrisa que debe esperar de alguien que será como un padre para ella. Eso pone fin al desayuno de la boda de Gabriela. Los demás se quedarán a acabar las viandas, pero ella debe irse con su madre, hay que empezar a preparar la cena de la *nit de Nadal*.

2

LA BUTACA DE PENSAR
Por Gaspar Medina para *El Noticiero de Madrid*

ESTATUAS MALDITAS

He seguido con pasión, como tantos compatriotas, la historia de las estatuas que deberían homenajear, desde hace ya varios años, a la República Argentina en el Monumento de los Españoles en Buenos Aires. Ni al escritor más imaginativo se le podrían ocurrir tantas vicisitudes para impedir su inauguración: muertes, guerras, huelgas, caos generalizado en todo un continente, accidentes... Muchas desgracias para impedir un monumento que al final sólo servirá para que el tráfico rodado tenga que esquivarlo.

Ahora nos dicen que ya está todo listo y que pronto viajarán las estatuas a Buenos Aires y, quien más y quien menos, espera una última pirueta del destino para seguir alimentando el folletín.

Pero, seamos sinceros, las maldiciones no existen, sólo la falta de organización, la dejadez y la muy española costumbre de dejarlo todo para el último día. Y, aun así, sabemos que no faltará gente que achacará todos los problemas a los hados, al azar o a las intervenciones sobrenaturales. Dudo que salga algún responsable, ¿los hay, quedan responsables en este país?, a decirnos que sí, que se escogió a un escultor de avanzada edad y se murió, que no había en España un encargado del proyecto y que la noticia tardó semanas en llegar a Argentina, meses en formar una nueva comisión, más meses en preparar el viaje que escogería a otro escultor. ¿Para qué? Para seleccionar a otro de la misma edad que el anterior, que también murió, y que todo el proceso comenzara de nuevo. Huelga de marmolistas en Carrara, accidente con el brazo de una figura y demás son sólo problemas. Nos olvidamos de que la función de los responsables es sortear los problemas, no brindar con champán al final del proyecto.

Seis años más tarde: el Monumento que celebra el centenario de la República Argentina de 1910 se inaugurará, Dios mediante, en 1916. No se me ocurre mejor publicidad, la palabra de moda, para cantar las bondades de la industria española y su modernidad.

Y los habrá que culpen a las maldiciones. ¡Ay, Señor!

—¡Vivan los novios!

Nicolau Esteve no sabe si ya está casado; no tiene muy clara la diferencia horaria que hay entre España y Argentina, se la han explicado varias veces pero nunca se acuerda de si hay que sumar o restar las horas; cuando llegó en el barco, hace tantos años, no notó que hubiera ningún cambio, ni que se perdieran ni que se ganaran horas, los días seguían a las noches, como siempre. En aquellos tiempos tenía cuestiones mucho más importantes en las que pensar, por ejemplo, en cómo se iba a ganar la vida al llegar y en si lograría que la novia que dejaba en Mallorca le acompañara pronto en su aventura —pobre Neus, la olvidó hace tantos años, menos mal que después se casó en Sóller con un hombre muy bien situado.

Ha seguido fiel a su pueblo y a su isla, da trabajo en sus negocios, el Café Palmesano y el Hotel Mallorquín, a todos los mallorquines que se lo piden. De hecho, sus encargados, Joan en el café y Andreu en el hotel, son de Palma y de Son Servera. También se ha decidido por una mujer de Sóller cuando ha decidido que le ha llegado la hora de casarse y les ha pedido a su padre y al Vicari Fiquet que le encontraran a una esposa que pudiera enseñarles su idioma a los hijos que tendrá con ella. Hace unas horas, o dentro de unas horas, no está muy seguro, esa joven, Gabriela, será su esposa.

Esta noche, la que no está seguro si es su noche de bodas o la anterior, no la pasa con gente de su tierra, la pasa con su mejor amigo, un judío llamado Meishe Benjamin.

—Hoy no pagas, eres mi amigo, mi *fraynd*, y no quiero hoy tu dinero. Es un día importante para ti, es el día de tu boda.

Meishe es dueño de varios pisos en los que atienden chicas. Esta noche, la víspera de Nochebuena, han estado cenando en un asador de la zona de San Telmo, después han ido a escuchar tango a Boedo y han acabado, por fin, en una de las casas de su amigo, en el barrio de Once, cerca de la plaza Miserere, los dominios de los judíos en Buenos Aires.

A Nicolau le gustan esas papusas —como llaman aquí a las prostitutas— rubias o morenas, pero de piel muy blanca y de ojos azules que controlan sus amigos los judíos. También le gustan las francesas de madame Rosa, las que atienden en el palacete de la calle Libertad; de hecho, si esta noche no hubiera estado con Meishe, habría ido allí. Son más caras —cinco pesos frente a los dos pesos que cobran las polaquitas—, pero hoy es un día especial, hoy celebra su matrimonio con Gabriela Roselló. Las que no le gustan son las prostitutas locales: no paran de hablar, de narrar historias tristes, de intentar embaucar a sus clientes contándoles sus problemas... Todo el mundo tiene problemas, las polacas de Meishe también, pero hacen su trabajo en silencio, muchas de ellas ni siquiera hablan castellano. Tampoco hace falta que digan nada; Nicolau sabe lo que han pasado esas mujeres para llegar a Buenos Aires, conoce las subastas que se hacen en el Café Parisien, incluso ha charlado varias veces con Noé Trauman, el jefe de los proxenetas judíos. No será él quien le critique, cada cual sabe qué hacer para ganarse la vida.

—¿Me presentarás a tu esposa al llegar?

—Claro. Le pediré que haga platos de mi tierra para que los pruebes. Espero que sepa cocinar.

Su padre y el Vicari Fiquet, que es quien la ha escogido para él, le han dicho que Gabriela, su esposa, es muy bella; en el retrato lo parecía, pero de eso no se puede estar seguro hasta que no se ve a la mujer de verdad. Es absurdo confiar en el criterio sobre la belleza de un anciano y de un cura, cualquiera sabe lo que se encontrará cuando ella baje del barco.

Tampoco es muy importante la belleza de su esposa, sólo que le dé hijos; si no le gusta, seguirá visitando a las polacas —las llaman así aunque pueden ser de cualquier sitio: rusas, lituanas, polacas o ucranianas, siempre judías— un par de veces al mes.

La casa a la que acuden es discreta; por fuera nada la hace diferenciarse de las demás, excepto que parece completamente vacía, con las persianas cerradas, pero no abandonada; está perfectamente limpia, pintada y con el pequeño jardín cuidado. Dentro trabajan seis mujeres, cinco chicas jóvenes y atractivas, rubias y delgadas; la sexta es mayor, es la encargada. —Antes, hace años, fue como ellas, trabajó a cambio de las fichas de latón que entregaban los hombres que se acostaban con ella, pero ahora su función es recibir a los clientes, cobrarles y cuidar de que todo funcione correctamente. Es la que habla con los policías de la zona, que reciben su sobre todos los viernes, la que rinde cuentas a Meishe, la responsable de que no haya problemas y de que los visitantes salgan de allí satisfechos, también de que las chicas rindan y se hagan los lavados con permanganato de potasio para prevenir las infecciones: una chica enferma hace perder mucho dinero y hay que cuidarlas para que sólo dejen de trabajar los días del mes que les resulta imposible hacerlo. Los turnos son de quince minutos y las papusas no paran de recibir hombres durante doce horas al día, más de doscientos a la semana que, a dos pesos por cabeza, dejan una enorme cantidad de dinero en manos de Meishe y de la organización a la que pertenece, la Varsovia.

La chica con la que sube a la habitación —por un momento ha pensado en subir con dos, pero ninguna otra le gustaba— no es como las demás; ésta es morena, con el pelo corto, delgada, muy guapa.

—¿Hablas español?

—Llevo siete años en Buenos Aires. Meishe me ha dicho que te has casado hoy. Felicidades. ¿Y tu esposa?

—En mi país, no vendrá hasta dentro de unos meses.

—El viaje en barco es muy largo.

—Lo sé, hace muchos años yo también lo hice. ¿Cómo te llamas?

—Miriam, soy de Polonia.

Miriam sabe que Nicolau es amigo de Meishe y que debe esforzarse para que no tenga ninguna queja. Ella es la chica más cotizada de las cinco que atienden en la casa, trabaja día y noche, casi sin parar más que para dormir. Siempre tiene una cola de hombres dispuestos a pagar su precio. Esta noche Meishe ha ordenado a la madama que dijera a sus clientes que Miriam no se ocuparía con nadie más, que sería en exclusiva para su amigo Nicolau.

—Meishe dejará de ganar mucho dinero. Sólo lo haría por un gran amigo. Además, hoy había muchos clientes, muchos cristianos que han venido a celebrar que mañana es un día importante para vosotros.

Antes de acostarse con la polaca, se mete debajo de la ducha, tiene todo el tiempo del mundo. En su pueblo, en Sóller, no había ni duchas, ni agua caliente en las casas. Claro que se marchó hace casi treinta años, quizá las hayan puesto en este tiempo. En las cartas le dicen que Sóller es casi una ciudad, que se han construido verdaderos palacios, que en algunos asuntos compite con la mismísima Palma. A veces ha pensado en volver, pero después se arrepiente. Está casi convencido de que no regresará nunca a la isla que le vio nacer.

—Ven, dúchate conmigo.

La chica le obedece, solícita. Le enjabona y después le seca con delicadeza y atención. ¿Hará eso alguna vez su esposa? Seguro que no, seguro que el cura le ha conseguido a una beata de pueblo. Tal vez tenía que haber buscado a una mujer allí, una que le tratara como una papusa cara, y haberse olvidado de Sóller.

—¿Te gustaría volver a Polonia?

—¿A Polonia? No, no estoy loca, estoy mejor aquí. No quiero volver a saber nada de mi país.

Es la última víspera de Navidad que pasa sin familia. En muy poco tiempo llegará su esposa. Quién sabe si tendrá suerte y el próximo año habrá nacido un hijo al que comprar regalos y para el que montar un misterio en el salón de casa. Es una pena que no le puedan asegurar que Gabriela será fértil. Si no lo es, la mandará de vuelta al pueblo.

* * *

—Ahí está, ha llegado a tiempo. Le ha dado igual el temporal de los últimos días.

El vapor *Príncipe de Asturias*, el gran orgullo de la marina mercante española junto con su gemelo el *Infanta Isabel*, entra en el puerto de Cádiz después de su quinto viaje a América la tarde del día de Nochebuena de 1915. En esta ocasión no seguirá viaje hasta Barcelona, como suele hacer; se someterá a una revisión completa, a la redecoración de algunos de sus camarotes de primera clase y a la sustitución de una de sus cinco calderas modelo Scotch. Estará varado en puerto hasta principios de febrero. Partirá, entonces sí, hacia el puerto de Barcelona para iniciar desde allí una nueva travesía hacia el Río de la Plata, la última. A su vuelta será destinado a cubrir el trayecto entre la Península y La Habana.

—Me acercaré al puerto para ver si está todo en orden.

—Invita al capitán a cenar con nosotros, si no tiene otros compromisos.

Don Antonio Martínez de Pinillos e Izquierdo, el presidente de la Naviera Pinillos, hijo de don Miguel Martínez de Pinillos y Sáenz de Velasco, el hombre que la fundó en 1840, no solía subir a la Torre Mirador de su casa, la que los gaditanos conocen como Casa Pinillos, una magnífica casa-palacio de casi un siglo situada en la plaza de la Mina número 6, hasta la llegada de los últimos grandes barcos comprados por su compañía, el *Príncipe de Asturias*, el *Infanta Isabel* y el *Valbanera*; desde que los tiene ha recuperado la ilusión por el trabajo y el mar. Desde hacía mucho tiempo veía a los barcos como meros recipientes que cruzaban el océano trasladando mercancías y pasajeros; con estos tres buques ha vuelto a sentir el placer de divisarlos a lo lejos, con su catalejo, el mismo con el que su padre veía arribar los barcos para saber qué mercancías llegaban a Cádiz y cuáles debían comprarse y venderse. Desde aquella torre, y con ese catalejo, se construyó el imperio de la familia Martínez de Pinillos y ahora puede seguir contemplándose.

También ha visitado, contra su costumbre de mucho tiempo, los barcos en el puerto, ha escuchado las explicaciones de sus capitanes y ha apreciado los buenos muebles de los camarotes y la buena comida que se sirve en el comedor. Ha peleado con los diseñadores para lograr que hasta la tercera clase y la clase emigrante fueran cómodas y dignas, para que todos los pasajeros de los grandes barcos transoceánicos de la Naviera Pinillos viajaran con la mayor comodidad. Lo que no ha hecho, nunca ha accedido y nunca lo hará, ha sido navegar en ellos. Don Antonio Martínez de Pinillos no necesita salir de Cádiz, y las pocas veces que se ha visto obligado a hacerlo a lo largo de su vida ha sido por tierra.

El *Príncipe de Asturias*, el barco que acaba de entrar en el puerto de la ciudad, es un magnífico vapor de ciento cuarenta metros de eslora y con capacidad para desplazar más de dieciséis mil toneladas a plena carga. Fue botado al agua hace poco más de un año; su viaje inaugural se inició el 14 de agosto de 1914, poco después del inicio de la guerra que asola Europa. Fue construido en los astilleros de Kingston, en Gran Bretaña, y ha sido dotado con los máximos adelantos en ingeniería naval, tanto para aumentar su eficacia y velocidad como para mejorar su seguridad. Todo lo aprendido tras el hundimiento del *Titanic*, en 1912, se ha utilizado para que el vapor *Príncipe de Asturias* sea uno de los más seguros de entre los que cruzan los mares de todo el mundo.

No se ha ahorrado en nada: puede alojar a ciento cincuenta

pasajeros en primera clase, ciento veinte en segunda y mil quinientos entre tercera y clase emigrante. Tiene comedores de lujo, salones de música, una magnífica biblioteca fabricada en estilo Luis XVI con estanterías de caoba; está decorado con los mejores muebles, con sillones tapizados en cuero y con alfombras persas; se han usado maderas preciosas en casi todos los espacios de la primera clase y roble japonés y nogal para sus paneles y los marcos de sus ventanas… Hay un hospital con zona de cuarentena para prevenir las enfermedades contagiosas, sala de operaciones y un competente equipo médico. Tiene cocinas para cada una de las tres clases, cuartos de baño, zonas de esparcimiento, máquinas para fabricar hielo y conservar los alimentos, equipos de telegrafía sin hilo… También cinco bodegas donde transportar más de diez mil metros cúbicos de carga. Y todo eso a una velocidad de hasta dieciocho nudos. El precio de los pasajes va desde las seis mil quinientas pesetas de los camarotes de gran lujo hasta las doscientas cincuenta de los sollados para emigrantes, con los niños a mitad de precio. A todos se les garantiza que en ninguna otra compañía viajarán en mejores condiciones que en la perla de la Naviera Pinillos. Que los más pobres viajen de forma confortable es el gran orgullo del presidente de la compañía.

Nadie se atreve a hacer comparaciones con el *Titanic* tras su funesto final, pero don Antonio Martínez de Pinillos está convencido de que su barco es mejor y más seguro que el buque inglés.

—Capitán Lotina, es para mí un gran honor que haya accedido a compartir la cena de Nochebuena con nosotros.

El capitán José Lotina Abrisqueta, un vizcaíno que ha superado por poco la cuarentena, es uno de los hombres más experimentados de la naviera y de los más apreciados por don Antonio. Él mismo fue el encargado de supervisar la construcción del *Príncipe de Asturias* y ha dirigido todas las travesías del buque.

—El honor es mío, señor Pinillos, aunque me retiraré temprano. Debo acompañar a los miembros de mi equipo, que pasan una noche tan especial como la de hoy alejados de sus familias.

Todos tendrán unas semanas de vacaciones mientras se hacen las mejoras en el barco, repartidos por sus distintas ciudades de origen. El capitán Lotina espera partir hacia Barcelona, el lugar donde viven su esposa y su hija, los próximos días. No ha podido compartir la Nochebuena con ellas pero cenará en casa en Nochevieja y podrá dar la bienvenida a 1916 en su compañía.

—Antes de que usted parta hacia su casa, me gustaría hacer una visita al barco. ¿Podría ser el día 26, capitán?

—Estaré encantado de acompañarle.

Como todos los años, como en todas las casas aristocráticas de toda España, la cena de Nochebuena se sirve a las diez en punto de la noche y se consumirán todo tipo de manjares y vinos de las más variadas procedencias para llegar al pavo, el plato principal, y acabar con el tradicional pan de Cádiz y otros dulces navideños. Hasta que no se ha terminado la cena y los hombres se retiran a la sala de fumadores, con un brandy o un vino de jerez y un magnífico puro recién llegado de Cuba, no se puede hablar de negocios, de barcos, de peligros o de la guerra. Las mujeres quedan al margen de esos asuntos, como si conocerlos les fuera a amargar la vida.

—¿Cómo ha ido el viaje? ¿Han avistado barcos de guerra?

Los barcos no son un problema, hasta ahora se han comportado con arreglo a las leyes del mar: dejan tranquilos a los buques que transportan pasajeros entre América y Europa y sólo los abordan cuando sospechan que podrían estar usándose para trasladar tropas o materiales de guerra para alguno de los países contendientes. El gran problema son los submarinos alemanes. Con el hundimiento del *Lusitania*, el año anterior, han demostrado que no dudan en hundir un barco de pasajeros y que no sienten el menor respeto por las vidas que se puedan perder.

—No hemos avistado ninguno, pero es sólo cuestión de suerte. Algún día cambiará la nuestra y puede que tengamos problemas.

—Llevamos bandera española, un país neutral; los alemanes deben respetarnos.

—Los capitanes ingleses ponen banderas españolas o americanas en sus barcos para intentar engañar a los submarinos alemanes. El mismo *Lusitania* enarbolaba la bandera americana en el momento de ser atacado. Si creen que llevamos material de guerra o ayudamos a los militares aliados, los alemanes nos hundirán. Sólo pueden ayudarnos sus gestiones con las autoridades alemanas, señor Pinillos.

Antonio Martínez de Pinillos hace constantes gestiones con el cónsul alemán para evitar un ataque y está a punto de cerrar un acuerdo, quizá mañana mismo, el día de Navidad. También ha pedido la intervención de don Alfonso XIII ante el káiser Guillermo. Pero sabe que la decisión final corresponde al capitán de cada submarino. Si decide disparar, se perderían cientos de vidas y la fortuna de su familia.

—¿Alguna otra incidencia?

—Las normales en una travesía: una camarera que sufrió un ataque de apendicitis y fue operada en el barco y que se recupera favorablemente, y un matrimonio insoportable en primera que probablemente hará en breve una queja contra mí.

—Que me pasen la dirección de la camarera, le enviaremos un ramo de flores.

Don Antonio sabe del carácter y los defectos del capitán, y también de sus valores para la compañía; está dispuesto a pasar por alto aquéllos —que desprecie a una pareja de viajeros insoportables— a cambio de tener a su favor éstos —su puntualidad o que dé el mejor trato a toda la dotación—. Aprendió de su padre que lo más importante en sus empresas son las personas que las llevan; espera habérselo inculcado también a su hijo, que pronto le reemplazará al frente de todo.

* * *

—¿Qué me has traído, cariñín?

Don Amando ha llegado al apartamento de la calle del Arenal a las cuatro de la tarde. A Raquel casi no le ha dado tiempo a arreglarse, no se metió en la cama hasta las seis de la mañana y necesita ocho horas de sueño, así que no se ha despertado hasta las dos de la tarde. Menos mal que don Amando quiere que en casa le reciba casi desnuda, sólo con un collar de perlas alrededor del cuello y un mantón de Manila a los hombros. Dos regalos que él mismo le hizo al empezar su relación, cuando ella todavía tenía esperanzas de que fuera generoso y le arreglara el futuro.

—¿No puedes esperar para los regalos, cordera? Ni que fueran lo único que quieres de mí.

Los dos saben que es así, que el único motivo por el que Raquel es amante de don Amando es por los regalos y por ese piso del que él paga los gastos y en el que la deja vivir.

—Claro que no, claro que no es lo único que quiero de ti, pero es Nochebuena, quiero estar segura de que has pensado en mí y entonces tratarte mucho mejor.

Una pulsera de oro no es un mal regalo, tampoco es tan bueno como ella esperaba. Lo bueno del oro es que se puede vender sin problemas; calcula de cabeza que al peso le darían por ella cuarenta o cincuenta duros. Los diamantes también son cómodos, además se esconden en cualquier sitio. Lo peor es que le regale ropa u objetos para la casa, quién sabe si se los podrá llevar cuando acabe la relación con él.

—Dile a Aurelia que nos sirva champán.

—Aurelia hoy no está. Ha ido a pasar la noche con su familia.

—¿Desde cuándo las criadas tienen libre la Nochebuena? Eres demasiado blanda con ella, Raquel. Después no va a haber quien la meta en cintura.

—¿Después?

—Es una manera de hablar.

No lo es, no es una manera de hablar; sí lo es de anunciarle que habrá un después y será pronto, que ya piensa en él. Un día en el que Aurelia siga en la casa y Raquel no. Es una forma de recordarle que su tiempo se acaba, que ya sólo vale una pulsera de oro de cuarenta duros. No hay más collares de perlas o anillos con diamantes, tampoco abrigos cálidos de piel. Se acabarán pronto los días de Raquel como mantenida en la calle del Arenal; habrá otros amantes para ella, pero un día la belleza de Raquel no será suficiente para que un hombre quiera pagar por tenerla para él en exclusiva. O quizá sea sólo una paranoia, esa que últimamente la asalta por las noches cuando se acuesta en soledad y le aprieta el pecho hasta que casi no puede respirar.

—Sírveme tú el champán.

—Claro, mi amor.

A don Amando —le gusta que le llamen así— le conoció hace ya tres años. Por él dejó a don Marcial, que le pagaba un piso de alquiler en la calle de Cedaceros, muy cerca del Salón Japonés. Don Marcial tampoco fue el primero, antes estuvo con don Carlos —piso en la calle Humilladero—, y antes con don Wenceslao —piso muy pequeño en la calle de la Victoria—. Cuatro hombres la han mantenido desde que llegó a Madrid y descubrió que su sueño de triunfar en la canción sólo le iba a traer hambre. Muchos otros le han financiado los gastos a cambio de una sola noche. Pero nunca se ha enamorado, nunca lo ha hecho por amor —quizá con la excepción de Manuel Colmenilla, aunque ni de eso está segura—, no ha sentido ese desasosiego del que hablaba con sus amigas en el pueblo, ese que ha visto atacar a tantas compañeras del teatro hasta volverlas locas. Y, por lo que ha comprobado en las demás, no es algo que eche de menos. Mejor mantenerse alejada del amor.

—¿Vas a actuar para mí?

—Claro. Sé que eso es lo que te gusta, que actúe para ti solo, y siendo el día que es, más. Aunque algo me tendrás que dejar para echar en el cepillo de la iglesia, que estoy segura de que esto que hacemos es pecado mortal.

—Venial, todo lo más. Y si es mortal, no hace más que añadirse a otros que ya tengamos.

Don Amando se sienta en una butaca del salón, frente a una tarima que mandó construir especialmente para esas ocasiones. Raquel cambia radicalmente de estilo, no interpreta las coplillas, tangos o valses del teatro; canta en latín: música y cánticos de iglesia. Raquel canta misa de espaldas a sus fieles —a su único fiel—, ataviada sólo con una casulla corta, hecha a medida, que apenas le llega a la cintura y casi no alcanza a taparla, así deja a la vista su grupa, la que él tanto alaba, el *arrière garde* que admiran sus seguidores, el culo que dice Roberto que se niega a llamarlo de otro modo. El decorado, que ya estaba en el piso cuando ella llegó y que después usará otra, es obra de los mismos carpinteros y pintores que trabajan en el Japonés y representa un altar; es una copia de uno de los que está en los laterales de la catedral de no sabe qué ciudad, quizá Sevilla, en más pequeño, claro.

—*In nomine patris et filii et espiritus sancti. Amen. Introibo ad altare Dei.*

—*Ad Deum qui laetificat juventutem meam.*

Raquel la canta entera, sin errores después de haberla ensayado tantas veces. Don Amando se arrodilla, se levanta, se sienta, contesta… Seguro que no logra ser tan pío en una iglesia de verdad.

Tras la misa, que se demora más de media hora, don Amando está en todo lo alto de su excitación —qué raros son los hombres— y tiene prisa por desplazarse al dormitorio. No es algo que entusiasme a Raquel, pero tampoco es lo más desagradable que tiene que hacer para ganarse la vida; al final siempre goza. Se acuesta, deja que don Amando se ponga sobre ella, cambia un par de veces de postura y aguanta sus embestidas —no tan fuertes como las de don Wenceslao, por ejemplo— hasta que él se derrama, siempre fuera de ella. Peores eran los gustos de don Marcial, que coincidía con don Carlos en la pasión por el sexo oral, la especialidad de las francesas de la calle de la Madera; una práctica para la que, al parecer, Raquel está especialmente dotada.

—Me tengo que ir, se me hace tarde. Mi esposa se pone muy pesada con la cena de Nochebuena. Hay familia suya en Madrid.

—¿Están todos bien en tu casa?

Siempre pregunta por ellos porque ha descubierto que a sus amantes les tranquiliza y les gusta: ella no les traerá problemas, respeta a la familia.

—Gracias a Dios, todos bien.

—Que paséis una buena noche.

Raquel se queda sola, don Amando no se ha preocupado por saber qué hará esa noche, si la pasará sola o con alguien. Guarda la pulsera de oro y veinte duros que don Amando ha dejado sobre la cómoda. Tiene que cambiar de vida, así no ahorrará lo bastante para cuando lleguen los malos tiempos. No quiere terminar alquilándose en la tapia de la tabacalera, como tantas que en su juventud fueron como ella.

* * *

—Bendito eres tú, Adonai, Dios nuestro, Rey del universo, que nos santificó con sus preceptos y nos ordenó el encendido de la vela de Janucá.

Hoy se enciende la sexta vela de la januquiá, los cristianos han abandonado el *shtetl*, la aldea, sin apenas causar daños y no hay nada que temer. El candelabro de nueve brazos puede colocarse cerca de una ventana para que los que pasen por la calle puedan verlo y así recuerden el milagro que hizo que las velas iluminaran durante ocho días para que los macabeos pudieran purificar el Templo de Jerusalén. Es una celebración alegre, los niños jugarán con los *dreidel*, las perinolas, y apostarán dulces. En el último día, cuando se encienda la octava de las velas, se intercambiarán pequeños regalos. Muy humildes en casa de Sara; más costosos en casa de su amiga Judith o en la de otros ricos de la aldea.

Cuando Sara llegó a la casa de su familia, su madre ya había preparado los *latkes*, las tortitas de patata propias de la celebración, también los *sufganiot*, unas bolitas de masa rellenas de mermelada. Hoy sus abuelos están en casa y han llevado caramelos para sus hermanas pequeñas. Es día de fiesta, para todos menos para ella, que no se atreve a contar su conversación con la casamentera.

—*Mame*, hoy ha estado en mi casa la *shadjente*, la vieja Batsheva.

—Lo sé.

—Me ha dicho que puede conseguirme un marido en Argentina.

—¿Te vas a vender a los *tmein*, a los impuros?

—Me voy a casar, sea con quien sea.

Le cruza la cara a Sara de una bofetada. Su padre está indignado.

—Dile a tu madre que vas a decirle que no a la *shadjente*.

Hacía muchos años, casi desde que era una niña, que su madre no la castigaba de esa manera. Quizá ella también sepa lo que de verdad puede haber detrás de la oferta de matrimonio, igual que Sara.

—Quizá un hombre quiera llevarme a Buenos Aires y no puedo decir que no. Nadie me querrá aquí en el *shtetl*.

—No te irás si no se casa contigo antes de partir.

Sí, su *tate* tiene razón, si se casa no debería temer, sólo desear que sea un buen hombre; si se casa, tal vez si lo hace el rabino allí mismo, en Nickolev, no puede pretender prostituirla al llegar, ¿es capaz un hombre de hacerle eso a su esposa? Sus padres han dado con la clave, que se case con ella. Sara es muy joven, sabe menos que ellos de la vida. Sus padres saben todo lo que se cuenta de las chicas que viajan a Argentina y sabrán discernir con qué intenciones la llevan a ese país. Su *tate* es un hombre serio, un *mentsh* responsable y sabio, un varón que cumple a rajatabla con los mandatos de sus creencias. Además consultará al rabino. No debe temer nada, la decisión que él tome será la mejor para ella. Y él ha hablado, no saldrá de Nickolev si no es casada.

No, no debe preocuparse; debe obedecer. Tal vez en Buenos Aires tenga un marido que le permita estudiar, lo que siempre ha querido. ¿No dicen que allí los judíos son libres, que pueden dedicarse a lo que deseen, que hasta pueden poseer tierras y que tienen los mismos derechos que un *goy*? Quizá eso mismo valga para las mujeres.

En los últimos tiempos muchos judíos han abandonado el *shtetl*, para ir a Alemania bastantes, también para ir a Estados Unidos, dicen que allí son bien recibidos. A Argentina sólo han ido mujeres. Seis, si no se equivoca. De tres de ellas no se ha vuelto a saber, pero otras han vuelto de visita y parecía que la vida las trataba muy bien. Una de ellas, la hermana de Zimran, como recordaban esta tarde Judith y ella, volvió para que sus hermanas pequeñas la acompañaran a Buenos Aires, eso significa que está bien allí y que las historias que se cuentan son sólo eso, historias, cuentos de viejas judías amedrentadas.

Más tranquila, empieza a pensar en el hombre que le conseguirá la *shadjente*. Espera que sea un hombre atractivo, elegante y rico.

*   *   *

—Tienes que aprender a preparar la *escudella de Nadal*. Tu marido querrá que se la hagas cuando estés en Buenos Aires.

El día de la boda no es un día de fiesta para la novia. Menos si se casa la víspera de Navidad y su suegro acude a cenar a su casa. Esa noche, en casa de los Roselló, por muy familia de pescadores que sean, se van a cenar los platos tradicionales mallorquines, en honor a él: la *escudella de Nadal* y la *porcella* —lechona— *rostida*. Después, los dulces de siempre, elaborados con almendras y miel. Es una cena de lujo, cara; nunca los Roselló se habían gastado tanto dinero en una cena de Nochebuena.

—*Mare*, ¿el señor Quimet ha pagado para que su hijo se case conmigo?

—¿Por qué preguntas eso?

—El año pasado cenamos *carn d'olla*.

—El señor Quimet no ha pagado por ti, pero nos ha ayudado a comprar todo lo que habrá en la mesa hoy.

El único momento libre que ha tenido Gabriela en todo el día ha sido cuando su amiga Àngels, después del desayuno, ha venido a verla. Sólo fue un cuarto de hora que su madre la dejó tranquila, mientras se quitaba el vestido que llevó a la iglesia…, ¿pagado también por el señor Quimet?

—¿Pudiste hablar con Onofre? ¿Te han contado algo del Enriq?

—No, nadie me ha dicho nada de él. Fue a pescar y después a su casa. Le dijeron de ir al desayuno de tu boda, pero contestó que no. Se marchó a casa a dormir.

—Me rehúye desde que se anunció mi boda.

—Normal. Tú estás casada con otro, tú te vas a Buenos Aires.

Ni siquiera su amiga Àngels sabe lo que pasó entre Enriq y ella hace ya casi un mes. Nadie sabe que la virginal Gabriela no era virgen cuando llegó con su vestido negro al altar. Y mejor que nadie lo sepa, que sea un secreto que Gabriela lleve consigo al subir al barco.

—El Vicari Fiquet vino a hablar conmigo en el desayuno de tu casamiento.

—¿Para casarte también con alguien?

—No, para conocerme, eso me dijo. Para saber cómo era por si encontraba un marido para mí. Ojalá me encuentre un marido también en Argentina. ¿Te imagina, las dos allí?

Quizá sí, quizá el destino del que ella protesta sea en realidad el sueño y el deseo de cualquiera y ella debería sentirse agradecida. Quizá algún día su amiga Àngels se le una en el otro lado del mundo.

—¿Nos vemos en la misa del gallo, en el «Cant de la Sibil·la»?

—Sí, a lo mejor va Enriq.

—Olvídate de Enriq, eres una mujer casada.

Su amiga tiene razón, Gabriela debería olvidarse de Enriq. Ir con su madre a la cocina, aprender a preparar la cena tradicional para homenajear a su suegro y para que su marido en las Navidades futuras recuerde su pueblo, a la vez que ella lo olvida.

—¿Y si te casas tú con él?

—¿Con Enriq? No digas tonterías, a mí no me gusta. Yo no quiero a un pescador, yo quiero algo mejor.

—Me han dicho que Nicolau tenía una novia en el pueblo. Tengo que averiguar quién es.

—¿Y qué harás? ¿Presentarte ante ella y decirle que te has casado con su novio?

—No sé, preguntarle cómo era, si puedo fiarme de él.

La escudella de Navidad lleva muchos más ingredientes que una escudella normal de la que se come el resto del año: cuatro tipos de carne —ternera, cerdo, cordero y pollo— para recordar a los cuatro evangelistas, y siete verduras y legumbres —garbanzos, patatas, nabos, zanahoria, apio, col verde y chirivías— en honor a los siete sacramentos. Se tarda horas en prepararla. Gabriela y su madre pasarán toda la tarde ocupadas en su elaboración. Tiempo para hablar con ella, por primera vez de casada a casada.

—Si mi marido es tan rico, podía haber venido a Mallorca a casarse conmigo, no hacer que su padre fuera en su lugar al altar.

—Tu marido es tu marido y él sabrá lo que quiere hacer. Y los ricos lo son porque no gastan el dinero.

—Si no ha venido ni siquiera a casarse, quiere decir que nunca viajaremos. No voy a volver nunca a casa.

—No se sabe lo que va a pasar mañana, como para hacer planes de lo que va a pasar el resto de la vida. Y tu casa es la de tu marido, tampoco yo he vuelto nunca a mi pueblo desde que llegué a esta isla.

En casa de los Roselló cenarán su padre y su madre, ella y sus dos hermanos pequeños, el señor Quimet y el hermano viudo de su padre, Pau. Después, a la hora del postre, llamarán a la puerta los Llull, los vecinos de al lado, con sus dos niños. Traerán turrón y los niños cantarán «El desembre congelat» y otros villancicos, los mismos que ella cantaba de pequeña y ha enseñado a sus dos hermanos. Los que tendrá que enseñar a los hijos que tenga con Nicolau.

—Señor Quimet, ¿quiere que la Gabriela le sirva más lechona?

—Sí, por favor.

Hasta ese momento la cena ha ido bien, pero al ponerse al lado de su suegro, mientras se afana en escoger los mejores pedazos de la *porcella* para él, nota cómo su mano sube por la parte de atrás de sus piernas y llega hasta su culo. Disimula, para que nadie se dé cuenta de lo que está pasando, pero el señor Quimet, el padre de Nicolau, su marido, no retira la mano sino que la mete entre sus piernas, todo lo que permite la falda, y habla a la vez con su madre.

—Ustedes, los castellanos, tienen una mano especial para los asados. No sé cómo lo hacen, pero salen más ricos. En cambio nosotros tenemos más variedad.

—Mucha más, señor Quimet.

No deja de tocarla hasta que ella se aparta con la bandeja. Se sienta a su lado, su lugar en la mesa, pero se aleja de él todo lo que puede. No levanta la vista del plato, no sabe qué hacer. No pasa mucho tiempo antes de notar la mano de su suegro en el muslo. ¿Y si la está probando? ¿Y si lo hace para contarle a su hijo que su nueva esposa es una cualquiera que se deja sobar bajo la mesa? No, eso lo habría hecho antes de la boda, no ahora, cuando no tiene remedio. Lo que pasa es que el señor Quimet es un puerco y le da igual que ella sea su nuera. Se levanta violentada y hace algo inopinado, se acerca a su padre y le abraza por detrás, le besa.

—Mi última Navidad en el pueblo, padre. ¿Cómo serán en Buenos Aires? ¿Se comerá lo mismo que aquí?

Su madre se da cuenta de que algo sucede y le pide que la acompañe a la cocina.

—Gabriela, ven conmigo, tenemos que preparar los dulces.

En cuanto llegan a la cocina, Gabriela se lo cuenta:

—Me estaba tocando mientras le servía la *porcella*… El viejo me tocaba.

Hasta a su madre, que haría cualquier cosa para que no hubiera ningún conflicto con los Esteve, le cambia la cara.

—¿Qué hago, *mare*?

—No sé, pero sobre todo, que tu padre no se dé cuenta. Ahora, cuando volvamos, decimos que tomaremos el postre junto al fuego, así te separas de él.

Los comensales se levantan y Gabriela se va al extremo contrario del señor Quimet; luego llegan los vecinos con el turrón y los niños, cantan villancicos y Gabriela se prepara para ir a la iglesia, quizá para escuchar por última vez el «Canto de la Sibila», tal vez para encontrarse con Enriq.

* * *

—Has tenido carta de casa, ¿no, Giulio? ¡Qué suerte!

—Sí, qué suerte.

Maldita suerte recibir una carta en el frente en Nochebuena, pensar en Francesca y Marini retozando. ¿Dónde? ¿En casa de Marini, en la de ella? ¿En la pescadería, rodeados de merluzas, de doradas, de sardinas, de jureles? Por lo menos el pescadero no será el primero en disfrutar de su novia, que eso no se lo quitará a Giulio nadie, nunca. Fue él quien primero se acostó con Francesca, o eso cree, en eso no puede haber dos primeros.

—Mirad.

Otro compañero llega con una botella de lo que parece *grappa*.

—¿Es *grappa*? ¿De dónde has sacado eso?

—*In bocca chiusa non entrano le mosche.*

En boca cerrada no entran moscas, tiene razón su compañero, ¿qué más le da de dónde lo ha sacado?, sólo que le ayudará a pasar la noche y a olvidar, o tal vez a recordar más intensamente, a Francesca.

Las patatas ya están cocidas y Giulio las está pelando y aplastando. Las mezclará con el huevo, la harina y, a falta de leche, usará la misma agua en la que ha cocido las patatas. Después dará forma a los *gnocchi* —siempre haciéndoles una hendidura en el centro con el pulgar, como su abuela— y los hervirá. A la vez, con el aceite, los tomates secos —que tiene en agua hace un buen rato para que se rehidraten— y dos cebollas que han conseguido a última hora, hará una salsa de tomate. Le quedaría mejor si hubieran encontrado ajo, si tuvieran hierbas y si pudiera espolvorearles queso a los *gnocchi*, pero es lo que hay. Su compañero Vittorio se está encargando del pollo, lo va a asar en el fuego de una hoguera. Giulio y los seis compañeros que están juntos desde su llegada al frente —ninguno de ellos ha caído hasta ahora— tendrán su *cenone* particular: pollo y *gnocchi*, también un poco de café y la *grappa* que han conseguido. Cenarán temprano, quizá canten algunas canciones de sus regiones y se acomodarán lo mejor posible para dormir junto al fuego, en un antiguo establo, sin preocuparles que a lo lejos se escuchen los cañones.

Por lo menos, gracias a la preparación de los *gnocchi*, Giulio se ha olvidado un rato de Francesca. Tiene ganas de echarse a llorar y no quiere que sus compañeros le vean. Es muy cruel la noticia, es muy cruel que llegue un día así, Nochebuena, pero lo peor es que no le haya escrito ella, que lo haya dejado en manos de sus padres. Antes de ponerse a cocinar, Giulio ha buscado la última carta que guarda de la que era su novia. Es de hace tres semanas y sólo habla de amor. No menciona a Salvatore Marini, no habla de ningún cambio, no se adivina la intención de una ruptura.

—Chicos, nos llama el capitán.

—¿Qué quiere? ¿Ni hoy nos van a dejar tranquilos?

La noche se les acaba de estropear. Una patrulla de reconocimiento ha encontrado a dos soldados enemigos.

—Vamos a fusilarlos.

—¿Hoy? No podemos fusilar hoy a unos prisioneros. Es Navidad.

Casi se ha arrepentido antes de decirlo. El capitán Carmine avanza hacia él. Le habla a menos de un palmo de la cara.

—Bovenzi, usted es el primer voluntario para formar parte del pelotón de fusilamiento. Quiero tres más.

Es Nochebuena, el olor del pollo ya les llega, a los *gnocchi* sólo les falta sumergirlos unos minutos en agua hirviendo, la salsa de tomate está casi lista, la nieve lo cubre todo, el frío se les mete en los huesos y Giulio tiene que matar a dos hombres antes de cenar.

Los dos austriacos son muy distintos, uno alto y rubio, el otro bajito y moreno, podría pasar por un italiano del sur. Su ropa de abrigo era bastante mejor que la que llevan los italianos y alguien se la ha quedado. También las botas. Aunque no les dispararan, morirían de frío en pocas horas.

Giulio nunca ha fusilado a nadie, pero tiene claro lo que hará: apuntar mejor que nunca, por respeto a los que van a morir. Van a hacerlo igual, nadie les puede salvar la vida, por lo menos ayudará a que el tránsito sea rápido.

El primero es el alto y rubio. Los soldados forman delante de él, no está de espaldas, no le han tapado los ojos. Parece ajeno a todo, quizá es que esté deseando dejar de pasar frío y quiere que disparen deprisa. El capitán Carmine, el hombre que los ha condenado, dará la orden de fuego.

—*Plotone atenti! Caricare! Puntare! Fuoco!*

Ha apuntado al centro del pecho y cree que ha acertado. El soldado rubio cae hacia atrás y la nieve empieza a teñirse de sangre. Es cuando empieza a escucharse el llanto y las súplicas, en un idioma que Giulio no entiende, del moreno.

Y entonces, cuando nadie lo espera, el hombre empieza a correr. Uno de sus compañeros del pelotón suelta una carcajada, los demás siguen en silencio. El soldado austriaco resbala, descalzo como está, se cae, se levanta para seguir huyendo. Ninguno de ellos hace nada por detenerlo. Sólo el capitán levanta su pistola. Va a disparar, pero después la baja.

—Que muera de frío. Podía haber tenido una muerte digna y va a tener la de un cobarde.

* * *

—Ya están las brasas para el asado.

Nicolau y todos los que, como él, han emigrado a Buenos Aires, se han tenido que hacer a las nuevas costumbres. Han mezclado las italianas con las mallorquinas y las españolas, con las locales, con algunas que han llevado los alemanes, y hasta con las de los judíos rusos y polacos, y han hecho una Navidad distinta, sin escudellas y sin asados al horno, haciéndolos al modo argentino colocando la carne sobre las brasas, y bebiendo cerveza muy fría. Los primeros años fue triste y difícil, ahora están acostumbrados y no cambiarían las nuevas tradiciones por las antiguas. Hace muchos años dejaron de echar de menos acudir a medianoche a la iglesia para asistir al «Canto de la Sibila».

Se reúnen con sus nuevas familias mientras imaginan que las que quedaron atrás, en sus pueblos, se acuerdan de ellos. También les dedican un pequeño momento, cada uno en su mente, pero ahora Argentina es su tierra; Sóller, Palma o Son Servera no son más que aquellos bonitos lugares que hace mucho quedaron atrás y que quizá nunca más vean.

Nicolau se encarga de llevar la mejor carne, Andreu y su mujer ponen la casa y los dulces, Joan se encarga de que no falte cerveza casi helada. Quizá en algún momento canten un villancico de la isla para el pequeño hijo de Andreu; su padre está empeñado en enseñarle la letra de «El Desembre Congelat» —*arriben els tres Reis, amb gran alegria, adorant el Rei del Cel, en una establia*—, aunque el niño todavía no es capaz de pronunciar correctamente más de media docena de palabras en castellano.

Se reúnen todos en la casa que Andreu compró hace dos años en Boedo, muy cerca del Café del Aeroplano, en el mismo barrio en el que Nicolau tiene la suya. Es lo que allí se llama una «casa chorizo», construcciones con una pequeña fachada a la calle y un patio alargado al que dan todas las estancias, en las que para acceder a cada habitación hay que atravesar la anterior, como las ristras de un chorizo, de ahí el nombre.

Hasta los judíos celebran allí la Navidad y Nicolau ha quedado en pasarse a brindar con su amigo Meishe, que vive con su hermana en una casa muy similar a ésa, en el barrio de Once, el lugar donde se están marchando a vivir —y en muchos casos instalan sus negocios— los judíos que llegan desde Polonia y Rusia a Buenos Aires.

Desde casa de sus amigos hasta la plaza Once, apenas tiene un paseo de media hora. Allí, a muy pocos metros de la avenida Corrientes, su amigo Meishe le recibe con una cerveza bien fría, sin prestar atención a la prohibición de beber alcohol que impone su religión.

—Feliz Navidad, Nicolau.

—Siempre me asombra que vosotros me felicitéis.

—Ahora somos más argentinos que hebreos, amigo.

Por lo que él sabe, los judíos de Buenos Aires están divididos y Meishe pertenece a los que ellos llaman los *tmein*, los impuros. Son los miembros de la Sociedad Israelita de Socorros Mutuos Varsovia de Barracas al Sud y Buenos Aires, la Mutual Varsovia, o la Varsovia a secas, como todo el mundo la conoce; son los que se dedican a los burdeles y a traer prostitutas desde Polonia, Ucrania, Rusia… Los más ricos de su comunidad, los que compran jueces, políticos y policías y tienen negocios en Buenos Aires, en Rosario, en Bahía Blanca, en Montevideo, y dicen que en el Paraguay, en Santiago de Chile y en Brasil. Nadie los combate más que los propios judíos, y ante la prohibición de asistir a las sinagogas o enterrarse, los miembros de la Varsovia han tenido que construirse su propio cementerio y su propia sinagoga en el barrio de Avellaneda.

A Meishe lo conoció hace muchos años, al poco de llegar a Buenos Aires; gracias a él, entre otras cosas, goza de la posición y del bienestar de los que disfruta ahora mismo; podría decirse que gracias a él ha podido pedir que el Vicari Fiquet le arregle su boda con una joven sollerense.

Nicolau llegó a la capital argentina con el nombre y la dirección de un vecino de su pueblo, un sollerense que había emigrado años antes, don Oriol. El hombre era camarero en un café de la calle Corrientes y se portó bien con él, le consiguió un trabajo en el mismo local en el que servía y le alojó en su casa las primeras semanas, mientras ganaba algo de dinero con el que poder establecerse. Don Oriol estaba casado con una argentina y tenía dos hijas mayores que Nicolau que hablaban con perfecto acento porteño y que no sabían nada de la tierra de su padre; llevaba cuarenta años en Buenos Aires y no había logrado nada, para él habría resultado mejor quedarse en Mallorca. Nicolau ha pensado mucho en él y en su vida —murió hace unos diez años—; eso era lo que él no quería: ni casarse con una argentina, ni tener hijas que no hablaran su idioma, ni ser para siempre un camarero a sueldo de otros. No sabía cómo lo lograría, pero él había cruzado medio mundo para triunfar, para que, si alguna vez volví a Mallorca, hacerlo como uno de esos indianos que se construyen grandes casas y compran extensos frutales.

En cuanto pudo, después de cobrar el primer mes de sueldo, quizá para alejarse de don Oriol y evitar contagiarse de su mala suerte, se fue a vivir a un conventillo de San Telmo. Los conventillos son las casas comunales donde se van a vivir los inmigrantes recién llegados. Son casas con servicios y un patio comunes en los que cada cuarto está alquilado por una familia o un grupo de hombres. Allí se reúnen los argentinos más pobres, los italianos, los españoles y los judíos. Son los lugares en los que unos aprenden el castellano y todos se adaptan a los nuevos hábitos; allí se consigue trabajo, se olvidan las costumbres de la patria y es donde casi todos se forman en las ideas del anarquismo que muchos traen desde Europa. Pero Nicolau no había llegado a Argentina, no había soportado el viaje en barco en tercera y pasado por el antiguo Hotel de Inmigrantes, el que llamaban «el Rotondo» por su forma casi circular, para luchar por el bienestar de los proletarios del mundo; él venía a hacerse rico. Como ese judío callado —apenas hablaba todavía castellano— de su misma edad llamado Meishe Benjamin.

No se hicieron amigos hasta que Nicolau vio al ruso —los judíos son para todos rusos o polacos, independientemente del lugar del que vengan— entrar en el conventillo corriendo y tuvo la sensación de que huía de algo y necesitaba ayuda. Fue una decisión tomada de repente y sin pensar: le abrió su cuarto, le indicó que se metiera debajo de la cama y se tumbó encima. Después mintió a los policías que llegaron buscándole y les dijo que no había visto a nadie huir; los convenció de que, si lo hubiera visto, él sería el primero que lo entregaría, que había que echar a esos judíos de Argentina de una vez, para que no siguieran llegando y contaminando el país con sus costumbres, sus negocios y sus papusas.

Al salir de su escondite, cuando el peligro había pasado, Meishe le prometió que le devolvería el favor. Lo ha cumplido con creces.

—Dentro de poco llegarán nuevas mujeres a nuestras casas, mi amigo Max Schlomo está en Ucrania consiguiéndolas.

—¿Cómo logra que vengan a Buenos Aires?

—Algunas lo están deseando, a otras hay que engañarlas. Con algunas hasta hay que casarse, como has hecho tú con la chica de tu pueblo. Seguro que Max se casa con alguna en este viaje. Una vez volvió casado con tres.

Las chicas que trabajan para Meishe llegan de Ucrania, de Polonia, de Rusia, de Lituania o de cualquier otro país del este de Europa y, según su belleza y su disposición para el trabajo, se decide qué hacer con ellas. Algunas se quedan en las mejores casas de Buenos Aires, las que Nicolau visita; otras tienen que pasar por el «ablande», un encierro en el que se las convence, con los sistemas más brutales, con violaciones continuas, de que deben colaborar con lo que la organización les pide; las menos agraciadas son subastadas para trabajar en burdeles del interior, del sur, de la Patagonia.

—¿Casarse con tres mujeres en un solo viaje? ¡Qué trabajo ímprobo! ¿Tú te has casado?

—Me he casado ya con cinco polacas. Y cuando mi amigo Max vuelva, quizá me case con la sexta, para que le den la documentación para quedarse en Argentina. Las autoridades cada vez ponen más problemas a las chicas que vienen de mi tierra. Es por culpa de la Asociación Judía para la Protección de Niñas y Mujeres, nos acosan. Hay un viejo llamado Isaac Kleinmann que no nos deja vivir en paz, deberíamos matarlo.

—¿Y después te divorcias de las chicas?

—No hace falta. Los documentos legales se pierden y es como si nunca me hubiera casado. Y también hay ceremonia religiosa, la celebra nuestro rabino en nuestra sinagoga. Es un hombre con muy poca memoria, nunca recuerda haberte casado antes.

Nicolau prefiere no juzgar a su amigo Meishe Benjamin. Lo

primero, porque son asuntos de judíos: los miembros de la Mutual Varsovia, las chicas, las encargadas, las familias que permiten que ellas viajen desde Europa, la Asociación que lucha contra ellos, el rabino que los casa…, todos son judíos. Todos menos los hombres que se acuestan con ellas por dinero, ésos son como él mismo, de cualquier parte del mundo. En segundo lugar, porque se teme que, si juzgara, él como cliente no quedaría en buen lugar: cuando vivía en Sóller no se le habría pasado por la cabeza acostarse con una joven judía, casi secuestrada de su pequeña aldea por los que deberían ayudarla, a cambio de un par de pesos.

Lo que más le llama la atención es que Meishe y sus amigos no quieran vivir al margen de los suyos y que se hayan construido una moral a su medida. Sobornan a los policías, a las autoridades de inmigración, a los jueces y a todo el que necesitan; secuestran a las jóvenes, se enfrentan con su comunidad, a los judíos honestos, que son los que más los combaten y los desprecian; pero no se atreven a vivir sin dios, ni siquiera los más ateos y los anarquistas: han creado su propia sinagoga y la han puesto en manos de un rabino tan corrupto como ellos. No aceptan ser enterrados, ni ellos ni sus pupilas, en suelo sin bendecir y han creado su propio cementerio, pegado al de los suyos para hacerlo conforme a su religión y sus costumbres.

—¿Cuándo llegarán de Europa esas mujeres?

—Pronto; para evitar la guerra de Europa, en este viaje no las traemos de Polonia sino del sur de Ucrania, primero en un barco que las llevará desde Odesa hasta Estambul, después en otro por el Mediterráneo, hasta Barcelona. Allí subirán en el *Príncipe de Asturias* para llegar a Buenos Aires.

—Mi esposa también vendrá desde Barcelona. Quizá lleguen en el mismo barco.

—No se conocerán, te lo garantizo, a no ser que Max decida hacer viajar a alguna de ellas con él en primera. Pero tú sí, tú conocerás a las mías cuando lleguen. Si quieres, serás el primer cliente de una. Seguro que Max trae alguna virgen.

Nicolau escribió a su padre hace un par de semanas con las instrucciones para el viaje de Gabriela. La carta debe de estar a punto de llegar. En ella indica que su esposa debe viajar a Barcelona, donde ya tiene un hotel reservado, el Cuatro Naciones, en la Rambla, y mandarse hacer un vestuario adecuado con el que llegar a Buenos Aires sin avergonzarle, pues no la quiere vestida de pueblerina; después debe presentarse en las oficinas de la Naviera Pinillos, donde le darán un billete de primera clase para el primer barco que salga de la ciudad en dirección a Buenos Aires, y también la dirección del banco al que debe acudir para que le proporcionen dinero para su estancia en la capital condal y la travesía. Esa chica de pueblo a la que sólo ha visto en foto es ahora su esposa, ha tenido mucha más suerte que la joven judía que el amigo de Meishe haya escogido para casarse con ella y mantenerla virgen hasta que alguien en Buenos Aires pague por ser quien la desvirgue.

—Pronto hablaré contigo, Nicolau, cuando tome una decisión, quizá en dos o tres días. Pronto necesitaré tu ayuda para algo importante.

—¿Algún problema, Meishe?

—¿Un problema, una oportunidad? No sé. No hemos cruzado el mundo y llegado a este país para que otros tomen las decisiones por nosotros. La esclavitud es asunto de la vieja Europa.

Lo dice la persona que somete a las mujeres a la esclavitud en el nuevo mundo.

Meishe hablará cuando llegue el momento, nada le hará decir más ahora de lo que haya decidido. Nicolau esperará hasta entonces. Quizá quiera que él entre en el negocio, ya lo han hablado alguna vez y Nicolau se ha resistido, pero los tiempos cambian, tal vez haya llegado el momento de aceptar. Va a tener que ganar dinero suficiente para mantener a una familia y quiere que su esposa le ayude a entrar en la alta sociedad española en Buenos Aires; allí es donde están los grandes negocios. Quizá sí, quizá dejaría de ver con malos ojos ser propietario de burdeles como los de su amigo.

* * *

—¿A Argentina? Claro, majestad, sabe que estoy a su disposición. ¿Cuándo tendría que partir?

Eduardo Sagarmín, marqués de Aroca, es uno de los más íntimos amigos de Su Majestad don Alfonso XIII, quizá el mejor junto con Álvaro Giner, que ahora se acerca a saludarlos a ambos.

—¿Le ha dicho ya a Eduardo lo que le espera, don Alfonso?

—En ello estaba. Y de momento no parece muy asustado. Creo que está deseando marcharse al otro lado del mundo.

Tendrán pocos minutos con el rey, es la fiesta de Nochebuena en el Palacio Real y todo el mundo espera un instante de gloria junto a él, ya los miran con envidia a los dos por acaparar las atenciones del monarca.

—Lo mejor es que Álvaro te explique lo que él sabe, que no es todo. Y dentro de un par de días nos vemos, tomamos el aperitivo y te doy los detalles.

—Como usted desee, majestad.

Don Alfonso se aleja de ellos para seguir saludando a todo el mundo. Un camarero se acerca con una bandeja llena de copas de vino y ambos se sirven.

—¿Para qué quiere el rey que me vaya a Argentina? ¿Tú sabes algo?

—Oficialmente, para entregar unas estatuas.

—¿Sólo eso? No es para asustarse.

—No te creas, están malditas. Son las estatuas del Monumento de los Españoles.

Todos han leído la historia de esas estatuas en los periódicos, la muerte de sus dos primeros escultores, las huelgas, los retrasos continuos y la fama de estar gafadas.

—¿Crees en esas maldiciones?

—Yo no creo, pero prefiero que el que se suba en un barco con las estatuas seas tú, no yo. No vayan a ser verdad.

Una mujer rubia y de ojos claros, muy bella, interrumpe las carcajadas de Álvaro.

—Hola, Álvaro. Te necesito un momento.

—¿Temas de trabajo hoy también? Descansa un poco, Blanca.

Es la primera vez que Eduardo se encuentra con Blanca Alerces, aunque ha escuchado muchas veces hablar de ella; Álvaro y el rey la mencionan a menudo en sus charlas. Primero por la espantada del día de su boda con Carlos de la Era, después por haber empezado a trabajar con don Alfonso y con Álvaro en la Oficina Pro-Cautivos, y, por último, por los elogios que ambos le dedican.

—Blanca, tal vez Eduardo en algún momento nos pueda ayudar en la Oficina, habla ruso. ¿No hemos tenido ninguna carta en ese idioma?

—Algunas han llegado y nos ha tenido que ayudar un profesor de la universidad. Quizá necesitemos pedirle ayuda en el futuro.

—Estoy a vuestra entera disposición. Incluso, con algo de esfuerzo y un diccionario a mano, sería capaz de traduciros alguna carta en yiddish.

El primer destino de la carrera diplomática de Eduardo Sagarmín fue San Petersburgo, después ha estado en Roma y en El Cairo. También ha representado al rey de España en otras ocasiones: tuvo que entrevistarse, de manera confidencial, con el presidente francés Armand Fallières en 1910 para solucionar problemas fronterizos entre la Guinea española y Gabón; acudió en su nombre a la coronación de Mulay Yúsuf, el sultán de Marruecos, tras la abdicación de su hermano Abd al-Hafid. La de Buenos Aires no es, por tanto, su primera misión.

—Blanca, déjame que hable cinco minutos con Eduardo, después miramos eso de la Oficina que corre tanta prisa.

Álvaro Giner no puede evitar seguir a Blanca con la mirada mientras ella se aleja.

—Blanca es una mujer maravillosa.

—No hace falta que me lo digas, Álvaro, conozco a la perfección la mirada que se te pone cuando una mujer te lo parece.

A los dos les une la amistad con don Alfonso, pero han llegado a tener una gran confianza y simpatía mutuas.

—Supongo que si no estuviera trabajando en la Oficina Pro-Cautivos, este viaje me habría tocado a mí, que soy soltero. Aunque oficialmente se trate de entregar las estatuas, hay más motivos para que el rey te haya pedido que vayas. También hay que quedarse en Buenos Aires hasta la inauguración del monumento y representarle allí.

—Es decir, varios meses.

—Yo te diría que casi el año entero. Después del verano, en el otoño de aquí y la primavera de allí, hay elecciones en Argentina y don Alfonso querrá que haya alguien en la toma de posesión del nuevo gobierno en su nombre. Supongo que podrás llevarte a Beatriz, si es tu deseo.

Beatriz es la esposa de Eduardo y, como corresponde a su clase social, los dos mantienen las formas en público. En privado no es así, cuando están los dos solos no pueden disimular la realidad: decir que no se soportan es decir poco, su boda fue un error y se guardan un profundo rencor. Eduardo no le pedirá que le acompañe, tampoco Beatriz aceptaría, es su oportunidad de estar unos meses alejado de ella, quizá de evitar que la situación vaya a peor.

—Hay un asunto más que deberás tratar en Argentina con el gobierno. Pero es un tema confidencial del que no te puedo hablar porque lo desconozco, te lo comentará el rey en persona pasado mañana, cuando te veas con él.

Le extrañan las palabras de Álvaro, no tiene ni idea de qué asunto se puede tratar. Sólo sabe que está al servicio del rey, como siempre.

—Ahora sé discreto, te voy a presentar a una persona que viajará en el mismo barco que tú. Sabe lo de las estatuas, pero ni sabe, ni puede saber, el otro asunto que te lleva a Buenos Aires.

—No temas, ni yo mismo tengo idea de qué puede tratar el encargo. Es imposible que pueda irme de la lengua.

Un hombre muy alto y muy delgado se acerca a ellos. Se nota que su chaqué es prestado —o alquilado, en los últimos tiempos se han puesto de moda las sastrerías que alquilan los trajes de etiqueta— y no hecho a medida.

—Gaspar Medina, periodista de *El Noticiero de Madrid*, le presento a don Eduardo Sagarmín, marqués de Aroca.

—Leo su columna todas las semanas, la de «La butaca de pensar»; me gusta su visión de la guerra europea, su análisis de la sociedad.

Conoce el trabajo del periodista, aunque nunca se había encontrado con él; imaginaba a un hombre aguerrido, con carácter, no al joven tímido y apocado que hay ante él. Sobre todo después de leer una de sus últimas columnas, en la que poco menos que llama a los generales españoles miserables e incompetentes cobardes.

—Menos mal que somos neutrales, esa guerra es una salvajada y una carnicería. Yo haré todo lo que pueda desde mi periódico para ponerle fin y para que España no cometa el error de incorporarse a la lucha, aunque sea sólo un granito de arena.

—Don Eduardo va a representar al rey en la entrega de las estatuas del monumento de Buenos Aires, viajaréis en el mismo barco. Os dejo charlando, que una de mis colaboradoras en la Oficina Pro-Cautivos me busca. Tendremos que salvar a un prisionero inglés esta misma noche o cualquier asunto de esos que para ella tienen prioridad absoluta.

La Oficina Pro-Cautivos es la iniciativa humanitaria más importante que España lleva a cabo en la guerra: ayudar a los prisioneros de los dos bandos y a sus familias. El rey se lo encargó a Álvaro como podía habérselo encargado a Eduardo. Habría estado orgulloso de trabajar allí si don Alfonso se lo hubiese pedido.

—¿Cuál será el motivo de su viaje a Argentina?

—En principio, el mismo que el suyo, cubrir para mi periódico la entrega de las estatuas. En realidad, me mandan a Argentina para evitar que siga publicando mis columnas sobre la guerra. Los militares no están nada satisfechos con mi postura antibelicista y he recibido varias amenazas. Para el ejército, la guerra es su razón de ser; si somos neutrales no hay ascensos, ni medallas, ni gastos en armamento...

—No sabía que los militares tuvieran el poder de hacer que un periódico enviara al otro lado del mundo a alguien que no comparte sus posturas.

—El miedo es libre, don Eduardo. Yo no soy un héroe, y si recibo una carta jurando que me van a saltar la tapa de los sesos, lo primero que se me ocurre es poner tierra de por medio: marcharme a Argentina y más lejos si fuera posible. No es el periódico el que ha tomado la decisión, he sido yo y he tenido la fortuna de que mis jefes me hayan apoyado.

No es habitual que un hombre reconozca su cobardía y Eduardo le sonríe amistoso. Gaspar mira alrededor como si temiera de verdad por su vida y creyera que podrían matarle en esa misma recepción de Palacio.

—Aprovecharé que viajo a Argentina para enviar crónicas desde allí, cada vez son más los españoles que emigran a ese país. Supongo que el barco en el que viajamos llevará cientos de emigrantes.

—No conozco los detalles del viaje, todavía no hace ni un cuarto de hora que sé que voy a Buenos Aires. ¿Se sabe ya en qué barco vamos?

—*El Príncipe de Asturias*; no tenemos queja, es el más lujoso y seguro que existe ahora mismo. Cuando me enteré me llevé una alegría: no tengo la menor intención de morir en un naufragio. Puestos a viajar, me alegro de que mi periódico haya escogido el mejor.

—No lo diga ni en broma, ninguno queremos morir en un naufragio. Y, ya que estamos, de ninguna otra manera.

—Es confidencial, pero dicen que Pinillos, el presidente de la naviera, está a punto de llegar a un acuerdo con los alemanes para que sus submarinos no nos usen como diana. Eso hará nuestro viaje mucho más relajado.

Mientras habla con el periodista, Eduardo Sagarmín ve a su esposa, Beatriz Conde, en animada charla con Sergio Sánchez-Camargo, el conde de Camargo. Le conoce desde hace muchos años, hasta ha coincidido algunas veces con él en la Sala de Armas del Casino Militar; es un gran esgrimista, especialista en espada, igual que él. Observa sus sonrisas, sus miradas y sus complicidades y se da cuenta de que, si no tienen algo, lo tendrán cuando él esté de viaje. No es la primera vez que sucede, que su esposa tenga un amante, y no siente celos: ojalá todo fuera más fácil y ella se pudiera marchar con el conde de Camargo, si es lo que desea, y dejarle a él libre y tranquilo. Si por él fuera, su matrimonio se acabaría esa misma noche y no volvería a verla. Eso sí que le haría feliz y no la fidelidad de su esposa.

Antes de marchar a casa tiene un aparte más con don Alfonso.

—¿Te ha contado Álvaro lo del otro cometido en Argentina?

—Me ha dicho que usted tendría que darme las instrucciones, que él mismo no las conocía.

—Perfecto. Vente pasado mañana a mi despacho a las diez y te pongo al corriente. Y no lo comentes, quiero que todo se haga en total confidencialidad.

A medida que avanza la fiesta, Eduardo Sagarmín deja de ver a su esposa; ha desaparecido de su vista. Busca al conde de Camargo y tampoco lo encuentra. Sólo espera ser el único que se haya dado cuenta y que no corran los rumores.

—¿Vamos a algún sitio? ¿Hay algo abierto hoy donde beber una copa de champán?

En una ciudad grande, como Madrid, siempre hay algo abierto para los solitarios; hasta en Nochebuena. No todo es la misa del gallo.

Roberto, el bailarín, ha ido a pasar la noche a casa de Raquel. La cena de ambos no ha sido muy navideña: una tortilla de patatas —lo único que él sabe hacer—, una botella de vino de Rioja del que don Amando tiene en la casa para sus comidas y los turrones que ella compró para su familia en Casa Mira, un manjar. Ella no sabe cocinar nada, ni de niña en su casa se preocupó por aprender, ya sabía que sería artista.

—En la calle de la Flor hay gente, seguro.

—Sí, pero allí me aburro, ni un solo hombre me mira.

—Es que eres muy egoísta y no piensas en los demás. Me miran a mí y eso debería bastarte, mala amiga.

—¿Y la Venta de la Gaditana?

No es una venta de verdad, no está en un camino y no sirve para dar alojamiento a los viajeros; es una taberna en la calle del Amparo, la que antes se llamaba de la Comadre, en Lavapiés. En la Venta de la Gaditana hay guitarras, palmas y flamenco. También mucha juerga, lo que Raquel y Roberto necesitan esta noche de soledad en la que el resto de la ciudad está en compañía.

No son los únicos que han decidido ignorar la festividad familiar y religiosa, que salen a divertirse como si fuese un día cualquiera. La Venta de la Gaditana está de bote en bote, hay más de cien personas en un local en el que apenas caben cincuenta o sesenta.

—No te esperaba aquí, cordera.

—¿Y dónde querías que estuviera? ¿En la misa del gallo de San Ginés?

—Más cerca de casa te pilla, pero tú eres más de pecar que de rezar.

—¿Quién habló que la casa honró?

Manuel Colmenilla es uno de esos hombres de los que más vale mantenerse apartada, de los que en vez de pagar acaban llevándose el dinero de las mujeres con las que se acuesta. Es de los pocos a los que Raquel ha abierto la puerta de su casa sin pasar antes por caja. Lo hizo una vez —hace años, más de seis— y no quiere que vuelva a suceder, nunca.

—¿Y tú qué haces por aquí, Manuel? ¿No te han dado de cenar en tu casa?

—Una amiga se quedó sin planes y me he sacrificado por ella, ha ido a los excusados, cuando vuelva te la presento. Se llama Rosita y va a dar mucho que hablar.

No es el único que la saluda. Allí está Dora, otra artista del Japonés; Carla, una chica que bailó allí hasta hace un par de años; Ramón, un músico que la ha acompañado varias veces...

—Raquel, cordera, ¿vas a salir a cantar?

—Si tú me lo pides, yo salgo y canto, Prenda.

El Prenda es un gitano de unos cincuenta años, el hijo de la Gaditana. Fue su madre la que abrió el local y él quien lo lleva desde su muerte. Un fenómeno que lo mismo toca la guitarra que hace de palmero, contrata a los bailaores para ir a una fiesta privada o corta el jamón con lonchas tan finas que se puede leer al través.

—¿Te arrancas con «El Relicario»?

—Ea.

«El Relicario» es la copla que ha puesto de moda este año otra Raquel, Raquel Meller, aunque su verdadero nombre no es Raquel, es Paca Marqués. La ha cantado en el Trianón, el teatro que hay en la calle de Alcalá, casi pegado al Japonés. También la Meller está alcanzando la fama que se le resiste a Raquel Castro. Pero la Nochebuena no es una noche para pensar en ello, no es una noche de dormir.

—Un día de San Eugenio, yendo hacia el prado, le conocí, era el torero de más tronío y el más castizo de *to* Madrid.

Mientras canta, ve a Manuel con Rosita y siente celos. Rosita es una mujer muy bella y muy alta. Además es joven, como ella la noche que franqueó la puerta de su piso al galán que hoy acompaña a la otra.

Raquel canta con rabia, porque ya no es como Rosita y porque no se hará tan famosa como la otra Raquel, la Meller. Levanta al público cuando empieza el estribillo que todos se saben.

—Pisa morena, pisa con garbo, que un relicario, que un relicario me voy a hacer, con el trocito de mi capote que haya pisado, que haya pisado, tan lindo pie.

Al final, cuando el torero cae herido de muerte y saca el relicario de su pecho, a Raquel se le caen las lágrimas y el público aplaude a rabiar, lo que ella soñaba en Belmonte del Tajo cuando partió hacia Madrid. Tanto ha gustado, que le piden que cante otra y ella está tentada, pero se excusa y baja del pequeño tablao para que los guitarristas vuelvan al flamenco, que es lo que los clientes buscan en la Venta de la Gaditana.

—Te has emocionado, cordera. No sabía que te pirrabas por los toreros.

—Tanto como tú, chisgarabís.

Roberto, que sigue a su lado y que siempre la acompaña, que esta noche le ha hecho la tortilla de patatas, es el único hombre al que va a dejar entrar en su casa, y hasta dormir en la cama con ella, sin pagar. Claro que él no tiene ningún interés en hacer uso de su cuerpo.

—Roberto, ¿qué vamos a hacer cuando seamos viejos?

—Anda que vaya pregunta… Morirnos.

—Digo antes, yo no quiero ser vieja y pobre. No quiero vestir como una pordiosera.

—Pues nos casamos y te vienes conmigo a mi pueblo. Pero te aviso que allí sólo hay ajos. Ajos y tíos muy brutos. Eso sí, no hay ajos mejores en toda España. Anda que no iban a rabiar en el pueblo si me ven llegar casado con una jaca como tú, con la de veces que me han tirado al pilón por invertido...

Son historias tristes, pero Roberto tiene tanta gracia para contarlas que Raquel acaba riendo a carcajadas cuando lo hace.

—Y mira, atenta que allí viene el Manuel. No te pongas perra, que te conozco.

Manuel Colmenilla, con su sonrisa, sus patillas de tipo peligroso, su pelo moreno engominado y sus ojos verdes, viene hacia ella con Rosita cogida del brazo.

—Te dije que os presentaba: Rosita, ella es Raquel. Y viceversa.

Rosita y Raquel se miran y se miden. Rosita, que se ve ganadora, por juventud y porque es la que va del brazo del galán, es la primera que habla.

—¿Eres la del morrongo? Te hacía más joven.

—Perdona, pero no tengo el gusto de saber quién eres tú. ¿Has pasado por algún escenario o sólo actúas en privado y previo pago?

Manuel sonríe al ver la pelea de gatas que se prepara, pero no quiere que lleguen a las manos y que alguna acabe con la cara marcada. De momento tiene intereses en que eso no suceda.

—Pronto oirás hablar de Rosita, Raquel, muy pronto. Pasado mañana la ve Losada para contratarla para el Japonés.

—Pues suerte.

«Y que te zurzan», dice entre dientes cuando ella no la escucha. Se despiden y se separan y a Raquel ya se le ha amargado la noche.

—Tú lo que tenías que hacer es probar suerte en Argentina, cordera. Allí entienden de música y de teatro, allí te hacías de oro. Si hasta el empresario ese que te dio la tarjeta ayer te dijo que te contrataba.

—He perdido la tarjeta.

* * *

—¿No vienes a la hoguera? Vittorio va a cantar.

Vittorio, el compañero que ha preparado el pollo asado, es napolitano y canta canciones de su tierra, canciones de amor, con gusto y buena voz. Justo lo que menos falta le hace hoy a Giulio.

—No, voy a intentar dormir un rato.

Tras fusilar al soldado austriaco —¿se salvaría el moreno que salió corriendo?— hubo un rato de abatimiento entre sus compañeros, pero en la guerra las emociones duran muy poco, a excepción del miedo, que no los abandona nunca. Al cabo de un rato lo único que preocupaba a todos era cenar y ponerse junto al fuego para calentarse, a resguardo de la copiosa nevada que causa la impresión de que el paisaje es inmaculado y bello. El único con inquietudes distintas esta noche es Giulio, que no deja de pensar en Francesca y en Salvatore Marini. ¿Cómo es posible que ella vaya a casarse con el pescadero? Si pudiera plantarse delante de Francesca y pedirle explicaciones...

—No vas a lograr dormir esta noche. Y quién sabe si hoy será la última vez que podamos divertirnos. Mañana nos puede caer una bomba encima y nos tendrán que recoger con una pala.

Tienen razón. Y es más fácil olvidar las penas en medio de las palmas que en soledad, cuando se sabe que, por mucho que lo intente, el sueño no llegará.

—¡Una *fisarmonica*! ¡Bruno, para ti!

¿De dónde sale un acordeón a un par de kilómetros del frente? Hay que confiar siempre en la capacidad de adaptación y en la facilidad de los soldados de su compañía para hallar lo que desean: alguien ha encontrado, no se sabe dónde, un acordeón y uno de sus compañeros, Bruno, es capaz de tocarlo con bastante gracia.

—*Quanno sponta la luna a Marechiare, pure li pisce nce fann' a l'ammore, se revotano l'onne de lu mare, pe la priezza cagneno culore...*

Francesca no es de Viareggio; llegó a vivir con sus tíos, después de que sus padres murieran en un incendio en su casa, hace tres años. Venía del sur, de Calabria: morena, ojos claros, voluptuosa. Tenía dieciséis años y ya era más sensual que cualquiera de las mujeres que él hubiera visto antes en la ciudad. Para Giulio fue una sorpresa que se fijara en él: el hijo del maestro, tímido, callado, estudioso, siempre con sus libros bajo el brazo, soñando con viajar a Roma cuando le llegara la edad y estudiar en la universidad. Cuando ella le besó por primera vez, sus perspectivas cambiaron, la universidad, los filósofos griegos y latinos y la poesía perdieron interés, había más sabiduría en los labios de Francesca que en todas las enseñanzas de Platón, Sócrates y Aristóteles juntos. Quizá abandonar Viareggio no fuese una buena idea teniéndola a ella cerca, ¿por qué alejarse de lo que buscaba?

Todavía recuerda la despedida de Francesca, la noche antes de tomar el tren, cuando ella se le entregó. Era la primera vez para él y fue en casa de una prima de ella que estaba de viaje, en una cama, con buenas sábanas de hilo, no como él habría imaginado siempre que sería, en una barca abandonada junto al mar o en una pensión destartalada cerca del Teatro Politeama. Fue idea de ella que se acostaran juntos aquella noche, a él ni se le habría ocurrido pedirlo. Tan nervioso estaba que fue Francesca la que tuvo que decir cómo colocarse, qué hacer, cómo moverse. No pensó en que ella podía haberlo hecho más veces, no se le había pasado por la cabeza hasta esta noche. ¿Y si ya entonces lo hacía con el pescadero? ¿Y si a él también le llevó a esa misma cama con buenas sábanas?

—*Io te voglio bene assaje, e tu non pienze a me.*

Hay días que no entiende el napolitano de Vittorio, hoy lo hace perfectamente: «Te quiero tanto y tú no piensas en mí».

Después de la primera botella de *grappa* ha aparecido otra, regalo del capitán. Ha pegado un buen trago, pero son muchos para beber y apenas le ha quitado el frío, no ha sido suficiente para olvidar. Así que los recuerdos de Francesca le vienen a la cabeza una y otra vez: la primera vez que la vio, en primavera, pasando por delante de la Torre Matilde, con un vestido blanco y una chaqueta negra de lana que se cerraba con las manos para evitar el fuerte viento; o la primera vez que habló con ella, aquel verano, cuando se la encontró al salir de la iglesia de Sant'Andrea, a la que ella había ido acompañando a sus tíos, cuando después se sentaron en un velador del Gran Caffè Margherita; o la primera vez que se besaron —o más bien que ella le besó a él— en el carnaval del año siguiente, en la fiesta de máscaras del baile del Caffè del Casino. Este año no habrá carnaval en Viareggio.

—*Metti anche tu la veste bianca. E schiudi l'uscio al tuo cantor! Ove non sei la luce manca; ove tu sei nasce l'amor.*

«Mattinata», la canción favorita de Francesca, la que sonaba en el Caffè Margherita, en un gramófono con la voz de Caruso el día que se sentaron juntos por vez primera. La única que Vittorio ha cantado en perfecto italiano: «donde no estás falta la luz; donde tú estás nace el amor».

Giulio se levanta, la noche impide que nadie le vea, echa a andar, a su espalda la nieve tapa sus huellas. No parará hasta estar frente a Francesca y preguntarle por qué se casa con Marini. La guerra se ha acabado para él.

* * *

—Vamos, Gabriela, siéntate con el señor Quimet. Ya estás mayor para tonterías.

No cree que su suegro vaya a atreverse a tocarla en la iglesia, pero está casi paralizada en su presencia y su padre no sabe lo que sucedió durante la cena. El viejo ha vuelto a hacerlo, a poner la mano en su culo, en la calle, mientras marchaban camino de la iglesia. Gabriela sólo piensa en cómo va a evitarlo las semanas que le faltan para partir hacia Buenos Aires.

—Madre, pídale a padre que no me mande a su lado.

—¿Ha vuelto a hacerlo?

—Cada vez que me acerco a él.

—Ahora vamos a asistir a misa, no creo que te toque dentro.

—¿Y si lo hace?

—Aguanta y mañana veremos. Si sigue haciéndolo, habrá que hablar con el Vicari Fiquet. Tu suegro va a pedir que vayas a vivir a su casa hasta que viajes a Argentina, no lo podemos permitir.

Si su suegro se atreve a tocarla delante de su familia, en la cena de Navidad, ¿qué no hará si se queda a solas con ella en casa? ¿La creería su hijo Nicolau, su esposo, si ella se lo contara? ¿En quién confiaría el indiano, en su padre o en una esposa a la que nunca ha visto más que en fotos?

—Viene mucha gente a la misa del gallo, no dejes espacio, pégate a mí, así cabrá más gente. Ahora somos familia, soy tu suegro, como un padre para ti.

Gabriela mira al frente, sin atreverse a cruzar la mirada con el señor Quimet, esperando que empiece la ceremonia más típica de la Navidad mallorquina, el «Canto de la Sibila». Tan preocupada está que no ha pensado en Enriq antes de verlo pasar por delante de ella, sin siquiera mirarla. Y, cuando nota su desprecio, sólo puede pensar en él y olvida al señor Quimet y sus largas manos, hasta que una de ellas se aventura en su muslo.

—*Al jorn del Judici, parrà el qui haurà feyt servici.*

«El día del Juicio llegará para quien haya servido a Jesucristo, rey universal…». El «Cant de la Sibil·la» se celebra en las iglesias de la isla de Mallorca desde la Edad Media, al principio en latín, después en catalán antiguo. En él se anuncia la llegada de Jesucristo al mundo y la inminencia del Juicio final.

Gabriela sabe perfectamente el canto: una de sus ilusiones cuando era niña consistía en interpretar en la misa del gallo a la sibila Eritrea, subir con su espada al altar, trazar con ella una cruz y entonar el canto sobre el Juicio final, pero siempre eran varones los escogidos para hacerlo. Ella se tuvo que conformar con llevar un cirio y formar parte del coro de voces infantiles. Puede seguir la profecía de la sibila palabra por palabra.

—Gran fuego del cielo bajará, mares, fuentes y ríos, todo quemará, los peces darán grandes gritos, perdiendo los naturales deleites.

La mano de su suegro sigue en su muslo, aprovechando la oscuridad de la iglesia; a veces la pellizca con fuerza, otras sólo la acaricia. Ella intenta pensar en la sibila, ignorar las intenciones del viejo y esperar a que la misa acabe y poder separarse de él. Ya se ha dado cuenta de que los días que le quedan hasta subirse al barco que la llevará a Buenos Aires serán una pesadilla y nadie la ayudará, a no ser que provoque un escándalo.

—Mosén Josep nos invita a tomar chocolate y ensaimada en su casa.

Es la costumbre al acabar la misa del gallo, en una noche en la que no se duerme y se come en exceso. Las familias se reúnen antes de retirarse. Este año no lo harán en casa de sus vecinos, los Llull; serán los invitados de mosén, todo un honor que nunca estuvo al alcance de los Roselló.

Gabriela vuelve a ver a Enriq a la salida de la iglesia, otra vez él la ignora. Es ella la que tiene que acercarse —a pesar de las críticas a las que pueda dar lugar, ahora es una mujer casada— y hablarle.

—*Bon Nadal*, Enriq.

—*Bon Nadal*. Ya me han dicho que te has casado. Enhorabuena, *felicitats*.

Ni una palabra más y dicho en el tono más neutro posible, se da la vuelta y se une a Onofre para perderse por las calles de Sóller. ¿Es el mismo que hace casi un mes la tomó, el único hombre al que ella se ha entregado? La ha tratado con desprecio, pero no sabe el motivo: si él es tan culpable como ella, si él no ha hecho nada por impedir su boda... Es como si no supiera que una mujer en esa sociedad no depende de su voluntad sino de la de otros. Como si él no fuera también responsable. Cada vez está más convencida de que Enriq se alegra de quitársela de en medio.

En casa del mosén hay más gente, todos de la alta sociedad sollerense. Su madre se siente feliz, la boda de su hija le ha dado acceso a algo que cree que se merece: un rango social superior. Ella, Águeda, es hija de un militar, un sargento chusquero, aunque con el tiempo ella haya inventado que era un atractivo y valeroso oficial de un pueblo de Valladolid, destinado en Tetuán, en el norte de África. Conoció a su marido, el padre de Gabriela, mientras él servía en el ejército en Marruecos. Quizá lo único no calculado que haya hecho en su vida fuera enamorarse de aquel soldado mallorquín, casarse con él en contra de la opinión de su familia y quedarse encerrada en esta isla, viviendo la humilde vida de la esposa de un pescador. Nunca se arrepentirá lo bastante, por eso está convencida de que hace lo mejor para su hija al casarla con Nicolau Esteve, incluso en contra de su voluntad; es mejor que las bases de un matrimonio sean racionales y que estén cimentadas en la conveniencia que dejar que decida algo tan voluble, incierto y pasajero como es el amor.

Ahora, por fin, tras muchos desvelos, acude al lugar donde van los propietarios de las grandes mansiones al acabar la misa del gallo; el señor Quimet se mueve con desenvoltura a pesar de ser sólo un payés, se nota que lleva muchos años recibiendo dinero de su hijo y alternando con las fuerzas vivas de la ciudad.

—Doña Águeda, estaba pensando que, para que su hija se vaya acostumbrando a los usos de mi familia, podría venir a vivir a mi casa hasta que se marche a Argentina.

Sabía que lo iba a pedir y lo que va a pasar Gabriela en las dos o tres semanas que faltan para que se suba a un barco camino de Barcelona, para embarcar allí en otro que la lleve a Buenos Aires. Aunque crea que ha hecho bien en casar a Gabriela con Nicolau, es su hija y no está dispuesta a dejarla sola. La defenderá como pueda.

—Mejor lo hablamos mañana, quiero que estos días que está en la isla esté a mi lado, hay tantas cosas que enseñar a una joven recién casada… ¿Va a venir usted a comer a casa?

—No, tengo que hacerlo en casa de mi sobrina. Me gustaría que Gabriela me acompañara.

—Hablaré con ella.

Gabriela no conoce a ninguno de los que se le acercan a felicitarla por su boda con Nicolau. Se siente incómoda con su vestido de los domingos; allí todas las señoras van elegantes y los hombres llevan trajes y pajaritas. Le llama la atención que una de las mujeres más ricas y elegantes del pueblo, doña Neus Moya, la mire con curiosidad aunque no se acerque a saludarla o a felicitarla. ¿Y si fuera ella la antigua novia de Nicolau? Le han dicho que se casó con un hombre rico… Gabriela no se atreve a acercarse a ella y preguntárselo.

Le encantaría estar comiendo ensaimada en casa de los Llull. Mira a su padre, que habla con el alcalde, y le da la impresión de que a él le sucede lo mismo, que se siente fuera de lugar allí. Sin embargo, su madre parece encontrarse en su ambiente. Tiene algo de patética su forzada desenvoltura.

—Gabriela, acompáñame a la terraza.

—Mejor nos quedamos aquí, señor Quimet.

—No te he preguntado tu opinión, te he dado una orden. Acompáñame a la terraza.

Va tras él y la terraza está, como ella imaginaba, vacía. El señor Quimet no espera. Enseguida la abraza y la besa, mete su asquerosa lengua en su boca. Gabriela está harta de seguir las instrucciones de su madre, va a hacer lo que tenía que haber hecho desde el principio.

—¿Qué haces, estás loca?

La cara de estupor del señor Quimet tras recibir la bofetada que Gabriela le ha propinado es todo un poema.

—Señor Quimet, como vuelva a propasarse conmigo, como me vuelva a tocar, aprovecharé la noche, mientras usted duerma, para abrirle en canal y sacarle las tripas, como a las sardinas. Y no encontrarán su cuerpo hasta que yo esté subida en un barco camino de Argentina. ¿Lo ha entendido?

Espera que este aviso sea suficiente y no tener que repetirlo.

3

LA BUTACA DE PENSAR
Por Gaspar Medina para *El Noticiero de Madrid*

LA FELIZ OCURRENCIA REAL

Todos ustedes que me leen saben que, sin ser un furibundo republicano, soy crítico con la figura de don Alfonso XIII. Ello no es óbice para que reconozca uno de los grandes aciertos de su reinado, tan poco conocido entre nosotros que incluso ha causado la sorpresa de algunos de los compañeros de redacción.

Hace poco más de un año, Su Majestad el rey recibió la carta de una niña francesa pidiéndole ayuda para localizar a su hermano, prisionero de las tropas alemanas desde la batalla de Charleroi. Don Alfonso XIII, en un gesto que le honra como ser humano, decidió acudir en su ayuda y puso en marcha las gestiones necesarias para localizar al joven prisionero. El caso tuvo un final dichoso y podía haber terminado ahí, como ese hecho que no sirve más que para adornar la biografía del monarca.

Pero, y a eso me refiero con la feliz ocurrencia real, se le dio continuidad. Don Álvaro Giner quedó encargado de atender a todas las cartas que fueran llegando a palacio desde todos los países que han entrado en este conflicto que llaman Gran Guerra. Con la ayuda de un puñado de funcionarios, entre ellos la bellísima Blanca Alerces, hija del duque de los Alerces, y algunos voluntarios, el conocido amigo del rey está haciendo una labor digna de mención, de premio y de aplauso. Son miles las cartas que llegan todos los días a lo que han bautizado como Oficina Pro-Cautivos, un simple desván en el último piso del Palacio Real. Allí se traducen, se clasifican, se contestan y se dan curso para resolver los problemas que cuentan sus remitentes.

No es más que un destello de luz entre las tinieblas que dominan Europa. Pero es un inicio, cuando prendan otras llamas como ésta habrá la esperanza de que el continente vuelva a relucir.

Cuando tenemos que criticar a don Alfonso XIII, más veces de las que nos gustaría, lo hacemos, pero cuando hay que jalearlo, no nos duelen prendas: ¡olé, majestad! Así sí somos sus orgullosos súbditos.

—Despierta. En una hora tenemos que estar en el teatro. Hoy llegamos tarde...

Raquel ha abierto los ojos a media tarde, con Roberto, el bailarín, desnudo y dormido a su lado. Tiene resaca, fue una noche larga y bebió mucho. Sólo tiene tiempo para darse una ducha y salir de casa.

—¿Qué hora es, cordera?

—Las cinco de la tarde. Hora de levantarse.

Apenas les dará tiempo a lavarse y tomar un té antes de salir para el teatro, menos mal que están cerca —su casa está en Arenal y el Salón Japonés en Alcalá— y sólo tardan diez minutos en llegar. Si se retrasan sólo un minuto, no cobran.

—¿Lo que recuerdo de anoche es verdad?

Lo que pasó anoche le preocupa mucho más a Roberto que a ella. Sí, es cierto: llegaron juntos y borrachos, se metieron en la cama e hicieron el amor.

—No parecía que lo estuvieras pasando mal, así que no me vengas ahora con quejas y arrepentimientos. Yo no te obligué a nada.

—No me quejo. Es la primera vez en mi vida que lo hago con una mujer y me gustó. ¿Y si he estado engañándome todo este tiempo?

—No te preocupes, no te gustó, sólo te lo pareció porque estabas borracho. Sigues siendo un invertido.

—¿Tan mal lo hice?

—Lo hiciste sorprendentemente bien… dadas las circunstancias y tus gustos.

Después de la Venta de la Gaditana —y de su desagradable encuentro allí con Manuel Colmenilla y la fulana que le acompañaba, la tal Rosita— debían haberse retirado a dormir, pero a Roberto le apetecía ir a una fiesta que daba un marqués muy rico y muy vicioso, amigo de un amigo suyo, en un piso de la calle Atocha. Allí se encontraron con más conocidos, entre ellos con Juan, el otro bailarín del espectáculo.

—Hasta hace un rato ha estado aquí Losada. Se ha marchado con un francés jovencito. No me extrañaría que dentro de poco lo tuviéramos en el teatro.

—¿Era bailarín?

—Andaba como una bailarina, sólo le faltaba ponerse en puntas.

Aunque casi todos los asistentes a la fiesta eran hombres —todos con los mismos gustos que Roberto, Juan, Losada o el francés que se fue con él—, también había algunas mujeres. La que más llamaba la atención era una muy alta, probablemente más que ninguno de los hombres presentes, rubia, vestida con un frac masculino de corte impecable, con un perfecto nudo en su pajarita y los zapatos negros más brillantes de todo el salón. No tardó en estar junto a Raquel con dos copas de champán en la mano.

—Menos mal que te encuentro. Creí que me habían mentido y que en España no había mujeres bellas. ¿Una copa de champán?

—Gracias.

Era una mujer guapa, con una bonita sonrisa, hablaba castellano con acento extranjero y miraba intensamente a los ojos de Raquel.

—Me llamo Susan.

—Yo, Raquel.

—Lo sé, desde que te he visto no he podido pensar en nadie más, he tenido que preguntar todo sobre ti.

—¿Y qué te han contado?

—Que eres una gran artista y que tu cuerpo es de los más bonitos de Madrid, hasta de los más bellos de España.

—Han exagerado.

—Te lo diré cuando lo vea.

—Muy segura estás de que lo verás.

—Seguras estamos las dos. Tú y yo, prenda. Y no será sólo en el escenario. Tú me gustas más que comer con los dedos.

Era gracioso escuchar esas expresiones en su boca, con su acento. Susan era simpática, seductora, arrolladora y segura de sí misma; es una pena que a Raquel no le gusten las mujeres.

—¿Bailar contigo? Perdóname, Susan, pero nunca bailo con una mujer en la primera cita. Tal vez la próxima vez que nos veamos.

—¿Me lo prometes?

—Te lo tendrás que ganar.

—¿Puedo ir a verte a tu teatro?

—Claro, me encantará que me veas actuar, pero te aviso de que no van muchas mujeres.

—Me basta contigo.

A Roberto lo encontró más tarde en la cocina, bebiendo como un cosaco y llorando desconsolado.

—¿Sabes quién estaba en el salón con otro hombre? Gerardo...

Raquel ni sabe cuántas veces ha tenido que escuchar a Roberto hablando de Gerardo, de sus infidelidades y de sus desplantes. Pensó que ya estaba superado, pero Gerardo siempre vuelve al corazón de Roberto.

Ella no ha sido capaz de sentir por nadie lo que Roberto siente por Gerardo. Cuando las parejas de enamorados están bien, le dan envidia, pero en momentos como ése da las gracias al cielo por su indiferencia hacia ese sentimiento. Se está mucho mejor sin las cuitas del amor, mejor no enamorarse nunca.

—Venga, vamos a casa, es muy tarde y estás muy bebido.

Roberto casi se caía cuando Raquel lo llevó al dormitorio y lo ayudó a desnudarse, después se quitó la ropa ella y se metió también en la cama. Pero su amigo esa noche estaba desconocido: empezó a tocarla debajo de las sábanas y a besarla, sus manos se aventuraban donde nunca lo harían las de un simple amigo. Al principio, Raquel intentó resistirse, más por lo que pensaría él al despertarse que por falta de ganas por su parte. Pronto empezó a buscarle también ella con las manos. Lo que se encontró no fue lo que esperaba: Roberto, por mucho que amara a Gerardo, era un hombre y estaba muy preparado para lo que estaba a punto de ocurrir.

Lo pasó muy bien, mucho mejor que con ninguno de sus amantes, incluso mejor que aquella lejana noche con Manuel Colmenilla en la que creyó haber descubierto el amor. No gozó una vez sino muchas. Roberto la trató como si nunca hubiera hecho otra cosa que dar placer a una mujer, como un verdadero virtuoso: sus besos, sus manos y sus embestidas no dejaban duda de su deseo. Al acabar se quedó dormido, como si le hubieran disparado, sin tiempo para arrepentirse.

—Si llegamos tarde no nos pagan, así que date prisa.

—Vale, ya me levanto, pero que sepas que me gustó hacerlo contigo, cordera.

A ella también, si tuviera tiempo volvería a empezar.

—Ya me lo has dicho. A mí también, podemos repetir cuando quieras.

—No, una y no más, que a mí lo que me pierden son otras cosas. A mí tu morrongo no me da ni frío ni calor, pese a lo de anoche.

—Querido, tienes que escoger una carta. Pero no me digas el as de corazones, que me enamoras para siempre.

El número anterior al de Raquel es el de Madame Renaud, una antigua vedete que se ha reciclado y ahora hace magia con una baraja de cartas. Habla forzando un supuesto acento francés, aunque es gallega, y se insinúa a los espectadores como si fuera una jovencita inocente y frívola. Provoca bastantes risas y aplausos entre ellos; como prestidigitadora es buena, a veces parece mentira que pueda adivinar las cartas que han escogido.

La Renaud fue una mujer bella, durante años fue ella la vedete que cerraba el espectáculo y tenía admiradores en el camerino todas las noches. Ahora anda muy cerca de los cincuenta y, aunque está muy bien conservada para su edad, ya no tiene amantes que la mantengan; vive en una pensión de la calle Colegiata. Raquel ve en Madame Renaud su futuro: algún día será una mujer que fue guapa y que tiene que espabilar para ganarse la vida.

—Y ahora olviden mis naipes, que llega el número que todos ustedes están esperando: ¡Raquel Castro y su lindo gatito!

Mientras el público aplaude, Raquel, todavía entre bambalinas, se quita la bata, la misma que usa en el camerino, y los dos bailarines la tapan con los peluches. Salen así, con los primeros compases de la música, al escenario.

Nada más salir, la ve en primera fila. Allí está la americana de ayer, Susan. Su melena rubia y su estatura destacan sobre el resto, además es la única mujer de la platea. Aplaude entusiasmada, como los demás.

—Y le gusta pasar aquí el rato, ¡ay, *arza* que toma, qué pícaro gato!

A quien no ve es a don Amando, no está en su butaca habitual. Es raro el día que no asiste a la tercera sesión del espectáculo. Puede que no haya ido por la visita que le comentó de la familia de su esposa a causa de la Navidad, pero también porque esté empezando a cansarse de ella. Todo son fantasmas en la mente de Raquel.

La americana ha tenido que causar un gran revuelo en la entrada con su extravagante ropa para una mujer: un elegante y bien cortado traje masculino gris, con chaleco, corbata y zapatos de dos colores en blanco y negro. En el guardarropa ha dejado un abrigo negro y un sombrero de hongo.

Susan aplaude el espectáculo como cualquier otro espectador y, cuando su mirada se cruza con la de Raquel, sonríe y guiña un ojo. De todos los ojos presentes, la artista sólo siente unos clavados en su culo cuando se da la vuelta. Es a la americana a la que regaña especialmente por haber aprovechado su descuido para ver su *arrière garde*.

—¿Por qué me miras así? ¿Es que tú no tienes uno igual?

—Te dije que vendría a verte.

—No esperaba que fuera tan pronto.

—En mi país no hay Reyes Magos, los regalos se entregan el día de Navidad, por eso he venido, para que seas mi regalo. Yo también te he traído uno.

Raquel abre la caja y encuentra dentro un bonito collar de oro y perlas, mucho más valioso que la pulsera que le regaló don Amando ayer: no baja de doscientos duros, quizá más. Susan sabe lo que les gusta a las chicas como Raquel, la llave para abrir sus puertas.

—Parece muy valioso.

—Soy muy rica. Y cuando algo me gusta, no me preocupa lo que valga.

—¿Te refieres al collar o a mí?

—A los dos, me refiero a los dos.

El entresuelo del café de Fornos es el único sitio que se le ocurre a Raquel donde dos mujeres solas —una de ellas con traje y sombrero— pueden cenar sin llamar demasiado la atención. Allí hay bohemios, artistas, trasnochadores, gente que no se asusta fácilmente. Antes, en la puerta del Maxim's, el bar abierto hace poco junto al casino de la calle de Alcalá, Susan le ha comprado al gigantesco portero negro un frasquito marrón con un gramo de esos polvos que tanto gustan a muchos de los compañeros de Raquel, cocaína.

—¿Tú no quieres?

—No, no me gusta.

Sólo la probó una vez, cuando era amante de don Wenceslao, y no le sentó bien. Le parece perfecto que los demás la usen si quieren, pero a ella no le agrada.

—Aquí dan un buen filete. ¿Te apetece?

—Prefiero langosta. ¿No me vas a invitar a una langosta Thermidor?

—Y a un barco entero llena de ellas, guapa.

Es un poco infantil, ni siquiera le gusta mucho, pero es una norma de Raquel: en la primera cita con un posible amante hay que pedir langosta, para comprobar hasta dónde llega su interés y si tiene mucha facilidad para abrir la cartera. Susan pide, además, champán francés: ha aprobado.

—¿Te ha gustado mi espectáculo?

—¿«El morrongo»? Tiene gracia y tú tienes un cuerpo muy bonito del que espero disfrutar. Había estado en otros espectáculos así en Madrid, en el Chantecler y el Eden Concert, pero tú eres la mejor.

—No compares.

Los dos que ella dice, el Chantecler, en la plaza del Carmen, y el Eden Concert, en la calle Aduana, son los lugares más bajos en los que puede caer una artista como ella. Los locales que Raquel se teme que le esperen cuando deje de gustar a los clientes del Japonés.

—¿A las chicas del Chantecler también les has llevado collares?

—No me habría hecho falta, las chicas del Chantecler se conforman con mucho menos. Tú perteneces a la aristocracia.

—¿La aristocracia de qué?

—De las mujeres; tú eres una reina, mi reina.

Podía haber dicho que pertenecía a la aristocracia de las mantenidas, u otra palabra más soez, la aristocracia de las putas, y Raquel se habría levantado y marchado, pero ha tenido el acierto de rectificar. Quizá no esté tan mal, quizá se decida y pase la noche con la americana: igualdad entre hombres y mujeres, ¿no es eso lo que piden las sufragistas?

—¿Y qué hace en España una americana rica y guapa?

Ha ido a verla al teatro, la admira, tiene dinero y no duda en gastarlo. A Raquel le da igual que sea hombre o mujer, puede dedicarle a ella su fortuna, convertirse en uno de sus lucrativos amantes.

—París y Londres no están para viajes con la locura esa de la guerra y quería poner distancia de Nueva York, allí se quedó mi última amante.

Susan es de Detroit, aprendió a hablar castellano en sus vacaciones infantiles en México; su padre es un magnate, dueño de una fábrica de coches —una muy grande y famosa—, es inmensamente rica —en millones de dólares— e inaguantablemente incómoda para su familia.

—En mi casa prefieren tenerme lejos y son muy generosos con el dinero. He descubierto que en el sur de Europa viven las mujeres más bellas del mundo. Es una pena que los italianos no sean también neutrales: me encantan las mujeres de Sicilia.

Después de la langosta y el champán francés en el Fornos, vuelven al Maxim's, donde el altísimo —¿llega a los dos metros?— y uniformado portero negro conoce a Susan por su nombre como una clienta habitual. Juegan a la ruleta en el piso de arriba. Es ilegal, pero hay hasta un conocido ministro apostando grandes cantidades al número 17. Es Susan la que financia el juego de ambas.

—¿Ya has perdido el dinero que te di antes? Toma.

Cada vez que Raquel le dice que no le quedan fichas, la ame-

ricana le da cien pesetas más. Raquel cambia una pequeña cantidad para seguir jugando y guarda el resto. Gana un pleno con el
número 30 —rojo, par y pasa— al que ha apostado diez pesetas.
Le dan trescientas sesenta, mucho más de lo que un trabajador
gana en semanas.

—¿Nos vamos ya?

Antes de coger un taxi, Susan le compra un frasquito más al
portero. Le pide al taxista que las lleve al Ritz.

—No me van a dejar entrar. En el Ritz son muy estrictos.

—No te preocupes, mi habitación es de las más caras del
hotel. Para los huéspedes de las habitaciones más caras no hay
normas. Hacemos lo que queremos. Además, sólo somos dos
amigas. ¿Quién va a tener la mente tan sucia como para pensar
que vamos a hacer algo que no sea charlar de nuestras cosas?

Siente las caricias de la americana, su cuerpo fuerte y flexible,
pero a la vez femenino, el sabor dulce de sus besos. La americana la trata con nervio, pero también con cariño, alterna las caricias en las que apenas roza su piel con la pujanza de sus manos.
Pronto, Raquel se olvida de que no es un hombre más quien la
abraza, cierra los ojos y se pierde en el cuerpo de su compañera,
en la potencia de sus piernas que parecen abrazarla. También nota
su lengua donde ningún hombre se había adentrado y es entonces cuando goza. Siempre lo hace, pero esta vez ha sido más intenso, casi tanto como ayer con Roberto. Antes de levantarse
está segura de que repetirá con Susan.

—¿Te vas ya o empezamos de nuevo?

—Empezamos de nuevo.

A falta de valorar el collar de oro y perlas, entre el dinero del
pleno al 30, lo que ha sisado de la ruleta y lo que Susan le da antes
de marcharse con el eufemismo del taxi de vuelta a casa, la noche le
ha proporcionado algo más de mil pesetas a Raquel, una cantidad
por la que está dispuesta a amar a quien sea; dos o tres noches así
son dinero suficiente para un pasaje de barco a América en primera.

* * *

—¿Estuvo usted en la recepción del Palacio Real? ¿Y cómo no me lo dijo antes? Qué emoción, tener un inquilino tan respetable...

Doña Mercedes, la patrona de la pensión de la calle del Pozo, trata a Gaspar, su inquilino periodista, con gran deferencia. No es de extrañar, nunca se ha retrasado en el pago, no ha causado ninguna incomodidad, no ha protagonizado ningún escándalo y tiene una conversación educada, amena y divertida. Y hay una razón más según los demás inquilinos: doña Mercedes está enamorada de él, se le nota. Están seguros todos menos él, quizá porque es Gaspar quien está enamorado, desde el primer momento que la vio, hace ya tres años. El día que se enteró de que ella estaba prometida —peor aún, que estaba prometida con un comandante del ejército— fue uno de los días más infelices de su vida.

Doña Mercedes —llamándola así uno se imagina a una señora mayor, viuda y estricta— es una mujer joven, muy atractiva. Heredó la pensión tras la muerte de su padre y la ha convertido en una de las más confortables de Madrid, sin haber subido apenas los precios.

—Mañana hay cocido, ¿vendrá usted a comer?

El cocido es una tradición de los jueves y los inquilinos, siempre que pueden, se apuntan.

—Claro, doña Mercedes. No me pierdo el cocido por nada del mundo. Además, tengo que hablar con usted. ¿Tendrá unos minutos esta tarde?

—Sabe que para usted siempre los tengo, don Gaspar. ¿Quiere tomar café conmigo?

—Estaré encantado.

Sólo de pensar que se sentará con ella a solas se pone nervioso. Sus compañeros de la redacción, tan asiduos a los burdeles de la calle de la Madera y a los de la calle de la Abada, se reirían de él si se enterasen de que nunca se ha acostado con una mujer. A veces, cuando le insisten en acompañarlos, les miente y les cuenta que tiene una novia en Salamanca que se llama Margarita.

—¿Quiere usted tomar un té, tal vez un café?

Doña Mercedes le recibe en un lugar al que muy pocos inquilinos tienen acceso y en muy contadas ocasiones: un saloncito privado que está situado junto a su habitación. Está decorado de una manera muy elegante, con una butaca muy confortable y un burgueño en el que debe de guardar las cuentas del negocio. Hay una estantería con bastantes libros, bien encuadernados. La puerta del dormitorio está abierta y se ve una cama de matrimonio. Dicen que hay dentro una puerta que da a un baño privado para ella sola. Gaspar sufre al pensar que el comandante Pacheco, el prometido de su amada, conocerá bien esas dependencias.

—Me cuesta decirle lo que tengo que comunicarle, doña Mercedes. A mediados de febrero abandonaré la pensión.

La cara de pena y de sorpresa de doña Mercedes no parece fingida.

—¿Se encuentra a disgusto?

—No, me ausento de Madrid durante varios meses. Viajo a Buenos Aires.

—¿Se marcha? No sé qué puedo decirle. Es un disgusto para mí. Como patrona de esta pensión, claro, pero también como persona, valoro mucho su compañía.

No hay duda de que se siente afectada. Si no se sintiera tan inseguro en el mundo de las relaciones con las mujeres, intentaría consolarla de alguna forma. Pero no sabe qué hacer. Se queda callado como si le resultara indiferente, pero lo que de verdad quiere es tomarle la mano, quizá besarla, hacerla incorporarse, llevarla hacia la habitación, tumbarla en la cama que se ve desde allí y hacerle el amor hasta la mañana siguiente.

—Para mí también es un disgusto. Llevo en esta pensión desde que llegué a Madrid y para mí es mi casa. Y más en los últimos años, desde que usted se hizo cargo, doña Mercedes.

—¿Por qué no deja de llamarme así? Llámeme Mercedes y yo le llamaré Gaspar. ¿Qué le lleva a Buenos Aires?

Gaspar no le desvela la verdadera razón, que la causa es el miedo por las amenazas y que todo lo demás son adornos. Le cuenta lo de las estatuas del Monumento de los Españoles, lo de las elecciones en Argentina, lo de los reportajes sobre los emigrantes españoles en otros lugares del mundo...

—Es apasionante. Pensar que vive usted aquí, tan cerca, y tiene un trabajo tan interesante...

—No crea, al final no hago otra cosa que estar sentado en una mesa, aporreando una máquina de escribir.

—No diga eso. Todas las semanas leo su columna; a veces, cuando habla de los generales, siento miedo y pienso que es usted un valiente al decir en voz alta lo que muchos piensan.

—Creí que usted sería simpatizante de los militares.

—¿Lo dice por el comandante Pacheco? No se fíe de las apariencias, amigo Gaspar.

Gaspar no sabe si preguntar, si lo que ella le está diciendo es que no es feliz con su prometido, si está hablando de cualquier otro asunto y él, por su falta de experiencia con las mujeres, lo está malinterpretando.

—¿Por qué no cena un día de estos conmigo y me cuenta detalles de su trabajo? Ahora, cuando pasen las fiestas.

Tiene que decir que sí, claro, aunque se exponga a un pelotón de fusilamiento dirigido por el comandante Pacheco.

—Sí, estaré encantado.

—Usted y yo solos, para que nadie nos interrumpa. Cocinaré para usted, soy una buena cocinera. Eso sí, usted debe encargarse de traer una botella de vino.

Gaspar sale a la calle flotando en el aire, pensando en que va a comprar una botella del mejor vino, que si hace falta se dejará en esa botella la gratificación de Navidad que le darán en el periódico.

* * *

—No pienso ir a comer con el señor Quimet.

—Es tu suegro y quiere que vayas a comer en Navidad a casa de su hermana. No creo que hagas bien en no ir. Olvida lo de ayer, el hombre había bebido demasiado, no volverá a ocurrir. Tú misma has dicho que no te volvió a molestar tras la misa.

Su madre no sabe cuáles fueron las últimas palabras que Gabriela y su suegro cruzaron en la terraza de la casa del Vicari Fiquet: la bofetada y la amenaza de abrirlo en canal si volvía a propasarse con ella. Quizá se entere, pero no será Gabriela quien se lo cuente.

—Madre, ya se lo he dicho: he decidido no ir. Soy una mujer casada, obedezco a mi marido. Ni a mi suegro ni a mi madre. No me obligue a tener que demostrárselo. ¿Le da igual que intente abusar de mí?

—Claro que no me da igual. Sólo que no creo que vaya a repetirse, ayer había bebido mucho, sólo eso. No quieras hacerme quedar como una bruja porque sólo intento darte una vida mejor, que tengas lo que yo no tuve.

—Ya la he escuchado, madre. Y mi decisión está tomada. No iré.

Ayuda a cocinar la *sopa torrada* —que se hace con los restos de carnes de la cena picadas muy finas, con cebolla, caldo, tomate, sobrasada, apio y unos huevos desliados en una copa de jerez— mientras su madre hace los *escaldums de pollastre* —pollo cortado en pequeños pedazos con salsa de almendra y patatas, plato en el que también se aprovechan los restos de la *porcella rostida* de ayer—; es la comida tradicional del día de Navidad en su familia y en casi todas las de la zona. Se nota que en casa de los Roselló las cosas han cambiado, que ya no se depende sólo de lo que gana su padre con la pesca; ahora hay más dinero, proporcionado por el señor Quimet. Tiene que conseguir que siga siendo así después de marcharse. No le será difícil, su suegro ha demostrado ser sensible a las amenazas.

—¿Te dijo tu suegro cuándo te vas a Buenos Aires?

—No, madre, me dijo que mi marido tiene que escribir y mandar el billete. Espero que sea pronto. Si ésa tiene que ser mi vida, tengo ganas de comenzarla lo antes posible y conocerle. ¿Usted ha oído hablar de que Nicolau tuviera una novia aquí de joven?

—No. Y da igual. Los hombres pueden tener pasado y haber estado antes con otras mujeres. Nosotras somos las que no podemos. Cuídate de que tu marido no oiga hablar de ese Enriq.

El señor Quimet se presenta antes de la hora de la comida en su casa para recogerla, sin hacer caso a su despedida de ayer, como si nada hubiera sucedido. Un coche de alquiler con su conductor los espera en la puerta para llevarlos a Deiá, el pueblo en el que vive su hermana.

—No iré. Quiero pasar la Navidad en mi casa, será la última que pase con mi familia.

Gabriela disfruta de su nueva relación con el señor Quimet; él, aunque no quiera aparentarlo, está asustado con su reacción de la terraza de casa del mosén Pastor de la noche de ayer y no insiste demasiado. Sólo porfía para salvar la cara.

—Deberías empezar a conocer a la familia de tu marido, somos tu nueva familia.

—A quien debo conocer es a mi marido. Me temo que a su familia no volveré a verla nunca. Y ya he sabido todo lo que tenía que saber sobre ustedes, usted me lo ha hecho saber. Sólo espero que mi esposo sea más hombre que su padre. Usted es despreciable.

Gabriela tiene que simular una firmeza que está lejos de sentir. Cada vez que habla siente pánico, pero no se le puede notar:

peor sería tener que aceptar las exigencias y los abusos de su suegro, que sabe que no terminarían y que no se limitarían a una simple mano que se aventurara bajo su vestido cuando ella se le acercara. Si aceptara ir a vivir a su casa, como sin duda su madre le recomendaría, los abusos irían a más, no tardaría en meterse en su cama. Y ella tendría que cumplir su promesa y sacarle las tripas como a las sardinas.

—Creo que has malinterpretado mis intenciones.

—Pues vaya mala suerte ha tenido usted. Aunque, si se repitieran, si yo volviera a malinterpretarlas, mi marido tendría que enterarse. No conozco a Nicolau, pero no creo que le gustara saber que usted tiene tan poco respeto por lo que le pertenece. Le recuerdo que soy su esposa y, al abusar de mí, abusa de él y de su confianza. Usted es su padre, pero yo soy su esposa y voy a ser la madre de sus hijos. Le aseguro que me creerá y perderá usted las tierras, la casa y todo lo que tiene.

No va a acompañar al señor Quimet, va a comer en su casa y después va a dar un paseo con su amiga Àngels. Le parezca mal a quien le parezca mal. Gabriela siente vértigo, pero también placer, al tomar las riendas de su vida.

Después de comer, sale de casa para buscar a Ángels. No tuvo oportunidad de contarle ayer lo sucedido a su amiga.

—¿Intentó abusar de ti?

—En casa durante la cena, en la iglesia y después, en la terraza de la casa del mosén. Pero creo que no va a volver a hacerlo, me tiene miedo.

—¿De verdad le dijiste lo de sacarle las tripas? Estás loca.

—Algo tenía que hacer.

—¿Se las sacarías?

—Creo que sí. Sentí mucha rabia al ver su actitud, esa forma de abusar de mí como si él y su hijo me hubieran comprado.

A Àngels le cuesta creer la reacción de Gabriela, la tiene por una chica tranquila, tímida y dulce, como todos, como ella misma pensaba que era hasta ayer.

—¿Y si insiste en que te vayas a vivir a su casa?

—No lo haré. Ya te digo: si es necesario, cumpliré mi amenaza.

Las dos montan en el tranvía que las lleva desde el puerto hasta el pueblo de Sóller y dejan atrás los restos del castillo que los vecinos construyeron tras el ataque de los corsarios argelinos hace tantos siglos. Algunas de las tierras por las que pasan, llenas de naranjos y olivos, pertenecen a Nicolau, el marido de Gabriela, y las cuida el señor Quimet, su suegro.

—Ahora eres rica, Gabriela.

—Para lo que me vale...

—¿Cuántas veces hemos pasado por aquí y nos hemos preguntado de quién serían las naranjas? Son tuyas.

—No llevo ni una perra chica en el bolsillo, hasta tú has tenido que pagar el tranvía. ¿Qué me importan las naranjas?

Las dos amigas pasean por la calle de la Luna y después se quedan fascinadas, como siempre, delante de Can Prunera, un magnífico palacio modernista construido hace sólo tres o cuatro años.

—¿Te imaginas que te casas con un hombre que te construye una casa así?

—No me lo tengo que imaginar. Ya estoy casada y con un hombre rico. Quizá la casa en la que voy a vivir sea así. O quizá haya engañado a todo el pueblo y me haga vivir en un establo, y no existan ni el hotel ni el café que todos creen que él tiene.

—¿Has pensado en cómo será cuando os encontréis en Buenos Aires? Te estará esperando en el muelle cuando te bajes del barco.

—Claro que lo he pensado, pero no lo reconoceré, no sé cómo es. Hasta que él se presente, miraré a todos los hombres pensando en que son mi marido. ¿Te imaginas que no va a buscarme y me quedo allí sola?

—No digas tonterías, eso no va a pasar.

Gabriela se lo imagina. Y también que recibe el dinero para el billete de barco, se va a Barcelona y allí desaparece, ni viaja a Buenos Aires ni vuelve a Mallorca. Se queda viviendo en Barcelona para siempre, se convierte en una mujer de las que repudian sus familias, en una cualquiera, y un día, caminando por la Rambla, se encuentra con Enriq. Sueña que le desprecia, pero después lo perdona y él vuelve a seducirla. Y viven juntos para siempre, del otro lado del mar.

—O imagínate que me bajo del barco en una de las escalas y no llego a Buenos Aires; me apeo en un sitio donde nadie me conozca y donde nadie pueda encontrarme: en Brasil. Desembarco en Brasil y me caso con un negro brasileño y tengo hijos mulatos.

—¿De qué vivirías?

—No sé, tendría que buscar un trabajo. Aunque creo que no sé hacer nada. Me temo que tendré que ir a Argentina y tener hijos con Nicolau. Espero que no sea demasiado asqueroso. Tengo que enterarme de quién era su novia y preguntarle.

Puede que sea rica, pero el único dinero que llevaban las dos al salir de casa eran las monedas que les cuestan la ida y la vuelta en el tranvía. No pueden sentarse en un café, como hacen las señoras.

Sus conversaciones, cuando se olvidan de Nicolau, del señor Quimet, de Enriq, de Buenos Aires y del Vicari son las mismas que siempre: los sueños, las chanzas, las amigas y los chicos que pasan ante ellas.

Cuando anochece, muy temprano, cogen el tranvía de vuelta para regresar a la vida. ¿Qué hará su marido a tantos kilómetros de Sóller? Alguien, no recuerda quién, le ha dicho a Gabriela que hay muchas horas de diferencia, así que, aunque en Mallorca sea de noche, imagina que para él es todavía por la mañana. No sabe cómo puede ser eso posible, pero así le han contado que pasa. Tal vez él se esté despertando cuando ella se mete en la cama.

* * *

—¿Por qué se quiere casar conmigo? ¿Por qué yo? Hay muchas mujeres, mujeres elegantes, yo sólo soy una pueblerina.

Sara se siente pobre, más que nunca, delante de Max Schlomo, el caballero que ha llegado a su casa acompañado por la *shadjente*. Pasó la noche soñando con su visita, confusa entre el miedo a que todo fuera una trampa y la esperanza de que pudiera ser una segunda oportunidad, un hombre atractivo, rico y distinguido, que la sacara de su aldea miserable, que la llevase de Ucrania a Argentina sin sorpresas, que le diera una vida cómoda y agradable, sin miedo a los pogromos de los vecinos cristianos, sin la eterna losa de su marido muerto, sin hambre, sin frío en invierno, con bellos vestidos como aquel verde que llevaba la hermana de Zimran cuando regresó al pueblo a buscar a sus hermanas pequeñas.

Sus sueños se han cumplido, Max es como ella deseaba, pero eso, lejos de tranquilizarla, le ha creado más inseguridad. Quiere encontrar una excusa para decir que no, aunque la casamentera ya le dijo que Argentina era su única opción. A la vez, y aunque parezca absurdo, busca un argumento para convencer a sus padres.

Cuando ellos y la *shadjente* salieron y se quedó a solas con Max, Sara se dio cuenta del peligro, cuando él la miró a los ojos sintió que se apoderaba de su voluntad, cuando al coger la taza de té rozó su mano, cuando la sonrió no sólo con la boca sino también con los ojos. En un rapto de vanidad, enderezó su espalda para que su pecho no pasara desapercibido, bajó la frente para que su mirada fuera más sumisa que altiva, sonrió también con un gesto discreto. Entonces se dio cuenta de que intentaba seducirlo, de que se comportaba como una *shikse*, una mujer frívola que sólo gusta por su belleza, no como la buena esposa judía que Max debería buscar. Pero ya era tarde y el mal estaba hecho, ese hombre ya se había fijado en ella.

—Eres muy bella. Mi intención era llevarte conmigo para que pudieras casarte con un amigo mío en Buenos Aires, con Meishe Benjamin, pero creo que, si tú lo aceptas, buscaré otra esposa para él y tú serás la mía. Me he quedado prendado de tus ojos y de tus cabellos, no pensé nunca que pudiera encontrar tanta belleza en un *shtetl* pequeño y miserable. Te quiero para mí, quiero tener muchos hijos con el mismo pelo que tú, del color de las llamas.

«Del color de las llamas», exactamente lo mismo que le decía Eliahu. Max Schlomo no lleva la barba que lo identifica como judío sino un fino bigote recortado, no calza unas bastas botas de trabajo sino unos caros zapatos de buen cuero, no viste ropas de granja sino un traje de la mejor tela, tampoco se cubre la cabeza con una gorra y la kipá de los judíos sino con un sombrero flexible que se ha quitado al entrar en la casa, y se tapa con un abrigo de un tejido que Sara no identifica, suave al tacto pero cálido a la vez. Está segura de que ni siquiera camina deprisa, como hacen los suyos, sino de manera pausada, disfrutando del mundo. Habla yiddish, como ella, pero lo mezcla con palabras en ruso y ucraniano. También habla alemán y español. Pero Sara no es una ignorante, se le dan bien las lenguas, ella también habla ucraniano, ruso y un poco de hebreo, además del yiddish. Max sería un hombre perfecto para una *shiduj* —la cita en que los novios judíos se conocen tras las conversaciones de sus padres y la casamentera y deciden si seguirán adelante con los planes de boda— de no ser porque viene del país de donde llegan las peores leyendas, las historias más crueles.

—Aprenderás pronto español. Allí lo usamos incluso entre nosotros. En Buenos Aires somos judíos, pero, por encima de todo, somos argentinos. Ese país acoge a todo el mundo y, al poco tiempo de llegar, te sientes argentino. En cuanto te hartas de comer carne.

—¿Carne?

—Hay tantas vacas que podrías comer carne todos los días

de tu vida si quisieras. Por la mañana y por la noche. Y huevos, leche, cebollas, tomates, patatas, fruta muy dulce… Allí hay tanta comida que casi la regalan.

—¿No hace falta dinero?

—Para otras cosas; por ejemplo, si quieres una casa confortable. Pero tú no tienes que preocuparte de eso porque serás mi esposa y yo te daré todo lo que desees. Hasta vestidos bonitos, un vestido para cada día de la semana. Y zapatos, todos los que quieras; allí el cuero es tan barato que hasta los más pobres tienen zapatos y botas de cuero.

A Sara le gustaría que no sólo le hablara de los bienes que se pueden conseguir, sino que también salieran de su boca palabras de ánimo y hasta de amor, como las de hace unos momentos, cuando elogió su belleza. Lo demás no cuenta: ¿quién quiere tener más zapatos que pies? Y qué lío debe de ser tener tantos vestidos y no saber cuál vestir cada mañana. Y pese a todo, Sara se siente feliz por dentro, casi tiene ganas de reír al imaginar una mesa llena de carne, de uvas, de manzanas, de pasteles dulces, una mesa de la que ella y toda su familia pudieran comer hasta reventar.

—¿Podría venir mi familia conmigo?

—Ahora deberías venir sola, para que te dejen entrar en la Argentina; no dejan a todo el mundo vivir allá, si lo hicieran se vaciarían Ucrania, Rusia, Polonia… El argentino más miserable vive mucho mejor que los hombres más ricos de estas aldeas, incluso que los nobles que viven en Odesa o Moscú. Pero cuando estemos allá, podremos arreglar todos los papeles para llevarlos a ellos también a la Argentina, por lo menos a tus hermanos. Allí aprenderían un oficio y tendrían oportunidad de hacerse ricos. O estudiar, nadie impide que los judíos puedan estudiar; en las escuelas y en las universidades ni siquiera preguntan la religión de cada uno.

—¿Y no hay aldeas para judíos? ¿No hay *shtetls*?

—No. Hay un barrio en el que viven muchos judíos, el barrio de Once, pero cada uno puede vivir donde quiera. Vivimos en ese barrio porque nos gusta estar juntos sin que nos obliguen. Hay varias sinagogas, una de ellas, la más importante, para más de mil judíos.

Decir que sí, casarse con ese hombre tan distinguido que ha llegado al pueblo en un carruaje tirado por caballos, sin miedo a ser detenido por los *goyim*, olvidarse de todo lo que se cuenta de las mujeres que van a Buenos Aires y lo que les sucede allí. Si lo hiciera, podría llevarse a su familia algún día; si cierra los ojos, puede ver a su padre escogiendo trozos de carne de una bandeja y comiendo sin parar, puede ver a sus hermanos probando frutas que ni siquiera imaginan que existan, a su madre con bonitos vestidos y con una criada que la ayude a lavar la ropa y a arreglar la casa; un fuego que caliente toda la estancia, al que se pueda echar un leño cada vez que se quiera, sin temor a que se apague. Sólo su miedo, siempre el miedo, le impide aceptar.

—Se acabó ser un judío asustado, querida Sara. En Buenos Aires somos libres.

—¿También las mujeres lo son?

—Una mujer en Argentina es mucho más libre que cualquier judío de *shtetl*. Aquí la vida no es vida, aquí sólo consiste en esperar a que llegue la muerte. Ves la diferencia en cuanto llegas a Buenos Aires y te bajas del barco, allí nadie nos odia.

Max sólo piensa en el negocio, es su obligación. Pero también imagina a Sara sin esas ropas pobres, vestida con prendas de seda y expuesta a la mirada de otros hombres. Le excita pensar en ella así y en el dinero que puede ganar gracias a esa joven pelirroja, pero se da cuenta de que también la desea para él. Quizá pueda combinar las dos cosas. Debe agradecer a la casamentera haberle llevado hasta esa mujer, hasta añadirá algunas monedas a su pago. Pero ahora tiene que disimular sus pensamientos y usar sus mejores artes para convencerla. Por nada del mundo querría perderla y que pasara la vida sepultada en la nieve de ese pequeño *shtetl*, sin alimentar su deseo y su bolsillo.

Los padres de Sara han salido de la casa con sus hermanos

pequeños y la *shadjente*. Están fuera, pasando frío, para que ella pueda hablar con Max. Ellos dos están dentro, con un fuego —muy débil, no como el que imagina que puede arder en Argentina— que su padre encendió por la mañana temprano. Sara siente que le tiene que decir que sí a Max, para que ellos también puedan entrar y calentarse. Para que puedan vivir en ese país maravilloso que Max Schlomo dice que es Argentina.

—¿Y lo que se cuenta de las mujeres que viajan a Buenos Aires?

—¿Qué se cuenta?

—Que las venden al llegar.

Max se enfada, sube la voz, se siente ofendido, es lo que hace siempre que una mujer le plantea esa pregunta. No deja de ser una obra de teatro con un texto cerrado, por mucho que la pelirroja que tiene ahora delante le lleve a actuar mejor que nunca. Sara ve la ira en sus ojos y siente pavor: se vuelve a ver a sí misma como una judía cobarde de un miserable *shtetl* ucraniano.

—¿Venderte? ¿Crees que yo dejaría que mi esposa se acostara con otros hombres? ¿Qué clase de hombre crees que soy? Lo mejor es que me vaya. Si piensas eso, no sirves ni para mi amigo Meishe Benjamin ni para mí. Sigue aquí, vive tu vida miserable. Tú misma me lo dijiste: hay otras muchas, más elegantes y más bellas, mujeres que saben aprovechar una oportunidad como la que te he dado.

Max se levanta y empieza a ponerse los guantes, la bufanda, el abrigo… Sara no puede permitir que se vaya y echar por tierra su futuro y el de toda su familia. Tiene que hacer algo para impedirlo, antes de que cruce la puerta, antes de que sea demasiado tarde.

—No, Max, espere. *Zayt moykhl*, perdóneme.

Parece que Max se lo piensa y vuelve a quitarse la bufanda de lana suave y fina. Sara espera expectante que él vuelva a hablar, está dispuesta a lo que sea para excusarse.

—Nunca, nunca más vuelvas a dudar de mí y de mi honor;

que no te engañen mis ropas: soy un *mentsh*, un hombre, no un joven alocado que no sabe lo que quiere en la vida. Si vas a volver a dudar, me marcho. Ucrania está llena de jóvenes como tú, incluso más bellas, que no dejarían pasar la oportunidad que te ofrezco de dejar atrás la miseria. Ahora basta de charla, llama a tu familia y diles lo que has decidido. No me hagas perder el tiempo, son muchos los negocios que tengo que atender en Odesa.

Sara ya ha tomado su decisión. Está segura de lo que va a hacer tanto como de que Argentina no será el paraíso que Max le ha contado. La vida nunca regala nada y esta vez, por mucho que parezca lo contrario, será igual.

—*Tate*, *mame*, entren, por favor. El señor Schlomo y yo queremos darles una noticia.

Max sonríe satisfecho, como siempre que logra sus propósitos. Hoy un poco más: vaticina que esa mujer será importante para él, le hará rico.

* * *

—Eduardo, sabes que el café llega frío y no merece la pena pedirlo. ¿Prefieres una copa de jerez?

—¿A las diez de la mañana, majestad?

—Es verdad que son las diez, pero sólo en un par de horas serán las doce, es sólo hacerse a la idea de que el tiempo es relativo. ¿Y cuántas veces no hemos desayunado aguardiente los días de caza?

La imposibilidad de tomar una bebida caliente en Palacio, algo de lo que muchas veces han hablado los cronistas, es real. El edificio es enorme y las cocinas están en el lado opuesto a las estancias ocupadas por el rey. Aunque salga hirviendo de la cocina y el camarero sea veloz, el café y las sopas llegan tibias.

—Una copa de jerez estará bien, entonces. No entiendo cómo no manda usted hacer otra cocina en este sector, majestad.

—Es más fácil declararle la guerra a un país amigo que mandar hacer una cocina en este edificio, Eduardo. La Oficina Pro-Cautivos nos la hemos tenido que llevar a un desván.

Eduardo Sagarmín ha estado muchas veces en el despacho de don Alfonso XIII y nunca deja de impresionarle su majestuosidad. Aunque su estancia favorita de Palacio es el Salón del Trono: las consolas de Ventura Rodríguez, el fresco del techo de Tiépolo, los espejos, las alfombras, los tapices y, sobre todo, el trono dorado y rojo que simboliza el poder del monarca, el pasado esplendor del imperio español.

—¿Lo pasaste bien en la fiesta de Nochebuena? No tuve ocasión de saludar a tu esposa...

Tiene ganas de contestarle que su esposa, Beatriz, pasó la fiesta charlando con el conde de Camargo y dejar que el mismo rey saque sus conclusiones.

—Las fiestas en Palacio siempre son magníficas. No sé qué pudo pasar para que Beatriz no le saludara, quizá no tuvo ocasión. Usted siempre está rodeado.

—Eso es cierto. Pero vamos a tratar del tema que nos ocupa. ¿Te contó Álvaro que en realidad son tres misiones? Por un lado, la entrega de las estatuas y la inauguración del monumento.

—Con cinco años de retraso.

—Así es. Y eso si no se demora más, ya sabes lo que dicen en los periódicos, que esas estatuas están gafadas. Viajarán en las bodegas del *Príncipe de Asturias*, el barco de la Naviera Pinillos. Tendrás reservado el mejor camarote, el que reservaría para mí.

—Gracias, señor.

—Como es lógico, tendrás que pedir disculpas en mi nombre a don Victorino de la Plaza, el presidente de la República de Argentina, por el retraso y colaborar para que la inauguración sea todo un acontecimiento y se olviden todos los inconvenientes.

—Lo intentaré, majestad.

—Te aseguro que los gafes no existen y a esas estatuas no les pasa nada. El segundo objetivo del viaje es representarme en la toma de posesión del nuevo presidente, que según todos los informes será don Hipólito Yrigoyen. Antes del verano se harán elecciones y en septiembre será el acto; antes tienes que reunirte con Yrigoyen y ofrecerle nuestra ayuda. Sé que son muchos meses, pero así, mientras estás en Buenos Aires, podrás evaluar la situación de los españoles allí, conocer el país, negociar algunos acuerdos comerciales que nos interesan y, por encima de todo, llevar a cabo la tercera misión.

—Por fin llegamos al punto que estaba esperando.

—Dime una cosa, Eduardo, ¿vas a viajar con Beatriz? En caso de no ser así, recuerda pedirle discreción. No queremos que haya habladurías a tu vuelta. Y menos por culpa mía, porque yo te haya pedido que te ausentes tanto tiempo.

Es la forma de darle a entender a Eduardo que las habladurías ya han comenzado y que no es bueno que se generalicen. Don Alfonso, sin salir de ese palacio, está siempre al tanto de todo lo que sucede en Madrid.

—Se lo pediré, señor. Si es necesario, haré que mi esposa me acompañe.

—Ya te digo, es decisión tuya.

Don Alfonso se queda callado unos segundos, como buscando las palabras con las que abordar el tercero de los temas que le han llevado a reunirse con Eduardo. Como si no lo hubiera pensado antes y no supiera a la perfección la forma exacta de hacerlo.

—La tercera de las misiones consiste en iniciar las conversaciones, e incluso las negociaciones, para un acuerdo con el gobierno argentino. Son varios temas, algunos de ellos delicados; muchos podrían quedar en manos del cuerpo diplomático habitual, pero para otros quiero a alguien de mi entera confianza.

—Le agradezco la consideración y su deferencia, majestad.

—Los temas de menor importancia te los detallarán en el Palacio de Santa Cruz, tienen que ver con acuerdos de compra de trigo, con la exportación de productos manufacturados y con acuerdos de tránsito de ciudadanos de los dos países, ese tipo de asuntos.

—Los estudiaré a fondo.

—Lo sé, confío en tu buen hacer y en que sabrás dirigir a los funcionarios que ya están al tanto de sus pormenores. Ahora me corresponde informarte de los asuntos que más me preocupan y que me llevan a pedirte que seas tú quien emprenda este viaje.

Eduardo Sagarmín, pese a su experiencia, está seguro de que en este momento el corazón le late a más velocidad que cuando entró en el despacho.

—Lo que te voy a decir ahora es completamente confidencial, lo sabe muy poca gente, el ministro de Estado, el señor don Miguel Villanueva, el presidente del Consejo, un par de funcionarios, que sólo conocen una parte, y yo; ni siquiera lo he comentado con nuestro común amigo Álvaro Giner y tú no debes hablarlo con nadie. Tiene que ver con la última información secreta que nos ha llegado: hemos recibido informes que hablan de un posible ataque de los alemanes a las islas Baleares.

—Pero nosotros somos neutrales.

—También lo era Bélgica y no les importó mucho. No se trata de algo inmediato, podría demorar todavía un año.

—Pero las Baleares son un enclave estratégico muy valioso, los ingleses no lo permitirían.

—Claro que sí, para ellos sería una jugada maestra. Nosotros tendríamos que declarar la guerra a Alemania, pero nuestro ejército no está preparado. Necesitaríamos a los ingleses para impedir el ataque alemán a nuestros puertos, lo que es lo mismo que abrirles la puerta a nuestro territorio.

—Le reconozco, majestad, que me cuesta seguir estas estrategias. Y, además, se me escapa qué tiene que ver Argentina y mi viaje con todo esto.

—Nuestras reservas de oro. A algún lugar hay que llevarlas. Nuestro ejército no podría defender el territorio español, una vez que comenzasen las acciones de guerra contra España no tardaríamos en ser invadidos, por los franceses, por los ingleses o por uno por cada lado; no me fío de ninguno, tampoco de los alemanes. Nuestras reservas de oro, muchas toneladas, no lo olvides, siguen siendo de las más importantes del mundo, pese a la decadencia y a la pérdida del imperio; serían muy atractivas para cualquiera y necesitamos ponerlas a salvo.

—¿En Argentina?

—Es una de las posibles opciones, no la única. Desde luego, en Europa no se pueden quedar y de Estados Unidos no nos fiamos; en el norte de África se las estaríamos acercando más a los franceses. Como puedes ver, Argentina es una opción más que sensata, si exceptuamos el transporte, que sería un asunto complejo. La semana que viene tendremos una reunión en la que estaremos nosotros dos, el ministro Villanueva y dos técnicos que están diseñando el posible traslado del oro. Allí conocerás los detalles y las condiciones de seguridad que esperamos obtener del gobierno argentino en caso de que se decida llevar a cabo la operación.

Eduardo Sagarmín vive cerca del Palacio Real, en un palacete cercano a la iglesia de San Nicolás, a menos de un kilómetro de distancia. Sale andando, aturdido, del Palacio, pensando en la misión que le acaba de encomendar don Alfonso XIII, en las estrategias de guerra de ingleses y alemanes y en cómo pueden afectar a la vida en la Península, que se vería obligada a tomar partido pese a sus deseos de no entrar en la contienda. No suele envidiar a su amigo, a don Alfonso XIII; hoy menos que nunca.

Decide caminar antes de volver a casa, porque le apetece y también para evitar encontrarse con su esposa, cavilar sobre el aviso de discreción con respecto a ella que le ha sugerido el rey. No hay nada peor que crearse la fama de ser un hombre al que no respetan en su propio hogar. Es irónico: él que podría defender su honor con una espada mejor que nadie, ha nacido en un tiempo que no le corresponde hacerlo. Aunque Camargo —no tiene dudas de que es el amante de su esposa— es también un espadachín de mérito. Más de una vez le ha visto entrenar en el Casino Militar aunque nunca haya tirado con él.

Llega a la calle Mayor y sube andando hacia la Puerta del Sol. Entra en el Café de la Montaña, en los bajos del Grand Hotel París, el que llaman «el Café de la Pulmonía» por las corrientes que provocan sus grandes puertas abiertas a la Puerta del Sol y a la calle de Alcalá. Se sienta en una de sus mesas de mármol y pide un café, el café caliente que no pudo tomar en el Palacio Real.

* * *

—¿Quién es usted? ¡Alto!

Varias veces ha estado a punto Giulio de tirar su fusil y seguir andando, ligero de peso, siguiendo el recorrido del sol hacia Viareggio. Si lo hubiera hecho, todo habría acabado delante de aquel carabinero. Pero el carabinero sólo es un hombre asustado, es Giulio quien primero apunta con su arma.

—No me obligue a dispararle. No quiero hacerle daño.

Apunta con el fusil a la cabeza del hombre y coloca el dedo sobre el gatillo, pero antes de matarlo se arrepiente, haya hecho lo que haya hecho en las trincheras no es capaz de asesinar a un hombre a sangre fría. Usa las mismas esposas que lleva el carabinero en el cinturón para inmovilizarlo, después lo aleja del camino y lo lleva hasta un pequeño bosque, allí lo ata a un árbol y lo amordaza con su corbata. Aunque lo ha puesto difícil, desea con todas sus fuerzas que alguien le encuentre y el carabinero no muera.

Lleva varios días evitando los caminos transitados, rodeando los pueblos que se encuentra, robando algo de comer y pasando frío. Se ha acordado mucho del soldado austriaco que se fugó cuando iba a ser fusilado. Él tiene botas y ropa de abrigo y ha estado a punto de desistir por el frío y el cansancio; el austriaco sólo llevaba una camiseta y estaba descalzo, imposible que siga con vida.

El último pueblo que rodeó fue Castrezzato. Tiene que seguir caminando en dirección a Parma y allí torcer hacia el mar, así evitará Milán y Génova. Cuando alcance el mar de Liguria estará cerca de Viareggio y tendrá más posibilidades de llegar a casa.

Tiene tiempo de sobra, mientras camina, para pensar en su vida, para recordar cada minuto con Francesca y para maldecir cada momento sin ella. No sabe cómo va a ser el encuentro. Teme no ser capaz: llegar ante ella y no atreverse a hablar, devolverle la medalla que ella le dio para que le protegiera y quedarse callado como si fuera un idiota. No se engaña a sí mismo, siempre ha sido Francesca la que ha decidido los tiempos y los modos: fue ella la que le habló, la que le dijo de verse a solas, la que le besó por vez primera y la que decidió cuándo, dónde y cómo harían el amor antes de su partida. También ha sido ella la que ha decidido que todo se acabara. ¿Qué va a hacer él? ¿Suplicarle? Sería peor, no sólo tendría su abandono, también su desprecio.

Por las noches intenta dormir en un lugar donde haya animales domésticos, vacas o caballos, para aprovecharse de su calor. Si sigue así le descubrirán por el olor a establo. Cuando huyó del frente lo hizo sin planear nada, ni ropa para cambiarse, ni víveres, nada; tiene que lavarse, tiene que quitarse el uniforme de soldado, tiene que conseguir un modo de desplazarse más deprisa. Ya ha matado en el frente, eso le da una ventaja: siempre puede volver a hacerlo; aunque le haya perdonado la vida al carabinero, es capaz.

—¿Quién es usted?, ¿qué desea?

Ha estado observando la casa durante horas. Viven una mujer y un hombre muy mayor, un anciano que apenas puede andar por sí solo. La casa está apartada; aunque gritaran, aunque se viera obligado a disparar, nadie lo escucharía. Ha esperado a la caída de la noche para llamar a su puerta.

—No quiero hacerles ningún daño. Necesito ayuda.

—¿Has desertado? Pasa.

La mujer —puede tener algo más de cincuenta años— le da de comer y le busca ropa del hombre mayor —su padre— para que pueda cambiarse. Le calienta agua en la cocina de carbón para que pueda bañarse, hasta le da un frasco de perfume al que le quedan un par de dedos. No hay mayor placer en el mundo que estar en un lugar caldeado, sentirse limpio, ponerse ropa cómoda, tener el estómago lleno... Nadie lo sabe hasta que no lo ha perdido y lo recupera.

El anciano, además de no ser capaz de moverse, no puede hablar.

—Es mi padre. Hace tres años que está así. Él también tuvo que ir a la guerra, combatió contra Austria hace casi sesenta años. Decía que era lo peor que podía vivir un hombre.

—Lo es.

—Por eso te ayudo. Él habría estado de acuerdo. Aunque estamos muy lejos del frente, nunca esperé ver aparecer a un desertor, has tenido mucha suerte de que no te descubrieran.

Tiene miedo de quedarse dormido y que ella le entregue, pero después del baño, el calor y la cena, es difícil resistirse. Cuando se despierta ve que sus temores eran infundados, ya es de día y huele a pan recién horneado. Filippa, la mujer que lo ha acogido en su casa, le tiene preparado el desayuno: un gran tazón de leche caliente y dos enormes rebanadas de pan con ajo y aceite.

—¿Qué vas a hacer? Si quieres puedes quedarte unos días y descansar antes de seguir tu camino. Éste es un lugar muy solitario. Nadie te encontraría.

—Necesito llegar a mi ciudad.

—¿Estás loco? En tu ciudad te descubrirán enseguida, si no quieres que te fusilen deberías huir a otro lugar.

—Hay algo que debo hacer allí. Preguntarle a mi novia por qué se va a casar con otro.

Filippa escucha en silencio la historia de Francesca, lee la carta que le enviaron sus padres a Giulio, también la última que ella le envió, cuando supuestamente todavía eran novios.

—No merece la pena que lo intentes, Francesca no regresará contigo. A mí también me abandonó un hombre hace muchos años. Se fue a Milán y nunca ha vuelto.

—Lo sé, no quiero que lo haga, sólo que me explique los motivos. Después me entregaré, o seguiré huyendo.

—Márchate a América, empieza una nueva vida. Allí nadie pregunta por tu pasado. Yo tengo un primo lejano en Argentina que en sus cartas nos cuenta que allí lo único que importa es que tengas ganas de trabajar. Yo no me he marchado por no dejarle solo a él.

Señala a su padre. El viejo asiste a la conversación y mueve la cabeza para mirar al que habla de los dos, pero no da señales de enterarse del contenido de sus palabras.

—Antes rezaba por que se muriera y ser libre para salir de aquí, ahora ya ni eso. Moriré en esta casa cuando sea vieja, aunque yo no tendré la misma suerte que él, no habrá nadie para cuidarme. Pero tú vete a Argentina, tienes toda la vida por delante.

Filippa le convence para pasar en su casa un día más y partir la mañana siguiente, al amanecer.

—Te haré un paquete con algo de comida y un par de camisas. Y si eres capaz de arreglar la bicicleta que hay en el establo, es tuya. La usaba mi padre, ahora hace muchos años que nadie monta en ella.

Tiene que poner a andar esa bicicleta; con ella y con ropa de paisano, con comida para no tener que robar lo que encuentre a su paso, logrará llamar menos la atención y en un par de días, quizá tres, podrá estar en Viareggio, llamar a la puerta de Francesca y pedirle explicaciones.

—¿Cómo está la camarera que tuvo que ser operada de apendicitis, capitán Lotina?

—Se llama Paula. Ya le han dado el alta, está alojada en una pensión de la plaza del Mentidero. Le hemos ofrecido viajar a su tierra en el primer barco que salga, pero ella dice que prefiere pasar su permiso aquí, en Cádiz.

—No me extraña, a mí tampoco se me ocurre moverme de Cádiz. No encuentro ningún motivo para recorrer mundo, Paula es una joven muy inteligente.

Paula, no olvidará el nombre. Es una de las enseñanzas que don Antonio Martínez de Pinillos aprendió de don Miguel, su padre, el fundador de la saga: conocer el nombre de todos y cada uno de los empleados de la naviera y preguntar por ellos siempre que haya algo que reseñar, enviarles regalos en las bodas y tarjetas de pésame cuando pierden un familiar, no olvidarse de mandar ramos de flores en los nacimientos y ofrecer la visita de un médico de la empresa en las enfermedades. Los beneficios son mucho mayores que los gastos en los que se incurre.

—Si necesita algo, cualquier cosa, que nos lo haga saber. Pinillos está a su disposición.

Don Antonio quiere visitar el barco y ver los trabajos de mantenimiento y mejora que se le van a hacer, pero, sobre todo, quiere hablar con su capitán, informarle de algunos asuntos que le inquietan.

—Hemos pagado la cantidad que nos ha exigido el cónsul alemán para evitar que nuestros barcos tengan problemas con sus submarinos. Una cantidad muy elevada.

—Ésa es una buena noticia, señor Pinillos.

—Siempre que no se enteren los británicos; si lo hacen, nuestros problemas no habrán hecho más que empezar. Y el acuerdo ha sido muy caro, tendremos que hacer algunas excepciones en nuestra política de respeto absoluto por la legalidad.

—¿Qué significa eso, don Antonio?

—Que tal vez tengamos que llevar mercancías que en otro caso no llevaríamos. Y pasajeros que preferiríamos no tener a bordo. Digamos que seremos menos escrupulosos. Adaptarnos, lo mismo que hace el resto de Europa con esta guerra.

—¿Por ejemplo?

—Por ejemplo, desertores. Han contactado con nosotros para que llevemos desertores italianos a Argentina. Los billetes los pagan algunos italianos residentes allí. Tendrán que viajar como polizones, sin que las autoridades sepan que lo hacen en nuestro buque. Huyen de la guerra.

—Supone más problema lo que traigamos a Europa que lo que nos llevemos a América. Lo que ninguno de los contendientes quiere es que el enemigo reciba ayudas.

—Intentaremos no transportar armas o suministros de guerra que puedan causarnos problemas con los países en conflicto.

—¿Y el trigo que traíamos en este viaje? ¿Para quién era?

—El trigo es trigo y sirve para hacer pan. No es nuestro problema saber quién se comerá ese pan.

El capitán Lotina explica al armador las características del nuevo motor, las mejoras que se harán en los camarotes de primera y las que cree que aún deben acometerse; también le cuenta anécdotas de la travesía y algunas curiosidades acerca de Argentina.

—Siempre me pregunta por Buenos Aires, ¿por qué no se viene de viaje con nosotros algún día?

—Dios me libre de subirme en un barco. No entiendo cómo ustedes pueden viajar tan tranquilos, por mucho lujo y mucha seguridad que hayamos conseguido. No deja de ser una cáscara de nuez al albur del mar. No, no me verá a mí en alta mar, capitán Lotina. Además, ya le he dicho, Cádiz tiene todo lo que necesito del mundo, aunque reconozca que me llame la atención esa ciudad fastuosa que todo el mundo dice que es la capital argentina.

Don Antonio también le trae una noticia que el capitán no esperaba: en breve cambiará de línea.

—Es el último viaje que hace el *Príncipe de Asturias* al Río de la Plata. A su vuelta pasará a la línea de las Antillas, es mucho más rentable.

A Lotina le da igual el destino del barco. Ha ido muchas veces a Cuba, igual que ha viajado a Buenos Aires. A cada lugar le encuentra su atractivo: la sensualidad del Caribe contra la sofisticación de la capital argentina; el calor del trópico frente a las diversiones y los teatros de la calle Corrientes; el son cubano frente al tango argentino.

—Mi idea era que el último viaje a Buenos Aires fuera el que acaba de terminar, pero hemos recibido una petición de la Casa Real, de don Alfonso XIII en persona, para hacer una entrega en Buenos Aires. Quizá si cumplimos bien el encargo podremos acceder al transporte de correo entre España y las Antillas.

El transporte de correo es un ingreso importante para una compañía y está en manos de la competencia de Pinillos, la Compañía Trasatlántica, la otra gran naviera española, creada por Antonio López, marqués de Comillas, en Cuba a mediados del siglo XIX. Además, la baza del correo es buena para esgrimirla con el capitán Lotina. Hasta el armador de su buque sabe la importancia que le da a la entrega de las cartas de amor.

—¿En qué consiste la entrega?

—Unas estatuas que España regala a Argentina para el Monumento de los Españoles.

No es una entrega normal y los dos lo saben. El mismo Lotina, un hombre racional y nada dado a las supersticiones de los viejos lobos de mar, se siente intranquilo al saber que llevará esas estatuas.

—Es mejor que vengan embaladas de modo que no se sepa lo que son, hay marineros que no querrían viajar con ellas.

—Supersticiones absurdas, capitán.

Cualquiera que haya viajado a Argentina, o que haya leído

los periódicos, sabe que esas estatuas están gafadas, llevan al desastre a todo el que tenga que ver con ellas. El monumento tenía que haberse inaugurado en 1910, de hecho se colocó la primera piedra en la capital argentina aquel año, con la presencia de la infanta Isabel de Borbón, tía de don Alfonso XIII. Más de cinco años después no ha podido terminarse.

El monumento, donado por los hijos de España residentes en Argentina y financiado por suscripción popular, quería conmemorar el primer centenario de la independencia del país y se llamó Monumento a la Carta Magna y a las Cuatro Regiones Argentinas. Para su creación se designó a una comisión, que viajó a España para escoger al escultor que llevaría a cabo el proyecto. El elegido fue Agustí Querol i Subirats, el mismo que había recibido el primer premio en la Exposición Universal de 1888, pero, antes de poder terminar la obra, falleció. La comisión tuvo que viajar de nuevo a España, a sabiendas de que ya no podría entregar la obra a tiempo, y se decidió por un nuevo escultor, Cipriano Folgueras. Pero éste, y aquí comenzó la mala fama del proyecto, también murió después de trabajar durante unos meses en él. El tercer artista elegido, Antonio Molinari, consiguió terminarlo con vida. Pero eso no significaba que los problemas se hubieran acabado: tuvo que enfrentarse a una huelga de operarios en las canteras de Carrara, que le dejó sin mármol; al estallido de la Gran Guerra, que provocó que el bronce fuera útil para algo más que para hacer estatuas, con lo cual también le costó conseguirlo; a la amputación del brazo de la primera dama de mármol que había sido colocada en su emplazamiento, y a otros muchos retrasos. Los periódicos, tanto en Argentina como en España, se debatían entre tomarse a risa cada nueva eventualidad o considerarlo un regalo envenenado, asumir que el monumento estaba maldito y que lo mejor era olvidarlo y colocar cualquier otra estatua en el lugar escogido.

La experiencia en el mar le dice al capitán Lotina que gran parte de la dotación del buque creerá en la teoría demoníaca y que a nadie le gustará viajar con las malhadadas estatuas, incluso podría haber algunos que se nieguen a hacerlo.

—Hágame caso, señor Pinillos, cuanta menos gente sepa que las estatuas viajan en la bodega del *Príncipe de Asturias*, mejor para todos. Si fuera posible, con que lo supiéramos usted y yo sería suficiente.

El señor Pinillos no le responde, quizá ni él mismo sepa cuáles son los planes de Alfonso XIII y si depende de él que las estatuas vayan ocultas o se hará una despedida oficial del buque portador del monumento.

—¿Paula, está segura de que no quiere viajar a Galicia? La Naviera Pinillos le ofrece un camarote gratis en el barco que usted decida. Hay varios que cubren la línea entre Cádiz y Vigo.

Paula ha decidido quedarse en Cádiz y no visitar su tierra; la obligación del capitán Lotina, justo antes de embarcar para reunirse en Barcelona con su mujer y su hija, es insistirle en que todos los medios están a su alcance.

—Pase usted un buen final de año, capitán. Le veré cuando llegue a Barcelona para emprender un nuevo viaje.

No quiere arrepentirse de su decisión de marcharse a Argentina para siempre. Si ve a su familia, a su madre, a su padre y a sus hermanos y sobrinos, quizá se lo volviera a pensar y acabaría renunciando a lo que de verdad sueña. Si viera a Luis… No a Luis no le vería aunque viajara a Galicia, todo se acabó entre ellos y no habrá una nueva oportunidad.

La compañía le ha pagado el sueldo íntegro de su último viaje y tiene los ahorros que guardaba con la idea de comprar una casa en Vigo. Con ese dinero puede vivir perfectamente el mes y medio que falta para que el *Príncipe de Asturias* vuelva a partir y aún le sobrará para instalarse en Buenos Aires cuando llegue y se ponga a trabajar en la casa de modas de la calle Florida. El próximo mes y medio va a estar dedicado a sí misma; su única tarea ingrata será escribir a su familia, antes de partir, para despedirse de ellos. No sabe qué palabras usará, tiene tiempo para pensarlas.

Todavía camina renqueante, son los primeros días que se levanta de la cama tras la operación. Ha encontrado una pensión limpia, sencilla y barata, sólo para señoritas, en la plaza del Mentidero. No se encuentra muy lejos de la plaza de la Mina, donde está el palacio en el que vive el dueño de la compañía, don Antonio Martínez de Pinillos. Algo más alejada está la plaza de San Agustín, donde se ubican las oficinas.

Hace buen tiempo en Cádiz aunque estén en los últimos días del año, en pleno invierno. Da gusto pasear junto al mar, sintiendo el sol en la cara y pensar en la lluvia y el frío que estaría soportando en Vigo. Se esfuerza en disfrutar, sin pensar en todas las vivencias que se han juntado para tomar la decisión que ha tomado, sobre todo en la ruptura de hace un año con Luis, el joven vigués que fue su novio toda la vida. Ha transcurrido un año entero, se produjo en las Navidades del año pasado. Ya se está recuperando, pero no ha sido fácil. Le han dicho que él, que tan reacio era a las bodas, se va a casar en primavera con otra mujer. Por mucho que lo intenta no le sale desearle que sea feliz.

Desde las oficinas de la compañía camina hasta la calle la Plocia, junto al puerto, allí están los almacenes que surten a los barcos que parten desde Cádiz, allí podrá sentarse a comer algo y, tal vez, encontrarse con alguno de sus compañeros del *Príncipe de Asturias*. Si ve a alguno quiere darle las gracias por haberla suplido en sus labores durante la travesía por culpa de su apendicitis.

1915 no ha sido un buen año, menos mal que le quedan muy pocos días para terminar.

*　*　*

—Losada te espera en su despacho, cordera. Será mejor que te tapes.

Raquel ha terminado su espectáculo como siempre, con los aplausos y los piropos del público, con su descuido al darse la vuelta para que todos contemplasen su cuerpo a gusto, con sus sonrisas a los que parecían más poderosos de la platea para provocar que la visitasen en su camerino y quizá le hiciesen un regalo.

—A Losada le da igual si me tapo o no, si entro sin nada es posible que no se dé cuenta.

Losada, el empresario del teatro, no tiene ningún interés en el cuerpo de Raquel, sus gustos van por otros derroteros y raro es el bailarín que no ha recibido sus atenciones. Raquel tiene cierto aprecio por él; cuando estaba a punto de desistir de su carrera de artista y volver a su pueblo, logró una audición con Losada en la que se le abrieron las puertas. Raquel cantó una zarzuela mientras el empresario la miraba con gesto aburrido; al acabar, el empresario le dijo que no necesitaba a una cantante más, que de ésas tenía muchas, que lo que buscaba era algo que levantara al público de sus butacas.

—Estoy dispuesta a lo que usted me pida.

—¿En serio? A ver, quítese la ropa, señorita.

Raquel no lo cuenta porque nadie se lo creería: aquel día, hace ya ocho años, era virgen y nunca un hombre la había visto desnuda.

—¿Del todo?

—Claro, no me haga perder el tiempo, señorita. Del todo. No me la voy a comer. Le aseguro que con pocos hombres está tan segura como conmigo.

La de obedecer al empresario fue una decisión tomada en una fracción de segundo, casi sin darse tiempo a arrepentirse. Raquel se quitó toda la ropa. Atendió a sus órdenes de darse la vuelta, pasear por el despacho y dejar que la viera también don Jesús, el contable del teatro, que entró llamado por Losada.

—Está bien formada, tiene un cuerpo bonito, sobre todo el trasero. A ver si sabe cantar.

—¿Qué canto?

—Me da igual, pero no vuelva a aburrirme con una zarzuela, cante un cuplé. Y no ande tapándose, que ya se lo hemos visto todo.

Cantó «El Polichinela», de la Fornarina, que había aprendido, divirtiéndose con una compañera de pensión que también soñaba con ser artista, unos días antes. Y algo le hizo sentir que eran más importantes los movimientos que la voz, por mucho pudor que sintiera, así que siguió la letra con todas las partes de su cuerpo que se le ocurrieron: se dio la vuelta y empinó el culo en el alza *p'arriba*, jugó con los pechos en el pimpampum, abrió brazos y piernas en la candela...

—Cata, catapum, catapum, pon candela. Alza *p'arriba*, polichinela. Cata, catapum, catapum, catapum. Como los muñecos en el pim, pam, pum.

Después de aquella audición, y de asegurar al empresario que no se bloquearía al hacer eso mismo con el teatro lleno de gente, consiguió su primer contrato como artista. La primera noche delante de una sala llena, casi se muere de los nervios; después, poco a poco, se fue acostumbrando y descubriendo que le gustaba. Pronto conoció a don Wenceslao, el primero de los hombres que le puso piso y su vida cambió. Quizá para hacerse famosa debió aguantar más antes de pertenecer a un amante en exclusiva; decirlo es fácil pasado el tiempo, en aquel momento aquélla era una buena idea. Es una etapa que se teme que esté a punto de acabar, ya no tiene edad para triunfar como la Meller, la Bella Otero, la Fornarina o la Chelito.

—Señor Losada, me han dicho que quería verme.

—Pasa y siéntate.

Losada no está solo en su despacho, allí están sentados Rosita, la mujer que conoció en la Venta de la Gaditana en Nochebuena, y Manuel Colmenilla, aquel que un día, hace mucho tiempo, fue su amante por una noche.

—Creo que ya conoces a Rosa Romana.

—Como Rosita me la habían presentado.

—Pues a partir de ahora se llama Rosa Romana. Como tú te llamas Castro aunque nacieras Chinchilla.

Venía nerviosa desde el camerino y que estén ahí esos dos no contribuye a que le cambie el ánimo. Manuel ni la ha mirado a la cara; Rosita —o Rosa Romana, como se llama ahora— sí, con descaro.

—Rosa se incorpora al elenco del Japonés a partir del uno de enero. Será ella quien haga el número de cierre.

No hay noticia peor.

—¿Y yo?

—Todavía no lo sé, seguirás con el morrongo, pero todavía no sé la posición. Estos días te diré. Y ve pensando en otro número, que el del minino está muy visto.

—Pero, señor Losada…

Rosita no va a perder la oportunidad de meter baza y la interrumpe. Las chicas que trabajan en lo mismo que Raquel no destacan por sus buenas maneras y su discreción.

—¿Qué te pasa, ricura, que no te gusta cómo canto? ¿No me preguntaste el otro día si actuaba sólo en privado? Pues no, también en público. Y cierro espectáculo, guapa. Te quedas de telonera.

La noticia es un desastre, una debacle para Raquel. Dejar de hacer el último número significa no ser más la deseada, no recibir visitas de los espectadores al acabar de cantar, tener que esperar en su camerino, sola, hasta que la verdadera estrella acabe y después quedarse con sus sobras, como si de una chica de coro se tratara. Sabía que esto pasaría algún día, ella misma desplazó a otra vedete para alcanzar el número final, pero no lo auguraba tan pronto: esperaba aguantar un par de años más en su posición de reina del Japonés.

¿Sigue allí en un número secundario o se va de primera vedete al Chantecler? ¿La querrán allí? ¿Le bastará en el Chantecler con enseñar la *arrière garde* o deberá hacer algo más escandaloso, tal vez algo que ni ella misma esté dispuesta a hacer? Sabe que últimamente se están poniendo de moda los números sáficos, con otra mujer; después de su experiencia con Susan del día de Navidad no le costaría tanto. Con cualquier mujer menos con Rosita.

—Cordera, hoy estás que no estás. ¿Puede saberse qué te pasa? ¿Tanto te ha afectado la noche con la americana?

La noche con Susan, aunque placentera, no le ha afectado lo más mínimo y, a cambio de otro collar de perlas y oro, la repetiría las veces que hiciera falta. Hasta en el escenario, a ojos de todo el mundo, se acostaría con ella si eso la mantuviera en el número de cierre.

—El día de Nochevieja es el último que hacemos el número de cierre. A partir del día 1 lo hará Rosa Romana.

—¿Y ésa quién es?

—Rosita, la fulana que nos presentó Manuel en la Venta de la Gaditana.

A Roberto no tiene que explicarle lo que eso significa. Ni siquiera le reprocharía que hiciera méritos para ser uno de los bailarines que acompañe a Rosita en su número.

—¿Te han dicho en qué lugar va a ir nuestro número?

—Todavía no; yo creo que me van a despedir, que lo único es que Losada quiere darme la noticia en dos tandas. A lo mejor tengo que mantener una pizca de dignidad y lo mejor es que lo deje yo antes de que me den la patada en el culo.

Aunque ella autoriza a Roberto a que haga lo que más le convenga, él le asegura que no la abandonará y seguirá con ella, moviendo el gato de peluche arriba y abajo.

—Aunque nos tengamos que ir a actuar al Chantecler.

No ha sido ella quien ha mencionado el nombre del local de la plaza del Carmen, ha sido él, y es la segunda vez en dos días: es donde va a acabar si no espabila.

—¿De verdad crees que tengo alguna opción de trabajar como artista en Buenos Aires?

* * *

—Voy a necesitar tu ayuda, Nicolau. Quiero que esta noche me acompañes y te fijes en todo lo que veas. Es lo que te anuncié el otro día.

Meishe Benjamin no necesita pedirle ayuda, sólo anunciarle lo que quiere y cuándo. Nicolau Esteve, su hotel y su café, incluso el otro establecimiento, el que todavía no ha abierto sus puertas al público, están a su entera disposición, haya que hacer lo que haya que hacer.

—No estoy de acuerdo con el reparto de beneficios que han establecido en la Mutual Varsovia. He hablado con unos compañeros y vamos a cambiar algunas cosas.

—¿Vas a romper con Noé Trauman?

Nicolau lo pregunta con miedo, con el deseo de que Meishe le diga que no, que ha malinterpretado sus palabras. Pese a haber gozado siempre de la simpatía y el afecto de Trauman, le tiene miedo. Sabe que tras su afabilidad se esconde uno de los tipos más peligrosos que conoce, no le gustaría que se iniciara una guerra y estar en el bando contrario, el que se teme que es el equivocado.

—No me deja otro remedio, Nicolau; lo he pensado bien y ha llegado el momento. Pero no quiero que nadie lo sepa todavía, no hasta que llegue Max Schlomo de Ucrania con las mujeres.

Nicolau asistirá a una de las subastas que se hacen en el Café Parisien con Meishe, así podrá ver cómo está organizado para hacerlo igual. Meishe no le quiere como propietario de un burdel, quiere mucho más, le quiere como segundo en la organización que crearán, la que sustituirá a la Varsovia.

—Pero yo no soy judío.

—No lo eres, pero eres uno de los nuestros. Todos te respetarán.

Las palabras de Meishe no le quitan, ni mucho menos, el miedo, pero no lo puede demostrar, tiene que seguir adelante.

—Vendrán personajes muy importantes. Antes de que llegue el día te diré todo lo que necesitaremos esa noche. Ganarás un buen dinero.

—El dinero está bien, es lo que nos mueve y para lo que estamos aquí, en Argentina. Pero sabes que si te ayudo no es por el dinero sino porque te considero un hermano.

No le cuesta hacer esas declaraciones porque son verdad y siempre son bien recibidas por su amigo Meishe. A todos les gustan esas frases ampulosas que Nicolau no siente la necesidad de decir ni de escuchar pero a las que se ha terminado acostumbrando. En su tierra se habla menos, pero un apretón de manos tiene más valor que en su nuevo país.

El Parisien, en la avenida Alvear, está lleno. Antes de entrar, todos los presentes son cacheados por dos atractivas mujeres. Meishe se ríe.

—Ya que nos tienen que tocar, que sean mujeres bellas.

Son dos chicas que trabajan en uno de los mejores pisos de Buenos Aires, uno propiedad de Noé Trauman en el barrio de Recoleta, uno especial para clientes de muy alto nivel.

—Éstas no valen dos pesos, amigo Nicolau, con Eva y María no te acuestas por menos de veinte.

El Parisien es un café elegante, atendido por camareros silenciosos y uniformados que pasean entre los invitados con bandejas llenas de bebidas y de canapés. Entre los invitados no sólo se ve a judíos, unos vestidos con llamativos y extravagantes trajes, otros más tradicionales, de negro, con los clásicos sombreros de ala ancha; hay también italianos, con aspecto de ser hombres decididos y valientes; elegantes franceses, con coloridos chalecos y mirada heladora, y algo que Nicolau no esperaba: un par de españoles a los que ha visto anteriormente en las reuniones del

Club Español de la calle del Buen Orden. Pero lo que más llama la atención es que hay más de media docena de argentinos y que algunos de ellos son bastante famosos: dos son conocidos políticos y otro es un inspector de policía al que Nicolau paga una cuota mensual para evitar problemas. También reconoce a un periodista que ha publicado un par de novelas, que suele parar por su café y frecuenta allí una tertulia literaria. Pero da igual lo importantes que sean los invitados; allí quien brilla es el anfitrión, Noé Trauman.

Nicolau conoce a Noé desde hace años, incluso lo ha recibido en el Café Palmesano en más de una ocasión. Es un hombre elegante, sin la extravagancia de muchos de sus socios; podría pasar fácilmente por un próspero banquero o abogado. Es rubio, de ojos azules y fuerte, de hombros anchos, muy amable y sonriente, nadie que no le conociera sospecharía que se trata de uno de los hombres más peligrosos de Buenos Aires.

—Nicolau, ven a saludar a Noé.

Meishe y Nicolau se acercan al polaco, el respeto que muestra por él parece negar lo que su amigo le ha dicho antes de llegar al Parisien, que se va a levantar en su contra. Noé los recibe con simpatía.

—Amigo Nicolau, bienvenido. ¿Es la primera vez en una de nuestras subastas?

—Sí, la primera, aunque había oído hablar de ellas.

—Disfrute. Y si quiere conocer íntimamente a alguna de las chicas, hágame una seña, no lo dude, es mi invitado. Le consideramos un buen amigo de la Varsovia y estamos a su disposición siempre, para lo que necesite.

—Lo mismo le digo, dentro de mis posibilidades, señor Trauman.

Existe la creencia de que Trauman sólo tiene un credo aparte del judío, el libertario. Dicen que ayuda a grupos de acción anarquista y que Simón Radowitzky, el famoso anarquista condenado por el asesinato del coronel Falcón, jefe de la policía de Buenos

Aires, consiguió salvarse de la pena de muerte por las influencias de Trauman. Meishe siempre lo ha negado.

—No sé qué hace Noé con su dinero, pero dudo que sea pagar a los abogados de los ácratas.

Uno de los españoles que conoce Nicolau se acerca a ellos. Es Bernardo Candeleira, un gallego que tiene varias tabernas —bodegas más bien, en las que se vende desde vino hasta garbanzos— en la zona de Boca y en otros barrios populares de Buenos Aires.

—No lo imaginaba aquí, Esteve. ¿Va a ampliar sus negocios? Si es así, quizá esté interesado en asociarme con usted.

—De momento vengo sólo a conocer el Parisien.

—Disfrute y no dude en invertir con nuestros amigos los judíos. Se puede ganar mucho dinero con ellos.

El objetivo de la reunión no es sólo la subasta de las chicas, también los negocios que se hacen en los distintos grupillos que se van formando. Un hombre se acerca a Meishe para pedirle que interceda por él ante Trauman para la compra de un local, otro le ofrece ser socio en la importación de unas máquinas agrícolas, dos más le piden que se reúna con ellos mañana para probar un cargamento de champán que ha llegado de Francia y que deben distribuir sin permisos.

—¿Estás metido en negocios de alcohol?

—No, pero tengo a sueldo a gente que puede conseguir esos permisos sin problemas. Y uno no está en un negocio un día y puede entrar en él el siguiente. Cuestión de oportunidad. Ellos vienen a mí para buscar mis contactos políticos. Yo estoy dispuesto a compartirlos a cambio de dinero, todos podemos salir ganando.

Su amigo Meishe, que en la intimidad sigue siendo aquel muchacho pícaro que conoció en el conventillo de San Telmo, es ahora un hombre importante, quizá el segundo de la Varsovia tras Trauman. Nicolau ve lógico que quiera cambiar las posiciones. Lógico aunque no razonable.

La persona a la que estaban esperando, por la que no había comenzado todavía la subasta, se abre paso por el Parisien.

—¿Ése es...?

—Sí, es él. No es la primera vez que viene.

Nicolau no esperaba encontrar allí a Genaro Monteverdi, uno de los personajes más importantes de la política argentina, el que dicen que puede ser el primer presidente del país de ascendencia italiana. En los próximos meses se verá si se presenta a candidato en las elecciones a la presidencia que se celebran en la primavera austral.

—¿Tiene negocios de chicas?

—Don Genaro sólo es un buen cliente. Si llega a la presidencia le llenaremos de polacas la Casa Rosada. No me gustaría que fuera presidente de este país, no.

Monteverdi ocupa un lugar privilegiado, a la derecha de Noé Trauman. En cuanto se sienta, el maestro de ceremonias se sube en el pequeño escenario, pide silencio y da comienzo el acto.

—Muchos de ustedes ya han estado en otras subastas de este tipo y conocen el sistema. La mujer saldrá al escenario, podrán mirarla y pedirle que se acerque, pero no pueden tocarla. Diremos el precio de salida y podrán pujar. Aquí ninguno somos caballeros, pero confiamos los unos en los otros. Hacer una seña es asumir que se ha subido la puja, no hay posibilidad de arrepentirse; quien gane cada una de las subastas se queda con la mujer y pagará su deuda.

La primera mujer que sale al escenario, desnuda para que los inversores vean lo que están comprando, mira con descaro y altivez. Es una mujer que ya pasó sus mejores momentos, puede andar por los treinta y cinco años y su pecho es cualquier cosa menos terso.

—Alba ya ha trabajado en Buenos Aires. Está sana y conoce el oficio. Puede dar todavía muchos años de servicio en el interior del país.

—¿Esa mujer se presenta voluntaria a la puja?

Nicolau lo mira todo con curiosidad. Siempre pensó que le asquearía estar presente en algo así. Pero se da cuenta de que no le repugna, le resulta apasionante ver la excitación de unos, la indiferencia de otros, la ambición de todos y la resignación de las mujeres. Su postura es neutra, cada uno ocupa en el Parisien el lugar que le corresponde y él es un observador. Su postura moral no le interesa a nadie.

—Nosotros no explotamos a las mujeres, se quedan su parte del dinero y pueden hacer lo que quieran: mandarlo a Europa para sus familias, ahorrar para la vejez… Lo que quieran.

Lo que dice Meishe es verdad en teoría, pero mentira en la práctica. La mayor parte de las chicas consume drogas, sobre todo cocaína, y la Varsovia se las suministra. Ellas cobran su parte, pero después sus jefes recuperan el dinero vendiendo la droga al precio que ellos mismos deciden. Son muy pocas las que logran retirarse con la vida resuelta, muchas las que mueren antes de llegar a esa edad en la que nadie las desearía.

—¿Por qué las venden?

—A algunas para castigarlas, a otras porque tienen problemas con sus compañeras en el burdel, pero lo normal es que se vendan y se compren para cambiarlas de sitio. En este negocio las novedades son buenas, los clientes se cansan de las mujeres: si quisieran acostarse siempre con la misma se casarían. Una joven que ha dejado de tener éxito en Buenos Aires puede vivir una nueva etapa dorada en Montevideo.

Bernardo Candeleira, el gallego, es el que se hace con la mujer mayor tras enzarzarse en la puja con un judío con locales en Mendoza. Paga un precio muy superior al valor de la mujer: quinientos pesos.

—Tu amigo es un *umvisndik*, un ignorante. El judío que pujaba contra él ni es de Mendoza ni tiene ningún local, es un hombre de Trauman, había que subir el precio de la chica.

Sigue la puja con otras mujeres; no son muy atractivas, algunas vienen de Europa, huyen de la guerra y del hambre y ya eran prostitutas allí. Nadie se casó con ellas, nadie las engañó para viajar a Buenos Aires. Alguna ni siquiera tiene un postor que alcance el precio de salida, en otras se sube mucho. Candeleira ha ido con un buen dinero para invertir y consigue dos más, se llevará tres a casa. Unas suben al escenario pudorosas y otras pasean provocativas entre el público. Pronto se convierte en algo rutinario y sólo se sale del aburrimiento cuando dos candidatos inician una puja por una de las mujeres.

—¿Venderás a las que tu amigo Max trae de Ucrania así?

—A alguna, pero no será aquí, en el Parisien. Será en el Palmesano. O si quieres, en el nuevo que vas a abrir. ¿Se iba a llamar Café de Sóller?

—Sí, es el nombre de mi pueblo. Un lugar muy bonito.

—¿Volverás para morir allí?

—No creo, pero nunca se sabe.

Las estrellas de la noche llegan en último lugar. Dos chicas jóvenes, aparentan menos de los diecinueve años que el maestro de ceremonias asegura que tienen. Una de ellas, Rebeca, es morena y muy delgada, apenas tiene vello en el pubis y sus pechos son muy pequeños. Tiene la mirada asustada e intenta taparse con las manos. La otra, Uma, es rubia, con los pechos más grandes, la piel cubierta de pecas y el vello del mismo color que la larga melena. Tiene la mirada vacía: o no es muy lista o le han suministrado algo para que esté tranquila. Hay de inmediato un murmullo de aprobación hacia las dos jóvenes, muchos de los hombres que hasta ahora se habían mantenido en silencio se mueven nerviosos en sus lugares. Las dos jóvenes van a proporcionar mucho dinero a los hombres de la Varsovia: la cantidad de puja inicial por cada una de ellas es de cinco mil pesos, diez veces más de lo que Bernardo Candeleira pagó por la primera de las mujeres.

—Daos la vuelta, que nuestros invitados os vean bien.

La morena hace lo que le mandan sin rechistar, a la rubia hay que ayudarla, como si no entendiera la orden que el subastador les da en castellano y en algún idioma del este de Europa que Nicolau desconoce.

—¿En qué idioma les hablan?

—Yiddish, las dos son judías y vienen de Ucrania. Antes casi todas venían de Polonia, pero la guerra en Europa hace que sea más fácil desde el sur.

Nicolau no entiende cómo aquellos hombres pueden secuestrar y vender a las mujeres de su propia raza —él no se lo haría a una mallorquina, ni siquiera a una española—, pero no está allí para entender nada y parece que es el único que se plantea esa cuestión.

Se fija en don Genaro y en Noé Trauman, el político dice algo al oído del judío y éste hace una seña. El maestro de ceremonias lo entiende enseguida y lo anuncia:

—Rebeca, la joven morena, acaba de ser retirada de la subasta.

Algunos protestan en voz alta; otros, que saben a quién corresponde una decisión así, miran a Noé Trauman, que mantiene su sonrisa, y se callan. Una de las dos mujeres que cacheaban a los asistentes para ver si llevaban armas sube al escenario y se lleva a la chica.

—¿Qué ha pasado?

—Don Genaro la quiere. Lo siento por ella. Sus diversiones son muy desagradables.

La rubia, que en ningún momento parece enterarse del motivo que la ha llevado allí, alcanza los diez mil pesos de precio y se la queda un francés que tiene varios burdeles en La Plata.

—La hará pasar por franchuta para cobrar más por ella.

La reunión se disuelve y Nicolau rechaza la invitación para ir a un cabaret propiedad de la Varsovia. Mañana hablará con Meishe y le desaconsejará que inicie una guerra contra Trauman. Bajo su fachada de hombre afable está el diablo.

4

LA BUTACA DE PENSAR
Por Gaspar Medina para *El Noticiero de Madrid*

SER NEUTRALES

Dicen que Napoleón prefería generales con suerte antes que buenos generales. No seré yo, un humilde gacetillero, quien enmiende la plana a todo un emperador, pero tengo mi opinión: prefiero los generales de plomo, los que miden un par de pulgadas y se pintan con los colores de los uniformes antiguos, los que sólo se usan para llenar con ellos las vitrinas. Los generales, los coroneles y los comandantes de verdad son el atraso, la incultura y la muerte.

Cada día leemos las noticias que llegan de la guerra europea: ataques, contraataques, recontraataques... Movimientos de tropas que dejan miles de muertos. ¿A quién se le ha olvidado que los muertos son personas y no números? Y todos sabemos quiénes mandan en esas barbaridades: los generales. Por lo menos, no se trata de los generales españoles; éstos se dedican a jugar, como nosotros cuando éramos niños, con tropas imaginarias sobre un mapa: son tan inútiles que ni siquiera hacen daño.

Lo peor de todo es que en las listas de muertos nunca o casi nunca aparecen los mandos: los generales, los señores de la guerra. Rara vez se acercan al frente, tienen más posibilidades de morir de una mala digestión que del disparo de un enemigo.

No hay más que acercarse al Casino Militar de la calle del Ángel, ese que pronto abandonarán para trasladarse a su nueva sede de la Gran Vía, y tomar allí un café para escuchar a nuestros militares de alta graduación protestar por la decisión de declarar la neutralidad de España. Ellos preferirían mandar a los jóvenes españoles a luchar a Europa: mal armados, mal alimentados, mal pertrechados. ¿Qué importaría que cayeran como moscas si eso les proporcionaría más chapitas de colores para adornar sus casacas? La seguridad del Casino les hace valientes y buenos estrategas: ¿por qué no se aplicaron en Marruecos?, ¿es que hacen guerra de salón, como tantos hacen toreo de salón con más valor que el Gallo?

Lo siento, pero no puedo ser neutral en esta guerra: estoy contra los generales.

—He estado en el Palacio Real, hablando con don Alfonso. Me convocó el otro día, cuando estuvimos en la fiesta de Nochebuena. Se quejó de que no fueras a saludarle.

Eduardo Sagarmín ha tenido que esperar a que su esposa, Beatriz, regresara a casa. No había dejado dicho dónde iba, sólo que volvería a la hora de comer.

—Su Majestad me ha hecho un encargo, quiere que vayamos a Buenos Aires.

Beatriz ni siquiera ha sabido disimular su desagrado y su poca disposición a viajar con su marido.

—¿Que vayamos adónde? Yo no pienso moverme de Madrid. Y menos a Argentina. ¿Cuánto se tarda en el barco? ¿Un mes? ¿Y otro de vuelta? ¿Dos meses fuera de Madrid? Espero que le hayas dicho que no.

Beatriz nació en La Habana, sabe perfectamente cuánto se tarda en llegar en barco a América y que es mucho menos tiempo.

La relación de Eduardo con su esposa es muy mala, cada uno de los dos se esmera en hacer lo que más pueda incomodar la vida del otro. Él sabe que lo que más le irrita a ella son los cambios repentinos de planes. Así que espera a que esté sentada a la mesa, aguardando a que sea servido el almuerzo, para decidir que comerá en el Casino de Madrid.

—¿No podías haberlo dicho antes?

—Sí, pero no me apetecía decirlo antes.

Esta vez no camina, va en su Hispano Suiza 16 HP Torpedo hasta el Casino de la calle de Alcalá. Al entrar, ve a su amigo Álvaro, esperando a que lo acompañen hasta el Comedor de Socios.

—¿Tienes algún compromiso?

—No, comemos juntos si quieres. Quería haber ido a almorzar a casa, pero he salido tarde de Palacio. Cosas de la Oficina Pro-Cautivos.

—Insístele a esa joven, a Blanca Alerces, en que si necesita que alguien le traduzca cartas del ruso puede contar conmigo.

—No hará falta que yo le insista, en cuanto necesite algo te llamará, no siente el menor pudor cuando se trata de poner a trabajar a alguien para el servicio. Un día que ella estaba ocupada con otros asuntos, tuvo a don Alfonso traduciendo cartas del inglés. Estuviste esta mañana en Palacio con él, ¿no?

—Sí, a primera hora.

—Ya sé que no me puedes contar el contenido de vuestra conversación, ese encargo privado y secreto, que lo único de lo que puedo estar informado es de que te vas a Buenos Aires, él mismo me lo ha advertido, así que hablemos de otro asunto y evitaremos indiscreciones. ¿Llevarás contigo a Beatriz?

—Mejor que no demos rodeos, seamos sinceros y hablemos de ella. ¿Qué se cuenta de mi esposa? Asumo que el marido es siempre el último en enterarse.

Álvaro tiene la suficiente confianza con él para confirmarle que sí, que se comenta la relación de su esposa con Sergio Sánchez-Camargo. Que incluso se rumorea que la vieron salir del jardín de una casa próxima al hipódromo en el coche de él.

—Pero no sé si es verdad o son sólo rumores.

—¿Alguna vez has sabido de un rumor que no lo sea? Todos llevan su parte de verdad, amigo Álvaro.

Eduardo tiene ganas de dejar que ella se vaya con su amante, sería un regalo envenenado para Camargo, se llevaría a la mujer con peor carácter, más caprichosa, más malcriada y más desagradable en la intimidad de todo Madrid. Lo ideal sería permitir que eso sucediera sin que su honorabilidad quedase en entredicho. Se arrepiente cada día de haberse casado con ella y más aún cuando lo hizo por iniciativa propia, en contra de la opinión de sus padres.

—No me has contestado si viajará contigo.

—No lo sé. Yo no tengo el menor deseo de que lo haga. Buenos Aires debe de ser una ciudad fascinante, ella sólo lograría amargar mi estancia allí. Pero don Alfonso me ha avisado de que debo cuidar de los comentarios que se produzcan en mi ausencia. Para eso tendría que llevarla; atada, a ser posible.

Beatriz procede de Cuba, aunque apenas tenía quince años cuando la isla obtuvo la independencia y ella se trasladó a la Península con su familia. Su padre, don Basilio Conde, poseía un gran ingenio azucarero y se decía que, pese a la prohibición, seguía teniendo gran número de esclavos a su servicio. Don Basilio, recientemente fallecido, era cubano de varias generaciones, pero su madre, doña Ana Toledo, es prima segunda de la madre de Eduardo. Por esa causa se vieron por primera vez pocos meses después de la llegada de Beatriz a Madrid. Nunca olvidará la entrada de aquella joven de dieciséis años, él tenía sólo cinco más, en el salón del palacete de sus padres en el barrio de Chamberí. Recuerda hasta el vestido blanco y el abanico del mismo color con el que se aliviaba del calor de aquel verano, el primero del siglo xx, en la capital. Se enamoró como lo que era, casi un adolescente, y no atendió a razones: sólo un año después se casó con ella en la iglesia de los Jerónimos. El rey don Alfonso XIII, su gran amigo, recién coronado por entonces, fue su padrino de bodas.

Nadie puede negar que Beatriz es una mujer de una belleza espectacular, que la combinación de sus preciosos ojos verdes con el moreno de sus cabellos y la blancura de sus dientes es irresistible. También que tiene una figura envidiable, pocos son capaces de no mirar su cuello y sus hombros —tampoco el nacimiento de sus pechos— cuando aparece en una fiesta con uno de sus atrevidos y escotados vestidos. Todavía hoy, con la treintena ya superada, es difícil que otra mujer eclipse su belleza y elegancia.

Eduardo no tuvo que esperar mucho para descubrir el error de su elección: durante la luna de miel, en la que recorrieron Europa, tuvo los primeros roces. A los pocos meses de su llegada a Madrid, ya instalados en el palacete de la calle de San Nicolás en el que siguen viviendo, las faltas de respeto y los desplantes eran lo más habitual en su matrimonio. Cuando fue destinado a San Petersburgo se negó a acompañarle y Eduardo confirmó que la vida era mejor cuanto más lejos estuviera ella. Estando allí le llegó el primer rumor sobre una infidelidad de Beatriz; desde entonces han sido tantas que ni siquiera le afectan.

Todos los hombres se enamoran de Beatriz Conde; si él pudiera les diría que hacer el amor con ella no es nada placentero excepto que sólo se busque poseer algo muy bello y muy frío. Beatriz nunca se preocupa del placer de sus compañeros, sólo de disfrutar de su admiración y de los caprichos que están dispuestos a concederle para seguir con ella.

—No creo que don Alfonso apreciara que un emisario suyo lleve a su esposa atada en un vapor camino de Buenos Aires, Eduardo.

—No, tengo que pensar otra solución. ¿No hay ningún partido que quiera aprobar el divorcio en España?

Aunque con Álvaro no tiene que disimular, pues sabe de las dificultades de una familia como la suya para acabar con un matrimonio, del escándalo que supondría forzar una nulidad basada en el adulterio de la esposa, agradece que la comida llegue a su fin; Álvaro jugará al ajedrez en una de las salas del Casino, como hace casi cada día. Eduardo camina hasta Sol, dispuesto a entregarse a su gran afición, la esgrima.

—No le esperaba hoy por aquí, don Eduardo.

El marqués de Aroca es un apasionado de la esgrima, tanto que no entrena en la Sala de Esgrima del Casino —demasiado elegante en su opinión— sino en la Escuela Española Moderna de Esgrima, de don Adelardo Sanz, en el número 9 de la Puerta del Sol, el lugar en el que se forman los grandes tiradores españoles de espada, sable y florete. Va dos veces por semana y en ocasiones más, cuando necesita gastar energías y relajarse.

En el entresuelo del céntrico edificio hay un letrero que se ve desde la calle que anuncia la Sala de Armas Sanz. Allí enseñan Adelardo y su hermano Alfredo; allí se entrenó cientos de veces Eduardo con Ángel Lancho y con Ciriaco González; allí se practica verdadera esgrima para deportistas, no un pasatiempo para aristócratas. Ahora, el primero, Ángel Lancho, ha abierto su propia Sala de Armas en la calle Ventura de la Vega —a la que Eduardo también acude a veces— y Ciriaco está enseñando su arte en Argentina.

Pasar allí las horas entre hierros, caretas protectoras y guantes, tirar con su profesor o con otros maestros como él, calma sus ánimos mejor que ninguna otra cosa. Una de las primeras ideas que le vino a la cabeza cuando supo que viajaría a Buenos Aires fue que allí se encontraría con el gran Ciriaco González, el Zurdico, el mejor tirador que ha visto nunca —con permiso de Lancho y de Afrodisio Aparicio—, también su gran compañero en los primeros años de práctica. Ciriaco vive hace años allí, es maestro de armas en el Jockey Club. Está seguro de que volverán a medirse y volverá a perder, como todas y cada una de las veces que se han enfrentado.

—Voy en breve a Buenos Aires, maestro. Debo practicar más para que Ciriaco no me humille.

—Difícil lo tiene, Sagarmín. Pocos tiradores pueden medirse a Ciriaco y salir airosos.

Le llama la atención ver a una mujer entre los que practican, una americana rubia y alta. Se queda observándola unos minutos: es buena, tiene una técnica depurada y no le da miedo el cuerpo a cuerpo.

—¿Qué le parece la americana?

—Buena. ¿Cómo se llama?

—Susan. Viene desde hace un mes un par de veces a la semana. Se ve que en su país les enseñan bien, que no sólo se defienden con arcos y flechas.

No puede medirse a esa americana porque ella da por terminado su entrenamiento cuando él está listo para comenzarlo. Se queda con ganas de hacerlo en otra ocasión.

Eduardo pasa algo más de dos horas practicando, sudando, tirando con los jóvenes y prometedores alumnos de don Adelardo. Muchos de ellos participarán en competiciones y espectáculos, exhibirán su arte en grandes teatros de Francia, Italia e Inglaterra. Sagarmín sólo busca perfeccionarse, mantenerse en forma y eliminar toda su frustración. Quizá en otros tiempos también le habría servido para batirse en duelo con alguno de los amantes de su esposa. En la Sala de Armas, cuando él tiene su espada en la mano, nadie es capaz de mirarle con una sonrisita de superioridad; todos saben que Sagarmín se lo haría pagar.

* * *

—Ha llegado carta de mi hijo.

Han venido a ver a Gabriela su suegro, el señor Quimet, y el Vicari Fiquet, que es quien ha recibido y leído la carta. Por fin sabrá algo de lo que pasará a partir de ahora con su vida.

—Don Nicolau Esteve, tu marido, quiere que partas en breve para Buenos Aires, y manda instrucciones para que puedas seguir los pasos y reunirte con él.

El mosén Pastor le entrega la carta de Nicolau, escrita en mallorquín; es la primera vez que tiene un contacto casi directo con él, ésa es su letra: no parece un hombre muy acostumbrado a escribir pero tampoco tiene faltas de ortografía graves, se expresa con bastante concisión y corrección.

—Dice que debo partir hacia Barcelona a principios de año.

—Sí, lo antes posible, tal vez para el día de Reyes. La intención es que puedas encargar allí un vestuario digno de tu nueva posición y subir en uno de los barcos que hacen la línea del Río de la Plata.

Nicolau se ha preocupado de organizarlo todo: el hotel donde se debe quedar en Barcelona a la espera de que su barco zarpe —el Cuatro Naciones de la Rambla—, la compañía en la que la estará esperando el billete —la Naviera Pinillos, con camarote en primera clase—, las tiendas de Barcelona donde debe comprar su nuevo vestuario —casi todas en el lujoso Paseo de Gracia— y el banco donde hay ya una cuenta a nombre de Gabriela con dinero del que ya puede disponer —el Banco de Sóller.

—Mañana iremos juntos al banco.

—Aquí están todos los documentos que necesito, señor Quimet, no necesito que me acompañe. Usted no sabe leer, pero si alguien le ayuda, descubrirá que en la carta de mi marido no dice que le tenga que dar a usted ninguna explicación relativa al dinero.

Disfruta poniendo en su sitio a su suegro, todo habría sido más fácil si él no hubiera tenido la mano tan larga. El mosén Pastor, que no es culpable de la situación, prefiere no intervenir y darle la razón: desde este momento ella es dueña del dinero que haya en la cuenta y es señora de sus actos hasta que llegue a su destino. En la carta de Nicolau están todas las órdenes que debe obedecer, ni una más le podrán imponer.

Ni su madre ni el señor Quimet rechistan, a Gabriela no le importaría contarle al mosén lo sucedido con su suegro; en cuanto se quede a solas con él le avisará de que está dispuesta a hacerlo. Está descubriendo las ventajas de tener el mando. No volverá a ser una joven sumisa, por lo menos hasta que llegue a Buenos Aires.

—Yo te acompañaré al banco mañana por la mañana.

Ve similitudes entre el señor Quimet y su madre, los dos quieren manejarla y ella no se va a dejar.

—No es necesario, madre, lo que le dije a mi suegro vale también para usted; en la carta de mi marido no dice que tenga que rendir cuentas a nadie. Seré yo quien vaya al banco y lo haré sola. No la necesito ni deseo que me acompañe.

Va siendo hora de que se hagan a la idea y se acostumbren a las nuevas normas de Gabriela.

—¿Tres mil pesetas?

La reacción de Àngels es la misma que ella tuvo por la mañana cuando se enteró del saldo de su cuenta en la central del Banco de Sóller, el que usan casi todos los emigrantes para enviar dinero a casa, junto a la iglesia de Sant Bartolomeu. Es un impresionante edificio modernista, construido un par de años antes de que comenzase la guerra europea, en el que sintió miedo al entrar. Afortunadamente, estaba sentada cuando el director le dijo la cantidad de la que podía disponer, de lo contrario las piernas le hubieran fallado. Para una joven que rara vez ha tenido unas pocas monedas, apenas unos reales, es una fortuna.

—¿Te das cuenta, Àngels? Es mucho dinero. Con tres mil pesetas podría empezar una nueva vida lejos de aquí.

El mismo director del banco le ha indicado algunos de los gastos necesarios que tendrá que afrontar antes de partir camino de Buenos Aires: unas veinte pesetas del vapor de Mallorca a Barcelona, doce pesetas diarias por la habitación con pensión completa del hotel de la Rambla escogido por su marido, más lo que gaste en los días que esté en Barcelona, como sentarse a tomar un café. El pasaje anda por las mil seiscientas, pero ya estará pagado cuando Gabriela lo recoja.

—Todo eso no llegará a las mil, como muchísimo. ¿Qué vas a hacer con lo demás?

—Dice que tengo que llevar la ropa adecuada para una dama.

—Pues de aquí a que te vayas nos vamos a hartar de gastar dinero.

—No tenemos mucho tiempo, pero mañana mismo nos vamos a Palma de Mallorca y empezamos a comprar.

Un día en Palma con Àngels, con dinero, sin tener que rendir cuentas a nadie... Por primera vez desde que se casó, Gabriela le ve ventajas a la boda.

—¿Cuánto dinero hay en la cuenta que te ha abierto tu marido?

Ha llegado el momento de averiguar si lo que su madre buscaba al casarla con Nicolau Esteve era una buena vida para su hija o dinero para ella misma.

—Lo suficiente para llegar a Barcelona y a Argentina, madre. Incluso para hacerme los vestidos que necesito.

La respuesta no es suficiente para ella, que insiste hasta conocer la cantidad y asombrarse, como hizo Àngels.

—Con ese dinero se pueden arreglar muchas cosas.

—Ese dinero es mío, madre, es lo que cobro por casarme con un hombre al que no conozco.

Le daría igual compartirlo, no está interesada en el dinero y tres mil pesetas son suficientes para ser generosa, pero siente rencor por su madre y no quiere que salga beneficiada de la boda.

—Hija, ¿todavía no te das cuenta de que yo no quiero tu dinero? Has tenido la suerte de poder cambiar de vida y deberías ayudar a tus hermanos. Yo no quiero nada para mí.

Nada de lo que diga puede quitarle a Gabriela de la cabeza que a su madre no le han salido los planes, que no se ha hecho rica vendiendo a su hija, que ella no piensa darle ni un céntimo del dinero de Nicolau.

* * *

—Ahí llega tu padre.

El capitán Lotina hace años dejó su Plencia natal para instalarse aquí, en un gran piso de la Barceloneta, con vistas al mar. Siempre que viene de viaje en el barco, su mujer le espera con su hija Amaya a pie de la escalerilla.

—¿Cómo ha ido el viaje?

—Bien, tranquilo, sin ningún problema. Será nuestro último viaje a Buenos Aires, después pasamos a la línea de las Antillas.

—¿Es una ruta mejor o peor?

—Si te soy sincero, me da lo mismo. Según parece, no tendremos problemas con los submarinos alemanes en ninguna de las dos, que es lo único que me preocupa.

Las mujeres de los marinos, que siempre han sufrido el miedo de los naufragios, de las enfermedades, de las andanzas de sus maridos de puerto en puerto, han sumado ahora el de la guerra. Rara es la que no piensa a diario en el *Lusitania* y en sus casi mil doscientos muertos.

—De cualquier manera, estoy pensando en dejar las grandes líneas y dedicarme a la navegación de cabotaje aquí en la Península.

—No me lo creo; eso sí, si lo hicieras me darías una alegría.

Amaya espera, encantada con el regreso de su padre, a ser objeto de su atención, a que la levante en volandas y le diga, como siempre, que ha crecido mucho y que en dos o tres viajes más no será capaz de cogerla en brazos y necesitará una de las grúas del puerto. La niña se ríe, como siempre, y se abraza y besa a su padre.

—Te he traído un regalo de Buenos Aires…

En cada viaje trae un regalo de América para su hija y otro para su esposa, una costumbre que nunca olvida. En esta ocasión son unas muñecas hechas en cuero y pintadas con alegres colores —elaboradas por las mujeres de uno de los pocos poblados indígenas que debe de quedar en el país— para Amaya y unas pulseras de plata para Carmen.

—¿Qué tal pasaste la Nochebuena?

—Fui a cenar a casa de Martínez de Pinillos, el propietario de la compañía. Después me reuní con la gente de mi tripulación para brindar con ellos. Y el día de Navidad por la mañana fui a visitar a una camarera del barco que tuvo que ser operada de apendicitis en la travesía. Ya está bien, recuperada. Aunque algo le pasa a esa chica, yo creo que no ha superado un mal de amores…

—¿La conozco?

—No, no vive aquí en Barcelona; cuando no estamos embarcados vive en Vigo. Buena chica, seria y trabajadora. Según me han contado, rompió hace poco con su novio. Es una excepcional dibujante, me dicen sus compañeros, y una costurera de primera, más de una vez ha solucionado los problemas de las pasajeras con sus vestidos de gala.

Tras pocas horas en casa se vuelve a la normalidad, a charlar sobre los conocidos, a hacer el repaso al estado de la familia, a contarse las pequeñas novedades de las semanas separados.

—¿Vamos a pasar unos días en Plencia?

—Si te soy sincero, este año no me apetece emprender ese viaje, es muy pesado y quiero descansar.

Para llegar de Barcelona a Vizcaya hay que viajar durante bastantes horas en un tren de la Compañía de Caminos de Hierro del Norte de España, que los llevará haciendo transbordo en Zaragoza. Una complicación y una incomodidad si se compara con los recorridos que hace a lo largo del mundo el capitán Lotina en su buque.

La mañana del día 31, la posterior a su llegada, mientras su esposa se encarga de los preparativos de la cena de Nochevieja, el capitán Lotina se acerca a las oficinas de la Naviera Pinillos en Barcelona, en el Paseo de Isabel II, cerca del puerto. Allí se encuentra con su viejo amigo el capitán Pimentel, el hombre que está a cargo del vapor *Infanta Isabel*, buque gemelo del *Príncipe de Asturias*, que está a punto de partir para Buenos Aires. A la vuelta de su viaje, poco después de abandonar Las Palmas, los dos barcos se cruzarán en alta mar y harán sonar las sirenas a modo de saludo.

—Me han dicho que has dejado el barco en Cádiz para efectuar arreglos. En el próximo viaje me toca dejarlo a mí.

Los dos se van dando un paseo a la Rambla y se sientan en uno de los veladores del Café La Mallorquina, uno de los más elegantes y tradicionales de la ciudad.

—¿Hablaste con el señor Pinillos? ¿Te contó el acuerdo con los alemanes?

—Sí, cené en su casa la noche de Nochebuena y visitó conmigo el barco el día 26. Me dijo eso y que no seríamos tan estrictos con los papeles de los pasajeros. Veremos quién viaja en nuestras bodegas. Pinillos habla de no meterse en asuntos de los países en guerra, espero que sea verdad y no nos encontremos transportando tropas o armas.

—No creo, sólo habrá que llevar desheredados sin papeles.

El capitán Pimentel ya lo está viviendo. Su barco parte el día 3 de enero y el 2 por la noche la tercera clase se llenará a escondidas. Le han asegurado que los policías que cuidan del puerto están al tanto, han cobrado su parte y no pondrán problemas.

—Entrarán judíos que escapan de la guerra y desertores italianos y franceses. En Almería se subirán muchos emigrantes que no han conseguido los permisos.

—Todo sea por evitar a los submarinos alemanes. ¿Llevas alguna carga especial?

—Creo que no.

Es el capitán Pimentel quien saca el asunto que irracionalmente no ha dejado descansar hace días a Lotina.

—Tú vas a llevar las famosas estatuas gafes a Buenos Aires, ¿no?

—Vaya, le pedí a Pinillos que lo mantuviera en secreto, no quiero supersticiones entre la dotación.

—Pues lo sabe todo el mundo. Creo que hasta van a ir acompañadas por un diplomático y un periodista para cubrir la entrega. No te extrañe encontrártelo en primera página de algún periódico antes de partir. O que el mismo rey venga al puerto y haga un discurso.

—Me dará problemas, ya lo verás. Yo no soy supersticioso, pero ya sabes que no hay que excitar a los marineros.

Antes de terminar el café, se acerca a su mesa otro hombre, Eusebio Bennasar, el capitán del vapor *Miramar*, un barco de la Compañía Isleña Marítima que cubre la línea de Barcelona a Mallorca. Bennasar es un experimentado capitán que ha dado varias veces la vuelta al mundo con barcos como los que ellos llevan ahora y que ha decidido quedarse en una línea pequeña para poder ver crecer a sus nietos.

—¿Cómo van los jóvenes lobos de mar?

El mallorquín es un hombre simpático y alguien al que podrían consultar cualquier duda de navegación.

—Leo lo de los submarinos alemanes y me alegro de no tener que atravesar el Atlántico. Qué barbaridad lo del *Lusitania*...

—No creas que en el Mediterráneo no los hay y ve con cuidado, Bennasar. Hay submarinos y piratas.

—Piratas hay en todos los mares.

Cuando Pimentel se marcha, Bennasar le pide que se quede un rato tomando un café, quiere comentar algo con él.

—Ayer estuve en el Somorrostro, Lotina.

—Mal sitio para hacer turismo.

Las barracas del Somorrostro están al final de la Barceloneta, ya en el límite con Poble Nou. Es uno de los peores barrios, más pobres y conflictivos de Barcelona.

—Tenía mis motivos para ir, sabes que me encanta el flamenco y allí están los mejores, mucho antes que en cualquier café cantante. El peligro de la visita merece la pena y a mí ya me conocen, ni se inmutan cuando me ven llegar. Sólo quiero comentarte algo que escuché.

—Tú me dirás.

—Eran dos franceses y, creyendo que nadie los entendería,

hablaban sin ninguna discreción. Nombraron tu barco, el *Príncipe de Asturias*, y hablaban de las estatuas.

—¿Crees que querrán robarlas? Me harían un favor, así no tendría que llevarlas yo.

—No creo que quieran robarlas, más bien aprovechar su carga para meter algo en el barco. Creo que debes tener cuidado, ni por su aspecto ni por su tono pensé que fuera algo legal. Eran dos facinerosos que no desentonaban en el barrio.

—Gracias, estaré al tanto. Aunque ahora me preocupan más los ejércitos legales que cualquier banda de malhechores.

Unas estatuas gafadas, emigrantes ilegales, pasajeros sin papeles, submarinos alemanes, acorazados ingleses y ahora unos franceses que dan mala espina a alguien con tan buen olfato como Bennasar. No parece que su próxima travesía vaya a resultar un viaje de placer.

De vuelta a casa, el capitán Lotina ve que la zona del puerto está llena de personajes poco habituales, los desertores de los que le hablaba Pimentel y también los judíos, con sus llamativas ropas. Supone que su barco también viajará repleto de personajes así.

Mejor no pensar en los problemas hasta que toque enfrentarse a ellos y disfrutar de las angulas que su mujer le ha anticipado que cenarán esta noche, la última de 1915.

* * *

—¡Por nuestra hermana, que pueda ser madre de millones!

Sus padres quisieron suspenderlo todo la noche anterior, la víspera del casamiento, evitar que Sara viajara a Buenos Aires con ese hombre. Con más ímpetu cuando supieron que la *shadjente* le había engañado, que él no sabe que su hija es viuda y que hizo hincapié, para pagar su dote, en que fuera virgen.

—¿Sabes para qué quiere una virgen? ¿Sabes para qué te lleva de verdad, lo que ocurrirá cuando sepa que le has mentido?

—Padre, confíe en mí. Sé dónde voy, no me va a ocurrir nada malo. Ha aceptado casarse conmigo como dijisteis.

—En esta casa nunca te va a faltar un plato de comida, un lugar junto al fuego. Nosotros no queremos su dinero, no a cambio de nuestra hija.

También su madre, a solas, quiso convencerla para quedarse, aunque ella lo entendía mejor que su *tate*.

—*Mame*, sabe que no puedo seguir en la aldea. Que ya no hay sitio para mí aquí. Haré lo que tenga que hacer y los llamaré para que se reúnan conmigo. Lograré una vida mejor para todos.

Por supuesto que tiene dudas, pero está convencida de que es la vida que le ha tocado. Tiene que centrarse en la ceremonia de su boda, estar agradecida por los intentos de sus padres de protegerla, pero también pensar en amar a su esposo.

El rabino bendice a la novia y empieza el rito. Los novios llegaron a la sinagoga hace unas horas. Sara —vestida con un bello vestido blanco con adornos dorados, prestado por la madre de Judith, el mismo con el que su amiga se casará llegado el día— se reunió en una sala con las invitadas, que cantaban y bailaban con alegría, que podían comer y beber mientras ella permanecía sentada en una especie de trono y debía mantener el ayuno.

Las demás mujeres se han encargado de recordarle que el día de su boda debe ser, casi por decreto, el más feliz de su vida; que una persona soltera es sólo la mitad de una persona; que antes de nacer, en el cielo, ya se ha decretado con quién se casará cada hombre y cada mujer; que cada ser humano tiene un *zivvug*, un alma gemela… Lo mismo que escuchó cuando se casó con Eliahu: si él no hubiese muerto, si el zar no hubiera declarado la guerra a Alemania, Sara no estaría viviéndolo por segunda vez.

—¿Ha visto llegar a Max Schlomo, madre? Es un hombre elegante y guapo.

—Lo es, pero ha llegado solo, sin padre ni madre con él, sin un hermano o un amigo. Su familia no nos conocerá, no habrá nadie a quien pedir cuentas. ¿Quién se casa así? ¿A quién podremos pedir explicaciones si no cumple sus promesas?

Quiere tranquilizar a su madre, aunque las dos saben que el problema no es la apostura y elegancia del novio sino el terror que les causa su procedencia. En un par de horas, cuando acabe todo, Sara será prácticamente de su propiedad y sus padres sólo tendrán un contrato firmado que será papel mojado en cuanto abandonen Nickolev. La llevará a Buenos Aires y allí todo será como él quiera. ¿Serán verdad las maravillas que él pregona o vivirá las pesadillas que ella teme? Sólo viajando lo sabrá y está dispuesta a comprobarlo.

La precipitación del matrimonio, sólo tres días después de que los novios se conocieran, ha obligado a que se hicieran el mismo día ceremonias entre las que a veces se deja transcurrir un año entero.

Después de que Sara y Max llamaran a los padres de ella y a la *shadjente* y los invitaran a volver a entrar en la casa para comunicarles que se casarían y que tras la boda ella acompañaría a su marido a Argentina, tuvieron que ponerse en marcha, con ayuda del rabino, para redactar el *tannaim*, las condiciones por las que se regiría el matrimonio.

—¿Estás segura, hija?

—Estoy segura, madre. Deseo ir a Argentina y sé que amaré a mi esposo. Pronto llevaré a mis hermanas conmigo. Y a ustedes, si puedo. Max me ha dicho que allí se puede comer carne todos los días, que la comida casi la regalan, que los judíos pueden vivir donde quieran…

Ella misma intenta convencerse con los argumentos que le dio Schlomo. Su madre no lo está, ni siquiera sonríe al escuchar todo eso. Su madre es la primera que sabe a lo que va y asiente, quizá es que, pese a todo, sea mejor ser una prostituta en Buenos Aires que una judía pobre en un *shtetl* ucraniano. Tal vez su madre, después de haber vivido allí toda la vida, hubiera preferido el otro destino incluso para sí misma. Ellas, las mujeres mayores, han visto irse a muchas, han hablado con las que han vuelto, han valorado lo que les contaban y discernido la verdad de la mentira.

Mientras ella está allí, pasando hambre por el ayuno y escuchando los consejos de las viejas de la aldea, de las mujeres que ya se han casado y bromean con lo que ella vivirá cuando se quede a solas con su esposo, Max, al que hoy no ha visto todavía —debería llevar una semana sin verlo, aunque las circunstancias han hecho que el tiempo se acorte—, está en otra sala de la sinagoga, reunido con los hombres, leyendo y firmando el contrato de matrimonio, el *ketubah*, que determinará qué cantidad de dinero aportará cada uno de los contrayentes. El ambiente entre los hombres será serio, lo contrario que entre las mujeres; es lo que marca la tradición de siglos.

Al no tener dote Sara, Max Schlomo entregará una pequeña cantidad a sus padres que constará en el contrato, si es que no la ha entregado ya. Por lo menos tendrán dinero, gracias al sacrificio de su hija, para pasar el invierno. Ella no ha preguntado, pero supone que el que será su marido en unos minutos habrá pagado la comida y la bebida que disfrutarán los invitados. Hay de todo y abundante, su boda será recordada como un día feliz en la aldea.

—Tienes suerte de poder marcharte, seguro que todo va a ir bien.

—¿Y si no va bien?

—¿Estás segura de que, por muy mal que vaya, va a ser peor que pasar la vida encerrada aquí?

La madre de Zimran vio marchar primero a su hija mayor y después, cuando volvió, le entregó a sus hijas pequeñas para que la acompañaran a Buenos Aires. Sara se da cuenta de que es falso lo que han pensado siempre de ella, por muy bonito que fuera el vestido verde que vistiera su hija al volver, su destino fue el mismo que el de otras. Y le pareció lo bastante bueno como para llevarse con ella a sus hermanas, a vivir la misma vida. Pocas son inocentes al partir. Quizá sea algo que las mujeres mayores saben y que sólo las jóvenes temen, quizá sea lo mejor que pueden desear.

—¿Las dejó ir para que sirvieran a muchos hombres?

—Las dejé ir para que vivieran, como acabará haciendo tu madre contigo.

Por fin escuchan los cantos y las risas, eso quiere decir que los hombres han llegado a un acuerdo y lo han firmado, que su padre y Max han superado cualquier diferencia que hubiera entre ambos.

—Ya vienen, Sara; sonríe.

Sara tiene que estar a la altura y ser la bellísima novia que todos esperaban, la hermosa joven del pelo rojo. A partir de este momento la celebración es igual a la de cualquier otro matrimonio que se haya producido en el *shtetl* de Nickolev desde que se recuerda. El novio —sobre su ropa lleva el *kittel*, una especie de ropaje de color blanco, el mismo que se viste en Yon Kippur, el mismo con el que será enterrado cuando llegue el momento— entra en la sala en la que ella está, acompañado por los hombres, que demuestran su alegría con grandes gritos, con canciones y con bailes. Coloca un velo sobre ella para asegurar que es la mujer con la que desea casarse, para simbolizar que, por muy bello que sea su rostro, mucho más importantes para él son su alma y su carácter.

Si estuvieran en primavera o en verano, o en un lugar con un clima más benévolo, la ceremonia en la que se unirán, el *kiddushin*, la consagración, y el *nissuin*, la boda propiamente dicha, se celebrarían al aire libre. Tratándose del duro invierno ucraniano, en un día de nieve, lo harán bajo techo, con una jupá, una especie de dosel que simboliza la casa que compartirá la nueva pareja, sujeta por amigos y familiares. El novio se sitúa bajo la jupá, sin joyas, y la espera a ella, a la que conducen hasta allí sus padres, mientras el rabino canta sus bendiciones. Sara se sorprende apreciando la buena planta del novio y recordando a Eliahu, tan desmadejado y con las entradas en el pelo tan pronunciadas. Sin duda sería más fácil enamorarse de Max Schlomo que de su primer marido.

—¡Bienvenida! La novia es hermosa y honrada.

Sara tiene que darle la vuelta al novio siete veces —se repite lo que hizo con Eliahu y que nadie desvela, todos mantienen en secreto que ella ya estuvo casada— porque el mundo fue creado en siete días y porque hay que construir los muros de la casa que compartirán.

Está nerviosa pero logra hacerlo bien, sin enredarse en el vestido y caer al suelo. Max no la mira, sus ojos están puestos en los invitados. Sara siente que él no la desea. También que está muy tranquilo y que lo ve todo como algo rutinario, como si no fuera la primera vez que vive algo así.

Después, los dos, Sara y Max, beben vino de una copa y entonces él saca el anillo de oro, sin adornos ni incrustaciones, y lo pone en el dedo de la novia.

—Quedas consagrada a mí por este anillo, de conformidad con la ley de Moisés e Israel.

La boda no ha terminado, pero es el momento culminante. Los presentes rompen en aplausos y felicitaciones.

—*Mazel tov! Mazel tov!* ¡Felicidades!

Sólo queda que el contrato matrimonial, el ketubah, se lea, se le entregue a la novia y que ella se lo confíe a su madre para que lo custodie y haga que el novio lo cumpla. En el contrato, el esposo se compromete a alimentar, proteger y amar a su esposa. Una vez entregado, se cantan las siete bendiciones, las *Sheva Berajot*.

—Bendito eres tú, Adonai, Di-s nuestro, Rey del universo, quien ha creado el gozo y la celebración del novio y la novia, regocijo y júbilo, placer y deleite, amor y hermandad, paz y amistad.

Los novios beben la segunda copa de vino, la primera desde que ya son un matrimonio, y él pisa con el pie derecho la copa de cristal y la rompe en añicos, queda destruida como quedó destruido el Templo de Jerusalén. Para recordarlo pronuncia el juramento que tantos novios han pronunciado a lo largo de los siglos:

—¡Séquese mi diestra si te olvidare, oh Jerusalén!

Es el momento en que el novio y la novia pasan solos a una habitación para el *yihud*, el aislamiento. En otros tiempos era entonces cuando se consumaba el matrimonio, mientras los invitados esperaban fuera. Ya no; ahora los novios sólo se dan los primeros besos a solas y comen algo para romper el ayuno. Sara espera que él le demuestre el deseo que le ha llevado a casarse con ella, pero Max evita su mirada y se acerca a comer unos dulces que hay en una bandeja, mientras se limpia el sudor con un pañuelo y le dice que deben volver.

—Y sonríe, que todos te recuerden feliz en la aldea.

Cuando entran en la sala de vuelta ya son marido y mujer y empieza de nuevo la fiesta. Hasta los rabinos más distinguidos bailan en honor de los esposos, los jóvenes dan saltos y hacen cabriolas. Todos quieren bailar el *mitzvah tanz*, la danza de celebración, con Sara. Como ya no se puede tocar a la novia —ahora pertenece a otro hombre—, usan un pañuelo para unirse a ella sin tocar sus manos… Una y otra vez volverán a cantar las siete bendiciones.

—Concede abundante júbilo a estos amados compañeros, tal como antaño otorgaste júbilo en el jardín del Edén a tu ser creado. Bendito eres tú, Di-s, que alegras al novio y a la novia.

También el padre baila con la novia y, en contra de la tradición, no es un hombre feliz. Él también sabe, o sospecha, para qué ha entregado a su hija a ese hombre. Seguro que él y su esposa lo han hablado muchas noches.

Sara se divierte por momentos. A ratos olvida que su boda puede ser un engaño y la vive como si de verdad fuera una novia que empieza una nueva vida junto a un hombre del que está enamorada.

—Estoy cansado. Cámbiate el vestido y prepárate, nos vamos a Odesa.

Sara apenas tiene tiempo para seguir disfrutando de la boda en la que están casi todos los vecinos del *shtetl*, su esposo le ha dicho que vaya con él y no tiene más remedio que obedecer. No sabe si dormirá en Odesa, tal vez en un hotel, y si su marido lo ha pactado con su padre como parte de las condiciones. Apenas tiene tiempo de despedirse de sus padres más que con un ligero abrazo. Se marcha con la angustia del que no sabe si volverá.

*　*　*

—Hola, Francesca.

Francesca se ha quedado de piedra al encontrarse a Giulio en su puerta. Estaba preparándose para ir a cenar la noche de fin de año en casa de Salvatore Marini, el que será su marido en pocos días, con sus padres, sus hermanos y el resto de la familia. Es su presentación en sociedad.

—¿Qué haces aquí, Giulio?

—Quiero que me expliques por qué te vas a casar con él. Todavía no me han matado.

No ha dejado de pensar en eso mientras pedaleaba en la bicicleta del padre de Filippa camino de Viareggio, en las horas que paraba para descansar, cuando se quedó un rato sentado mirando al mar, al mar que, de tanto verlo desde que nació, había dejado de mirar; si hubiera muerto, ella tendría derecho a casarse con el pescadero, pero mientras él sigue vivo, no.

—Pasa, no te quedes ahí, que no te vea nadie.

Ha ido a su casa antes que a ningún sitio, ni siquiera ha pasado a ver a sus padres. Afortunadamente, Francesca está sola.

—No tienes derecho a presentarte aquí así.

—Me merecía que me lo dijeras tú, no mis padres.

—No sé por qué me caso con él. Bueno, sí que lo sé. Para que me dé una vida mejor, para no tener miedo.

Francesca niega que estuviera con el pescadero antes de que Giulio partiese hacia el frente.

—Prometiste que me esperarías.

—Tú no ibas a volver vivo.

—Todavía lo estoy, has faltado a tu palabra, todavía no me han matado, han podido hacerlo pero no lo han hecho. No tienes derecho a casarte.

Francesca llora, se enfada y grita, pero no da ninguna explicación, más allá de escudarse en que él podría estar muerto. Y mientras la escucha, sentado y aturdido, Giulio se da cuenta de que le da igual. Le gustaba la Francesca bella e inocente, no esta mujer interesada y egoísta. Se da cuenta de que ha cometido una estupidez desertando del ejército, si le descubren le fusilarán; no puede regresar, tampoco puede entregarse. Sólo huir; si quiere salvar su vida, sólo puede huir.

—Esperaba que tuvieras un motivo para hacer lo que has hecho, no que ni tú misma lo supieras. Adiós.

No se han tocado en ningún momento. Giulio le tira a los pies su medalla, la que tenía que protegerle y devolverle a Viareggio sano y salvo, y sale de la vida de Francesca para siempre. No cree que ni siquiera vaya a sentir nostalgia. Ella se casará con Salvatore, será infeliz con él como podría serlo con cualquier otro, aprenderá a cortar los medallones de merluza o a desescamar los pescados o a lo que sea que hagan los pescaderos. Sus manos perderán la suavidad, su olor dejará de ser limpio, su piel se ajará, su cintura se confundirá con sus caderas y pasará a ser una más. Como cualquier otra mujer, haya o no haya tenido una historia de amor en su juventud. No la volverá a ver y se teme que el recuerdo de su rostro le acompañará pocas semanas. Si la ve dentro de unos años le sorprenderá haber estado enamorado de ella, mucho más haberla usado como guía para desertar y recorrer media Italia a pie y en una bicicleta vieja.

—Padre, abra, soy yo.

—Vete, nos encontramos dentro de media hora en la via Regia delante del Palazzo Belluomini. ¡Corre, aquí no te puedes quedar!

Giulio no esperaba ese recibimiento en su casa. Ni siquiera su madre y su hermana pequeña han salido a verle, pero hace lo que su padre le ha mandado. Se marcha, asustado, escondiéndose en las zonas más oscuras de una ciudad que al comenzar la guerra perdió toda la luz en cuanto desaparece el sol.

Llega al lugar donde debe encontrarse con su padre, según las instrucciones que éste le ha dado, y se oculta hasta que lo ve aparecer. Pasa por su lado, no se para, le da una orden:

—Sígueme.

Llegan a un lugar sin luces, es noche cerrada y debe faltar poco para la medianoche y el cambio de año, apenas media hora. Sólo allí su padre le abraza.

—¿Qué has hecho? Han venido a casa a buscarte. Te acusan de desertar. Si te encuentran te van a fusilar. Ayer nos dimos cuenta de que vigilaban la casa, espero que no te hayan visto llegar. Tenemos que buscar un lugar para que pases la noche. Y pensar. Mañana mismo tienes que salir del pueblo. Ni siquiera puedes quedarte en Italia.

—¿Dónde iré? Toda Europa está en guerra y yo soy un desertor.

—Tu madre cree que deberías ir a Argentina. Su primo emigró a Buenos Aires hace más de veinte años, y quizá podría ayudarte. Además, has estudiado español. En algún sitio tenemos su dirección, la buscaremos. Ahora vamos a casa del tío Nico, él te ayudará a esconderte.

¿Quién le iba a decir a Giulio que su decisión extravagante de estudiar español, a solas y con sólo un par de viejos manuales, iba a resultarle útil algún día? Sólo su madre, hija de una mujer andaluza que murió cuando él era apenas un bebé, y conocía algunas palabras que ella había aprendido de pequeña, le animaba a seguir haciéndolo, a seguir siendo el único estudiante de español de todo Viareggio.

El tío Nico, Domenico, hermano de su padre, es párroco en la iglesia de San Giuseppe, en Torre del Lago, un pequeño pueblo casi unido a Viareggio. Giulio y su padre caminan en medio de la noche, procurando no cruzarse con nadie que pueda reconocerlos. Este año, año de guerra, no hay petardos o fuegos artificiales, nada les anuncia la llegada de 1916, que se produce en algún momento de su camino. Sin felicitaciones, sin alegría, con la convicción de que cada año será peor que el anterior.

—Espérame aquí. Entraré a hablar con tu tío para ver si está solo. Quizá hayan venido también aquí a buscarte.

Su padre tarda pocos minutos en salir a pedirle que entre, Domenico está de acuerdo en alojarlo esta noche.

—Quédate aquí, mañana por la mañana vendrá tu madre, te traerá ropa y podrá verte. Yo veré qué tenemos que hacer para que puedas marcharte de Italia.

El tío Domenico le presta algo de ropa y le calienta lo que ha sobrado de la cena.

—¿Quieres confesión?

—Perdóneme, tío, vengo del frente. Allí se hacen cosas que no se perdonan en confesión. Tendré que vivir para siempre con ellas.

—¿Por qué has desertado? ¿Por qué ahora? ¿Pasó algo especial?

—Había dejado de tener miedo, hasta había dejado de sentir compasión. Podría decirle que un par de horas antes de desertar tuve que fusilar a un hombre, en Nochebuena, y tuve que reírme de otro que huyó sin botas por la nieve. Habrían sido motivos suficientes para desertar, pero no fue por eso. Fue para preguntarle a Francesca por qué se casaba con un pescadero.

—¿Qué te ha dicho?

—Nada, en realidad no hay nada que saber. Francesca nunca fue para mí. Francesca no existía de verdad, sólo estaba en mi cabeza, era ella como podía ser cualquier otra. Habrá otra igual en Argentina, o donde vaya si consigo salir de este país. Francesca no era una mujer, sólo una idea. Ni siquiera es culpable.

Siempre ha tenido miedo a su tío Domenico, tan furibundo al defender sus posturas, al acusar a los demás, tan vehemente en su defensa de la fe; pero esta noche no le ve así, le ha perdido el miedo también a él. Puede ser que esta noche haya perdido todos los miedos porque ya nada peor puede pasar. Sólo la muerte y no está seguro de que eso sea peor o un descanso.

La noche pasa tranquila, Giulio está tan agotado que no tarda en quedarse profundamente dormido.

* * *

—¿Estás preparada, cordera? Madame Renaud está a punto de terminar su número.

—Vamos.

Es la última noche que Raquel Castro sale en el lugar estelar del espectáculo del Salón Japonés. A partir de mañana, en los carteles, por encima de ella estará Rosa Romana. Pero hoy sigue siendo ella la estrella y tendrá el honor de estar en el escenario a las doce en punto de la noche, cuando se termine 1915 y empiece 1916. Es un honor para alguien que se dedica al mundo del espectáculo compartir el último minuto de un año y el primero del siguiente con sus admiradores.

—Y ahora, olviden mis naipes y mis juegos, que llega el número que todos ustedes están esperando, Raquel Castro y su lindo gatito. ¡Feliz 1916!

El teatro está lleno a rebosar y hay mucho más público femenino que cualquier otro día del año. Don Amando está en su butaca habitual —no le veía desde el día de Nochebuena, ni en el teatro ni en el piso de la calle del Arenal—; muy cerca de él, Manuel Colmenilla. Y entre ambos está Rosa Romana. Raquel no quiere ofuscarse, al acabar el espectáculo pensará en Rosa y don Amando y en por qué están sentados juntos. Ahora se debe a esa platea llena de gente con ganas de divertirse.

No ha salido desnuda, como siempre, sino con un vestido formado por muchos —doce— retales de tela superpuestos; entre todos forman un casi elegante vestido plateado. La música no empezará hasta dentro de dos minutos, cuando dé comienzo el nuevo año; hasta ese momento, Raquel tiene que entretener a los espectadores. El público tiene gorros de fiesta de cartón, confeti y una bolsa con doce uvas, una costumbre que cada año tiene más adeptos.

—Ya saben que hay que comerse las uvas de la suerte, una uva por cada campanada; por cada una que nos comamos a tiempo tendremos un mes de buena suerte. Desde aquí no podemos escuchar las campanadas del reloj de la Puerta del Sol, así que nos va a ayudar nuestra orquesta. Díganos cómo va a ser cada campanada, maestro Romero.

Suena desde la zona de la orquesta un fuerte golpe de tambor.

—Pues ya lo han escuchado, una uva cada vez que escuchen ese tambor. Yo se lo recordaré. Me dicen que estamos a punto, que tenemos que empezar con la cuenta atrás. Diez, nueve…

Todos los presentes acompañan la cuenta atrás de Raquel hasta llegar al uno.

—¿Preparados? Empezamos, maestro.

Desde la orquesta suena el primer golpe de tambor. Raquel, como todos, se come la primera uva, pero los bailarines tienen una función más: además de comerla, deben tirar de uno de los retales de su vestido y dejarlo caer al suelo; Roberto le quita el primero. Segundo golpe, segunda uva, Juan le quita el segundo retal. Tercer golpe, tercera uva, tercer retal.

El duodécimo retal la deja desnuda, sin peluches para taparla mínimamente. Así es como Raquel levanta las manos al cielo y grita:

—¡Feliz año 1916!

El público aplaude, lanza el confeti y se felicita. Raquel ve el abrazo entre don Amando y Rosita y se da cuenta de que el momento que temía ha llegado. Su carrera sólo la ha llevado hasta ahí, a ser una mujer desnuda en medio de unos cientos de personas vestidas. No siente vergüenza, no es que la vean desnuda lo que le preocupa, siente tristeza: tantos sueños, tantas esperanzas de ser una artista desde que era una niña y no se ha dado cuenta hasta ahora de que estaba desperdiciando la vida. ¿Qué más da cerrar el espectáculo del Salón Japonés? Si mañana muriera, ¿qué habría hecho en la vida?, ¿de qué podría estar orgullosa?

Empieza a sonar la música del morrongo y no puede seguir pensando, debe ponerse a cantar y a bailar.

—¡Ay morrongo, morrongo, morrongo!

Es la última vez que lo va a cantar en el Japonés; ha tomado una decisión: no cantará en otra posición del espectáculo, cuando acabe su interpretación vaciará su camerino y abandonará para siempre este teatro. Mañana hará sus maletas y dejará el piso de la calle del Arenal. Después se enterará de qué debe hacer para irse a Argentina, desde dónde y cuándo salen los barcos.

Don Amando no visita su camerino al final del espectáculo, la chica del guardarropa le confirma que se ha marchado en compañía de Manuel y Rosita, muy acaramelado con ésta. Se la han jugado, pero no puede decir que sea una sorpresa, lleva por lo menos una semana esperando que eso suceda. Se irá del piso antes de que su amante la eche. Supone que Rosa deberá aprenderse la liturgia de la misa, como le tocó hacer a ella.

—Roberto, ¿vamos a alguna fiesta esta noche?

—Me voy con Gerardo, cordera, me ha llamado esta tarde. Estoy tan feliz…

Se alegra por su amigo, aunque le habría gustado decirle esta misma noche lo que acaba de decidir, que se va.

Todo lo que tiene en el camerino le ocupa apenas una bolsa. No le interesan, como a tantas otras, las estampitas de santos y vírgenes o convertir aquello en una salita de estar —las hay que lo decoran hasta con tapetitos de ganchillo—. No se despide de nadie, sale del teatro y camina por la calle de Alcalá. Al llegar a Sol se cruza con varios grupos de juerguistas. Uno de ellos la reconoce del teatro.

—¡Enséñanos el morrongo!

A la altura del Ministerio de la Gobernación un coche rojo, un Buick, hace sonar el claxon para llamar su atención. Conduce una mujer rubia, Susan, la americana, acompañada por dos mujeres más.

—Raquel, vamos a una fiesta, ¿te vienes?

No necesita pensarlo, segundos después está subida en el coche. Susan lleva el mismo frac del día que la conoció, las otras dos mujeres llevan vestidos de fiesta; no son jóvenes delicadas, pero ninguna de ellas es tan masculina como su amiga de Detroit.

La fiesta es en un hotelito de Aravaca, del principio de lo que llaman Cuesta de las Perdices. Conoce a algunos de los asistentes y a los músicos que la amenizan; todos ellos forman parte de la orquesta del Japonés. Bebe hasta casi caer rendida, baila y, cuando se lo piden, se sube al pequeño estrado donde están los músicos para cantar.

—Y ven, y ven y ven, chiquilla, vente conmigo. No quiero para pegarte, chiquilla, ya sabes *pa* lo que digo…

Los presentes cantan con ella el estribillo: «y ven, y ven y ven…» Al bajarse del escenario, en medio de los aplausos, Susan, que sabe que es la chiquilla de la letra, la besa apasionadamente a la vista de todo el mundo.

—¿No quieres que nos vayamos a tu hotel, Susan?

—¿Tú quieres, cordera?

—Si pides champán al servicio de habitaciones, sí. Podemos pasar juntas la primera noche del año en el Ritz. Seguro que no te arrepentirás, chiquilla.

—Seguro que no. ¿Cantarás para mí?

—Lo que me pidas. Te cantaré al oído todo lo que me sé.

Nadie les dice nada a la entrada del hotel, brindan con el champán que Susan le ha prometido pedir y se van a la cama. Raquel ya conoce su cuerpo, su tacto y el sabor de sus besos. Ya sabe qué teclas tocar para lograr que la americana se retuerza de gusto y la haga gozar también a ella. Disfruta con ella todavía más que la primera vez y se siente como nunca. La americana le da tanto placer o más que cualquier hombre con los que haya estado. Se lo dirá a Roberto y él se reirá, le dará la bienvenida a su mundo.

Dormirá en el Ritz una noche más; antes de marcharse por la mañana, intentará sacarle algo de dinero a la americana para el viaje a Argentina y poder mantenerse allí unos meses. Cuando llegue al piso de Arenal dará el día libre a la criada y llamará a Roberto, necesita llevarse todo lo que haya de valor en la casa y encontrar un sitio para dormir hasta que pueda salir de Madrid. Su decisión le hace feliz. Se siente optimista con su nueva vida en Buenos Aires.

✳ ✳ ✳

—Te ha llegado una cesta de Navidad, Medina. Eso sí que es suerte.

Una cesta de Navidad que parece muy bien surtida, como las que le llegan al director a la redacción, con un par de botellas de vino, un queso y un jamón envuelto en paño. También hay turrón y polvorones. Quizá tenga solucionado el tema del vino para su cena con Mercedes.

—¿Las cestas de Navidad no llegan antes de la Nochebuena?

—Si no la quieres, me la quedo yo y te cuento a qué sabía.

La cesta, que ha sido entregada por un mozo en la recepción, tiene un pequeño sobre con una tarjeta sin nombre, escrita a mano, con buena letra. En cuanto la lee, a Gaspar Medina le cambia la cara.

—¿De quién es? ¿Qué te dice?

Gaspar ya la ha leído para sí y le tiembla la voz al hacerlo en alto:

—«Disfruta esta noche del fin de año, será el último que vivas. Disfruta sobre todo del jamón. Pronto te arrepentirás de todo lo que has escrito.»

Uno de sus compañeros abre de inmediato el jamón para descubrir que el hueso de un jamón que alguien ha disfrutado lo han cubierto con ratas muertas.

—Qué asco.

Los papeles que envuelven los turrones contienen productos podridos que se acaban de inmediato en la basura.

—El vino es mejor que no lo abras. ¿No preguntabas cuál tenías que comprar? Cualquiera menos éste.

—Tus enemigos se toman mucho interés en asustarte, eso quiere decir que tu carrera marcha sobre ruedas.

En cuanto ha pasado la impresión de encontrar las ratas muertas, todos sus compañeros se ríen, como se hace siempre con cualquier tema en la redacción del periódico. Es el último día de 1915, mañana no sale *El Noticiero de Madrid* a la calle y todos están relajados, deseosos de abandonar las oficinas para perderse en grupos por las calles del centro Algunos pararán a tiempo de regresar a casa y pasar el fin de año con la familia. Los más beberán hasta que llegue la hora de comer las uvas en la Puerta del Sol, después seguirán visitando tabernas y pisos de señoritas. Tenía razón la madre de Gaspar cuando se opuso a que su hijo se desplazara a Madrid para ser periodista: nadie de bien puede dedicarse al periodismo.

—¿Te vienes con nosotros o tu patrona tampoco te deja salir hoy?

Si hay algo que no le apetece hoy a Gaspar Medina es quedarse solo y pensar en las amenazas anónimas, en el dibujo del ataúd con su nombre, en la cesta de Navidad de las ratas. Hoy acompañará a sus compañeros, beberá, comerá las uvas y hará todo lo que ellos hagan.

—¿Vamos a comer las uvas en Sol?

—No, mucho mejor: iremos al Japonés. ¿No has visto nunca a la Raquel Castro cantar «El morrongo»? Se te va a quitar la cara de seminarista de provincias, Gaspar.

Son cuatro los compañeros que se han quedado. A esta hora Gaspar ha trasegado más copas de las que había bebido en todo el año que se acaba: empezó por anís, después vino mientras cenaban unas albóndigas en una taberna de la calle Cuchilleros, por último una bebida escocesa que le sabe a humo: whisky.

—¿Cómo te va a saber a humo?

—Es a lo que me sabe, no miento.

Dentro del teatro no pueden seguir bebiendo y Gaspar no aguanta mucho más. Se duerme mientras un grupo de mujeres canta una jota. Le despiertan para el número especial.

—Que va a salir la del morrongo, ya verás. Toma las uvas.

Todavía está adormilado, pero no le cabe duda de que la artista principal del número, la del famoso morrongo, es una mujer bellísima. Lleva un vestido plateado que parece formado por distintas piezas de tela.

—Pues ya lo han escuchado, una uva cada vez que escuchen ese tambor. Yo se lo recordaré. Me dicen que estamos a punto, que tenemos que empezar con la cuenta atrás. Diez, nueve…

Gaspar se une entusiasta al resto del público en la cuenta atrás. Cuando suena el primer golpe de tambor se mete una uva en la boca. Y entonces se produce la sorpresa: uno de los bailarines arranca uno de los pedazos de tela.

—Eh, que la está desnudando.

—Disfruta, Gaspar, que no has de catar una hembra así.

Las campanadas pasan vertiginosas hasta que todos los pedazos de tela han sido arrancados y la artista queda de pie en el escenario, completamente desnuda. Gaspar no atiende a las uvas, ni a los brindis con las botellas de sidra que han aparecido no sabe de dónde. Ni siquiera aplaude. Sólo mira a esa mujer que alza los brazos al cielo, felicita el año y ríe. Mira su cuerpo, que le parece lo más bonito que ha visto nunca en su vida. Entonces la música empieza a tocar y ella empieza a cantar mientras los bailarines la tapan y la destapan con dos gatos de peluche.

—Parece que te ha gustado, Gaspar.

—Si quieres vamos a verla al camerino.

Van, pero hay mucha gente, el teatro está lleno y son muchos los hombres distinguidos que se han acercado a ver a Raquel Castro. No logran acercarse a ella.

—Lo sentimos, Gaspar, pero hay que seguir la juerga. ¿Os parece si nos vamos a la calle de la Madera?

Gaspar los acompaña, pero cuando llegan a las inmediaciones, se encuentra muy mareado. Él no está acostumbrado a beber tanto como los demás.

—Lo siento, me vuelvo a la pensión.

—¿Quieres que te llevemos?

—No hace falta.

En cuanto se queda solo, en esas calles oscuras y estrechas que están a punto de ser demolidas para proseguir con la construcción de la Gran Vía, se acuerda de las amenazas que recibe. Pero es día de fin de año, está borracho y exultante, apenas hay nadie por esas calles, no deja de recrear en su mente la imagen de la artista a la que ha oído cantar y ha visto desnudarse… Había visto retratos de mujeres desnudas, pero nunca una tan bella y tan real como ésa. En la esquina de Virgen de los Peligros con Caballero de Gracia tiene que parar y echa todo lo que lleva en el estómago. Se jura a sí mismo que nunca más volverá a beber. Un poco tambaleante, sigue por la calle Sevilla; su pensión está en la calle del Pozo, muy cerca de allí, sólo le queda llegar a la calle de la Cruz y doblar.

—Mirad quién está aquí.

Un coche negro ha parado ante él. Se bajan cuatro hombres. Gaspar no los conoce. Hay uno al que no le ve la cara, se ha puesto un pañuelo que la cubre y se mantiene en un segundo término.

—Así que tú eres Gaspar Medina, el periodista que tanto habla de nuestros jefes.

—Oigan, feliz año, me voy a la pensión.

No se da cuenta del peligro que corre —la borrachera le hace flotar— e intenta pasar entre ellos. Entonces empiezan los empujones.

—Varias veces te hemos avisado y no nos has hecho caso.

El primer golpe es un fuerte puñetazo en el estómago que le hace doblarse. Habría arrojado todo si no acabara de hacerlo sólo cinco minutos antes. No se defiende, quiere caer al suelo y que le dejen en paz, pero los golpes se lo impiden. En algún fogonazo de lucidez, borracho como está, es consciente de que lo van a matar.

—¡Eh, alto! ¡Dejen a ese hombre!

El sereno ha aparecido en el momento oportuno.

✳ ✳ ✳

—¿No vas a quedarte a dormir conmigo?

Max Schlomo no ha hablado con Sara desde que salieron del *shtetl* de Nickolev y ella tampoco se ha atrevido a hacerlo en todo el camino hasta que ve que él se dispone a salir. Ya es de noche, la noche de fin de año según el calendario del oeste de Europa, y Sara siente una mezcla de curiosidad por el inicio de su vida como mujer casada y esperanza de que su recién adquirido marido muestre algo de deseo por ella. Eso rebatiría el presentimiento funesto de que él quiere mantenerla virgen para conseguir un mejor precio por ella. Sin embargo, Sara cree que la primera vez que la vio miró su cabello rojo con una chispa de deseo, igual que le sucedió a Eliahu.

—Tengo negocios que atender.

Sara escucha el cerrojo al salir, se ha quedado encerrada en la habitación. La ventana tiene unos fuertes barrotes. La prisión ha empezado antes de lo que esperaba, en su noche de bodas. Tenía miedo a que él la tomara, y ahora, al quedarse sola, casi desea que hubiera sucedido.

En el armario está la ropa de Max: dos trajes, un par de zapatos, ropa interior masculina, calcetines y un abrigo de piel. En una caja hay unos gemelos de oro adornados con una piedra azul y un reloj de bolsillo que parece de plata. Para ella no hay nada, aparte de lo que lleva puesto. También hay un periódico en el armario, está en un idioma que ella no conoce, aunque intuye que es español, la lengua que se habla en Argentina. Los idiomas se le dan bien, pronto aprenderá y será capaz de entender lo que dice el periódico.

Ha sido un día muy largo; desde que su madre la despertó para lavarse, vestirse y partir hacia la sinagoga han pasado muchas horas y mucha tensión. No comió mucho durante la celebración de la boda, pero no tiene hambre. No tarda en quedarse dormida.

—Despierta.

Max Schlomo ha vuelto. Apenas se le entiende al hablar y sus movimientos son torpes, está borracho.

—Déjame la cama libre, túmbate en el suelo.

Sara estaba convencida de que abusaría de ella, es su marido y es su noche de bodas, ni siquiera pensaba resistirse, pero él se queda dormido de inmediato. Ella se acurruca, con frío, en la esquina del cuarto. Se atreve a ponerse por encima el abrigo que él se ha quitado. Aunque parezca imposible, vuelve a quedarse dormida.

Se despierta cuando ya empieza a amanecer. Ahora sí que tiene hambre y unas ganas terribles de orinar, la boca seca y pastosa y dolor en la espalda de haber dormido en el suelo, en mala postura. La puerta de la habitación está cerrada con llave: por muy borracho que llegara, Max no olvidó hacerlo. Se queda sentada en su rincón, desde allí ve que hay un orinal bajo la cama. Lo usa y lo deja en el rincón, no se atreve a vaciarlo a través de los barrotes de la ventana. No sabe qué hay debajo, si caería encima de alguien.

Su marido —qué raro se le hace pensar en él como su marido y no su carcelero—, duerme sin hacer ningún ruido, sin los fuertes ronquidos de su padre; hasta en eso es un hombre distinto a los de su aldea. Parece que lo hace en paz. Tiene que esperar a que se despierte, entonces le preguntará qué va a ser de ella.

Cuando ha transcurrido cerca de una hora, alguien llama a la puerta. Sara no puede abrir, no se atreve a despertar a Max y él sigue durmiendo como si no oyera nada. La persona que hay al otro lado se impacienta y los golpes empiezan a ser mucho más estruendosos. Pronto los acompañan voces que piden que abra. Ella se decide.

—Max, alguien llama, va a echar la puerta abajo.

—En el bolsillo, la llave está ahí.

Busca en los bolsillos de la chaqueta hasta que encuentra una llave. Abre la puerta y entra un hombre muy alto, rubio, con los ojos azules. Antes de decir una palabra le pega una bofetada que la tira al suelo. Nunca la habían golpeado, ni su padre lo había hecho. Su primera bofetada la ha recibido en su primer día de casada y no se la ha dado su marido. El hombre mira alrededor y ve el orinal que usó Sara. Lo coge y le arroja su contenido a Max.

—Despierta, judío borracho.

Max se levanta como un resorte y antes de que el rubio se pueda mover, ya tiene un cuchillo apoyado en el cuello.

—Que sea la última vez que tocas a mi esposa. Que sea la última vez que me insultas.

El rubio no parece tan violento como hace un minuto, está aterrado, y recibe un rodillazo que le hace doblarse en el suelo, dolorido. Antes de dejarle incorporarse, Max le pega una patada en la cara, unas gotas de sangre salpican en la ropa de Sara.

—Mi jefe quiere hablar contigo.

—Para que tu jefe sepa lo que opino de los cristianos que no nos respetan, le vas a llevar un mensaje.

Le marca con la navaja una cruz en la frente.

—Que se arrodille ante ti y rece, porque es un milagro que

vuelvas con vida; puede considerarte una Virgen que se le aparece. Y dile que no es él quien me llama a mí, seré yo quien le busque a él cuando me parezca bien.

El hombre rubio se marcha, sangrando por la nariz y la frente y mucho menos altivo de como entró.

—Echa la llave a la puerta y déjame dormir.

Sara vuelve a cerrar y Max se acuesta de nuevo. Ya ha visto cómo es su marido: no se parece en nada al hombre refinado y educado que la *shadjente* llevó a su casa. No se atreve a rechistar, ni se le ocurre salir sin su permiso o despertarle para decirle que tiene hambre. Le asusta hasta pensar en la posibilidad de huir. Le tiene miedo, pero a la vez admira la determinación con la que trató a ese *goy*: no era, desde luego, un judío asustado.

Su esposo sigue durmiendo hasta mediodía, el encuentro con el rubio no le ha afectado en su plácido sueño. Sara sale del dormitorio con Max, cuando él así lo decide, y la lleva a lavarse en un baño con agua corriente que sale del grifo. Es la primera vez que ella ve algo así.

—No te quedes como si hubieras viajado a la luna. En Argentina sale agua caliente, lo verás.

Después se van a comer a una taberna que está a unos doscientos metros de la casa en la que han pasado la noche. Sara está segura de que son los únicos judíos que hay allí dentro, pero nadie les dice nada. Come un guiso de carne y patatas.

—No es kosher, ni falta que hace. Es comida.

Él come lo mismo y lo acompaña con una gran jarra de cerveza.

—¿Has probado alguna vez la cerveza? Traiga otra jarra para ella.

El tabernero obedece en el acto. Max es un hombre peligroso y los demás lo notan, nadie le lleva la contraria. Sara da un sorbo y la bebida le parece amarga; cuando ya se ha bebido media jarra de cerveza, empieza a gustarle. Cuando ha acabado la jarra, se siente feliz. No entiende por qué su religión les prohíbe una bebida que da placer.

—¿En Argentina hay cerveza?

—En Argentina hay todo lo que puedas desear, te lo he dicho. Esta tarde te traeré vestidos. No quiero que parezcas una pordiosera.

Quizá sea por haberle visto actuar con el hombre rubio de ojos azules, o por su forma particular de ser amable con ella, o quizá sólo sea por la cerveza, pero el caso es que Sara se siente protegida por Max Schlomo, agradecida.

* * *

—Deberías cenar esta noche en casa de tu suegro. Es la última del año. Tú misma me has dicho que no te ha vuelto a molestar.

Su madre sigue insistiendo, como si todavía no supiera la respuesta que le va a dar su hija. Gabriela no se preocupa en disimular más.

—Madre, ¿va a seguir con lo mismo? No, y no insista.

Sin explicaciones. Nunca más las dará y tendría que haber hecho eso mismo desde que tiene uso de razón: los demás se asustan cuando se enfrentan a alguien que está seguro de lo que hace y de lo que quiere.

—Voy a ir a Palma con Àngels. Iremos de compras. Esta noche no cenaré en casa. Las dos iremos a la suya y después a las hogueras de la playa.

Nunca le han permitido ir a las hogueras, pero hoy no necesita permiso de nadie.

Hace el mismo camino que recorrerá dentro de una semana: el tranvía al pueblo y, desde allí, el tren a Palma de Mallorca. Pasa el día por el centro con su amiga, entran en todas las tiendas, compran todo lo que les gusta y, a mediodía, se acercan al Grand Hotel para comer en su restaurante. Àngels todavía no se ha acostumbrado a esa vida.

—Es demasiado lujoso, ¿nos dejarán entrar?

—Tenemos dinero para pagarlo.

—No me sentiría cómoda. Mejor vamos a otro sitio.

Acaban en el Café Lírico, también muy lujoso y muy caro. Con lo que vale una comida allí, la familia de cualquiera de ellas come durante una semana.

No hay platos tradicionales para la cena de fin de año, en muchas casas ni siquiera se celebra de una forma especial. Dicen que en Madrid y en Barcelona hay gente que se reúne y toma doce uvas al ritmo de las campanadas de algún reloj, pero esa costumbre no ha llegado a la isla de Mallorca, por lo menos no ha llegado a Sóller, a casa de los Roselló y sus conocidos.

En casa de Àngels se sirve una caldereta con los mariscos que pescó su padre por la mañana, por un día se quedan los mejores en casa en lugar de destinarlos a la venta. Gabriela aporta una ensaimada comprada en una de las panaderías del pueblo, además de dos botellas de vino que ella y su amiga han adquirido por la mañana en una tienda de Palma.

Media hora antes de que den las doce se van las dos a la playa, la platja d'es Traves, la más cercana al pueblo. Allí se reúnen los más jóvenes, alrededor de las tres hogueras que ya se han encendido. Àngels y Gabriela se dirigen a una en la que hay antiguos compañeros suyos del colegio. Ya son hombres y ahora trabajan como pescadores, en el campo, en las fábricas de tela…

Son muchos los que se acercan a ella, de alguna manera ha corrido por el pueblo la noticia del saldo de la cuenta del banco, de las tres mil pesetas que su marido le ha enviado.

—Yo que tú me fugaba con ellas.

—No digas tonterías, si su marido le ha mandado eso para un mes y medio, ¿te imaginas cuánto tiene allí? Vas a ser muy rica, cualquier día mandas hacer una mansión en el centro del pueblo.

—¿Qué tengo que hacer para que el Vicari Fiquet me consiga a mí un marido de ésos?

Hay algunos que cantan acompañados por guitarras, otros sólo beben, algunas parejas —pasa todos los años— se han apartado de las hogueras y están a unas decenas de metros. En una noche tan oscura pueden hacer lo que quieran sin temor a ser vistos.

—*Bon any.*

Aunque está de espaldas y no le había visto antes, reconoce perfectamente su voz.

—Feliz año nuevo, Enriq.

—Ya he escuchado decir que te vas el día de Reyes y que ahora eres rica, que tienes tres mil pesetas. Que las disfrutes.

—No quería tener tres mil pesetas, lo que quería era tomar mis decisiones. Y estar contigo.

Por primera vez en mucho tiempo, por primera vez desde que ella se le entregó pensando en que ese acto lo cambiaría todo y pararía el destino, pueden hablar sin la presencia de nadie a su alrededor. Sólo necesitan apartarse unos metros de los demás. Seguro que los miran, que mañana todo el mundo sabrá que Enriq y Gabriela se sentaron a charlar, quizá hasta su madre y su suegro se enteren.

—¿Por qué no has impedido que me casen?

—Era lo mejor para ti.

—¿Por el dinero?

—Para que no fueras la esposa de un pescador. Vas a tener una nueva vida, ¿quién sabe lo que vas a encontrar en Buenos Aires? Lo bueno y lo malo. Yo no era quién para privarte de ello.

—Vamos a alejarnos de la gente.

Enriq no está de acuerdo, prefiere evitar habladurías y no ensuciar el nombre y la reputación de Gabriela, es una mujer casada. Pero pronto le convence.

Al principio sólo charlan, pero una hora después, junto a una barca varada en la arena, Gabriela se acerca a él y le besa. Como han hecho tantas veces desde niños, ocultos por la noche y las barcas de la playa.

—No debemos, Gabriela; eres una mujer casada.

—Déjame a mí mis asuntos con mi esposo.

Tras los besos llegan las caricias. Aunque sólo hayan hecho una vez el amor antes, conocen sus cuerpos. Ella sabe qué debe hacer para que él no pueda seguir pensando en si lo que hacen está bien o mal. Sabe cómo tocarle y cómo acariciarle, por momentos suavemente, en otros con más ímpetu.

Él se resiste todavía unos segundos, pero también sabe, mete la mano por dentro de su blusa, la acaricia. Después por debajo de su falda y tira de su ropa interior.

—Rómpela.

Ya no hay ningún obstáculo y ella se levanta la falda y se coloca sobre él. Está muy excitado y no le cuesta nada penetrarla. Enriq se mantiene en silencio, como concentrado, atento sólo a los movimientos de sus caderas; ella tiene que morderse un dedo de la mano para no gritar.

—Voy a echarte de menos, Gabriela.

—Me voy porque tú quisiste.

Cuando él termina, ella todavía no lo ha hecho. Le da lo mismo, se levanta igual y echa a andar hacia donde está el resto de la gente. Los jirones de su ropa interior quedan sobre la arena de la playa.

De alguna manera tendrá que justificar Gabriela delante de Nicolau, su marido, que el mosén Pastor no le haya enviado una esposa virgen. Si es que llega a enterarse, si es que finalmente ella viaja.

5

LA BUTACA DE PENSAR
Por Gaspar Medina para *El Noticiero de Madrid*

LAS LEYES DEL MAR, LAS LEYES DE LA GUERRA

Nada hay más viejo que el periódico de ayer, me decía un respetado maestro en mis inicios en esta bella profesión; mucho más ahora, que el mundo ha perdido su plácido transcurrir y se ha convertido en un torbellino. Y, sin embargo, en este final de 1915, tan lleno de malas noticias, que son las que llenan las gacetas, quiero volver la vista atrás a un hecho que ocurrió en mayo, hace nada más y nada menos que seis meses: el hundimiento del *Lusitania*.

Dos mil pasajeros, de ellos mil doscientos muertos, muchos mujeres y niños. Sí, lo hemos leído todo sobre la desgracia, desde el nombre del submarino alemán que lo hundió hasta la lista de pasajeros, desde el drama de los últimos minutos hasta las reacciones del gobierno americano amenazando con entrar en guerra contra Alemania para vengar la muerte de sus súbditos. Una amenaza, un ultimátum, un torpedo y los avances de la historia se van por el sumidero.

¿Qué podemos aportar de nuevo? Nada, quizá sólo

un pensamiento para las víctimas, porque uno sólo deja de existir y muere de verdad cuando nadie lo recuerda.

Tal vez lo único que podamos hacer sea prometerles que algo así nunca volverá a ocurrir, que se respetarán aquellas leyes del mar en las que decía que se ayudará a los supervivientes de un naufragio, o esa ley de la guerra en la que se afirma que no se matará a los inocentes.

O, seamos sinceros y ambiciosos, que cambiaremos todas esas leyes por una más importante, la ley del ser humano: una ley que prohíba las guerras, que coloque al individuo por encima de las disputas, al ciudadano por encima de sus gobiernos, la vida por encima de la muerte. Acabemos con los ejércitos, las bombas, los submarinos y las guerras. Sólo así podremos mirar con orgullo a los ojos de las víctimas y decirles: sentimos vuestra muerte, pero el sacrificio valió la pena.

—¿Estás ya despierta? Feliz año.

Era tarde cuando Raquel y Susan llegaron a la habitación del Ritz y mucho más cuando apagaron la luz; la americana ha resultado ser una amante insaciable y atenta. Raquel, que casi no ha dormido desde que su compañera dio por terminada la sesión de sexo, ha permanecido tumbada en la enorme cama, pensando en todos los pasos que tiene que dar a lo largo del día: esperar a que su amante se despierte para conseguir algo de dinero, volver a casa, dar el día libre a su criada para poder hacer su equipaje sin testigos, mandar recado a Roberto para que vaya a verla y se lleve algunas cosas que quiere poner a salvo lo antes posible… Tiene que actuar antes de que don Amando vaya a la casa y la eche, quién sabe si se lo podrá llevar todo.

—Susan, me tengo que ir, necesito dinero.

—Antes ven a mi lado y dame los buenos días. Te voy a decir una cosa que deberías saber: los ricos somos ricos porque no tiramos el dinero. Cuéntame para qué lo necesitas.

—Tengo un problema y voy a viajar a Barcelona.

—Qué emocionante. Iremos juntas, te llevaré en mi coche y pararemos por el camino donde queramos. ¿Nos perseguirán? Sería tan apasionante. Qué pena que haga frío, si no, iríamos a la Costa Brava, a bañarnos en el mar, seguro que nunca te has bañado desnuda en el mar. Me gusta Barcelona, me gusta el mar y me gustas tú. Y ahora ven, acuéstate a mi lado.

Mientras hacen el amor una vez más —en cada encuentro le

gustan más sus besos y sus labios—, Raquel sigue pensando en los detalles de su huida; de la americana ya se separará cuando llegue el momento, ahora necesita el capital que sabe que ella gasta a manos llenas, aunque le esté costando sacárselo.

—El dinero te lo daré en Barcelona; no te preocupes, que seré generosa. Los ricos no tiramos nuestros dólares, pero si algo nos gusta somos capaces de pagar por ello. Haz que piense que tu compañía es algo por lo que merece la pena derrochar.

Susan pide el desayuno en la habitación. No le importa que el camarero entre y las vea a las dos en la cama, sensuales y desvergonzadas, mientras sirve las viandas en la bandeja. Le ha dejado muy claro que se tiene que ganar el dinero y a Raquel no le quedan dudas: obedecerá en lo que ella le mande, nada le parecerá demasiado atrevido. Hasta cerca de mediodía no logra que Susan la deje libre para llegar a la casa de la calle del Arenal.

—Puedes tomarte el día libre, vete a ver a tu familia, felicítales el año y llévales algo de comer. Vuelve mañana por la mañana, antes de mediodía, quizá después venga el señor.

—Lleva días sin venir.

—Por un constipado, pero ya está mejor. Seguro que mañana viene.

Un paquete con jamón, otro con azúcar y una garrafa de aceite de oliva de la nutrida despensa de don Amando hacen que Aurelia, la criada, no tenga dudas y corra a la calle. Son manjares que rara vez se ven en las precarias casas en las que vive su familia del barrio de Las Ventas del Espíritu Santo, a orillas del arroyo del Abroñigal, uno de los barrios más pobres de Madrid.

En cuanto se ha librado de la criada, Raquel escribe una nota para Roberto y llama al hijo del portero. Le da dos pesetas y se asegura de que el chico tendrá el mayor interés en que el recado llegue a su destino.

—Si vuelves con mi amigo te doy dos pesetas más. ¡Corre!

Le dice a Roberto en el billete que no va a volver al teatro, que lo deja todo, que va a abandonar la casa en la que vive y que le necesita.

Mientras espera a que él llegue, abre su escondite secreto, su caja fuerte. Es un agujero hecho por ella misma en la pared, oculto tras un rodapié, escondido a su vez tras la cama. Allí están el dinero que ha ido guardando y las joyas que tenía antes de conocer a don Amando, las que le regalaron sus anteriores amantes y los ocasionales admiradores. Hay una fortuna, unas seis mil pesetas en billetes —las últimas, las mil que metió tras su noche de ruleta con la americana—, y joyas por valor de unas veinte mil, aunque si las tiene que malvender es posible que no saque más de la mitad. No tiene tiempo de probárselas y recordar el momento en que llegaron a sus manos, aunque mira con cariño la primera que le regaló un hombre, don Wenceslao, cuando empezó a actuar en el Japonés. Es un collar de perlas que tenía que usar cuando se acostaba con él. Cuando don Wenceslao le entregó el collar, ella pensó que se acababan las estrecheces y el vivir en habitaciones de mala muerte, nunca más se iría a la cama sin cenar o habiendo comido sólo el caldo claro que le daba la patrona de la pensión. En aquella época parecía que la vida iba a ser mucho mejor de lo que ha acabado siendo. Soñaba con hacerse famosa, como la Bella Otero, como la Fornarina, como Raquel Meller. ¿Por qué no? Ni son más bellas ni cantan mejor que ella, sólo han tenido más suerte o han tomado mejores decisiones.

Raquel recorre la casa buscando todo lo que encuentra de valor y metiéndolo en una maleta: los cubiertos de plata, un par de bandejas del mismo metal y los candelabros que usa para sus misas paganas.

Está en ello cuando llega Roberto. El hijo del portero ha sido eficaz y se ha ganado las dos pesetas que le prometió.

—¿Qué es eso de que no vuelves al Japonés y dejas el piso?

—Lo que oyes. Don Amando se ha liado con Rosita; en cualquier momento vienen a echarme de aquí ella y Manuel Colmenilla. Tengo que llevarme las cosas de valor antes de que me las quiten.

Mientras Roberto se lleva el dinero y las joyas para guardarlas en algún lugar seguro, Raquel va sacando la ropa de los armarios. Los vestidos buenos y uno de los abrigos de pieles se los quedará para su viaje en barco y su llegada a Buenos Aires. Los demás los intentará vender. Todo el dinero que lleve le ayudará a establecerse en su destino sin necesidad de venderse al primero que aparezca. Piensa reservar un camarote en primera. Las travesías son largas y no hay mucho que hacer en los cruceros; quién sabe si viajando en primera encuentra algún caballero que la pueda mantener, incluso casarse con un compañero de viaje; ése sería un excelente resultado para su fuga, un matrimonio con un hombre de posibles sin necesidad de conocer los ambientes bonaerenses en los que tendrá que moverse, lograr sus objetivos antes de bajarse del barco, no volver a actuar en un teatro o hacerlo de una manera distinta a como lo hacía en el Japonés.

Para cuando Roberto vuelve —puede confiar en él, nunca la traicionará—, Raquel tiene todo listo. Pocas veces en su vida había trabajado tanto, tan deprisa y con tantas ganas.

—Contrata un coche de alquiler y bajamos esto. ¿Puedo quedarme esta noche en tu casa?

—Esta noche y las que quieras, cordera, pero te recuerdo que no es tan lujosa como la tuya. ¿Vas a dejar esta casa sin más? ¿Estás segura? Mira que cuando Losada se entere de que le dejas se va a liar una buena.

—No, no estoy segura de lo que hago y no sé qué va a ser de mí, pero ya no queda más remedio.

A las siete de la tarde, media hora después del inicio del primer pase del espectáculo en el teatro, ya lo han trasladado todo y están instalados en el pequeño piso de Roberto. Son sólo dos habitaciones —la salita y el dormitorio— en una corrala de la calle del Tribulete, en la zona de Lavapiés, cerca de la Venta de la Gaditana, el lugar donde Raquel sitúa el inicio de su rápido declive, donde se reencontró con Manuel Colmenilla y conoció a Rosita; quién sabe si también el lugar donde empezó una nueva vida que le traerá muchas más satisfacciones, experiencias y riquezas que la anterior.

—Tú tampoco has ido al Japonés, Roberto. Mañana tendrás que dar explicaciones.

—Yo tampoco voy a volver. Ya lo había pensado, retirarme cuando lo hicieras tú. Por eso no me postulé para acompañar a Rosa Romana en su número. ¿Sabes quiénes bailan con ella? Juan y aquel francés que Losada conoció en aquella fiesta de la calle Atocha del día de Nochebuena. Estaba claro que lo iba a meter en la compañía.

—¿Qué vas a hacer? ¿Buscar sitio en otro teatro?

—No sé, quizá dejar el mundo de la actuación, nunca me voy a hacer famoso. Llevo diez años y sólo he conseguido subir y bajar un peluche para que no mostraras demasiado el morrongo, y el público sólo aplaudía cuando hacía mal mi trabajo y dejaba que se te viera mucho. Me gustaría trabajar detrás del escenario y además pinto bien; quizá podría pintar decorados. O cuadros. Me encantaría ser pintor.

—Nunca me has pedido que posara para ti. Cuando quieras lo haré.

Raquel le pediría a Roberto que la acompañara a Argentina, siempre es bueno tener a un gran amigo cerca, pero sería una rémora para lo que ha decidido hacer. No se puede buscar un marido acompañada por un *chevalier servant*.

—Te dejaré algo de dinero, para que aguantes mientras te organizas. Por lo menos para que compres óleos, pinceles y lienzos.

—No te preocupes, soy bastante ahorrador. No tengo problemas. Aguantaré bien un tiempo.

El apartamento de Roberto no tiene baño propio, hay uno en el pasillo para los vecinos de toda la planta. Raquel tiene que esperar fuera a que una mujer termine de hacer sus necesidades. Le sorprende encontrarlo bastante limpio. Cuando sale, hay otros dos vecinos haciendo cola.

—Está limpio porque esta semana me toca limpiarlo a mí. Cuando le toca a la guarra de al lado es un asco. Pero no te preocupes, vas a estar muy poco tiempo viviendo la vida de los pobres y no te voy a pedir que compartas la limpieza conmigo. ¿Cuándo te vas?

—Supongo que ya no hay prisa, pero pronto, lo antes posible. Mañana o pasado iré a ver los billetes para Argentina. Imagino que tendré que ir en tren a Barcelona o a Cádiz para embarcar. O puedo llamar a la americana, me dijo que me llevaría a Barcelona en su coche y que iríamos parando en el camino. A lo mejor acabo haciendo turismo con ella y conozco el Pilar de Zaragoza.

—¿Te gusta la americana?

—¿Estás loco? A mí no me gustan las mujeres, aunque es simpática y me hace disfrutar. Y besa mejor que cualquier hombre que haya conocido.

—¿Salimos a cenar algo? ¿No tienes curiosidad por saber cómo lo ha hecho Rosa Romana? Yo me muero de las ganas, cordera.

También ella tiene mucha curiosidad, aunque teme que le digan que ha sido un gran éxito. No tardan en localizar a gente que ha asistido al estreno; en el Café del Gato Negro, en la calle del Príncipe, se encuentran con dos de los músicos de la orquesta.

—Losada te andaba buscando y mandó a por ti a tu casa del Arenal, pero no estabas. Vaya escándalo.

Rosa Romana —un nombre que ni siquiera suena bien, demasiada erre— llevaba varios días ensayando su número por las mañanas en el escenario: un cuplé que cantaría a la vez que se desnudaba. Lo mismo que ella cuando empezó. No lo entiende, eso ya lo hace cualquier cupletista y se representa en cualquier cabaré; el Japonés tiene que ir por delante de los demás.

—Un cuplé nuevo compuesto por un tal López Forja. La

letra habla de una moza que espera carta de su amado, se va acalorando y se quita la ropa hasta quedarse sin nada. Bastante vulgar y con música muy ramplona, por no tener, no tenía ni dobles sentidos, lo que oías era lo que había.

—¿Y cómo convenció a Losada para actuar en el cierre del espectáculo? Por lo menos tenía que haberme sustituido con algo más escandaloso que «El morrongo».

—Yo creo que lo que Losada quería era que la nueva hiciera un número sáfico contigo, dicen que en París no hay espectáculo sicalíptico que no lo tenga.

Lo del número sáfico se lo cree, ya había oído hablar de su éxito en la capital francesa. Con la experiencia que está cogiendo con Susan, no le habría importado representarlo en el escenario; no con Rosita, claro, pero hay otras bailarinas con las que lo haría sin dudar.

—Pero todavía no te he contado lo que ha pasado. Cuando ha salido al escenario, a la tal Rosita le ha entrado pánico y se ha puesto a llorar. No ha habido forma de que cantara, ni de que se quitara la ropa ni nada. El público ha tirado de todo, hasta un bocadillo de mortadela había en el suelo. Entonces fue cuando te mandaron a buscar para que hicieras «El morrongo» en los pases siguientes. Sólo te digo que ha tenido que salir Madame Renaud a cantar «La pulga».

—¿A su edad? Qué vergüenza. De ésta cierra el Japonés.

—No te creas, sigue estando firme de carnes. Y siempre tuvo gracia al cantar y al contonearse. Fue más cómico que sensual, pero salvó la situación.

Quizá, si volviera a hablar con Losada, conseguiría que le devolvieran el cierre del espectáculo y hasta un buen aumento de sueldo. Esta noche, cuando se vaya a la cama, se lo pensará. De momento prefiere celebrar el fracaso de Rosa Romana, Rosita.

Más tarde, en el Villa Rosa, en la plaza de Santa Ana, se encuentran con más compañeros del mundo de la noche que estuvieron presentes en la espantada de la nueva vedete. Todos aprovechan para felicitarla, para decirle que ella lo hacía mejor que nadie.

—Lo de esta noche en el Japonés ha sido el escándalo más grande desde que la Meller abofeteó a la Argentinita.

Todo el mundo conoce aquel acontecimiento que sucedió hace poco más de un mes. Raquel Meller, la aragonesa de Tarazona, que ya había sido condenada a una multa por agredir a otra cupletista en el Teatro Gayarre, se enfrentó a Encarnación López, la Argentinita, por imitarla en escena en el Teatro Romea, de la calle Carretas.

También allí, en el Villa Rosa, se encuentran con el empresario del Eden Concert, el local de la calle de la Aduana, que le ofrece trabajo en su teatro.

—No puedo pagarte tanto como Losada, pero serás la estrella del espectáculo y podrás hacer el número que desees, tú escoges. Si quieres, abres y cierras el pase y te pago un extra.

Le promete pensárselo, pero la decisión está tomada; si no tuviera la suerte de recibir una buena oferta en Barcelona, algo que duda ya que allí viven cerca de cuatrocientas de las setecientas cupletistas que se calcula que hay en España, se subirá en el barco que la lleve a Sudamérica.

—A lo mejor Susan, la americana, te invita a irte con ella a Chicago.

—No sé por qué, pero me da que a ésa su familia la quiere todavía más lejos que a mí la mía.

Raquel ya lo ha decidido, no se despedirá de los suyos. Ni visita a Belmonte del Tajo, ni mensaje, ni siquiera una carta enviada antes de zarpar el barco. Quizá algún día, si el cuerpo se lo pide, les escribirá desde Argentina, cuando ya esté casada con un hombre rico y se haya labrado una buena posición.

—Creo que te estás convirtiendo en el hombre con el que más veces he compartido cama en mi vida.

—Y tú ya eres la mujer con la que más veces he hecho el amor: una.

La cama de Roberto es estrecha y la habitación, pequeña. Al no haber baño dentro de la casa y verse obligados a salir al pasillo si quieren usarlo, tienen que poner un orinal bajo la cama. Raquel no vivía con esas estrecheces desde que salió del pueblo y, por muchas veces que él la haya visto como Dios la trajo al mundo, le da vergüenza usarlo en su presencia.

—No mires.

—Como si a mí me interesara lo que vayas a hacer.

Es muy incómodo, además hace mucho frío, un frío que sólo puede superar muy abrazada a él. Se está quedando dormida cuando nota sus manos recorrer su cuerpo.

—¿Lo quieres hacer otra vez?

—Sí, cordera.

Por segunda vez hace el amor con su amigo Roberto y, por segunda vez, lo considera una de las experiencias más placenteras de su vida. Ella hace de buen grado lo que con sus amantes acepta obligada; él se preocupa de su placer, hasta es capaz de hablar, de pedirle lo que quiere, de gritarle cosas que avergonzarían hasta a los espectadores de su número...

—No sé por qué me gusta tanto hacerlo contigo, si no me gustan las mujeres.

Por la mañana, tal vez él tenga remordimientos, pero se duermen en paz y tranquilos. Raquel no piensa en don Amando, en Losada, en Colmenilla, en Rosita o en Susan, sólo en que empieza una nueva vida que traerá sus propios problemas, pero también sus propios placeres. Quizá muchos tan agradables como hacer el amor con Roberto.

* * *

—Aquí tienes ropa y algo de dinero. Te hará falta.

Renato, el padre de Giulio, ha tardado dos días en averiguar todo lo necesario para su fuga. Lleva treinta años siendo profesor en una escuela de Viareggio y todo el mundo le conoce, le tiene aprecio y está dispuesto a ayudarle. Giulio saldrá al caer la noche de casa de su tío Domenico, llegará al puerto y se meterá en una barca de pescadores, la de Giuseppe Contaldi, él y sus ayudantes le llevarán a Livorno y le dejarán junto al faro de Calafuria. Desde el puerto de Livorno salen barcos hacia Barcelona y está menos vigilado que el de Génova, donde están todas las grandes compañías. Debe contactar allí, en Livorno, con otro conocido de su padre —un camarero del Caffè Bardi— que le ayudará a subir en uno de ellos de polizón. Si todo va bien, y llega a Barcelona sin ser descubierto, recibirá el apoyo de un grupo de italianos que ayudan a los desertores de guerra a llegar a Argentina.

—Sé que todas las instrucciones son muy ambiguas y que en cada lugar tendrás que desenvolverte solo, pero es todo lo que podemos conseguir desde aquí. Tu madre vendrá a verte esta tarde y a despedirse de ti; que no te vea apesadumbrado, para ella es muy difícil, desgarrador.

—Tengo más posibilidades de salir con vida que cuando marché al frente. No deben preocuparse.

Le quedan unas doce horas y se marchará de Viareggio, quizá para no volver nunca. Le gustaría dar un último paseo por la ciudad, ver sus monumentos, sus iglesias, sus palacios, saludar a los conocidos que se fuera encontrando, tomar un café en el Gran Caffè Margherita, quizá escuchado otra vez «Mattinata» —la aurora vestida de blanco ya le abre la puerta al gran sol—, despedirse de algunas personas a las que tiene aprecio, visitar a los pocos amigos de la infancia que no estén en el frente, que no hayan muerto en esa guerra absurda. ¿Qué habrá sido de Piero, de Tomaso, de Alberico, de Agostino…? ¿Muertos, presos, mutilados? Son tiempos difíciles los que les ha tocado vivir, los que les harán morir antes de que haya llegado su día.

—Ten, es todo lo que te puedo dar. Nosotros los curas, aunque la gente piense lo contrario, no tenemos dinero.

Su tío Domenico le entrega el tesoro más preciado de la familia Bovenzi, el reloj de oro del abuelo. No se sabe cómo llegó a sus manos, pero siempre se le ha atribuido en la familia un valor enorme, el valor de un símbolo que debía pasar de generación en generación. Fue heredado por su hijo mayor, Domenico, y ahora se lo entrega a él, a su sobrino que huye.

—No es tan valioso como ha creído siempre la familia.

—No me lo puedo quedar, es un recuerdo de vuestro padre.

—De los recuerdos no se vive, hay que dejarlos atrás. Y, al fin y al cabo, yo no tengo hijos, iba a ser para ti. Si necesitas venderlo, no lo dudes. Nada vale más que una vida. Desde luego, ningún recuerdo, ni un reloj.

Muy pocas veces había charlado con el cura hermano de su padre más allá de las frases intercambiadas durante los escasos encuentros sociales y familiares en los que coincidían. Por primera vez tiene oportunidad de pasar unas horas, a lo largo de varios días, con él. Descubre que es un hombre culto, aunque haya decidido no ser nada más que un párroco de una pequeña iglesia en una ciudad de provincias. Tiene una biblioteca bien surtida, en la que no todos los libros son religiosos; todos los días dedica su tiempo libre a leer y a escribir, y se puede hablar con él de cualquier tema que no tenga que ver con la religión.

—¿Puedo hacerle una pregunta? ¿Qué escribe?

—Una novela.

—¿Religiosa?

—No, en absoluto. Es sobre la antigua Roma, sobre un gladiador que procedía de esta zona, de cerca de Pisa. Un hombre que después de convertirse al cristianismo se deja matar en la arena para no tener que hacer daño a sus semejantes. Un idiota…

—¿Cree que debió seguir luchando?

—Claro, conservar la vida es la obligación de un hombre, más de un cristiano: la vida es un regalo de Dios y no se puede disponer de ella. ¿Quién sabe si no recibirá un encargo suyo más adelante? ¿Cómo sabe el gladiador que no le espera una misión más importante que las vidas que siega en el circo? Pero lo que de verdad me interesa es el mundo de los gladiadores, no su dilema moral.

—¿Existió de verdad ese gladiador?

—No, es inventado, pero existieron otros. Es sólo una diversión, no tengo intención de publicarla nunca. Un cura no puede publicar novelas sobre gladiadores, pero puede escribirlas. Nadie puede impedir que una persona sea libre dentro de su cabeza.

En eso está de acuerdo. Le pasaba cuando estaba en las trincheras; pronto se dio cuenta de que, aunque hiciera frío, aunque estuvieran casi sumergidos en el barro y sonaran a su alrededor las bombas y los disparos, él podía pensar en lo que quisiera: en un día de sol, en el olor de un asado o en un campo lleno de flores. No se detuvo a pensar en que para muchos —su tío, por ejemplo— la vida también fuera un lugar del que tuvieran que evadirse.

—¿Qué sabe de Argentina?

—Lo que todo el mundo, lo que me cuentan los feligreses que han visto marchar a sus familias: que es un gran país y que, si esto sigue así, pronto habrá más italianos allí que aquí.

Son las ocho de la tarde, ya es de noche, pero han decidido que Giulio no saldrá de la casa hasta las diez. Hace más de dos horas que tenían que haber llegado su madre y su hermana pequeña para despedirse de él y no lo han hecho. El padre Domenico quiere quitarle importancia, pero él mismo está preocupado también por el retraso.

—Lo siento, tío. Me confesaría por darle la satisfacción, pero estoy muy nervioso.

—Te sorprendería saber la paz que proporciona la confesión. Quizá sea uno de los inventos más provechosos del catolicismo: sacar algo de tu corazón y tu cabeza, exponerlo, convencerte de que has sido perdonado.

—No, no puedo pedir perdón a Dios.

Todo está listo en una mochila no demasiado grande, Giulio no puede llevar nada que no sea capaz de desplazar con cierta comodidad. Hay algo de ropa, algo de comida y un retrato suyo con sus padres. Su madre le ha cosido una especie de bolsillo para llevar colgado del cuello, por debajo de la ropa, donde guardar los documentos y el dinero; su tío le ha regalado unas buenas botas y el reloj de oro...

—Iré a casa de tus padres. Tiene que haber pasado algo para que tu madre no haya llegado. No te muevas de aquí hasta que yo vuelva.

No quiere pensar en no poder despedirse de su madre. ¿Recordará su cara para siempre si no puede verla una vez más?

—Venga, coge tus cosas, nos vamos corriendo.

Los carabineros han estado en casa de Giulio, Salvatore Marini se enteró de su visita a Francesca y le denunció. Sus padres han renunciado a despedirse de él para protegerle. Saben que le pondrían en peligro.

—No puedo marcharme sin despedirme, no sin saber qué les ha pasado, que están bien.

—No queda otro remedio, desde que decidiste desertar sabías que tras cada paso no habría vuelta atrás.

Su tío Domenico tiene razón; además, cada minuto que pase es más probable que vayan allí en su busca. Giulio coge su mochila —toda su vida está ahí dentro— y los dos caminan por Viareggio, evitando los lugares más iluminados, camino del puerto. No tardan en encontrar la barca de Giuseppe Contaldi, se llama *Bianca*, como su esposa.

—Suerte, muchacho.

—Despídase de mis padres en mi nombre. Dígales que todo irá bien, aunque sea mentira.

—Irá bien. Ten fe. Escríbeles a mi casa, yo me encargaré de que les lleguen tus cartas.

Se tumba en el fondo de la barca y se cubre con las redes. Hace mucho frío, agravado por la humedad, y escucha ruidos durante toda la noche. También voces que, al no poder ver de quiénes son, imagina que pertenecen a carabineros que saben dónde está y le buscan, que le dispararán en el momento menos pensado. De madrugada llega el pescador con sus dos compañeros.

—¿Estás bien? Nos vamos. Tus padres están a salvo, en casa, pero no han podido venir a despedirse de ti.

Puede incorporarse a la salida del puerto y echar un último vistazo a su ciudad. Empieza a amanecer y el mar está algo revuelto. Comienza el largo viaje que le llevará a Buenos Aires.

* * *

—¿Es verdad lo que cuentan que hiciste en Nochevieja en la playa?

Gabriela tenía que suponer que las habladurías no tardarían en llegar a su casa. Mucha gente debió de verla alejándose de las hogueras con Enriq, quizá hasta hubiera ojos indiscretos o testigos agazapados cuando la pasión entre ellos se desbordó. Si los rumores han llegado hasta su madre, quiere decir que los conoce medio pueblo. ¿También el señor Quimet?

—Claro que no, madre. ¿Por quién me toma? No sé qué gana la gente difundiendo mentiras.

Gabriela lo va a negar, aunque no sirva de nada: el rumor crecerá sin cesar. Si lo hacen los rumores falsos, cómo no van a hacerlo los verdaderos.

—Si tu marido te repudia, no vuelvas a esta casa. Nosotros no te educamos para que fueras una cualquiera en boca de todos.

Por mucho que hayan cambiado las cosas, tiene que callarse ante la amenaza de su madre. ¿Qué haría si su marido la repudiase? Tal vez tendría que devolver el dinero y con suerte se quedaría con los pocos duros que le costara el pasaje de un barco a Barcelona. Allí tendría posibilidades de ganarse la vida, ninguna que le apetezca. Una vez que ha saboreado la sensación de tener dinero, no soportaría trabajar en una fábrica de la mañana a la noche.

—Àngels, debes hacerme un favor, tienes que decirle a Enriq que quiero verlo. Si la gente va a contar lo que hicimos en fin de año, él debe saber lo que tiene que decir.

—Enriq ha embarcado, no volverá a Sóller hasta dentro de una semana.

Enriq ha huido, una vez más; no regresará hasta que ella se haya ido, no quiere pelear. Gabriela no sabe cuándo es él de verdad, si cuando habla con ella y la ama en la arena de la playa o cuando huye. Supone que él no siente en absoluto lo que ella. No se despedirán, nunca se escribirán, posiblemente no volverán a verse. Se sentirá con respecto a él igual que las viudas de los pescadores con respecto a sus maridos tras los naufragios: son hombres que han desaparecido en el mar; lo mismo que ella hará en unos días.

—Ayer escuché hablar a mis padres. Ellos sí sabían quién era la antigua novia de Nicolau, Neus Moyá.

Gabriela tenía la intuición de que era ella desde la noche que vio cómo la observaba en casa del mosén. Tiene que atreverse a abordarla y preguntarle. Quizá ella le diga algo que nadie más sepa, quizá le haga afrontar de otra manera el viaje.

—Gabriela, quiero hablar contigo.

Es mala suerte encontrarse por la calle con mosén Pastor, el Vicari Fiquet, en la única tarde que ha salido sola de casa, casi a escondidas, con su madre pensando que ha ido a encontrarse de nuevo con Enriq. En realidad sólo quería un poco de aire libre, sin nadie que la mirara censurándola, como si hubiera cometido el peor de los pecados, y también ir a la calle en la que está la casa de Neus Moyá, la única persona que podría contarle algo sincero de Nicolau.

—Me han contado algo que he preferido no creer.

—A mi madre también se lo han contado. Ha hecho bien en no creerlo, mosén. A la gente le gusta mucho hablar de lo que no sabe. Y si es para acabar con la reputación de una joven que se va del pueblo, más.

No le cuesta nada mentir, aunque la mentira tenga las piernas cortas y siempre se descubra. Sólo pretende que le sirva para que nadie esté seguro de lo que pasó de verdad, excepto los que lo vieran con sus propios ojos, hasta que ella esté lejos de Sóller.

—¿Quieres confesarte?

—No. Sólo quiero marcharme y encontrarme con mi esposo.

—Creo que es un buen hombre. Sé que da trabajo a varios de la isla allí, en Buenos Aires: uno de Palma y otro de Son Servera, de cerca de Manacor. También a otros españoles.

—Me conformo con que no sea como su padre; el señor Quimet no es un buen hombre, es un miserable.

Gabriela se decide —es mejor atacar que seguir defendiéndose de los rumores de su noche con Enriq— y le cuenta entre sollozos al Vicari lo que ha vivido con el señor Quimet, sus intentos de abuso. Hasta le acusa de mentir para perjudicarla.

—¡Qué hubiera sido de mí si llego a vivir con él como me proponía…! ¿Quién sabe si no es él quien propaga los rumores sobre la otra noche, la noche de fin de año en la playa?

—Es grave lo que me refieres. ¿Llegó a pasar algo que no tuviera remedio?

—Me manoseó en lugares donde nadie nunca me había tocado.

—¿Y tu madre? ¿Lo sabe?

—Mi madre lo sabe y me ha pedido que me aguante, dice que mi suegro estaba borracho, que no se repetirá. A mi padre no se lo he dicho, me da miedo lo que podría hacer.

Mosén Pastor parece afectado y decepcionado. Al final, Gabriela va a terminar pensando que es un buen hombre, que con su labor de casamentero pretende realmente hacer el bien y ayudar a los vecinos cuyas almas dependen de él.

—A pesar de todo, estoy seguro de que serás feliz junto a tu esposo. Llevo concertadas muchas bodas y nunca me equivoco, sé lo que cada uno necesita.

—Usted no me conoce a mí, supongo que tampoco conoce a mi marido.

—Sé cómo os ven los demás, es todo lo que debo saber. También sé que amabas a Enriq y que él no era hombre para ti. Sólo es un cobarde que nunca daría el paso que debe dar. ¿Me equivoco?

No, claro que el Vicari no se equivoca; quizá sea verdad que conoce a las personas a través de lo que los demás piensan de ellas. Puede que hasta haya acertado al casarla con Nicolau, ¿por qué no? Tal vez con el tiempo se lo agradezca y sea muy feliz en Argentina.

—Perdone, señora Moyá. Me gustaría hablar con usted.

Apenas le ha costado esperar dos horas ante la maravillosa casona de Neus Moyá hasta verla salir sola, bien vestida, elegante, camino de la iglesia de la plaza de Sant Bartomeu, la misma en la que ella se casó.

—¿Qué quieres de mí?

—Soy Gabriela Roselló, la esposa de Nicolau Esteve.

—Sé perfectamente quién eres. No me has dicho qué quieres.

—Que me convenza de que no he arruinado mi vida casándome con él.

—Eso nunca se sabe.

Neus no quiere sentarse en uno de los cafés del pueblo, a la vista de todo el mundo; prefiere que vayan a su casa, una de las mansiones que tantas veces ha admirado Gabriela, junto a la plaça del Mercat.

—A veces pensamos que somos libres, pero en la memoria de todo el pueblo queda lo que te puede desprestigiar. A mí muchos me recuerdan como la mujer abandonada por Nicolau, aunque me haya casado con un hombre notable, aunque haya tenido hijos con mi marido. Si me vieran contigo creerían que te hablo mal de él, que conservo inquina por lo que me hizo. Supongo que a ti te recordarán por lo que dicen que hiciste en la playa con otro joven del pueblo la noche de fin de año.

—No es cierto, no hice nada.

Tiene que mantener la mentira hasta con personas que le dan igual. Es el rumor más rápido que ha habido en el pueblo, ha llegado hasta a la alta sociedad sollerense. ¿Quién lo habrá puesto en marcha?

—Eso da igual, a nadie le interesa si es verdad o no. Toda la vida dirán que llegaste a Argentina mancillada, que te acostaste con uno que no era tu marido en la playa, a la vista de todos. Y lo hiciste a la vista de todos, de poco te va a valer negarlo, hay personas que lo vieron con sus propios ojos y lo han contado. Hay hasta quien ha recogido los despojos de tu ropa y los guarda. Hay un refrán castellano para esto: pueblo chico, infierno grande. No lo olvides.

El salón de la casa de Neus es grande y lujoso, los muebles buenos, la criada va uniformada —no es una joven de Sóller, tal vez de un pueblo del interior de la isla— y las tazas en las que le sirven el café son de porcelana de la mejor calidad, tal vez inglesa. Gabriela no sabe comportarse en esos lugares, se limita a moverse y a decir lo menos posible, a tener pocas posibilidades de hacer algo inoportuno.

—No siempre he vivido en un lugar tan distinguido, claro. Cuando era novia de Nicolau vivía en el puerto. Mi padre trabajaba cargando y descargando los barcos que partían con fruta hacia Francia. Era un trabajo muy duro. El señor Quimet, el padre de Nicolau, era su compañero. Los dos, mi padre y el suyo, han prosperado en la vida gracias a sus hijos.

Gabriela no le dice que el señor Quimet no es más que un cerdo; antes quiere saber lo que esa mujer, Neus, puede decirle de su marido.

—¿Cómo era Nicolau?

—Ambicioso, sabía desde niño que no quería descargar barcos y llevar una vida como la de su padre o el mío, estaba dispuesto a lo que fuera para no conformarse; tan determinado estaba que a veces me daba miedo. Yo pensaba que de verdad me mandaría llamar y me embarcaría hacia Buenos Aires a su encuentro. Esperé cinco años; al principio recibía cartas, después dejaron de llegar; en las primeras me contaba maravillas y yo deseaba verlas con mis ojos: me hablaba de la ciudad, de la música, de la mezcla de gente, de los cafés, del lujo, de un amigo judío con el que tenía muchos planes... Pero después, cuando dejó de escribirme, me di cuenta de que todo aquello se había acabado para mí, pensé que habría conocido a otra mujer, quizá que se había casado allí. Entonces volvió al pueblo Roger, el que hoy es mi marido; se había ido a estudiar a Barcelona y regresaba para hacerse cargo de la fábrica de su padre. Yo era muy guapa y él siempre había querido algo conmigo. Supe jugar mis cartas; además, me hacía mayor, quizá era mi última oportunidad.

Todavía es guapa, además de elegante y rica... No le presenta a Roger porque está en Palma, probablemente con su nueva amante.

—No, no te compadezcas, es mejor así. Mi marido paga todos los gastos de esta casa, mantiene las formas en el pueblo, quiere a nuestros hijos y me deja hacer mi vida. Al principio me costó aceptarlo, pero ahora estoy feliz de que sea así. ¿Cuándo te vas?

—El día de Reyes.

Ignora el motivo, pero Gabriela confía en esa mujer y abandona la prudencia inicial: le cuenta el miedo que tiene a encontrarse con Nicolau, los planes de viaje, el dinero que le ha mandado su nuevo marido, los intentos de abuso de su suegro, su amor por Enriq, sus ganas de huir antes de llegar a Buenos Aires...

—Yo nunca tuve problemas con el padre de Nicolau, claro que fue hace muchos años, cuando él era un hombre joven y su esposa todavía vivía.

—¿Cree que su hijo será un buen marido?

—No te lo puedo asegurar, hace ya tantos años que no sé de él y su vida ha sido tan distinta de la que llevaba aquí que puede haber cambiado mucho, pero creo que no era mala persona. Y estoy convencida de que lo que quiere es que le des hijos y les enseñes a hablar nuestra lengua. Nicolau amaba esta tierra, no sé por qué nunca volvió, ni al hacerse rico. A veces he pensado que para no encontrarse nunca más conmigo. Aunque quizá ya no me recuerde, yo sí lo recuerdo a él. No le guardo rencor, en aquellos tiempos la vida era más difícil que ahora, es normal que se ocupara de sus asuntos y se olvidara de lo que quedó atrás. Gracias a que me abandonó pude conocer a mi marido. No he sido feliz pero he tenido todo lo que quería. Quizá en Argentina tampoco lo habría sido.

* * *

—Desnúdate, quiero verte.

En las cuatro noches que han pasado juntos, Max no ha hecho el menor gesto que demostrara que sentía deseo por Sara, nunca le ha pedido que compartiera la cama con él o ha intentado tocarla; cada noche ha llegado borracho, como el primer día, ha cerrado la puerta con llave y la ha enviado a dormir al suelo, casi sin mirarla, desde luego sin forzarla. Los únicos momentos en los que parece divertirse con ella son los que pasan en la misma taberna del primer día. Allí comen lo que les ponen, sin preocuparse de si su religión lo permite o no, y beben grandes jarras de cerveza. Con cada jarra de esa bebida, ella tiene menos temores: él es ameno y cuenta chistes en los que los judíos son los listos y los *goyim* los tontos. En cuatro días, Sara se ha reído más que en los últimos años, desde luego mucho más que con Eliahu. Le espera cada noche deseando que aparezca, camina impaciente hacia la taberna, deseando la cerveza y la charla de su marido.

Esta noche es la primera vez que Max le pide algo así; Sara obedece, avergonzada pero esperanzada.

—¿Me lo quito todo?

—Sí.

Él está sentado en la cama, con los zapatos sobre las sábanas y la espalda apoyada en la pared, en mangas de camisa y con la corbata aflojada, mirando con interés, aunque Sara no alcanza a discernir si también con deseo. Siente vergüenza, pero a la vez la sensación de que se encuentra ante una gran oportunidad. Descubre, sin gracia, su cuerpo delgado, con pechos llenos y atractivos, de piel muy blanca y pecosa, con el vello del pubis del mismo color rojo que su melena.

—Eres muy bella.

—Soy tu esposa, puedes tomarme si quieres.

—No puedo permitirme que no llegues virgen a Buenos Aires, hay mucho dinero en juego.

Tiene miedo de la reacción de Max cuando descubra que no es virgen, que es una viuda, que él creyó engañar a todos y que fueron Sara y la *shadjente* quienes le engañaron a él.

—Dijiste que no me venderías.

—Te prometí una vida mejor y así será. En Buenos Aires tendrás cosas que no habías soñado en el *shtetl*. No te arrepentirás de haber aceptado mi oferta, no te volverá a faltar de nada.

Sara llevaba varios días imaginando este momento con la esperanza de que algo cambiase y ése no fuese su destino realmente. Si consigue que él se enamore de ella, la vida será la que le prometió el día que la conoció en la aldea: libre, abundante en todo, con libros, comida, ropa… Si Max se enamorara no podría venderla; no duda de que es un hombre de verdad —se lo ha demostrado cuando el *goy* rubio le quiso imponer su voluntad—, tampoco duda de que si la amara no permitiría que su mujer se acostase con otros. O quizá sí, tal vez Max tenga otra esposa en Buenos Aires y esté deseando reunirse con ella. Pero Sara no tiene más opciones que la de intentar convertirse en su verdadera mujer.

O, por lo menos, no imagina otra salida. Es lo único que se le ocurre y debe hacer todo lo que esté en su mano por enamorarlo: es su hombre y debe luchar por él. Además, a ella no le resulta indiferente.

No le será fácil; Sara no tiene experiencia en seducir a un hombre, no tuvo que hacerlo con Eliahu y eso no lo enseñan las viejas de la aldea, de ellas sólo se aprende a preparar el relleno y la masa de las *rugelach* y a respetar el *sabath*. En el *shtlel*, las mujeres no seducen a los hombres, se casan con ellos, les dan hijos y los educan; a cambio esperan recibir una vida más o menos tranquila, respeto y un poco de cariño, nada más. Sara debe confiar en su instinto para lograr conquistarlo. ¿Cómo hacer que Max la ame?

—Vístete. Ya te he visto.

Ha perdido el miedo a que él la golpee, desde que se conocen no le ha levantado la mano.

—No, no quiero vestirme; quiero seguir así, desnuda, quiero que me veas y me ames. Y quiero que tú también te quites la ropa.

Es bella, está segura, la más bella de la aldea, la que los hombres, incluso los más serios y piadosos, los jóvenes, los viejos, los casados y los solteros, hasta el rabino, se volvían a mirar. Quizá lo suficiente para despertar su deseo así, mostrándose impúdicamente, sin tapar ni un resquicio de su cuerpo. Hasta se atreve a bailar para él de una forma que cree sensual.

—Ya te he dicho que no me puedo permitir que no llegues virgen a Buenos Aires.

—Eres mi marido, tengo derecho. Quiero también verte desnudo.

Max es un hombre extraño, a ella le cuesta entenderlo y averiguar cuál va a ser su reacción. Lo mismo es frío, como cuando visitó su aldea con la casamentera y la pidió a sus padres en matrimonio; correcto, como el día de su boda, cuando cumplió con todos los preceptos y los rituales; violento y cruel, como el día que recibieron la visita de aquel hombre alto y rubio; divertido, como cuando le da a beber cerveza en la taberna; generoso, como cuando le llevó los vestidos que ahora ella se ha quitado; mezquino, como al asegurarle que su virginidad vale dinero, y complaciente, como ahora mismo al quitarse la ropa.

El cuerpo de Max le gusta: muy musculoso, con el pecho ancho y cubierto de vello dorado, las piernas fuertes y el sexo con claras muestras de excitación. No era así, ni mucho menos, Eliahu.

—Soy tu esposa, ¿no vas a tocarme? Lo deseo. Y tú también, lo dice tu *schmok*.

Nunca antes se había atrevido a pronunciar delante de alguien —ni siquiera de su difunto esposo— esa palabra que designa a esa parte del hombre de la que nunca se puede hablar en público. Ante las dudas de Max, es ella quien se acerca a tocarle a él —a tocar su *schmok*—, venciendo su pudor, pero Max le retira la mano.

—Te he dicho que no. Meishe me mataría.

—Tú eres mi esposo, no Meishe. Él no es ni tu dueño, tampoco el mío; tú eres mi dueño, mi único hombre. Meishe no es nadie.

Max vuelve a vestirse sin decir nada, como si lo que piensa le avergonzara. Va a la puerta y sale; antes de cerrar le pide que lo tenga todo preparado.

—Quizá salgamos esta noche, quizá mañana. Mete todo en la maleta. También mi ropa. Cuidado que no se arrugue.

—¿No voy a volver a mi casa? ¿No voy a ver más a mi familia?

Max no responde, sale sin echar la llave. Nada impediría que Raquel se marchara, se fugara y empezara una nueva vida perdida en las calles de Odesa, quizá ocultando que es judía. Pero no se atreve a hacerlo. Se viste y obedece, mete su ropa en una maleta de cartón que él le trajo ayer. ¿Será verdad que se van? ¿Saldrán ya camino de Buenos Aires? En el fondo desea que, de una vez por todas, pase lo que tenga que pasar.

Max no vuelve hasta la noche, tan borracho como siempre que sale a la calle. Echa a Sara de la cama y se tumba él; si ésta era la noche que tenían que salir de viaje, ya no lo harán. Tampoco la tomará, da igual lo que ella haga, cómo se le insinúe. Max tarda pocos minutos en caer dormido.

Por la mañana, igual que el primer día que se despertó en esa habitación, se escuchan golpes en la puerta. Pero por las voces parece que esta vez son varios los que vienen y que lo hacen con ganas de vengar lo que le sucedió al compañero del primer día. Ella despierta asustada a Max.

—Sabes dónde está la llave. Abre.

—No, Max, esta vez viene más de uno. Te van a matar. Y a mí.

Max se incorpora y la mira sonriente. Parece que éstos son los momentos para los que vive, los que le divierten, los ojos le brillan y el pulso no le tiembla. Se lo dijo tras la anterior visita.

—No te preocupes, no nos van a matar. Matar no es fácil, hay que tener mucho valor, u odiar mucho. A la gente le da miedo odiar. No cualquiera sirve.

Los golpes siguen fuera, Sara teme que tiren la puerta abajo, pero Max está tranquilo. Va hasta su chaqueta y saca una pistola, la carga parsimoniosamente. Tiene otra, como siempre, debajo de la almohada.

—Ya va, ya abro. Qué prisas, ¿acaso no se puede dormir tranquilo?

Se coloca ante la puerta con las piernas abiertas y las dos pistolas apuntando, una en cada mano. Le tira la llave a Sara para que ella abra, y le susurra:

—Apártate y tírate al suelo en cuanto abras. A ese rincón.

Ella va hacia la puerta, pero con los nervios se le cae la llave al suelo, la recoge y abre. En cuanto gira la llave en la cerradura, una patada echa la puerta para atrás, la golpea y sale casi despedida.

—¿Quién está aquí? Mi amigo el *goy* de la cruz en la frente.

Los tres hombres se han quedado parados al encontrar a Max, con las pistolas en las manos, tranquilo y con una elocuente expresión de alegría en la cara. Sara mira desde el suelo, se ha acurrucado allí, está segura de que Max matará a alguno de los tres hombres, si no a los tres, lo ve en sus ojos. No es que lo necesite para salvar su vida, es que tiene ganas de hacerlo. Él sí tiene valor para matar. Sara se ha casado con un asesino que no conoce la piedad.

—Dimitri quiere hablar contigo.

—No sé ya cómo explicaros que si Dimitri quiere hablar conmigo es él quien tiene que venir, no voy a ir yo como si fuese su perro. Sus perros sois vosotros, perros *goyim*. Tengo balas para dos, sois tres. ¿Quién las quiere? Os dejo escoger.

Uno de los tres, el rubio de la otra vez, el de la cicatriz de la cruz en la frente que todavía se nota, el que actúa cegado por el odio, comete el error de querer echarse encima de Max. Sara tenía razón, su marido estaba deseando que esto sucediera para disparar. Y no lo hace para avisar, asustar o amenazar, lo hace para matar: le dispara en mitad de la frente, justo en el sitio en el que está la cruz, en la intersección de sus dos brazos. La sangre salpica por todas partes. Sara pega un grito cuando los sesos del hombre se esparcen por el suelo. Sus dos compañeros se han quedado inmóviles.

—¿Alguno más quiere acabar como su amigo? No habéis estado rápidos, así que ahora tengo balas para los dos.

Es como la señal para que ambos salgan corriendo. Max sonríe a Sara.

—Te dije que no me iban a matar. Venga, nos vamos.

Aunque hace lo que puede para evitar pisar los sesos del rubio, esparcidos por todas partes, Sara no tarda nada en estar lista, en recoger su ropa y la de Max y meterla en la maleta. Él parece tranquilo, casi con ganas de acostarse de nuevo, o quizá de seguir matando. Salen a la calle y en menos de un minuto están subidos en un automóvil. Max le da una dirección al conductor y se van más deprisa de lo que ella creía que se pudiera ir, mucho más que si tiraran de él las bestias más veloces. Se atreve a preguntarle.

—Has matado a un hombre.

—Mejor matar que morir. La vida es así y hay que aprenderlo pronto.

—¿Has matado a muchos hombres?

Él se encoge de hombros y sonríe, una sonrisa limpia, casi la de un niño al que han descubierto robando galletas, antes de responder:

—A muchos, hace tiempo perdí la cuenta. Hombres y mujeres.

Se bajan delante de la puerta de un edificio que tiene más de seis plantas. Suben por una escalera estrecha hasta la cuarta y Max abre con llave una de las puertas.

—¿Qué vamos a hacer ahora?

—Yo voy a seguir durmiendo, esos *goyim* no me han dejado hacerlo. Esta noche embarcamos. Estate preparada.

Max no miente, se echa sobre la cama y se queda dormido. Sara corre a la ventana; el mundo se ve distinto desde allí arriba, su amiga Judith no podría creerse que existen edificios tan altos. Espera poder ver los problemas como ve desde allí a las personas: diminutos. Se acuerda del rubio, pero ha dejado de preocuparle; ahora sólo se pregunta cómo será su vida en Buenos Aires, si volverá a ver a Max matando hombres y si perderá por completo la compasión por ellos. Si Max, que mata con tanta tranquilidad, teme a Meishe, éste tiene que ser un hombre terrorífico; espera no tener que conocerle.

Max duerme. Sara debería temerlo, pero en cambio siente deseo hacia él. Es algo que nunca le provocó Eliahu ni ningún otro hombre de la aldea. Sara se da cuenta de que se está enamorando de Max, aunque sea un monstruo.

* * *

—¿Miriam? ¿Ésa no es la mujer con la que pasé mi noche de bodas?

Es raro que haya dos subastas tan seguidas en el Parisien. Un caso especial que sin duda se debe a una situación especial.

—Sí, la misma Miriam. Noé ha decidido subastarla y yo la quiero recuperar. Ha hecho que se la entregue y la vende. Es su forma de hacernos saber que está al tanto de nuestros intentos por desbancarle y nos lo quiere hacer pagar, pero no se va a salir con la suya.

—Sé que no soy quién para decirte nada y el que lo haga no implica que no esté a tu lado y no esté dispuesto a lo que sea para ayudarte, pero creo que deberías replantearte lo de enfrentarte a Noé Trauman.

A Nicolau no le importa reconocer ante Meishe Benjamin que tiene miedo; que él, como tantos otros, ha oído hablar de los métodos de Trauman con los que se le oponen.

—Sólo quiero que lo pienses antes de que no tenga remedio. Es mi obligación como amigo hacerte pensar dos veces antes de que des un paso que creo que está errado.

—Te agradezco tus palabras, pero la decisión está tomada.

Meishe es un hombre arrojado, no habría llegado a donde está de no haberlo sido, y no va a cambiar a estas alturas. Lo era de joven, cuando se bajó del barco que le trajo de Europa siendo un judío pobre sin un lugar donde caerse muerto, lo fue cuando los dos se conocieron en el conventillo del barrio de San Telmo, también cuando se metió en los negocios de la Varsovia, cuando ayudó a Nicolau a establecerse… Lo que su amigo mallorquín intenta es sujetar su ambición, hacerle ver que ya no hay tanto que ganar y sí mucho que perder, que lo que han conseguido es mucho más de lo que esperaban cuando eran dos inmigrantes pobres que veían desde fuera el lujo bonaerense. Ahora lo disfrutan, no vale la pena perderlo por no saber medir la ambición.

—Tú mismo dices que es un aviso de Noé. ¿Por qué enfrentarse con él?

—Porque es ley de vida. Unos llegan y copan los puestos más altos; si otros los quieren los tienen que desbancar.

No le va a convencer y está dispuesto a seguir a su lado, aunque lo pierda todo. Siempre podría volver a su isla, a Sóller, y gestionar las tierras que su padre ha ido comprando en su nombre con el dinero que ha ido enviando año tras año. Vaya sorpresa se llevaría su joven y desconocida esposa si nada más llegar a Argentina tuviera que regresar a Mallorca.

—¿Qué excusa pongo para comprar a Miriam? Yo no tengo ningún burdel.

—Escoge. Puedes decir que te has encaprichado con ella, o que has decidido convertir tu casa de Boedo en uno. Mejor lo primero, o una mezcla de los dos: es una mujer muy guapa y has estado con ella, hasta tu noche de bodas la pasaste con ella.

—¿No la puedes comprar tú directamente?

—Noé no me la vendería. Quizá me la regalara, pero no me la vendería. Y no es momento de deberle favores.

Son asuntos de la dignidad entre ellos que Nicolau no entiende ni pretende llegar a entender.

—¿Hasta cuánto pago por ella?

—Me da igual el precio. Cómprala. Yo te devolveré el dinero.

—Y cuando me la den, ¿dónde la llevo?

—A tu casa. Mañana por la noche, quizá pasado, iré a buscarla.

Si lo pensara sería incapaz de hacerlo, ni se le habría ocurrido cuando vivía en su pueblo que un día lejano acudiría a un café con el encargo de comprar una mujer. La vida ha sido, desde luego, extraña, y los últimos tiempos no son como para sentirse orgulloso, no fueron ésos los principios que recibió en Sóller. No vale el decir que son cosas de judíos y que se apañan entre ellos: la mujer, Miriam, es un ser humano, ni se compra ni se vende. Y, sin embargo, no duda: cumplirá el encargo de Meishe Benjamin.

—Disculpe, señor Esteve, debemos comprobar que no lleva armas.

Las dos mismas jóvenes de la otra vez, muy bellas ambas, Eva y María cree recordar que se llamaban, cachean a Nicolau a la entrada del Café Parisien y los encargados de seguridad le franquean el paso una vez que lo han hecho. El ambiente del café es muy similar al de hace unos días, cuando fue a ese mismo lugar acompañando a Meishe. Noé Trauman se acerca a él para saludarle, demostrándole una deferencia inusitada, nada más entrar en el local.

—¿De nuevo con nosotros, Nicolau? ¿Quizá interesado en alguna mujer? ¿En invertir en nuevos negocios? Sabe que le consideramos un amigo y estamos orgullosos de recibirle en nuestra casa.

Nicolau contesta como Meishe le indicó que debía hacerlo, que está interesado en una mujer llamada Miriam con la que estuvo más de una vez, que de momento la quiere para él, aunque quizá, más adelante, convierta su casa de Boedo en un bulín.

Trauman le desea suerte en la subasta y que no pague mucho más de lo que vale la papusa.

—Miriam es una buena mujer, siento tener que desprenderme de ella. No sabía que usted era uno de sus clientes. Ha laburado para nosotros, buena trabajadora, pero rebelde, ha leído demasiado y tiene ideas muy avanzadas. Nada que no se arregle tratándola con mano dura, pero no seré yo quien lo haga, en el fondo soy un sentimental y no me gusta que las mujeres estén conmigo a disgusto. Quizá en el futuro sea una buena encargada. Tendrá muchos candidatos a llevársela que subirán la puja; si la consigue, disfrute de ella.

Pasan varias mujeres —jóvenes y maduras, guapas y feas, lozanas y acabadas, que despiertan los deseos de los presentes y que no, que alcanzan precios altos o que son rematadas por el precio de salida o incluso devueltas a la parte de atrás sin que nadie pague lo que piden por ellas— hasta que llega Miriam, la que Meishe le ha ordenado comprar. Es la más bella de todas las que han aparecido hasta el momento: morena, alta y delgada, con unos bonitos ojos azules. Nicolau recuerda perfectamente la noche que pasó con ella, cómo le enjabonó en la ducha, cómo le secó y le atendió después. La recuerda sobre la cama, altiva, superior aunque quien la contratara tuviera derechos sobre ella. Sale desnuda al escenario y provoca un murmullo de admiración, su pubis está completamente rasurado y sus pechos son muy pequeños. Da una vuelta sin demostrar ningún pudor y mira a los presentes a los ojos. Cuando el maestro de ceremonias va a empezar a hablar, Trauman le hace un gesto, el mismo que hizo cuando retiró de la puja a la joven que quería Genaro Monteverdi, el político corrupto que aspira a ser el primer italiano en la presidencia de Argentina.

—La joven Miriam no será subastada.

La reacción desencantada del público permite deducir que la puja iba a ser intensa y que la joven no se saldaría a un precio bajo, que muchos de los asistentes estaban dispuestos a subir sus ofertas. A Nicolau no le da tiempo ni a pensar en qué ha pasado, ni a idear una excusa para no decepcionar a Meishe, porque de inmediato un hombre se acerca a él y le pide que le acompañe. Se encuentra con la mujer y con Noé Trauman unos segundos después en la trastienda, tras el escenario.

—Señor Nicolau Esteve, acepte a Miriam como regalo. Con todo mi afecto y buenos deseos. La primera de las muchas que esperamos suministrarle para que su negocio sea próspero.

Seguro que Meishe Benjamin no contaba con que esto sucediera; sí que decía que Trauman se la podía regalar a él, pero no imaginó que también a Nicolau. ¿Sabría su destino el jefe de la Varsovia? Nicolau ignora cuál será la reacción de su amigo. Sólo que se tiene que llevar del Parisien a una mujer muy bella sin pagar nada por ella. Miriam le ha reconocido y ha permanecido en silencio.

—Hoy tendrás que dormir ahí. En cualquier momento llegará Meishe Benjamin a recogerte.

—A Noé Trauman no le va a gustar nada que me hayas comprado para él. Pensé que me querrías para ti. Estuve contigo la noche de tu boda. ¿Tu esposa no ha llegado todavía? Ya te avisé de que era un largo viaje.

Nicolau, que no sabe cómo comportarse con una mujer que en teoría le pertenece, opta por ser amable y hasta cariñoso con ella. Los dos cenan una ensalada de tomate y cebolla y una milanesa. Miriam no ha cumplido todavía los veinte años pero ya es una veterana en Buenos Aires, lleva siete años trabajando para Trauman. Le ha mandado todo el dinero que ha ganado a su familia en Polonia y la venden porque un cliente se ha enamorado de ella y Miriam ha intentado fugarse con él.

—Me dijo Trauman que era un asunto entre ellos.

—Por un asunto entre ellos me llevó Trauman a uno de sus pisos, pretendía ganar dinero conmigo, no venderme. Pero allí se enteró de la historia de mi amante. No te preocupes, no me voy a escapar. Tardarían muy poco en encontrarme y no quiero volver a pasar por lo mismo. Ya estaba acostumbrada a trabajar, me daba igual que entraran más o menos hombres. Lo de estas semanas ha sido mucho peor.

—¿Te pegaron?

—No quieras saber. Tú no eres de la Varsovia, mejor que no conozcas sus métodos.

Nicolau no es de la Varsovia pero tampoco tonto. Supone que las palizas pueden ser algo habitual y que las chicas están medio acostumbradas. Pero empieza a sospechar algo más, quizá las peores represalias se produzcan en los lugares de origen y las sufran las familias. Las chicas no se escapan por miedo a que sus padres y sus hermanos mueran en el lejano *shtetl* del que salieron. La Varsovia tiene largos tentáculos.

—¿Tú también estabas enamorada de él?

—No digas tonterías, las putas no nos enamoramos.

Los clientes compran a la madama una ficha de dos pesos. Para acostarse con una de las chicas le deben entregar la ficha a ella; las mujeres la guardan y la casa les paga un peso por cada ficha que hayan conseguido al final de la semana; es decir, una mitad de lo que ganan va para la Varsovia y la otra mitad para ellas. Del dinero que ganan las papusas hay que descontar la comida y los gastos de la casa, la Varsovia se hace cargo de la seguridad y los sobornos. En teoría, las jóvenes empleadas de la organización pueden ahorrar el dinero que reciben y vivir de él cuando se retiren, pero rara vez lo conservan: de ahí pagan sus vestidos, compran joyas y muchas de ellas se pagan su adicción a las drogas, sobre todo a la cocaína, que les facilita la misma organización. Algunas logran evitar todas las tentaciones y se hacen con un pequeño capital que pueden conservar o enviar a la familia en Europa. Las que sobreviven a los treinta o los treinta y cinco años y han tenido cabeza suelen convertirse en encargadas en los burdeles de la Varsovia. Hay algunas que compran su libertad para casarse con clientes que se han enamorado de ellas. Incluso hay antiguas pupilas de la Mutual que han abierto negocios legales en Argentina, Paraguay o Uruguay y viven como damas respetables. Pero lo más común es que las drogas, las enfermedades venéreas y la mala vida se las lleven por delante, y sea la misma organización que las explota quien las herede tras enterrarlas en su propio cementerio.

—No sé por qué Trauman ha decidido que seas mi regalo.

—Para demostrarme que el dinero no es importante, que lo que cuenta es que una chica se doblegue a sus deseos. Es un mensaje para las demás. No le va a gustar que vuelva a manos de Meishe Benjamin, es otro perro como él.

Pese a la situación, la charla es muy amena, Miriam es una mujer que sabe cautivar con sus historias. Dos horas después de su llegada, con los restos de la cena aún sobre la mesa, los dos siguen hablando: de las chicas, de los judíos de la Varsovia, de la futura guerra entre Trauman y Benjamin.

—¿Por qué envías dinero a tu familia? Te vendieron con trece años.

—No lo entenderías, no me vendieron ellos. Vine porque quise, me enamoré de Meishe. Me escapé de casa para venir a Buenos Aires con tu amigo. Ya no es él quien viaja, ahora manda a otro, otro perro que se llama Max Schlomo. Entonces Meishe trabajaba con Trauman y me trajo para ocuparme en sus burdeles. En mi casa en Polonia pasábamos hambre, mi hermano mayor estaba enfermo y necesitaba medicinas… Entendí perfectamente lo que tendría que hacer para conseguirlas.

—¿Se curó?

—No, el dinero no llegó a tiempo. Pero ha servido para otras cosas. Han comido, han podido tener un fuego encendido en invierno. Mis hermanos pequeños han emigrado a Alemania, ahora viven en Berlín. Alemania es un buen país para los judíos.

—¿Y Argentina?

—También, pero sólo para algunos.

Mañana aparecerá Meishe y sabrá qué hacer con Miriam. Nicolau no se siente a gusto con ella en su casa; quizá es la causa de que ni siquiera tenga ganas de acostarse con ella pese a su belleza.

* * *

—Te voy a echar de menos cuando te marches, cordera.

Raquel se ha informado de los barcos que parten hacia Buenos Aires. Podría haber viajado en el *Infanta Isabel*, pero no había camarote en primera, todos estaban ocupados. Lo mismo sucede en los barcos de la Compañía Trasatlántica, los camarotes de lujo van llenos: hay muchos europeos que prefieren viajar a América en barcos españoles para aprovechar su neutralidad. El primero libre que ha encontrado es el *Príncipe de Asturias*, de la Naviera Pinillos, y parte de Barcelona a mediados de febrero.

—Voy a hablar con la americana. Susan me dijo que me llevaría en su coche, así podré cargar con todas las maletas.

—Me pondré celoso de ella, siempre la tienes en la boca.

Roberto y Raquel han repetido cada noche desde que ella llegó a su casa, el día 1 de enero por la tarde. Hacen el amor también nada más despertarse, dedican el día a sus planes de futuro y vuelven a hacer el amor al acostarse.

—¿Por qué no lo habremos hecho antes, cordera? Lo bien que lo habríamos pasado.

Nada les ha truncado sus días de luna de miel, como les llama Roberto; ni Gerardo, ni don Amando, ni los recados de Losada pidiendo a Raquel que volviera al Japonés, una vez comprobado que Rosa Romana no llegaría a actuar nunca en el teatro.

—¿Cuándo nos vamos? Me lo dices, metemos el equipaje en el coche y nos marchamos.

Para Susan es todo fácil. Cada vez que la ve, Raquel se da cuenta de que su disponibilidad de dinero es enorme, casi infinita. No le preocupa tener reservados alojamientos entre Madrid y Barcelona porque, como ella misma dice, podría comprar todos los pueblos que se encontraran en el camino.

—¿No me vas a decir de qué huyes?

—No huyo, voy a ver si encuentro algo que no sé lo que es. Quiero ir a Buenos Aires. ¿Has estado?

—No, nunca. Si quieres iré a verte, cuando estés instalada allí.

—¿Y por qué no vienes conmigo?

—Me queda mucho por disfrutar en Europa, iré cuando me canse de estar aquí.

Raquel lo ha dicho sin pensar, pero el lujo en el que podría vivir al lado de Susan hace insignificantes las miradas de reproche que debería soportar, esas mismas que les echan los camareros, los clientes y hasta el botones del hotel. Debe aprender de Susan e ignorarlos.

Saldrán dentro de unos días, pararán donde les apetezca y llegarán a Barcelona una semana después.

—¿Por qué tanta prisa si tu barco no sale hasta mediados de febrero?

—Porque tengo ganas de cambiar de vida, de conocer sitios y caras nuevas, de abandonar esta ciudad que tan bien se ha portado conmigo pero en la que tan difícil es vivir.

—Yo he viajado mucho, ya lo sabes: Detroit, Nueva York, París, Madrid y mil sitios más. Creemos que cuando llegamos a un sitio nuevo todo será distinto. Y no es así: el paisaje cambia, pero nosotras somos las mismas. Tú seguirás siendo Raquel Castro en Barcelona, en Buenos Aires o donde quiera que vayas, mejor que te acostumbres a ti misma. Huir no tiene sentido.

—No seré Raquel Castro. Raquel Castro se queda en Madrid; seré Raquel Chinchilla.

Susan asegura que ella está acostumbrada a sí misma y que ya no quiere cambiar, que sólo quiere encontrar mujeres como Raquel para disfrutar con ellas.

—¿Nunca has estado con un hombre, Susan?

—Ni se me ocurre, no me interesa. A mí me gustan las mujeres, y de entre todas las mujeres, una: tú.

Quizá le sucediera como a Roberto, que no le interesaban las mujeres y ahora está deseándola a todas horas.

Echa de menos a Roberto esta noche que se ha quedado a dormir en al Ritz después de cenar con Susan en Casa Alberto, en la calle de las Huertas. Después han vuelto a jugar a la parte de arriba del Maxim's, pero esta vez Raquel no ha tenido suerte con la ruleta.

Un hombre se ha acercado a ellas, un caballero atractivo y muy elegante, Eduardo Sagarmín, el marqués de Aroca.

—Perdone, señorita, ¿es posible que la viera el otro día en la Sala de Armas Sanz, en la Puerta del Sol?

Es así como se entera de que Susan es una especialista en el uso del florete, hasta tal punto que representó a su país en la exhibición de esgrima femenina que se hizo durante los Juegos Olímpicos de Estocolmo en 1912.

—A las mujeres no nos dejaron competir en los juegos, sólo a los hombres. Menos mal, las italianas nos habrían masacrado en la pista. Claro que después me habría desquitado con una de ellas entre las sábanas.

Eduardo Sagarmín —Raquel no sabe quién es y una camarera a la que conoce le dice que se trata de uno de los mejores amigos del rey— queda en encontrarse el día siguiente con Susan en la misma academia en la que coincidieron.

—Me encantaría practicar con usted, don Eduardo; eso sí, no crea que por ser un hombre tendré piedad, seré implacable.

Tirará con ella, pero Raquel conoce a los hombres y es consciente de que el marqués ha quedado prendado de su belleza. Ha visto ya muchas veces esa mirada. A ella, quizá debido a lo sensible que está al amor los últimos días, también le ha impresionado ese hombre: tan alto, tal elegante, con esa voz tan varonil, tan educado… Por un hombre como él dejaría los escenarios para siempre.

La noche en el Ritz vuelve a ser tan movida como las anteriores que Raquel ha pasado allí y Susan tan incansable, quizá por su condición de deportista de alto nivel, como siempre que hacen el amor. Antes de dormirse, piensa en Roberto, echa de menos no hacerlo abrazada a él; también piensa en el marqués de Aroca, ¿volverá a verlo? No puede retrasar las cosas, tiene que prepararlo todo; en un par días, tres como mucho, se va a Barcelona.

* * *

—Nosotros no podemos hacer lo que me pide. Va en contra de las leyes y nos colocaría en una situación de extremado peligro si se llegase a saber.

Don Antonio Martínez de Pinillos sabe que Cádiz es una

ciudad sin secretos. Él mismo, como todos los demás comerciantes de la ciudad, destina parte de sus ingresos a enterarse de lo que pasa antes que los demás. Es la única ciudad del mundo, que él sepa, en la que se construye pensando en el espionaje: ¿qué son si no las torres miradores que se han convertido en uno de sus símbolos? Desde que Colón descubrió América han llegado los productos de ultramar a través de Sevilla y Cádiz, había que estar atento a quiénes atracaban y qué cargamento traían. Los mejor informados eran los que triunfaban, y sigue siendo así.

—En una situación de extremado peligro estará si no acepta colaborar con nosotros en lo que le solicito.

Hasta ahora, sus contactos con los alemanes habían sido en su despacho o en el consulado, sin ocultarse. Hoy no ha sido así; está en la trastienda de una taberna del puerto, sentado delante de una mesa sucia en la que les han servido un par de vasos de vino de Sanlúcar. Y su interlocutor no es alemán sino tan español como él.

—¿Cómo sé que no es usted un simple estafador y trabaja de verdad para los alemanes?

—Lo sabe, no quiera ganar tiempo, don Antonio. Tengo que salir de esta taberna con su conformidad, no habrá otra oportunidad.

Lo que su interlocutor le ofrece es muy atractivo: olvidarse de los submarinos alemanes y del dinero que había pactado pagar para no ser atacado por ellos; lo que le pide es muy peligroso: en Buenos Aires, llenar las bodegas de armas y descargarlas en Las Palmas durante el viaje de vuelta.

—Si los ingleses se enteran, nos hundirán.

—Si no acepta, los hundiremos nosotros. Lo de los ingleses es un riesgo; lo nuestro, una certeza.

—Pero yo tenía un acuerdo que pacté con el cónsul de Alemania.

—Estamos en guerra, los acuerdos sólo hay que acercarlos a una mecha para que desaparezcan.

—¿Por qué el *Príncipe de Asturias*?

—¿Quién podría sospechar que uno de los vapores más lujosos de Europa en este momento, uno en el que los más ricos viajan servidos en la mejor porcelana y durmiendo en las mejores sábanas de hilo, lleva varias toneladas de material de guerra?

—Los ingleses controlan la carga en todos los puertos.

—Eso déjelo en nuestras manos. Serán agentes nuestros los que suban las armas a bordo. Ni siquiera su capitán sabrá qué lleva en las cajas.

Aunque insiste, no le dan tiempo para pensar. O vuelve a Europa con las armas o los alemanes hunden el *Príncipe de Asturias* y todos los barcos que posee su empresa.

—¿Cómo sé que, acabado este viaje, no me volverán a pedir que transporte un segundo cargamento?

—Le diría que tiene mi palabra, pero ya sabe lo poco que eso vale en tiempos de guerra. De cualquier forma, le aviso de algo, por si no se ha dado cuenta aún: no está en condiciones de negociar, sólo de aceptar.

Por su cabeza han pasado mil ideas desde que está sentado allí, en los últimos minutos sólo una: ¿cómo evitar que alguien se entere del acuerdo?

—Acepto, pero no de buen grado, sólo porque no me dejan otra opción.

—Celebro que haya entrado en razón.

Don Antonio ha ido solo al puerto, a pie, dando un paseo. Le gusta Cádiz y le gustan las mañanas como ésta, víspera del día de Reyes, en las que el sol aparece radiante en pleno invierno.

Es un hombre muy conocido en la ciudad y, aunque se esfuerza, a veces no es capaz de recordar el nombre de alguno de los que le saludan. Le llama la atención una joven muy bella que camina por el puerto, que se ha acercado, como él, a ver el *Príncipe de Asturias*, anclado mientras se efectúan reparaciones en su interior. La recuerda de inmediato: sirvió la mesa en la comida que él tuvo con el capitán Lotina antes del primer viaje del vapor, cuando le mostraron la calidad de su cocina.

—Buenos días, señorita; la recuerdo del comedor del *Príncipe de Asturias*, ¿me equivoco?

—No, señor Pinillos, me llamo Paula Amaral y soy camarera en este barco.

—Ya caigo; Paula Amaral, a usted la operaron de apendicitis en la última travesía, me comentaron que se quedaría aquí en Cádiz, que no había querido regresar a su tierra. ¿Vigo?

—Sí, señor.

—¿Está usted repuesta?

—Perfectamente, gracias a Dios y a los cuidados que recibí a bordo.

Don Antonio la invita a tomar café en su casa esa misma tarde.

—La espero a las seis, no le dé apuro, me encantaría charlar con usted, que me contara sus impresiones sobre las travesías del *Príncipe de Asturias*, sobre la experiencia de haber sido operada por nuestro equipo médico. También para agradecerle su dedicación a la empresa.

Sonríe al ver la cara de compromiso de la joven.

—No tema, soy un hombre bien casado y mi esposa estará presente. En ningún caso tengo otras intenciones que conocer la opinión de los empleados de mi naviera.

—Por Dios, en ningún momento pensé que fuera a suceder nada indeseado. Sólo pensaba, asustada, en que no sé qué ponerme.

—Va usted perfectamente vestida. No se preocupe por esos asuntos. La veo esta tarde.

Don Antonio reanuda su paseo, tiene que pensar en qué hacer con la propuesta que acaba de recibir de los alemanes. En presencia de su interlocutor sólo ha valorado la opción de aceptar y traer a Europa las armas, pero es evidente que hay otra: informar a los ingleses y que ellos protejan sus barcos y preparen una celada para descubrir el suministro de material de guerra desde Sudamérica a Europa. ¿Dónde se fabrica ese armamento que se va a cargar en Argentina? Desde luego les interesaría enterarse de eso. Tiene un par de meses para pensar, consultarlo con la almohada, quizá comentarlo con su hijo, que pronto heredará la dirección de la compañía. Ahora lo que necesita es distraerse, ha sido una suerte encontrarse con esa joven e invitarla a tomar un café, así evitará pasar todo el día dándole vueltas a lo mismo.

A Paula le ha halagado que el señor Pinillos la recordase, que estuviese al tanto de la operación que sufrió en el barco y que la haya invitado a tomar café en su casa. También es cierto que no lo esperaba y que para una camarera tomar el café en casa del propietario de la naviera es todo un compromiso que supone infinitos nervios. ¿Debe llevar algo o no? ¿Tiene que vestirse de alguna manera especial? ¿Cómo hay que comportarse? Le agradece la invitación, pero preferiría que no se hubiese producido.

Todavía no ha cumplido una semana en Cádiz y ya se ha acostumbrado al ritmo cadencioso de la vida en la ciudad, ya ha convertido sus paseos en rutina, ha conocido algunas bodegas en las que dan muy bien de comer y ha tomado chocolate en La Marina, en la calle Libertad, también ha paseado por las tiendas de ropa de la calle de Cervantes y de la calle de San Francisco, y ha descubierto pequeños rincones como la plaza de las Flores, el parque Genovés o el barrio del Pópulo que cada día le gustan más. Ahora que ha decidido marcharse de España y no volver, ha encontrado una ciudad en la que se quedaría para siempre.

A las seis menos un par de minutos, vestida con su mejor vestido y un simple tocado en la cabeza, con una bandeja de bollitos de mazapán de la Pastelería Viena, de la calle Ancha esquina con San Miguel, los que le han dicho que son los mejores y más distinguidos de la ciudad, llama a la puerta del magnífico palacete de la plaza de la Mina.

—No tenía que haberse molestado en traer nada, sólo quería compartir un rato de charla con usted, no obligarle a gastar el dinero.

Don Antonio es un hombre afable, es de agradecer que alguien tan ocupado le dedique tanto tiempo. Pasa cerca de dos horas con él, charlando sobre la vida en el mar, el día a día del barco, las escalas en los puertos donde atraca el *Príncipe de Asturias*. El armador no intenta sacarle ninguna información, ni que critique a ningún compañero o a un oficial. Parece que es sincero en sus intenciones: sólo quiere conocer mejor a la gente que trabaja en su naviera, quizá ni siquiera eso, quizá sólo quiera pasar una tarde agradable, o saber algo del barco para sustituir su falta de experiencia.

—Dicen que usted nunca ha viajado en uno de sus barcos.

—Dios me libre de hacerlo. A mí eso de estar en medio del océano, a merced de las olas, los vientos y las tormentas no me llama nada la atención. Por eso procuro que mis barcos tengan todas las medidas de seguridad posibles y todos los adelantos, por si un día me veo obligado a subir a uno.

La esposa de don Antonio —Paula no recuerda su nombre— entró en el saloncito a saludarla y a presentarse, pero no ha vuelto a interrumpir. De vez en cuando lo hace algún empleado, entrega una nota en una bandeja a su anfitrión, él la lee y da alguna orden, en muy pocas palabras, apenas un sí, un no, un mañana lo estudiaré.

—Si está usted ocupado, me voy, siento que estoy abusando de su tiempo.

—No, señorita, por favor. ¿Quiere más café? Estoy disfrutando mucho de su conversación. De vez en cuando hay que concederse una tarde libre, después se toman mejor las decisiones.

Ya se han levantado y don Antonio la acompaña a la puerta

cuando le hace una pregunta que ella no sabe cómo contestar:

—¿Les informa el capitán de la carga que lleva el barco en las bodegas?

—No, nunca. No sé si a alguien le interesa, a mí desde luego sólo me preocupan los pasajeros, no la carga que llevemos.

—¿Y de la posibilidad de ataque de un submarino alemán? ¿Les han avisado alguna vez?

El capitán Lotina nunca ha hablado de eso con los empleados que sirven en el barco, quizá lo haga con sus oficiales, no con ellos. Pero la tripulación lo ha comentado muchas veces. Ellos más que nadie han leído todas las informaciones que salieron en los periódicos tras el naufragio del *Lusitania*. Quien más y quien menos ha pensado en la posibilidad de que un torpedo hundiera el *Príncipe de Asturias* y todo se acabara.

—Llevamos bandera española, nuestro país no está en guerra. ¿Pueden atacarnos los alemanes?

—No, claro que no. Sólo si se tratara de un error. Déjeme un lugar donde pueda encontrarla antes de marcharse, me gustaría volver a conversar con usted, ha sido un gran placer.

Paula ha salido intranquila de casa de don Antonio. ¿Es posible que los ataquen?, ¿es seguro viajar en el *Príncipe de Asturias*? Precisamente ahora, que va a hacer su último viaje, no es momento para tener miedo.

* * *

—Ni se le ocurra dejarlo, Gaspar. Se lo tiene que tomar todo.

Todos los días, Mercedes visita tres veces la habitación de Gaspar para llevarle el desayuno, la comida y la cena. Y a veces, cuando puede, se sienta junto a su cama a la hora del té y pasa casi una hora charlando con él. Ha sido lo único bueno de la paliza que recibió la noche de fin de año. No ha vuelto al trabajo, pero el director del periódico y el redactor jefe le han visitado un par de veces y hasta le han mandado a un joven que acaba de empezar de aprendiz para que él pueda dictar la columna de la semana, la primera del año.

—No esperen que denuncie nada, no pienso ni hablar de la paliza, a ver si van a volver a rematarme.

—No exagere, Medina, que sólo han sido unas caricias. Si hubieran querido matarle, ya estaría usted criando malvas.

Contusiones múltiples, una fisura en una costilla, un ojo a la virulé y el dedo meñique de la mano izquierda roto, ésas han sido las consecuencias de las caricias. Un policía ha ido a tomarle declaración y Gaspar ha tenido que testificar que no reconoció a nadie, que estaba tan borracho que sería incapaz de identificar a sus agresores aunque se los pusieran delante.

—Le he traído chocolate y un pedazo de roscón. Es de la pastelería de abajo. Ya sabe que dicen que son los mejores de todo Madrid.

Dicen que el Horno del Pozo, muy cerca de la pensión, es uno de los más antiguos y con mejores productos de la ciudad. Además, es de los pocos que venden roscón de Reyes todo el año. Gaspar no lo puede ver desde la cama, pero está seguro de que muchos madrileños llevan todo el día de víspera de Reyes haciendo cola para comprar el roscón.

—¿Le ha escrito carta a los Reyes, Gaspar?

—No, ¿usted?

—Claro, yo siempre les escribo. A ver si este año se portan bien y me traen lo que les pido. Es una pena que no se pueda decir.

—¿No se puede decir lo que se pide a los Reyes?

—¿Se puede? Bueno, prefiero no decirlo, Gaspar. ¿Puedo hablarte de tú? Al final, hace años que nos conocemos.

—Claro que puede. O mejor dicho, claro que puedes.

Una de las criadas entra en la habitación y avisa a doña Mercedes de que ha llegado su prometido, el comandante Pacheco. A Gaspar le sorprende descubrir un gesto de hastío en la cara de Mercedes. Él no tiene ni ha tenido nunca novia, pero cree que sería feliz cuando ella llegara a verle.

—Espero deshacerme de él en poco rato. Si lo consigo, vengo a verte y te traigo yo misma la cena. Y escribe tu carta a los Reyes. Yo creo que todavía estamos a tiempo de que les llegue.

¿Qué pondría en una carta? Que quiere que llegue el día de su marcha a Argentina y que le gustaría no partir solo sino acompañado por Mercedes.

Poco después llega su casera.

—Ya me he deshecho del comandante Pacheco. ¿Puedo quedarme a cenar contigo, Gaspar? Esperaremos juntos la llegada de los Reyes de Oriente.

—No puedo cenar contigo metido en la cama. Yo creo que ya puedo levantarme.

—¿Y si te levantas y te vistes mientras yo preparo todo en mi salita?

Un cuarto de hora después está vestido con su mejor traje —el que está más nuevo de los tres que tiene— y entra en la pequeña sala que está junto a la habitación de Mercedes. La vajilla está puesta en la misma mesa camilla en la que estuvieron sentados charlando hace unos días, cuando Gaspar le dijo que se marchaba a Argentina. A unos pasos, al otro lado de la puerta, está la gran cama en la que duerme Mercedes, la que Gaspar sueña visitar.

—No me obligues a torturarte para que me cuentes todo sobre la recepción en el Palacio Real, me muero de ganas por saber cómo fue. Estos días estabas tan mal que no he querido preguntarte. ¿Saludaste al rey?

—Le saludé y me dijo que leía mis columnas, que le insultaba demasiado pero que a veces tenía razón.

Le habla de los pocos vestidos que se acuerda de las damas, de los más famosos de los presentes, de su encuentro con Álvaro Giner, el director de la Oficina Pro-Cautivos, un hombre al que respeta mucho, que le presentó a Eduardo Sagarmín.

—Viajará a Buenos Aires en el mismo barco que yo. Oficialmente para acompañar las estatuas, pero yo creo que tiene algún encargo más. Si sólo fuera lo de las estatuas no mandarían a un diplomático sino a una figura decorativa, algún familiar de Su Majestad.

—¿Y cuál crees que es su misión secreta?

—No tengo ni idea, pero intentaré enterarme.

—Es apasionante, es como si cenase con un espía.

—Mis métodos son mucho menos peligrosos, me limito a ir preguntando por ahí hasta que alguien me cuenta algo. Entonces tiro de la manta.

Ella le escucha como nadie ha escuchado nunca a Gaspar, como si fuera el hombre más interesante del mundo. Es consciente de que no debe forzar y llegar a aburrirla, que están llegando al postre y sólo él ha hablado, como si no le interesara lo que ella tiene para decir. Y la verdad es que le interesa mucho.

—¿Y tú? Cuéntame. No quiero ser indiscreto, pero me extrañan algunos comentarios que te he escuchado acerca del comandante Pacheco.

—No le soporto.

—Pero es tu prometido.

—Te contaré la verdad: es mi prometido porque es dueño de la mitad de esta pensión. Tú conociste a mi padre antes de su muerte, ¿le recuerdas?

—Perfectamente, un hombre muy correcto.

—Sí, correcto y vicioso del juego. Todo el mundo cree que falleció tras un ataque al corazón, pero no fue así, se suicidó tras una partida de cartas en la que perdió todo: la casa de mi familia en la calle Montera, donde yo vivía hasta entonces, y la pensión.

—Y las ganó el comandante.

—Así es. Mi madre se fue a vivir a casa de su hermana y yo me vine a la pensión. El piso de Montera es ahora de mi supuesto prometido. Y yo tuve que comprometerme con él para conservar la mitad del negocio. Sin él mi madre no podría vivir. Ahora ya lo sabes, te rogaría que no lo contaras.

—Descuida, conmigo no debes temer indiscreciones. ¿No puedes hacer nada?

—No todos tenemos la suerte de poder marcharnos a Argentina y borrar todo lo anterior. Reconozco que estos días te he tenido envidia, a pesar de la paliza. Si yo pudiera irme también… Y siento tristeza, hablar contigo de vez en cuando era lo único que me daba alegría de vivir.

No esperaba Gaspar que Mercedes fuera tan directa. Menos mal que ella toma todas las decisiones y se hace con la iniciativa. Es quien le besa, quien le hace pasar al dormitorio, le tumba en la cama, le quita la chaqueta, la corbata y hasta los pantalones, la que después se quita la ropa. Es ella hasta quien decide las posturas —procurando que Gaspar no se resienta de sus lesiones— y, más tarde, el lado de la cama en el que dormirá cada uno. Se arrepiente de no haber acompañado a sus compañeros en sus noches de burdeles y francachelas por lo mucho que ha tardado en conocer el placer de estar con una mujer, pero a la vez se siente orgulloso de haber esperado para que ella fuese la primera.

* * *

—No tienes necesidad de llevarte esa ropa vieja, en Barcelona te vas a comprar de todo.

Su madre tiene razón. ¿Para qué quiere Gabriela los camisones viejos, las combinaciones raídas, las chaquetas con puntos sueltos, las faldas heredadas no se sabe de quién y remendadas mil veces? Ropa de faena de joven de pueblo, sin encanto, que no tendrá que seguir usando. Ahora es la esposa de un hombre rico y se tiene que comportar como tal. Si llega a saber que la posición era tan desahogada se habría casado con un vestido blanco, como las ricas de Madrid y Barcelona. Debe tomar como ejemplo a Neus Moyá, la que fue prometida de Nicolau y después se casó con el dueño de una fábrica de paño. Debe ir a las tiendas que ella le ha recomendado en el Paseo de Gracia y en la Rambla de Barcelona y gastar a manos llenas.

Ha vuelto a encontrarse con ella, siempre en su casa, sin decírselo a nadie, ni siquiera a Àngels.

—Si tienes suerte, Nicolau te amará unos años, tendrá un par de hijos contigo y después se cansará de ti. Tienes que conseguir que cuando lo haya hecho te siga respetando. Muchas mujeres creen que eso se consigue dándoles placer en la cama, no es cierto. Debe verte como la madre de sus hijos, no como una cortesana. Las cortesanas siempre podrá buscarlas fuera, lo que sí tienes que ser es la que mejor eduque a sus hijos, eso no lo hace una vedete ni una barragana. No te preocupe en exceso que después tenga amantes, mejor para ti, así no tendrás que cumplir demasiado a menudo con tus obligaciones como esposa.

Gabriela sólo ha cumplido con eso que ella llama obligaciones dos veces, las dos con Enriq. Y no le pareció tan mal, le gustó, aunque la vez de la playa, esa que tantos problemas le ha traído, no disfrutó como la primera vez, no sintió esa explosión por dentro; no cree que sea un trago tan duro, algo que tenga que eliminar de su vida lo antes posible.

—Quizá sea que mi marido nunca me ha hecho disfrutar a mí, pero te aseguro que agradezco que ya casi nunca me lo demande. Mejor que se vaya a Palma y vuelva tranquilo y sin exigencias.

—¿Y el amor?

—Desengáñate, el amor es algo que dura muy poco tiempo. Tan poco que ni siquiera sé si existe.

—¿Y nosotras? ¿Nosotras no podemos buscar fuera lo que no tenemos en casa?

—Tú verás si quieres que te manden de vuelta a la isla con el sambenito de ser una libertina. Sólo te quedan en la isla dos o tres días, ¿no?

—Así es, salgo el día de Reyes por la mañana, en un barco de la Compañía Isleña Marítima.

—¿El *Rey Jaime I*?

—No, el *Miramar*.

—Es muy cómodo y muy rápido, aunque no tanto como el *Rey Jaime*. He viajado en él alguna vez. Llegarás a Barcelona a última hora de la tarde. ¿Te ha mandado los billetes Nicolau?

—No, los ha comprado el señor Quimet. Nicolau ha reservado el billete de Barcelona a Buenos Aires en el *Príncipe de Asturias*.

—He leído sobre ese barco en una revista, dicen que es más lujoso que el *Titanic*. ¿Sabes ya en qué hotel te quedarás?

—En el Cuatro Naciones, en la Rambla.

—Nunca me he quedado en ése, mi marido prefiere el Hotel Colón, pero sé que es bueno, algunas amigas se han alojado allí. Se ve que a Nicolau le van muy bien las cosas por Argentina y no repara en gastos.

—Me ha mandado dinero para comprar todo lo que quiera. Mañana tengo que empezar a hacer la maleta.

—No te lleves muchas cosas. Olvídate de los recuerdos, no te servirán de nada y, en el peor de los casos, te provocarán una nostalgia dolorosa. Sé de lo que hablo. Empieza una nueva vida, disfrútala y no mires atrás.

Lo mismo que le dice su madre cuando empieza a hacer el equipaje.

—La pobreza es el pasado, no la lleves contigo en forma de harapos; cómpralo todo nuevo, aprovecha el dinero de tu esposo.

—Hoy he estado con Neus Moyá. Me ha contado que Nicolau la abandonó.

El señor Quimet llega a su casa con una caja llena de libros, de retratos y de documentos que deberá entregarle a su hijo en Buenos Aires.

—No es cierto. Ella se casó con otro, con un rico.

Siente lástima por el anciano, pese a lo que le ha querido hacer.

No deja de ser un viejo solitario que depende de la caridad de su hijo triunfador. Aunque tenga tierras llenas de árboles frutales y una casa confortable, son sólo las migas que su hijo le deja recoger del banquete. El viejo teme que si ella le cuenta a su marido lo sucedido, el grifo se cierre.

—No debes contarle nada, le diré que me provocaste.

—No se acerque a mí y si mi familia necesita algo, déselo. No se arriesgue a perder lo que tiene.

Es, además, un viejo cobarde. Gabriela no se había dado cuenta hasta ahora de lo frágiles que eran las personas que dirigían su vida gracias al temor que les profesaba. Si algo debe agradecer a Nicolau es haberle permitido acceder a la edad adulta. Ahora es consciente del error de permitir que el miedo dicte sus actos.

—Hija, no he hablado mucho contigo.

—Todo lo dice madre.

Su padre miente, no es que no haya hablado mucho, es que no lo ha hecho, nada. No le ha preguntado si quería casarse o si le gustaría viajar a Argentina. Tampoco le ha explicado los motivos por los que la decisión era la que más le convenía. Es un hombre apocado y dominado por su esposa, un hombre que sólo se siente a gusto en el mar y que lo único que ha hecho por iniciativa propia es enseñar a nadar a sus hijos.

—A mí me habría gustado que te quedaras aquí con nosotros, pero tu madre tiene razón, allí estarás mucho mejor que aquí.

—¿Cómo lo sabe? No conoce aquello.

No se lo va a poner fácil. La opinión de Gabriela es que han vendido a su hija para acceder a ser una de las familias bien situadas de Sóller, que sueñan con disfrutar de las fincas de frutales de su marido, de la casona del centro del pueblo. Su bienestar y su felicidad les dan lo mismo, a él y a su esposa.

—Sé lo que he oído decir. La gente habla de Argentina y dice que es el paraíso. No queremos que a ti te falte de nada.

—Usted tiene diez años menos que Nicolau, padre. Me ha casado con un hombre que me lleva más de treinta años. ¿Cree que me va a hacer feliz? Voy a cumplir con lo que ustedes han decidido, pero no quiera que se lo agradezca, ni siquiera que le perdone.

Faltan sólo un par de días. La noche de Reyes, la noche del cinco, cenarán en casa. Àngels estará invitada, los vecinos pasarán a despedirse de ella, todos los que la quieren la visitarán. Por la mañana del seis, muy temprano, tomará el tranvía a Sóller con su padre y, desde allí, el ferrocarril a Palma. Tiene claro que, en el mismo momento en que pierda de vista la isla, todo cambiará, morirá la vieja Gabriela y será una mujer nueva, una mujer que tomará sus propias decisiones.

6

LA BUTACA DE PENSAR
Por Gaspar Medina para *El Noticiero de Madrid*

TURNO DE SALIDA

Nos comenta nuestro corresponsal en Barcelona, el señor Dalmau, que en las últimas semanas el puerto de esa maravillosa ciudad ha cambiado notablemente. Sigue habiendo grandes barcos, cajas en las que las mercancías viajarán por el mundo, estibadores y grúas; pero, además, hay personas que huyen, los desheredados del continente europeo.

Según me dice el señor Dalmau, el puerto se ha llenado de improvisados campamentos: familias de refugiados que han perdido todo durante la guerra europea, desertores de todos los ejércitos, aventureros que quieren dar el salto a América y judíos de los lugares más insospechados de Europa que buscan países en los que se les trate mejor que en estos que con su cultura y su trabajo han ayudado a construir.

España expulsó, en la peor decisión de su historia, al pueblo judío. Sólo esa acción valdría para que Isabel y Fernando, los famosos Reyes Católicos, debieran ser repudiados por los siglos de los siglos, considerados los peores gobernantes posibles y su nombre pisoteado hasta la destrucción.

Durante los algo más de cuatrocientos años que han pasado desde entonces, los judíos que abandonaron España han conservado las llaves de sus casas, las costumbres y el idioma ladino. Ahora, hartos de sufrir persecuciones, *pogromos* e injusticias, algunos vuelven y usan nuestro país para viajar a esos otros que miran al futuro y no al pasado. Junto a los judíos honestos están los que ellos mismos llaman «los impuros». Nuestro gobierno, que se arroga tantas competencias que no le corresponden, no puede seguir la táctica de los avestruces y esconder la cabeza. Lo que sucede en el puerto de Barcelona es su responsabilidad y hay que separar el grano de la paja.

Se van los judíos, se van los trabajadores españoles, italianos, franceses y portugueses, los jóvenes mueren en la guerra y las tierras sólo se cultivan con bombas y cadáveres. Europa parece un continente en el que hay que pedir turno para salir. Y no es como los barcos, aquí no son las ratas las primeras que lo abandonan: serán las últimas.

—¿Por qué te regaló a la mujer? ¿No te dio ninguna explicación?

Como Nicolau preveía, a Meishe Benjamin le ha desconcertado que Noé Trauman retirara a Miriam de la subasta y se la regalara a él. Es una mujer por la que podrían haber sacado un buen dinero y había bastantes interesados en ella. Nicolau y él habían previsto que deberían destinar bastantes pesos a hacerse con ella.

—Noé me habló de que me tenía respeto y afecto. Pero creo que quien tiene razón es Miriam. Ella cree que lo que quiere es mandar un mensaje al resto de las chicas, quiere decirles que el dinero no es importante, que lo fundamental es que le obedezcan; que sus deseos están por encima del dinero que ellas puedan conseguir para obtener su libertad.

—Te dije que esa chica, Miriam, es especial.

—También cree que cuando Trauman sepa que ella va a trabajar otra vez para ti, va a montar en cólera.

—Contaba con eso. De momento no lo sabrá. Hasta que llegue Max Schlomo no haremos nada, ya te he advertido.

Nicolau ya está más tranquilo, ha entregado a Miriam por la mañana donde Meishe le ha dicho, en una casa de una sola planta de la calle Defensa, en el barrio de San Telmo. Allí la ha recibido una mujer mayor que se ha presentado como Olga. No parecía una madama sino una señora como cualquier otra con las que él se cruza por la calle. No sabe qué se han dicho las dos mujeres, han hablado yiddish en todo momento, sólo que parecían felices de reencontrarse. Miriam no se ha despedido de él, ha entrado en la casa sin volver la cabeza, sin dirigirle una última mirada. No sabe si la verá otra vez.

—Si la pones a trabajar ya, Noé se enterará de que está contigo.

—Miriam va a tener suerte y pasará unas semanas de vacaciones. Todo el mundo debe pensar que la has retirado para tu disfrute exclusivo.

—Es una mujer muy bella y, aun así, no la deseé en ningún momento. No fue como la noche que pasé con ella en el burdel.

—¿No será que te haces mayor, amigo Nicolau?

Después de su desayuno con Meishe, Nicolau ha regresado al Café Palmesano. Nada más entrar, Joan, el mallorquín encargado del local, le ha señalado a un hombre sentado a una mesa. Un judío vestido de negro, con barba blanca, que ha dejado encima el sombrero de fieltro negro; si no fuera porque en lugar de tirabuzones lleva una indómita melena gris, sería un judío de los que de vez en cuando ve por la calle y que tan poco tiene que ver con los que él frecuenta.

—Quiere hablar contigo. No ha querido tomar nada, dice que él no bebe nada en sitios como éste.

El hombre está muy serio, ajeno al resto de los clientes y los ruidos del local, enfrascado en la lectura de un libro de tapas de cuero negro escrito en lo que Nicolau supone que es hebreo. Puede tener sesenta años y, aunque está sentado, se nota que es un hombre muy corpulento, la melena gris le hace tener un aspecto temible. No sabe dónde lo ha leído, pero a Nicolau le vienen a la cabeza unas palabras que no sabe si significan algo: está ante un león de Judea.

—Me dicen que quiere verme, soy Nicolau Esteve.

El hombre levanta la vista, unos impresionantes ojos azules

llenos de ira, pese a la calma de sólo un segundo antes, que le hacen sentirse nervioso.

—Soy Isaac Kleinmann, sólo he venido a avisarte.

Nicolau le mantiene la mirada, no será la primera vez que un hombre, por muy amenazador que parezca, se enfrente a él. Desde que salió de Sóller ha vivido mucho, ha pasado por todo tipo de situaciones y se ha enfrentado a todo tipo de individuos.

—¿Avisarme de qué?

—No debes colaborar con los *tmein*, los impuros. Algún día les caeremos encima y no querrás ser uno de ellos. Esas mujeres deben ser libres, las personas no se compran o se venden. Libera a la mujer que te llevaste ayer o serás nuestro enemigo.

—La mujer no es mía, no me pertenece, trabaja para Meishe Benjamin.

—Tú lo has querido, deberás atenerte a lo que el destino te traiga.

Por un momento, Nicolau ha temido que debería defenderse a puñetazos de ese hombre —no le habría dado miedo—, pero Isaac se da la vuelta y se marcha. Casi en la puerta, el judío tropieza con otro cliente, hombro con hombro, pero ni siquiera se detiene a pedirle disculpas.

—Deberías tener cuidado con tus amigos judíos, dicen que los de la Varsovia van a acabar a tiros con los demás.

Joan tiene razón, él siempre ha visto con malos ojos las amistades de Nicolau con los hebreos, pero no deja de ser un empleado que debe hacer lo que el jefe manda, y el jefe es Nicolau. No se equivoca al pronosticar que acabarán a tiros. Y además no sólo contra otros judíos, o contra los cristianos, los *goyim*, como ellos dicen, sino los de la Varsovia entre ellos. Y Nicolau está en medio, en uno de los lados por amistad a Meishe.

—Tendré cuidado, no te preocupes. Vamos a ver las cuentas del negocio.

Sentados en la trascocina, Joan y él repasan la facturación del Café Palmesano, los gastos, los pagos a proveedores y empleados —la mayor parte de los camareros y los cocineros son españoles, muchos mallorquines— y los impuestos —que incluyen pequeñas remuneraciones a la policía para evitar problemas—. El negocio, igual que el Hotel Mallorquín, va bien y cada mes ganan más dinero que el anterior.

—¿Cómo van las obras del otro café?

—En fecha. Para finales de febrero estará todo preparado. ¿Cuándo abrimos?

—Gabriela, mi esposa, sale mañana de Sóller. Tiene que ir a Barcelona y coger un barco allí. Vendrá en el *Príncipe de Asturias*, que dicen que es el más lujoso. Creo que llega a principios de marzo. Esperaremos a que ella esté aquí, la inauguración será el día después de su llegada, como bienvenida.

El nuevo café, el que se llamará Café de Sóller, estará cerca de allí, también en el barrio de la Recoleta. Será uno de los mejores de Buenos Aires: un local muy grande para el que no está reparando en gastos: las maderas más nobles, enormes espejos, grandes cristaleras que dan a la calle… Nicolau no hubiera conseguido esto sin la ayuda de Meishe; ahora teme que por ayudarle lo pierda.

—Esta mañana he recibido una visita en el café. Un tal Isaac Kleinmann. Creo que una vez me hablaste de él.

—Ese viejo loco que no permite que un hombre se gane la vida como mejor entienda.

Meishe conoce al hombre y le teme, le cuenta que es uno de los miembros de la comunidad hebrea que lucha contra ellos, que ha logrado impedir que asistan a la sinagoga y que sean enterrados en el cementerio israelita de Ciudadela.

—Le he dicho decenas de veces a Trauman que teníamos que matarlo, que ese judío loco va a acabar con nosotros. Pero no me hace caso y me ha prohibido que haga nada.

—¿Obedeces sus órdenes?

—Trauman es inteligente y dispone de toda la información, seguro que tiene razones que yo no alcanzo a comprender.

—¿Y sigues empeñado en enfrentarte a él? Es una locura.

—Tú no te preocupes. Y si te encontraras con Noé, si te preguntara cómo está Miriam, dile que bien, que disfrutas mucho con ella.

Nicolau espera que eso no suceda, espera no encontrarse a Noé Trauman, sabe que con hombres como él no existen las casualidades, que si se lo encuentra es porque el otro le busca. Tampoco le gustaría encontrarse de nuevo con Isaac Kleinmann. Su vida, que tan tranquila ha sido en los últimos años, se altera ahora que está a punto de llegar su esposa de Sóller.

*   *   *

—¿Está seguro de que quiere practicar con el florete?

Las competiciones femeninas sólo permiten el florete, así que Susan es especialista en ese hierro; Sagarmín, aunque su arma favorita es la espada, empezó, como todos los niños que se inician en el arte de la esgrima, aprendiendo también los rudimentos del florete, así que se considera capacitado para enfrentarse a ella y, siendo un caballero, está al servicio del lucimiento de la dama. Es la primera vez que va a tirar con una mujer; tiene la sensación de que le resultaría imposible perder, eligiera el arma que eligiera, por mucho que la americana le haya recordado que habría tenido opciones a medalla en Estocolmo 1912 si la esgrima femenina hubiera estado entre los deportes de competición.

—Muy segura la veo de sí misma.

—Lo estoy. Así que vamos a dejar de hablar, vamos a cambiarnos y a empezar.

—¿No vendrá a verla su amiga Raquel?

—Muchas ganas tienes de verla. No, he quedado con ella en encontrarnos para el almuerzo. Si te quieres apuntar con nosotras, estás invitado. Y háblame de tú, por favor; en inglés no tenemos esa distinción del tú y el usted y me cuesta mucho usarlos bien.

La americana es una mujer peculiar, una de las pocas que él se ha encontrado que invita a un hombre a almorzar sin esperar a que él lo haga. Ayer, cuando la conoció, a Eduardo le pareció una mujer interesante y seductora a su manera, pero la que de verdad le llamó la atención fue la cupletista que estaba con ella, Raquel Castro. La encontró bella, atractiva y simpática, aunque no le fue difícil darse cuenta de la relación que unía a las dos mujeres; no es la primera vez que Eduardo se lo encuentra y cree que nadie debe escandalizarse ni criticarlo: allá cada cual con sus gustos, amores y deseos. Pero eso no quiere decir que, si se encuentra otra vez con Raquel, no vaya a probar sus posibilidades.

Susan está preparada para tirar; no se ha vestido uno de esos aparatosos uniformes con falda blanca que usan las mujeres en las competiciones femeninas, sino con el mismo traje que cualquier hombre. El ceñido pantalón blanco permite observar su atlética figura y sus fuertes piernas, su porte algo masculino a causa de la ropa, pero muy atractivo. Su estatura, casi la misma que la de Eduardo Sagarmín, que es un hombre alto, hace que llame mucho la atención entre los pocos que practican a esta hora en las semidesiertas salas de la academia de Adelardo Sanz.

—En guardia.

Sagarmín no tarda en darse cuenta de que su caballerosidad le ha llevado a cometer un error al ceder en el uso del florete; ella, que conoce más el arma, está más entrenada y tiene un nivel técnico más alto que el suyo, vence sus defensas una y otra vez. Aunque Sagarmín intenta hacer valer su arrojo y fuerza física, recordar los conceptos que aprendió de florete durante su juventud y aplicarse con la totalidad de sus conocimientos, sus ataques siempre se ven superados por las defensas y las contras de su adversaria.

—Te dije que no tendría piedad sólo porque fueses un hombre indefenso. ¿Estás seguro de que no quieres que cambiemos de arma?

—¿Serías capaz de tirar con la espada? Así me darías algo de ventaja; aunque estoy seguro de que tampoco con espada seré rival.

—Me encanta la espada, es lo primero que aprendí cuando era una niña.

Las fuerzas y las habilidades de los contendientes se igualan con la espada y el entrenamiento se convierte en un ejercicio divertido para los dos. Entre mandobles y estocadas, superan ampliamente las dos horas que pensaban estar practicando.

—¿Te apuntas entonces a almorzar con mi amiga Raquel y conmigo? Sólo te aviso de que deberás esperar a que vaya a mi hotel a asearme, no creo que aquí me dejen usar las duchas. Sería un escándalo.

—Lo haré encantado.

Eduardo puede lavarse y vestirse allí mismo, pero no hay ningún lugar donde pueda hacerlo Susan; es la única mujer que frecuenta el lugar y no hay un sitio habilitado para ella. Se aseará y la esperará en el Casino de la calle de Alcalá; si ellas aceptan, las llevará a comer al Lhardy; es un día frío y está hambriento por el ejercicio, le apetece comer el cocido tradicional de la casa, servirse el consomé del fastuoso samovar de plata.

Nada más entrar en el bar del Casino nota que le miran más de la cuenta.

—Sírvame un Campari, Olegario.

Olegario, el barman del Casino, es un hombre discreto y conocedor de su oficio. No hace ningún comentario antes de servirle a Sagarmín el Campari como le gusta, con una piedra de hielo y una rodaja de naranja.

—¿Alguna novedad, Olegario?

—Ninguna que yo sepa, don Eduardo, que la guerra sigue y que los americanos no terminan de decidirse a entrar en ella. Mucho hablar de que después del hundimiento del *Lusitania* iban a meterse de lleno y después nada. Me parece a mí que los americanos son muy de lanzada a moro muerto; se embarcaron en guerra con nosotros en Cuba porque la tenían ganada antes del primer disparo.

—Preguntaba por algo más doméstico, noto a la clientela alterada.

—Imaginaciones suyas, don Eduardo. O, por lo menos, asuntos que a mí no me conciernen y no me han llegado.

Hasta que no entra su amigo Álvaro no se entera de que el cotilleo del día tiene que ver con él. O, para ser más certeros, con su esposa, Beatriz Conde.

—No te va a gustar oírlo, Eduardo.

—Lo que no me gusta es que me miren todos sin saber por qué lo hacen.

—Esta mañana hubo un accidente de dos vehículos en la Castellana, aquí cerca, justo delante del Banco de España. No ha habido heridos, gracias a Dios. En uno de los coches, que quedó destrozado, viajaba tu esposa con Sergio Sánchez-Camargo. Dicen los que lo vieron, aunque yo no sé si eso es verdad, que su actividad dentro del vehículo fue la que causó que perdieran el control.

—¿Quiere eso decir que estaban manteniendo relaciones sexuales mientras él conducía?

—Más o menos, eso afirman, aunque no a la manera clásica, ya me entiendes. Y no estaba vestida por completo cuando salió de entre los hierros. Siento ser yo el que te lo diga, Eduardo. Te repito que es lo que me han contado y que no sé si exageran o en verdad fue así.

—Prefiero que seas tú el que lo haga, por lo menos sé que no disfrutas mientras me lo cuentas. ¿Había muchos testigos?

—Suficientes como para que a esta hora lo sepa todo Madrid. O, por lo menos, todo el Madrid que nos interesa.

—¿Don Alfonso?

—Él fue quien me lo contó.

La conversación se interrumpe cuando aparecen Susan y Raquel. La cupletista, vestida de manera bastante discreta; la americana, con un traje masculino de tres piezas en lana negra, un terno muy bien cortado, probablemente por un sastre londinense, de Savile Row. Sagarmín se sorprende encontrándola guapa, pese a su indumentaria y su aspecto masculino.

—¿Conocéis a don Álvaro Giner?

Eduardo bebe un Campari más, Raquel y Álvaro sendas copas de champán, Susan hace gala de su personalidad pidiendo a Olegario un whisky escocés, solo, sin agua y sin hielo.

—No entiendo la manía de aguar el whisky; si quieren echar agua a algo, que se la echen a la leche, que yo no la bebo.

Aunque se lo acaben de contar, aunque siga notando miradas de otros socios del Casino que oscilan entre la guasa y la conmiseración, Eduardo olvida en compañía de las mujeres el comportamiento de su esposa y lo que, al parecer, hacía en el coche con su amante. Esta tarde, cuando vuelva a casa, hablará con ella. O no, en realidad no le interesa nada de lo que haga.

—¿Te apuntas al almuerzo con nosotros, Álvaro?

—Lo siento, el trabajo me llama. Recuerda que no soy más que un simple empleado de la Oficina Pro-Cautivos.

* * *

—Vamos a dejarte en esa playa, está a unos tres kilómetros de Livorno, tienes que caminar hacia el norte. Ten mucha suerte y escribe a tus padres cuando llegues a Argentina. Tu madre va a sufrir mucho hasta que esté segura de que has llegado sano y salvo.

Giulio no le ha conocido hasta hace unas horas, pero le da un abrazo que le reconforta y le llena de ánimo. Unos minutos después está caminando por la arena de la playa, otra vez solo, otra vez con miedo a ser descubierto. No han pasado dos semanas desde que se puso en pie en el frente, mientras sus compañeros cantaban, y echó a andar. No está seguro de si volvería a hacerlo en caso de poder retroceder en el tiempo.

El sol está en todo lo alto y el cielo está limpio de nubes; aunque hace frío, es un día bonito. Giulio ha bajado del barco en la parte sur de la ciudad. Livorno es grande, tiene más de cien mil habitantes; en cuanto llegue al centro podrá pasar desapercibido y buscar el Caffè Bardi, en la piazza Cavour. Allí tiene que dirigirse al camarero más viejo, Franco Rissi; su padre le ha dicho que es un hombre calvo de más de sesenta años, muy corpulento, espera no confundirse. Franco le dará instrucciones de lo que debe hacer a continuación.

Encuentra la piazza Cavour por casualidad, sin necesidad de preguntar a nadie; atravesando el Fosso Reale está el Caffè Bardi, en la esquina con la via Cairoli. Hay maravillosos palacios que en otra época le habría encantado contemplar, pero va derecho al café y, nada más entrar, ve al hombre que está buscando: calvo, mayor y corpulento, mide más de un metro y noventa centímetros y debe de pesar ciento veinte o ciento treinta kilos; su padre lo había descrito bien.

—¿Franco Rissi?

—Eres Giulio, ¿no? Siéntate a la mesa que hay junto a la puerta de la cocina, enseguida estoy contigo.

Franco tarda todavía cinco minutos en atenderle. Giulio se ha sentado de manera que puede observar todo el café, buscando posibles peligros en cada una de las mesas. Se da cuenta de que es algo que tendrá que hacer siempre a partir de ahora.

—¿Cómo está tu padre?

—No lo sé, ayer fueron a buscarme a mi casa y no pude despedirme. Espero que estén bien.

—Intentaré informarme y decirte algo antes de que embarques para Barcelona. Será mañana por la noche, si no hay contratiempos.

Giulio recibe las instrucciones que debe seguir ahora: caminar por la orilla del Fosso Reale —un foso que seguía el perímetro de la ciudad fortificada en la Edad Media— hasta llegar al Mercato delle Vettovaglie —el mercado central cubierto de Livorno—, una vez allí encontrará un puesto de embutidos situado junto a la entrada y preguntará por Sita Aprile, ella le llevará a la casa en la que deberá esconderse hasta subir al barco.

—Obedece en todo lo que te ordene, nos estamos jugando mucho por ti y no queremos problemas. Si nos descubren, no podremos ayudar a nadie más.

Sale del Caffè Bardi pensando en sus palabras y evita la tentación de ir a ver el Duomo de Livorno, que está en esa misma calle. Llega al mercado y ve de inmediato el puesto de los embutidos; es el segundo a la derecha. Hay dos mujeres, una joven muy guapa y una mayor. Se acerca a la mayor.

—¿Sita Aprile?

—Es mi hija.

Sita, la otra mujer del puesto, no tiene mucho más de veinte años y es una verdadera belleza.

—Espérame en la puerta y sígueme cuando salga, a unos pasos, sin hablar conmigo.

Caminan por la via Buontalenti hasta llegar a la piazza della Repubblica y de allí, callejeando, hasta un pequeño edificio de la Via Sant'Andrea. Ella entra y deja la puerta abierta, después lo hace él. Sita le llama desde el primer tramo de la escalera.

—Sube.

En lo más alto hay un pequeño desván. Apenas tiene un colchón en el suelo y un orinal. También una jarra de agua.

—Esta noche vendré a traerte algo de comida y agua fresca. No salgas y no hagas ruido, que nadie sepa que estás aquí.

Un minuto después, Giulio vuelve a estar solo. A través de las paredes del edificio escucha algunos ruidos, pero ninguna voz humana, nada que le pueda entretener, tampoco inquietar. Duerme a ratos, se cubre con una manta para protegerse del frío, come…

Pero el tiempo se le pasa bastante rápido hasta que la puerta se abre y Sita reaparece. Lleva una botella de vino y un paquete de comida.

—¿Cómo has pasado el día?

—Bien, aburrido.

—Te he traído algo de comer, también un libro.

En el mismo paquete de la comida viene *Corazón*, de Edmundo de Amicis, una lacrimógena novela sobre un niño italiano, Enrique Bottini, su familia y sus compañeros.

—¿Lo has leído?

—Lo leí de niño.

Todo el mundo lo ha leído, todos los niños italianos han llorado con la historia llamada *De los Apeninos a los Andes*, con Marco, el niño que parte hacia Buenos Aires para buscar a su madre, el mismo viaje que iniciará Giulio en breve.

De día, la belleza de Sita le pareció espectacular. Ahora, en la buhardilla, cuando está relajada, es más guapa todavía. Mucho más que Francesca.

—¿Por qué has desertado?

—Porque recibí una carta en la que me decían que mi novia se casaba con otro. Quise preguntarle por qué lo hacía. No me contestó.

—Mi novio, Mario, murió en el frente, junto al río Isonzo. El joven más apuesto y valiente del pueblo. Ojalá hubiera desertado también, aunque se marchara a Argentina y no volviese a verle nunca más; cualquier cosa, pero que siguiese vivo.

Le hace compañía un rato más, sentada como él en el suelo. Le pregunta cómo fue la batalla de Isonzo. Quiere saber cómo son las trincheras en las que Mario pasó sus últimos días y también si se puede amar a una mujer cuando todo a tu alrededor se desmorona. Giulio la consuela lo mejor que sabe, le habla de la valentía de los soldados y le confirma que la guerra no es capaz de acabar con el amor de los hombres. Esa batalla no la ganarán nunca los alemanes.

—Mañana vendrá Franco Rossi a buscarte a última hora de

la tarde. No volveré a verte. Que tengas mucha suerte. Si llegas a Buenos Aires, piensa en toda la gente que te ha ayudado y devuélvenos el favor ayudando a otros. Por cada uno que salvemos de esta guerra habrá valido la pena el esfuerzo.

* * *

—El cocido del Lhardy es el mejor de Madrid. Y me atrevo a decir que dentro de cien años lo seguirá siendo.

Susan conocía el Lhardy de otras ocasiones, pero Raquel, que incluso ha vivido en la calle Cedaceros y en la de la Victoria, a pocos metros del restaurante, nunca había estado. El almuerzo, en el que Eduardo no se acuerda en absoluto de su esposa y su escándalo de esa misma mañana, se convierte en una competición entre la americana y el español por impresionar a la cupletista. Aunque Susan lleva las de ganar y él tiene pocas oportunidades de sobresalir, lo intenta; en todo momento, pese a que Raquel es mucho más discreta, se ve que existe una relación poco habitual entre las dos mujeres y que Eduardo no tiene nada que hacer metiéndose entre ellas.

Sagarmín no puede dejar de reírse con las anécdotas que cuenta Raquel del teatro, las cosas que le gritaban los espectadores, incluso con su relato sobre las variaciones que a lo largo de las temporadas tuvo el famoso «Morrongo».

—A veces quise cambiar el número, pero el público se enfadaba y tenía que volver al escenario y cantarlo. Dale morrongo para arriba y para abajo…, y así durante años.

—Y perdóname una pregunta pacata. ¿No te daba vergüenza salir así al escenario?

—¿Vergüenza? Creo que cuando nací llegué tarde al reparto y no quedaba. Así he salido: desvergonzada.

La cupletista es coqueta, divertida y seductora, la protagonista del almuerzo; Eduardo sólo piensa en volver a verla.

—Si queréis, mañana iremos a visitar El Escorial. Susan, si no lo conoces vale la pena, es impresionante.

—Yo he estado varias veces, la que seguro que no ha estado es Raquel. Mi amada compañera es poco dada a salir de día.

—Mañana nos vamos a Barcelona, Susan, no podemos ir a El Escorial.

—¿A Barcelona? ¿Turismo? Tal vez podamos dejar la visita para la vuelta…

Algo raro hay en ese viaje, una especie de urgencia que Eduardo no es capaz de descifrar. No tendrá más oportunidades, de momento, de encontrarse con la cantante.

La imagen de Beatriz saliendo de entre los hierros del coche a medio vestir le asalta a ratos. Si le fuera posible no iría a casa, no escucharía las desinteresadas explicaciones que ella le vaya a dar. Si pudiera, no la volvería a ver y se marcharía de viaje a Barcelona con las dos amantes. Al fin y al cabo, en unas semanas tendrá que coger desde allí el barco que le llevará a Buenos Aires. Es una pena que le hayan enseñado que los problemas no hay que evitarlos sino afrontarlos.

—Siento que viajes mañana, Raquel, me habría encantado conocerte más a fondo.

Eduardo Sagarmín ha aprovechado un momento en que Raquel se ha quedado a solas con él, mientras Susan acudía a los aseos, para decirle con total claridad lo que ella viene notando desde ayer, que está interesado en gozar de su compañía en la intimidad. Hace sólo un par de semanas habría sido una magnífica oportunidad para ella: un hombre rico, aristocrático de porte —y también de título, marqués de Aroca—, amigo de don Alfonso XIII, atractivo y agradable. Mucho mejor, desde luego, que los comerciantes adinerados que la han mantenido hasta ahora. Pero la decisión de marcharse a Buenos Aires está tomada, por mucho que ahora tenga la sensación de que se ha precipitado, de que lo bueno empezaba para ella. Esta noche será la última que pase en Madrid, su despedida de Roberto. Mañana por la mañana partirán en el coche de Susan hacia Barcelona. La americana ya ha decidido el itinerario que seguirán, visitando pueblos medievales y castillos que ella tiene interés en conocer y que Raquel ni siquiera sabía que existían.

—A mí también me habría gustado conocerte, Eduardo. Más a fondo también. Quizá en un futuro, la vida da muchas vueltas.

Los tres salen del Lhardy para despedirse en la Carrera de San Jerónimo. Están todavía intercambiando fórmulas de cortesía cuando Raquel escucha una voz inconfundible para ella.

—¡Cordera! ¿Te estabas escondiendo?

Es Manuel Colmenilla; va solo, mal arreglado, con descuido y parece que con una gran borrachera. Nunca le había visto tan desmejorado. Sus dos acompañantes, Susan y Eduardo, la miran como si esperaran una señal suya para salir en su defensa.

—Manuel, no es el momento. Déjame en paz.

—¿Y todo lo que has robado? Todo lo que te has llevado de casa de don Amando era para Rosita y para mí. ¿Me vas a decir dónde lo tienes? Nos ha echado, pero todo eso es nuestro, ladrona.

Manuel Colmenilla, descontrolado, agarra a Raquel del brazo y pega un tirón de ella. Susan no necesita más motivos para intervenir y pegarle un puñetazo en la nariz que lo tumba en el suelo, el puñetazo que habría pegado un hombre versado en los conocimientos del deporte que llaman boxeo. Se escucha el silbato de un agente de policía; Colmenilla está sangrando por la nariz, se intenta levantar, pero se tambalea casi inconsciente...

—Nos tenemos que ir.

Raquel está asustada, no quiere que su viaje se suspenda o retrase. De inmediato, Eduardo se hace cargo de la situación.

—Marchaos vosotras. Yo me ocupo.

Raquel no espera, tira de Susan para salir de allí. Va asustada y avergonzada, menos mal que se marcha por la mañana y Colmenilla va a pasar una noche muy difícil en el estado en el que le ha quedado la nariz, posiblemente con el tabique roto. Quizá se le deforme y deje de ser tan guapo. Ha dicho que los han echado a Rosita y a él; se lo tienen merecido.

—Espera, ¿quién era ese hombre?

—Mañana, mañana te cuento, Susan. Ahora perdóname, me tengo que marchar.

Se despide de la americana, hasta la mañana siguiente, sin aceptar que la acerque en un taxi. Dobla por Ventura de la Vega para llegar a Atocha, y de allí a Lavapiés, a casa de Roberto. Va apresurada y alterada por el encuentro con Manuel. ¿En qué momento se le ocurrió dejar que ese hombre se metiera en su cama?

—¿Por qué te arreglas tanto? No me apetece salir, sólo quiero pasar la tarde y la noche contigo.

Al llegar al pequeño apartamento de la corrala se encuentra a Roberto vestido con sus mejores galas, perfectamente afeitado y perfumado. Es un hombre muy atractivo y Raquel quiere pasar el tiempo que le queda en Madrid haciendo el amor con él.

—Ay, cordera, que me ha llamado Gerardo, que quiere que le acompañe unos días a Sevilla. Tiene que ir por trabajo y me ha dicho que me lleva, que va a ser como una luna de miel. No te importa, ¿no?

—¿No decías que nunca más ibas a quedar con él, que no le perdonarías?

—Me ha prometido que todo va a ser distinto.

Va a pasar sola su última noche. Y no sólo eso, no estará para cuando Roberto vuelva, desilusionado una vez más, y haya que recoger sus pedazos.

—Esperaba que tuviéramos esta noche para despedirnos.

—No seas egoísta, cordera. Estoy tan contento y tan feliz. Yo creo que Gerardo por fin se ha dado cuenta de que no hay nadie con quien vaya a estar mejor que conmigo. Cuando te vayas mañana, deja las llaves en casa de la vecina de al lado, ella ya está avisada.

Un beso fugaz en los labios y un deseo de suerte, en eso queda la noche de cariño —tal vez eso sea de verdad el amor— que esperaba pasar con Roberto. Ése es el adiós de la única persona que ella pensaba que la quería por encima de todo. Termina de cerrar las maletas, que ha depurado de todo lo que no necesita y aun así son voluminosas, guarda todo el dinero en un doble fondo del neceser que llevará siempre en la mano y deja unos gemelos de oro sobre la mesa, su regalo de despedida para Roberto. Cena dos huevos duros con un trozo de jamón que encuentra en la fresquera y se va a dormir en soledad. Por la mañana empezará el viaje que la llevará a Buenos Aires y a una nueva vida.

* * *

—¿Por qué te preocupa tanto este viaje, José?

El capitán Lotina sabe que es irracional y que cualquiera que le escuche lo consideraría una locura, pero su esposa le conoce a la perfección y con ella se puede sincerar.

—No sé, los desertores italianos y franceses, los judíos rusos del puerto, los emigrantes sin dinero que se subirán de noche a escondidas, los submarinos de los alemanes, los acorazados ingleses… Cada día es más complicado. Antes sólo tenías que colocar bien la carga y evitar las tormentas; ahora, cada vez que zarpas, llevas los problemas del mundo entero en el barco.

—¿Desde cuándo mi marido es tan pesimista? Antes solías decir que con el correo llevabas contigo todo el amor, toda la esperanza y todos los sueños del mundo a bordo.

—Eso pensaba… Pero ahora es distinto. Veo que nuestro mundo está en crisis. Es posible que ya no quede un lugar en el que los sueños se cumplan.

—¡Capitán Lotina! Cuando nos conocimos apenas teníamos nada excepto ilusiones, y el firme propósito de hacerlas realidad.

Ambos hemos luchado y construido este hogar, un pequeño universo que hace que la vida merezca la pena. Confía en los hombres y mujeres como nosotros, ellos también sabrán sacar lo mejor de sí mismos y reconstruir la vida a partir de las cenizas de esta guerra.

—Seguro que tienes razón, siempre la tienes. Supongo que me estoy haciendo mayor. Me cuesta cada vez más pasar tanto tiempo lejos de casa, sin veros a ti y a la niña. Creo que cuando regrese voy a pedir un cambio y llevar tal vez la línea de Baleares, o como mucho, Canarias.

—Cuando vuelvas de Buenos Aires lo hablamos. Es tu último viaje al Río de la Plata, ¿no? Hazlo y después lo pensamos en firme y tomamos una decisión. ¿Cuándo parte el *Infanta Isabel*?

—Esta tarde. Dentro de un rato iré a despedirme de Pimentel y a desearle que la travesía sea buena.

Desde el balcón de casa de Lotina se ve el magnífico barco de la Pinillos, gemelo del suyo. Es un mirador privilegiado para ver las grandes grúas cargando las bodegas y a los estibadores del puerto afanándose para llenar los depósitos de carbón y los almacenes de alimentos, subiendo los equipajes de los viajeros de primera y segunda.

—Lo más importante es que se equilibre todo y se asegure bien la carga. En una tormenta en alta mar lo peor que puede pasar es que se desplace de un lado para otro. Aunque no lo parezca, el barco puede llegar a escorar. Por muy grandes que veas nuestros buques en puerto, allí, en medio del mar, no son nada.

Amaya sólo tiene siete años, pero si fuera un chico, su padre no tendría ninguna duda de que seguiría sus pasos y se haría marino. Se sienta sobre sus piernas y le pregunta acerca de todo, con una curiosidad llamativa para su escasa edad, con pasión por los barcos y los océanos.

—¿Yo voy a poder ser capitana de un buque?

—¿Por qué no? Ahora no hay ninguna mujer que sea capitana, pero nunca se sabe, lo mismo tú te conviertes en la primera.

¿Llegará a haber algún día mujeres al mando de los grandes barcos? A él, desde luego, no le parecería mal. Su hija se lo merece.

—¿Hay piratas?

—Yo nunca me los he encontrado, pero claro que los hay, en todos los mares del mundo.

—Y si los piratas te atacan, ¿qué haces?

—Correr más que ellos. No hay ningún barco pirata que corra tanto como el mío. Tú por eso no te preocupes.

—Papá, si huyes eres un cobarde. Es mejor quedarse y ganarles la batalla. Impedir el abordaje y arrojarlos al mar, a los tiburones.

Los días en los que zarpan los grandes barcos son una fiesta en cualquier puerto. Son cerca de tres mil las personas que se mueven a su alrededor: marinos, carboneros, camareros, pasajeros, familiares y acompañantes de los que parten, comerciantes que envían sus productos al otro lado del mundo, estibadores, personal de todo tipo…

El *Infanta Isabel* es un vapor magnífico, gemelo del *Príncipe de Asturias*, construido en los mismos astilleros escoceses dos años antes. Son pocas las diferencias que tiene con el barco que capitanea Lotina, muy difíciles de observar a simple vista. Quizá desde allí, desde el muelle, la única que cualquiera podría notar es que el *Príncipe de Asturias* tiene acristaladas las cubiertas de paseo de primera clase para aumentar el bienestar de los pasajeros. Una mejora que pidió el capitán en uno de sus viajes a los astilleros para supervisar la construcción de su buque.

Lotina va sorteando a la multitud concentrada en el muelle para acercarse a la pasarela de acceso al vapor. Todavía faltan un par de horas para la salida del barco y los pasajeros están llegando a sus camarotes y acomodándose, muy confortablemente en el caso de los que viajan en primera. El capitán Pimentel ya está en su puesto; ha supervisado el emplazamiento de la carga, el funcionamiento de las máquinas, la presencia y revista del personal.

—¿Muchas sorpresas en la bodega, Pimentel?

—Las que hablamos el otro día. Un grupo de unos ciento cincuenta pasajeros subió ayer por la noche a escondidas. Están instalados en los sollados de tercera.

En la carga no hay nada que haya llamado la atención del capitán, nada que pueda despertar la ira de los países en guerra.

—Al contrario, llevamos un cargamento de champán de la tierra, del Penedés. Al parecer la guerra está impidiendo que llegue el champán francés y se está exportando el nuestro, que no es nada malo. En este viaje no nos moriremos de sed, te lo garantizo.

Lotina saluda a muchos oficiales en su camino hacia los sollados de tercera, ha viajado con bastantes de ellos en las diferentes líneas de la Naviera Pinillos y los conoce como si fueran de la familia. Quiere ver con sus propios ojos a los polizones autorizados y consentidos que viajarán hacia América. Serán muy similares a los que él deba llevar en su próximo viaje.

—Son los que están instalados allí, al fondo.

Los dos grandes vapores de la Pinillos han tenido en cuenta a los emigrantes al ser construidos. Se ha procurado que sus estancias no sean simples bodegas, como en los barcos ingleses e italianos, y que viajen con cierta comodidad, un empeño de don Antonio Martínez de Pinillos. Se alojan en el entrepuente, también llamado sollado de emigrantes, entre la cubierta de segunda clase y la sala de máquinas, y en dos amplios espacios junto a las zonas de carga de proa y popa con iluminación eléctrica, y pequeñas zonas en las que se pueden abrir unos portillos para recibir iluminación natural y aire fresco. Tienen cuartos de baño separados por hombres y mujeres, comedor con mesas y bancos corridos, zonas de juego y lectura y una gran cubierta en la que se arman grandes toldos que los protejan del sol y de la lluvia. Un trato de lujo en comparación con el que se les dan en otras compañías.

Mientras los emigrantes españoles que van subiendo al *Infanta Isabel* se van instalando, Lotina ve a los que llegaron ayer a escondidas al barco. Son hombres jóvenes en su mayoría, supone que casi todos desertores de la guerra que han llegado a Barcelona después de terribles vicisitudes. Seguro que él tendrá muchos de ésos, ya llevó a algunos en el viaje anterior. Según lo que cuentan de la guerra, con días en los que llega a haber diez mil muertos en las trincheras de toda Europa, Lotina cree que salvarlos es una obra de caridad. Si él pudiera llevaría el barco entero lleno de desertores, cada hombre que se suba en el *Príncipe de Asturias* es uno que se roba del maldito destino que los gobiernos europeos han decidido para ellos. Cuando empiecen los preparativos para su viaje, hará que se carguen raciones extras de alimentos para esos jóvenes.

En otra zona del área destinada a emigrantes se han instalado los judíos. Familias completas de hombres con trajes negros y sombreros de ala ancha, con barbas y tirabuzones en el pelo; de mujeres vestidas con llamativos colores; de niños serios con los mismos tirabuzones que sus padres. Llaman la atención cuatro mujeres jóvenes muy bellas que se han instalado juntas en dos de las literas de hierro. Nota cómo el resto apenas las mira, pese a su evidente belleza.

—¿Y esas jóvenes, Pimentel?

—Un capitán alemán que cubría la línea de Hamburgo a Buenos Aires me contó que son «esposas de la Varsovia». Las han convencido de que han hecho un buen compromiso con un judío rico en Argentina, pero su destino es trabajar en los burdeles de toda Sudamérica. El resto de los judíos del pasaje lo saben y se niegan a aceptar la compañía de los hombres que las llevan.

Estará atento para descubrirlas si las han subido a su barco. Quién sabe si las puede ayudar, quizá permitirles bajar en un puerto antes de llegar a su destino. Hay veces que ayudar es muy difícil y la gente que lo necesita no se deja.

Con veinte minutos de retraso sobre la hora prevista, algo que enervaría hasta el límite a Lotina, el *Infanta Isabel* zarpa rumbo a América. Lotina ha vuelto a su casa y lo ve con su hija Amaya desde el balcón.

—Cuando tengas catorce años le pedimos a tu madre que te deje venir conmigo en uno de mis viajes. Así conoces América. ¿Te gustaría?

—¿No puede ser ya? ¿No puede ser la próxima vez que te marches? Yo puedo trabajar de grumete, tengo más fuerza de la que parece, mira.

Amaya saca músculo en su diminuto brazo y Lotina la elogia y se ríe. Eso tendría que hacer, llevarlos a todos con él en algún viaje. Los sueños que más le importan a bordo de su barco… Pero no será en esta ocasión. Pese a lo que le ha dicho a su mujer, tiene un mal presentimiento.

* * *

—El otro día te dije que había que dejar atrás los recuerdos… Ya ves, yo no lo hice del todo. Este retrato es de Nicolau. Es de hace muchos años y habrá cambiado mucho, pero por lo menos te haces una idea de cómo es.

En la foto que Neus le entrega a Gabriela hay un hombre atractivo, de poco más de veinte años, delgado, moreno, vestido con un traje oscuro, una camisa clara y una corbata fina que aparenta ser de color negro. Tiene las cejas anchas y el pelo muy corto, los ojos parecen de un hombre decidido, también la mandíbula.

—Me la envió al poco de llegar a Buenos Aires, hace casi treinta años, entonces yo todavía pensaba que vendría a por mí, o que me mandaría un billete de barco para ir a su encuentro. Ya ni recordaba que la tenía; si quieres, quédate con ella. O regálasela a él cuando llegues, quizá le haga ilusión verse tan joven.

Hoy, víspera de Reyes, es el último día de Gabriela en Sóller. Esta noche los conocidos cenarán en su casa, se despedirá de todos y, al despertarse por la mañana, partirá al encuentro de su marido.

—No tengas miedo, Gabriela, el miedo no es bueno, bloquea a las personas. Viajar a Buenos Aires es lo que te corresponde y debes tener todos los sentidos puestos en eso. Olvida a Enriq, olvida la traición a la que crees que te han sometido tus padres, piensa en los retos a los que te vas a enfrentar a partir de mañana. Toma, te he comprado un regalo, espero que te dé suerte.

Es una pequeña medalla en la que está representada la Virgen de Lluc, La Moreneta, la de más devoción para los mallorquines, con una cadenita de oro.

—Te parecerá una tontería, pero ya verás como allí te aliviará algunos días que te sientas sola.

Mal panorama le espera si tiene que contar con el alivio de La Moreneta cuando esté en el otro lado del mundo.

—¿Quieres ver una foto de mi marido? Éste era él hace treinta años.

Después de ver a Neus, se encuentra con Àngels en la plaza. Las dos van juntas a tomar el tranvía de vuelta al puerto.

—No es feo.

—A saber cómo será ahora.

Su amiga está tan triste como ella, porque se va, por no volver a verla, por quedarse en el pueblo sin su compañía, por no tener un novio, ni de allí ni conseguido con la mediación del Vicari Fiquet.

—A este paso me tengo que meter a monja.

—Pues toma, una medalla de la Virgen, para ti. Yo no pienso llevármela.

Toda la familia está reunida cuando llegan a casa, sus hermanos pequeños se han puesto sus mejores galas, como si volviera a ser Nochebuena. Los vecinos, los Llull, también están allí y la madre ha hecho *gató*, un postre mallorquín con almendras y canela que a Gabriela le gustaba desde niña. Sólo falta que el tío Pau, el hermano de su padre, se ponga a cantar cuando se emborrache, pero por una vez mantiene la bebida a raya y no se arranca con el «Sa Ximbomba», el «Blancaflor» o alguna de las canciones populares mallorquinas que tanto le gustan.

—¿Sabrás perdonarme, hija? Aunque no te lo creas, lo he hecho todo por ti.

Su madre entra en su habitación cuando Gabriela se va a la cama. No quiere perdonarla, pero la escucha. Ella no cree que haya sufrido tanto, aunque tenga que haber pasado la vida lejos de casa, escuchando a las personas hablar en un idioma que no es el suyo, sintiéndose una extraña, haciendo cuentas para sacar a su familia adelante.

—Por eso te digo que el amor no es importante, Gabriela. Yo amaba a tu padre, todavía le amo. Pero no he podido daros todo lo que quería. Te aseguro que eso es lo que una mujer quiere cuando pasan los años: ver a sus hijos bien situados para la vida, que no se repitan las penalidades que pasó ella.

—Yo también voy a pasar la vida lejos de casa.

—Eso no lo sabes, quizá vuelvas, quizá tu casa esté en ese país al que viajas. Quizá algún día, dentro de algunos años, eches la vista atrás y te alegres de que yo tomara esta decisión por ti.

Por la mañana, a las ocho, sale de casa. Sus hermanos siguen dormidos, los pescadores no han salido a la mar por ser día de Reyes y sólo la acompañan sus padres y Àngels. El tranvía va prácticamente vacío. Àngels y su madre sólo la acompañarán hasta la estación de ferrocarril, su padre irá con ella hasta Palma de Mallorca y la ayudará a cargar sus baúles en el *Miramar*.

La despedida es fría, más cariñosa la de Àngels que la de su madre. Después de subir al ferrocarril no se vuelve a mirar, ni siquiera para saber si agitan pañuelos en su honor en el andén. Sólo una cosa le haría girar la cabeza todavía, la voz de Enriq pidiéndole que no se marchara, pero sabe que no la escuchará. Toma una decisión que no logrará cumplir pero que procurará seguir a rajatabla: olvidarlo, no dedicarle ni un solo pensamiento más. Ha lastrado su pasado y su presente, pero no hará lo mismo con su futuro. El viaje a Buenos Aires ha comenzado.

* * *

—Silencio, no hables, no te separes de mí.

Después de pasar todo el día esperando, Max ha despertado a Sara y la ha hecho salir de la casa donde se ocultaban en medio de la noche, una noche sin luna en la que apenas se ve a unos metros de distancia. Sara tiene frío y no se atreve a decir nada. Han llegado al puerto de Odesa, están junto a un barco enorme, de más de veinte metros de eslora.

—Tienes que subir por esa escalerilla.

—Me voy a caer.

—Si te caes nadie te va a recoger, así que agárrate.

Sube con miedo. Arriba la espera otro hombre, un judío enorme, muy distinto a Max, él sí parece un judío. La ayuda a encaramarse a la cubierta. Tras ella sube su esposo. Le sigue hasta un camarote, allí hay una litera.

—¿Qué prefieres, arriba o abajo?

—Me da igual, Max, escoge tú.

—No voy a viajar contigo.

—Por favor, no me dejes sola.

Tiene miedo, mucho más que cuando Eliahu se fue al frente. No quiere separarse de Max, es lo único que le da seguridad.

Max se marcha, la deja encerrada con llave y no vuelve hasta un par de horas después. Sara imagina que se está haciendo de día, pero el camarote no tiene una ventana por la que entre la luz. Viene con otra joven a la que trata mucho peor que a ella, a empujones y gritos.

—Entra ahí, y como intentes algo, como te escuche, te vas a arrepentir.

La empuja dentro, la chica tropieza y cae, Sara la ayuda a levantarse mientras piensa que a ella Max nunca la ha tratado así.

La nueva se llama Esther y es de un *shtetl* cercano a Ekaterinoslav, al norte, a orillas del río Dnieper. Ha llegado hace apenas unos minutos a Odesa y la han subido a este barco. Con ella venían cuatro mujeres más. Eso quiere decir que son por lo menos seis las mujeres que Max lleva a Buenos Aires.

—Nos llevan a Argentina. Dicen que van a casarnos con judíos de allí, pero es mentira. Van a vendernos. ¿No has oído hablar de las mujeres que llevan a Buenos Aires?

—Claro que lo he oído. Pero no creo que sea peor esa vida que la que tenemos aquí. Además, yo me he casado de verdad. Max Schlomo es mi marido, debo hacer lo que él me ordene.

No le dice que antes de que él apareciera era viuda y que nadie la ha vendido, que para ella Max Schlomo y lo que tengan que hacer en Buenos Aires no es un castigo sino la salvación para una vida solitaria. Sara no está obligada a viajar, va al encuentro de lo que ha escogido.

—Max me ha dicho que en Buenos Aires los judíos somos iguales que los demás, que somos libres de vivir donde queramos, de trabajar en lo que nos guste, de estudiar.

—Eso serán otros, tú y yo no vamos a ser libres.

Cuando ya llevan navegando cerca de una hora, una mujer mayor que sólo habla ucraniano entra en el camarote con dos tazas de caldo, dos pedazos de pan y un trozo de embutido que ellas dos desconocen.

—¿Es cerdo?

—Es comida, si no os olvidáis de esas tonterías lo vais a pasar muy mal.

Esther se niega, pero Sara se come el embutido. Está rico, es la primera vez que prueba el cerdo y le sabe muy bien. Como la cerveza. Hay muchas cosas que parecía que la llevarían al infierno que ahora le hacen la vida más agradable.

No ve a Max hasta que a mediodía les permiten salir a la cubierta del barco a tomar el aire. Allí están el resto de las mujeres; son seis, como imaginó ayer. Se siente superior, ella está casada con su carcelero y él la sonríe al verla.

Hace frío pero es un bonito día de sol. Mire hacia donde mire no ve tierra, sólo agua. Aunque a su alrededor flotan ocasionalmente ramas de árboles, señal de que no deben de estar muy lejos de la orilla.

—¿Estamos en el océano? ¿Vamos a llegar ya a Buenos Aires?

—No, es el Mar Negro; vamos a Estambul y allí subiremos a otro barco que nos llevará a Barcelona, entonces a otro que parará en Valencia, en Almería, en Cádiz, en Canarias, en Brasil… Tardaremos más de dos meses en llegar a Buenos Aires.

Muchos de los lugares que Max le dice no los ha escuchado nunca pronunciar. Otros le suenan a lugares exóticos, y aunque vaya camino de un infierno, como le dice Esther, le hacen fantasear con maravillosas aventuras.

—Quiero que me lleves a dormir contigo, soy tu esposa.

—Eso es imposible, si no das problemas tal vez lo hagas en el barco grande. Quizá allí viajes conmigo y puedas contarle a todo el mundo que eres mi esposa, hasta bailaremos en los salones acompañados por la orquesta. ¿Te gusta bailar?

A Sara le encanta bailar y se imagina haciéndolo en brazos de él. Por un momento, es feliz.

Max no es el único hombre que acompaña a las seis mujeres. Con ellos va también Jacob, el judío que la ayudó en la escalerilla, un gigante de casi dos metros con cara de buena persona y voz de ogro. Probablemente su cara engañe, una buena persona no puede escoltar a mujeres que han sido engañadas y van a ser vendidas.

Todas las mujeres vienen de pequeñas aldeas de Ucrania, todas son jóvenes y guapas, todas saben cuál será su destino. Unas desde antes de salir, otras lo han descubierto o confirmado durante el viaje.

—A lo mejor podemos fugarnos, tal vez en Barcelona. Barcelona es una ciudad grande, el puerto debe de serlo también, quizá allí haya alguna posibilidad. Tal vez encontremos a alguien que nos ayude.

—¿Y volver al *shtetl*? Yo quiero conocer Buenos Aires, saber si es verdad que puedes comer carne siempre que quieras. ¿No pasabais hambre en Ekaterinoslav?

—A veces.

—Yo no quiero volver a pasar hambre. Es lo peor que hay, desde que Max se casó conmigo no me ha faltado comida ni he pasado frío. Tampoco he temido que los *goyim* aparecieran por la aldea. Estoy mejor con él que en Nickolev. Y tal vez no me ponga a trabajar en un burdel, quizá se enamore de mí.

Esther se ríe de Sara cuando escucha su deseo de seducir a Max Schlomo, de hacer que se enamore de ella y la convierta en su verdadera esposa, aunque no la haya tocado desde que se casaron para poder sacar dinero de su pureza.

—¿Quieres que te toque? Pues prepárate, que cuando haya vendido tu virginidad te va a tocar siempre que quiera. Él y cientos de hombres más, miles.

—Quizá no sea tan malo; como la cerveza y como el cerdo. Quizá en eso también nos hayan engañado.

Tras cinco días de travesía, Max llama a Sara y la manda subir, a ella sola, a cubierta.

—Quiero que veas esto, no hay nada más bonito en el mundo. Aquello es el estrecho del Bósforo. Al otro lado está Estambul.

—¿Vamos a pasar por ahí?

—Sí, tenemos que llegar al mar de Mármara, son treinta kilómetros. Siempre que paso por aquí siento deseos de quedarme.

Max se queda callado, Sara no sabe qué decirle, sólo mira ese paisaje que a él le gusta tanto y se siente bien a su lado; la ha llamado a ella, a su esposa, no a ninguna otra. En las dos orillas hay maravillosas mansiones, lo que ella imagina que son palacios.

—De un lado está Europa, del otro Asia. Estambul está en los dos continentes, es una ciudad enorme y muy bella.

Le gustaría que las otras chicas también pudieran ver aquello y escuchar a Max, las tranquilizaría, se darían cuenta de que no es el monstruo que todas piensan, aunque sea capaz de matar a un hombre sin dudarlo. Pueden confiar en él. Antes de que lleguen a su destino, ella conseguirá enamorarlo —igual que él la ha enamorado a ella— y quizá consiga que las deje a todas en libertad. A todas menos a ella, que vivirá para siempre a su lado y le dará tantos hijos como pueda, que lo redimirá y lo sacará de ese mundo de muerte y engaños.

Pasan por varias pequeñas aldeas, muy coloridas, muy distintas a la suya, a orillas del mar y encaramadas a las montañas, con casas que llegan hasta el agua.

—Allí está Yenikoy, estamos ya muy cerca de Estambul. Viven muchos judíos allí; en esta zona hay muchos sefardíes, los judíos expulsados de España; también una sinagoga maravillosa.

—¿Vas a la sinagoga?

—Claro, siempre que puedo. De niño quería ser rabino, pero todo se torció. Me di cuenta de cómo era de verdad el mundo.

Todavía están un rato en silencio, hasta que Max le ofrece fruta de una fuente.

—Come algo, ahora tienes que volver a tu camarote, tardaremos unas horas en dejaros salir, *feiguele*.

Feiguele, pajarito, algo que sólo se le dice a alguien por quien se siente cariño. Max vuelve a demostrarle que no debe estar segura de lo que puede esperar de él, que es mucho más cariñoso de lo que parece. Sara vuelve feliz, sabe que ella es distinta a las demás mujeres; es la esposa de Max Schlomo.

* * *

—¿Qué vamos a hacer ahora? Tú no puedes seguir con Pacheco.

La noche de Reyes, en la que los dos se confesaron que se habían cumplido los deseos de las cartas de ambos, ha cambiado la relación entre Gaspar y Mercedes.

—No quiero seguir con él, quiero estar contigo, pero no quiero perderlo todo. No tendría ni dónde vivir ni dónde caerme muerta.

Qué sencillo ha sido para Gaspar Medina acostumbrarse a la vida plácida, tranquila y familiar, tener una mujer que le espera cada noche con la cena preparada y la cama y las caricias listas.

Desde aquella primera noche —aunque sólo hayan pasado unos días, a Gaspar le parece que su vida ha cambiado ya para siempre— en la que se quedó a dormir con Mercedes tras la cena, no han dejado de hacerlo, han hecho el amor cada noche y cada mañana, han practicado todas las posturas y han experimentado prácticas que Gaspar nunca había soñado con una mujer, mucho menos con una decente, no una de ésas de las que hablan sus compañeros de las noches de farra y alcohol.

—Vente conmigo a Argentina.

—¿A Argentina? Para eso tendríamos que casarnos.

—Cásate conmigo.

Es una locura, pero no lo es menos que ella se tenga que casar con alguien a quien desprecia sólo porque su padre tuviera una mala mano en las cartas.

—¿Y la pensión?

—Que se la quede el comandante. Tú y yo viviremos de mi trabajo. Y si hay que mandarle dinero a tu madre, nos apretamos el cinturón. En Argentina voy a ganar bastante bien.

Ya le han dicho qué día está prevista la partida de las estatuas hacia Buenos Aires; el barco, el *Príncipe de Asturias*, partirá del puerto de Barcelona el día 17 de febrero, si no hay imprevistos. Está seguro de que podría conseguir que el periódico pagara dos pasajes, uno para él y otro para su esposa.

—Al comandante se le van a escuchar las maldiciones hasta en China.

—¿Eso es un sí?

—Claro, claro que es un sí. Llevo soñando con que me lo pidas desde que te vi por primera vez al entrar en esta pensión. No sé qué pasos hay que dar, no sé cómo funciona esto. ¿Hay que pedir permiso en algún sitio, o algo así, para casarse?

—Yo tampoco lo sé. No me he casado nunca, pero nos enteraremos.

Es una locura, no quiere ni pensar en lo que va a decir su madre —y mucho menos su tía Elvira, a la que todo siempre le parece mal—, pero pensar en casarse con Mercedes le ha hecho el hombre más feliz del mundo. Ahora sí que tiene el valor que le faltaba, ahora sí que le dan igual las amenazas que ya le llegan de los militares. Sería capaz hasta de enfrentarse a puñetazos al comandante Pacheco.

—¿Querrás que tengamos hijos?

—Estoy como loca, seguro que cuando volvamos de Argentina ya estamos esperando el primero.

—A lo mejor tenemos que estar allí casi un año.

—Entonces nacerá en Buenos Aires. ¿Cómo se llaman los naturales de Buenos Aires?

—Nos enteraremos también de eso. Otra cosa, ¿dónde nos casamos? A mi madre le haría ilusión que lo hiciéramos en Fuentes de Oñoro, estoy seguro.

—No nos da tiempo. Si nos queremos casar antes de mediados de febrero va a tener que ser aquí cerca. A lo mejor podemos en la iglesia de San Sebastián. Mañana iré a ver.

—Yo diré en el periódico que nuestro camarote tendrá que ser doble. Y en primera.

—Eso porque lo quieres tú. A mí como si hay que ir en tercera, el caso es ir contigo.

A ella le queda lo peor: comunicarle su decisión a su prometido, el comandante. Pero para Mercedes, tan distinta a Gaspar, parece que no existen las dificultades ni los miedos. Está dispuesta a hacerlo. Los dos creen que lo mejor será abandonar de inmediato la pensión y buscar otra hasta el día de la partida hacia Argentina.

—No van a dejar que nos quedemos juntos en ninguna sin estar casados.

—Preguntaré en la redacción, seguro que allí saben más de una en la que no hagan falta papeles.

—Ésta es una casa respetable, no quiero escándalos.

—No se preocupe, doña Asunción.

No es una pensión sino una habitación alquilada en la casa de una viuda, en la calle de Claudio Coello, muy cerca del Retiro. Aunque la señora les haga el teatro de pedirles un comportamiento ejemplar, las cuatro habitaciones que la propietaria no ocupa se alquilan para parejas de amantes que no tienen otro lugar donde satisfacer sus urgencias. Sólo la intervención de uno de los compañeros de Gaspar —uno que ha pasado meses encontrándose allí con una mujer casada y se ha hecho íntimo de la dueña de la casa— ha facilitado que el cuarto le fuera alquilado por unas semanas, hasta que Mercedes y él se casen y se marchen a Barcelona para embarcar en el *Príncipe de Asturias*.

—Esta misma tarde traemos nuestras cosas.

Esa noche, sin decírselo aún a nadie, los dos dormirán por primera vez en la habitación de Claudio Coello; mañana, Mercedes le comunicará la ruptura, tanto de su noviazgo como de su sociedad comercial, al comandante. A Gaspar le quita el sueño; Mercedes está confiada.

—No hay que tener miedo a las cosas. A partir de ahora yo te diré cuándo puedes temer y cuándo no. Y a los anónimos esos que te llegan no hay que tenerles ni miedo ni respeto.

—¿Y la paliza?

—Ésa ya te la dieron, hay que olvidarla.

Gaspar quiere confiar en que lo que le dice Mercedes es cierto, pero no está seguro. Mucho le extrañaría que no hubiera un nuevo disgusto antes de su partida.

* * *

—Paula, qué alegría volver a encontrarme con usted. Varias veces he pensado en mandarle recado a su pensión y repetir la estupenda tarde del otro día en mi casa.

Don Antonio Martínez de Pinillos se encuentra de nuevo con Paula tras despedir al *Infanta Isabel*, que llegó ayer desde Barcelona y hoy parte camino de Buenos Aires, sin llegar a comentar sus preocupaciones con el capitán Pimentel. Ha visitado la clase más popular del barco, la clase emigrante, y ha visto allí a los desertores, a los judíos, a los emigrantes pobres que ni siquiera pueden conseguir los permisos y tienen que dejar el barco antes de llegar al puerto de Buenos Aires, desembarcar de noche al abrigo de la oscuridad sin que sus nombres aparezcan junto a los de los demás viajeros.

—Pimentel, procure que no les falte de nada —les conminó a su capitán—. Bastante dramática es ya su situación como para que nosotros la empeoremos.

Después se ha ido caminando hasta el muelle en el que se hacen las reparaciones de su barco gemelo, su orgullo, el *Príncipe de Asturias*. Es un hombre demasiado conocido en Cádiz como para que el paseo le resulte agradable: todo el mundo le saluda con respeto y se interesa por sus asuntos; es una alegría cuando las cosas van bien, pero un incordio cuando lo que quiere es pensar. Y ahora tiene que pensar mucho y tomar una decisión; no equivocarse porque, si lo hace, mucha gente puede verse afectada: la tripulación de sus navíos, los pasajeros, e incluso, sin pecar de falsa modestia, la ciudad de Cádiz. El bienestar de los vecinos depende de que él y otros propietarios de grandes empresas tengan tino en sus decisiones. ¿Cuánta gente se quedaría sin empleo, sin poder dar sustento a sus familias, si los alemanes o los ingleses hundieran los barcos de la Naviera Pinillos? Cientos de personas, muchas familias que ahora dependen de que él haga lo adecuado tras la propuesta —¿o debería decir amenaza y chantaje?— del emisario de los alemanes.

—Me gusta ver el *Príncipe de Asturias*, señor Pinillos; sé que usted es el propietario del barco, pero todos los que trabajamos en él lo consideramos un poco nuestro. Además, quería saludar a algunos conocidos del *Infanta Isabel* antes de que zarpara.

Hay que reconocer que su buque se ve magnífico allí, atracado en el muelle, con sus ciento sesenta metros de eslora, su chimenea, sus varios pisos de camarotes y salones, sus cubiertas…

—Y tan pequeño lo imagino, sin embargo, en medio del mar, tan expuesto a todo.

—No lo sentimos así los que viajamos en él. Todos pensamos que podemos confiar en nuestro barco, que el capitán Lotina y el capitán Pimentel sabrán llevarnos sanos y salvos a nuestro destino.

Paula también tiene muchos motivos para pasear, mientras medita su nuevo rumbo, y además le gusta el puerto, recuerda haber estado siempre junto a uno. Tras haber pasado sus primeros días gaditanos con la excitación de estar a las puertas de una nueva vida, ahora empieza a darse cuenta del cambio, del vértigo de pensar en no volver; empieza a arrepentirse de no haber viajado a Vigo para ver a su familia y habérselo planteado a ellos en persona.

—¿Tiene tiempo para tomarse un café, señorita?

—¿A esta hora? A esta hora, en Cádiz, ustedes toman manzanilla, ¿no?

Se arrepiente casi nada más decirlo, pero la sonrisa del armador le indica que no se ha equivocado, que él tiene más ganas de una copa del vino pálido y seco de Sanlúcar de Barrameda que de la taza de café. Se pregunta por qué con ella, seguro que es un hombre que puede gozar de la compañía de cualquiera en la ciudad, hasta de las más bellas mujeres si es eso lo que busca.

—Hay una bodega aquí cerca, en la calle Nueva, donde ponen una manzanilla y unos embutidos espectaculares. Además, tiene un reservado en el que no nos molestarán. ¿Le apetece que vayamos y comamos algo?

—Estaré encantada.

Los que lo vean lo comentarán y creerán que él, siempre tan discreto, ahora tiene una amante. Son los peajes que debe pagar alguien tan famoso.

Le pasó la otra vez que estuvo con Paula Amaral y le vuelve a pasar hoy. Don Antonio Martínez de Pinillos logra olvidarse de los problemas y las preocupaciones y escucha con atención todo lo que la joven gallega le cuenta del barco, de los viajes, de los puertos que visitan, de los camarotes y de los pasajeros. Tanto es así, que por momentos piensa que tal vez le gustara arriesgarse y hacer un viaje a Buenos Aires o a La Habana en el *Príncipe de Asturias*. Dejaría todo en manos del capitán y él sólo tendría que preocuparse de disfrutar de los lujos que él mismo ha puesto a disposición de los viajeros que escogen su compañía.

—¿Y usted quiso siempre dedicarse a navegar?

—No lo pensé, era una tradición familiar. Mi padre y mi madre se conocieron en un barco. Ella era cocinera y él trabajaba en las calderas, echando carbón a las máquinas. Iban camino de las Antillas. Pero ya lo dejaron los dos. Ahora tienen un restaurante en Vigo, al lado del puerto; se llama La Antillana en honor a aquel viaje.

—¿Cómo es que no ha viajado a Vigo en esta escala? Tenía usted billete gratis en cualquiera de nuestras líneas.

—¿No ha habido una vez que usted supiera lo que tiene que hacer e hiciera lo contrario?

—Ya me gustaría, siempre tengo que hacer lo que debo. A veces lo difícil no es hacerlo sino decidir cuál es el buen camino.

¿Entendería esta joven sus preocupaciones? Si no acepta la propuesta de los alemanes, sus submarinos hundirán el *Príncipe de Asturias*. Si la acepta, se arriesga a que los ingleses descubran la carga que le han propuesto traer desde Argentina y lo hundan ellos. Es una decisión perversa; se decante por la opción que se decante, puede acabar siendo un grave error. Si no toma ninguna, los alemanes hundirán sus barcos en el puerto.

—Supongo que lo mejor es siempre hacer lo correcto. Yo sé lo que quiero y sé que si voy a Vigo mis padres me van a convencer de que haga lo contrario. Hay momentos en los que una tiene que ser egoísta. Mejor no le cuento mi historia, se mezclan sueños, un novio que se casa con otra, desesperanza… Todo muy vulgar, por eso quiero ser egoísta por una vez.

No era en ser egoísta en lo que él pensaba cuando se encontró con la joven gallega, pensaba en ser decente. Don Antonio Martínez de Pinillos no participa en las tertulias de café en las que muchos conocidos suyos discuten acerca de la marcha de la guerra y se dividen entre germanófilos y aliadófilos, él no puede significarse de esa forma. Pero que no exprese sus opiniones en voz alta no quiere decir que no las tenga. Se encuentra más cercano, tal vez por tradición local, a los ingleses; ellos son el viejo conocido, los enemigos de hace siglos y también los amigos que han permitido y promovido gran parte del crecimiento del comercio y la industria de la zona. Preferiría mantenerse al margen, pero, puesto que no puede, quiere tener la decencia de ser fiel a sus ideas y a lo que considera mejor para Cádiz y para el mundo. Ya que le obligan, intervendrá: lo hará a favor de los británicos. No aceptará la propuesta de los alemanes y hablará con los ingleses para que le protejan y, a cambio, puedan impedir que las armas lleguen de Argentina a Europa; muere tanta gente en la guerra que asola el continente que cooperar para que dure un solo día menos es salvar la vida a miles de seres humanos.

Una vez que ha tomado la decisión, que era lo más complicado, hay que poner manos a la obra a otra tarea casi imposible, hacerlo sin levantar sospechas de los alemanes. Quizá el destino ha puesto a Paula Amaral, la joven camarera gallega, en su camino para lograrlo con éxito.

Por las tardes, aprovechando el buen tiempo que hace en Cádiz, un mes de enero que sería un maravilloso inicio de primavera en su tierra, en Vigo, Paula se sienta en la plaza de la Catedral con un bloc de dibujo y unos carboncillos. Siempre ha tenido habilidad para dibujar y siempre la ha usado para plasmar en papel sus ideas sobre ropa, al modo de los figurines de las revistas de moda. Nunca lo ha intentado de una manera seria, pero también se le dan bien los retratos. Es capaz de mirar una cara y, de memoria, sacar los rasgos principales y plasmarlos en un papel. Es lo que hace sentada en la plaza. Observa, disimuladamente, durante un par de minutos, la cara de alguien que le llame la atención por cualquier motivo; después se abstrae y la dibuja, sin volver a fijarse en esa persona. No tarda más de diez minutos en hacerlo. Una vez que acaba, vuelve a mirar a su modelo y compara su cara con la del dibujo; si el resultado ha sido bueno, guarda el dibujo; si ha sido malo, lo rompe. Cuando es especialmente bueno, tiene la tentación de regalárselo al modelo, pero la timidez se lo impide. Esta tarde, Paula, sentada a su mesa habitual, con una limonada delante, no se fija en nadie que pase por la plaza; busca en su memoria los rasgos de don Antonio. Está decidida a vencer los miedos y regalárselo si le sale bien.

—Hay algo que le quería dar, don Antonio. Lo hice después de la tarde que pasé en su casa tomando café. Es una tontería, sólo que me hacía ilusión que lo tuviera.

Don Antonio recibe con agrado el retrato que le hizo Paula a lápiz. Reconoce que es él, que ha captado hasta la preocupación de los últimos días.

—¿De dónde lo ha copiado? Me refiero a que no he posado para usted.

—Los hago de memoria. Miro a una persona y después llevo al papel lo que recuerdo de ella.

—¿Sería capaz de hacerlo de alguien a quien sólo ha visto un minuto?

—Si lo hago justo después de verlo, suele quedarme bien. ¿Quiere que le haga un retrato a alguien?

* * *

—Giulio, en media hora nos vamos. Tengo que contarte algunos detalles sobre cómo será la huida.

Giulio se ha leído entero *Corazón*, el libro de Edmundo de Amicis que ayer le dejó Sita, la chica de la tienda de embutidos que le trajo hasta el piso franco; no porque le gustase —le ha parecido igual de ñoño y lacrimógeno que la primera vez que lo leyó en el colegio—, pero esta vez ha disfrutado imaginándose los paisajes argentinos que pronto verá ante sus ojos. El patriotismo que destila el libro, su defensa de la bondad y la familia o su inocencia le parecen lamentables y engañosos. Giulio conoce la verdadera Italia, la que no tiene nada que ver con esa fábula, la que manda a sus jóvenes a morir en la guerra con proyectiles que no sirven para sus fusiles y con ropa que no resguarda del frío. Ansía marcharse de una vez de su país, llegar a Argentina y colaborar para crear una sociedad distinta y más justa.

—Ahora nos vamos al puerto. Vas a subir en un barco de carga que viaja a Barcelona. Uno de los marineros de la dotación del buque colabora con nosotros y te ayudará a esconderte. Él te explicará qué tienes que hacer si hay una inspección de la policía o del ejército. Tienes que obedecer hasta la última orden; si te pillan, no sólo te mandarán a ti al paredón, también se desmoronará una de nuestras vías de salida de Italia. Cuando llegues a España, todo será más fácil. Quiero tu compromiso.

—Claro. Lo tienes. Estoy dispuesto a cualquier cosa, obedeceré todas las órdenes. No tenéis que dudar de mí.

—No lo olvides. Y cúmplelas, te pidan lo que te pidan. Si hacemos las cosas como las hacemos es porque llevamos meses probando que es la mejor manera. Te anticipo que no será un viaje de placer.

Aunque sólo es su segundo paseo por Livorno, tras el de la mañana anterior, la de su llegada, reconoce algunos lugares, vuelve a pasar por la piazza della Repubblica, el Mercato delle Vettovaglie y el Fosso Reale. Son las últimas imágenes que guardará de Italia, quizá para siempre quiere que se le graben en la memoria.

Caminan sin ocultarse, confundidos entre la gente que pasea a la caída de la tarde, hasta el puerto. Una vez que llegan allí, toman más precauciones: evitan a una pareja de carabineros, rodean una zona de grandes bultos preparados para su carga en distintos buques, se esconden en rincones poco frecuentados en los que apenas entra la luz. Llegan, por fin, al que parece su objetivo, una cantina apartada de todo. Una mujer remienda redes de pesca a pocos metros de la entrada, parece que sólo se trata de una anciana más, tal vez la viuda de un pescador que gana unas pocas monedas para llevar comida a casa, pero Rissi le consulta cuando pasa por su lado.

—¿Vía libre?

—Sí, entrad. Esperad dentro y doy aviso de que estáis aquí. *Buona fortuna, ragazzo.*

Lo ha dicho dirigiéndose a él y Giulio ha visto en su mirada y en su sonrisa que ayudarle le devuelve la juventud que los años le han arrebatado. La envidia; hay muchos hombres jóvenes que no se atreven a hacer lo que quieren, y ella, una anciana con la vida a punto de acabar, sigue poniéndola en juego por unos ideales.

La cantina está casi vacía, sólo hay una mesa ocupada por unos hombres que beben vino y juegan a la *scopa*, el juego de naipes con el que tantas veces se divirtió con sus compañeros en los momentos de tranquilidad en el frente, cuando estaban alejados de las trincheras.

Los jugadores no les miran, el hombre que atiende tras la barra no les dice nada, sólo se acerca a la pared del fondo, donde hay una puerta, y saca una llave para abrirla. Le señalan que debe entrar.

—Espera ahí dentro, Giulio. Vendrán a por ti. *Fortuna!*

Rissi se despide con un abrazo fugaz y Giulio entiende que no volverá a verle y no podrá devolverle lo que ha hecho por él. Está dejando un rastro de gente a la que algún día debería agradecer todo. Se queda solo en un pequeño almacén casi a oscuras, sentado sobre una caja llena de botellas de *grappa*, escuchando a los jugadores de *scopa*; espera unos diez minutos hasta que llega otro hombre, vestido con un uniforme de marino.

—Giulio, ¿no? Sígueme.

Un par de minutos después, Giulio camina tras el marino. El barco que buscan se llama *Sicilia* y pertenece a la NGI, la Navigazione Generale Italiana. Partió de Génova ayer y saldrá esta misma noche hacia Barcelona. Tardará dos días y unas horas en llegar.

—Hasta el inicio de la guerra, salían grandes barcos de la Veloce, como el *Duca di Genova* o el *Savoia*, hacia Nueva York y Buenos Aires. Pero ahora el servicio es muy irregular y no los podemos usar para ayudar a huir a los desertores; es mejor viajar en los vapores españoles, más seguro.

En el frente nadie informaba a los soldados de que muchos

civiles los ayudan a huir, de que no todos los italianos están de acuerdo con la propaganda oficial y no se sienten felices enviando a sus jóvenes a la guerra. La verdadera valentía no tiene que ver con los uniformes militares, los galones o los desfiles; tiene más valor cualquiera de los hombres y mujeres que le han auxiliado que todos los generales del ejército italiano juntos. Sin ellos, sin los generales, el gobierno o la Iglesia, sólo con las personas, Italia podría ser un gran país. Pensar en que sus compatriotas lo estarán logrando en Argentina, hacer un país en el que lo importante sean las personas y no el peso del pasado, le llena de determinación para seguir adelante.

—Es un barco de carga y hay que procurar que nadie te descubra, así que será un viaje nefasto, lo siento. Deberás ir en la bodega, escondido dentro de una caja. Piensa que, por pésimos que sean los viajes que emprendas en tu vida a partir de ahora, ya habrás conocido el peor de todos. Nunca nada volverá a ser tan malo.

—¿Voy yo solo?

—En tu caja sí, no cabrá nadie más; en el barco sois seis, pero eres el primero en subir. No te voy a engañar, yo no sería capaz de hacerlo; la caja es pequeña y tendrás sensación de claustrofobia, pero sólo serán unas horas. En cuanto sea seguro, te avisaré para que salgas de ahí y puedas moverte.

Suben al barco por una escalerilla de cuerdas que les arroja un hombre al que no llega a ver desde dentro. No es fácil para alguien no acostumbrado a hacerlo; la escalerilla le baila de un lado a otro y teme en todo momento caer al agua, que imagina helada. Cuando por fin está arriba, le llevan hasta una escotilla y baja a un almacén lleno de cajas de todos los tamaños. Giulio se asusta al ver la que le corresponde a él, imaginaba una como las muchas que han visto en el muelle, pero se trata de uno de los seis lujosos ataúdes de madera de color oscuro, con una cruz dorada en la tapa, que están semiocultos al fondo de la bodega.

—No pienso meterme en un ataúd.

—Has dado tu palabra de que cumplirías con las órdenes que se te dieran y te hemos avisado muchas veces de que no debías esperar partir en un camarote de lujo. Pero si te arrepientes, estás a tiempo de bajar del barco y olvidarte de salir de Italia. No ayudamos a los que huyen del frente por cobardía, sólo a los valientes que están dispuestos a todo. Es el único lugar en el que estamos casi seguros de que nadie mirará.

El ataúd está forrado por dentro con lo que parece una especie de almohadillado cubierto con seda de color morado. Da la sensación de ser mullido. El marinero quita una pieza del revestimiento interior del féretro, la que debería estar al lado de su cabeza, a la izquierda.

—Es para que tengas espacio. Si te marearas con el movimiento del barco, ten cuidado e inclina la cabeza hacia este lado, no queremos que te ahogues con tus propios vómitos.

El acolchado es cómodo y la medida del ataúd es superior a la que necesitaría Giulio, está hecho para un hombre muy grande. Giulio se tumba dentro; si no tuvieran que cerrarlo sería una cama moderadamente confortable. Pero tienen que cerrarlo.

—Si quieres orinar, hazlo; si quieres defecar, también. Lo que sea. Los que han viajado así antes que tú comentan que evitar las necesidades multiplica el malestar; por desagradable que te parezca, es mejor manchar los pantalones que luchar por evitarlo. Y no hagas ningún ruido hasta que notes que estemos navegando. Sobre todo si escuchas que hay una inspección antes de zarpar.

—¿Y si quieren abrir la caja?

—Esperemos que no lo hagan. Si todo va bien, podrás salir del ataúd antes de la madrugada, cuando el barco haya abandonado el puerto. Sé que será difícil, pero no serás el primero en superarlo, ni el último. ¡Ánimo!

Las que siguen son las doce peores horas de su vida: encerrado, sediento y aterrorizado; ni siquiera puede mover un brazo para rascarse un inoportuno picor en la nariz. Intenta dormir para no pensar y no puede, a las pocas horas —aunque ha perdido la noción del tiempo, lo mismo pueden ser unas horas que unos minutos— empuja la tapa con todas sus fuerzas para abrirla y no lo logra. Está al borde de la desesperación cuando escucha voces.

—¿Qué hay en ese ataúd?

—Es un ataúd, ¿qué puede haber?, un muerto. Un español que vivía en Livorno; su familia quiere enterrarlo en Barcelona. Aquí están los papeles. ¿Quiere que lo abramos?

Giulio ha tenido tentaciones de gritar, que sí, que lo abrieran; el funcionario, policía o lo que fuera, le habría escuchado y le habría sacado de esa caja, despertado de esa pesadilla. Está dispuesto a entregarse y tiene la sensación de que ni siquiera han salido del puerto. No lo hace por respeto a su padre, fue él quien consiguió que le sacaran de Italia, debe estar a la altura del riesgo que ha tomado para salvar a su hijo. También porque tendría que delatar a los que ayudan a los que desertan como él, hombres que tal vez sean mucho más valientes y lo merezcan de verdad. Recuerda las palabras de su tío con respecto al gladiador que protagoniza la novela que escribe por las noches: no debe dejarse matar porque la vida es lo único que se tiene y algo a lo que no se debe renunciar, aunque para ello haya que llevarse otras por delante. Así que se prepara; si se abriera la tapa del ataúd, lucharía.

—No. ¿Quién quiere ver un fiambre? Lo mismo ya tiene gusanos.

Tiene miedo de marearse, como le dijo el marinero que podría ocurrir; nunca le ha pasado, tampoco en el barco de pesca que le llevó de Viareggio a Livorno con el mar algo agitado, pero la cabeza empieza a darle vueltas en cuanto nota que el barco se mueve con las olas. El vómito le viene a la boca y recuerda los consejos que le dieron antes de encerrarlo, que vomitara hacia un lado, el izquierdo. El olor del vómito no es lo mejor para su estado, le marea todavía más. Nota cómo se mancha con él el pelo, la cara… También tiene ganas de orinar y recuerda que no lo debe aplazar, nota el calor y la humedad bajando por sus caderas y siente que habría sido mejor dejarse matar en la trinchera. Los barcos se hunden, y si el *Sicilia* lo hace, a él le pillará dentro de su féretro. Tal vez flote.

Sólo le serena el odio. Odia a Francesca, aunque quizá acabe debiéndole la vida, por su causa dejó la trinchera; odia a Salvatore Marini, el hombre que se la arrebató y que quizá le haya dado así una oportunidad de ser feliz lejos de su tierra; odia a los que le han ayudado, a Franco Rissi, a Sita Aprile y al marinero que le ha traído al barco sin contarle que le harían pasar los peores momentos de su vida, ni siquiera su bautizo de guerra fue tan traumático como el viaje en ataúd; odia a su tío Domenico y el reloj de oro de su abuelo, que no puede mirar porque no logra mover el brazo dentro de esa caja; odia a su madre, de la que no se ha podido despedir, y a su padre, que le enseñó que uno siempre debía hacer lo que le indicara su conciencia. También odia al capitán Carmine, el que ordenó fusilar aquella lejana noche de vísperas de Navidad —la noche de los *gnocchi* y las canciones en la que todo comenzó y de la que apenas han pasado un par de semanas— a los dos soldados austriacos. Piensa en el austriaco moreno, el que huyó, y desea que su fuga no fuera tan indigna como la que protagoniza él mismo, aunque la acometiera descalzo por la nieve.

—Puedes salir, deja que te ayude. Veo que lo has pasado mal. Te he traído agua para lavarte y ropa limpia. No te dé vergüenza, nadie es capaz de controlarse ahí dentro.

Hacía varias horas que Giulio prefería la muerte a la huida cuando el mismo marinero que lo llevó hasta allí abre la caja, por fin.

—Puedes salir, estira las piernas. Siento no poder llevarte a cubierta para que te dé el aire.

Se lava, pero el agua no puede llevarse la angustia, que anidará en su pecho para siempre.

—¿Voy a tener que volver a entrar ahí?

—Sí, pero no te preocupes, la segunda vez no es tan malo e intentaré que apenas sean dos o tres horas mientras atracamos en el puerto de Barcelona, te haré salir lo antes posible. Has tenido suerte, los otros cinco jóvenes que debían venir en el barco fueron interceptados por los carabineros antes de llegar al muelle.

—Por lo menos no han tenido que meterse en esta caja.

—No seas imbécil. Lo más probable es que a estas horas estén metidos en otra muy parecida, sólo que muertos, sin esperanzas de salir. Lo único importante es salvar la vida, todo lo demás se supera.

Giulio comprende que su comentario ha sido muy desafortunado y recuerda que se ha comprometido a obedecer a todo lo que se le ordene, pero no está seguro de poder tumbarse otra vez dentro del ataúd; si sale de ésta —si consigue llegar a Argentina con vida— hará un testamento en el que pedirá no ser enterrado en un féretro sino envuelto en una sencilla mortaja. O quemado; sería mucho mejor ser quemado y que su cuerpo se convirtiera en cenizas, otra vez en polvo. No quiere pensar en eso mientras come lo que el marinero le ha llevado, unas galleras duras, acompañadas de mucha agua fresca.

—Nadie baja a la bodega hasta que no hay que descargar. Si se abre la escotilla de arriba, escóndete hasta comprobar que soy yo o métete en la caja lo más deprisa que puedas. Mientras tanto, puedes quedarte fuera, sin hacer ruido.

Las siguientes horas, mientras camina de un lado a otro de la bodega para desentumecer los músculos, no puede dejar de pensar en la necesidad de entrar de nuevo en el ataúd y en que no está dispuesto a hacerlo, por nada del mundo. Todos están equivocados: la vida no compensa si hay que pasar por situaciones así. Está arrepentido de haber iniciado este viaje, Buenos Aires no resultará el paraíso que la gente cree que es. Por lo menos, no para él.

LA BUTACA DE PENSAR
Por Gaspar Medina para *El Noticiero de Madrid*

EL ARROJO DE LOS COBARDES

Hace algunas semanas, quizá lo recuerden ustedes, escribí una columna en esta sección sobre los generales españoles, su ineptitud, su cobardía y su inmoralidad. Quieren llevarnos a una guerra en la que ellos, y no la nación, serían los únicos beneficiados. Sería entrañable, de no ser patético, ver a esos hombres de grandes bigotes mover tropas imaginarias en los mapas, enmendando la plana a los también deleznables generales europeos, afirmando sin rubor cuál sería la forma de afrontar las batallas del frente oriental, del frente occidental, del frente del sur... Ellos, que en los últimos cien años cuentan todas sus guerras por derrotas, juegan como niños a ganar la más grande de todas.

Desde que aquella columna fue publicada no he dejado de recibir amenazas, unas anónimas, otras firmadas, incluso un desagradable incidente la noche de Nochevieja, en las que me exigen rectificar. No soy un hombre que presuma de falsa valentía, de haberlo sido quizá habría seguido la carrera del ejército y habría acabado ascendido a general, pero aun así les digo, aquí en público, tal como hice la ofensa, que no me desdigo, que lo que pensaba entonces de ellos lo sigo pensando, quizá multiplicado por dos o por tres. Me parecen ridículas sus costumbres, sus sables desafilados en la cintura y sus adornos de colores en el pecho. Y hago extensiva la ofensa a coroneles y comandantes.

¿Van a cumplir sus amenazas? Quizá, no pienso quedarme a comprobarlo. De momento, en unas semanas, pondré tierra de por medio y partiré hacia Argentina. Seguirán leyendo mis columnas que enviaré desde allí y les informaré de la situación de ese país, de la vida de nuestros compatriotas que intentan labrarse un futuro mejor en ese país, del traslado de las famosas estatuas malditas del Monumento de los Españoles y de los famosos viajes en los grandes vapores españoles: me iré en el *Príncipe de Asturias*, de la Naviera Pinillos.

Ya ven: huyo, no soy un valiente. Pero queda en papel, en negro sobre blanco, mi postura hacia los generales: el arrojo de los cobardes.

—*Allahu Akbar! Allahu Akbar!*

A Sara le sorprende el canto del muecín llamando a la oración a la entrada del Gran Bazar de Estambul, en la puerta que se encuentra cerca de la mezquita de Nuruosmaniye. Ni en los días más luminosos del verano, el *shtetl* de Nickolev brilla como las calles de la capital de Turquía. Han pasado por delante de palacios que Sara no creía que pudiesen estar ni en las páginas más fastuosas de la Biblia; por casas en las que cabrían todos los habitantes de su aldea, pintadas en unos tonos tan puros que relucen con el brillo del sol, cálido pese a estar en enero, pleno invierno; se han cruzado con coches lujosos, con fieros y amenazadores soldados con turbante, armados con una cimitarra en la cintura, con bellas mujeres vestidas a la manera occidental, con otras de negro a las que sólo se ven los ojos y con algunas que lucen las túnicas más lujosas que se puedan confeccionar; todo tiene color: las casas, los carruajes, los productos exhibidos en las tiendas y las ropas. Sara tiene la sensación de haber salido de un mundo en el que sólo había blancos, negros, grises y ocres y haber llegado a otro en el que están todos los colores de la creación.

A su alrededor, atravesando la puerta del bazar, en sólo unos metros, hay tanta gente como en su aldea un día de fiesta. Y van llegando más y más, miles de personas de todo tipo. Tiene miedo de perderse, de soltarse de Max, de ser engullida por la multitud y no volver nunca a encontrarlo; a su lado se siente segura.

—¿Sabes por qué son tan altas las puertas? Tienen que servir para que un camello cargado pueda pasar por debajo.

Camellos, la fascinación de otro mundo; si pudiera hablar ahora mismo con su amiga Judith le recomendaría que aceptara las ofertas de la *shadjente*, que se casara con el primer hombre que la quisiera sacar de Ucrania sin dudarlo, que el mundo externo es tan distinto que merece la pena conocerlo, haya que pasar por lo que haya que pasar después. No puede seguir encerrada en la miseria de la aldea existiendo todas esas maravillas alrededor, hay que aprovechar cualquier posibilidad para salir y contemplarlas.

—¿Hay camellos aquí?

—Seguro que dentro es posible comprar uno, no hay nada que no se compre y se venda en el Gran Bazar de Estambul. Es uno de los más grandes, si no el más grande, del mundo; nunca viajo a esta ciudad sin visitarlo.

Todo se compra y se vende. Sara siente un miedo súbito a que éste sea su destino y por eso haya sido apartada de las demás.

—¿Me vas a vender aquí?

Por un momento, no sabe si Max le va a pegar por primera vez, pero él suelta una sonora carcajada que hace que a su alrededor muchos hombres se den la vuelta.

—¿Venderte aquí? Aquí les sobran mujeres a los que las pueden pagar. No, aquí no te voy a vender, te voy a comprar ropa, también a tus compañeras. Te dije que iríamos a Argentina y lo haremos. Aunque un musulmán rico puede tener varias mujeres, podría venderte para un harén y cobrar un buen dinero. Tu pelo rojo llama mucho la atención, podría convencerlos de que es de oro. Vivirías en el desierto y te cubrirían de riquezas. Pero ganaré mucho más dinero contigo en Buenos Aires.

Sara va de una angustia a otra, de una duda a otra, de una ansiedad a otra.

—¿Tú tienes también varias mujeres, como los musulmanes ricos?

—No, los judíos no tenemos varias esposas y yo sólo estoy casado contigo.

Sara está segura de que antes de casarse con ella lo ha hecho otras veces, de ahí su soltura con los complejos ritos del matrimonio judío. ¿Sería para llevarlas a trabajar a Buenos Aires o habrá una mujer a la que de verdad ame? ¿Tendrá una mujer que le haya dado hijos y le espere en una casa normal, una casa en la que se coma carne, fruta y dulces todos los días, en la que se respete el sabath y las fiestas de su religión? Ella le ha mentido al no revelarle que ya ha estado casada, él lo habrá hecho también.

¿Qué le habrá llevado a dedicarse a esto, a matar con la alegría que lo hace? Tal vez si consigue que él se lo confiese podrá ayudarlo a cambiar. Un convencimiento se abre paso en su cabeza: para seducirlo tiene que conocerlo. No precipitarse, interesarse por él, aprovechar cada resquicio por el que él permita penetrar en la coraza que le protege. Es un hombre, y como todos los hombres, es un niño, sólo tiene que infiltrarse en su verdadero ser y conducirlo como una madre.

Sara es especial para Max, no hace falta que él se lo diga, es la única de las seis judías que bajaron del barco que las traía desde Odesa que ha salido de la casa en la que fueron recluidas al llegar. Max le ordenó esta mañana que le acompañara y ella se sintió distinguida y afortunada. Es la mujer que pasea de su brazo y atiende a sus explicaciones.

—Aquí, en el bazar, trabajan casi veinte mil personas, ni se sabe cuántas vienen cada día a comprar o cuánto dinero se mueve.

—¿En Buenos Aires no hay nada así?

—Nada parecido, hay mercados, pero no son tan grandes ni tienen tantas mercancías. En ningún lugar del mundo hay algo así.

—¿Te gusta más Estambul que Buenos Aires?

—Estambul me gusta más que nada en el mundo, por eso quería que me acompañaras y lo conocieras. A veces sueño con retirarme aquí, con una mujer que me dé hijos.

Será ella, sin duda. Si a Max le gusta tanto Estambul, a partir de este momento nada será más bello y deseable para ella. Vivir aquí, darle hijos, pasear como una más por estas calles.

Sara distingue a algunos europeos entre los árabes, ve a bastantes hombres negros —nunca los había visto antes y le dan miedo— y le sorprende ver también a judíos, hombres muy parecidos a los del pueblo, con sus barbas y sus tirabuzones.

—¿Hay judíos aquí?

—A los judíos no nos quieren en ningún sitio, pero estamos por todas partes. Dicen que las ratas sobreviven a todo, pero nosotros también. Nadie podrá acabar con nuestro pueblo.

Hay puestos en el Gran Bazar de todo lo imaginable: de joyas, de ropa y objetos de cuero, de las alfombras más bellas, coloridas y lujosas que puedan adornar los suelos de un palacio, de utensilios de cocina… Sara se queda fascinada ante un puesto que vende grandes piezas de seda. Pasa la mano por una de ellas y su tacto le proporciona algo parecido al placer. El vendedor se acerca y le habla muy deprisa, en un idioma que ella no conoce. Le divierte ver a Max entenderse tan desenvuelto con él. Es el hombre más seguro de sí mismo que ha conocido nunca, nada parece fuera de su alcance.

—¿Te gusta la seda?

—Es tan suave…

—Compraré una pieza, en Buenos Aires podrás coser camisones u otras prendas íntimas con ella. Te ayudarán a seducir a los hombres.

—¿A los hombres? ¿Voy a tener que vestir de ese color delante de un hombre?

—Si todo va bien y me haces ganar dinero, delante de muchos hombres. Tenemos que regatear con el vendedor. ¿Qué te apuestas a que compramos la pieza por la mitad de lo que pide?

Se inicia un tira y afloja entre el vendedor y Max que Sara

sigue atenta, sin entender, fascinada. A la vez, está decepcionada por lo que Max le ha pronosticado: se mostrará delante de muchos hombres, lo ha dicho sin el menor recelo, lo único que quiere de ella es que le haga ganar dinero, que seduzca a otros. Todo oscila entre el cariño con el que la trata y el desprecio con el que habla de su futuro. ¿Cuál de los dos es el verdadero Max? Ella ama al Max que conoce.

El regateo sigue y ella olvida la ofensa. El toma y daca del vendedor y el comprador la seduce; no son sólo las palabras las que la tienen encantada, son también los gestos de ambos: se hacen los agraviados, se insultan, se ríen, se gritan... Sara se da cuenta de que es un teatro en el que ninguno de los dos vencerá. Por fin se estrechan la mano.

—Por la mitad de lo que pedía, lo que te dije. Vamos por allí, a la Aynacilar.

Es la calle de los fabricantes de espejos. Los hay de todo tipo y de todos los tamaños, con marcos de todos los materiales y con todos los diseños que se puedan imaginar; hay tantos que Sara nunca pensó que se pudieran fabricar objetos tan maravillosos.

—Ayúdame a escoger uno, he prometido a mi madre que se lo llevaría.

—¿Tienes madre?

Max la mira igual que se mira a una estúpida.

—Claro que tengo madre, qué majaderías preguntas. Una vieja judía insoportable, que cree que puede juzgar todo lo que hace su hijo.

Se llevan por fin uno enorme con forma ovalada y un marco de latón, que Sara escoge con tanto amor como si fuese para su propia madre. Max contrata a un chico para que lleve en una carretilla el espejo, la pieza de tela y todo lo demás que adquieran.

—Ahora vamos a comprar vestidos para ti y para las demás. Los funcionarios no pueden sospechar lo que sois, tenéis que parecer de verdad jóvenes que van a Argentina a casarse.

—No nos da tiempo a volver, comeremos en el bazar.

Paran en una de las calles cubiertas del Gran Bazar, se encuentran con un hombre rubio, vestido con un traje blanco. Max y él se saludan hablando en yiddish y a ella la presenta como su esposa. Sara se siente orgullosa de la imagen que cree que dan: un joven matrimonio paseando, comprando y comiendo por las estrechas calles del Gran Bazar de Estambul, que se encuentra con un conocido del esposo y se comporta de forma que éste pueda darse cuenta de su felicidad.

—¿Vive también en Argentina? ¿Le conoces de allí?

—No, Adriel es quien nos consigue pasaportes para vosotras, se encarga de que las autoridades turcas no nos pongan problemas. Un perro que gana dinero sin arriesgar nada.

Les sirven unos pinchos de carne de cordero muy especiados sobre un pan tostado con una salsa de tomate por encima, una ensalada aliñada con yogur y pepino y, después, una bandeja de pasteles muy dulces. Y té, mucho té con mucho azúcar. Sara prefiere la cerveza.

—Háblame de tu madre, Max. ¿Vive también en Argentina? ¿La voy a conocer?

—Mi madre te despreciaría. Hay muchos que desprecian a las chicas que van a Buenos Aires a hacer lo que tú. Prefieren que os quedéis en el *shtetl* pasando hambre y sufriendo pogromos, eso les da igual porque no os tienen que ver; lo que les molesta es poder encontrarse con vosotras, tener que enfrentarse a los dos mil años que lleva nuestro pueblo sin luchar, agachando la cabeza. Reconocer que hemos sido unos cobardes y algunos hemos decidido rebelarnos. Muchos hombres que nos insultan en público después nos pagan para yacer con vosotras. Otros nos vienen con dinero cuando tienen un problema en sus negocios para que los defendamos, condenan nuestra violencia hasta que la necesitan. Todo el mundo es muy hipócrita: mi padre sigue en su sastrería y ni siquiera me quiere hacer trajes a mí; mi madre también, desprecia lo que hago pero gasta mi dinero, y mi hermana me lo pide para dárselo a los que quieren acabar conmigo. Debería ponerla a trabajar en uno de los pisos de Meishe para que supiera lo que cuesta ganarlo.

Una vez más la sorprende. El hombre que mata sin pestañear, que engaña a las mujeres y a sus familias, está atormentado por el desprecio de la suya. Quiere hacer pasar su indigna forma de ganarse la vida por una muestra de la lucha de su raza. Él no imagina que ella también le engañó, pero que va a salvarle, que no ha sido casual que se cruzaran sus caminos.

—¿Por qué trabajas con Meishe? ¿Por qué no lo dejas?

—Meishe va a ser rico. Yo también lo seré con él. Ya he pasado demasiados años siendo pobre, viendo a mi padre dejarse la vista en las costuras de los trajes que cose sin ganar suficiente dinero para dar de comer a la familia. Yo no soy como él, nunca lo seré, nunca me dejaré pisotear. Y vamos a dejar de hablar de esas historias, no me gustan las vidas de los judíos pobres y débiles. Unos nuevos judíos han nacido y ellos no se dan cuenta de que somos el futuro.

Después de comer, aunque ya han comprado todo lo que buscaban, continúan su paseo por el bazar. Max se ríe, le explica lo que es todo, camina con ella y espera cada vez que Sara quiere pararse a mirar porque ha encontrado un cachivache que le fascina; le cuenta anécdotas y, en algunos momentos, hasta la coge del brazo para señalarle algo y lo presiona con delicadeza y cariño. Por último, antes de marcharse, se detiene en el pequeño puesto de un joyero calvo y muy anciano, allí le compra una pulsera de plata. Compra otras dos iguales para su madre y para su hermana.

—¿Es para mí? Es muy bonita, nunca había tenido nada de plata.

—Pronto tendrás oro. Si así lo quieres.

Ha sido un día muy feliz, un día en el que Sara se ha sentido más su esposa que su prisionera. Por primera vez tiene una joya que guardará con amor, una pulsera de plata regalada por su esposo.

—Tienes que dejarnos claro si estás con Max o con nosotras.

La felicidad se acaba cuando regresa a la casa en la que están sus cinco compañeras de infortunio y la vuelven a encerrar con Esther, la judía de Ekaterinoslav; a ellas no les gustan los vestidos que con tanto cariño les ha escogido Sara en el bazar.

—Es mi marido, le he prometido obediencia.

—Tú estás loca, ¿es que no sabes lo que te espera?

—Sé lo que me esperaba sin él.

Mientras Sara paseaba en compañía de Max por el Gran Bazar, mientras comía con él servida por los amables camareros turcos, las otras cinco mujeres pasaban sed, hambre —nadie las atendió en todo el día— y miedo —Jacob, aunque sí parezca un judío, bebe como un *goy* y ha estado borracho toda la tarde, cantando canciones e insultándolas—, encerradas en una sombría casa de las afueras de Estambul. Reconoce que no pensó mucho en ellas, que considera que su destino no es igual, aunque sea el mismo.

—Te va a vender, como a todas. Cuando lleguemos a Buenos Aires te pondrán a trabajar en un burdel y tendrás que acostarte con más de doscientos hombres a la semana. ¿Sabes cuántos días de descanso tendrás al mes? Sólo los que ellos no deseen estar contigo porque sangres. ¿No me crees? Cualquiera te lo puede contar, ¿nunca te hablaron de esto en tu aldea?

Sara se encoge de hombros. Claro que la cree; no sabe si los detalles son ciertos, si serán doscientos hombres, unos pocos más o unos pocos menos, pero sí que, en esencia, su futuro es el que le ha pronosticado Esther. También sabe que hay una sola opción para evitarlo y es la que está intentando.

—No me has dicho con quién estás, ¿con ellos o con nosotras?

—Claro que te lo he dicho: con mi marido. Siempre estaré con él.

—Serás una *tmein*, una impura, y nada ni nadie podrá ayudarte. Si conseguimos huir, no serás digna de hacerlo con nosotras.

* * *

—¿A qué hora salió mi esposa?

Beatriz no está en el palacete de la calle de San Nicolás cuando Eduardo Sagarmín vuelve a casa, pasadas las siete de la tarde. El servicio le informa de que no ha regresado desde que la abandonó por la mañana, pocos minutos después de que lo hiciera él. Lo único que le inquieta es que no sabe qué debe hacer cuando ella vuelva. Le gustaría comportarse como cualquier otro día, pero no puede ignorar lo que le contó Álvaro Giner durante el aperitivo en el Casino de la calle de Alcalá: el accidente, su salida del coche ligera de ropa, la convicción de los testigos de que llevaba a cabo actividades sexuales «no a la manera clásica» con el conde de Camargo. ¿A qué llamarían «manera clásica»? No cuesta mucho imaginarlo. A veces no es fácil cerrar los ojos, Beatriz no se lo ha puesto nada fácil a su marido.

Después de abandonar el Lhardy, cuando Raquel y Susan se marcharon tras el incidente con ese hombre borracho, Eduardo Sagarmín tuvo que quedarse a arreglar las cosas con el guardia que llegó a interesarse, con ganas de imponer la ley y llevarse a alguien detenido. La americana, Susan, le había propinado un puñetazo tan formidable al hombre —un vulgar proxeneta— que le había roto el tabique nasal. Fue necesario apelar a su condición de aristócrata, a su estatus como diplomático al servicio de España y hasta a su amistad con el rey don Alfonso XIII para que el asunto fuera olvidado sin denuncias u otras incomodidades por medio. El agredido, que atendía al nombre de Manuel Colmenilla, volvería a su casa al salir de la Casa de

Socorro, con la nariz rota y sin ninguna satisfacción; peor aún, con la humillación para un hombre como él, un tipo de navaja fácil, de haber sido vencido por una mujer con un único y certero puñetazo.

—Estoy en mi despacho, avísenme cuando llegue.

¿Sabrá el servicio las noticias del día? ¿Les habrá llegado a sus oídos también la salida del coche accidentado de su señora con la ropa descolocada? Seguro que ellos saben perfectamente lo que hay entre Beatriz Conde y Sergio Sánchez-Camargo, que lo saben incluso mucho antes que Eduardo. Quizá se rían de él a sus espaldas, como sin duda está haciendo tanta gente en todo Madrid a esa misma hora.

—Aquí estoy, me han dicho que me esperabas y querías hablar conmigo.

—En realidad no quiero hacerlo, pero me obligas. Creo que has dado un buen espectáculo en plena Castellana.

—Qué bien que lo sepas ya. Fue una pena que se cruzara esa camioneta, nos lo estábamos pasando muy bien dentro del coche. Mucho mejor de lo que nunca me lo he pasado contigo. ¿Te han contado ya lo que estaba haciendo?

Suponía que el ataque y el insulto serían la reacción de Beatriz, pero no va a caer en la provocación.

—¿Se te ocurre alguna forma de poner fin a esta situación?

Intenta hablar de manera pausada, no dejarse llevar por la ira que siente.

—No tengo ningún interés en hacerlo. Todo el mundo se ha enterado, todo el mundo nos ha clasificado ya. Sabré vivir siendo considerada una adúltera, ahora se trata de que tú sepas vivir con lo que la gente te considere a ti. Puedes imaginarte la palabra que usarán.

—No creo que vaya a acostumbrarme a vivir con una mujer de valores tan rastreros como los tuyos. Y si tú no tienes ninguna solución, seré yo quien tenga que proponerte alguna para que escojas.

Existe la posibilidad de anular el matrimonio, desde luego la preferida por Sagarmín por mucho escándalo que fuera a causar.

—No tengo inconveniente, Eduardo, siempre y cuando me cedas todos los bienes comunes. Digamos que un reparto equitativo, todo para mí y nada para ti.

Los bienes comunes del matrimonio son muchos, la nutrida herencia de la familia de Eduardo y la más grande aún procedente de la familia de ella, la que su padre, el cubano retornado, le dejó hace un año y todavía no han recibido, envuelta en litigios de abogados.

—Recibirás íntegra la herencia de tu padre.

—He dicho todos los bienes comunes, no sólo una parte.

Es inaceptable y Beatriz lo sabe. Sólo es su forma de decirle que no va a aceptar la nulidad del matrimonio.

—¿No propones nada?

—Seguir como estamos. Me hace gracia saber que la gente te señala cuando entras en algún sitio. A esta hora, hasta tu amigo el rey debe de haberse reído mucho con la historia de mi salida del coche. ¿Te han contado que estaba medio desnuda? Casi del todo de cintura para arriba. Como esas cabareteras que os gustan a vosotros. Bueno, en realidad más bella que ellas. Me gustó mucho exhibirme así en público, creo que buscaré más ocasiones para hacerlo.

—¿Por qué haces esto?

—Por odio, no le des más vueltas, sólo por odio. No me has dado la vida que esperaba y me vengo así.

Él no odia a su esposa. O quizá sí, pero nunca se había atrevido a pensarlo, mucho menos a decirlo. La entiende, lo que no comparte es su forma de salir de la situación en la que están metidos, con uno destruyendo al otro; para Sagarmín sería mejor repartir los bienes —al fin y al cabo, los que aporta ella son muy superiores y él le permitiría llevárselos— y olvidarse mutuamente.

Durante la noche piensa en ello: si consiguiera que el asunto no fuese una discusión entre los dos sino entre abogados de las dos partes, tal vez se pudiese llegar a un acuerdo. Pero sus pensamientos de la noche se vienen abajo en cuanto ve a su esposa por la mañana, arreglada para salir.

—Me voy, no volveré hasta la noche, si es que vuelvo. Voy a pasar todo el día haciendo el amor con mi amante. Nos acordaremos de ti.

Se lo ha dicho, para mayor humillación, delante de la criada que le servía el desayuno, consciente de que dos minutos después lo sabría todo el servicio y, antes de media mañana, todos los que los conocen. Y peor: todos sabrán que él no reaccionó a tiempo impidiendo que saliese, dará la impresión de que es algo que acepta como natural.

A nadie se le puede consultar cómo reaccionar en una situación así. Eduardo Sagarmín se sentiría mucho más cómodo si pudieran seguirse las reglas de la esgrima.

Una idea empieza a rondar la cabeza de Eduardo: Sergio Sánchez-Camargo, el amante de su esposa, es también un esgrimista consumado. Hace muchos años que los duelos no son legales, pero alguno se sigue haciendo. Ahora son asunto de burgueses y no de aristócratas, como antes. Los burgueses no saben usar las espadas y se baten con pistolas, pero sería un deshonor que Camargo y él no lo hicieran según el método tradicional.

Retará en duelo a Camargo, según las normas de los duelos de toda la vida. Será su forma de lavar su nombre.

* * *

—Hija, espero volver a verte algún día.

Su padre es el único que acompaña a Gabriela a Palma de Mallorca y se ve que no es capaz de romper la empalizada que ella ha levantado a su alrededor, que no sabe cómo expresarle sus sentimientos. Tampoco Gabriela le ayuda, empeñada en hacerle sentir incómodo, en que se quede con la sensación de que se ha casado obligada y sufra remordimientos.

Sólo al llegar al puerto, después de que los operarios cargaran en el barco los baúles de Gabriela, los dos tienen un instante de debilidad en el que se miran a los ojos. Durante unos segundos, Gabriela sólo es capaz de recordar a su padre con ella en la playa, enseñándole a nadar, obligándola a mover bien los brazos, a meter y sacar la cabeza del agua para respirar, abrazándola para quitarle el frío al salir del agua, contándole viejas leyendas de pescadores y cantándole las canciones que según él le cantaban las sirenas. Durante ese fugaz instante no se acuerda ni de su madre, ni de su suegro ni de su marido, sólo de los momentos de felicidad con su padre.

—Sabe que no me verá, que nunca volveré. Y ya le di a mi madre mil pesetas del dinero que me envió mi marido. Era lo que querían, ¿no?

—No digas eso, hija; queríamos lo mejor para ti, el dinero no nos importaba. Aunque no lo sepas ver, aunque quizá nos equivoquemos.

No quiere que su padre la vea llorar, quiere parecer una mujer dura a la que le da igual lo que hayan hecho, que va a encontrarse con su destino, que va a ser feliz y poderosa en un país del que apenas ha oído hablar.

—Cuando se te pase el enfado y te olvides del orgullo, cuando te des cuenta de que marcharte y alejarte de Enriq era lo mejor que podías hacer, escríbenos. Cuéntanos qué tal te va y no te olvides de tus hermanos pequeños.

Cuando avisan de que hay que subir al barco, le da un último abrazo, el más sentido de todos.

—*Adéu, pare.*

—*Adéu, filla. Fins aviat.*

—*Fins sempre.*

Hasta pronto, hasta siempre y, seguramente, hasta nunca, que es lo que piensa que sucederá. Gabriela se asoma a la barandilla de la cubierta y su padre sigue allí, agitando el brazo para despedirse de ella. Sólo entonces permite que las lágrimas asomen a sus ojos. Sólo entonces vuelve a ver a su padre como lo que es, un buen hombre que no ha sabido mantener sus principios, un hombre pequeño que se aleja de la persona que más quiere en el mundo, de ella.

Desde la cubierta, cuando el barco abandona el puerto y deja de ver a su padre agitando un pañuelo para despedirla, ve Palma de Mallorca con su majestuosa catedral. Pero ésa no es su ciudad, ella es de Sóller, será el lugar que recordará por mucho que pasen los años.

Desde primera hora de la mañana se nota con mal cuerpo y lo ha achacado a los nervios, pero en cuanto el barco empieza a moverse por las olas su estado se agrava: empieza a marearse, siente náuseas. Ha subido muchas veces en el barco de pesca de su padre y nunca le había pasado, pero está claro, se ha mareado. Ni siquiera puede aguantar hasta llegar a un baño o a que le acerquen un recipiente donde hacerlo; vomita allí mismo, en el suelo de la cubierta.

—Acompáñeme, no se preocupe, ahora viene alguien a limpiar.

Ahora viene alguien... Debe acostumbrarse a que ya no es una moza de pueblo, es una dama, siempre habrá una criada para recoger lo que ella ensucie. La camarera que la ha socorrido la lleva a una salita en la que puede sentarse y descansar, le ofrecen una infusión y van a buscar al médico del barco. Son los privilegios de ser una pasajera de primera.

—¿Se encontraba ya mal antes de subir al barco?

—No estaba bien, tenía el estómago revuelto, pero creo que era por la despedida. Estaba muy nerviosa: no voy a volver a mi pueblo, nunca más voy a ver a mi familia. Desde Barcelona partiré hacia Buenos Aires, a encontrarme con mi marido.

—Es posible que usted le lleve una buena noticia. Habría que hacer pruebas, pero es posible que su mareo no se deba a las olas o al barco. ¿Cabe la posibilidad de que pueda usted estar embarazada?

Cabe la posibilidad, claro que sí. Pero espera que no sea así, sería la mayor desgracia que le podría pasar, el peor regalo que le podría dejar Enriq.

—No, no puede ser. Es imposible. Se está equivocando, doctor.

—Ya le digo que tendríamos que hacer pruebas, que no tengo nada en lo que basarme, sólo en que es lo primero que he pensado nada más verla. Claro que si usted me dice que es imposible, está claro que me he equivocado.

Quiere convencerse de que el médico está equivocado, él mismo ha dicho que podría estarlo. Ha sido una simple suposición que no es cierta: ella lo que está es mareada. Hay mucha gente que se marea al subirse en un barco, ¿no?

Cuando lleva un buen rato allí sola, entra en la salita un hombre alto, de unos sesenta años, vestido de marino; el capitán Bennasar.

—Ya me han informado de que se ha mareado usted. No se preocupe, a veces pasa en los barcos. Si esta noche puede dormir bien, mañana se levantará como nueva.

—Me encuentro mucho mejor.

—Me alegro, entonces ha sido muy leve. ¿Tiene hotel en Barcelona? ¿Necesita que la ayudemos de alguna manera?

—No, tengo habitación en el Hotel Cuatro Naciones, en la Rambla.

—El mismo en el que dormiré yo. Buen hotel, siempre me quedo allí. ¿Conoce la ciudad?

—Es la primera vez que salgo de Mallorca.

—Entonces haremos una cosa: como a mí me mandarán un coche para llevarme al hotel, si usted quiere, vendrá conmigo, así no se perderá en su primera tarde en Barcelona y no tendrá que andar de un lado para otro después de su mareo.

Es una oferta estupenda, el viaje ha empezado con mal pie por lo del mareo, pero no hay que preocuparse: ya está mejor y tiene una forma de llegar al hotel.

Dos horas después, a la hora de comer, se encuentra perfectamente y está muerta de hambre. Está tan bien y de tan buen humor que decide abandonar la soledad de la salita y acudir al comedor de primera. De camino para en la cubierta para contemplar el mar, no se ve otra cosa a su alrededor.

—¿Se le ha pasado el mareo?

El médico que la atendió antes, el que le dio el susto del embarazo, se ha acercado a ella.

—Totalmente, me encuentro perfectamente. Era sólo un mareo, hasta que me he acostumbrado al movimiento del barco.

—Muy poco le ha durado para lo mala que se puso.

—Al fin y al cabo, soy hija de un pescador, en algo se tenía que notar.

—Yo sé que usted me ha dicho que es imposible que esté embarazada y la creo, como es mi obligación. De cualquier forma, voy a darle la dirección de un colega mío en el centro de Barcelona, él podrá hacerle todas las pruebas necesarias. Ya sabe usted lo que dicen: más vale prevenir que curar.

¿Quién le manda meterse a ese médico en su vida? ¿Quién le manda causarle esa angustia cada vez que la ve?

La llegada a Barcelona le habría fascinado de no ser por sus dudas con respecto a su estado. Ha vuelto a salir a la cubierta para ver la enorme ciudad a lo lejos. Piensa en cómo sería vivir allí. Echa de menos a Àngels a su lado para comentar con ella todo lo que podrían hacer: visitar las mejores tiendas, ir al teatro —nunca ha ido al teatro—, pasear por las calles y tal vez enamorarse de algún joven elegante con el que se cruzaran.

Se queda mirando a un hombre que coloca unas cajas. Por un momento piensa que es Enriq, pero cuando se da la vuelta se da cuenta de que no es él. Ha sido sólo un segundo, pero en él ha cabido toda la vida y todos los sueños. Enriq no sería el cobarde que todos creen, habría subido en el mismo barco que ella y no se descubriría hasta estar en Barcelona, en el muelle; le pediría que nunca se separara de él, le ofrecería una vida en la que ambos fuesen felices, lejos de Sóller y lejos de Buenos Aires. A ella no le habría importado estar embarazada y decírselo.

—Enriq, vamos a ser padres.

Pero no es él, sólo un hombre que se le parece de espaldas. Enriq sí es un cobarde. O no, quizá sea que nunca la ha amado. Si está embarazada no se permitirá olvidarle, pero si no lo está no le va a dedicar más tiempo.

* * *

—¿Un duelo? Esto es absurdo. Claro que no estoy dispuesto a ser tu padrino en un duelo.

Eduardo sabía que ésa sería la primera respuesta de Álvaro Giner, pero espera tener argumentos para convencerle. Sagarmín se ha pasado la mañana, desde la salida de casa de su esposa, estudiando el libro del marqués de Cabriñana, *Lances entre caballeros*, y analizando si se cumplían todas las condiciones para retar en duelo a Sergio Sánchez-Camargo. Los dos son caballeros, o por lo menos pertenecen a una clase social similar —el uno marqués de Aroca y el otro conde de Camargo—, ambos son diestros en el uso de la espada y existe una ofensa que el ofendido, Eduardo Sagarmín, puede considerar gravísima.

—Camargo se ha conducido poniendo en duda mi hombría; si lo tolero sin ponerle remedio, estaré dando a entender que su ofensa tiene fundamento. Si tuviera otro amigo al que pudiera pedirle esto no recurriría a ti.

Lo ha pensado, sólo tiene dos amigos que podrían acompañarle en un trance así, uno de ellos es Álvaro y el otro Su Majestad don Alfonso XIII; el monarca queda completamente descartado por motivos obvios.

—Es una barbaridad y está prohibido por la ley. No me vas a convencer para que participe en una pantomima de ésas.

—El honor está por encima de la ley. Y lo sabes. Esta misma tarde retaré a Camargo en duelo. Quiero medirme a él lo antes posible, mañana de madrugada, si él está dispuesto. Si gano, me marcharé a Barcelona, a preparar mi partida a Buenos Aires; si pierdo, algo que no va a ocurrir, el rey tendrá tiempo para hacerle el encargo a otra persona.

—No me digas que además quieres un duelo a muerte.

—¿Hay otra forma de lavar el honor? Le propondré que usemos espada ropera, la espada española. Los dos sabemos usarla.

—¿Y si Camargo se decide por la pistola?

—He estudiado el protocolo; el ofendido soy yo, luego tengo derecho a escoger el arma siempre y cuando no quiera abusar de mi superioridad en su uso. Aunque me da igual: si quiere pistolas, que sean pistolas.

—Puede negarse a batirse en duelo contigo. Si tiene sentido común es lo que decidirá.

—Haré que se entere todo el mundo. No tendrá más remedio que aceptar, a no ser que quiera quedar señalado como un cobarde.

—Es una locura. Te repito que no, no seré tu padrino. Además, impediré que el duelo se lleve a cabo si llego a enterarme del lugar y la hora en que se vaya a celebrar.

Siempre es mejor tener al lado a un amigo en un lance de honor, pero si Álvaro Giner no quiere ser su padrino, encontrará a otro; seguro que en la Sala de Armas de Adelardo Sanz alguno de los hombres con los que practica varias veces por semana está dispuesto a acompañarlo en este trance, mucho más cuando sepan que su adversario suele tirar en el Casino Militar. La decisión está tomada y Beatriz no se va a sentir tan segura y tan feliz cuando la conozca.

—¿Un guantazo?

—Sí, el adversario debe recoger el guante. De ahí viene la expresión.

—Seguro que es algo simbólico, no será necesario hacerlo, bastará con decirlo de palabra.

Es complicado reconstruir el protocolo que se debe seguir para retar a alguien a un duelo en una época en la que se trata de algo del pasado. Mucho más si se quiere una verdadera muestra de honor y no una simple pelea disparándose de lejos para no acertarse, como hacen tantos hipócritas sin redaños. Cada uno de los duelistas debe tener dos padrinos que deben pactar las condiciones en las que se dirimirá el combate, desde la hora del encuentro hasta las armas que se usarán; también es decisión de ellos un asunto que interesa a Sagarmín: en qué momento se considera que la ofensa ha quedado saldada.

—En ningún caso vamos a consentir un duelo a muerte.

—No creo que la primera sangre sea suficiente para lavar mi honor.

—Propondremos que el duelo se concluya cuando uno de los participantes quede gravemente herido.

Intenta discutir, pero son las condiciones que exigen sus compañeros de esgrima para aceptar representarle como padrino. Después, en el campo del honor, él intentará matar a Camargo, o al menos dejarle un recuerdo muy doloroso del lance.

—¿Me está hablando en serio?

Sagarmín quiere que todos sus conocidos se enteren de lo sucedido una vez que el combate se haya producido, sea cual sea el resultado. Quiere que salga en los periódicos, quiere que todo el mundo se despierte pasado mañana con la noticia: o él o su rival habrán muerto como consecuencia de un duelo de los de antes, de los que servían para que el honor quedase restituido. Nada de dos petimetres con espadas señalándose un par de botonazos; dos esgrimistas de primera cruzando los hierros a causa de una dama. Una dama que, por cierto, no lo merece. Por eso se ha presentado en la redacción de *El Noticiero de Madrid*, para ofrecerle a Gaspar Medina, el mismo periodista que viajará con él a Argentina, la oportunidad de que sea él quien cuente todo el proceso, sin duda sabrá darle un toque mucho más heroico del que en realidad tiene.

—No me diga que no le interesa. Usted escribe muy bien, puede convertir esto en una magnífica historia para su periódico.

—No le digo que no, pero creo que hay cuestiones que están por encima del periodismo; el progreso es una de ellas. No creo que los duelos sean una forma de progreso.

—Yo voy a retar en duelo a Sergio Sánchez-Camargo esta misma tarde y le ofrezco que me acompañe desde el principio; pocos gacetilleros han tenido una oportunidad como ésta. Preferiría que usted fuese el periodista que lo contara, pero si declina mi invitación, avisaré a otro. Sabe que no me será difícil encontrarlo.

La resistencia de Gaspar es inferior a la de su amigo Álvaro Giner y acaba aceptando. Estará presente en todos los pasos del evento; el primero será en apenas unos minutos, cuando los dos, acompañados por los padrinos de Eduardo, se acerquen al Casino Militar de la plaza del Ángel para arrojar el guante a la cara de Camargo.

—Tenía ganas de iniciar el viaje a Buenos Aires en su compañía, señor Sagarmín. Veo que es poco probable que usted vaya a subirse en ese barco, nunca se sabe lo que puede suceder en un lance así.

—¿Un duelo con usted? Estaré encantado. Si le parece oportuno, en una hora mis padrinos podrán reunirse con los suyos. ¿Podrían hacerlo en el Café de Pombo?

Eduardo Sagarmín no puede estar presente en la negociación entre sus padrinos y los de Camargo, así que espera su resolución sentado en uno de los veladores del Café de la Montaña, acompañado por el periodista. Un periodista que está dispuesto a dejar escapar una gran historia.

—¿No se da cuenta de que pasado mañana podría estar usted muerto? Esto del duelo es una locura. Tenía esperanzas de que su adversario se negara. Están ustedes locos.

Eduardo Sagarmín no tiene ningún miedo de morir durante el duelo, es algo que ni se plantea. Se siente feliz cuando aparecen sus padrinos para informar de las condiciones:

—Espada ropera, asaltos de tres minutos con dos de descanso, no hay límite de asaltos, no se terminará hasta que uno de los dos contendientes no sea herido de gravedad. Habrá un médico para determinar el momento de abandonar la lucha. El conde Camargo sólo ha puesto una condición, que su esposa no sea informada hasta la conclusión del duelo.

—¿A quién se refiere cuando dice su esposa? ¿A la de él o a la mía?

—Él es soltero, señor Sagarmín.

—¿Se atreve a decirme lo que le puedo revelar a mi esposa y lo que no?

—Son las normas que hemos pactado y deben ser respetadas.

Lo acepta, no le dirá nada a Beatriz e intentará matar a Camargo; ésa será la herida que le impida seguir combatiendo, la herida de muerte.

—Correcto. ¿Cuándo nos batimos?

—Mañana al amanecer, en la Casa de Campo.

Los padrinos lo han pactado todo, a Eduardo sólo le queda retirarse a descansar y estar preparado para el día siguiente.

—No me puedo creer que sigas pensando en la sandez esa de batirte en duelo con Camargo.

Álvaro Giner se ha presentado en casa de Sagarmín por la noche; alguien le ha contado que está todo preparado, que los dos contendientes se enfrentarán al alba.

—No te metas, Álvaro, es un asunto entre Camargo y yo. Tú sabes lo que pasó, tú mismo me lo contaste. El honor de mi esposa me da igual, de hecho he conocido pocas personas tan poco honorables como ella; pero el mío me sigue importando.

—¿No puedo hacer nada para que cambies de opinión?

—Nada.

—Está bien. ¿Has tirado alguna vez con Camargo?

—No.

—Yo sí. Es muy bueno, frío, sabe mantenerse quieto, sin darte pistas de sus reacciones y guardando la distancia, es probable que te tire a la mano; pero tiene una tendencia natural, si se ve muy presionado, su parada favorita es la contra de tercera y la hace muy bien. Sólo puedo decirte esto para ayudarte.

Álvaro no ha querido ser su padrino, pero la información que le ha dado puede servir para que Eduardo salga victorioso.

* * *

—No sé si esas tres maletas van a caber en el coche. ¿Cuánto tiempo piensas estar fuera? ¿Para siempre?

Raquel ha guardado su vida en tres grandes maletas y en el neceser donde lleva el dinero, del que no se separará ni un minuto. Aunque la americana sólo lleva una, no parece fácil que quepan en el maletero del Buick rojo de Susan.

—Tendremos que usar el asiento de atrás de portaequipajes.

Algunos vecinos de la calle Tribulete se han acercado al lujoso vehículo y ayudan a las dos mujeres a subir los bultos. No se suelen ver esos grandes automóviles en las calles de Lavapiés y se ha convertido en la gran diversión de los niños, que lo tocan, lo observan por todas partes, preguntan por la velocidad que alcanza y otros detalles del estilo, y los más atrevidos se suben a su estribo. Las dos mujeres que viajarán en él, Raquel y Susan, también se han convertido en la atracción de los padres que asisten a la carga.

—Si queréis os acompaño y os hago de mecánico. No entiendo de motores, pero a vosotras os tendré engrasadas y a punto.

Raquel está acostumbrada a esas cosas del Japonés y ni siquiera les da importancia. Susan se ríe mucho y da palmadas —masculinas— en las espaldas de los que se las dicen. Se ha puesto unos pantalones marrones, un jersey con una cazadora de cuero y una gorra, también de cuero. Remata su atuendo con unas gafas que más parecen de aviador que de conductor. Raquel se ha vestido mucho más normal, la única diferencia con un día de diario es que lleva un vestido de tono ocre que espera que disimule las manchas de polvo y carbonilla del camino.

—Hace un día radiante, perfecto para viajar. Nos vamos. Primera parada, Alcalá de Henares.

Cuando Susan ya ha arrancado el motor, Raquel ve a Roberto subiendo la calle. Viene solo, sin la prestancia con la que salió de casa ayer y, además, con cara de contrariedad. Manda parar a su amiga.

—¿Qué te ha pasado?

—Lo mismo de siempre, cordera; Gerardo me ha vuelto a engañar.

—Tienes que acostumbrarte a que es un canalla, caes una y otra vez. ¿Quieres que baje mi equipaje del coche y me quede contigo?

—No, cordera, tienes que marcharte. Que vaya todo bien. Buen viaje, quizá algún día nos veamos en Buenos Aires.

Susan no dice nada mientras ellos dos se abrazan, el abrazo más sentido que Raquel ha dado nunca. Se alegra de que la americana le haya prestado unas gafas oscuras para el sol, así no la ve llorar mientras se alejan.

La carretera hasta Alcalá de Henares es bastante buena, con

el pavimento bien acondicionado; el problema lo tendrán a partir de ahí, se encontrarán trechos que todavía no están preparados para el veloz paso de los coches modernos.

—He leído en el periódico que están planeando un circuito de firmes especiales, que van a partir de Madrid carreteras completamente asfaltadas hacia todos los rincones de España. Nos hemos adelantado, este viaje será mucho más cómodo cuando estén terminadas.

Hasta Barcelona seguirán el mismo camino que llevó al rey Felipe V en 1701 hasta esa ciudad para contraer matrimonio con María Luisa de Saboya: Alcalá, Guadalajara, Sigüenza, Medinaceli, Calatayud, Zaragoza, Fraga y Lérida.

—¿Vamos a hacer noche en todas?

—No, sólo en Sigüenza y en Zaragoza. A lo mejor también en Medinaceli, si nos gusta mucho. Después pasaremos unos días juntas en Barcelona.

En el Hotel Ritz han preparado una cesta de picnic para Susan. Es una cesta hecha de mimbre y forrada con una tela a cuadros como las de los manteles. Dentro lleva un mantel de hilo, cubiertos de plata, copas de cristal y vajilla de porcelana. Además de una botella de vino francés de primera calidad y tarteras con comida que no necesita ser calentada: *vichyssoise*, rosbif, ensaladilla rusa… De postre tendrán fruta en almíbar.

—No está mal, pero esto sólo es para hoy. A partir de esta noche debemos buscar restaurantes por donde vayamos.

Raquel está ansiosa por llegar a Alcalá, pero Susan prefiere parar a orillas del Henares, en una zona que conoce de otro viaje, de gran belleza, para almorzar.

—Al final nos hemos retrasado mucho para salir, mejor que paremos ya. Y es un sitio que me gusta mucho.

Raquel está segura de que pocos lugares puede haber más bonitos en primavera que el que ha escogido la americana para almorzar. En enero, por muy radiante que haya salido el día, es frío y húmedo.

—De verdad, Susan, ¿no prefieres que lleguemos a un hotel con chimenea en el que nos den un plato caliente?

La americana se niega, se queja de que los españoles no saben disfrutar de la vida al aire libre, le echa la culpa a que tienen en los genes el trabajo de agricultores y que no entienden que se pueda estar en el campo sólo por placer. Pero en cuanto llevan allí un cuarto de hora, tiene que reconocer que el frío es insoportable y que es absurdo quedarse allí sufriendo. Sin apenas probar el contenido de la cesta de picnic, vuelven al coche y ponen rumbo a Alcalá de Henares.

Tras preguntar a un par de personas que se encuentran por el centro de la ciudad, acaban calentándose ante el fuego de la chimenea de un mesón situado en una calle que termina en la plaza en la que está una iglesia que llaman de los Santos Niños Justo y Pastor. Les sirven unas migas manchegas con chorizo y una lubina al horno cuyas recetas el mesonero asegura haber copiado del *Quijote*.

—¿Has leído el *Quijote*?

—No.

—Yo tampoco, en cuanto vuelva a Madrid me lo compro. Si no encuentro las recetas, volveré a que me devuelvan mi dinero.

Nada más comer parten hacia Sigüenza, por una carretera mucho peor que la anterior. Cuando llegan a Guadalajara se dan cuenta de que la luz no les permitirá cumplir con sus planes de viaje y deben buscar una habitación. La encuentran en un hostal de la calle del Carmen, entre la calle Mayor y la de Miguel de Cervantes. Tienen que subir todas las maletas al no poder dejarlas en el coche y terminan agotadas.

—¿Y si en lugar de salir a cenar damos cuenta de la cesta del picnic en la habitación?

Un par de horas después están las dos en la cama con el apetito saciado, desnudas, disfrutando de sus cuerpos. Raquel habría preferido dormir pero la americana está especialmente empeñada en hacer el amor con ella esa primera noche y todas las demás que pasen juntas. Y, además, está más efusiva que de costumbre. Hay momentos en los que piensa que los gritos de placer de Susan tienen que estar escuchándose en otras habitaciones del hostal, hasta en la calle a la que dan sus ventanas. Lo que no podía esperar es que la puerta se abriera sin previo aviso y aparecieran dos policías, avisados por la dueña del hostal de que en esa habitación se están produciendo actos contra la moral.

—Están ustedes detenidas.

—¿Qué?

—Vístanse.

Pasan la noche en un calabozo y sólo logran salir por la mañana, gracias al dinero de la americana. Susan consigue, además, que la detención no vaya a aparecer en sus expedientes. Quién sabe si podrían influir en que Raquel no consiguiera su pasaporte para Argentina.

Cuando por fin ponen un pie en la calle, después de que Raquel compruebe que su neceser sigue en la habitación del hostal sin que nadie haya metido la mano en él, no les quedan ganas de seguir viajando por España.

—Nos volvemos a Madrid, será mejor que llegues a Barcelona en tren. La civilización no ha llegado a este país.

Un día después de su partida, Raquel llama a la puerta del pequeño piso de la calle del Tribulete y Roberto la recibe, como siempre, con los brazos abiertos.

—Mi viaje empieza gafado, pero eso no significa que no vaya a acabar bien. ¿Me acoges otra vez en tu casa unos días?

* * *

—¿Dónde están todas? ¿Dónde están todas? ¡Despierta!

Los gritos de Max Schlomo y de Jacob podrían despertar a toda la ciudad de Estambul y su ira amedrentar al hombre más valiente; mucho más a Sara, que no sabe qué pasa, pero se da cuenta en el mismo momento que abre los ojos. Esther, su compañera de habitación, ha desaparecido. Por los gritos que llegan de fuera, de Jacob, las demás se han fugado también.

—¿Dónde están? ¡Dilo!

Max la tiene agarrada por el camisón y su puño está a pocos centímetros de su cara, listo para golpear. Ella sólo acierta a llorar, no sabe dónde están, no le avisaron de que pretendían fugarse, estaba dormida y ni siquiera las oyó salir…

—No lo sé. Lo juro.

Se queda sola unas horas, angustiada, sin saber qué está pasando y qué va a suceder a continuación. Max la tiene que creer, ella no se ha enterado de nada, no es cómplice de sus compañeras, no le ha ocultado nada. Si se lo hubieran dicho no las habría acompañado en su fuga. ¿Dónde van a ir cinco judías en una ciudad como Estambul? ¿Las ayudaría alguien a escapar o sólo se aprovecharían de la borrachera de Jacob? ¿Lo lograrán y volverán a sus *shtetls* en Ucrania o caerán en manos de otros como Max y su socio, el mítico Meishe, que las espera en Buenos Aires?

Cuando ya es de madrugada vuelve a escuchar ruido, la puerta se abre y Jacob empuja a Esther, que cae al suelo, dentro de la habitación, después se vuelve a cerrar. Sara corre a ayudarla, Esther tiene un ojo morado y una herida en el labio.

—Me han pegado. A Ruth la han matado…

No para de llorar y Sara no se entera bien de lo que le dice. Sólo que a Ruth, una pequeña rubia de ojos azules, la han matado y que lo ha hecho Max con sus propias manos. No le extraña, ya sabía que Max era capaz de matar y él mismo le había dicho que había matado a hombres y mujeres, sin distinción.

—Esto es lo que hace tu marido. ¿Vas a seguir con él?

—Ahora más que nunca, ya me habéis demostrado que es imposible librarse de su vigilancia.

Durante un día entero no se abre la puerta del cuarto. No hay ni comida ni agua para ellas. Sara empieza a sentir rencor hacia sus compañeras. Quién sabe si, de no haber intentado fugarse, Max la habría vuelto a sacar de paseo, la habría llevado a conocer alguno de los palacios o de las mezquitas que vieron en su paseo hacia el Gran Bazar. En lugar de eso, en lugar de seguir conociéndole y disfrutando de su compañía y su conversación, está en una habitación oscura, con hambre y sed, escuchando los lloros de su estúpida compañera de infortunio.

—A mí me van a obligar a acostarme con doscientos hombres a la semana, a ti con los mismos doscientos y además te van a dar una paliza. ¿Quién es la estúpida?

Hasta bien entrada la noche no vuelve Jacob con dos vasos de agua y dos pedazos de pan.

—Racionadlos, no habrá más hasta mañana.

—Jacob, dile a Max que no me castigue, que yo no quise fugarme, por favor. Yo soy su esposa.

No hay respuesta. Pasa toda la noche con la incertidumbre de si su esposo está enfadado con ella, si nunca la va a volver a señalar con su afecto y si ha perdido todas las oportunidades de cambiar su destino.

A la mañana siguiente vuelven a abrir y las mandan salir. Las cinco —ahora, una vez muerta Ruth, son sólo cinco— esperan en la sala a que entre Max. Ni siquiera la mira, a ella que tanto necesita su perdón.

—Vamos a Barcelona; dentro de un rato salimos hacia el puerto y allí cogeremos el barco. No penséis que vais a tener posibilidades de escapar. Ya habéis visto lo que sucedió con Ruth. Prefiero mataros a las cinco y volver a Ucrania a por más mujeres que permitiros huir. Recoged vuestras cosas.

Se da la vuelta y sale, sin más, sin escuchar los lamentos y sin atender a los ruegos de Sara, que le pide que la escuche, que le asegura que ella nunca querrá fugarse, que ella estará con él hasta la muerte.

—Entrad ahí y acomodaos, no vais a salir en toda la travesía. Así aprenderéis a obedecer órdenes.

El barco que las llevará a Barcelona es mucho más grande que el que las trajo a Estambul desde Odesa, pero ellas no estarán en un camarote con una litera para cada dos sino en una pequeña estancia en la bodega, sin luz natural ni muebles. Sólo el suelo y un orinal que deberán compartir todas para una travesía que durará aproximadamente una semana.

—Es culpa vuestra, es culpa vuestra... Podríamos estar bien, podríamos viajar cómodas, y vamos a tener que soportar esta pesadilla. ¿Dónde ibais a huir, estúpidas, dónde? ¿Queríais que os encontrara un musulmán y os llevara a un harén en el desierto?

Sara odia a sus compañeras tanto como sus compañeras la odian a ella. No tiene miedo de que le hagan algo, están aterrorizadas porque todas vieron cómo Max Schlomo mató a Ruth. Delante de las demás, la asesinó con un cuchillo, sin compasión, con el mayor sufrimiento.

—¿Es esto lo que queréis? Sólo tenéis que volver a irritarme, lo haré con todas, una a una. ¿Creéis que me cuesta, que no me va a dejar dormir tranquilo? Estáis equivocadas, hasta me alegro de que hayáis intentado escapar, pensé que el viaje iba a terminar sin un momento de diversión para mí. Sois unas putas baratas. Puedo volver a Ucrania y vuestros padres me venderán a vuestras hermanas, vuestros hermanos me ofrecerán a vuestras madres; así que mataros apenas cuesta unos rublos.

Tienen que organizarse para dormir, para usar el orinal, sin posibilidades de vaciarlo más que cuando Jacob vaya a hacerlo, para colocarse sin incomodarse unas a otras, para racionar el agua y los alimentos que les den. Lo peor es el orinal, no ya usarlo ante los ojos de las otras, sino no poder vaciarlo y lavarlo. No saben cómo lo van a hacer.

Por la noche —para ellas ahora siempre es de noche—, charlan. Sara se va enterando de cómo fue su fuga. Todo estaba preparado por ellas, y una, no se entera de cuál, se acostó con Jacob para robarle la llave de la puerta de la casa. Nadie las ayudó, sólo esperaron a que todos durmieran y salieron. Decidieron por unanimidad no avisar a Sara.

No sabían qué hacer después de salir de la casa, dónde ir, no entendían el idioma ni conocían la ciudad. Se limitaron a vagar hasta que reconocieron por sus ropas a un judío por la calle, le pidieron ayuda y él las llevó a su casa. Pensaron que habían vencido, que estaban libres y que volverían a sus aldeas. Poco rato después aparecieron Max y Jacob. El hombre las había traicionado y ahí acabó su libertad.

—Volveré a escaparme, me tiraré al mar antes de llegar a Barcelona. O después, cuando vayamos a Argentina. No permitiré que me vendan y hagan conmigo lo que quieran.

Esther todavía está convencida, pero las demás empiezan a aceptar su destino, igual que Sara hizo desde el principio.

—Mejor que te tires al agua, Esther. Le pediré a Max que te trate peor que a ninguna. Eres una estúpida que sólo va a conseguir que las demás suframos. Tírate al agua y no nos arrastres a las demás.

* * *

—Vamos a llegar a Barcelona en unas horas, Giulio. Tienes que volver a meterte en el ataúd.

La idea de tumbarse otra vez dentro del ataúd le bloquea, no puede hacerlo; la angustia, el miedo, la repugnancia hacia su propio olor, la sensación de no poder respirar…

—No, no puedo. ¿No hay otra forma de entrar en Barcelona?

—Como no quieras saltar del barco y nadar… ¿Sabes nadar?

—Sé nadar. Lo prefiero.

—Serían tres o cuatro kilómetros, y además estamos en enero, el agua está muy fría. Si no nadas muy bien, no tienes ninguna posibilidad de salir con vida. Ni siquiera nadando bien, la tienes. Si saltas al agua, estás suicidándote. No nos hemos arriesgado tanto para que te suicides cuando la primera etapa del viaje está al alcance de tu mano.

—Nunca habré nadado tan deprisa. Cualquier cosa antes que meterme en esta caja.

El marinero no consigue convencerle, mejor morir en el agua que pasar unas horas más dentro del ataúd.

—Te veo convencido.

—No es cobardía, lo juro, es que no lo resistiría. Me volvería loco, gritaría y me mataría para que no me volviera a ocurrir.

—No te voy a hacer nadar, intentaremos arriar una barca. Pero a partir de ahora toda la responsabilidad de lo que te pueda ocurrir es sólo tuya.

Es de noche cuando Giulio sale a la cubierta, hace buena temperatura para estar en enero y agradece el aire fresco en su cara, se siente vivo; mejor ese aire que el viciado del féretro. A lo lejos se ve la ciudad de Barcelona. El marinero le ha dado las instrucciones de lo que debe hacer cuando llegue a tierra:

—Tienes que buscar una taberna en el barrio chino, se llama El Lombardo, pero no tiene nombre en la puerta. La lleva un lombardo que se llama Leonardo Fenoglio, en la calle de San Rafael. Si llegas hasta allí, pregunta por él y dile que te esperan en un conventillo de la Boca, es la contraseña. Después haz lo que te mande.

Le señala el lugar al que debe dirigirse, la playa de la Barceloneta, y le aconseja llegar antes de que amanezca.

—Ahora te parece una tontería, lo ves ahí al lado, pero ya verás cuando estés en la barca, no es tan fácil manejarla. Si te pillan, mantén la boca cerrada. Suerte.

Con algo de comida y de bebida, con su mochila envuelta en una tela impermeabilizada con pez para que no se moje, baja por la escalerilla hasta la pequeña barca y empieza a remar.

Por mucha fuerza que usa y mucho empeño que le pone,

apenas avanza y tarda bastante tiempo en que el barco en el que viajaba se pierda de vista en la oscuridad de la noche. Parece como si el mar no le quisiera dejar llegar y le hiciera retrasar con la corriente todos los metros que gana a fuerza de remos. A las dos horas de lucha está a punto de desistir, pero recuerda a todos los que se han arriesgado por él, a Sita, la chica que perdió a su novio en el frente, y siente que no los puede decepcionar, así que sigue, pese a que el dolor de los brazos le hace llorar. Se da cuenta de la locura que era intentar hacer ese recorrido a nado y agradece que el marinero sin nombre no se lo permitiera.

Ya empieza a clarear el día cuando nota que la barca avanza mejor, o él ha aprendido o el mar le ha premiado su constancia y ha decidido permitirle llegar a la playa. En cuanto pone un pie en la arena se olvida de la necesidad de huir y cae agotado al suelo; no dormía desde la tarde que pasó en el piso franco de Livorno y no puede aguantar más.

—¿Quién es usted?

Giulio se ha despertado en una cama, no sabe qué hora es y los brazos le duelen como si se los fueran a arrancar.

—Hable despacio, no entiendo muy bien el italiano.

Por fin recuerda que está en España, que ha llegado y que debe hablar su apenas aprendido español. Busca en el recuerdo aquellas palabras que leía en sus libros, aquella canción que su madre, que a su vez la había aprendido de la suya, le cantaba de pequeño, la del soldado que se fue a la guerra. Se cierra el círculo, su abuela llegó a Italia desde su Málaga natal, nunca supo bien por qué, y ahora él regresa a la tierra de su antepasada a la que no conoció. La mujer le cuenta que su marido lo encontró por la mañana en la playa de la Barceloneta y le subió a casa para que descansara. Una niña de siete u ocho años con cara traviesa se asoma a la puerta.

—Yo me llamo Amaya. ¿Cómo te llamas tú?

—Giulio.

—¿Eres un náufrago? Mi padre me ha dicho que eres un náufrago, como Robinson, pero que en lugar de llegar a una isla desierta has llegado a Barcelona.

—Deja a Giulio tranquilo, Amaya, que tiene que descansar. Te voy a traer algo para que comas. Mi marido estará aquí en diez minutos.

—No se moleste, señora.

Giulio intenta levantarse pero no lo consigue, tiene agujetas y dolores en todo el cuerpo.

—No puede moverse, no lo intente siquiera, descanse y después le cuenta a mi esposo quién es y qué hacía tirado en la playa. No se preocupe, si él hubiera querido entregarle a la policía lo habría hecho ya. Ah, tuvimos que quitarle la ropa que llevaba puesta, estaba empapada. La he lavado, debe faltarle poco para estar seca, se la traeré en cuanto la haya planchado.

Ni siquiera se había dado cuenta de que dormía con un cómodo y caliente pijama. La mujer le lleva un caldo, que le sabe mejor que nada de lo que ha comido nunca. Después se vuelve a quedar dormido.

Al despertarse, ve por la ventana que está cayendo la noche, ha pasado varias horas durmiendo en casa de esa familia. No parece que le hayan denunciado, así que les debe la libertad, tal vez la vida.

—Buenas noches, fui yo quien le recogió en la playa. Soy el capitán Lotina, José Lotina.

De todas las personas que le podían haber ayudado ha tenido que ir a dar con un militar, quizá los menos indicados para ayudar a un desertor, los que menos podrían comprender sus miedos y sus motivos.

—¿Capitán? ¿Del ejército?

—No, de la marina mercante. Soy el capitán del *Príncipe de Asturias*, un vapor de la Naviera Pinillos.

El capitán Lotina habla un correcto italiano pero regresan enseguida al español. La misma niña que le habló antes, Amaya, se cuela en la habitación y se sienta en las piernas de su padre para asistir fascinada a la conversación entre los dos hombres.

—Vi la barca en la que llegó, y su estado; supuse que no había encallado en la playa por casualidad. Que había huido de un barco. Tendría que denunciarle, pero antes he querido escuchar sus motivos. En estos tiempos no hay que dar nada por hecho, los hombres se han vuelto locos con la guerra y hay gente que sólo busca sobrevivir.

—De eso de trata, capitán Lotina. Muchas personas han arriesgado su vida para que yo sobreviva y no puedo traicionarlos. Estoy aquí de paso, quiero llegar a Buenos Aires y encontrarme con un primo que emigró hace años. Esto es todo lo que le puedo contar. Ustedes, los hombres de mar, entienden bien el significado del honor y la lealtad.

En la siguiente hora, sin que Amaya se mueva y apenas pestañee, Giulio le cuenta a Lotina todo lo que ha vivido, desde la carta de Francesca hasta el viaje en ataúd, desde la ayuda de Filippa en la casa de campo cercana a Castrezzato hasta la lucha con los remos contra el mar de hace unas horas. Sólo evita decir nombres que puedan inculpar a los que le han ayudado, pero siente que ese hombre, Lotina, tiene que entender el sufrimiento que la guerra está causando en tantos países.

—Tengo que llegar a Buenos Aires, un primo de mi madre emigró hace años, tengo que empezar allí una nueva vida.

—Supón que consiguieras subir a un barco, supón que la casualidad hubiera hecho que la persona que te ayudara en la playa fuese un capitán de marina, el capitán de un vapor que viajará a Buenos Aires en poco más de un mes. Sigue suponiendo, por ejemplo, que te permitiera embarcar como polizón, aunque eso es mucho suponer. ¿Cómo burlarías a las autoridades argentinas? ¿Has oído hablar del Hotel de Emigrantes? Hay hombres que llegan a Buenos Aires y son devueltos a su país por el gobierno argentino.

—Sólo sé que tengo que ir a una taberna en el barrio chino y allí hablar con un hombre que debe decirme la forma de llegar a Buenos Aires.

—¿Quién es ese hombre?

—No se lo puedo decir, capitán. Preferiría fracasar y perderlo todo que perjudicar a los que tanto bien están haciendo.

—¿Cómo sabes que te ayudará? ¿De verdad crees que podrán hacerlo?

—Espero que sí. No sé lo que me voy a encontrar, supongo que él me dirá la forma de burlar a las autoridades y de evitar ese hotel que usted me dice. Por lo que sé, hay mucha gente que nos ayuda en Argentina. Sabré arreglármelas. Otros lo han conseguido antes que yo.

—Descansa esta noche. Mi esposa te traerá algo sólido para cenar, me ha dicho que sólo has comido un caldo, y también te traerá tu ropa. Hablaremos otra vez por la mañana y veremos la mejor forma de proceder. Duerme tranquilo, no te denunciaré si lo que me has contado es cierto.

Antes de que se retiren para dormir, Giulio busca en su mochila el ejemplar de *Corazón* para regalárselo a Amaya.

—Así aprenderás italiano. Pero no creas en lo que dice el libro, son todo fantasías de un lugar que no existe.

Cuando se queda solo, la desconfianza se une a los mismos pensamientos que el resto de los días y no le permite dormir. Hay momentos en los que piensa en la cantidad de personas que ha conocido que ponen sus vidas en juego para ayudar a los demás; en otros, piensa que sólo puede confiar en sí mismo. Éste es el sentimiento que vence cuando, ya de madrugada, se levanta, se viste, guarda la ropa planchada en su mochila y abandona subrepticiamente la casa en la que le han dado asilo sin dejar siquiera una nota agradeciendo el auxilio recibido.

El edificio en el que vive la familia del capitán Lotina está frente al mar, es uno de los que miraba desde la barca cuando intentaba acercarse a la playa. Giulio camina hacia el puerto y uno de los primeros barcos que ve atracados allí es el *Sicilia*, el que le trajo a Barcelona. Después camina hacia la ciudad, que ya despierta. Pasea por la Rambla aparentando tranquilidad —no hay nada que llame más la atención que esconderse—, mientras se instalan los puestos de periódicos, de flores, de pájaros... No tarda en encontrar el barrio chino, la calle de San Rafael y la taberna que le han dicho.

—Me esperan en un conventillo de la Boca.

—Leonardo Fenoglio no está, regresará por la noche.

Giulio no contaba con tener que pasar un día caminando sin rumbo, sin dinero español para comprar algo de comer y sin atreverse a cambiar sus liras, tampoco sabe cómo hacerlo. Regresa al puerto y ve una zona que parece un campamento de desheredados, allí hay familias judías, soldados franceses con los uniformes hechos jirones, hombres que fuman un cigarrillo alrededor de una hoguera hecha con restos de madera.

—¿Italianos? ¿Sabe dónde hay italianos?

Un judío le señala la pared de una nave. Se acerca y reconoce a sus compatriotas.

—¿Eres desertor? ¿De dónde vienes? Yo soy de Turín.

Hay muchos como él, allí hay entre treinta o cuarenta hombres que le reciben como a uno de los suyos, le dan tabaco para fumar, un pedazo de pan con salami, vino barato y, sobre todo, compañía. Gracias a ellos se siente parte de un grupo, deja de ser un lobo solitario esperando la muerte.

* * *

—El italiano se ha marchado de madrugada mientras dormíamos. Espero que no nos haya robado. Por lo menos no echo nada en falta en el salón.

José Lotina está todavía en la cama cuando su esposa le da la noticia de la fuga del desertor italiano. El capitán está seguro de que no se ha llevado nada, no ha huido a causa de eso sino del miedo.

—Lo siento por él, anoche decidí que le ayudaría a llegar a Buenos Aires. Espero que lo consiga.

La más triste es Amaya, le había cogido simpatía al joven italiano.

—Papá, si le encuentras, perdónale y dile que si un día voy contigo en barco a Buenos Aires, le buscaré para devolverle su libro.

Ya en la calle, Lotina mira a lo lejos la zona del puerto en la que están los refugiados. Quizá encontraría allí al joven Giulio —¿será ése su verdadero nombre?—, pero no sabría qué decirle en caso de hacerlo: las personas deben ser libres de tomar sus propias decisiones aunque éstas estén equivocadas. Le costaría menos llegar a Buenos Aires con su ayuda que sin ella.

Ha quedado en recoger en el Hotel Cuatro Naciones, en la Rambla, a la hora del almuerzo, al capitán Eusebio Bennasar, que llegó anoche de Mallorca en el *Miramar*.

—Te voy a presentar a una joven a la que traje anoche en mi barco y está también alojada en este mismo hotel. Creo que viaja a Buenos Aires en el *Príncipe de Asturias*. Se llama Gabriela Roselló. Espero que en tu barco no se maree tanto como en el mío.

Gabriela es una joven muy bella y recién casada que va a Buenos Aires a encontrarse con su esposo. Está perdida en Barcelona, una ciudad demasiado imponente para ella, pero declina la invitación a comer de los dos capitanes.

—Prefiero comer en el hotel y dar después un paseo por el centro de Barcelona, estoy muy cansada y con muchas ganas de tener un primer encuentro con esta ciudad. Espero que no me lo tengan en cuenta.

Lotina lo prefiere, de haber estado la muchacha no habría podido hablar con Bennasar de todos los temas que le preocupan, tampoco pedirle que le lleve al barrio del Somorrostro. No sólo por los franceses, que tampoco le inquietan tanto, sino por la historia que le narró el joven italiano. No le extrañaría que muchas de esas fugas, de esas vidas que huyen del sufrimiento de la guerra, acabaran en esas barracas que hay junto al mar.

—El que aquella noche escuchara hablar allí a esos franceses no quiere decir que vayamos a encontrarlos de nuevo.

—Tómalo como una visita turística de alguien que vive en la Barceloneta, a menos de un par de kilómetros del barrio, y nunca lo ha conocido.

—Si quieres turismo, es mucho más bonito el parque de la Ciudadela, te lo garantizo.

Desde el Hospital de Infecciosos hasta las cloacas de Bogatell se extiende el Somorrostro, un barrio de barracas, como se llama en Barcelona a ese grupo abigarrado de casas de aluvión, construidas de cualquier manera, con materiales encontrados en los vertederos o robados en las obras. La impresión de Lotina es que las basuras que se ven por todas partes se han usado para levantar las paredes tras las cuales viven muchas familias.

—Dicen que los primeros en establecerse aquí fueron marineros llegados de tu tierra, de Vizcaya. Hace más de cuarenta años. Ahora, casi todos los vecinos son gitanos o gente llegada del sur para buscar trabajo en Barcelona.

El barrio, más bien sus basuras, llega al borde mismo del mar; muchos camiones las llevan desde la ciudad y las descargan allí. No se sabe si es un vertedero donde viven seres humanos o un barrio en el que otros arrojan sus sobras. Cada cierto tiempo las olas lo inundan todo y algunas familias pierden lo poco que poseen.

—Es muy dura la vida aquí, en el Somorrostro, te lo garantizo. Pero es el lugar donde mejor flamenco se puede escuchar de todo Barcelona, por eso vengo siempre que estoy aquí. Me tienen por un vecino más del barrio.

Algunos vecinos saludan a Bennasar, los niños le piden alguna moneda y él las reparte con generosidad. A los pocos minutos de llegar al barrio son una atracción para los más jóvenes y tienen una cohorte de chiquillos siguiendo sus pasos allá donde van.

—¿No es peligroso?

—Es uno de los lugares más peligrosos de Barcelona. Pero conmigo no corres ningún riesgo.

Ninguna de las casas tiene las más mínimas condiciones, ni luz, ni agua corriente; los que viven allí lo hacen casi como animales, abandonados y alejados del bienestar del que se goza en otras zonas de la ciudad.

—Pero éste no es el único barrio de barracas, hay más: en Montjuïch, en el Carmelo, en el Camp de la Bota… Algún día la ciudad será de los que viven en estas barracas y sus hijos hablarán catalán, pero de momento Barcelona no los recibe con los brazos abiertos.

Allí se alojan bandidos, prostitutas, borrachos, mendigos, recogedores de chatarra, vendedores callejeros, buscavidas y trabajadores recién llegados desde sus pueblos a Barcelona, que trabajan jornadas interminables en las fábricas por sueldos de miseria. Los niños juegan en medio de los desperdicios, las mujeres cargan con los grandes baldes de agua desde una fuente situada junto al Hospital de Infecciosos, los jóvenes fuman y miran de forma insolente a quienes se les acercan, los hombres se calientan en hogueras encendidas al aire libre en la arena de la playa. Son hombres de pocas palabras; Somorrostro es un lugar donde todos saben lo importante que es el silencio, no hablar demasiado, no decir lo que pueda traer problemas. Las normas del resto de la ciudad no tienen mucho valor en este lugar dejado de la mano de Dios.

—En cualquiera de esas hogueras aparecerá una guitarra, alguien que dé palmas y, si tenemos suerte, un buen cantaor o una gitanilla que baile para todos. No te preocupes, que no me olvido de para qué hemos venido; antes de disfrutar del cante buscaremos al señor Paco.

El señor Paco era la persona que Bennasar le había asegurado a Lotina que controlaba todo lo que pasaba en el barrio, que le podía decir algo sobre los franceses.

—¡Bennasar!

En realidad el saludo del viejo patriarca gitano sonó más parecido a «Benazá». No es un hombre muy mayor, Lotina no cree que tenga más de cuarenta y cinco o cincuenta años, pero sus maneras y sus movimientos son los de un anciano; también el respeto que parecen profesarle los que se cruzan con él es el que se tiene a alguien de edad. Va vestido con un viejo traje y cubierto por un ridículo sombrero de color rojo, en sus manos lleva un bastón rematado por la cabeza tallada de un león que podría ser de marfil.

—El león observa mucho y pelea poco, pero cuando lo hace es invencible. De joven, muchos de los míos decían que yo también era así. Quizá, siempre me gustó imaginarme poderoso.

Los tres están delante de una hoguera en la que arden los restos de una caja de madera. Los han dejado solos, están en la playa y Lotina puede ver, al fondo, los edificios de la Barceloneta. Él vive en uno de ellos, a muy pocos metros de distancia física pero a años luz de distancia real, de oportunidades, de bienestar, de seguridad… Cerca de ellos hay unos jóvenes que no les pierden de vista, quizá sean una especie de guardaespaldas del gitano.

—¿Usted es el jefe de ese barco tan grande? Algún día viajaré en él. O no, para qué voy a salir de España, con lo bien que se está aquí.

Lotina deja que sea Bennasar, que conoce las costumbres del barrio, quien lleve la conversación, quien pase, a un ritmo exasperantemente lento, por los temas intrascendentes para llegar, por fin, a la pregunta que les ha hecho llegar hasta el Somorrostro.

—Aquí franceses vienen a menudo. Unos vienen a comprar y otros a vender. Y desde que Europa anda en guerra, más. Algunos vienen por negocios de armas —muchas armas que se han usado en las trincheras acaban aquí y vuelven a las guerras, que son su sitio, quizá a la misma trinchera en la que ya estuvieron, o quizá al bando enemigo—, otros hacen negocios de drogas; los hay que compran mulas para el ejército. Todo eso pasa por estas barracas. También hay desertores, últimamente vienen muchos que se han fugado del ejército. Dicen que en el frente mueren como ratas. Hay italianos, menos que franceses, pero también los hay. Y más allá, donde acaba el Somorrostro, se juntan los anarquistas en la playa, a veces se mezclan con los vecinos del barrio. Aquí se puede encontrar de todo, pero hay que saber qué se busca. Si me dice usted qué procura, *Benazá*, tal vez pueda ayudarle.

—No lo tenemos muy claro. A unos franceses que hablaban de unas estatuas que van en el barco. Nosotros vamos en ese barco y queremos saber a qué nos exponemos, si a que nos las roben o a que las quieran usar para sacar algo de aquí.

—Muy lejos está Buenos Aires para que yo lo sepa.

—¿Y refugiados de la guerra? ¿Italianos?

—Hay, claro, aunque son más los franceses. De cualquier forma, no confíe. ¿Cómo sabe que el que quiere hacerse pasar por refugiado de la guerra no huye en realidad por otro asunto? Me juego lo que quiera a que entre los buenos se esconden los peores asesinos.

—¿Sabría distinguirlos, señor Paco?

—Metería a todos en el saco de los que no merecen vivir. Así no me equivocaría.

¿Tendrá razón ese patriarca gitano? ¿Habrá sido un inocente Lotina al confiar en ese joven italiano?

No sacan nada más del señor Paco, y Bennasar, mientras caminan de vuelta a la zona más poblada de la playa, le avisa de que eso no quiere decir que no sepa, sólo que no tiene ningún motivo para hablar.

—Entonces ¿para qué hemos venido?

—Para que te conozca. Vendremos más veces, quizá algún día sienta confianza hacia ti para decirte algo.

—¿Hacia ti la siente?

—No era yo el que quería saber algo. El señor Paco no ha leído libros, probablemente ni sepa leer, pero no es un ignorante, es más listo que nosotros dos juntos.

A la salida, ya cerca del hospital de nuevo, encuentran lo que el mallorquín procura en las visitas al barrio, un grupo de vecinos que dan palmas para acompañar a una niña de no más de diez años que baila. Lotina no entiende de flamenco y no sabe si lo hace bien o mal, ni siquiera le atrae demasiado.

—Esa niña, si sigue bailando, si no engorda, si no se estropea, será grande.

—¿Cuándo volvemos al barrio? Necesito saber más.

—Por la mañana parto hacia Mallorca, pero vuelvo en tres días. Podemos hacerle otra visita al señor Paco.

—¿Puedo volver yo solo?

—No te lo recomiendo, todavía no.

* * *

—Mañana al alba voy a asistir a un duelo. He sido invitado por uno de los contendientes.

Gaspar no está seguro de querer escribir nada sobre el duelo que enfrentará a Sagarmín con Camargo. Se le revuelven las tripas sólo de pensar que el día siguiente, a esa misma hora, alguien puede estar muerto por culpa de una infidelidad que en realidad a nadie le importaría si no fuera por el honor.

—¿Un duelo de verdad, con pistolas?

—No, es gente principal, con espadas. Un marqués y un conde.

—Te guardo sitio para que escribas lo que quieras.

—No sé si hará falta. Si de verdad se produce y lo veo adecuado, escribiré mi columna sobre ese tema.

El director respeta el criterio de Gaspar y no le presiona para llenar espacio en primera página, es un beneficio que se ha ganado tras años de buenas decisiones y servicio a *El Noticiero de Madrid.*

—Mi ex prometido no se lo ha tomado muy bien, pero no creo que haga nada.

Mercedes ha hablado con el comandante Pacheco y le ha puesto las cosas claras: no se casará con él sino con otro hombre y se marchará de España.

—Pensé que sacaba la pistola para que me arrepintiera, pero al final debió de pensar que era un buen negocio para él quedarse con la pensión y seguir visitando los burdeles que tanto deben de gustarle.

Ya está todo en marcha, no hay vuelta atrás.

—¿Llevar a tu esposa a Argentina contigo? Claro, no hay ningún problema. ¿Desde cuándo estás casado, Medina?

Todo se precipita, Mercedes y Gaspar ya tienen fecha para la boda, sólo unos días después. La ceremonia, a la que asistirá sólo un puñado de invitados, se celebrará en la iglesia de San Sebastián, en la calle Atocha, en el que llaman el barrio de las Musas.

—Me caso dentro de unos días, antes de partir hacia Barcelona. Está usted invitado, mañana le haré llegar la invitación.

Justo antes de entrar en el despacho de su director, Gaspar ha abierto otra carta de amenazas. Al darse cuenta de lo que era ni siquiera la ha leído, la ha tirado a la papelera. Es la primera vez que hace algo así; hasta antes de conocer a Mercedes la habría guardado, la habría sacado compulsivamente del bolsillo para leerla una y otra vez, habría estado bloqueado varias horas. Ella le ha dado el valor que le faltaba.

Pasa el día estudiando el libro del marqués de Cabriñana, *Lances entre caballeros*, el mismo que leyó Eduardo Sagarmín antes de retar a Camargo. Le parece una salvajada, pero con normas. Al final es más elevado que la paliza que le dieron a él.

Se imagina que el comandante Pacheco le retara en duelo a él por haberle robado a su prometida y no le parece tan grave. Él no sabe usar la espada, así que tendría que escoger un duelo con pistola; cree que sería capaz de disparar sin que antes se le vencieran las piernas por el miedo.

Hay algo a lo que lleva días dando vueltas, al hombre de la cara tapada que salió del coche de sus agresores. No se lo ha dicho a nadie, ni siquiera a Mercedes, pero está seguro de que se trataba del comandante Pacheco. Le tranquiliza, es un cobarde que oculta su cara. No será capaz de batirse en duelo con él.

* * *

—Es la hora.

La mañana es muy fría en el Cerro de Garabitas, en la Casa de Campo, el lugar escogido para el duelo que va a enfrentar a los señores Eduardo Sagarmín y Sergio Sánchez-Camargo. Ambos han hecho ejercicios para desentumecer los músculos antes de comenzar todo el protocolo que los llevará a enfrentarse. No se trata de un duelo entre dos burgueses que vayan a disparar al aire, son dos esgrimistas expertos que no dudarán en provocar serias heridas en su contrincante. Presentes están dos padrinos por parte de cada uno de los contendientes, un periodista de *El Noticiero de Madrid* y un médico que decidirá cuándo uno de ellos tiene una herida que le incapacite para seguir. También un juez, un comandante del ejército que velará por la limpieza del duelo. La ropa que ambos llevan, ligera y que les permite tener libertad de movimientos, no ayuda a evitar la gélida temperatura. El juez reúne a los dos hombres.

—Los dos se han presentado a este duelo y han demostrado

su valor y hombría, les pido que den así por satisfechas las diferencias que pudieran tener y renuncien a enfrentarse. ¿Renuncia usted, don Eduardo?

—No.

—¿Renuncia usted, don Sergio?

—No.

—Entonces ya saben las normas según las cuales se regirá el duelo. ¡Armas!

Uno de los padrinos se acerca con una bella caja de madera en la que hay dos espadas idénticas —los padrinos de ambos han comprobado que fuera así— para que cada uno escoja la que usará. También hay una pistola que empuña el juez.

—Si alguno de los dos incumpliera las normas, dispararé sobre él. Cuando yo les mande parar la pelea, se pararán; cuando les mande apartarse, lo harán. Ni que decir tiene que entiendo que son ustedes caballeros, la mano izquierda no se podrá usar en el combate. No me obliguen a utilizar la pistola porque no dudaré en hacerlo.

El juez ha marcado en el suelo una zona que será donde se produzca la lucha, si los contendientes se acercan al margen les dará la orden de volver al centro. Aquí no se trata de ganar puntos y expulsar al contrario de la pista, se trata de matar y morir.

Camargo es el primero en escoger espada, lo hace al azar. Después Sagarmín coge la otra, le da igual con cuál de ellas luchar, sólo quiere empezar lo antes posible. Las espadas son las que se suelen llamar roperas, las tradicionales españolas, porque eran las que portaban los hombres por la calle, cuando no vestían uniformes sino ropas civiles, y llevan una guarnición muy sobria, con una cazoleta sin adornos. Es un modelo de espada antiguo, propio del Siglo de Oro, de gran belleza pero a la vez mortífera, una espada con la que España consiguió un imperio; su hoja mide cerca de ochenta centímetros y su peso supera el kilogramo, es mucho más pesada que las que se usan en la esgrima deportiva. Esto le gusta a Sagarmín: recordar en todo momento que no está tirando para mantenerse en forma sino para matar y salvar la vida. Estas roperas son nuevas, templadas en el mejor lugar posible, la Fábrica de Armas de Toledo, y las ha traído el militar que ejerce de juez a petición de los padrinos.

Ya sólo queda escuchar las palabras de ánimo de los padrinos y aguardar a la orden del juez.

—¡En guardia! ¡Listos! ¡Adelante!

Desde el primer momento se ve que los dos luchadores tienen tácticas diferentes. Sagarmín quiere un combate corto y violento, así que ataca e intenta acercarse a su rival; Camargo prefiere un enfrentamiento técnico, en el que apenas se llegue al cuerpo a cuerpo. Cuando Sagarmín da un paso adelante y ataca, Camargo hace que se batan las dos espadas y tira a la mano —como ya le avisó Giner que haría— antes de retroceder. Ya no existe el frío que baja de la sierra, ninguno de los dos lo siente, sólo las ganas de vencer que sustituyen todo lo que hay fuera de ese círculo en el que se baten.

Lo que quiere Camargo es causar una herida en el brazo de su rival —o que su rival le hiera a él en el brazo—, sería la forma de conseguir que el médico parara el combate alegando que el tirador no puede seguir sujetando el arma en condiciones. Así no se expondría demasiado y el juez daría por satisfechas las causas que se dirimen entre ambos.

Sagarmín no se conforma con ver la sangre, ni la suya ni la de Camargo; quiere que haya heridas que causen lesiones graves. Él es el indignado, el que ha venido más dispuesto a morir y, por tanto, a matar. Es peligrosa esa determinación en algo tan técnico como la esgrima, más cuando se hace contra alguien que sabe perfectamente usar la espada, cualquier error puede llevarle a encontrarse con una estocada inesperada. El amante de su mujer no busca matarlo, pero no quiere decir que no vaya a hacerlo si se le presenta la oportunidad.

El primer minuto pasa entre ataques y pasos adelante de Sagarmín y defensas y pasos atrás o a un lado de Camargo. De momento se cumple todo lo que Álvaro le dijo: es un buen tirador que no se pone nervioso y no se arriesga. Sagarmín realiza ataques rectos y Camargo le responde con defensas rectas en segunda, en cuarta o en séptima, para después intentar herir el brazo de su rival; además, no se ve obligado a cuidar mucho el suyo, ya se ha percatado de que Sagarmín no se lo busca para que el médico no tenga excusas para detener el combate. Se está dando cuenta de que el esposo de su amante no quería una simple reparación de su honor y pretende, de verdad, llevar la pelea a mayores. Él no es un cobarde, ha ido al Cerro de Garabitas para lo que sea necesario. Si puede, parará la pelea con la sangre; si el otro le obliga, matará.

Los esgrimistas están acostumbrados a las máscaras de protección que impiden las heridas en la cara, pero también que se puedan mirar a los ojos. Lo normal es centrar la mirada en el hierro de tu oponente. Pero hoy pueden observar las intenciones, el miedo, el cansancio, la frustración y todos los sentimientos por los que pasan en un periodo muy corto de tiempo. Sudan pese al frío y a que los espectadores se arrebujan en sus abrigos; empiezan a cansarse, más por la tensión que por la dureza de la pelea. En cualquier momento, piensan, el juez les mandará parar y recuperarán el resuello.

En uno de los ataques de Sagarmín, Camargo logra por fin su objetivo de herirle la muñeca por encima de la cazoleta de protección.

—¡Alto!

El juez suspende la lucha para que el médico pueda examinar la herida. Ambos obedecen y se retiran a su lado, con sus padrinos.

—Tiene una herida en la muñeca, don Eduardo; no es grave, puedo tratársela más tarde. Pero si quiere puedo parar el combate.

—Ni se le ocurra.

Le pone una simple venda y vuelve a presentarse ante el juez.

—Estoy bien, podemos seguir.

Camargo vuelve también, con cara de fastidio, al centro de la zona señalada.

—No quiero abusar de mi adversario. ¿Seguro que está en condiciones de pelear?

—El médico lo ha examinado y no ha observado que no pueda continuar batiéndose. ¡En guardia! ¡Listos! ¡Adelante!

La pelea vuelve por los mismos derroteros de antes de la herida, pero Sagarmín ya ha tomado una decisión: hará caso de lo que Giner le dijo sobre su adversario, su parada favorita es la contra de tercera, será eso lo que le dé, para que se sienta ganador. Aprovechará la habilidad y la fuerza de su enemigo para acabar con él. Si algo ha aprendido en todos los años que lleva tirando es que para cada parada hay una contraparada. Va a intentar algo que le enseñó Ciriaco González, el Zurdico: el ataque directo que va a plantear se puede responder con la contra de tercera, que es lo que hará Camargo, un muy buen movimiento, pero también hay otro para responder a la contra de tercera: la prima. Nunca la ha hecho, pero la ocasión merece intentarlo. Quizá tenga suerte y Camargo no conozca otro movimiento más para anular el suyo.

Es muy arriesgado, debe hacer un ataque directo y violento a la zona del abdomen. Camargo tiene dos opciones, las dos buenas; o una defensa recta en cuarta o la que Sagarmín quiere que haga, su favorita, la contra de tercera: enganchará la espada con la cazoleta y el tercio fuerte de su acero. Va a creer que ha ganado y que puede acabar con su adversario; ahí está el verdadero movimiento, la prima: en lugar de echarse para atrás, para intentar cubrirse, Sagarmín seguirá avanzando, dejando todo su pecho descubierto para el ataque de su rival, despertará su instinto asesino, éste se descuidará con la convicción de que va a matarle, de que va a acabar con el duelo y con el esposo de su amante de una sola estocada. Y quizá lo haga, si Sagarmín no se mueve rápido y tarda más de lo imprescindible en hacer un cuarto de giro con su cuerpo. Sus caras quedarán a unos centímetros la una de la otra, y sólo ahí el amante de su mujer se dará cuenta de su error.

Todo sale como Sagarmín quiere: su ataque plano y directo, la defensa en contra de Camargo, el momento en que parece que Sagarmín está derrotado y va a morir, el cuarto de vuelta, las caras juntas y el espadazo del marqués que se clava en el cuerpo del conde, de arriba abajo, en el abdomen, por encima de los genitales.

El combate ha terminado.

LA BUTACA DE PENSAR
Por Gaspar Medina para *El Noticiero de Madrid*

LO QUE LAVA EL HONOR

He tenido la ocasión de asistir a un duelo en pleno siglo XX. Pronto se publicará una crónica detallada en la que revelaré nombres, lugares, protocolo y procedimientos. Hoy, desde esta butaca, sólo quiero referirme a las sensaciones.

¿Hay algo más atrasado que un duelo? Sí, supongo que cortar la mano a un ladrón, quemar a una bruja en la hoguera o que toda la tribu se junte para cazar a un diplodocus; pocas más. Atrasado, salvaje, primitivo, irracional y, además, ineficaz.

Pongámonos en situación. Corre el rumor de que la casquivana esposa de un aristócrata se entiende con otro. Hay un evento en el que se demuestra que el rumor no era tal, sino real, parece que es verdad que hay un episodio de lo que en las tabernas se conoce como «cuernos». El asunto llega a oídos del marido burlado y decide que la única manera de lavar su honor es batirse en suelo con el burlador. Da la casualidad de que ambos son consumados espadachines y deciden encontrarse de madrugada en la Casa de Campo, con la silueta de Madrid al fondo. Allí se ensañan con sus espadas hasta que uno de los dos queda imposibilitado de seguir. Y mucho me temo, por el lugar de la herida, imposibilitado también para seguir solazándose con la esposa de su adversario.

En primer lugar, y ustedes me perdonarán que sea tan pragmático: ¿qué honor ha quedado en menoscabo? Para mí el marido no ha hecho nada malo, su honor está a salvo, en todo caso es el de su esposa y el del burlador, incapaces de comportarse con decoro, los que han caído en el deshonor. En segundo lugar: ¿quién dice que la sangre sea el jabón del honor? He buscado documentación y no he encontrado ningún texto en el que tal idea se sostenga. Tras acabar el duelo sigue habiendo un marido burlado, una esposa adúltera y un aristócrata que no podrá dar su apellido a más descendencia.

El honor, queridísimos lectores, es otra cosa; el honor es ser buena persona y poner comida en la mesa.

—Tiene que esperar en la sala, señorita Roselló, el doctor Escuder no atiende sin cita previa, hará una excepción con usted por venir de parte del doctor Martínez de Velasco.

No era así como imaginaba Gabriela su primer día en Barcelona. Nada de visitar tiendas o de conocer la ciudad; en lugar de en un lujoso establecimiento de moda en el Paseo de Gracia, está en la consulta de un médico en la Vía Layetana, muy cerca de Urquinaona.

Por la tarde, tras la llegada en el barco, el capitán Bennasar cumplió su palabra y la llevó hasta el hotel. Allí la esperaba la habitación reservada y una carta de su marido sobre la mesilla de noche. Por primera vez tendría comunicación con su esposo, aunque sólo fuera a través de una carta, sin personas interpuestas, sin que antes hubiera leído sus palabras el Vicari Fiquet para comunicárselas a ella, a su madre y al señor Quimet. Abrió el sobre con el corazón sobresaltado, pero sólo encontró un frío saludo y un listado de tareas que hacer antes de tomar el barco rumbo a Buenos Aires, desde encargos que debía comprar hasta personas que tenía que ver o gestiones que cumplir.

La habitación que ocupa es muy lujosa, con su propia sala, su baño, los grandes armarios en los que una camarera colocó la escasa ropa que traía de Sóller. En cuanto la camarera salió, Gabriela se dio cuenta de que estaba sola: por primera vez en su vida podría salir a la calle sin que nadie controlara su horario, pasearía sin que nadie la conociera, hasta podría sentarse en un café sin preocuparse de si alguien la veía. Por primera vez libre, si no fuese por la angustia del mareo del barco, si no fuera por ese regalo que quizá le había dejado Enriq.

Cuando ya había empezado a oscurecer pisó por primera vez la Rambla; todavía quedaba mucha gente en la calle, riadas de gente que se movía de un lado para otro, que paseaba, que se sentaba en los cafés o entraba en las maravillosas pastelerías para salir con bandejas llenas de buñuelos, de *panellets*, de *orelletes*, de *pa de pessic*, de *carquinyolis*...

Tanta gente, tanto lujo, escaparates tan ricos... Durante la hora que duró su paseo, antes de regresar al hotel y cenar con apetito en el lujoso comedor, logró olvidar las sospechas que el médico del barco le había metido en la cabeza. Tras la cena, a solas en su dormitorio, llenó la bañera de agua caliente, se quitó la ropa y se metió dentro hasta que se enfrió. Después, desnuda delante de un espejo del dormitorio en el que se podía ver el cuerpo entero, se dedicó a examinarse para comprobar que no había cambiado nada, que no estaba hinchada, que era imposible que estuviera embarazada. Era la primera vez en su vida que se veía así, entera, sin temor a que su madre o uno de sus hermanos entrara en la habitación; es guapa, tiene un cuerpo bonito, le gusta verse así y piensa en lo absurdo que es tener que ocultarlo. Lo peor es que, hasta en ese momento, se acordó de Enriq, de que él nunca había podido verla de esa manera, que las dos veces que hicieron el amor fue en lugares incómodos, sin despojarse de la ropa. Ella tampoco pudo verle, sólo sentirle. Después se tocó como había hecho tantas veces pensando en él, aunque esta vez sin esconderse bajo las mantas y sin taparse la boca con la almohada para que nadie la oyera. Lo hizo sobre la cama, mirándose en el espejo, deseando que él, al que no lograba odiar, la estuviera mirando. Al acabar se durmió, las emociones del día la habían vencido. No se acordó de su familia, de Sóller o de su marido. Ni siquiera del doctor del barco. Sólo de Enriq y del placer que acababa de sentir.

Pero por la mañana regresó la pesadilla: los mismos mareos y las mismas náuseas que el día anterior. Y esta vez sin barco al que culpar. Un par de horas después, la vuelta a la normalidad, pero ya sin posibilidad de engañarse.

Al salir del hotel se cruzó con el capitán Bennasar, que la presentó a otro capitán, Lotina, como el hombre que llevaría a Argentina el barco en el que ella viajaría. La invitaron a comer con ellos, pero dio una excusa que ahora ni siquiera recuerda. Tenía que venir a esta consulta.

—Perdone que la haya hecho esperar. Tenía la tarde completamente ocupada, parece que todas las mujeres de Barcelona se han quedado embarazadas a la vez. ¿Es su caso?

—No; es decir, no lo sé. Tuve un mareo en el barco que me traía de Mallorca y el doctor Martínez de Velasco me recomendó que viniera a verle.

—No he conocido a un médico con un ojo clínico más desarrollado. Así que si la ha mandado a verme, es más que probable que esté usted embarazada.

—No puede ser...

—Usted me dirá si puede ser o no. ¿Ha mantenido relaciones sexuales con su marido o con otra persona?

—Fue sólo una vez y hace sólo una semana.

—¿Sólo una semana? Normalmente los síntomas como las náuseas tardan algo más en aparecer, por lo menos dos.

—Hubo una vez más, hace algo más de un mes.

—Entonces ya sabe cuándo fue la fecha del feliz evento. Los síntomas se presentan en la fecha precisa. De cualquier forma no vamos a precipitarnos. Tenemos que hacerle un análisis de sangre y en un par de días estaremos seguros. Ahora mi enfermera le hará una extracción y le dará hora para que vuelva a recoger los resultados.

¿Qué hacer si se confirma que se ha quedado embarazada? ¿Volver a Sóller? ¿Presentarse en Buenos Aires así? ¿No coger el barco y quedarse en Barcelona? Es una ciudad en la que no conoce a nadie, no tendrá ninguna ayuda. Va a esperar a que se confirme la noticia; hasta entonces hará lo que tenía previsto, como si nada ocurriera. Y si se confirma, ya verá; si se confirma, se muere.

Náuseas por la mañana, desazón por la tarde y angustia por la noche, en eso pasa Gabriela el tiempo hasta que vuelve al piso de Vía Layetana dos días después de que le extrajeran sangre.

—Ya nos han llegado los resultados de los análisis, está usted embarazada. Por su cara no sé si debo darle la enhorabuena.

Gabriela está preparada para que le den esta noticia, lleva dos días convencida de que ése será el resultado. Y sin embargo, rompe a llorar y el médico tiene que llamar a su enfermera para que le prepare una infusión y la ayude a tranquilizarse.

—¿No le hace feliz esperar descendencia? ¿Lo ha hablado con su esposo?

—No he visto nunca a mi esposo, no lo voy a conocer hasta el mes que viene. No puedo presentarme así ante él.

—Entiendo. ¿El hijo no es suyo?

—No, claro que no lo es. ¿No puede estar equivocada esa prueba?

—Es la más moderna y la más fiable que hay, la inventaron hace sólo cuatro años; se han buscado proteínas extrañas en la sangre siguiendo los métodos del doctor Abderhalden, lo que se llama «reacción Abderhalden». Es difícil que los resultados no sean correctos.

—¿Y ahora yo qué hago?

—No puedo ayudarla en eso. Tendrá que ver cómo arregla esta situación. Si usted fuera mi hija, le recomendaría asumir sus errores, pero no lo es, no le puedo aconsejar.

Al salir, mientras paga la consulta, la enfermera que le ha llevado la infusión le entrega una tarjeta.

—El doctor Escuder no debe saber que le he dado esta información. Aquí la pueden ayudar.

En la tarjeta sólo hay una dirección de un piso en la calle de la Riereta, está cerca de su hotel. La enfermera no le ha dicho más, pero Gabriela sabe qué es lo que puede esperar de ese lugar, cuál será la manera de ayudarla que tendrán allí.

Antes de volver al hotel decide buscar la dirección de la tarjeta. Es un edificio que se cae a pedazos, sucio, con unos niños jugando en la puerta a dar pedradas a una caja de cartón con un tirachinas.

—¿Va a subir? Es en el segundo.

Seguro que ven llegar a diario mujeres como ella, que no les asusta y que saben a qué van. Gabriela mira dentro, nota el olor, alguien está cocinando repollo y siente arcadas. Se da la vuelta y regresa al hotel.

* * *

—Venga, deprisa, nos tenemos que ir. Vas a perder el tren.

Después de su frustrado intento de viajar en coche con Susan, Raquel ha comprado un billete de tren para Barcelona y ha reservado una habitación en un hotel de la ciudad, el Cuatro Naciones, en la Rambla. También un pasaje en primera para Buenos Aires en el *Príncipe de Asturias*.

—No entiendo las prisas, tu barco no sale hasta mediados de febrero.

—Te lo he dicho, no me extrañaría que Manuel Colmenilla estuviera buscándome. Creo que la americana le rompió la nariz.

Ayer se vio con Susan. No hubo sexo entre ellas, quedará la anécdota de que la última vez que lo hubo las interrumpió la policía en una habitación de una pensión de Guadalajara y pasaron la noche en un calabozo.

—Te dije que sería generosa y lo voy a ser. Ten.

Le entregó dos mil pesetas, una fortuna para una mujer española, una limosna para la rica americana. Raquel sabrá darles buen uso en su nueva vida.

—Si algún día voy a Buenos Aires, te buscaré.

—Ojalá me encuentres. Lo he pasado muy bien contigo.

A la vuelta al apartamento de Roberto en la corrala —por fin van a tener la despedida que su amistad merece—, él ha preparado una tortilla de patatas como la de la cena de Nochebuena.

—Me habría gustado prepararte otra cosa más sofisticada, cordera, pero es lo único que sé hacer.

—Lo que más me gusta.

Pasan una noche como las demás, maravillosa. Roberto será la única persona a la que echará de menos cuando esté lejos de España. Qué pena no haberse vuelto a encontrar con Sagarmín, ese aristócrata que tanto le gustó. Quizá a él también le habría echado de menos de haberle conocido más a fondo.

—Y cuando yo me vaya, ¿qué vas a hacer?

—No pienso volver a acostarme con ninguna mujer, cordera. Y mira que contigo me gusta.

Entre hacerlo, descansar y volver a empezar y conversaciones en las que se declaran su amor, se les va la noche entera.

—Allí, en Buenos Aires, vas a triunfar. Allí van a saber apreciar tu arte; no como en este país, que no te merece.

—Si me hago rica, te voy a escribir para que vengas conmigo y para que no nos separemos nunca en la vida. Vamos a estar juntos hasta que seamos ancianos.

—Que no, cordera, que tú y yo nunca vamos a ser ancianos. Vamos a ser jóvenes hasta los cien años...

El tren sale a las dos de la tarde desde la Estación de Atocha y no llegará hasta las ocho de la mañana del día siguiente a la Estación de Francia, en Barcelona. Además, no hay coches cama por una avería; Raquel tendrá que pasar una noche entera sentada en uno de los incómodos asientos de su compartimento.

—No te vayas hasta que el tren no se deje de ver.

—Prométeme una cosa, cordera. Cuando lo necesites vas a rezar a la Virgen del Pilar, para que no te deje sola. Yo no creo en vírgenes, pero también la voy a rezar para que te ayude.

—Te lo prometo.

Roberto se queda en el andén, agitando su pañuelo. Raquel, con lágrimas en los ojos, se queda sola, su compartimento está unos minutos vacío hasta que aparece un sacerdote.

—Perdón, creo que va usted en mi sitio, señorita.

El cura tiene razón y ella debe cambiarse de lugar y situarse en contra del sentido de la marcha. Después entra un matrimonio joven, una pareja de recién casados. Viajan los cuatro en silencio hasta que el sacerdote se dirige a ella.

—Perdone, señorita, me suena mucho su cara. ¿Es posible que sea usted feligresa de mi parroquia?

A Raquel le ha caído mal desde que le hizo cambiarse de asiento.

—Hay más posibilidades de que sea usted feligrés de la mía. A lo mejor si le digo que tengo un morrongo que yo me lo quito y que yo me lo pongo, me recuerde.

La mirada de odio y el silencio del cura confirman a Raquel que ha acertado. De eso le suena su cara, de haberla visto desnudarse en el Japonés. La sonrisa disimulada del recién casado indica que él también la ha visto.

Cuando llega el revisor, el sacerdote le pide un cambio de compartimento. Se quedan solos ella y la pareja de novios.

—Volvemos de la luna de miel, nos habría gustado ir a París, pero con la guerra no nos hemos atrevido. Así que nos hemos quedado en Madrid. Somos de Barcelona. ¿Conoce usted nuestra ciudad?

—No. Además estaré sólo unos días, después tomaré un barco hacia Buenos Aires.

La novia es guapa y agradable y el novio, buen conversador; será mejor el viaje en su compañía, sin el sacerdote. Charlan durante el trayecto, cenan juntos en el vagón restaurante, comentan el viaje que se dispone a emprender Raquel —el novio viajó hace años a La Habana y sabe lo que se va a encontrar.

—No creo que la travesía sea muy distinta: agua y más agua. Nosotros tuvimos mucha suerte y no sufrimos ningún contratiempo. Y La Habana es una ciudad maravillosa; no piense que en América va a encontrar menos comodidades que en España, al contrario, aquello está más avanzado que esto.

—Me alegro de saberlo.

La noche pasa monótona. La novia se duerme enseguida, pese a la incomodidad de los asientos. El novio, Marcos, le hace un gesto a Raquel para salir al pasillo.

—Sólo quería decirle que yo la he visto cantando «El morrongo», en un viaje a Madrid hace un par de años, cuando todavía estaba soltero.

—Lo sé. Vi su sonrisa cuando se lo dije al cura.

—Lo hacía usted muy bien. ¿Va a actuar en Barcelona?

—No; si puedo, ya no actuaré nunca.

—Si cambia de opinión, si tiene interés en actuar una única noche en Barcelona, llámeme. Le pagaremos bien. Es para mis amigos, les he hablado tanto de cuando asistí a su espectáculo en el Japonés que están deseando tener la oportunidad de verla.

Le entrega una tarjeta, Raquel piensa en no aceptarla, pero después la coge y la guarda. Una sola actuación y bien pagada no es un drama. Quizá pueda esperar a subirse en el barco para cambiar de vida.

A las ocho y media —con sólo media hora de retraso sobre el horario previsto—, el tren entra en la Estación de Francia. Raquel se despide de sus compañeros de viaje y toma un taxi que la deja en el Hotel Cuatro Naciones. Sólo piensa en darse un baño y cambiarse de ropa. Se acerca el momento de partir hacia Buenos Aires.

* * *

—Ven conmigo a la cubierta.

Después de tres días en ese camarote compartido con todas las demás, cuando el olor a excrementos, a vómitos y a suciedad es ya insoportable, cuando las esperanzas de ser de nuevo distinguida por la atención de su marido se agotan, Max le pide a Sara que salga, que vaya a cubierta con él.

—Es asqueroso cómo hueles, quítate la ropa y lávate con el cubo. Ahí tienes ropa limpia.

—Ellos me van a ver.

Hay tres marineros allí que la verán desnuda. Sara está asustada y busca la ayuda de Max. Es su esposa, a él le dará lo que quiera, pero no puede permitir que todos esos hombres que no la conocen asistan a su desnudez.

—¿Quieres volver con las otras? Vamos, deprisa, antes de que me arrepienta y te devuelva a esa pocilga.

Ninguno de los hombres presentes le quita los ojos de encima mientras se saca el vestido por la cabeza. Debajo lleva la ropa interior, sucia de todos los días que ha pasado encerrada.

—Venga, todo, eso es lo que peor huele.

Cuando se queda totalmente desnuda, el mismo Max le echa un cubo de agua por encima.

—Es agua salada.

—¿Qué querías, agua dulce? Ésa es para beber.

Max no se inmuta porque otros hombres la vean así. Al contrario, disfruta pidiéndole que se dé la vuelta, que suba los brazos. Invita a uno de ellos, el más joven, a ser el que le eche el agua con el cubo.

—¿Te gusta? Pues ve a Buenos Aires, allí podrás disfrutar de ella. Tendrás que pagar, como todos los que la deseen. ¿Has visto su pubis de pelo rojo? A lo mejor quema como las llamas, sólo lo sabrás cuando estés dentro de ella.

Max se ríe a carcajadas y Sara se da cuenta de que está borracho, por eso le perdona y no se enfada con él. La culpa es de sus compañeras, esas desagradecidas que no se dan cuenta de que gracias a él, a su marido, comen todos los días y no deben temer los pogromos de sus vecinos. Lo han estropeado todo con la fuga, no les ha servido de nada, sólo para que una de ellas muriera. Y ahora están así, en un agujero miserable.

—¿Quieres cerveza? Bebe, sé que te gusta.

La obliga a beber allí, desnuda delante de los marineros. La cerveza no está muy fría, pero es mejor que el agua del cubo que Jacob les lleva para las cinco que están en el camarote.

—¿Estás borracho, Max?

—¿Ahora eres mi madre y me preguntas si estoy borracho? ¿Es que no se nota? Claro que he bebido. Me gusta beber, *feiguele*.

—¿Por qué me haces esto, Max? Sabes que te amo.

Max, tal vez ofuscado por el alcohol, se ríe de ella, la llama judía loca, le dice que se va a enterar bien de lo que es el amor cuando haya amado a sus primeros mil hombres, que la única demostración de amor que quiere son los pesos que le haga ganar...

—Voy a ser bueno contigo, te voy a dar a probar una cosa. Te va a gustar; a ti te gusta todo, hasta que te insulte.

Max extiende dos finas rayas de un polvo blanco que Sara nunca había visto antes.

—Se llama cocaína. Con esto los días se te harán cortos y no conocerás el sufrimiento. Es muy cara, pero no tendrás que preocuparte, ganarás dinero para comprar toda la que quieras; kilos, si te hace falta.

Saca un pequeño tubo de plata del bolsillo, se mete uno de los extremos por la nariz y aspira una de las rayas.

—Ahora tú. Ten cuidado, no vayas a estornudar y lo tires todo.

Sara hace lo mismo que Max. Al principio sólo nota la incomodidad de haber aspirado algo por la nariz, tiene que pasar algo de tiempo, menos de un minuto, para que sienta algo distinto: el cansancio, el hambre, el frío y la incomodidad desaparecen; el mar tiene mil tonos de verde y de azul, las nubes muestran formas caprichosas y las olas suenan como la mejor de las músicas.

—Ninguna de las otras conoce esto. Si se lo das, no querrán escaparse.

—Si se lo doy, no podrán escaparse. Ya lo conocerán, tú eres la primera porque vas a ser la primera en todo.

Sara se siente liberada, le pide otra vez que la haga suya, que disfrute de su cuerpo, que la haga por fin su esposa, aunque sea allí, delante de los marineros. Le propone ofrecerse a uno de ellos para que él empiece a ganar el dinero que espera de ella.

—Si quisiera empezar ya, te tomaría yo. Es importante que alguien pague muy cara la primera vez.

Él se sigue negando y ella siente más miedo. ¿Qué dirá cuando descubra que no es virgen, que la *shadjente* le ha burlado? A él, que llegó a Nickolev con intención de engañar a una familia y llevarse una hija virginal, le han colocado a una viuda que no tenía otra posible salida.

Sigue un buen rato allí con él, sin hablar porque cada vez que lo hace él la manda callar. Hasta que ve tierra a lo lejos.

—¿Aquello es Barcelona?

—No, es Italia. Sicilia. Pararemos sólo unas horas para cargar agua dulce y comida, no saldréis de la bodega.

—Sácame a mí, sólo a mí. Enséñame Sicilia como me enseñaste Estambul. Como se lo enseñas a una esposa.

—Lo pensaré.

Después de una hora, cuando la tierra está ya tan cerca que se pueden distinguir las casas y las personas a simple vista, la devuelven a la bodega, con las demás. Al entrar nota el olor asqueroso y las ve más infelices que antes. Todavía le dura el efecto de esos polvos blancos que le dio Max y le da igual:

sobrevivirá aunque tenga que ir viéndolas caer a todas por la borda al mar.

—¿Estamos ya en Barcelona?

—No, en unos minutos llegaremos a Sicilia.

—¿Eso dónde está?

—En Italia.

—¿Nos dejarán bajar?

—A vosotras no, sólo a mí. Vosotras tenéis que seguir pagando el haber intentado fugaros.

—¿De verdad no quieres huir?

—Claro que no quiero huir, amo a mi marido y nunca he estado mejor que en este viaje.

Las desprecia a todas, ella misma las tiraría al mar. Se descubre pensando que no quiere que lleguen con vida a Argentina. No quiere estar viéndolas el resto de su vida. A medida que se pasa el efecto de los polvos blancos —sólo han durado un par de horas—, las odia más y siente más resentimiento hacia ellas.

Está pendiente de todo desde que nota que el barco ha atracado en el puerto. Escuchan fuera voces en un idioma nuevo —puede ser italiano— de los operarios que cargan el barco. Espera que en cualquier momento la puerta se abra y sea Max, que le pida que salga y la lleve a conocer Sicilia, a ella sola, que una vez más la distinga de sus compañeras, que la deje beber una gran jarra de cerveza muy fría. Quiere volver a sentarse a comer con él y que le hable de su madre, de Buenos Aires, de la vida que les espera juntos; está convencida de que la pesadilla se acabará antes de llegar a Argentina y que ambos bajarán del barco del brazo, que nunca la venderá a otro hombre.

—¿No decías que saldrías, que él vendría a por ti?

—Tu marido te ha abandonado, para él sólo eres una puta más, la más patética de todas.

Las demás se ríen de ella y ni siquiera tiene ganas de defenderse. Odia a Max unos momentos, pero después empieza a pensar que tendrá algún motivo para no haberla sacado de allí. Tal vez el temor de que las autoridades italianas las descubrieran y le impidieran llegar a Buenos Aires, el lugar donde tan felices van a ser su marido y ella.

No vuelve a salir de la bodega, ni siquiera puede verle, y Jacob no le presta ninguna atención cuando ella le pide que haga llegar sus mensajes a Max hasta unos días después, cuando las sacan a todas juntas.

—Aquello es Barcelona.

—Nos estamos alejando, ¿no vamos allí?

—Sí, el barco no va a atracar en el puerto de Barcelona hasta después de dejarnos. Nosotros bajamos en una barcaza que nos llevará a otro sitio, a Sitges, está menos vigilado. El día que embarquemos para Buenos Aires llegaremos a Barcelona por carretera.

* * *

—Si tus padres vienen, cenamos con ellos y con mi madre el viernes por la noche. Después de la ceremonia tenemos que dar un almuerzo a los invitados que vengan.

Del periódico, Gaspar sólo va a invitar a la boda al redactor jefe y a Gonzalo Fuentes, su compañero de la redacción. También a dos inquilinos de la pensión que llevan allí desde antes de que él llegara a Madrid. A sus padres les ha mandado un telegrama a Fuentes de Oñoro, espera que puedan viajar a Madrid ese día. Mercedes, la que va a ser su esposa, tampoco invitará a mucha gente: su madre, unos tíos que viven cerca de la plaza de toros, una hermana que no sabe si irá y una amiga de cuando iba al colegio. Ha pensado en llamar a don Eduardo Sagarmín, pero después le ha dado reparo; es un hombre muy importante, ¿qué interés puede tener en asistir a la boda de un simple periodista.

—Yo he invitado a seis.

—Y yo a cinco. Y tú y yo sumamos trece. Imposible, o invitamos a alguien más o tenemos que pedirle a alguno que no venga.

—¿Eres supersticiosa?

—No.

—Yo tampoco. Si somos trece, está bien, seremos trece. Eso no va a hacer que nos separemos.

—Hijo, esto es muy precipitado, ni siquiera conocemos a la mujer con la que dices que te quieres casar.

Los padres de Gaspar han llegado a Madrid en tren, a la Estación del Norte. Se resistían a viajar, preferían que fuese su hijo quien se desplazara a Fuentes de Oñoro, como siempre, y él tuvo que mandarles tres telegramas hasta que los convenció de la urgencia del desplazamiento.

Ha tenido que jurarles y perjurarles que la novia no está embarazada y que no va a darles un nieto ilegítimo. Al final ha tenido que contarles la urgencia de su viaje a Buenos Aires —no pensaba desvelárselo hasta que estuvieran en Madrid— para convencerles.

—Mira que si la novia está en estado preferimos no asistir a la boda. No vamos a rechazar a nuestro nieto pero no queremos ir a una boda en la que la novia esté embarazada.

La familia de la madre de Gaspar es importante en su pueblo, con tierras a ambos lados de la frontera y una gran casa en la que viven desde hace generaciones. Gracias a eso ha podido estudiar letras en Salamanca y encontrar trabajo como periodista —en contra de los deseos de su madre— en Madrid. Si hubiera elegido el derecho y ejerciera de abogado recibiría la ayuda familiar, pero como periodista tiene que apañárselas él solo.

—Esta noche no podemos dormir juntos. Mañana seré tu esposa.

Para los dos no es más que un formalismo. Ellos son marido y mujer desde la primera vez que durmieron juntos, la noche que él le dijo que debería viajar a Argentina. Pero cumplirán con las tradiciones y respetarán las costumbres de sus familias. Él se quedará en la habitación alquilada de Claudio Coello y ella en casa de su tía por la zona de la plaza de toros.

—¿Una noche entera sin verte? Te voy a echar de menos.

Cenan temprano en el Café de Pombo, al lado de Sol, muy cerca de la pensión, para que se conozcan los padres de él y la madre de ella. Antes, Gaspar tiene un rato para charlar con sus padres.

—Entonces ¿es verdad, vamos a estar un año sin verte?

—Sí, madre. Es sólo un año. Pasa deprisa.

La cena transcurre sin sobresaltos, sin que su madre proteste otra vez por el oficio que ha escogido su hijo. Por la mañana se casará, por la tarde llevará a sus padres a la Estación del Norte y por la noche recuperará la calma y la rutina de su vida habitual.

Gaspar camina solo por Madrid tras dejar a su novia con su madre en un coche que las llevará a su casa y a sus padres en el Hotel París, en la esquina de Alcalá con la Puerta del Sol. Esta vez el coche que para ante él no le pilla por sorpresa, lo ha visto seguirle desde la esquina anterior. Va nervioso pero piensa en Mercedes, ¿qué diría ella si le viera huir? Es un cobarde y él lo sabe, pero está dispuesto a vivir como si no lo fuera.

Es el mismo coche que le interceptó la primera madrugada del año, cuando regresaba borracho a la pensión tras ver el espectáculo del Salón Japonés, tras escuchar cantar y ver desnudarse a aquella bellísima mujer. Los cuatro hombres que se bajan de él son los mismos que entonces. Ahora sí reconoce al cuarto, el que en Nochevieja se cubrió la cara con un pañuelo; es el comandante Pacheco, el antiguo prometido de la que mañana será su esposa. Mira alrededor y no hay nadie, muy raro sería que volviera a aparecer el sereno para salvarle la vida.

—No nos has hecho caso, Medina.

La ira, la misma que le posee cuando escribe, le hace responder; por primera vez, alejado de un teclado o una pluma.

—No les he autorizado a que me hablen de tú. ¿Qué he escrito? Que son ustedes unos cobardes. Lo he escrito y lo mantengo. ¿Saben que le he robado su prometida al comandante Pacheco? Si fuera un hombre que se viste por los pies la olvidaría. Ya sé que no lo es, pero escudarse en otros tres para venir a por mí es cobarde hasta para él.

Todos se han quedado sorprendidos, casi paralizados por la respuesta del periodista. No venían preparados para que él les plantara cara. No tendrían problema en darle una paliza, hasta en matarle, pero ahora mismo todos reconocen que él les ha ganado, es mucho más valeroso. Miran incómodos a su superior, al comandante Pacheco, que tiene los ojos inyectados en rabia y sangre.

Medina está tranquilo, su única inquietud es que se casa dentro de diez horas y no sabe si vivirá para entonces.

—Te diré una cosa, Pacheco: la primera vez que hice el amor con ella aún estaba contigo. ¿Hace falta que te diga en qué te convierte eso? Un conocido mío se batió en duelo hace pocos días por ese mismo motivo, lo hizo con espada. Yo aceptaría hacerlo con pistola. ¿Te atreves? La pistola nos igualaría, cualquiera de los dos podría morir. ¿Estás dispuesto a hacerlo? No creo, yo creo que eres un cobarde, que por eso has venido acompañado.

—Sabrás de mí.

—No, eres un cobarde, sólo sabes ser valiente acompañado por tus amigos. A ti solo no te temo.

El comandante Pacheco, acompañado por sus tres correligionarios, vuelve al coche. Medina no sabe si sus padrinos le visitarán y le retarán en un duelo como el de Sagarmín, cree que no.

De momento se ha salvado de una situación de la que no cree que hubiera salido con vida.

* * *

—Perdone que me presente así en su pensión. Le aseguro que mis intenciones no son deshonestas.

Don Antonio Martínez de Pinillos tiene un hijo preparado para heredar su negocio y sustituirle al mando, tiene abogados a su servicio, ingenieros y todo tipo de asesores, pero el instinto le recomienda que confíe en Paula Amaral, una simple camarera gallega de uno de sus barcos.

—Necesito que me ayude, es un asunto muy importante.

La dueña de la pensión de la plaza del Mentidero se ha asustado al ver entrar a alguien tan conocido en la ciudad y se ha saltado su propia norma de no dejar entrar nunca a un hombre a visitar a una de sus inquilinas.

—No se preocupe y dígame en qué le puedo ayudar, don Antonio.

Don Antonio se ha preparado antes de salir de casa y, frente a sendas tazas de café, le cuenta a Paula el encuentro con el emisario alemán, la propuesta que le hizo, el peligro que se cierne sobre el *Príncipe de Asturias*, las dudas que tiene desde que recibió esa visita...

—¿Por qué me cuenta esto? ¿Qué puedo hacer yo?

—He decidido no aceptar el chantaje. He ido a hablar con los ingleses y a pedirles protección.

—Sigo sin saber qué puedo hacer.

—Necesito de sus dotes como dibujante. Los ingleses están dispuestos a ayudarnos, pero nos ponen una condición. Tenemos que colaborar con ellos para que puedan desmantelar la red de espías alemanes en Cádiz. Quieren que identifiquemos y les entreguemos al español que hizo de emisario para ellos cuando me hicieron la propuesta.

—¿Y usted sabe quién es?

—No, pero voy a reunirme otra vez con él, hacerle pensar que vamos a colaborar y dejar que ellos hagan su parte. Necesito que le haga un retrato.

—¿Qué?

—Quiero que le mire y haga lo mismo que hace cuando se sienta en un banco de la calle en Cádiz, que observe sus rasgos y haga el mejor dibujo de su vida, uno que permita que los fisonomistas ingleses le identifiquen.

—Lo intentaré, pero yo no soy una profesional, sólo una aficionada.

—No será fácil. No me han dicho dónde será la reunión. Ni siquiera sé a qué hora. Me han pedido que camine esta noche por el puerto y espere. No sé si me van a hacer subir a un coche, si hablarán conmigo allí mismo o qué harán. Aunque tengo mis sospechas.

—¿Y por qué no le vigilan los ingleses? Podrían caer sobre ellos.

—Lo mismo que se nos ha ocurrido a usted y a mí se les ha ocurrido a ellos. Han amenazado de muerte a mi esposa. Si ven un solo agente inglés, la matarán. No voy a informar a los británicos sobre el encuentro hasta que se haya producido. No quiero que hagan nada que ponga en riesgo su seguridad. No me fío de los alemanes, pero todavía menos de los ingleses.

—Si le meten en un coche, no podré ver a la persona. No tendrá posibilidad de dibujarla.

—Creo que sé dónde me van a llevar, ya conoce Cádiz, todo el mundo sabe todo sobre todo el mundo y me han informado de que hay una venta donde se reúnen extranjeros. Tengo la corazonada de que me llevarán a esa venta. Todos los gaditanos pasan por allí en algún momento del año, allí nada llama la atención. Además, en esa venta hay reservados donde se puede hablar al abrigo de las miradas indiscretas. Nos arriesgaremos y creo que acertaremos. Lo que tiene que hacer es esperarnos allí, y ver a los que entran, quizá sólo tenga unos segundos para fijarse en sus caras.

—¿Y si se equivoca?

—Si me equivoco, no sé, Paula. Si no tengo la seguridad de que los ocupantes llegarán con vida y el barco no será hundido por ninguno de los dos contendientes, no autorizaré su partida. No cargaré con ese peso en mi conciencia.

Paula no le ha contado a don Antonio que ella no regresará en el *Príncipe de Asturias*, que cuando desembarque en Buenos Aires presentará su dimisión ante el capitán Lotina y se quedará a vivir en la capital argentina. Ella no corre peligro y ni siquiera sabrá si las armas se han cargado o no en la bodega; para cuando le llegue la noticia del hundimiento o de la vuelta exitosa a España del barco de la compañía, su vida ya no será el mar y el servicio de los camarotes de primera sino los dedales, las agujas, los cortes de tela, los diseños y las costuras. Pero no puede desentenderse; si el barco se hundiera, con él irían al fondo del mar muchos compañeros, los que han sido sus amigos y una especie de familia en los últimos meses. Ella misma, si llegaran a Buenos Aires y nadie le asegurara que la vuelta sería tranquila, los avisaría para que no volvieran a subir al barco.

—¿Viene sola?

—Espero a alguien. ¿Puedo tomar una limonada?

—Aquí se bebe manzanilla o fino. Otra cosa no tenemos.

—Pues un fino, entonces.

Ha preparado bien su vestuario para no llamar la atención; se sienta en un rincón de la sala, un lugar desde el que puede verla entera. Empieza a localizar si hay alguna mesa donde pueda haber extranjeros.

—Aquí tiene su fino. No suelen venir mujeres solas por aquí.

—Ya le digo que espero a alguien.

—Si alguien la molesta, me lo dice. Que yo estoy acostumbrada.

—Gracias.

La camarera no le sirve una copa de fino, le deja la botella sobre la mesa. Está en La Línea, en lo que llaman un café del cante, el Café del Burrero, pero que en realidad es una taberna bastante grande. A los pocos minutos de su llegada, mientras mira alrededor esperando ver entrar al señor Pinillos, acompañado no sabe por quién, aparecen sobre un pequeño escenario un guitarrista y un cantaor, un chico muy joven. Un hombre se sienta a su mesa y ella no es capaz de decirle nada. Lleva su propio vaso y se sirve de la botella de Paula.

—Salud.

Observa con atención al chico que canta, pero después la pierde.

—Ná, si un día has venido al Burrero a oír al Fosforito, todo lo demás te parece malo.

—¿Fosforito?

—Un cantaor payo, Francisco Lema, el Fosforito, o el Fosforito Viejo, que también le llaman; ahora está por Madrid y ya no viene a su tierra. Se ha hecho famoso e importante, pero nadie canta como él. Con permiso del Viejo de la Isla o de Miguel Torre, que le llaman Torre por su estatura.

Paula no quiere perder atención por lo que pasa en la sala, pero tampoco sabe cómo hacer que el hombre se levante de su mesa. Ya se ha bebido el fino y se vuelve a servir.

—¿No conoce a ninguno de ellos?

—Soy gallega.

—A mí lo que me gusta de verdad es la seguiriya. Eso es flamenco. No pude verlo porque murió cuando yo era un niño, pero mi abuelo me hablaba de Silverio Franconetti, que era de Sevilla. Daría diez años de vida por haberlo oído cantar: «No soy de esta tierra, ni en ella nací; la fortunilla rodando, rodando, me ha traído aquí...».

Lo canta en voz muy baja, casi para que sólo lo escuche Paula. Eso le hace distraerse unos segundos, los suficientes para perderse la entrada de Pinillos con dos hombres. Inmediatamente se pone nerviosa y empieza a tomar nota mental de sus caras. El hombre se da cuenta de lo mucho que le interesan.

—¿Conoces a los hermanos Ferreira?

—¿Se llaman así?

—Cuidado con ellos, portugueses, del otro lado de la raya aunque siempre anden por aquí. Mala gente, metidos en todo lo feo. Les llaman «Los Alfayates», que quiere decir sastres, por el trabajo de su padre o de su abuelo.

—¿Viven en La Línea?

—No, en Cádiz. Pero vienen mucho. Aunque sean portugueses les gusta el flamenco. El mayor, Miguel, hasta canta bien. El pequeño, Joao o algo así, toca la guitarra, pero sin arte.

Sigue fijándose en sus caras mientras hablan con Pinillos, que en ningún momento ha hecho ademán de haberla visto. Los dibujará, pero la información que le podrá dar al armador es mucho mayor de lo que esperaba: Miguel y João Ferreira, Los Alfayates, portugueses, residentes en Cádiz... Con todos esos datos, los ingleses podrán desmantelar la red de los alemanes.

Don Antonio ha ido, como siempre en las últimas semanas, a despedir al *Príncipe de Asturias* que parte rumbo a Barcelona. Antes ha deseado suerte a Paula y le ha asegurado que cuando estén de vuelta en Cádiz, antes de una semana para, ahora sí, zarpar hacia Buenos Aires, estará todo arreglado con los ingleses. De hecho, los hermanos Ferreira están ya localizados.

—Mucha suerte, tendré siempre una deuda contigo por esta ayuda. Cuando regreses de este viaje...

—No voy a volver, señor Pinillos. Me quedo en Buenos Aires.

—¿Es por la amenaza? Te aseguro que el barco no partirá si no es seguro...

—No tiene nada que ver. Era una decisión tomada antes de mi llegada a Cádiz. Si algún día se decide a subir a un barco y viene a Buenos Aires, será un placer y un honor para mí saludarle.

Don Antonio se queda en el muelle, viendo las maniobras de salida del puerto, confiado; su barco se ha salvado de los peligros de la guerra.

* * *

—¿Joan, sabes de algún sitio en que fabriquen espejos de ese tamaño?

Mientras espera que pase lo que sea con la guerra de Noé y Meishe, la vida sigue y la decoración del Café de Sóller es lo que más preocupa a Nicolau Esteve. Quiere algo especial, espectacular, y se le ha ocurrido que podría ser un enorme espejo de una sola pieza que cubriría el fondo de la sala.

—No sé si los fabrican; de cualquier manera, para qué quiere algo así, nadie lo va a apreciar, será carísimo y si se rompe no bastará con cambiar una pieza, habrá que volver a gastarse el dinero en otro igual.

—¿Por qué se iba a romper?

—Porque todo lo que puede salir mal, sale mal. Fíjese en Europa, don Nicolau; pensaban que nunca iban a volver a entrar en guerra y están dando tiros por todas partes. ¿Y si Brasil entra en guerra con Argentina? ¿Sabe lo primero que destruirían? Su espejo.

Se ríe de los ejemplos de Joan, pero acaba por hacerle caso. ¿Qué motivo hay para asumir ese riesgo?

—Quiero algo espectacular, tenemos que pensar. No quiero que mi esposa llegue a Buenos Aires e inauguremos un café más, de los que hay cientos. Quiero que se sienta orgullosa de haberse casado conmigo. No va a recorrer medio mundo para descubrir que la han engañado y se ha casado con un pelagatos.

—Dudo que vaya a llevarse esa impresión. Creo recordar que

me contó que era hija de un pescador en la isla. Mucho tienen que haber cambiado las cosas en nuestra tierra para que le vaya a hacer a usted de menos.

—¿Y si hacemos que las camareras sean mujeres? Vestidas como hombres, con el mismo uniforme: pantalón negro, camisa blanca, chaleco, pajarita... Por lo menos sería un café diferente.

Se le ha ocurrido en ese mismo momento, sin haber pensado antes en ello, y, a la espera de meditarlo bien, le parece una buena idea.

—Habrá gente que piense que es una casa de citas.

—Dejaremos claro que no lo es. El Café de Sóller será un lugar donde las mujeres solas serán bienvenidas sin que nadie las moleste, donde todas las empleadas serán mujeres, donde se apoyarán las exposiciones de pintoras, las presentaciones de escritoras... Hasta tendremos a una pianista mujer amenizando las veladas.

—Podría ser... ¿Ha pensado usted en quién va a ser el encargado del nuevo local? Tendríamos que empezar a buscar a una persona que pueda conocer el funcionamiento del Palmesano y que así se vaya preparando. Le espera un trabajo tremendo si tiene que contratar tanta mujer.

Nicolau lleva varias semanas pensando en ese tema, en encontrar a otro mallorquín para unirse a ellos; de hecho, estuvo hablando una tarde en el Club Español con un camarero procedente de Inca, pero no terminó de convencerle.

—Si todo el personal del Café de Sóller está compuesto por mujeres, el encargado no puede ser un hombre. Tendrá que ser también una mujer. Estoy seguro de que encontraremos algunas perfectamente preparadas para llevar el negocio.

—Con todos mis respetos, no sé si se está usted precipitando. Es mejor que lo consulte con la almohada.

—Creo que ya sé quién va a ser la encargada. Voy a hacer un par de gestiones y te digo.

—¿Miriam encargada de un café? Te has vuelto loco, Nicolau; Miriam es una prostituta.

—Nadie es una prostituta, trabaja de prostituta, pero nadie lo es.

Sí, es una locura, él mismo lo sabe. Pero lo ha visto claro de repente. La noche que Miriam pasó en su casa, cuando él la compró —o, mejor dicho, se la regalaron— en la subasta del Café Parisien, le pareció una mujer inteligente; el mismo Noé Trauman le dijo que uno de sus problemas era que había leído demasiado y tenía ideas avanzadas; de cara a la Varsovia, la mutual de los judíos, la mujer le pertenece y puede ponerla a trabajar en lo que quiera, en un burdel o en un café o en cualquier otro lugar si así le place. Puede hasta casarse con ella si es lo que desea. ¿Por qué no darle esa oportunidad? Además, así se quitaría de la conciencia el peso de haber comprado a un ser humano: lo habría comprado para liberarlo, que es mucho más honesto. Quizá así hasta se despreocuparía también de la amenaza de ese viejo judío, de Isaac Kleinmann. Convencer a Meishe Benjamin no será tan difícil lo primero, porque es capaz de convencerle de casi todo. Y lo segundo, porque es una locura y a Meishe, aunque lo disimule, le gustan las locuras.

—Estás loco, una vez me dijiste que en tu isla había un viento que os volvía locos. Pues a ti te dio ese viento en toda la cabeza y no te ha vuelto a dejar pensar.

—Creo que tienes razón, pero contéstame, ¿me devuelves a Miriam? Al fin y al cabo, Trauman me la regaló a mí.

—Te la devuelvo, pero se te escapará. Ya verás.

—¿Libre? ¿Ser la encargada de un café? ¿Un sueldo mensual? ¿Qué has bebido, *feiguele*? Es muy cruel hacerme pensar que me vas a sacar de este mundo para después devolverme a él.

—No te engañes; no lo hago por ti, Miriam, lo hago porque creo que me puedes ayudar a ganar dinero.

No es cierto que ésa sea la razón, pero ni Miriam, ni Meishe ni nadie deben escucharla de su boca. No deben saber que, desde que Miriam pasó la noche en su casa, él no ha conseguido dormir una noche entera a pierna suelta. Que hace muchos años, cuando salió de Sóller, fue consciente de que habría cosas que tendría que hacer que no se corresponderían con los principios que había recibido y que estaba dispuesto a afrontarlas, pero que ahora, después de asistir a la subasta en la que Trauman le regaló a esa mujer, se ha dado cuenta de que ha cruzado más límites de los que estaba dispuesto a cruzar y debe volver atrás. Y, además, que es la mujer con la que pasó su noche de bodas y, de repente, eso le parece importante.

Su esposa, Gabriela Roselló, está a pocas semanas de llegar a Buenos Aires y él tiene que estar a la altura; no puede ser un emigrante sin escrúpulos, tiene que ser el hombre honesto que salió de la isla, que ha luchado y ha triunfado, que lleva el nombre de su pueblo como un blasón por allá por donde va.

—¿Un café atendido sólo por mujeres? Todo el mundo va a pensar que es un burdel.

—Tendremos que convencerlos de que no lo es. Tiene que ser muy elegante y las mujeres normales deben sentirse a gusto porque van a ser nuestras mejores clientes: tartas, pasteles, crepes, tés de todo tipo, lo que se te ocurra que os guste a las mujeres. Ya he hablado con Meishe, y si tú estás de acuerdo, estos primeros meses, hasta que abra nuestro negocio, te ayudaré a pagar un apartamento.

—¿Para mí sola?

—Si prefieres vivir en una pensión, la podemos buscar.

—No, no... ¿Voy a poder andar por Buenos Aires sola? ¿Ir a tiendas? ¿Pasear por la calle? ¿No tienes miedo de que me escape?

—Si te escapas, pierdes tú mucho más que yo. No, no tengo miedo de que vayas a hacerlo.

—¿Y Trauman? ¿Él no va a decir nada?

—Trauman va a pensar que soy estúpido, pero da lo mismo: Trauman ya piensa que todos los gentiles somos estúpidos, sólo se lo confirmaría.

Miriam se ríe nerviosa, hace preguntas sobre el local, tiene miedo y a la vez la ilusión le asoma a los ojos, da ideas y hace planes, niega cuando deja de creerlo y se ríe otra vez cuando recupera la confianza. Miriam es feliz y a Nicolau eso le compensa muchas cosas de las que no se ha sentido orgulloso a lo largo de su vida. Piensa en Neus y se arrepiente de no haberla traído cuando se lo prometió. Tiene ganas de que llegue Gabriela, esa joven no va a lamentarse por haber aceptado la propuesta de matrimonio que en su nombre le llevó el Vicari Fiquet.

* * *

—¿Qué le has hecho a Sergio? ¡Asesino!

Sergio Sánchez-Camargo, el conde de Camargo, no ha muerto, luego llamar asesino a Eduardo Sagarmín es una exageración, aunque él entiende la indignación de su esposa; si hubiera muerto habría sido en un duelo, tampoco se trataría de un asesinato. Ahora ella sufre y él se siente feliz.

—No voy a parar hasta que te metan en la cárcel, maldito asesino.

La espada de Sagarmín penetró en el bajo vientre de Camargo, justo por detrás de sus genitales. Salvó la vida de milagro, gracias a que había un médico presente y a que fue trasladado de inmediato a un hospital. Según le ha comentado a Sagarmín uno de sus padrinos, que acudió al hospital a interesarse por él, su vida no está en peligro. El efecto más llamativo del duelo es que nunca más un hombre tendrá que preocuparse porque el conde de Camargo acompañe a su esposa, al parecer será incapaz de volver a tener relaciones sexuales con ninguna.

—No te ciegues mucho con eso de meterme en la cárcel, querida esposa, pues no lo vas a conseguir. No me van a meter en la cárcel. ¿Te crees la única que puede hacer lo que quiera, cariño?

Está más feliz de haber dejado sin un amante capaz a su esposa de lo que estaría de haberlo matado.

—Además, tú lo amabas. ¿Qué más te da que ahora no sea capaz de hacerte el amor todo el día? Es momento de que le demuestres lo mucho que le quieres, que le acompañes en la desgracia.

Si todo va bien, si el rey no suspende su viaje tras las noticias del duelo, en dos días partirá hacia Barcelona y dejará atrás a su esposa y su historia con Camargo. Aunque no le será fácil; ayer un hombre le abordó en el Casino y le dio las gracias, su esposa también había tenido un idilio con el conde: «Yo no me atreví a retarle en duelo. Digamos que usted ha restituido de alguna forma mi honor».

Nadie le mirará otra vez con una sonrisa en los labios. Ha vuelto a poner las cosas en su sitio. Aunque ella quiera tener dos docenas de amantes más, a él no le mirarán como un cobarde.

—Lo siento, majestad. Si considera que debe enviar a otra persona a Buenos Aires, lo entenderé. Sólo lamento haber faltado a su confianza.

Don Alfonso XIII, pese a la amistad que les une, le recibe muy enfadado en su despacho. Álvaro Giner es testigo del encuentro entre ambos, antes de entrar le ha dado la enhorabuena:

—Te dije que tenía tendencia a la contra de tercera.

—Si no es por tu consejo, me mata.

Pero don Alfonso no está pensando en felicitar también a Sagarmín sino en descargar toda su ira sobre él.

—No, no quiero enviar a otra persona, sólo quiero encontrar un poco de inteligencia y sentido común. ¿Un duelo a muerte en 1916? ¿A quién se le ocurre?

—Tenía motivos, majestad.

—Sé que tenías motivos, los conocía todo Madrid. Pero eres amigo personal mío, lo dice en todos los periódicos que he leído que hablan del duelo. Además, te he hecho un encargo delicado. ¿No podías dejar tu honor para la vuelta?

—Sabe que no, majestad.

—¿Y de quién ha sido la idea de invitar a ese periodista, a Medina?

—Tenía que enterarse la mayor cantidad de gente posible. A mí me ha gustado su columna, aunque no me deje en buen lugar.

Poco a poco se le pasa el enfado al rey y se permite hasta bromear con Giner y con él:

—No me digas que no tenías pensada esa estocada. Casi le castras; deberían ponerle tu nombre: el corte Sagarmín.

—No querría ser recordado por eso. Sé que no tardarían en ponerle otro nombre: el corte del cornudo.

—Dudo que haya muchos que quieran acercarse a tu mujer sabiendo cómo las gastas.

Los tres amigos comen juntos en uno de los comedores privados de don Alfonso XIII. Llevan tiempo, desde que empezó la guerra europea, sin muchas oportunidades de salir a divertirse, como antes. Álvaro y el rey siguen compartiendo jornadas de caza, en ocasiones simples paseos por el campo para disparar sobre algunas liebres, pero Eduardo no es cazador y no comparte esos días con ellos.

—Dicen que Buenos Aires es una de las ciudades con más vida nocturna fuera de Europa, Eduardo. Y también que tiene los mejores cabarés y los teatros más lujosos, que cada uno encuentra lo que busca.

—Deje que pase allí un par de meses, conociendo el terreno, y después venga en visita oficial, majestad. Ya verá a qué sitios le llevo.

—Ya me gustaría, ya... ¿Cuándo te vas a Barcelona?

—En un par de días. Me quedaré en casa de Marcos Roig. Ha estado en Madrid de luna de miel, se ha vuelto a su ciudad y no le he podido ver con todo el lío del duelo. ¿Tú le has visto, Álvaro?

—Sí, cené con él y con su esposa hace unos días. Ella es muy guapa y muy simpática, encantadora.

—¿Más que esa que trabaja contigo, que Blanca Alerces? Cuéntanos algo, Álvaro.

—No hay nada que contar, don Alfonso; ya la conoce usted, no para de trabajar ni un minuto.

El almuerzo sigue entre bromas. Esas comidas son los únicos momentos en los que el rey se olvida de sus obligaciones, y a pesar de que él los trata de tú y ellos a él con respeto y ceremonia, se comporta como un hombre normal que pasa un rato con sus amigos.

Sagarmín ya ha celebrado varias reuniones en el Palacio de Santa Cruz en las que ha recibido todo tipo de informes y datos sobre las negociaciones que debe acometer con el gobierno argentino. No queda nada que hablar sobre ese tema, sólo debe estudiarlo a fondo. Aprovechará las tres semanas que tardará el barco en hacer la travesía para ello. No es necesario sacar el tema en la comida. Lleva varios días que no se saca de la cabeza a Raquel, pero no es él quien la menciona sino Álvaro Giner.

—¿Se acuerda de cuando fuimos al Japonés, majestad? Un día que se disfrazó con una barba postiza.

—Ridículo, todo el mundo me reconoció. ¿Ahí actuaba una con unos abanicos?

—No, una muy guapa que cantaba lo del morrongo.

—Ah, sí, ya la recuerdo.

—Me la presentó nuestro amigo Eduardo el otro día.

—¿La habías visto actuar? No me lo dijiste, Álvaro.

—Vaya amistades tenéis, a mí no me lleváis a esos lugares…

Siguen las anécdotas, la diversión y la confianza. No se ha roto con la estocada a Camargo.

Tras la comida y las despedidas, Eduardo y Álvaro salen juntos a la plaza de Oriente. Ya está haciéndose de noche, hace frío y no apetece estar al aire libre, sólo se detienen un momento para despedirse.

—Yo pensé que se lo iba a tomar peor. Me alegro de que vencieras, pero Camargo es un buen espadachín, podía haberte matado.

—Era una posibilidad, pero no me quedaba más remedio. ¿Te veo antes de irme a Argentina? ¿Vas a pasar por Barcelona?

—Creo que no, dentro de poco debo viajar a París por los asuntos de la Oficina Pro-Cautivos.

—Mucha suerte.

—Lo mismo te digo.

Nadie despide a Eduardo al salir de su palacete; su esposa está cuidando a Carmargo y hace por lo menos dos días que no se la ve por allí.

En Barcelona está esperándole su amigo Marcos Roig.

—¿A que no sabes quién vino en el tren conmigo y con mi esposa a la vuelta de Madrid? La bailarina aquella del morrongo.

—¿Raquel Castro?

—¿Sabes su nombre? Se quedó mi tarjeta. Lo mismo consigo que nos haga un pase privado, si es que me llama.

—Paga lo que sea, tengo que volver a ver a esa mujer.

No se quedó con ninguna forma de contactar con ella tras la comida del Lhardy y la desagradable experiencia posterior con aquel hombre al que tumbó la americana de un puñetazo. Ahora tal vez la casualidad le haga reencontrarse con ella en Barcelona. Es una muy grata sorpresa, ha pensado mucho en ella en los últimos días.

* * *

—Me esperan en un conventillo de la Boca.

Ésa es la contraseña que el marinero del *Sicilia* le indicó a Giulio que debía pronunciar cuando viera a Leonardo Fenoglio, el tabernero lombardo que le prestará su ayuda. Tal como le dijeron cuando acudió por la mañana, a última hora de la tarde está tras la barra de su establecimiento.

—Sal, ve hasta la Rambla y espérame delante del Teatro del Liceo. Intenta no llamar la atención, en cuanto pueda iré para allá.

Una hora más tarde está siguiendo al lombardo hasta una casa de la calle de Aviñón. Entran por un portal estrecho y oscuro y suben al segundo piso. Allí hay cuatro hombres más.

—Éste es Giulio, viene de Viareggio, ha llegado a Barcelona ayer de madrugada.

Le presentan a los otros cuatro, aunque olvida el nombre de todos a medida que se lo van diciendo; cada uno viene de un lugar de Italia y todos estuvieron en el frente, cerca del río Isonzo. Un día decidieron que la guerra se había terminado para ellos y huyeron; hoy se encuentran en Barcelona. Todos han experimentado la angustia del ataúd para salir de su país, todos sueñan con llegar a Buenos Aires.

—Vamos a buscar un vapor en el que podáis viajar seguros. Está difícil porque muchos franceses, judíos e italianos llegan al puerto de Barcelona dispuestos a todo por salir de Europa. Llenan los barcos, se dejan engañar y hacen que no sea posible negociar con las tripulaciones.

—Tienen tanto derecho como nosotros a huir.

—Nadie tiene derecho a nada, todo el mundo tiene que luchar por su suerte. Ellos y también vosotros. No va a ser fácil para ninguno.

En el piso de la calle de Aviñón estará mucho mejor que los desertores que conoció —y que le ayudaron— en el puerto. Al parecer ellos son sus enemigos y quienes impiden que su fuga sea rápida y placentera. No va a discutir, lo único que quiere es que todo acabe, pero no cree que deba haber refugiados de primera y de segunda. Todos tienen el mismo derecho a intentar salvarse de la locura, y él sólo está allí porque tuvo la suerte de que su padre pulsara las teclas adecuadas.

—¿Sabes cocinar? Ninguno sabemos y estamos hartos de comer latas de sardinas.

La última vez que cocinó algo fue en Nochebuena, unos *gnocchi* con los pocos ingredientes que encontraron sus compañeros en el frente. Así que quiere repetir la receta en esta noche de sábado, aunque los *gnocchi* no sean lo más adecuado para una cena, son todos hombres jóvenes que no deben temer a una noche pesada. Esta vez puede contar con todo lo necesario: con patatas, harina, requesón, espinacas… Con una salsa hecha con nata y un queso fuerte, un roquefort francés comprado en el Mercado de la Boquería para sustituir al gorgonzola italiano.

Le quedan muy ricos y los acompaña con vino español, un vino recio. Los compañeros celebran su llegada, brindan, hablan de sus lugares de origen, de sus familias, de quiénes les esperan en Argentina y lo que creen que van a encontrar allí.

—¿Creéis que algún día volveremos a Italia?

—No, nunca. Además, no tengo ganas de hacerlo. No quiero que nunca nadie me vuelva a engañar; voy a Argentina a ser libre, a olvidarme de lo podrido que está todo lo que he conocido, no quiero perdonar a los que me mandaron a la guerra.

Giulio es el más radical de todos, quizá porque es el que menos tiempo hace que abandonó su país. Quizá con los días, y con la paz que se respira en esa casa, modere sus ideas.

Es una noche tranquila, la primera en mucho tiempo sin temor a que la policía interrumpa su sueño. Después de horas de tertulia, se acuesta en la cama que le indican, estrecha pero confortable. Y se arrepiente, antes de dormir, de haberse marchado así de casa del capitán Lotina. Si tiene oportunidad, le buscará y le pedirá disculpas, y le agradecerá la ayuda que él y su familia le prestaron.

—Puedes salir de casa y moverte por Barcelona todo lo que quieras, nadie te prohíbe nada, es asunto tuyo.

—¿La policía no se mete?

—No si no haces nada que vaya contra la ley. España se está llenando de refugiados y las autoridades hacen la vista gorda. Si no los incomodas, ellos no te van a incomodar a ti. Si te metes en un lío, no tendrán piedad: te devolverán a Italia, te espere allí lo que te espere.

—Tomo nota. ¿Alguien me acompaña a conocer la Rambla?

Al final todos se apuntan. Es domingo y son las once de la mañana. La Rambla está muy distinta a la otra vez que paseó Giulio por ella, a primera hora, casi de madrugada, cuando los comerciantes todavía instalaban sus puestos. Ahora está todo abierto y lleno de colorido: las familias pasean, hacen cola en las pastelerías para llevar el postre a casa, salen de misa y se preparan para tomar el aperitivo.

—No es muy distinto a Italia.

—¿A qué parte de Italia? Las trincheras del norte no tenían nada que ver con esto.

Es una ciudad muy bonita y cuidada, se nota que los barceloneses la adoran y quieren gozar de ella como si fuera su propia casa, limpia y adornada. Por la tarde, después de comer en casa unos macarrones con carne, convence a uno de sus compañeros para salir otra vez a pasear. Echaba tanto de menos andar libre por una ciudad, sin mirar atrás, que no quiere desaprovechar ni un solo minuto.

—Hay mujeres muy guapas. ¿Hace cuánto tiempo no estás con ninguna?

—Mucho, desde antes de incorporarme al ejército, con la que era mi novia. Se llamaba Francesca.

—¿Te espera?

—No, ahora ya debe de estar casada con otro, con un pescadero cojo que se llama Salvatore Marini.

—En las calles de detrás, por la noche, hay muchas mujeres con las que puedes llegar a un acuerdo. Yo lo he hecho varias veces.

—No es eso lo que busco. Si tú quieres, no te juzgo, yo te esperaré, pero no tengo intención de contratar a ninguna.

—No, otro día volveré.

Toda la animación de por la mañana y de las primeras horas de la tarde se pierde en cuanto cae la luz y la ciudad se convierte en un lugar triste, igual que tantas otras los domingos por la tarde. Giulio tiene unas pocas monedas españolas, apenas unas pesetas, y propone a su compañero entrar en un café, sentirse durante unos minutos unas personas normales, que hacen tiempo para volver a casa y dormir, para vivir una semana de trabajo antes de poder pasear de nuevo.

* * *

—¿Hace cuánto estás preñada?

Gabriela regresó ayer por la tarde al piso de la calle de la Riereta, se atrevió a entrar en el edificio destartalado de la tarjeta que le dio la enfermera y subió al segundo piso. La recibió una mujer mayor muy desagradable. Ni siquiera la saludó.

—¿Perdón?

—Que si sabes que estás preñada hace mucho.

—Ayer, el médico me lo dijo ayer.

—Entonces estás de poco. Te aviso que si estás de más de tres meses no hacemos nada.

—No, de mucho menos. No más de cinco o seis semanas.

—Entonces ven mañana a última hora, a eso de las ocho de la tarde. Si todo va bien podrás dormir en tu casa. Mejor que vengas con alguien.

—No tengo a nadie en Barcelona que me pueda acompañar.

—Pues ven sola, pero si algo no sale bien, te vamos a mandar a la calle igual. Ah, y trae veinte duros.

Ahora son las siete y media y está sentada en un café de la plaza Real, acaba de pagar su consumición y apura los últimos minutos antes de ir a ese piso hojeando una revista de moda. Está muy cerca de la calle de la Riereta, no tardará más de diez minutos dando un paseo. Por el camino no puede evitar las lágrimas, tampoco un sentimiento nuevo para ella: odia a Enriq. No sólo no le ha ayudado a ser feliz, sino que le ha dejado el peor regalo posible, el que le impedirá también ser feliz lejos de él.

—Entra. ¿Has traído el dinero?

—Aquí está.

La vieja, la misma de ayer, coge el dinero con avidez y se lo guarda en un bolsillo de la bata sucia.

—Pasa a esa habitación, desnúdate del todo y túmbate en la camilla.

Dentro sólo hay una silla para dejar la ropa y una camilla con una sábana que parece recién lavada, pero muy gastada. Hay una cómoda con un espejo que ha perdido partes del azogue, una silla tapizada con una tela verde que ya es casi gris y un cuadro con una Virgen que Gabriela no alcanza a identificar. Es un lugar deprimente del que sólo apetece huir.

Gabriela obedece, se queda desnuda y se tumba boca arriba en la camilla. Al no tener una sábana con la que taparse lo hace colocándose su propio vestido encima. Recuerda la noche que la ha llevado hasta allí, la primera vez que entregó su cuerpo a Enriq. Fue tras la visita del Vicari Fiquet, cuando el verano ya se terminaba pero el otoño todavía pugnaba por imponerse.

—Enriq, quieren que me case con un hombre, con un viejo. El mosén Pastor ha visitado a mi madre y ella quiere contestarle que sí.

Enriq ni siquiera se enfadó, tomó la noticia con una resignación que a ella misma tendría que haberle resultado insultante. Fue Gabriela quien, quizá con la intención de que él reaccionara, lo llevó hasta la playa, el lugar en el que siempre han transcurrido los momentos más importantes de su vida, y dejó caer su vestido ante sus ojos.

—Yo soy tuya y siempre seré tuya, no de un indiano, por mucho dinero que haya ganado, por muchos cafés y hoteles que tenga.

Los dos se habían visto así, se habían tocado, acariciado y besado en todos los rincones de su cuerpo. Nunca habían culminado el acto, él se resistió unos instantes.

—No hago esto para gozar, lo hago para que me tomes.

Ahora sólo puede pensar en el dolor y en el placer de aquel momento. En la plenitud cuando, al terminar, se acercó desnuda a la orilla y se metió en el agua del mar, a la espera de que él se reuniera con ella y volviera a tomarla. Pero Enriq no se movió, se quedó esperándola y ya estaba vestido de nuevo cuando ella salió.

—¿No te ha gustado?

—Sí, llevaba años esperándolo.

No quería pensar en él y ha acabado recreando en su cabeza el momento aquel, quizá el último en el que fue plenamente feliz. Tiene que esperar así unos minutos más, medio desnuda, hasta que entra un hombre en la habitación. Lo imaginaba con bata blanca, como el doctor que le informó de su embarazo, pero es un hombre vestido de calle, con una chaqueta raída y una gorra a cuadros.

—¿Ya estás? Tardo cinco minutos y empezamos.

Le ha puesto la mano en la rodilla mientras se lo decía, una mano ruda, con las uñas sucias.

Gabriela no se lo piensa dos veces. En cuanto el hombre sale, se levanta y se viste de nuevo. La mujer que la recibió se cruza con ella en el pasillo.

—¿Dónde vas?

—Me marcho.

—No le voy a devolver el dinero.

—Me da igual, quédeselo.

Vuelve a la calle de la Riereta y regresa, lo más deprisa que puede, a su hotel. Entra en la habitación y se tumba en la cama. No va a hacerlo. No cree que dentro lleve a su hijo, no sabe lo que es, pero no es su hijo, todavía no, eso desde luego, pero no va a hacerlo. No quiere que un hombre con las uñas sucias hurgue en su interior.

—Me alegra volver a verla por aquí, no estaba seguro de que pidiera otra vez hora para una consulta.

—Sigo con náuseas y con mareos por la mañana, doctor Escuder. ¿Hay alguna forma de evitarlas?

—Hay algunas infusiones que le ayudarán. Le haré una lista. ¿Sigue con su idea de viajar a Argentina?

—Sí, no voy a cambiar mis planes.

Gabriela subirá a ese barco y, cuando llegue a Buenos Aires, ya verá qué hacer.

9

LA BUTACA DE PENSAR
Por Gaspar Medina para *El Noticiero de Madrid*

UN NUEVO MUNDO

A lo mejor les parece presuntuoso que les diga que estoy como Colón la víspera de su partida. Está bien, les doy la razón, un poco presuntuoso sí es; Cristóbal Colón no sabía qué se iba a encontrar y yo voy al encuentro de Buenos Aires, una ciudad con un millón seiscientos mil habitantes, iluminada con electricidad en su mayor parte, con varias estaciones de ferrocarril, hospitales e incluso un moderno rascacielos —como llaman ahora a los grandes edificios que parece que atraviesan las nubes—, con más de ciento cincuenta mil estudiantes matriculados en los distintos niveles de educación y con la asombrosa cifra de setenta y una mil funciones teatrales durante el último año. Voy camino de una ciudad en la que se inauguran teatros, cinematógrafos y auditorios para escuchar a las grandes orquestas, en la que hay cafés y asociaciones obreras que intentan mejorar la vida de sus miembros...

En definitiva, que dejo Europa, la cuna de la cultura,

para llegar al nuevo mundo, el continente de los indios, las selvas y los animales salvajes. ¿O es al revés?

No digo con esto que Argentina sea el paraíso, que en este tiempo que llevo documentándome sobre ese país no haya encontrado muchas situaciones denunciables, desde la represión brutal de la lucha obrera, las difíciles condiciones de los emigrantes o la explotación sexual de mujeres llevadas de Europa con ese único fin, hasta el exterminio de tribus enteras de indígenas a manos de los caciques del interior. No, Argentina no es el paraíso, pero Europa es el infierno. Creo que voy a un sitio mejor.

¿Y España? Fuera del mundo, como desde hace siglo y medio. Ni tan mal como los países en guerra, ni tan bien como deberíamos estar. Penando en este triste reinado de don Alfonso.

Mañana salgo hacia Barcelona y estoy como un niño la noche de Reyes: ilusionado y esperanzado. Con ganas de que el regalo sea el que he pedido y encuentre un mundo nuevo. Cuídense, espero encontrarles mejor a la vuelta.

—No, no lo tenéis que hacer bien. Consiste en que lo hagáis mal para que los espectadores puedan verme.

Si llega a saber que tiene que bailar y cantar una última vez «El morrongo», se lleva a Roberto a Barcelona, le pagan lo bastante para que hubiera resultado rentable. Ahora tiene que enseñarles cómo manejar los peluches a dos bailarines aragoneses, con cuerpos espectaculares pero con la cabeza cuadrada. En diez minutos usan los peluches para tapar su cuerpo con más eficacia de la que Juan y Roberto han logrado en años.

—Que no, que no se trata de que me tapéis, se trata de que hagáis como que me tapáis pero dejéis que todo el mundo me vea desnuda. A ver, otra vez.

Marcos Roig, el recién casado que viajó con ella en el tren camino de Barcelona, la ha contratado por el triple de lo que cobraba por presentar su espectáculo en el Japonés. La actuación será en una casa particular —una torre, como le llaman allí— de la zona de Pedralbes y habrá ocho espectadores —aunque le avisan de que quizá se presenten cuatro más, que si eso sucede cobrará un extra—, además de los camareros y de unas chicas que atenderán a los invitados. Raquel se ha asegurado de que no sea esa labor la que esperan de ella.

—Usted es la artista y cobra por cantar para nosotros, nada más.

Ha quedado en que hará tres números, el del morrongo, el de la regadera y el del Polichinela. Su anfitrión ha preparado todo un espectáculo al que irá gente muy importante. Además de ella, actuarán un mago y unas bailarinas que hacen la última moda, un número sáfico. Pero ella es el plato central de la velada.

—Entonces, ¿quieres que lo hagamos mal?

—Eso es, a los espectadores les da igual si canto bien o mal, lo que quieren es ver mi *arrière garde* sin problemas.

—Tu culo...

—Eso, mi culo.

Falta sólo una semana para subirse al *Príncipe de Asturias* y ésta es su última obligación en España. A partir del momento en que acabe la actuación, Raquel Castro desaparecerá para siempre y será Raquel Chinchilla.

—¿Está ya el público?

—Lleno, al final son doce. Y hay gente importante. Algunos muy conocidos en Barcelona. Y también amigos de don Marcos que han venido de Madrid.

Hay más expectación para su única actuación allí de la que nunca ha tenido en la ciudad en la que ha desarrollado toda su carrera. Pocos espectadores pero selectos.

—A la actuación del mago le queda un minuto y nos toca a nosotros.

—Pues vamos allá.

A final, por una petición de Marcos Roig en el último momento, ha decidido que serán cuatro números: empezará vestida y cantará la canción que tanto gustó a la gente en la Venta de la Gaditana, «El Relicario». Después, con un vestido muy corto bajo el que no lleva nada, cantará «La regadera»; más tarde, sólo con una gasa medio cubriéndola, «El Polichinela». El final de fiesta, igual que en los tiempos del Japonés, será «El morrongo».

Una luz en los ojos le impide ver las caras del público, apenas puede distinguir los bultos de sus cabezas. Por los aplausos y los piropos —da igual que aquí sus espectadores sean de clase alta, los piropos no son muy diferentes— sabe que lo están pasando bien. Hasta que no sale desnuda al escenario y empieza a cantar «El morrongo» no se da cuenta de que allí, en un asiento del centro de la segunda fila, está Eduardo Sagarmín, el hombre con el que almorzó en el Lhardy en compañía de Susan.

—Hola, no esperaba verle aquí.

Nada más acabar el espectáculo, Eduardo visita a Raquel en su improvisado camerino. Ella lleva puesta la misma bata, esa que muestra más que tapa, que usaba en el camerino del Japonés; es lo único que se lleva a Argentina de sus tiempos como artista.

—Hace un par de días llegué a Barcelona y mi amigo Marcos me dijo que había preparado su actuación, no podía perdérmela.

—¿Y le ha gustado?

—Mucho. ¿Se va a quedar a tomar una copa de champán?

—No soy parte de las diversiones de la noche, sólo he venido a actuar.

—No quería considerarla como tal, si quiere nos vamos de la fiesta. Cenamos y brindamos por nuestro encuentro.

Un taxi los deja en el Hotel Colón, en la esquina del Paseo de Gracia con la plaza de Cataluña, quizá el más lujoso de la ciudad. El restaurante es mucho mejor que cualquiera que haya visitado nunca Raquel.

—Perdone, ¿esto es oro?

—Dicen que sí. Yo, si le soy sincero, no lo sé.

En la mesa hay cubiertos de oro y no es el único signo de prosperidad y sofisticación.

—¿Qué desea la señora?

—Langosta, langosta thermidor.

—¿Y el señor?

—Lo mismo. Y traiga la carta de champanes.

Eduardo ha aprobado la infantil prueba a la que Raquel somete a sus posibles amantes. Se va a Argentina, no necesitaba someterle a ella, pero se ha dejado llevar por la curiosidad. ¿Habría podido ese hombre ser su amante de no haber tomado ella la decisión de abandonar España?

—¿Qué te trae a Barcelona?

—Un viaje. Embarco hacia Buenos Aires en unos días.

—No me digas que viajarás en el *Príncipe de Asturias*. Yo también viajo en ese vapor.

Nada más decirlo, Raquel toma una nueva decisión: no se convertirá en su amante. Le dará largas, esperará al barco y allí lo seducirá. No quiere quedarse con las migajas sino con todo. Si Eduardo Sagarmín quiere acostarse con ella, tendrá que pasar por el altar. Si no lo hace, no le valdrá la pena.

* * *

—¿Has vuelto? Estábamos preocupados por ti. Mi marido y mi hija se van a poner muy contentos.

Giulio ha tenido que vencer la vergüenza y se ha presentado en casa del capitán Lotina. Nunca debió marcharse sin despedirse de él y de su familia después de todo lo que habían hecho por ayudarle.

—Vengo a pedirle perdón. También a usted, Carmen. Si no es por su familia no sé dónde estaría, quizá habría muerto aquel día.

—No seas melodramático y no te pongas en lo peor. Pasa.

El capitán Lotina se sienta con él en el salón como si nunca hubiera pasado nada, como si él no se hubiera marchado en medio de la noche sin agradecer su hospitalidad.

—Mi hija Amaya se va a poner muy contenta cuando sepa que has vuelto, quería que te buscáramos para devolverte tu libro.

—Es un regalo para ella.

—Ahora vendrá y se lo dices tú.

Giulio le cuenta al capitán Lotina su peripecia de los últimos días, y, como la primera vez, sin desvelarle detalles que hagan que pueda saber nombres y sin poner en peligro a quienes le ayudan.

—¿No sabes cuándo partirás?

—No; según mis compañeros, te lo dicen en el último momento. Sólo con el tiempo necesario para recoger tus cosas y marcharte hacia el puerto. Pero por lo visto ahora se tarda más, hay mucha gente que quiere salir de Europa sin papeles y los marineros de algunos barcos venden pasajes a escondidas por su cuenta.

—Espero que en mi barco eso no suceda. Te quedas a comer, ¿no? Tenemos que decírselo a mi esposa.

A los pocos segundos de que el capitán salga para avisar a Carmen de que tienen un invitado, Amaya entra corriendo en el salón.

—¡Giulio!

Salta sobre él, le besa, le abraza, se ríe.

—Yo sabía que no te irías sin decir nada, que sólo te habías ocultado para que no te descubrieran. ¿Por qué no me ayudas a convencer a mi padre para que me deje viajar en su barco?

La familia del capitán Lotina tiene la virtud de hacerle sentirse bien y seguro. Cuando está con ellos no se acuerda de los soldados fusilados la víspera de Navidad, de Francesca y su pescadero, de su fuga en ataúd. Sí se acuerda de su familia, pero lo hace con cariño. También piensa en Argentina y en las posibilidades de ser feliz allí.

Durante la comida, un riquísimo arroz con gambas y calamares, el capitán le abre una nueva esperanza.

—Organízame una cita con ese lombardo. Quizá yo pueda lograr que algunos de vosotros viajéis en el *Príncipe de Asturias*.

Por la tarde, aprovechando que hace un magnífico día de sol, acompaña al capitán a dar un paseo por el puerto. Le va contando las características de cada barco, se nota que ésa es su pasión y lo sabe todo, desde los barcos de pesca hasta los de mercancías, también los de placer. Se acercan a la zona donde están los refugiados.

—Barcelona se está llenando de gente de todas partes de Europa.

—Huyen de la guerra. ¿Ha estado usted alguna vez en la guerra, capitán?

—No, gracias a Dios. He tenido que ir algunas veces a La Habana cuando la isla luchaba por su independencia, pero no en misiones militares. Lo mío siempre ha sido la marina mercante.

—Ojalá nunca tenga que verla y que su hija Amaya no tenga que sufrir nunca una.

—Ojalá. Espera, creo que conozco a esa joven.

El capitán Lotina se acerca a una joven morena, muy bella, que también se ha acercado a ver los barcos.

—Perdón, señorita. Si no me equivoco, el capitán Bennasar nos presentó el otro día en su hotel. Soy José Lotina, el capitán del *Príncipe de Asturias*.

La joven se presenta como Gabriela Roselló, mallorquina; viajará a Buenos Aires en el barco de Lotina para reunirse allí con su esposo.

—Le presento a Giulio Bovenzi; si todo sale bien, él será uno de sus compañeros de travesía.

Gabriela sólo quiere estar sola, pero no se atreve a rechazar la invitación del capitán Lotina y de su acompañante italiano para tomar un café. Ella quiere pensar en otros asuntos, en lo que tiene que hacer dentro de unas horas.

Esta mañana volvió al piso de la calle de la Riereta para ponerse en manos de ese hombre de las uñas sucias, acabar con el embarazo y regresar a su vida normal; hacer lo que debe: llegar a Buenos Aires, ser una esposa sumisa, dar hijos a su marido, olvidar de una vez por todas a Enriq, no pensar nunca más en Sóller o en la isla que ha quedado atrás para siempre.

—Si quiere abortar tendrá que volver a pagar. El doctor no vendrá hasta la noche.

No le pareció que fuera un doctor, sólo una especie de carnicero. ¿Qué puede llevar a un hombre que ha estudiado medicina —si es que de verdad lo ha hecho— a dedicarse a poner fin a embarazos en un piso miserable, con las uñas sucias? Seguro que su historia es, por lo menos, tan dramática como la de Gabriela.

La han convocado para las ocho de la noche otra vez y lleva toda la mañana paseando por Barcelona, angustiada; ni siquiera ha comido, tiene el estómago cerrado por los nervios. Volverá esa noche, si es que no se vuelve a arrepentir. Ha pasado casi una hora sentada frente a un banco de la playa, llorando y viendo a un grupo de jóvenes jugar con una pelota de trapo. Después ha llegado hasta el puerto, un lugar lleno de gente que está tan desamparada como ella.

El capitán Lotina es un hombre interesante, buen conversador, que sabe todo sobre el mar que tienen ante ellos. Les habla con pasión de su barco y de lo que se encontrarán durante el viaje, de las tormentas que ha vivido y, lo más importante para ellos, lo que hace que Gabriela se olvide durante unos instantes de sus problemas, de la ciudad que se encontrarán, de Buenos Aires.

—Si creéis que vais a llegar a un poblado, olvidadlo. Buenos Aires es tan grande como Madrid o Barcelona y, en muchos aspectos, mucho más avanzado. Hay barrios parecidos a París, hay teatros, cafés, gente de todas partes. Muchísimos italianos. Yo creo que se habla más italiano que castellano en muchas zonas.

—Un primo de mi madre emigró hace más de veinte años. Espero encontrarle… si es que logro llegar a Argentina.

—Lo lograrás, Giulio; haremos lo que esté en nuestra mano para ayudarte. ¿A qué se dedica tu marido, Gabriela?

—Es dueño de un café y de un hotel. El Café Palmesano.

—Hay cientos de cafés, es una ciudad maravillosa.

Gabriela también se entera de la historia de Giulio, de su deserción del frente y su fuga a través de toda Italia. Siente simpatía por él, se ha atrevido a huir de su destino, lo que Enriq nunca tuvo valentía de hacer.

—Lo siento, pero debo dejaros, me espera mi esposa para una cena con unos familiares suyos.

El capitán se marcha y Giulio y Gabriela se quedan solos, todavía son las cinco de la tarde y a ella le quedan tres horas para presentarse en la calle de la Riereta.

—¿Te apetece dar un paseo?

Aunque Giulio pudiera distraerla, Gabriela no tiene ganas de compañía. El italiano tiene una sonrisa acogedora y se siente mal al declinar su invitación, pero hoy no es el mejor día para empezar amistades.

—No me gustaría ser descortés, pero necesito estar sola. Espero que lo comprendas.

—Desde luego que lo entiendo, hay veces que yo también digo eso, que no necesito a nadie, pero son los momentos en los que más necesito que haya alguien a mi lado. No quisiera parecer un entrometido, pero en tus ojos he notado que hay algo que te angustia. Lo sé porque yo también he sufrido mucho.

Gabriela duda antes de aceptar el paseo con Giulio. En su cabeza se agolpan las ideas y enumera una vez más los motivos por los que no quiere continuar con su embarazo. Si no estuviera en Barcelona, ¿qué habría hecho? ¿Contárselo a su madre? ¿A Neus? Es posible que no se hubiera atrevido a confiarle este secreto ni tan siquiera a Àngels, aunque en este momento necesita más que nunca un amigo, alguien con quien compartir su miedo. Mientras caminan por la Rambla, Gabriela le habla a Giulio de sus mareos en el barco, sus pruebas en el médico, su visita a la calle de la Riereta, los niños jugando en el portal, las uñas sucias de ese hombre que le iba a practicar el aborto, su miedo, su huida… El italiano la escucha y parece estar de acuerdo con unas cosas y con otras no. A Gabriela le da lo mismo, sólo siente un gran alivio al dejarlas salir.

—¿Vas a ir hoy a las ocho?

—¿Qué otra cosa puedo hacer?

—Son las seis, nos quedan dos horas para pensarlo.

De repente el italiano ha hecho que ese problema, que era sólo suyo, pase a ser compartido. Gabriela se da cuenta de que es una tontería, pero así pesa menos. Durante la mayor parte del tiempo que les sobra pasean por Barcelona, mientras hablan de otras cosas: de la guerra de la que él viene, de Sóller y de Viareggio, de Enriq y de Francesca… Pero, sobre todo, de Argentina. Gabriela, por su embarazo, teme la llegada; Giulio tiene puestas allí todas sus esperanzas. No se sientan hasta que están otra vez de vuelta en el puerto. Gabriela repite su pregunta:

—¿Qué otra cosa puedo hacer si no es ir a la cita que tengo?

—Llevo pensando desde que empezamos a andar, tengo las piernas cansadas y no se me ha ocurrido una respuesta. Sólo que me gustaría que el problema no existiera.

Gabriela ha dejado de creer en esos deseos. Si algo puede salir mal, saldrá mal.

—Eso no se puede conseguir. Es de lo poco que he aprendido, que los errores se acaban pagando, el reloj no anda para atrás.

—No desesperes, la peor solución ya la tenemos, es estar allí a las ocho. Yo te acompañaré, no tendrás que ir sola.

El hecho de saber que no tendrá que regresar sola a ese piso, que habrá alguien para darle la mano y convencerla si otra vez se quiere levantar y marchar, para llevarla al hotel al terminar, para quedarse a su lado si es necesario, le tranquiliza; un italiano al que apenas conoce puede ser su salvación, la boya a la que aferrarse en medio de un mar embravecido.

—¿Qué hacemos?

Son las siete y media de la tarde. No queda tiempo.

—Vamos. ¿Me vas a acompañar?

Giulio pensó por unos momentos que Gabriela desistiría, pero ahora parece más decidida que antes. No tiene ninguna postura moral sobre lo que van a hacer a ese piso, no cree que su amiga vaya a matar a un ser humano, pero aun así siente que es un fracaso.

—Claro, te dije que lo haría.

—Te lo agradezco. Y hay una cosa más que debo agradecerte: en todo el día no he vuelto a pensar en Enriq. Ya sabes, el hombre que me dejó embarazada. Te hablaré sobre él, cuando estemos en el barco.

El edificio es como Gabriela le dijo que era, sucio y cochambroso; los niños juegan fuera, como si pertenecieran a un decorado invariable; los peldaños, de madera mala y sin pulir, están desgastados...

—¿Se ha decidido? Pues ya sabe, pase al cuarto y desnúdese. Y deme el dinero, cien pesetas.

Es la misma habitación que la otra vez, la de la cómoda fea, el espejo sin azogue y la Virgen irreconocible para ella. Alguien le ha puesto una flor, sólo una, en una botella que hay sobre la cómoda. No es mucho, pero a Gabriela le reconforta verla mientras se desviste, casi tanto como no estar sola.

A Giulio le da vergüenza mirar a Gabriela quitarse la ropa, casi más que a ella hacerlo en su presencia, así que se asoma a la ventana que da a un patio interior con ropa tendida.

Cuando se da la vuelta, Gabriela está ya desnuda, tumbada boca arriba sobre la camilla. Tiene un cuerpo muy bonito, casi tanto como el de Francesca, sin embargo Giulio no siente ningún deseo al verla así. Él mismo se quita la chaqueta para echársela a ella por encima mientras esperan a que entre el médico.

—Dame la mano, tengo miedo.

Le gustaría preguntarle una última vez si está segura de lo

que va a hacer, pero no se cree con derecho. ¿De qué serviría, para crearle de nuevo inseguridad? La decisión está tomada y esto lo recordarán siempre.

—Bien, vamos a empezar.

Los dos desean que la sabiduría del doctor y su experiencia sean superiores al aspecto lamentable que presenta.

* * *

—¿Se te ha escapado ya Miriam?

No sólo no se le ha escapado, como pronostica Meishe, sino que es la mejor colaboradora que ha tenido nunca Nicolau. En apenas unos días ha entendido la forma de llevar la contabilidad de Joan, el encargado del Café Palmesano, ha aprendido todo lo que se necesita para tratar con los proveedores, ha aportado nuevas ideas para la decoración del Café de Sóller, ha demostrado carácter al tratar con los obreros que hacen la reforma del local...

—No te puedes imaginar lo contento que estoy con ella. Me va a hacer ganar más dinero a mí como encargada de mi café del que hubieras ganado tú teniéndola en un burdel.

—Son negocios distintos, pero me alegro de que el tuyo también funcione.

—No harías mal en cambiar de sector, el de la hostelería es mucho más relajado y no andamos con guerras entre nosotros.

—La guerra todavía no ha empezado. Cuando llegue el momento hablaremos de eso.

Meishe ha recibido carta desde Odesa de su socio en la captación de mujeres, Max Schlomo. Le cuenta que tiene seis mujeres de primera, que van a ganar mucho con ellas.

—En este momento deben de estar en un barco que las lleva de Estambul a Barcelona, o quizá ya hayan llegado a tu país. Me cuenta que trae una pelirroja espectacular, se llama Sara. Y me asegura que es virgen, lo mejor para el negocio. Qué pena que las mujeres sólo sean vírgenes una vez; si pudiéramos ofrecerlas así varias veces, sí que tendríamos un gran negocio.

Nicolau no sabe si es por Gabriela o por Miriam, o tal vez por la cercanía del enfrentamiento con Noé Trauman, pero cada vez se siente más incómodo cuando Meishe Benjamin le cuenta detalles de su negocio. Sigue sintiendo por su amigo el mismo aprecio, amistad y agradecimiento que siempre, lo que ya no comparte es el respeto por su forma de ganarse la vida. Esas mujeres no merecen la vida que llevan tras caer en las garras de la Varsovia.

—Pero no todo ha ido bien en el viaje. Ha sufrido un desagradable encuentro con un socio de Trauman, un tal Vladimir. Ha tenido que darle pasaporte a uno de sus colaboradores.

—¿Le ha matado? Qué locura.

—No es agradable, pero hay que hacerlo de vez en cuando. Sabes lo que significa eso, ¿no?

—¿Qué?

—La noticia le llegará a Trauman, si no le ha llegado ya, y tendremos problemas, ya no depende de nosotros. Una pena que no podamos escoger el momento de ponernos en marcha. ¿Es verdad que le has alquilado a Miriam un apartamento?

—Sí, ¿cómo te has enterado?

—Me entero de muchas cosas, de más de las que me apetece. Tú verás lo que haces, pero esa chica se te va a escapar. Después no quiero lamentos.

—¿Qué me va a parecer? ¡Maravilloso!

Aunque el apartamento de la avenida de Santa Fe, cerca de la plaza de Italia, es pequeño, viejo y oscuro, a Miriam le parece el lugar más lujoso en el que se puede vivir. Por lo menos es una casa para ella, sin una madama en la puerta, sin hombres haciendo cola para entregarle su pieza de latón y gozar de sus habilidades amatorias.

—Habría que pintar y comprar algunos muebles.

—Yo me ocupo de todo, me cambio hoy mismo a vivir aquí.

—Ni siquiera hay cama.

—Dormiré en el suelo, pero, por favor, deja que me quede.

Miriam le explica que si se queda allí será la primera noche de libertad de toda su vida, que pasó del control de su familia en el barrio judío en el que creció a ser vigilada por Meishe en el barco que la trajo a Argentina, que ha trabajado en varios burdeles de Trauman y Meishe en Buenos Aires, que ha consumido drogas y las ha dejado, que ha tenido que acostarse con miles de hombres, que ha recibido palizas y premios, pero que nunca, ni un solo día de su vida, ha sido libre.

—Pensar que puedo salir a dar un paseo, que puedo comprar algo para cenar y prepararlo, que puedo abrir un libro y leer… Sólo quiero eso.

—En mi casa hay camas de sobra. Quédate y antes de dos horas hago que una camioneta te traiga una.

Miriam le abraza feliz y, por unos segundos, le traspasa su felicidad. Nicolau nunca se ha sentido así, ni cuando abrió el Café Palmesano y empezó a vislumbrar la salida de la pobreza, el motivo que le llevó a dejar su isla natal para viajar a Buenos Aires; se da cuenta, tantos años después, de que la verdadera felicidad se alcanza haciendo felices a los demás.

—Me voy, que la cama tiene que llegarte antes de que anochezca. No te muevas hasta que esté aquí.

—Debería comprar algunas cosas para limpiar.

—Ven conmigo, hay una tienda abajo. Y toma las llaves, son tuyas.

Después de hacer las compras, se va andando por la calle, pero Miriam corre tras él.

—Gracias por todo. Tengo que decirte una cosa: cuidado con Noé y cuidado con Meishe. Haz lo que puedas para que no te lleven por delante.

—¿Sabes algo?

—No sé nada, pero en todos estos años he aprendido a oler los problemas. Y ahora hieden.

Nicolau vuelve en el tranvía hacia su casa contento, pese al aviso de Miriam, pero un hombre sube y se sienta a su lado. Es un judío de más de dos metros de estatura, con la barba, los tirabuzones y el sombrero de fieltro de ala ancha tradicionales, vestido con levita, pantalones negros y camisa blanca sin corbata.

—Noé Trauman quiere hablar con usted.

—En este momento me resulta imposible. Si me dice cuándo puedo acudir a verle y dónde, estaré encantado.

—El señor Trauman me ha dicho que usted es un amigo. Un amigo nunca se niega si otro le pide que acuda a su encuentro. Quizá, si usted no me acompaña, él considere que algo se ha resquebrajado en su amistad y asuma una posición distinta a la que tiene ahora.

Su intento de ganar tiempo, y hablar con Meishe antes de acudir a ver a Trauman, no ha dado resultado. No tiene dudas de que debe acompañar a ese hombre, donde quiera que le lleve.

—¿Cómo se llama usted?

—Eso da igual, soy el hombre que Trauman ha enviado para buscarle. Sólo hay dos nombres importantes, el suyo y el de Noé.

* * *

—Ya viene tu barco, papá.

Amaya entra corriendo en la habitación de sus padres, ha sido la primera en divisar el *Príncipe de Asturias* a lo lejos —lleva desde las siete de la mañana, bien abrigada y con el catalejo de su padre, haciendo de vigía desde la terraza—, su excitación es máxima y no permite que el capitán Lotina tarde ni un minuto en levantarse.

—Ven a verlo. Es tu barco, estoy segura.

El capitán sale con ella y la tiene que felicitar:

—Buena vista, hija. Todavía está muy lejos, tardará un par de horas en iniciar las maniobras de entrada en el puerto.

—¿Sabes cómo lo he distinguido, papá? Por la chimenea, por la cruz que tiene pintada roja.

—Es la cruz de San Jorge. Estás hecha una vigía excepcional. Cuando vengas conmigo a América serás la primera que me avisará de que llegamos a tierra. Voy a vestirme y le damos la bienvenida, ¿de acuerdo?

—¿Puedo ir contigo?

—Claro, grumete. Pero no corras, que tenemos todavía tiempo suficiente para lavarnos, vestirnos y desayunar.

—Papá, ¿qué desayunan los marineros?

—Leche y galletas. Como todo el mundo. Lo que vas a desayunar tú hoy.

—Qué grande es tu barco, papá. ¿Lo conoces entero?

—Hasta el último centímetro, hija. Como lo conocerás tú cuando seas capitana.

Con Amaya cogida de la mano y su uniforme puesto, que no usaba desde la llegada a Barcelona, el capitán José Lotina observa su barco acercarse. Todavía faltan tres días para que el *Príncipe de Asturias* se haga de nuevo a la mar. Estos tres días serán de intenso trabajo: hacer cálculos de pesos y volúmenes para equilibrar la carga en las bodegas, hacer acopio de carbón para las máquinas, comprobar la precisión de todos los instrumentos de navegación y seguridad —incluidos los botes y los chalecos salvavidas, todos deben estar completamente operativos—, examinar las reformas que se han hecho en el barco, cargar los suministros de agua potable y alimentos para las tres semanas de travesía… Lotina vuelve a ser lo que de verdad le gusta en el mundo, capitán de barco. Si no fuera por las continuas separaciones de su esposa y su hija, sería un hombre feliz.

Su segundo, Félix Rondel, gaditano de pura cepa, es quien ha capitaneado el barco desde Cádiz. Se cuadra militarmente ante él, con la sonrisa que nunca abandona su cara.

—A sus órdenes, capitán. Le entrego su barco, que es muy grande para mí, yo me conformaba con uno más chico.

—¿Cómo ha ido la travesía?

—Superior. ¿No me va a presentar a esta bella señorita? Mire que ando buscando esposa...

—Me conoces de sobra, Félix. Eres un pesado. Papá, dile que pare.

Siempre le hace la misma broma a Amaya, siempre simula no recordarla y quedarse prendado de su belleza.

—¿Puedo subir al barco, papá?

—Puedes, pero con cuidado y sin tocar nada.

Mientras Amaya sube corriendo la pasarela —muy segura, propia de un trasatlántico de lujo, no como otras que ellos dos han tenido que usar—, Lotina y Félix van charlando con calma, a la vez que el capitán saluda a los marineros que se va encontrando.

—¿Cómo está el ambiente en Cádiz?

—Ya sabe que allí, al estar cerca de Gibraltar, no paramos de ver barcos ingleses y nos dicen que por debajo del agua los submarinos alemanes no dejan de entrar y salir por el Estrecho, así que la guerra se ve más cerca.

—¿Se despidió Pinillos cuando zarpasteis?

—Sí, él y su hijo. Vinieron al muelle.

—¿Ningún recado para mí?

—No, señor. Sólo que le verá en unos días, cuando atraquemos de nuevo allá.

Lotina ve algunos de los cambios efectuados durante el mes que el barco ha estado en el dique seco. Por la tarde hará una inspección detallada.

De pronto se cruza con Paula, la joven gallega que fue operada de apendicitis.

—Me alegro de verla a bordo. ¿Repuesta?

—Repuesta y deseando hacer mi trabajo, capitán.

Al llegar al puente de mando se reencuentra con Amaya, que se ha situado tras el timón.

—¿Eres tú el que usa el timón, papá?

—Si te soy sincero, hace tiempo que ni me acerco a él. Yo me paso el día en el despacho, haciendo cálculos y viendo mapas. No te creas que esto de ser capitán de barco es como antiguamente.

El barco, sin pasajeros, se ve vacío. En un par de días empezarán a subir los que viajarán a América en el sexto periplo del *Príncipe de Asturias*, al parecer el último al Río de la Plata antes de pasar a la línea de las Antillas. Algunos de esos pasajeros serán, en esta ocasión, polizones consentidos por la compañía y las autoridades. Incluso habrá algunos que subirán por iniciativa del capitán.

—¿Leonardo Fenoglio?

—¿*Capitano* Lotina? Giulio Bovenzi me avisó de que vendría a verme.

—¿Podemos hablar en otro sitio?

El Lombardo, la taberna que Leonardo Fenoglio posee en la calle de San Rafael, no es el lugar más adecuado para tratar los asuntos que han llevado hasta allí a José Lotina. Es una taberna de mala muerte del barrio chino, con sus personajes habituales: estibadores del puerto, prostitutas, borrachos... Aunque se haya quitado el uniforme y haya recuperado su ropa de calle, el capitán no quiere ser visto allí, hay mucha gente en Barcelona que le conoce.

—Hoy hace frío para hablar por la calle. Vamos al almacén.

En el almacén de El Lombardo hay de todo, no sólo las botellas que se consumen en el local: muebles, cuadros, lámparas... Lotina sospecha que se trata de objetos robados que acaban allí.

—Dentro de dos días partimos para Argentina, la noche antes subirán algunas personas sin papeles al barco. Pueden embarcar seis de sus chicos, uno de ellos debe ser Giulio Bovenzi.

—¿Cuánto nos va a cobrar?

—Nada. No quiero dinero, sólo ayudar a esos jóvenes a huir de Europa. Pero no podrán desembarcar en Buenos Aires, las autoridades los repatriarían.

—Deje eso en nuestras manos, capitán. No es la primera vez que metemos desertores de la guerra en Argentina. Cuando el barco atraque en Buenos Aires, ni usted mismo sabrá cómo han salido. No los volverá a ver.

Lotina vuelve satisfecho a casa, al encuentro con su mujer. Le quedan sólo dos noches gozando de su compañía y ésta llegará tarde. Debe ir al Somorrostro a terminar de cerrar los flecos que quedan antes de abandonar Barcelona.

—Gracias por acompañarme, capitán Bennasar.

—No se me iba a ocurrir dejarle visitar el Somorrostro a solas y de noche.

El capitán Eusebio Bennasar tampoco ha estado nunca en tan peligroso barrio de noche y no está muy seguro de lo que se encontrará allí. Pero no puede dejar solo a un compañero y amigo.

Desde la ventana de la cocina de su casa, el capitán Lotina puede ver por las noches las hogueras de la playa frente al Somorrostro. Ahora está caminando entre ellas. Desde allí, desde la seguridad de su hogar, no se ve a los hombres que se calientan con ellas. Esta noche no hay palmas ni canciones. Hace un frío intenso.

—Buenas noches, Caracortá, buscamos al señor Paco.

El gitano no los recibe otra vez en la barraca de la visita anterior, sino calentándose en una hoguera en la playa. El patriarca parece relajado y de buen humor.

—Hace frío este año, no es propio de Barcelona. Creo que

pronto me iré a buscar un clima más cálido y más seco. Al llegar a cierta edad hay que cuidarse de los vientos y las humedades.

—Todavía está usted joven, señor Paco.

—La edad uno la lleva por dentro. Y yo he vivido mucho. Debería subirme en su barco y marcharme a Argentina, como las estatuas.

—¿Sabe algo de ellas?

—Que puede usted viajar tranquilo. A no ser que crea en las maldiciones. Me han contado que las estatuas están malditas. Dicen que los gitanos somos supersticiosos, pero yo no creo en esas cosas. Hay que temer a los vivos, no a los muertos.

—Le voy a ser sincero: escuché a unos franceses hablando de ellas aquí, a pocos metros de donde estamos.

—Sí, los franceses. Desgraciadamente ya no están entre nosotros.

—¿Han vuelto a su país?

—No, no, me refiero a que ya no están en este mundo. Querían llevarse un cargamento de oro a Sudamérica en su barco, aprovechando las cajas de las estatuas.

Así que Bennasar tenía razón, no se trataba de robarlas sino de aprovecharlas.

—Confiaban en que el miedo de los marinos a la maldición les diera la oportunidad de que nadie las revisara.

—¿Y han desistido?

—El oro ya está lejos de aquí. Me ayudará a tener ese retiro cálido al que aspiro. No se preocupe por él. Para los únicos para los que las estatuas han supuesto una maldición es para los dos pobres franceses.

Al capitán Lotina le da igual el destino del oro o su procedencia, a quién se lo robaron o cuántas personas puedan haber muerto para hacerse con él. Si se lo va a quedar el señor Paco, se alegra por él. Lo único que le interesa es que no acabe en el *Príncipe de Asturias*, ni en las cajas de las estatuas ni de ninguna otra forma. Viajará más tranquilo sabiendo que eso no ocurrirá.

—¿Esas cajas son las famosas estatuas, capitán?

—Ésas son, Félix. No quiero escuchar a nadie de la tripulación con la cantinela de que están gafadas, ¿estamos?

—No se lo escuchará a nadie, pero que tienen mala sombra, la tienen.

Imposible convencer a un gaditano, y más a un gaditano que se gana la vida en el mar, de que la mala suerte no existe si no se la convoca. Y que la única forma de llamarla es hacer mal el trabajo. Lo que ha pasado con las estatuas son casualidades, nada tiene que ver el destino con sus vicisitudes.

—¿Y ese otro cargamento que llevamos tan voluminoso y que pesa tan poco?

—Corcho. Parece ser que es para hacer tapones.

—Vaya una cosa por la otra, las estatuas son gafes, pero el corcho flota. Harán de contrapeso.

En las bodegas de los barcos que cruzan el Atlántico hay de todo, desde coches, tractores y todo tipo de maquinaria en la ida, hasta trigo y otros cereales en la vuelta. Desde el último viaje se han instalado también unos enormes frigoríficos para transportar la magnífica carne del ganado argentino, uruguayo y brasileiro. Lo más peculiar de este viaje, además de las estatuas y el corcho, es un vagón entero de tranvía de fabricación inglesa.

—¿Y cómo lo han traído de Inglaterra hasta aquí?

—Ni idea. Y por lo que sé, además no va a servir allí como tranvía, es un capricho de un millonario argentino para su finca.

—El mundo está loco, capitán.

—Y los millonarios más.

—Esta noche suben los pasajeros que no aparecen en las listas, capitán. ¿Quiere estar presente?

Serán cerca de trescientos los que subirán en los sollados de clase emigrante, la mayor parte esta noche, pero también en las escalas de Valencia, Almería y Las Palmas.

—¿Serás tú quien lo organice, Rondel?

—Sí, tengo los listados y las órdenes. He hablado con los policías del puerto con los que tenía que hablar. No habrá ningún problema.

—Esta noche tengo un asunto importante y no podré estar aquí. Cuida de que se les dé el mejor trato posible, ya los has visto en el muelle; la mayor parte de ellos son gente que ha sufrido mucho.

—Estarán mejor que en un camarote de primera, capitán.

—Y atiende especialmente bien a los seis italianos de la lista que te he dado. Tengo afecto por uno de ellos. Si tenemos camarotes vacíos en segunda al pasar Las Palmas, los cambiaremos allí.

—Como ordene, capitán.

* * *

—Si me lo permites, mañana pasaré a recogerte por el hotel e iremos juntos al puerto.

Raquel y Eduardo se han seguido viendo desde la noche en la que ella cantó «El morrongo» para los amigos de Marcos Roig en la torre de Pedralbes. Ella ha mantenido su decisión de no acostarse con él hasta que tuviera seguro que se casaría —harto difícil, ahora que sabe que está casado— y él no ha tenido el menor pudor en dejarse ver con ella e incluso presentarla en algunas fiestas de la alta sociedad barcelonesa.

Eduardo ha decidido tener paciencia y esperar al barco. No le importa tardar porque ya ha decidido algo que es, en realidad, una locura. Le gusta esa cupletista. Ya ha estado casado con una dama de la alta sociedad, una de las que tiene acceso siempre que quiere a la reina, de una familia rica y de una belleza extrema. Pero su matrimonio ha sido un fracaso. Le da exactamente igual lo que digan sus conocidos si se enteran de que ahora se ve con una mujer famosa por cantar «El morrongo»; a él le gusta y es lo que le importa. Su reputación no va a caer más bajo que cuando todo Madrid se enteró de los amores de Beatriz. No tener un lustre que mantener le ha quitado un gran peso de encima.

En estos días ha aparecido en la prensa, primero en *El Noticiero de Madrid* y después otros se han hecho eco, la noticia del duelo que Eduardo Sagarmín mantuvo con Sergio Sánchez-Camargo, de dramáticas consecuencias para éste: sigue ingresado en el Hospital General de Atocha y en algunos momentos se ha temido por su vida tras una infección como consecuencia de las heridas sufridas durante el enfrentamiento. Hay gente que ha criticado a Sagarmín, los hay que hasta le han retirado el saludo, pero en general se le ha considerado, al menos dentro de su círculo, un hombre que ha sabido defender su honor y reparar su buen nombre.

—¿No te da miedo que se pueda morir ese hombre?

—¿Miedo? Ninguno, cuando le clavé la espada fue para matarlo. Yo quería que el duelo fuese a muerte.

—¿Habías matado ya a algún hombre?

—A ninguno. Y espero no volver a verme nunca en esa situación.

Raquel no entiende que se pueda estar dispuesto a matar, o a morir, por amor o por celos. Nunca ha sido fiel y nunca ha esperado que nadie lo fuera con ella. Sí ha sentido celos, como el día que vio a Manuel Colmenilla con Rosa Romana o el que Roberto la dejó para marcharse con Gerardo, el día antes de su frustrado viaje con Susan, pero ni se le habría ocurrido hacer daño a nadie por su culpa.

—No me enfrenté a Camargo ni por amor ni por celos, me daba igual lo que hicieran él y mi esposa, sólo por honor: no debían haberlo hecho público. Si hubieran mantenido las formas, nada de esto habría pasado. Mi matrimonio está más que acabado, Raquel, te lo garantizo.

Eso le da opciones a Raquel; quién sabe si, seduciendo a Eduardo Sagarmín, su viaje puede ser de ida y vuelta.

—¿Susan y tú sois…? Quiero decir, que el día que comí con vosotras me dio la impresión de que teníais una relación un tanto especial.

—¿Estás preguntándome si hacíamos el amor?

—Sí. Ya que eres así de directa, sí, es lo que me gustaría saber.

—Lo hacíamos, pasamos juntas muchas noches.

—¿Quiere eso decir que no te gustan los hombres? ¿Eres lesbiana?

—Qué disparate, claro que me gustan. Me gustan los hombres, las mujeres y hasta las plantas. Me gusta ser feliz.

Se ha convertido en una costumbre que Eduardo recoja en el hotel a Raquel a la hora del almuerzo y la lleve a alguno de los extraordinarios restaurantes de la ciudad, que después la deje otra vez allí y que regrese por la noche para ir a alguna fiesta —Sagarmín tiene contactos entre lo más granado de la sociedad barcelonesa— o para asistir a alguna obra de teatro. Han ido a ver *Señora Ama*, en el Novedades, *Las golondrinas*, con la compañía de Sagi-Barba, en el Cómico, y la que más ilusión ha hecho a Raquel, *Los Payasos*, con el gran cantante italiano Titta Ruffo, en el Teatro del Liceo.

—Te lo creas o no, yo intenté una carrera de cantante seria cuando llegué a Madrid. No sé si no valía o me faltaron padrinos.

—Habrías acabado cantando en el Liceo y en La Scala de Milán.

—Puede ser… Qué aburrido. Llévame una noche a otros sitios. Aquí tiene que haber teatros parecidos al Japonés.

—Más que en Madrid, te lo aseguro.

Van al Excelsior, en la Rambla; al Villa Rosa de Barcelona, la bodega flamenca de la calle de los Arcos del teatro; al Bar del

Centro, donde ya están de moda los tangos argentinos y pueden ensayar para lo que encontrarán en Buenos Aires; al Eden Concert, en Nou de la Rambla, donde, pese a ser un local afamado en el mundo del flamenco, hay actuaciones parecidas a la de Raquel en el Japonés. Allí, en el Eden Concert barcelonés, hace años, una pelea entre una cupletista, la Zarina, y dos hermanas bailarinas, las hermanas Conesa, a causa de un hombre se saldó con la muerte de una de las hermanas a manos del hermano de la cupletista…

—¿Esto es lo más atrevido que hay en Barcelona? Tanto había oído hablar que pensé que sería una especie de paso previo al infierno de los biempensantes.

—Éstos son los lugares donde puede ir una dama, querida Raquel; claro que los hay peores.

—Ésos son los que quiero conocer antes de que nos vayamos. ¿Quién sabe si nunca volveré a esta ciudad?

En la misma calle que el Villa Rosa, la de los Arcos del Teatro, en el edificio contiguo, hay un discreto cartel sobre la puerta, sólo dice PETIT.

—¿Estás segura de que quieres entrar? No quiero que después protestes.

—He actuado años desnuda en un escenario. ¿Crees que algo de lo que haya ahí dentro puede asustarme?

El nombre por el que todo el mundo conoce el local es Madame Petit, y lleva allí, en esa misma dirección, más de cuarenta años. Pocos son los barceloneses que gustan de salir de noche y los forasteros que llegan a la ciudad con ganas de divertirse que no atraviesan esa discreta puerta. Casi siempre son hombres, son pocas las mujeres —aunque las hay— que no trabajan en la casa que acceden a ese local. El Madame Petit tiene hasta moneda propia, unas fichas que hay que cambiar en la puerta por cinco pesetas, que dentro cada uno destina a los placeres que desee, todos los posibles están disponibles.

Raquel se queda fascinada al entrar; también está feliz de no haber acabado sus días en un lugar así. Hay muchos hombres, de todas las clases sociales, y muchas mujeres, casi todas trabajadoras pero también algunas viciosas, o curiosas, como ella; cuadros y vidrieras con motivos pornográficos, un pianista amenizando con su música, grandes estantes con todas las bebidas imaginables, camareros uniformados... Se mire donde se mire se puede disfrutar de todo tipo de escenas, algunas impensables en otro lugar: desde una mujer mayor y bien vestida acariciando y besando a un jovencito, lo mismo entre un señor y un efebo, hasta una pareja que ha decidido no subir a las habitaciones para dar rienda suelta a su pasión mientras un grupo los observa y anima alrededor, una joven que, desnuda de cintura para arriba, pasea por el local con una gran serpiente enrollada a su cuello...

—Aquí era donde quería que me trajeras. ¿Habías estado antes?

—Cada vez que vengo a esta ciudad. No has hecho más que empezar a descubrirlo. Todo el edificio está dedicado a lo mismo. Hay mujeres de todas partes: francesas, alemanas, cubanas, árabes, españolas, claro... Incluso hay algunas no profesionales. Dicen que una mujer de la alta sociedad de la ciudad viene una vez por semana y atiende a los que no tienen dinero para pagar a otra... Es su forma de repartir caridad entre los necesitados. También hay hombres para satisfacer cualquier deseo.

—¿Podemos verlo todo?

—Nuestro amigo común, Marcos, me ha facilitado el contacto de la mujer que manda aquí. Seguro que podemos entrar casi en cualquier sitio. Deja que lo arregle.

Una puerta del gran salón, decorado con cortinas y profusión de columnas, da al salón privado, reservado para los clientes más discretos y pudientes. Mientras Eduardo va a buscar a la encargada, un hombre se acerca allí a Raquel.

—¿No es usted la del morrongo?

—Así es, caballero, pero estoy en visita privada.

—Lo lamento; si cambia de opinión y está dispuesta a subir a uno de los cuartos conmigo, la llenaré de oro.

—Gracias, lo tendré en cuenta. A nadie le amarga el oro.

Antes de que nadie más se le acerque, un camarero le sirve una copa de champán.

—Invitación del señor que está apoyado en la columna.

Raquel toma la copa y hace un gesto de saludo al hombre. Afortunadamente, Sagarmín vuelve para rescatarla.

—Me temo que es un lugar peligroso para mí estando sola.

—¿No te gusta? Si quieres nos vamos.

—Al contrario; hay tantas posibilidades de diversión que no sabría con cuál quedarme.

—Adelante entonces, tenemos autorización para entrar en cualquier lugar que no esté cerrado con llave.

Recorren los pisos, dispuestos a ver de todo. Asisten a la cama redonda —en realidad es cuadrada—, donde seis parejas hacen el amor al mismo tiempo, todos con todos; también ven pequeños espectáculos en habitaciones acondicionadas como pequeños teatros...

—Si no me hubieran contratado en el Japonés, quién sabe si podría haber acabado actuando como ellas.

—Tú cantas bien.

—Quizá muchas de ellas también. O no, y habría acabado sirviendo en una casa y dejando que el dueño se metiera en mi cama gratis, para no perder el trabajo.

—¿Siempre tienes pensamientos tan negativos?

—Son positivos, me he librado de ese destino. Ahora la vida me espera con los brazos abiertos.

En el Madame Petit se está habilitando una zona para grabar películas pornográficas, ahora que debido a la guerra apenas llegan latas desde París; también hay una habitación a la que no tienen acceso en la última planta.

—¿Qué puede haber allí que no hayamos visto ya? ¿Menores?

—Me han asegurado que no. Me temo que es también algo muy poco edificante: animales.

—Qué horror. No tengo ningún interés en que nos saltemos la prohibición de entrar. ¿Qué tal si bajamos al salón principal y brindamos por nuestro viaje?

El camarero les abre una botella de champán, uno desconocido para los dos y de no muy buena calidad, el único que les quedaba.

—¿Vendrías al Madame Petit con tu esposa?

—No me extrañaría que ella hubiera venido sin mí. Mi relación con ella no es muy cordial, como te puedes imaginar.

—¿No puedes anular el matrimonio?

—Lo intenté antes del duelo con Camargo y no lo conseguí. Me imagino que con todo lo que ha pasado, cuando vuelva de Buenos Aires, Beatriz estará más dispuesta, por lo menos si quiere tener amantes que no acaben ensartados en una espada.

—Tú también tienes amantes.

—Nunca he protestado porque los tuviera, al contrario, hacían mi vida más llevadera. Sólo le he pedido que fuera discreta. Ha sido su falta de prudencia lo que nos ha llevado a esta situación. ¿Y tú, nunca has estado casada?

—No te voy a mentir, he tenido amantes y he sido discreta.

—¿Amantes que pagaban tus gastos?

—Sí.

—¿Has pensado en mí para ser uno de ellos?

—No, Eduardo, eso se ha acabado. He pensado en ti, pero no como amante, sino como esposo. Perdona que sea tan directa, es lo que me ha enseñado el escenario: no engañar nunca al público.

No ha salido huyendo. Sólo eso ya es buena señal.

—Agradezco la sinceridad y la valoro. Tendremos mucho tiempo en el barco para hablar de este asunto. Pero ahora es tarde y mañana partimos hacia el otro extremo del mundo. Deberíamos retirarnos.

—Sí, ha sido una noche muy especial.

A las once de la mañana está todo el equipaje preparado y los botones del hotel lo bajan hasta el coche de Marcos Roig. Allí, conducido por el chófer de su amigo, le espera Eduardo Sagarmín.

—Vamos, será mejor que no lleguemos tarde y que el barco zarpe sin nosotros.

En la pasarela, Eduardo y Raquel se separan para instalarse cada uno en su camarote. Ella en uno de primera y él en la llamada Suite Gran Lujo: tendrá hasta un mayordomo a su servicio veinticuatro horas al día durante la travesía. Es el camarote en el que habría viajado el rey y Eduardo viaja a Argentina a representarlo.

—Señorita Chinchilla, soy Paula Amaral, camarera del barco. La ayudaré a deshacer su equipaje y a colocarlo en los armarios. ¿Quiere que lo hagamos ya?

—Sí, cuanto antes.

Mientras la camarera lo coloca todo, Raquel se encuentra con Eduardo en la cubierta de primera. Ven toda la agitación del muelle: los estibadores, los viajeros, los curiosos… Falta muy poco para que empiece el viaje de sus vidas.

—Mira, ahí viene Gaspar Medina, el periodista del que te hablé. Te lo presentaré esta noche. ¿Te he dicho que cenamos en la mesa del capitán?

—¿Yo también?

—Claro. Tenía que evitar que me sentaran al lado a una viuda insoportable y he sugerido que tú serías buena compañía.

Está claro que la vida cambia y da sorpresas. Por muy guapa que fuera —y lo es, de eso no cabe ninguna duda—, hasta el día de inicio de año, cuando tomó la decisión de dejar el Japonés, Raquel no era más que una cupletista de espectáculos sicalípticos.

Hoy cena en la mesa del capitán del mayor trasatlántico español; desde luego ha hecho un largo camino.

Raquel mira Barcelona, no será su último recuerdo de España, todavía deben hacer escala en varias ciudades. Es sólo el inicio de su cambio de vida.

* * *

—Mañana subo yo al barco y nos volvemos a juntar. Ten cuidado, Giulio.

Desde el día que se encontraron, y Giulio decidió acompañar a Gabriela a la calle de los Arcos del Teatro, los dos no se han separado. Se entienden mejor cada hora que pasan juntos; disfrutan de los días hablando, mientras ella, liberada de sus angustias, cumple con las instrucciones que su marido le dejó escritas en la carta que recibió en el hotel al llegar a Barcelona.

—Tú también ten cuidado. Tranquila, será un buen viaje.

Giulio ha tenido bastante actividad los últimos días. Ha visto varias veces al capitán Lotina y ha conseguido que Leonardo Fenoglio hablara con él para que permitiera que Giulio y sus compañeros viajaran en el *Príncipe de Asturias*. No fue fácil, el lombardo temía que el capitán del buque, en lugar de ayudarlos, tratara de desmantelar la red que mete polizones en los barcos de su compañía.

—Te aseguro que no, que es un hombre honesto y sólo quiere colaborar. A mí me lo ha demostrado.

Hasta ayer no estuvo seguro de que los dos llegarían a un acuerdo y confirmó que viajaría en el mismo barco que Gabriela. Fue una fiesta para los dos y lo celebraron comiendo en uno de los cafés de la plaza de Cataluña.

—A lo mejor puedes viajar en mi camarote, conmigo.

—¿Y si tu marido se entera? ¿Cómo le explicas que has llevado en tu camarote a un desertor italiano? No creo que le hiciera mucha ilusión enterarse.

—No sé, ya lo pensaremos. Estoy segura de que conmigo en primera irás mejor que en un camastro en tercera.

—Yo también, pero me temo que me tendré que conformar.

Giulio y sus compañeros del piso de la calle de Aviñón tienen el equipaje preparado; es escaso, sólo una pequeña mochila cada uno. Han recibido esta tarde las órdenes y las instrucciones para acceder al puerto y al barco sin problemas. Saldrán cuando ya haya caído la noche, a eso de las ocho y media, de uno en uno, con diez minutos de intervalo. Han echado el orden a suertes y Giulio será el tercero. Deben cubrir el trayecto sin paradas y sin interrupciones, un hombre los recibirá en el muelle. Todos le conocen, es Leonardo Fenoglio, el lombardo al que han acudido al llegar a la ciudad, una especie de ángel de la guarda para los soldados italianos que, huyendo de la barbarie, recalan en el barrio chino. Los hará subir por la misma pasarela que mañana usarán los pasajeros de primera clase y desde allí los llevarán hasta las bodegas en las que viajan los pasajeros de la clase emigrante.

Antes de llegar a su destino, a Buenos Aires, recibirán nuevas instrucciones para evitar el Hotel de Emigrantes, el lugar donde el gobierno argentino recluye durante una semana a los que van llegando para comprobar que no tienen enfermedades contagiosas y que sus papeles están en regla. No quieren que el país se les llene de forajidos, y no es más que eso lo que son los desertores.

—Yo sé cómo vamos a evitar el Hotel de Emigrantes; mi hermano también viajó a Argentina, él me espera allí. En realidad no iremos a Buenos Aires, sino que desembarcaremos en Montevideo. Desde allí cruzaremos el río en un barco pequeño, uno de pescadores.

—¿Sólo hay un río que separe Montevideo y Buenos Aires?

—Nada más, pero como si fuera un mar, desde una orilla no se ve la otra.

Parece imposible que pueda haber un lugar así. Van, desde luego, a un lugar distinto de lo que han conocido hasta ahora. Silvio, que es el que más sabe de Argentina de todos ellos, por haber leído las cartas de su hermano, les cuenta que en el interior del país hay ranchos que son casi tan grandes como media Italia, que todavía quedan tribus indígenas y que a los emigrantes que quieren les regalan tierras en el interior para poder poblar el país.

—Desde Buenos Aires hacia el interior todo está casi vacío: cientos de kilómetros donde no vive nadie, donde sólo hay vacas y gauchos.

—¿Qué son los gauchos?

—Hombres de la pampa que se mueven a caballo, gente libre. Yo quiero convertirme en uno de ellos.

Las historias de Silvio, la mayor parte de ellas inventadas, les entretienen la espera cuando sólo falta una hora para que empiecen a abandonar la casa. No les han dicho si les darían de comer al llegar, así que han preparado una cena, su última cena juntos, pasta a lo pobre: unos macarrones con todos los pedazos de embutido que quedaban por la despensa, un poco de queso y huevo. También han hecho un bocadillo para cada uno.

—Nos falta vino. Mataría por llevarme una botella de vino para esta noche. ¿Habrá vino en el barco?

—Seguro, esta misma noche brindamos.

El primero en salir, el que sacó la pajita más corta, es Andrea, un milanés que antes de la guerra estudiaba medicina y que sueña con retomar sus estudios cuando llegue a Argentina.

—¿Tienes miedo, Andrea?

—Más que en mi primera noche en las trincheras.

Giulio no tiene más miedo que su primera noche en las trincheras, supone que el mismo, lo que pasa es que aquel miedo ya pasó y éste es nuevo.

—En cinco minutos sales. Suerte.

Todos despiden a Andrea con un abrazo. Si todo va bien, en

una hora estarán de nuevo reunidos, esta vez dentro del barco que los lleva a la libertad.

—Tu turno, Giulio.

Se despide de los tres que tienen que salir después de él. Uno de ellos es Silvio.

—Ten mucho cuidado, Silvio; los gauchos te esperan.

Es una noche fría y oscura, además está lloviendo. Apenas se ve unos metros por delante. El mayor temor de Giulio es que Leonardo Fenoglio no sea capaz de verle. Un temor infundado. Todavía no es capaz de distinguir los contornos de los barcos, cuando de repente escucha su nombre:

—Giulio, por aquí.

Sigue a la voz, tiene que confiar en él, en alguien al que apenas conoce, como tantas veces desde que salió de Viareggio. Piensa en su viaje en el ataúd y le entra un escalofrío. Si volvieran a decirle que se tiene que esconder en uno se negaría y bajaría del *Príncipe de Asturias*. Prefiere entregarse a la policía.

El barco es imponente, el más grande de los que hay atracados. Leonardo, tras dar un rodeo por detrás de los almacenes y evitar a una pareja de policías que hacen su ronda, lo deja en la entrada de la pasarela.

—Arriba te esperan. Suerte.

Llegar hasta allí ha sido más fácil de lo que había imaginado. Ya está en el barco. Recuerda ahora que en Livorno había seis ataúdes y sólo el suyo viajó ocupado, que los otros cinco desertores fueron interceptados por los carabineros en el puerto, y se da cuenta de lo afortunado que fue entonces. Hoy también son seis, espera que no suceda lo mismo. Cada minuto que pasa está más cerca de conseguir su objetivo.

* * *

—Tenéis diez minutos para recoger todo. Nos vamos.

Aunque protesten cada minuto que las dejan solas, Esther y las demás se han acostumbrado a los días tranquilos de la casita cercana al pueblo de Sitges, en el macizo del Garraf. Allí, con el mar a la vista, han estado mucho mejor y más tranquilas que en cualquier otra de las etapas del viaje. Han tenido incluso cierta libertad durante el día; siempre y cuando no se alejaran de la casa, podían sentarse al aire libre y disfrutar del sol. Qué distinto este invierno suave de la nieve continua de sus aldeas ucranianas. Jacob y Max han estado muy tranquilos; la única que pasaba las horas temerosa de que alguna de sus compañeras quisiera fugarse, y eso las devolviera al cautiverio, ha sido Sara.

—No, Sara. Tú no vas con las demás, te quedas en la casa.

—¿Por qué?

—No hagas preguntas y déjalo todo limpio.

Se queda sola otra vez, encerrada con llave, como cuando Max se marchaba por las noches en Odesa y ella le esperaba, deseosa de que su marido la tomara. ¿Cuánto hace de eso? No más de cinco semanas. Y sin embargo, ha vivido tantas cosas, más que en los muchos años que pasó en el *shtetl* de Nickolev. Le sorprende, hoy que sí lo hace, lo poco que se acuerda de su antigua vida, de su amiga Judith y de su hermano Eitan, de sus padres, de sus hermanas pequeñas, de la *shadjente*, de su marido fallecido, Eliahu, de las ancianas de la aldea. Qué rápido se han convertido en pasado al compararlos con el vértigo de los momentos vividos con Max Schlomo, con el miedo, la curiosidad y la esperanza de otra vida en Buenos Aires.

Se esfuerza en limpiar la casa como si fuera la que va a compartir con Max y los hijos que le dé. No ha hablado con nadie del pueblo y sólo sabe lo que le ha contado Max, que están en un lugar que se llama Cataluña, a no muchos kilómetros de Barcelona y que el pueblo pequeño y bonito que hay cerca de la casa se llama Sitges. Le ha gustado, ha soñado que en un lugar así formaría una familia con él. Lo conseguirá, aunque sus compañeras se rían de ella cuando lo dice en voz alta.

Pasan bastantes horas hasta que escucha ruidos en la puerta; es Max.

—¿Y los demás?

—En el barco.

—¿Nosotros no vamos?

—Sí, mañana por la mañana. Eres mi esposa y vendrás conmigo. Compartirás mi camarote en primera.

Es una noche feliz, a partir de mañana se presentará a todo el mundo como su esposa, paseará con él por la cubierta, saludará a otros pasajeros, quizá también acompañados por sus esposas, y dormirá todas las noches a su lado, en su misma cama. Va a ser la mejor de las esposas, la que más feliz haga a su marido; no se avergonzará de ella, aprenderá a comportarse mirando a las demás mujeres que viajen en primera, nadie sospechará que sólo es una judía de una aldea de Ucrania.

—¿Puedo dormir en tu cama esta noche?

—Sí, a partir de hoy dormiremos muchas noches juntos.

Max ya está acostado cuando ella empieza a desvestirse, con las velas —la casa no tiene luz eléctrica— encendidas. No siente ninguna vergüenza de mostrarse desnuda ante él, es su marido, y de meterse en la cama sin ponerse nada.

—¿No tienes un camisón?

—Quiero estar así, a tu lado. Quiero que me tomes.

—Te he dicho que no.

—Lo estás deseando. Y a Meishe le podemos mentir, le podemos decir que soy virgen aunque no sangre.

—Si cuando le vendamos a alguien tu virginidad no sangras, no nos pagará y quedaremos como unos mentirosos. Entonces lo pasarás muy mal. Ocúpate de sangrar, aunque tengas que clavarte un cuchillo. O te lo clavaré yo.

No debieron mentir a Max Schlomo, no debió hacer caso a la *shadjente* y ocultarle que era una viuda. ¿La habría llevado él a Argentina, se habría casado con ella de haber sabido que ya había tenido marido? Tiene que conseguir que él sea el primero y tiene que sangrar, como sea, así después él la ayudará a engañar a Meishe Benjamin, su temido socio.

Tiene las tres semanas de travesía hasta Buenos Aires para conseguirlo, pero ahora está con él, desnuda en la cama, y él da muestras de estar muy excitado por su cercanía, aunque mantenga su control. Sara desplaza la mano hasta su órgano sexual y lo acaricia.

—Aunque no me tomes, ¿no puedo hacer nada para darte placer?

—Hay una cosa que hacen las francesas, que nuestras mujeres no hacen.

—Puedo ser una francesa para ti.

Sara sabe lo que él le está pidiendo. Ni siquiera eso será la primera vez que lo practica: la noche antes de irse a la guerra, Eliahu también se lo pidió y ella, quizá porque sabía que nunca volvería, se lo concedió.

Sara se arrodilla en la cama y destapa el sexo de Max, el que estaba acariciando por encima de la ropa. Está muy excitado, ha crecido mucho, no como la noche que intentó tocarlo mientras él estaba dormido y borracho.

—Quieres que lama tu *shmock*. Es eso, ¿no?

Empieza a hacerlo mientras lo sujeta con la mano. No le sabe mal y nota un olor peculiar, el olor de los hombres. Primero pasa la lengua alrededor. Max se mantiene en silencio. En un momento, con él dentro de la boca, ella mira hacia arriba y sus ojos se encuentran. Ahora no es un asesino, es un hombre rendido a ella. Se siente poderosa y sigue jugando con la lengua, con los labios, con la presión…

—Para.

Se asusta y lo deja. Le mira con miedo.

—¿Por qué quieres que pare? ¿Lo hago mal?

—No, lo haces muy bien, lo único que no quiero es que dure tan poco. Ven a mi lado.

Sara se acuesta a su lado y se atreve a besarlo en la boca, Max no rechaza su beso.

—¿Sólo las francesas hacen esto?

—Sólo ellas.

—Yo te lo haré siempre que quieras, me gusta. ¿Quieres que siga?

—Espera.

Ha aprendido que hay momentos en los que no debe obedecerle. El de darle placer es uno de ellos, así que vuelve a lo que hacía antes. Ahora él no se queda callado, sus gemidos son cada vez más rápidos y sonoros. Por fin llega al orgasmo y llena la boca de Sara con sus jugos; ella no sabe qué hacer, el día que se lo hizo a Eliahu tenía un orinal al lado y lo escupió allí; hoy no, así que lo ingiere. Después se tumba a su lado.

—Ha sido estupendo.

—En el barco te lo haré todas las noches, para que estés deseando venir a acostarte conmigo. Voy a ser la mejor esposa con la que puedas soñar, Max.

Por la mañana llegan las prisas, la carga de las maletas en un coche que va a conducir el propio Max. No tiene tiempo para seguir dándole placer.

Casi es la hora de comer cuando llegan al puerto de Barcelona y él le señala el barco en el que viajarán.

—El *Príncipe de Asturias*. Dicen que es el barco más lujoso de España, *feiguele*.

—Es enorme.

—Vamos, tengo que llamar a un mozo para que suba las maletas. A partir de ahora eres una señora, la señora de Schlomo. No lo olvides.

A partir de ahí, todo es un descubrimiento: el camarote, muy grande, con su propio baño; la biblioteca, con libros en todos los idiomas, muchos más de los que había en toda su aldea; los salones, con alfombras tan bellas como las que vio en el Gran Bazar de Estambul; los comedores, las salas…

—Éste es el salón de baile, Sara. Me dijiste que te gustaba bailar. Aquí vendremos por las noches a bailar al son de la orquesta.

—¿Las demás también están aquí? ¿También tienen un camarote como el nuestro.

—No, ellas viajan en tercera, en una gran sala llena de literas, separados los hombres de las mujeres.

—¿No tienes miedo de que Esther se pueda escapar?

—Esther intentó escapar anoche cuando llegamos a Barcelona; ahora está donde debe estar, en un lugar del que nunca saldrá: en el fondo del mar.

Una vez más le impresiona la frialdad de Max, él no es así, ella le conoce de otros momentos, como el de ayer. Ayer era como un niño. No lo siente por Esther, ella se lo buscó, se lo merecía. Sin duda el viaje va a ser mejor sin ella en el barco, era un incordio estar escuchando siempre sus lamentaciones.

* * *

—Corre, que no llegamos.

Gaspar y su esposa corren por el puerto de Barcelona y a punto están de dejar caer el equipaje para aligerarse de peso y partir con lo puesto. Su tren se ha retrasado cuatro horas y no llegan: faltan pocos minutos para la partida del *Príncipe de Asturias* y su capitán tiene fama de no zarpar ni un minuto tarde; sale a la hora y llega a la hora. Todo un mérito del que Gaspar hablaba con admiración cuando tomó el tren en Atocha y una manía cuando éste se detuvo en la estación de Zaragoza, demoró su puesta en marcha de nuevo y empezó a darse cuenta de que no llegaban.

—Si es que no teníamos que haber salido con tan poco tiempo de Madrid.

—Eso ya no tiene remedio, corre.

En realidad tenían que haber viajado desde Madrid unos días antes y él tenía que haber conocido el ambiente del puerto, pero el rey, don Alfonso de Borbón, le concedió una entrevista para hablar de las estatuas y de las relaciones con Argentina a última hora, y la pareja, en teoría de luna de miel, tuvo que cambiar los billetes de tren. Gaspar ha pasado todo el viaje escribiendo a mano la entrevista y se la ha tenido que entregar en la estación, en un sobre y sin corregir, a un empleado del periódico para que la enviara a la redacción en Madrid.

—La entrevista más importante de mi vida y ni siquiera puedo leerla dos veces. Qué desastre.

El rey le recibió en su despacho personal; alguien le había informado de su reciente boda y le tenía preparado hasta un regalo, una pluma estilográfica Waterman que todavía no se ha atrevido a estrenar.

—Te deseo lo mejor. ¿Viaja tu esposa contigo a la Argentina?

—Sí, señor.

—Eso es bueno, es un gran país. Te aseguro que me cambiaría contigo y me iría de viaje. Dicen que el *Príncipe de Asturias* es un barco maravilloso.

Le resultó incómodo que una persona con la que él tiene que mantener el mayor de los protocolos le tutease desde la primera frase. Pero es el rey y ésa es la costumbre, tenía que olvidarlo y centrarse en la entrevista con él.

Reconoce que le resultó agradable y que la charla fue fluida, que en ningún momento hizo mención a las muchas críticas que Gaspar había vertido sobre él en su columna. No rehuyó ninguna de las preguntas, ni siquiera las que tenían que ver con la neutralidad de España en la guerra y la posición de su ejército.

—¿Te has hecho monárquico?

—No, Mercedes; tanto no.

—Mejor, que con todo el lío no nos ha dado tiempo a hablar de política y yo soy republicana.

—No pienso discutir de política contigo. Nunca, sólo de amor...

—De amor no se discute, se hace...

La semana que lleva casado ha sido la mejor de la vida de Gaspar. La boda fue un éxito y sus padres aprobaron su elección, su madre y su suegra se entendieron desde el primer momento y las noches han sido todavía mejores que las anteriores, aunque los dos dormían juntos desde antes del matrimonio. Si tiene que poner un pero, éste es el trabajo: dejar escritas algunas columnas para publicar las semanas que esté en el barco, la entrevista, la recopilación de documentación para lo que hará en Argentina, las reuniones para acordar el contenido de su libro sobre la trata de mujeres, los pequeños asuntos administrativos que tiene que resolver antes de su marcha...

Ya han terminado con todos los preparativos, ahora lo que queda es subir al barco. Llegan a la pasarela con segundos de adelanto, cuando unos marineros ya trabajaban para retirarla.

—Eh, espere. Tenemos un camarote en primera.

—Vamos, deprisa, deme su maleta. Han llegado de milagro...

No les da tiempo ni a llevar sus maletas al camarote. Se quedan en la cubierta, viendo a la gente que se arremolina en el muelle. A Gaspar le habría encantado tener unos días para conocer esa ciudad, en la que nunca antes había estado. También para visitar el puerto y comprobar la situación de los refugiados de la guerra europea que acampan allí. Quizá tenga oportunidad de hacerlo en el barco, tal vez encuentre en el *Príncipe de Asturias* alguna de las historias que busca.

El comandante Pacheco era tan cobarde como Gaspar sospechaba y nunca le envió a sus padrinos para restablecer su honor. Él nunca se lo ha contado a Mercedes, sólo habría servido para preocuparla innecesariamente sus últimos días en España.

Gaspar Medina sabe que sigue sin ser un hombre valeroso, pero que la noche antes de su boda se comportó como si lo fuera.

* * *

—Tiene una carta urgente, señora Esteve.

Gabriela no esperaba recibir una carta de Mallorca, mucho menos urgente y mucho menos el día que tiene que subir al barco para encontrarse con su esposo, con los botones bajando las maletas a la recepción del hotel para partir hacia el puerto. En la carta le comunican la muerte del señor Quimet, su suegro, el padre de Nicolau. Le escribe el mosén Pastor y le dice que ya ha informado a su hijo y que quizá lo mejor sería que ella no tomara el barco y esperara a su respuesta. Quizá Nicolau decida viajar a Mallorca y entonces se encontrarían en Sóller para después regresar juntos a Buenos Aires.

—¿Hace mucho que llegó esta carta?

—Menos de cinco minutos.

—Imagínese que le doy dos duros. ¿Podría devolverla diciendo que cuando llegó yo ya había abandonado el hotel?

—Por dos duros no, pero por tres no tendría problemas.

No puede dejar a Giulio solo en el barco y si eso sólo cuesta tres duros, no dudará en pagarlos. Así que los botones cargan sus dos baúles —el que traía desde Mallorca, ahora lleno hasta los topes, y uno más con toda la ropa que ha comprado en las tiendas del Paseo de Gracia— en el coche que la llevará al puerto.

Los pasajeros de primera no suben al barco por el mismo lugar que los de tercera, o por lo menos no lo hacen a la misma hora. Gabriela sólo ve a gente bien vestida y con equipajes aparatosos. A algunos los conoce de vista, de la recepción del hotel, a una mujer muy bella y elegante con la que un día tropezó, que después le dijeron que era una artista, aunque ella no la conozca;

también a un aristócrata que la ha ido a recoger un par de veces, un hombre muy alto y atractivo del que comentaron que había tenido un duelo hacía pocos días en el que casi había matado al amante de su esposa…

En la pasarela coincide con otro matrimonio peculiar. No hablan español y ella no sabe en qué idioma lo hacen. Gabriela no conoce esas cosas más que de haberlas leído, pero él tiene aspecto de eso que los franceses llaman *maquereau*, macarra, un hombre que vive de las mujeres; ella, pelirroja, guapa, lleva un vestido nuevo pero sigue teniendo pinta de campesina. Gabriela se pregunta si es la misma imagen que ella misma proyecta con sus ropas caras.

—¿La acompaño a su camarote, señora Esteve?

—Sí, y ¿puede hacerle llegar un mensaje a un pasajero que viaja en tercera?

—¿En tercera? No sé, señora. Si le soy sincera, nunca he tenido que hacer llegar un mensaje de primera a tercera. Veré cómo hacerlo en cuanto zarpemos.

En el camarote, sobre el tocador, hay un sobre con una invitación del capitán a compartir mesa con él en la cena, la primera de la travesía.

—¿Qué me tengo que poner para la cena?

—Las cenas con el capitán son siempre de gala; si lo necesita, puedo venir a ayudarla a vestirse.

—Gracias, creo que voy a necesitar su ayuda. ¿Cómo se llama?

—Paula Amaral. Yo le tengo que hablar de usted, pero usted, si quiere, puede tutearme.

—Gracias.

—¿Su primer viaje en barco?

—Vengo de Mallorca, así que ya he subido en uno. Pero sí, el primero en un barco como éste.

—Le recomiendo subir a cubierta, vamos a zarpar en menos de un cuarto de hora. Ver a la gente en el muelle y cómo nos alejamos de la ciudad es un espectáculo.

En esos momentos, todos los pasajeros están haciendo lo mismo que Gabriela, subir a cubierta y mirar hacia tierra; algunos se despiden de sus familiares agitando pañuelos. El muelle es un hormiguero de gente vestida con todos los colores posibles. Paula, la camarera, tiene razón: es un espectáculo. Gabriela no siente pena, se lleva malos recuerdos; si es posible, no volverá nunca, ni a esta ciudad ni a España, tampoco a su isla. Está deseando llegar a Argentina.

El día 17 de febrero de 1916, después de haber hecho cinco viajes de ida y vuelta a Sudamérica, el vapor *Príncipe de Asturias*, el gran orgullo de la Naviera Pinillos y de la marina mercante española, inicia su sexto periplo. Viajan cerca de quinientas personas a bordo y en las distintas escalas españolas —Valencia, el día 18; Almería, el 19; Cádiz, el 21, y Las Palmas, el 23—, embarcarán unas cuatrocientas más, aunque oficialmente no serán más de seiscientos los viajeros, contando a los casi doscientos que componen la tripulación; el resto no aparece en los registros. Los hay de todas partes del mundo, abundan los vascos y los catalanes, pero también hay argentinos, brasileños, uruguayos... En sus bodegas están cargadas —entre las cinco mil toneladas que se han subido al barco durante los dos últimos días— las estatuas del Monumento de los Españoles. Un enviado especial del rey de España, Eduardo Sagarmín, ocupa la Suite Gran Lujo con el propósito de hacer su entrega oficial al gobierno de la nación argentina. No es el único personaje importante míster Deichmann, el nuevo cónsul americano en Santos, también está alojado en primera clase, así como los Aguirre y los Pérez Gardey, familias de millonarios españoles residentes en Sudamérica... No es de extrañar que en la caja fuerte del barco se guarden millones de pesetas en joyas, depositadas allí por los viajeros de primera clase.

El día 28 de febrero el *Príncipe de Asturias* se cruzará en alta mar con el *Infanta Isabel*, su barco gemelo, que hace el viaje en el sentido contrario. Su primera escala en Sudamérica será en Santos, el día 5 de marzo por la mañana, casualmente la noche del 4 es el sábado de Carnaval y se espera una gran fiesta en los salones de todas las clases del vapor; algunos hasta llevan sus ropas preparadas para esa fecha. Después atracará en Montevideo y el final del viaje será en Buenos Aires, el día 12 de marzo.

Los marinos, acostumbrados al mar y supersticiosos como nadie, cumplen con sus ritos: besar una medalla, rezar una oración, vestir alguna prenda de ropa especial en el momento de la partida… El capitán Lotina no tiene ninguna de estas costumbres, aparte de echar un último vistazo a su casa y distinguir a su familia en el balcón. Pero el viaje le tiene intranquilo, tal vez sean las malditas estatuas.

Haciendo honor a su fama de puntualidad, el *Príncipe de Asturias* pone en marcha sus motores y empieza a moverse a la una en punto de la tarde.

10

LA BUTACA DE PENSAR
Por Gaspar Medina para *El Noticiero de Madrid*

DESDE ALTA MAR

Ya saben que si todo ha salido bien, y si se publican estas palabras es de suponer que haya sido así, me encuentro a bordo del *Príncipe de Asturias*, acompañando a las estatuas del Monumento de los Españoles, al emisario real, don Eduardo Sagarmín, y a unas quinientas o seiscientas personas más de camino al hemisferio sur. Estoy seguro de que por muy grande que a ustedes les parezca el buque, incluso a mí leyendo sus medidas, me habrá resultado pequeño al embarcar y ahora tendré el corazón en un puño, navegaré con el alma encogida y tomada por el miedo, quién sabe si encerrado en el camarote sin la valentía y la gallardía de salir a cubierta y ver el mar. Los barcos se hunden, todos lo sabemos.

¿Imaginan ustedes lo que tuvo que ser para nuestros antepasados cruzar este océano? *La Pinta, La Niña* y *La Santa María* no eran barcos con todos los lujos, como el que me lleva a mí, sino barquitos que ahora apenas usaríamos para navegar por el estanque del Retiro. En ellos, sin embargo, se descubrió América, en otros similares se conquistó el continente o se dio la primera vuelta al mundo. Con barquitos endebles se forjó un imperio y con éstos tan lujosos y avanzados cuesta hasta rescatar los restos de lo que un día fuimos.

¿Qué ha cambiado en nuestro país? ¿Sólo la gente que iba dentro o también los que quedan atrás, en la patria? Hace siglos, muchos esperaban que sus familiares saliesen de España para conquistar el mundo; hoy los ven marchar para ganar unos duros, y con un poco de suerte, para que manden unos pasajes y que el resto de la familia pueda ganarlos también.

¿Es culpa nuestra o de los de arriba? ¿Eran mejores los reyes de entonces que los de ahora? Yo creo que eran más o menos iguales, ni éstos ni aquéllos son capaces de leer de corrido un texto complicado. Somos nosotros, que estamos agotados como raza.

Ah, lo olvidaba, he hecho una entrevista a don Alfonso de Borbón y en breve se publicará. Contra lo que puedan pensar, me ha resultado bastante agradable. Seguiremos hablando de nuestra degradación como país, a ver si se nos ocurre el motivo, que solución no creo que tenga.

—Iniciamos las maniobras. Rumbo a Buenos Aires.

La tripulación del *Príncipe de Asturias*, escogida entre las mejores de las que prestan sus servicios en la Naviera Pinillos, está perfectamente preparada y todos y cada uno de sus componentes conocen su cometido en el momento de la partida del enorme vapor. El capitán Lotina no tiene que hacer otra cosa que supervisar que cada uno cumpla con sus funciones.

Se ha despedido de su esposa Carmen y de su hija Amaya a pie de escalerilla. Ha dejado a la pequeña llorando, con ganas de acompañarle. Antes de alejarse del puerto las verá otra vez, despidiéndose de él desde el balcón de su casa. Quizá el próximo viaje le pida a su esposa que vayan las dos con él a La Habana. Se hace mayor y la separación le cuesta cada día más. En el fondo se siente orgulloso de la pasión de su hija por el mar, le recuerda a lo que él sentía en su infancia. Luchará para que, aun siendo mujer, llegue a ser capitana de un barco.

Sus hombres más cercanos le estaban esperando en la cubierta para que diera esa simple orden, la que los llevará a zarpar hacia Buenos Aires.

—¿Están bien instalados nuestros polizones?

—Lo más cómodos que ha sido posible, capitán.

Su segundo, Félix Rondel, ha sido quien se ha encargado de esta poco habitual misión, con total eficacia, como todo lo que entra dentro de sus responsabilidades.

—Iré a verlos en cuanto estemos navegando. ¿Alguna incidencia?

—La consabida de que llevamos a un representante de Su Majestad en primera. Tendrá que cenar con él esta noche.

—Sí, pero que estén también en la mesa Gabriela Roselló, la chica mallorquina, y Giulio Bovenzi, el joven italiano que te indiqué. Que le presten un frac para que no desentone.

No sabe si es la primera vez que un pasajero de tercera, es más, un pasajero sin billete, cena la primera noche en la mesa del capitán. Si lo es, se alegra mucho.

—Tendrá que sentarse también a su mesa el nuevo cónsul americano en Santos.

—Le he saludado al subir al barco, me ha comentado que estaba con jaqueca, no creo que asista a la cena.

Saluda personalmente a su tripulación más cercana y a los telegrafistas; estudia los primeros datos que tienen, poco fiables, de cómo será el tiempo en la travesía; comprueba que los arreglos que se le han hecho al *Príncipe de Asturias* durante el tiempo que ha estado en Cádiz son los correctos, y aprueba el menú que los cocineros preparan para la primera cena de gala.

Tiene muchas responsabilidades y pocas tienen que ver con navegar, lo que le hizo escoger este trabajo. Quizá haya llegado el momento de pasar más tiempo en casa, con su familia, y dejar que hombres como Rondel, su segundo, den el salto a responsabilidades más serias. El gaditano está preparado. Quizá un viaje más, el primero a La Habana para no dejar a Rondel solo en el estreno. Después, la retirada a los cuarteles de invierno.

—Le veo pensativo, capitán. ¿Algún problema?

—Nos acostumbramos y se nos olvida que llevar un barco de un lado a otro del mundo es muy complicado, Félix. Siempre hay problemas.

—Ya hay marineros que han protestado por las estatuas.

—No nos queda más remedio que llevarlas. Tranquilízalos, es lo único que podemos hacer.

—En la zona de máquinas se están haciendo apuestas. Casi

todo el mundo cree que las estatuas harán que una de las calderas no llegue operativa al final del viaje por culpa de las estatuas.

—Haz el favor de apostar veinte duros en mi nombre, después te los doy. Apuesta por que va a ser el viaje más plácido de la historia del *Príncipe de Asturias*.

Mientras todavía se hacen los preparativos, visita la clase emigrante con Rondel. Es lo que más le preocupa, llevar a tantos hombres y mujeres que no aparecen en los listados de la naviera, que son responsabilidad suya a partir de este momento. Allí están muchos de los que ha visto en el puerto en sus paseos de los últimos días, los soldados que han desertado de la guerra europea, las familias judías que, hartas de ser maltratadas y perseguidas, buscan una nueva vida en el otro lado del mundo, los emigrantes que han dejado atrás a sus familias con la promesa de regresar a por ellos.

Ellos mismos se han separado según su origen: en un lado los judíos, en otro los desertores, en otro los campesinos y los obreros. Un grupo de mujeres rubias, jóvenes y guapas llama la atención del capitán.

—Judías, ¿no?

—Sí, capitán; ya sabe para qué las llevan. No podemos hacer nada; a ésas no las subimos nosotros, han pagado sus billetes.

—¿Quién las vigila?

—Un hombre muy alto que va en segunda.

—Que lo sigan de cerca; si le pone la mano encima a alguna de ellas, lo metemos en el calabozo. Le vamos a dar el viaje.

Saluda a Giulio y a los demás italianos que viajan con él; le presentan a un captador del gobierno brasileño que es responsable de un grupo de veinte hombres que han subido en Barcelona, a los que se sumarán cincuenta más en Almería. Explica cómo será el viaje a un grupo de monjas que viaja en segunda...

—En este viaje casi no llevamos niños.

—Muy pocos, sólo los de las familias judías. Donde más subirán es en Almería y en Las Palmas, ya sabe que es de allí de donde emigran más familias.

Familias enteras que llegarán a un mundo nuevo. Lotina desea que a todas les vaya mejor que en el que abandonan.

Aunque los inmensos salones y los lujosos camarotes impresionan, casi todos los viajeros salen a la cubierta para ver la partida del puerto de Barcelona. El muelle todavía está lleno de gente: estibadores, acompañantes, curiosos, descuideros que intentan robar algún bolso o alguna maleta a los apresurados pasajeros.

Al fondo queda la ciudad, de la que poco a poco se alejan: sus montañas, sus calles, sus monumentos… Al fondo ya se puede ver el esqueleto de una de las torres de la que será su nueva catedral, la Sagrada Familia. Muchos pasajeros agitan sus pañuelos hasta que dejan de ver a sus familias.

La primera clase ya está llena, en segunda quedan algunos camarotes libres, y la tercera clase y la emigrante van casi vacías en teoría, pero hay no menos de trescientas personas en sus sollados.

El viajero más importante de todos los pasajeros es don Eduardo Sagarmín, marqués de Aroca, enviado especial de Su Majestad don Alfonso XIII. Lotina lo saludó al subir al barco y no le ha parecido muy difícil de llevar; con los aristócratas nunca se sabe, lo mismo te cae uno simpático que otro insoportable. En los últimos días ha salido bastante en los periódicos por un duelo, habrá que comprobar que no sea un hombre presto a lavar su honor por cualquier tontería. Pero no es el único viajero importante, hay varios millonarios españoles que residen en Sudamérica, viaja el nuevo cónsul americano en Santos, una joven de belleza espectacular que dicen que es artista en Madrid… Lo habitual en cada uno de los viajes del *Príncipe de Asturias*.

Dentro del barco, algunos ocupantes de los camarotes de

primera empiezan a disfrutar de los grandes salones cubiertos por alfombras persas, amueblados con piezas de la mejor calidad, de la escalinata por la que se accede a la biblioteca, el salón de fumar o la sala de música. Allí un pianista ya ameniza las largas y monótonas horas que pasarán navegando durante las próximas semanas y los camareros pasean con bandejas llenas de copas de champán. Ya han visitado sus lujosos camarotes con salas y baños propios, para que la estancia en el barco sea tan cómoda como en cualquier hotel de categoría; las camareras han deshecho sus equipajes y acomodado a los que son considerados huéspedes. Los cocineros han empezado a elaborar el menú de la primera cena en el barco; no pararán de cocinar hasta llegar a Buenos Aires para que todos los que han pagado los caros billetes que cobra la Naviera Pinillos desembarquen satisfechos.

* * *

—¿Qué haces vestido así?

Gabriela se ha llevado una gran alegría, no ha podido encontrarse en toda la tarde con Giulio. Ahora se topa con él en el comedor de primera clase, como uno de los invitados a la mesa del capitán, y vestido con un elegante frac.

—El capitán Lotina ha hecho que me lo prestaran, al parecer el barco tiene ropa de gala para los pasajeros que no han sido previsores. ¿Estoy elegante?

—Más que si te lo hubieran hecho a medida.

—Nunca había usado nada parecido a esto.

—¿Te digo la verdad? Yo tampoco había usado nunca un vestido así. Hasta me casé con un vestido negro que pensaba usar más veces; entonces no sabía que era rica.

Los dos ven las tarjetas con sus nombres, Gabriela Roselló —no dice que sea la señora de Esteve— y Giulio Bovenzi, en la mesa principal del comedor, que ya se está llenando de pasajeros vestidos como ellos. Probablemente sea la primera vez en la historia que un viajero de tercera —y ni siquiera eso, un simple polizón— ocupa la mesa del capitán en una cena de gala, mucho menos en la primera de la travesía, la que se ofrece mientras el *Príncipe de Asturias* cubre el trayecto entre Barcelona y Valencia, el puerto al que llegará al amanecer.

—¿Se puede navegar de noche, capitán?

—Siempre se ha hecho, de noche es cuando hay estrellas. Y ahora tenemos instrumentos que nos lo hacen más fácil. Ustedes no se preocupen, que la técnica con la que contamos cubre casi todas las eventualidades que podamos sufrir.

—¿Casi todas? No me quedo muy tranquila.

—Nunca pueden ser todas. Mientras no me escuche decir que navegamos por estima, no se preocupe. Y, aun en ese caso, es improbable que nada malo pueda sucedernos.

Hay una decena de mesas con ocho plazas cada una; esto sólo ocurre en las cenas de gala, en las demás refecciones las mesas son pequeñas para que los pasajeros puedan gozar de más intimidad. La que ellos ocupan, la principal, está compuesta por el propio capitán Lotina; por ellos dos, Giulio y Gabriela; por el enviado del rey de España para entregar las famosas estatuas del Monumento de los Españoles, Eduardo Sagarmín, marqués de Aroca; por otra pasajera que éste ha pedido expresamente que fuera invitada, Raquel Chinchilla, una mujer de una belleza tal que los hombres presentes en el comedor vuelven las cabezas al verla entrar; por un matrimonio vasco residente en Uruguay, los Aguirre, y por Alicia Ramos, una joven argentina, hija de gallegos, que vuelve a su país tras visitar el pueblo de sus padres en Lugo, sustituta del que debía estar en realidad, el nuevo cónsul americano en Brasil, señor Deichmann, que se ha excusado, víctima de una jaqueca.

El comedor está casi lleno. Los setenta u ochenta pasajeros de primera clase han embarcado en Barcelona, el puerto de salida; en las demás escalas subirán otros en segunda y tercera, pero la primera ya está repleta. Los numerosos camareros, unos quince ha contado Gabriela, se afanan en servir el consomé que sigue a los entremeses que ya están sobre las mesas; a continuación ofrecerán espárragos, salmón, lomo de buey con patatas y guisantes, una tarta de San Marcos y otros postres, todo ello elaborado en las enormes cocinas del *Príncipe de Asturias*.

Mientras los comensales toman sus asientos, Gabriela puede hablar unos segundos con Giulio sin que nadie más se entrometa en su conversación.

—A punto estuve de no subir al barco. El señor Quimet, el padre de Nicolau, ha muerto. Me decían que quizá mi marido decidiera desplazarse a España y que esperara a estar segura.

—¿Y qué vas a hacer?

—He sobornado al recepcionista del hotel para que asegurara que la carta había llegado después de que yo me fuera al puerto.

—Si tu marido viene, os cruzaréis en alta mar.

—Ojalá. Y que nunca regrese a Argentina. Quizá no lo conozca nunca. Te buscaré y pediremos terrenos en el interior de Argentina. Nos haremos gauchos, como dice ese compañero tuyo.

—¿Y serás capaz de vivir lejos del mar? No lo creo.

En cuanto están todos sentados y el consomé servido, las conversaciones se generalizan y Gabriela y Giulio deben abandonar sus confidencias y sus planes. Eduardo Sagarmín, el personaje de mayor autoridad de la mesa tras el capitán, es quien hace la pregunta que todos desean hacer:

—¿Tendremos buen tiempo durante la travesía, capitán Lotina?

—Esperemos que sí. Estamos a punto de llegar a la primavera del hemisferio norte y terminando el verano del sur. El mes de marzo es muy lluvioso a la altura de Brasil, así que no será de extrañar que encontráramos alguna fuerte tormenta. Y además, ya saben cómo es el mar, imprevisible. Pero no deben preocuparse, pocos barcos en el mundo pueden competir en materia de seguridad con éste en el que nos encontramos.

—¿Pese a las estatuas malditas? He leído en el periódico que viajan con nosotros.

El señor Aguirre, el millonario vasco que vive en Montevideo, está al tanto de la leyenda de las estatuas. Hasta ese momento Gabriela no conocía su existencia. Le hace gracia que hombres tan principales puedan temer los males de una supuesta maldición.

—Eso debería preguntárselo al señor Sagarmín, que es el custodio de esas estatuas, señor Aguirre. Yo no estoy preocupado en absoluto.

—Le aseguro que no están gafadas. Su Majestad el rey don Alfonso XIII es mi amigo y no me enviaría a Buenos Aires con ellas de ser así; tampoco se las regalaría a un país hermano como es Argentina. En todo caso, ya han agotado su capacidad de provocar desgracias: están desactivadas.

Sagarmín ha decidido tomarse a broma la supuesta maldición que pesa sobre ellas. Las estatuas no van a matar a nadie, de eso está convencido.

Las conversaciones siguen en la mesa. Gabriela confirma que Raquel, la mujer que parece acompañar al marqués de Aroca, es artista, aunque no le queda muy claro si cantante o actriz; también que la otra mujer, Alicia, vive en Buenos Aires. A ella también le toca presentarse y tiene que hablar de su marido. Le sorprende comprobar que el Café Palmesano debe de ser bastante importante, pues esa joven lo conoce.

—Claro que lo conozco, en la Recoleta. Es grande y elegante. No voy mucho porque yo vivo en otra zona de la ciudad, pero todo el mundo en Buenos Aires conoce el Palmesano.

Al terminar, mientras se sirven los licores y antes de que los comensales se levanten y se distribuyan por las distintas estancias —la sala de fumar, la de baile, donde una orquesta empezará en unos minutos a tocar, la biblioteca, la sala de juegos o cualquiera de las demás que el vapor tiene destinadas al esparcimiento—, el capitán tiene que dar su discurso de bienvenida y recibimiento. Normalmente sólo se le ofrece a los pasajeros de primera, pero

Lotina cenará las próximas noches en segunda y en tercera para repetirlo. En su opinión, todos van juntos. Si Dios debe apiadarse de sus almas, le dará igual la clase social de los pasajeros. Todos tienen derecho a conocer a su capitán, el que velará por sus vidas las siguientes semanas.

—Estimados pasajeros, soy el capitán Lotina, el responsable de que lleguemos de la forma más placentera posible a nuestro destino. Quiero darles la bienvenida al *Príncipe de Asturias*, el vapor de la Naviera Pinillos. No quiero aburrirles con detalles técnicos, pero si tienen interés en conocer alguno, les invito a preguntarme a mí o a cualquier miembro de la tripulación. Sólo decirles que somos el barco más seguro que la técnica permite: nuestro casco está dividido en varios compartimentos estancos y además tiene un doble fondo en toda su extensión, subdividido en tanques de lastre de agua que pueden llenarse o vaciarse independientemente, ajustando así la estabilidad del buque a todas las condiciones de su servicio. Eso quiere decir que, aunque se abriera una vía de agua en uno de los sectores, los demás quedarían cerrados y no habría problemas de hundimiento.

Algunos de los comensales de este comedor de primera rompen en aplausos y el capitán se ve obligado a interrumpir su pequeño discurso. Se nota que es un hombre poco acostumbrado a esas manifestaciones multitudinarias de admiración, una persona que se maneja mejor mirando a los ojos de su interlocutor. Pronto puede reiniciarlo:

—También hay botes salvavidas para todos los pasajeros y haremos ejercicios para enseñar a todos a usarlos en un hipotético caso de necesidad. Otra cuestión que nada tiene que ver con la seguridad, una anécdota: tendrán que ir cambiando las horas a medida que nos acerquemos al hemisferio americano, mi tripulación y yo les iremos informando debidamente. Y una curiosidad: 1916 es un año bisiesto, pasaremos el 29 de febrero en el mar. No se preocupen, nunca se ha observado un cambio en el comportamiento de los barcos, las olas o las tempestades en tal día. Sólo que, según el calendario, este viaje será un día más veloz que los demás. Esto es todo; sólo desearles que no sufran mareos y que en caso de sufrirlos se pongan en manos de los servicios médicos. Ellos sabrán darles tratamiento y buenos consejos. Les deseo buen viaje.

Mientras suenan los aplausos, los pasajeros se empiezan a levantar, muchos hombres deseosos de ir a fumar sus grandes cigarros, las mujeres más interesadas, en general, en la música de la orquesta. Giulio y Gabriela se van al lugar menos concurrido, la biblioteca.

—Mi camarote es espectacular, tiene hasta un saloncito. Yo me imaginaba algo más pequeño.

—Vas en primera y el billete vale una fortuna, normal que te traten bien.

—¿Cómo es la tercera clase? ¿Se viaja muy mal?

—No; además el capitán me ha dicho que si queda sitio libre cuando hayamos dejado atrás Las Palmas, nos pasará a mí y a los demás italianos que viajan conmigo a un camarote para seis en segunda económica. Pero en tercera hay sitio y tenemos de todo. Lo que no creo es que hoy hayan cenado como tú y como yo. Me van a coger manía mis compañeros.

Gabriela está muy a gusto con Giulio. Además, con él no tiene que disimular, sabe todo sobre ella, hasta lo que nunca más contará a nadie. Le gusta tenerlo de compañero en el viaje y cada día lo imagina más como un compañero en la vida.

—Quiero que me lleves a conocer los sollados de tercera. Lo mismo es ahí donde vuelvo a España.

—No digas eso.

—¿Por qué no? Imagínate que mi marido se entera de todo lo que ha pasado.

—No se va a enterar, descuida. Pero si quieres, yo te enseño cómo se viaja en tercera. Lo único que echo de menos es tener tantos libros como aquí.

—Toma el que quieras y llévatelo, diré que lo he cogido yo. Y cuando acabes, lo devuelves.

Giulio busca y se lleva un libro sobre Buenos Aires.

—Así lo conoceremos antes de llegar.

—¿Podremos vernos allí?

—Estoy seguro.

Ella también, Gabriela también está segura. Desde que conoce a Giulio ha dejado de pensar en Enriq.

* * *

—¿Está usted bien instalado, amigo Gaspar?

En el salón de baile coinciden Gaspar y Eduardo, acompañados por Mercedes y Raquel. Las dos mujeres hacen de inmediato buenas migas y se apartan para hablar; así ellos pueden comentar el último acontecimiento que los unió, el duelo que mantuvo Sagarmín con Sánchez-Camargo.

—Reconozco que en su momento me pareció una barbaridad, pero después lo he meditado y le he encontrado justificación y lógica. Hasta lo he contemplado como salida a una difícil situación.

—Explíqueme eso, Gaspar, no le imagino espada en ristre.

—Con espada no, qué ocurrencia, yo soy un plebeyo; una pistola sería más que suficiente. Sólo le pido un favor, no le desvele nada de esto a mi esposa.

Gaspar le cuenta las amenazas de los militares, la paliza de la noche de fin de año —aunque no le cuenta que antes de producirse venía de ver desnuda a su acompañante en un teatro de la calle de Alcalá—, el nuevo encuentro con el comandante Pacheco, el antiguo prometido de su esposa…

—Pensé que estar unos segundos con una pistola en la mano, para bien o para mal, sería más llevadero que vivir siempre con miedo.

—Es cierto. Aunque un militar es alguien que tiene costumbre de usar las pistolas. No creo que usted sepa.

—Creo que el deseo es mucho más eficaz que la puntería. No

habría temido por el resultado, sólo por si la cobardía me hubiera impedido reaccionar.

—Siempre dice usted que es cobarde, no creo que alguien que es capaz de escribir sus columnas lo sea.

—Le voy a confesar algo que nunca he comentado con nadie: creo que no las escribo yo. Cuando me siento ante la máquina pienso en escribir algo que me ahorre problemas, que no moleste a nadie. Pero entonces una fuerza desconocida me posee y me hace decir lo que realmente pienso.

—Pues yo voy a confesarle otra cosa, Gaspar: esa fuerza se llama valentía. No es distinto a lo que nos pasa a los demás. Lo que sucede es que usted es más consciente del momento en que se produce. No hay más que eso. Deje de decir que es cobarde porque no le tengo por tal.

El salón de baile se ha llenado, allí están Max y Sara, esa pareja tan extraña que ha cenado en la misma mesa que Gaspar y su esposa. Ella no conoce los pasos de baile, pero tiene ritmo y se nota que lo pasa bien con su marido, que es feliz bailando con él en ese ambiente tan selecto, al que se nota que ninguno de los dos pertenece. Gaspar llama la atención de Eduardo sobre ellos.

—Mire a esa pareja. ¿Ha oído hablar de la Varsovia?

—¿La capital de Polonia?

—No, la organización argentina.

En el tiempo que Sagarmín pasó en San Petersburgo tuvo conocimiento de muchas situaciones que cualquier español ignora; entre ellas, la difícil vida de los judíos del este de Europa. Visitó en alguna ocasión los pequeños *shtetls* cercanos a la ciudad, aprendió algo de yiddish, admiró la cultura, los deseos de aprender y el afán por mantener las tradiciones de ese pueblo tan perseguido a lo largo de la historia. También supo de la infinidad de castigos y pruebas a las que está sometido. No conoce la Varsovia, pero sí el problema que hay tras ella.

Gaspar Medina se ha documentado bastante sobre lo que encontraría en Buenos Aires al llegar. Uno de los datos que más le ha llamado la atención es el de la gran cantidad de prostíbulos controlados por una organización llamada Sociedad Israelita de Socorros Mutuos Varsovia de Barracas al Sud y Buenos Aires. Lo primero que pensó al conocer su existencia fue que debía mantenerse alejado de ella si quería vivir tranquilo, pero ya siente la fuerza que le llevará a escribir de ella, esa que Sagarmín llama valentía.

—¿Esa joven pelirroja? No parece que esté con él obligada, es decir, parece feliz y enamorada.

—No lo parece, pero algo me dice que lo está, que sólo es una prisionera que no quiere enfrentarse a su guardián. He compartido mesa con ellos durante la cena. Él habla un perfecto español, con acento argentino, pero ella no conoce ni una palabra. No me negará que él tiene aspecto de proxeneta...

—Cierto, pero ella parece una simple campesina.

—Le aseguro que si ella se quitara esas ropas sería la mujer más bella del barco, quizá exceptuando a su acompañante, la señorita Chinchilla, claro.

Eduardo la observa, la valora y llega a la conclusión de que quizá sea cierto, quizá deba reconocerle a Gaspar Medina un buen ojo para descubrir la belleza femenina.

—Yo hablo algo de ruso, quizá durante el viaje tengamos oportunidad de charlar con esa joven fuera de la vigilancia de su marido. Tal vez nos cuente si de verdad viaja a Argentina obligada.

Las dos mujeres, Mercedes y Raquel, reclaman la atención de ambos, que deben concluir su charla. Las dos parejas se unen al baile. Mercedes trata de que Gaspar se mueva al ritmo de la música; Eduardo y Raquel son dos consumados bailarines.

—Todo el mundo cree que eres mi esposa.

—¿Te avergüenza que te relacionen con una cupletista?

—Nunca me he sentido más orgulloso.

Sagarmín, respetuoso —quizá más de lo que ella habría esperado— se despide de Raquel en la puerta del camarote.

—¿Te parece bien si mañana desayunamos juntos?

Raquel no ha conocido todavía el camarote de Eduardo, aunque está segura de que lo conocerá antes de llegar a su destino. Mira por la ventana —«ojo de buey», le han dicho que se llama—, del suyo, mas no se ve nada. La noche es oscura, pero su porvenir empieza a clarear; sólo espera no equivocarse.

* * *

—Iremos en ese coche.

Nicolau lleva treinta años viviendo en Buenos Aires y se precia de conocer todos y cada uno de sus barrios. El coche, que conduce otro hombre con la misma vestimenta que el primero, el que le abordó en el tranvía, se dirige a Avellaneda, más allá de Boca. Paran en la calle del general Bartolomé Mitre, delante de un edificio cochambroso. Le extraña que ése sea el lugar donde trabaja Trauman, ha oído hablar muchas veces del gran palacete que ocupan los judíos de la Varsovia. O quizá no le lleven de verdad a encontrarse con el jefe de los polacos. Entra en ese edificio convencido de que no va a salir con vida.

—Buenos días, Nicolau, tengo que agradecerle que haya sido tan amable de venir a hablar conmigo.

—El emisario que me envió con el recado ha sabido ser convincente.

—Espero que no haya sido desagradable. Ya sabe cómo somos los judíos, incapaces de comportarnos de una manera educada, o muy sumisos o demasiado vehementes, siempre sin un término medio. Pero siéntese, por favor. Y disculpe las instalaciones tan precarias. En realidad tenemos un edificio lujoso en la avenida de Córdoba, pero allí estoy demasiado expuesto en estos tiempos difíciles que se avecinan.

El despacho, si es que se puede llamar así, es una habitación interior en la planta baja, con una ventana que da a un patio descuidado; desde allí puede ver Nicolau un sillón desvencijado y una cómoda a la que alguien ha sacado todos los cajones. Dentro sólo hay una mesa, llena de papeles vagamente ordenados, y dos sillas.

—¿En qué puedo ayudarle, señor Trauman?

—En muchos asuntos que le iré comentando. Me han dicho que Miriam, la joven que le regalé, ya no es papusa, que ahora es una señora, y encargada de un café, nada menos…

—Es una mujer muy inteligente, usted mismo me la ensalzó tanto que cuando necesité a una mujer en la que confiar, pensé en ella.

—Una decisión sabia, amigo Nicolau. ¿Qué más da el pasado de los demás si poseen virtudes que los convierten en necesarios? Yo lo hago mucho con mis trabajadoras: las que dejan de gustar a los hombres a causa de la edad, si tienen condiciones para ello, pasan a ser encargadas de los pisos. No se crea que les tiembla el pulso con sus antiguas compañeras, muchas veces son más duras que cualquier hombre de la organización.

—Desconozco casi todo sobre su organización.

Nicolau tiene que arrepentirse nada más decirlo, era una frase gratuita; los fríos ojos azules de Trauman se clavan en él. No es un hombre con el que se puedan cometer errores. Debe rectificar.

—Es decir…, sé perfectamente lo que es la Mutual Varsovia, lo que no conozco es la organización interna.

—¿Se puede creer que la embajada de Polonia nos insiste en que nos cambiemos el nombre? Dice que eso de llamarnos Varsovia deja en mal lugar al país. Casi nos han echado de allí y ahora quieren que nos preocupemos por su buena imagen… Con impedir los pogromos en nuestros barrios y nuestras aldeas dejaríamos de venir y no tendrían que preocuparse por la imagen que damos. ¿No le parece?

Nicolau no sabe qué hacer en las continuas apelaciones de su interlocutor, sólo le invitan a estar más y más nervioso. Prefiere callar.

—Me dice que no conoce nuestra organización interna. Me cuesta creerlo, pero no tengo motivos para pensar en que quiera mentirme, amigo Nicolau. Se la explicaré por encima, por lo menos la parte que le interesa, para que pueda seguir el resto de mi petición. Aquí, en la Varsovia, que de momento va a seguir llamándose así, diga lo que diga la embajada polaca, mando yo. No es una democracia, no hay elecciones, no hay votaciones, es lo que hay: damos beneficios muy altos a nuestros asociados y ellos deben respetar que yo estoy sobre los demás. Eso lo sabía, ¿no?

—Sí, cualquier persona que viva en esta ciudad lo sabe.

—A veces lo olvidan algunos, amigo Nicolau. A veces lo olvidan y hay que recordárselo. Bueno, le sigo contando. Mando yo y debajo de mí hay muchos que están en el siguiente escalón. Son los propietarios de pisos en los que trabajan nuestras chicas. Ganan mucho dinero y tienen mucho poder. Hacen negocios amparados por nuestra Mutual; no sólo burdeles, meten la cuchara en todo lo que pueden: construcción, importación, restaurantes. Hay uno que hasta tiene una tienda de jamones. ¿Se imagina un judío polaco con una tienda de jamones? Pues lo hay y a mí me ha prometido que nunca ha probado la carne de cerdo. Hablando de esto, no le he ofrecido nada, un café, una cerveza, ¿sólo un vaso de agua?

—No, muchas gracias, señor Trauman.

—Llámeme Noé. Sin ceremonias. Le decía que hay varios en este segundo escalón. De vez en cuando alguno de ellos quiere subir al primero. Pero claro, en el primero estoy yo. Entonces tiene que echarme de ahí. Y yo no me dejo. ¿Usted se dejaría, Nicolau?

—No, claro.

—Pues eso, veo que me entiende: yo no me dejo. Es doloroso, ¿sabe por qué? Los que llegan al segundo escalón lo hacen gracias a mí. Son mis amigos, son casi mis hermanos o mis hijos. Cuando me quieren echar de mi sitio, los tengo que eliminar. No me gusta: pierdo un colaborador y alguien por el que siento el mayor aprecio. Aparte de la decepción personal, como es obvio. Y le voy a decir algo, Nicolau: yo siempre estoy dispuesto a perdonar. Si alguien se ha salido de su sitio y ha mirado el mío, yo perdono. Si ha pensado que yo ocupo el que a él le corresponde, pero se arrepiente a tiempo, yo lo agradezco y no tomo represalias. Le perdono y le abrazo cuando viene a presentarme sus respetos. Muchos dicen que es una muestra de debilidad, pero yo soy así. ¿Me ha entendido?

—Perfectamente.

—¿Y ha entendido lo que debe hacer cuando salga de aquí?

—Sí, señor Trauman.

—Noé, llámeme Noé. Aunque no sea judío, le considero uno de los nuestros, un gran amigo.

—Sí, Noé.

—Pues vaya y hágalo, yo se lo agradeceré siempre. Y disfrute de esa joven, de Miriam. Es una mujer excepcional.

Los mismos dos hombres que le llevaron hasta ese edificio del barrio de Avellaneda, le devuelven al Café Palmesano. Nicolau estaba seguro de que no lograría regresar.

—¿En la casa de General Mitre?

—Sí, ya cerca de Barracas.

—Sí, la conozco bien. Eso es que tiene miedo. Está allí para esconderse.

—Me pareció que tenía cualquier cosa menos miedo, Meishe. Me pareció más temible y tranquilo que nunca. Te ofrece la paz.

Nicolau tiene claro que el encargo de Noé Trauman era decirle a Meishe Benjamin que abandonara la guerra y no habría consecuencias para ellos. No ha esperado a encontrarse con él, ha salido del Palmesano y ha ido a buscarle por los pisos que sabe que posee. Lo ha encontrado en su barrio, en Once.

—Tiene miedo, está escondido y quiere evitar la guerra. Es raro que demuestre tanta debilidad. ¿Por qué?

—Quizá porque no es débil, Meishe. Quizá es que no necesita demostrar fortaleza, porque la tiene.

—Le conozco; si fuera fuerte, sólo tendría una idea en la cabeza: masacrarme.

—¿Por qué no lo dejas?

—Porque es mi momento y uno no puede cerrar los ojos cuando llega su momento. Está todo a punto, Nicolau. Vamos a ser los amos de esta ciudad.

Ya es de noche cuando Nicolau llega a casa, sin haberle mandado a Miriam la cama que esperaba. Haberla decepcionado le entristece mucho más que cualquiera de los problemas que se le avecinan. Se siente en deuda con esa mujer, la que, según Meishe y Trauman, le pertenece.

* * *

—¿De verdad aprendiste español sin saber que ibas a viajar a Argentina? ¿Por qué?

Las charlas de Giulio y Gabriela, todas las noches en la cubierta, mirando las estrellas, son para ellos el mejor momento del día. Hablan de todo, de sus pasados y de sus futuros, de Enriq y de Francesca, de Nicolau, de Sóller, de la guerra, de la novela de gladiadores que escribe el padre Domenico, tío de Giulio, del reloj que todo el mundo creía muy valioso y que ahora está en su equipaje.

—Cuando lleguemos a Argentina yo te regalo un reloj bueno de verdad. De esos nuevos que se ponen en la muñeca. ¿Has visto que el marqués lleva uno?

—¿Con el dinero de tu marido? No lo quiero.

Cuando el capitán Lotina los presentó, hace sólo un par de semanas, ella ya estaba casada; él no puede hacer nada al respecto, pero ya se ha dado cuenta de que la ama, mucho más de lo que nunca amó a Francesca, por mucho que todo lo que ha vivido desde el día de Nochebuena lo causara ella. Gabriela también se ha dado cuenta de que Enriq ya no es nadie, no porque esté casada sino porque ha conocido a Giulio; ahora sabe de verdad lo que es el amor. Ayer, a falta de una amiga mejor, a falta de Àngels, se lo confesó a Paula, la camarera que la atiende:

—Pues va a tener usted un problema cuando llegue a Buenos Aires; su marido estará esperándola en el puerto, a ver cómo se apaña.

En las muchas horas de barco, y eso que aún no llevan ni cuatro días, ha conectado con esa camarera gallega, lo suficiente para saber que quiere ser modista y para contarle la historia de su boda, de Enriq, de Nicolau... Todo menos lo que sucedió en la calle de la Riereta, eso sólo lo sabrá Giulio. A cambio la camarera le ha hablado de su ruptura con Luis, su novio de toda la vida de Vigo.

—Es mejor no soñar, porque parece que basta que una sueñe para que no se cumpla. Ni usted se ha casado con Enriq ni yo con Luis; seguro que se los quedan otras que ni habían pensado en ellos.

—¿Y serán felices?

—Por mí que lo sean, pero no me va a quitar el sueño. Lo único que espero es que haya otros hombres para nosotras.

—Para mí lo hay.

—Su esposo.

—No; Giulio, el italiano. Es con él con quien quiero pasar lo que me queda de vida.

Esta noche atracan en el puerto de Almería. Sólo pasarán unas horas y partirán por la mañana en dirección a Cádiz. Pronto abandonarán Europa y podrán empezar a soñar con el día que vean la tierra americana a lo lejos. Nada más entrar en el puerto, un grupo grande de gente sube al barco escondidos en la oscuridad de la noche.

—Son polizones. Así me subí yo.

—Pero ésos no pueden ser desertores. Almería está muy lejos de la guerra.

—Serán emigrantes sin papeles. El barco está lleno.

Tanto a Giulio como a ella les llama la atención un grupo de seis niños que van de la mano. La mayor no tiene más de catorce años, el pequeño tres. Son hermanos y parece que viajan solos.

—¿Puedes enterarte de quiénes son?

—Lo intentaré.

—Quizá podamos ayudarlos; en cuanto podamos, tengo que ir contigo a los sollados de tercera, quiero ver cómo va la gente.

Asunción —Asun, como la llaman sus hermanos— tiene miedo de que alguno de ellos se pierda y les ha repetido más de una docena de veces que no deben soltarse de la mano, que si alguno lo hace estará castigado hasta que lleguen a Montevideo. Sólo tiene trece años, cumplirá catorce dentro de una semana, pero hace ya dos años que cuida de todos sus hermanos, desde que su madre cogió un barco como ése en el que montan para reunirse con su padre y los dejó con su abuela. Sólo un mes duró la mujer con vida, desde entonces es ella la que les da de comer, hace que vayan limpios y reza para que ninguno enferme porque no sabría qué hacer si eso sucediera.

Por fin sus padres han conseguido el dinero que vale que sus hijos se reúnan con ellos en Uruguay. Tres semanas más, las que tardará el barco en llegar, y ella abandonará esa responsabilidad y podrá disfrutar de los pocos días que le quedan de infancia.

Tiene miedo de todo, de que alguien los engañe y les robe las pocas pesetas que le han sobrado después de pagar para que los dejen subir al barco, de que los gemelos, Manolo y Toño, hagan cualquier trastada y acaben cayendo por la borda, de que sus padres no los estén esperando al llegar y se encuentren perdidos en un sitio que no conocen. Llevan demasiado tiempo dependiendo de la bondad de los demás y de la suerte; Asun sabe —o por lo menos empieza a sospechar— que no se puede confiar en eso para siempre.

* * *

—No, mi esposa no habla español. Pero no tardará en aprenderlo.

Sara disfruta al ver a su marido tan desenvuelto, hablando español con sus compañeros de mesa. Poco a poco entiende alguna palabra suelta y es capaz de decir «buenos días», «buenas tardes», «buenas noches» y «gracias». Le insiste a Max en que le enseñe cómo se dicen algunas palabras, pero él no quiere.

—Ya lo aprenderás, allí no te va a hacer falta al principio. Nadie que no hable yiddish va a querer hablar contigo.

Ya llevan varios días en el barco. Han estado en una ciudad que se llama Valencia y ahora están en otra que se llama Almería. Las comidas son tan copiosas que empieza a creer lo que Max le cuenta de Argentina, que la carne es tan abundante que podrían comerla a diario. Sólo en los desayunos dispone de más alimentos de los que muchas veces había en la aldea para toda la familia durante todo el día.

—No comas tanto, *feiguele*. Si engordas demasiado no vas a gustar a los hombres. A los hombres no nos gustan ni las que son como un palo de escoba ni las que son muy gordas. Como estás ahora es perfecto.

—Si no lo comemos se va a estropear. Lo arrojarán al mar. Seguro que eso merece un castigo, desperdiciar la comida habiendo tanta gente en el mundo que pasa hambre.

—No te preocupes por el hambre en el mundo, preocúpate por mi negocio. Y mi negocio es que a ti te deseen todos los hombres de Buenos Aires.

Sara hace gozar a Max todas las noches y siempre intenta que no sea sólo haciendo eso que no hacen las judías, que es especialidad de las francesas. No porque no le guste, pues le encanta ver disfrutar a su marido y no le avergüenza nada que a él le guste, sino porque quiere que él la tome, que se olvide de su boca y sus manos y se coloque sobre ella, que la penetre como hacía Eliahu. Con su primer marido no lo deseaba, y ahora no piensa en otra cosa. No hay nada que le gustaría más que quedarse embarazada y poder darle un hijo, uno tan fuerte como él y con el cabello rojo de ella. Necesita que le haga el amor antes de llegar a Buenos Aires. Es optimista, cree que cada día están más cerca, que lo logrará: él se va después de la cena a la sala de fumar —Sara cree que allí juega a las cartas con otros hombres—, pero la despierta al volver para sus momentos de amor y se comporta de una forma muy cariñosa. Nada tiene que ver con aquel que la expulsaba de la cama al volver a casa, durante los días en Odesa.

No ha vuelto a ver al resto de las mujeres que partieron de Odesa con ellos. Ahora, tras la muerte de Esther, son sólo cuatro: las tres que viajan en tercera y ella. Se acuerda mucho de Esther y le sorprende no sentir nada su muerte; al contrario, está aliviada. Con ella el viaje sería mucho más incómodo, Max estaría siempre pendiente de lo que hiciera, tendrían continuos sobresaltos y las demás mujeres estarían inquietas y mal aconsejadas, pensando siempre en fugarse. Deben asumir lo que ella tiene claro hace tiempo y Esther nunca entendió: que su futuro está marcado, que van a ser prostitutas en Buenos Aires. Deben comprender, también, que no existía futuro mejor para ellas, que sus aldeas, Nickolev o Ekaterinoslav, están cada día más lejos, que nunca volverán a ellas y, además, que nadie las echa de menos allí. Sus captores, lejos de ser perjudiciales, les están dando unas perspectivas que no tenían en sus *shtetls*.

—¿No me das ese polvo blanco?

Max raciona la cocaína para que no les falte antes de llegar a Argentina, le dice que en el barco no se puede comprar. Pero ella cada vez lo desea más. Hay ratos que tiene ganas de empezar a trabajar —a acostarse con doscientos hombres a la semana si es eso lo que tiene que hacer— para gastar todo su dinero en esos polvos.

—Perdón, ¿es usted rusa?

Sara es libre de moverse por los salones de primera clase. Normalmente no lo hace si no es acompañada por Max, con una excepción: al caer la noche, antes de cenar, le gusta ir a la cubierta y sentarse tras los enormes botes salvavidas a mirar las estrellas.

Allí se le acerca un hombre —uno de los más elegantes del barco, que va siempre con una mujer muy guapa que Max le ha dicho que es artista— y le habla en ruso.

—No, ucraniana. Pero hablo ruso.

El hombre se presenta como Eduardo Sagarmín, marqués de Aroca, enviado especial del rey de España a Argentina. Habla un ruso bastante correcto. Sara, que el hombre más importante que había conocido en su vida era el rabino de la sinagoga de Nickolev, nunca soñó con que alguien de tal alto nivel se dirigiera a ella.

—¿Emigra a Argentina?

—Sí, con mi marido. Él es de allí, nació en Buenos Aires.

—Qué curioso. Perdóneme la pregunta, espero que no le parezca una indiscreción y una impertinencia, pero ¿cómo se conocen un argentino y una ucraniana?

—En nuestro caso nos presentó la *shadjente*. Fue ella la que arregló nuestro matrimonio hace ya casi dos meses.

La *shadjente*, la casamentera judía, eso era lo que Eduardo Sagarmín quería saber. Lleva varios días, desde que Gaspar Medina se los señaló en el salón de baile, buscando el momento de hablar con ella.

—Y tiene usted ganas de llegar a su nuevo país, imagino.

—Muchas; mi esposo me ha hablado tantas maravillas de Buenos Aires que no veo el día de estar allí.

Él desconoce el nombre de su esposo, pero tiene todo el aspecto de ser un hombre que vive de la noche y de las mujeres: los trajes, la mirada, la forma de bailar con ella en la sala de baile, hasta el bigotito que adorna su labio superior son los propios de los proxenetas. Ella, muy bella debajo de esos modales y esas ropas de campesina queriendo ocultar su origen, también le llama la atención. Parece una mujer sumisa, pero a la vez tiene la mirada limpia e inteligente. Ahora que habla con ella en ruso se da cuenta de que no es una mujer inculta, usa expresiones que la presentan más preparada de lo que se puede esperar de una campesina.

Hasta ahora no había tenido oportunidad de encontrarse con ella a solas. Debe ganarse su confianza sin que sospeche de sus intenciones, no quiere que el hombre que ella dice que es su marido le impida volver a tener acceso a ella.

—No me ha dicho su nombre.

—Sara, esposa de Max Schlomo. Soy de un *shtetl* llamado Nickolev, es muy pequeño y está cerca de Odesa, nadie lo conoce.

Ella dice con tanto orgullo el nombre de su esposo que a él le hace dudar. ¿Y si de verdad es un matrimonio concertado por una casamentera judía que no tiene nada que ver con el tráfico de mujeres? Tiene tiempo para descubrirlo.

—Nunca he estado en Buenos Aires, tal vez un día me gustaría almorzar o cenar con usted y su esposo. Él podrá darme una idea de lo que es esa ciudad.

—Max la conoce entera. Conoce muchos países del mundo: Polonia, Rusia, Turquía, Italia… Se lo diré, le podrá indicar muchos lugares.

—Me haría un gran favor. El próximo día que nos encontremos en el comedor me presentaré a su esposo.

Ella, Sara, habla con verdadera admiración y devoción hacia su marido. No le cuadra a Eduardo que ésa sea la actitud de una mujer secuestrada. Tal vez Gaspar se haya equivocado, por muy seguro que esté.

—¿Un hombre que habla ruso? ¿Quién era?

—Me ha dicho que es enviado del rey de España y que quiere almorzar o cenar un día con nosotros, para que le hables de Buenos Aires.

Max desconfía: un hombre de esa clase social no se acerca a alguien como él. Sara no conoce las diferencias, pero él sí. Él no es más que el hijo de un sastre judío del barrio del Once que se dedica a engañar a mujeres para que se conviertan en prostitutas en los burdeles de su amigo Meishe Benjamin. A las únicas personas de ese nivel que ha conocido es a los jueces y a los políticos que acompañan a Noé Trauman en las subastas del Café Parisien.

—¿Qué interés puedo tener yo en hablar con él?

—Parece un hombre agradable.

—No me gusta que hables con ningún hombre si yo no estoy presente.

¿Son celos? Si está celoso de un hombre que le habla en un barco, no puede seguir pensando en venderla al llegar a Buenos Aires. Sara está pasándolo mal, está aguantando muchas humillaciones, pero acabará triunfando.

Max se aburre, igual que todos los que viajan en el *Príncipe de Asturias*. Los primeros días es todo una novedad, hasta ver a los delfines nadando alrededor del barco. Después de cansarse de eso, le quedan pocas ocupaciones: su sesión diaria de sexo con Sara —va a sacarle mucho dinero a esa habilidad de la chica con la boca, quizá pueda cobrar cinco pesos, como cobran las francesas, y no dos como las judías; tiene que consultarlo con Meishe al llegar a Buenos Aires—, sus partidas de cartas en las que se junta con tres argentinos, uno de ellos sacerdote católico, y comer y cenar. Nada más se hace a bordo.

Las otras tres mujeres van muy tranquilas; después de ver cómo moría Esther, se relajaron y asumieron su destino. Maldito el día en que la casamentera de Ekaterinoslav se la recomendó. Esther estaba empeñada en que habían engañado a sus padres para llevarla, pero no fue así, fue su propio padre, que tenía una deuda de juego, el que la ofreció a cambio de saldarla. Si vuelve a viajar a Ucrania, regresará a su aldea a reclamar su dinero. Su única preocupación es Jacob, el gigantesco hombre que le acompaña. Es muy bueno cuando hay problemas, pero sus borracheras le hacen ser un peligro más que una ayuda. No volverá a traerle y recomendará a Meishe que no siga perteneciendo a la organización. Ahora hablan de que hay gauchos judíos, de que algunos de los suyos han aceptado la oferta del gobierno argentino de dar tierras a los que estén dispuestos a partir hacia el interior del país a trabajarlas. Dicen que van a caballo y usan las boleadoras para tumbar al ganado igual que cualquier otro gaucho, y que la única diferencia es que bajo sus chalecos de cuero se ven los nudos de sus *tzitzit*. Ése sería el trabajo perfecto para Jacob, en libertad, sin contacto con muchos hombres y durmiendo bajo las estrellas, como le gusta hacer cuando el frío no aprieta demasiado.

* * *

—Ahí está, ése es el *Príncipe de Asturias*.

Una vez más, don Antonio Martínez de Pinillos ha subido a la torre de su casa de la plaza de la Mina para divisar uno de sus barcos, su preferido y el que más preocupaciones le ha dado en las últimas semanas.

—¿Va a recibirlo al puerto o quiere que el capitán venga a verle?

—No, iré yo al puerto.

El buque de la Naviera Pinillos sólo pasará unas horas en Cádiz, el tiempo necesario para subir a bordo lo que queda de carga y llenar los depósitos de carbón necesarios para atravesar el Atlántico. Aunque se desaconseja, los pasajeros de primera y segunda clase que así lo deseen podrán desembarcar y visitar la ciudad. Casi todos se quedarán a bordo, sólo algunos accederán a subir en una de las calesas de caballos que los pasearán por los lugares más pintorescos de la ciudad. Normalmente son los ingleses y los americanos los que más interés tienen por hacer la visita. Los demás se quedarán en sus camarotes o en los salones de juego, de fumar y de baile. Sólo queda una escala, la de Las Palmas, antes de poner rumbo definitivo a América, lo que todos desean, lo que les tiene impacientes ahora que ya han sufrido la tremenda monotonía de la vida a bordo.

Don Antonio vio partir el barco hacia Barcelona hace algo más de una semana. No ha parado desde entonces de hacer gestiones y hasta anoche no ha estado seguro de que podría partir sin peligros. Los alemanes creen que va a cumplir el acuerdo y preparan el cargamento de armas en Buenos Aires para que lleguen a Europa en el viaje de vuelta; los ingleses tienen todo preparado para desmantelar su suministro de armas desde Sudamérica y proteger, en la ida y en la vuelta, el vapor español.

—Paula, no sé qué has hecho pero te esperan en el despacho del capitán, junto al puente de mando. Allí están él y el señor Pinillos.

Va nerviosa, no sabe si la llaman para decirle que todo está solucionado o lo contrario, que el barco no zarpará. Se juega su futuro, el empleo en la tienda de modas de la calle Florida de Buenos Aires. Imagina la sorpresa del capitán Lotina cuando le han comunicado que ella, una simple camarera, debía estar presente en la reunión.

Sólo están ellos tres. Es el propio Lotina quien le ha abierto la puerta.

—Pasa, Paula. Te estábamos esperando.

El señor Martínez de Pinillos hace un resumen de la situación: el chantaje de los alemanes, la petición de ayuda a los ingleses, la ayuda de Paula para desenmascarar a los socios españoles de los alemanes.

—Están identificados gracias a la información que nos facilitó Paula y al dibujo que hizo de ellos; los ingleses no los han detenido para no poner en riesgo la seguridad del vapor, pero están siendo continuamente vigilados.

—Entonces, ¿vamos a ir escoltados por acorazados ingleses?

—A la vuelta, sí. A la ida siempre habrá un barco inglés a pocas millas del *Príncipe de Asturias*, pero no se dejará ver. A la ida el barco no corre peligro, tanto alemanes como británicos están interesados en que lleguemos a Buenos Aires sin contratiempos.

El capitán Lotina tiene dudas, como no podía ser menos.

—¿No sería mejor suspender el viaje, señor?

—Me temo que no podemos hacer eso. Pondríamos en peligro a todos los demás buques que tenemos en el mar. Recuerde que el *Infanta Isabel* ya está surcando el océano en este momento, se cruzará con ustedes en pocos días. También el *Valbanera*. Los ingleses nos han prometido protección y debemos confiar en que cumplirán su palabra.

Siguen discutiendo los detalles durante más de media hora. Detalles en los que Paula ya no está interesada, por lo que pide permiso para salir del despacho.

—No quiero parecer descortés, pero soy camarera en este barco y tengo que atender a varios camarotes de primera. En este viaje vamos repletos de damas que necesitan ayuda para vestirse, cuidado para sus vestidos… Va a ser un viaje muy movido para mí.

Los dos hombres se miran sorprendidos.

—Paula, después de sus servicios a la compañía, no puede usted seguir siendo camarera. Es mi invitada personal, hará el viaje a Buenos Aires en un camarote de primera. Capitán, supongo que todavía no lo sabe, pero Paula Amaral no regresará en el *Príncipe de Asturias*, ha decidido empezar una nueva vida en el hemisferio sur.

—No lo puedo aceptar, señor Pinillos. Ya en el viaje anterior tuvo que cargar otra persona con mi trabajo. En éste cumpliré, es mi obligación.

No acepta ni negociaciones ni puntos intermedios. Es camarera de primera de ese vapor y lo será hasta desembarcar. Y ahora lo que tiene que hacer es ayudar a Mercedes, la esposa del periodista, a preparar un vestido para la cena de esta noche.

—¿Se va a quedar usted hasta que zarpemos, señor Pinillos?

—No, veré el barco partir desde mi casa. Buen viaje, capitán.

De nuevo en su torre y con su viejo catalejo, don Antonio ve partir el barco, esta vez satisfecho. Ha sido difícil pero se ha logrado salvar, y dentro de algo más de unas seis semanas lo verá regresar. Sólo entonces estará tranquilo.

En pocos meses su hijo le relevará al frente de la compañía. Quizá entonces se decida y embarque en uno de sus buques para conocer América.

* * *

—¡Despierta, Nicolau! ¡Soy yo, Meishe!

Que Meishe haya saltado la valla de la casa y esté en el patio interior, el que da a todas las estancias de la casa chorizo de Nicolau en el barrio de Boedo, a las tres de la mañana y en una noche de lluvia del final del verano austral, sólo puede ser augurio de que llegan malas noticias. Muy malas.

—¿Qué ha pasado? Espera, que te abro.

Meishe no va vestido con traje, como siempre, sino con la ropa propia de los trabajadores del puerto: pantalones de tela dura y un jersey de lana. El color negro ha impedido que Nicolau se diera cuenta de que lleva una mancha de sangre en un brazo hasta que le ve a la luz.

—¿Estás herido?

—Nada importante, pero me tendrás que dejar algo de ropa. Y dame una cerveza fría, por favor, la necesito.

Nicolau prepara una palangana con agua para que su amigo se lave la herida mientras él se bebe la cerveza con ansia, como si tuviera sed atrasada de varios días. Todavía no sabe lo que ha sucedido pero empieza a sospecharlo.

—Puede que sea la última cerveza. ¿Tienes algo de dinero en casa?

Le dará todo lo que tiene, no es una fortuna, pero le alcanzará para sobrevivir unas semanas, si es lo que necesita.

—Tenías razón, Nicolau; Trauman no era débil, sólo quería que me confiara.

—Si me hubieras hecho caso…

—Estaría igual. ¿De verdad te crees que me habría perdonado? No seas inocente, Nicolau. Tengo que huir de Buenos Aires. No sé dónde iré, a Chile, a Uruguay, a Brasil… Probablemente a Brasil; es más grande, será más fácil esconderse.

—¿No me vas a decir qué ha ocurrido?

—Los que se supone que estaban conmigo me han traicionado. Al final sólo tú me fuiste fiel. Y lo lamento, quizá Noé decida ir a por ti. Me citaron en uno de los galpones del puerto para darme dinero para armas, pero me estaban esperando. Me he salvado de milagro y porque me he llevado por delante a dos de los hombres de Trauman.

—Eso no lo va a perdonar.

—Ni eso ni la traición. Me equivoqué, amigo Nicolau. Había jugado demasiadas veces ganando, tocaba perder.

No está abatido, sólo decidido a dejarlo todo atrás, con un traje prestado y el dinero que Nicolau le pueda dar. Dejará Buenos Aires tal como llegó, con las manos casi vacías.

—Duerme aquí esta noche. Mañana podrás marcharte, iré al banco y te traeré más dinero.

—No, no da tiempo. Espero que no vengan a por ti. No creo, Trauman se conformará conmigo.

Ahora Meishe es el inocente. Nicolau sabe que Trauman vendrá a por él, que a partir de ahora tendrá que mirar atrás cuando camine por la calle. También es consciente de que es imposible escapar a los tentáculos de la Varsovia, están en todas partes.

—Si pudiera me iría contigo, pero no puedo. Mi esposa, Gabriela, está a punto de llegar a Argentina. En un par de semanas estará aquí.

—Lo siento, amigo. En el mismo barco que tu esposa viene Max Schlomo. Decía que traía a una pelirroja especial, aconséjale que se la regale a Noé Trauman. A lo mejor así le perdona la vida.

—¿Será suficiente?

—Teníamos que jugárnosla, Nicolau. Para eso vinimos a Argentina, no para seguir bajando la cabeza delante de los poderosos.

—Teníamos que haber disfrutado, Meishe. Adoro esta ciudad, no querría marcharme nunca, ni siquiera para volver a mi tierra. Me quedaré aquí, y si algún día consigues volver y sigo con vida, en mi casa estará tu casa.

—Hasta siempre. Ha sido divertido.

Antes de amanecer, con un traje de Nicolau que le sienta como si lo hubiesen hecho a medida para él, Meishe sale de su casa y se pierde por las calles de Buenos Aires. Se ha acabado la tranquilidad para él, por lo menos durante una buena temporada. Antes de partir le ha dado un último consejo al mallorquín:

—Si tienes algún lugar donde esconderte, alguno que no conozca nadie, vete.

—Soy yo, Miriam.

Miriam abre la puerta del apartamento, asustada y decepcionada. Asustada por la presencia de Nicolau a esas horas de la noche, pero sobre todo decepcionada: no era verdad que no quisiera nada de ella y sólo le estuviera dando una oportunidad, que le hiciera feliz verla disfrutar de su libertad; Nicolau es como todos, ha pagado y viene a recibir su recompensa.

—Sólo necesito ayuda. Los hombres de Trauman han tendido una emboscada a Meishe. Se ha salvado por muy poco, está intentando salir de Buenos Aires; me ha sugerido que me esconda esta noche y éste es el único lugar que nadie conoce.

—Nadie puede escapar de Noé Trauman.

—Es sólo por esta noche, mañana iré a buscarlo yo mismo y le explicaré todo.

—Qué poco me han durado la libertad y el empleo… Pasa, no tengo cama pero tengo una manta, algo es algo.

Sólo quedan un par de horas para que amanezca y ninguno de los dos tiene ganas de dormir.

—Supongo que Noé me mandará de nuevo a uno de sus pisos. Hace dos semanas tenía asumido que ésa sería mi vida y no me importaba; ahora me parece inaguantable.

—Nadie dice que Trauman me esté persiguiendo, yo no estoy metido en los negocios de la Varsovia.

A Miriam todavía le quedan ánimos para reírse de las esperanzas de Nicolau, él no sabe cómo son los *tmein*. Muy pocos pueden enfrentarse a ellos.

—Vas a perderlo todo, Nicolau, probablemente hasta la vida. Lo siento por tu esposa. Llegará en unos días y se encontrará sola. Seguro que no era lo que esperaba.

—Seguro que no. ¿Has oído hablar de Isaac Kleinmann?

—He oído hablar de él, pero no sé si existe o nos lo hemos inventado las chicas de la Varsovia para creer que hay alguien que puede ayudarnos.

—Existe y sabe quién eres, te ha ayudado. Si yo desaparezco, búscalo y dile que eres la chica que me regalaron. Te ayudará a sobrevivir. Te deseo suerte.

* * *

—¿Cuál es tu litera?

El sollado de emigrantes está en el entrepuente, entre la cubierta de segunda clase y la sala de máquinas. A plena ocupación podrían viajar hasta mil quinientas personas; la guerra europea ha hecho que muchas familias desistieran de viajar a América y en esta travesía sólo son unos ochocientos, de ellos no más de la mitad de forma oficial. En Pinillos saben que, en cuanto acabe la inseguridad, esas bodegas irán repletas de trabajadores huyendo de la pobreza y la violencia del continente europeo.

La gran sala, dividida por sexos, está llena de literas de hierro y recibe luz eléctrica durante las veinticuatro horas del día. Está por debajo del nivel del agua, así que se echa de menos una ventana desde la que ver el horizonte como la que tiene Gabriela en su camarote. Los emigrantes disponen también de un gran comedor con mesas y banquetas colectivas, situado en la cubierta principal, y una sala de esparcimiento en la cubierta de abrigo. Las dos estancias tienen luz natural y están bien ventiladas. Por último, pueden disponer también de dos sectores en la cubierta, las pozas de proa y popa, en los que se instalan grandes toldos que protegen del sol y la lluvia, para salir al aire libre. No es anormal que en las tórridas noches tropicales muchos hombres y mujeres se trasladen a dormir a estos sectores.

—La mía es aquélla de ahí, la de arriba. Pero por poco tiempo, el capitán Lotina nos va a mandar a los seis desertores italianos a un camarote de segunda económica en el que tendremos tres literas.

Por muy elegante que se haya vestido, Gabriela observa a las mujeres que viajan en la clase emigrante y no se ve distinta a ellas: hay campesinas, trabajadoras, madres que intentan entretener a sus hijos en las largas horas de navegación sin ninguna ocupación. Uno de los italianos, Carlo, profesor de primaria, ha organizado una especie de escuela donde todas las mañanas intenta enseñar a leer a los niños —y a algunos de los adultos— que les acompañan en el viaje.

—¿No has oído a los que cantan flamenco? Todas las noches, en la poza de proa, se juntan varios que subieron al barco en Almería, sacan dos guitarras y cantan. Supongo que lo hacen muy bien, pero es una música muy triste. Yo creía que los españoles eran más alegres.

—Son españoles que se van de su tierra, es normal que estén tristes.

Muchos de los campesinos andaluces que viajan a América bajarán del barco en Santos y se desplazarán a los cafetales del interior del estado de São Paulo, en la región de Ribeirão Preto. Han sido captados por los agentes de emigración, personal a sueldo del gobierno brasileiro para conseguir trabajadores en países como Italia, Portugal, Francia y España. El objetivo es sustituir a los antiguos esclavos negros y aclarar la raza brasileira con inmigrantes blancos procedentes de Europa. El gobierno, a través de los agentes, ofrece a los interesados en viajar arreglarles los papeles y pagarles el billete de barco a cambio de un contrato por dos años en las fincas a las que sean asignados. No imaginan la dureza de las condiciones en las que se vive y trabaja en aquella zona y lo caras que pagarán las facilidades que reciben. No todos sobrevivirán a los dos años.

Muchos otros han sido llamados por familiares que han emigrado antes y van al encuentro de hermanos, primos y hasta de sus propios padres, como el grupo de seis niños de entre catorce y cinco que vieron subir al barco en Almería. A ellos les esperan en Montevideo.

—Ayer hablé con la mayor, se llama Asun, después te la presento.

Hay familias judías, franceses que huyen de la guerra, muchos hombres solos y también algunas mujeres. También hay otros soldados que han huido del frente, igual que Giulio.

—¿Ves a aquéllas?

Giulio le señala a tres mujeres jóvenes que están solas en un rincón.

—Son judías, pero los mismos judíos no quieren mezclarse con ellas; por lo visto, las llevan a Argentina para que sean prostitutas allí.

466

Gabriela las mira con curiosidad, sabe lo que son las prostitutas, ha oído hablar de ellas y hasta las ha visto salir a la calle por las noches en Barcelona, pero nunca ha conocido ninguna —en Sóller no había—, mucho menos ha hablado con ellas.

—¿Y por qué las rechazan? ¿No deberían ayudarlas?

—No sé, parece ser que las venden sus familias, o que las engañan diciéndoles que las van a casar en Argentina. Viene con ellas un hombre muy grande, se llama Jacob. Se emborracha todas las noches. Yo creo que los demás temen a Jacob.

Aunque estén organizados, aunque las madres se ayuden a cuidar a los hijos y todos los que pueden colaboren con los demás, la imagen que le queda a Gabriela es la de un lugar triste.

—Parece que hay pocos que vayan a Argentina porque ése sea su deseo.

—No te creas, por las noches se habla mucho. Todos tienen el sueño de una vida mejor allí. Ojalá muchos la consigan.

Asun obliga a sus hermanos a ir a las clases que dan los italianos. A ella le gustaba ir a la escuela, pero no tuvo oportunidad de hacerlo más que tres años. Por lo menos no es analfabeta, es capaz de leer bastante bien y de escribir con algún esfuerzo. Cuando su padre se marchó a Uruguay, su madre tuvo que ponerse a trabajar y ella, que tenía entonces nueve años, tuvo que hacerse cargo de los pequeños. Cuando su madre también se marchó y su abuela murió, tuvo que encargarse de todo, hasta de conseguir comida en alguna parroquia y en casas de familias acomodadas que le daban lo que estaban a punto de tirar. Muchas de las mujeres que viajan en el barco sienten una gran pena por ella, tan niña y responsable de sus hermanos. No se dan cuenta de que el viaje para ella son las vacaciones que nunca ha tenido: le dan de comer, hay un médico, un montón de gente para ayudarla a controlar a sus hermanos… Todo el mundo se queja de las tres semanas que tarda el barco en llegar a América; para Asun, ojalá fuera tres meses.

—¿Me prometes que si te hace falta algo me lo vas a decir?

—Sí, señorita.

—No me llames señorita, me llamo Gabriela.

Asun sueña con ser de mayor como Gabriela: guapa, elegante y con un novio como Giulio. Gabriela viaja en un camarote de primera, según le han dicho; no se imagina cómo puede ser el mundo de primera, todos dicen que mejor que el de ellos, pero Asun no se lo imagina: ¿qué puede haber mejor que tener comida hasta saciar el hambre, baños con agua caliente y una litera con un colchón? No tiene los vestidos que lleva Gabriela, pero tampoco supondrían un cambio muy grande, se conforma con que la vida en Montevideo sea como la que tiene en el barco.

* * *

—Allí, allí está.

El día 28 de febrero por la mañana, poco antes de la hora del almuerzo, los pasajeros, que han sido avisados por la tripulación, ven a lo lejos la silueta del *Infanta Isabel*. Es como verse a sí mismos, son barcos gemelos y seguro que dentro tienen historias muy similares a las del *Príncipe de Asturias*.

Eduardo y Gaspar contemplan juntos el vapor de la Naviera Pinillos. Pasan juntos muchas horas, jugando al ajedrez, charlando con el capitán, leyendo en la biblioteca. Raquel y Mercedes también pasan mucho tiempo haciéndose compañía; las dos han descubierto que les apasiona jugar al bridge, un complicado juego de cartas al que el cónsul americano, mister Deichmann, es muy aficionado y al que ha enseñado a jugar a algunos viajeros. En pocos días ha logrado hasta organizar una especie de campeonato en el que ambas participan como pareja. Tanto Gaspar como Eduardo declinaron la invitación de unirse al grupo de aficionados.

—Ya le dije que hablé con la joven ucraniana, no es rusa. No me quedó nada claro que vaya obligada a Argentina. Al contrario, creo que es una mujer muy enamorada de su esposo. Me temo que su instinto periodístico le ha jugado una mala pasada.

—Estuve hablando con uno de los oficiales del barco, Félix Rondel. Me confirmó que no era anormal que viajaran jóvenes sometidas a esa organización, que en este viaje, en tercera, iban tres.

—Entonces ésta en la que nos hemos fijado, Sara, no será una de ellas. ¿Por qué la iban a llevar en primera?

—¿Para ser una esclava sexual desde el principio?

—Qué barbaridad, espero que no se trate de eso.

—Lo que voy a hacer va a ser preguntarle a él directamente.

—Y después asegura usted que es un cobarde…

Raquel se ha acercado a ellos para ver mejor el otro barco, las horas transcurren lentas y cualquier excusa es buena para entretenerse. Sólo los ratos que pasa con Eduardo los vive con pasión. Ha escuchado la conversación de los dos hombres. A ella le interesa cualquier cosa antes que una ucraniana a la que llevan a prostituirse a Buenos Aires. Eso son cuestiones de hombres que se preocupan con las grandes gestas y ni siquiera miran a las gallegas, las valencianas, las cántabras o las extremeñas —por decir unas regiones, en realidad podría mencionar todos los rincones de España— que ejercen ese mismo oficio en las calles de Madrid o Barcelona. Ésas son tan esclavas como las judías polacas o de donde sean. Pero claro, es más elevado de miras salvar a unas jóvenes de los monstruos judíos que hacerlo de sus novios españoles, aunque las mujeres acaben de la misma manera, vendiendo sus cuerpos en cualquier calle oscura.

Lo que a Raquel le preocupa, en los largos días en medio del mar, es que la tripulación del barco le ha pedido, por mediación de Paula Amaral, la camarera con la que cada día tiene más confianza, que actúe para todos.

—No se ofenda, pero es que nos hace mucha ilusión escuchar cantar a una artista famosa.

No haría el número del morrongo, eso lo tiene claro, pero

podría interpretar alguna copla de esas que se le dan tan bien, «El Relicario», como el día de Nochebuena en la Venta de la Gaditana, o la de «Las mujeres de Babilonia», de *La corte de Faraón*.

—¿A ti te importaría que actuara aquí en el barco, Eduardo?

—¿Desnuda?

—No, sólo cantando, cuplés, alguna copla.

—¿Por qué me iba a importar? Al contrario, me encantaría verte.

Ella y Eduardo Sagarmín no comparten camarote y cama, pero es lo único que no comparten. Todo el día están juntos: desayunan, almuerzan y cenan, pasean por la cubierta, juegan a las cartas, escuchan música y bailan. Ella duda muchas veces de su propósito de no acostarse con él si no consigue un compromiso por su parte. En realidad, lo desea. Si no lo hace es porque él no parece impaciente; tal vez sea él quien no la desea a ella.

—Podría ensayar con el pianista del barco mientras tú haces tus ejercicios.

—¿No me vas a dejar verte?

—Prefiero que sea una sorpresa también para ti.

Se lo tiene que comentar al capitán Lotina. Estaría bien cantar para los pasajeros de primera y los miembros de la tripulación que puedan asistir la noche del sábado de Carnaval. Será la última antes de llegar a Santos y se prepara una gran fiesta: su actuación sería la guinda del pastel. También tiene que pedirle a Paula, la joven gallega, que le ayude a arreglar uno de los vestidos: no puede salir al escenario vestida de la misma forma que cuando va a cenar, tampoco puede salir sin nada, como hacía en el Japonés. La gallega le ha demostrado más de una vez que tiene una mano especial para la ropa, le basta con colocar un simple adorno para darle una nueva vida a un vestido.

—¿No has pensado en dedicarte a la moda?

—Sí, señora; en Buenos Aires voy a hacer eso.

—Tienes que darme tus señas. Si me quedo en Argentina, te pediré que seas mi modista.

Los dos barcos pasan a tan poca distancia el uno del otro que los viajeros pueden mirarse y saludarse con la mano. En la cubierta del *Infanta Isabel* se ha situado Manuel Balda, un viajero aficionado a la fotografía. Cuando están a menos de doscientos metros un barco del otro, los capitanes ordenan hacer sonar las sirenas y los pasajeros de los dos vapores de la Pinillos rompen en aplausos. Manuel Balda aprovecha el momento para hacer la instantánea, una fotografía que se convertirá en histórica.

Después se alejan, navegando a dieciocho nudos; el *Infanta Isabel* rumbo al norte, a Europa, y el *Príncipe de Asturias* rumbo al sur, camino de Buenos Aires...

Los únicos inquietos son el capitán Lotina y su segundo, Félix Rondel, el gaditano. Acaban de recibir un cable enviado por el capitán Pimentel poco antes de que los dos buques se cruzaran: han avistado a dos submarinos alemanes. Uno de ellos los ha perseguido durante unas horas como si jugase al gato y al ratón. No les han mandado ningún mensaje ni les han dado el alto. La impresión de Pimentel es que sólo están por la zona esperando la llegada de algún buque. ¿Pueden ser ellos?

11

LA BUTACA DE PENSAR
Por Gaspar Medina para *El Noticiero de Madrid*

EL ECUADOR

En el momento que ustedes lean estas líneas yo estaré pasando, más o menos, por la línea del ecuador, abandonando el hemisferio norte, si es que el mar ha sido tan generoso que nos ha permitido avanzar a la velocidad prevista. A partir de ahora, si tienen a bien leerme, ustedes serán los mismos, pero yo habré mudado. Seré uno de esos españoles que han abandonado la patria con sus cuerpos y sus mentes, pero no con sus corazones.

Subí al barco hace sólo unos días, en Barcelona, y puedo decirles que la partida duele como podría doler un cólico: admiren a todos los que colocan en una maleta de cartón unas pocas cosas y dejan su casa para hacer las américas. He gastado algunas horas en escribir esta columna para poder entregarla en Cádiz y tener un último contacto con mis lectores. Me ha costado hacerlo, por primera vez en la vida tenía más ganas de vivir que de escribir. Conocer hasta el último de los rincones del barco y las historias de todos los que me acompañan en la travesía; las hay de todo tipo: felices y desdichadas, tristes y alegres. También hay muchos sueños, viajar a Argentina exige pensar mucho, gastar mucho dinero, pedirlo prestado, alejarse de muchos seres queridos. Y eso sólo se hace si hay un sueño detrás del que correr: el éxito, la libertad, el bienestar, el amor... Espero que nadie busque el odio o la venganza.

Poco puedo decirles del barco que ustedes no hayan leído ya en periódicos y revistas: que es lujoso, que se come bien, que su tripulación funciona con precisión de reloj. Tomo continuas notas para poder decirles lo que no han leído, que viajan aristócratas, artistas, campesinos y hasta mujeres de vida disoluta. Quizá que todos creen que al llegar serán otros. Intentaré seguir las vidas de algunos de ellos para que ustedes sepan cómo son las vidas de los españoles que han partido. Quizá les ayude a tomar la decisión de hacerlo o quedarse si se presenta la ocasión.

Dicen que para tener perspectiva hay que tomar distancia. Eso hago. A partir de ahora les hablaré de lo que me encuentre en este viaje, pero también de las noticias que me lleguen desde nuestro país. Quizá desde Buenos Aires todo se vea distinto, quizá lo que aquí nos parecen problemas insalvables desde allí se vean como pequeños contratiempos; también al contrario. Nuevas costumbres, nuevas comidas, nuevos trabajos. De todos les tendré al tanto desde esta columna. Espero estar a la altura de lo que ustedes me demanden.

Ardo en deseos de llegar y poder enviarles mi primera columna: Decíamos a unos diez mil kilómetros de aquí...

—Son las mujeres de Babilonia, las más ardientes que el amor crea. Tienen el alma samaritana, son por su fuego de Galilea.

Raquel disfruta sobre el pequeño escenario que se ha improvisado en la gran sala de entrada del *Príncipe de Asturias*. De frente tiene las magníficas escaleras que cualquiera que se suba al barco de la Pinillos admira. Todo se ha llenado de sillas y allí están casi todos los pasajeros de primera, los de segunda, la tripulación y algunos de tercera que han conseguido que los de seguridad les dejaran entrar para ocupar las plazas vacías. En primera fila, Eduardo Sagarmín aplaude entusiasmado.

Paula Amaral, la camarera gallega, le ha hecho un vestido que, aunque muy recatado para sus costumbres artísticas, sería la envidia de todas las cantantes que han interpretado esta aria para soprano de la zarzuela de *La corte de Faraón*. A la misma Cleopatra le habría encantado ir vestida así. Raquel todavía recuerda el estreno de la zarzuela, hace cinco o seis años, en el Teatro Eslava, en la calle del Arenal, a muy pocos metros del piso que le puso don Amando. Entonces envidió a Julia Fons, la tiple sevillana que la protagonizaba; hoy, la misma Fons la envidiaría a ella por tener un público tan entregado.

Mientras canta —no va a dejar nunca de hacerlo, esto es lo que le da la vida—, Raquel dedica sonrisas y guiños a todos los que ha ido conociendo en estas semanas de travesía que están a punto de terminar. A Gabriela, esa joven mallorquina que viaja para reunirse con su marido pero que está enamorada de Giulio, el desertor italiano al que protege el capitán Lotina; a Gaspar y Mercedes, el tímido periodista y su callada esposa, que son el ejemplo de cómo debe estar de enamorada una joven pareja de recién casados; a ese judío con la pelirroja que tanto llaman la atención a Eduardo... Y, sobre todo, a Eduardo. Lo que siente por él no lo ha sentido nunca antes: se ha enamorado de ese hombre. Ya ha decidido que esta noche, tras actuar, se entregará a él. Le da igual que se separe de su adúltera esposa o no; por primera vez —si no cuenta a su amigo Roberto— va a entregar su cuerpo a alguien sin esperar nada a cambio.

—Cuando suspiran voluptuosas, el babilonio muere de amor, y cuando cantan, ponen sus besos en cada nota de su canción...

Hoy es la noche del 4 al 5 de marzo de 1916, sábado de Carnaval. Están muy cerca de las costas de Santos, en Brasil, en el estado de São Paulo, el puerto al que arribarán mañana por la mañana. Mucha gente se bajará y terminará allí su viaje. Todos, la mayoría por vez primera, tendrán la oportunidad de ver por fin la costa americana. Llegan, después de algo más de dos semanas, al que para muchos de ellos es el continente prometido. El viaje, exceptuando la jornada de hoy, ha sido bueno. El océano, quizá por ser el último día de travesía, ha querido recordarles que podía haber convertido la experiencia en una pesadilla. Hay grandes olas y el cielo se ha unido a la ira del mar: lleva varias horas lloviendo torrencialmente.

Hace unos segundos, un miembro de la tripulación se ha acercado al capitán Lotina y éste se ha levantado para abandonar su sitio. Raquel se ha dado perfecta cuenta desde el escenario, también de su cara de preocupación. Pero a ella nadie le va a quitar estos minutos de gloria, ni los aplausos al acabar su actuación. Ni siquiera la tormenta de fuera.

—¡Ay, Ba! ¡Ay, Ba! Ay, vámonos pronto a Judea. ¡Ay, Ba! ¡Ay, Ba! ¡Ay, vámonos allá!

—¿Habéis vuelto a divisar el submarino alemán?

—Lleva dos horas siguiéndonos, capitán. No se oculta, quiere que lo veamos. Como si pretendiera darnos el aviso de que puede hundirnos en el momento que lo desee.

Teóricamente tienen la protección de los británicos, pero a los únicos que han visto durante toda la travesía es a los alemanes. No les han mandado ningún mensaje, tampoco les han disparado, claro está. Sólo los siguen, los acosan, tal como Pimentel, el capitán del *Infanta Isabel*, le dijo en su mensaje que habían hecho con ellos. Están en guerra y los submarinos alemanes tienen objetivos más importantes que un trasatlántico de un país neutral. Les están avisando de lo que sucederá si no cumplen el acuerdo de cargar las armas en Argentina: ni todos los acorazados ingleses serán capaces de protegerlos. Quizá haya que empezar a pensar en no iniciar el viaje de vuelta y quedarse en Buenos Aires, al abrigo del puerto.

Tal como están las condiciones del mar y las meteorológicas en este último día del viaje, el capitán está especialmente preocupado.

—La visibilidad es muy mala.

—No podemos determinar la posición exacta con el sextante y hay marejada del sudoeste. ¿Quiere que paremos motores?

—No, vamos a seguir unas horas. En todo caso nos lo planteamos más cerca de la costa, cuando veamos el faro de Isla Bella. No quiero que lleguemos tarde y no cumplamos los horarios. Tampoco quiero que paremos con ese submarino rondando.

—Si ese submarino nos quisiera hundir, ya lo habría hecho. Le daría igual que lleváramos los motores encendidos y avanzáramos a toda máquina.

La obsesión del capitán Lotina por cumplir los horarios le parece una temeridad a Félix Rondel, su segundo, pero hay hasta un refrán dedicado a eso: donde hay patrón no manda marinero. Pues donde hay capitán, igual.

—Los pasajeros están tranquilos con la fiesta, ni se dan cuenta de que llueve fuera. Mejor así. Malditas estatuas, ya sabía que no tendríamos un viaje feliz y tranquilo.

—Usted apostó por que lo sería.

—Para ahuyentar los malos presagios, Félix, sólo por eso.

—Tápame, tápame, tápame, tápame, tápame, que estoy mojada...

—Para mí será taparte, la felicidad soñada.

Tanto ha aplaudido el público que Raquel y el pianista se han arrancado con la segunda de las tres canciones que han preparado, un cuplé que popularizó La Goya hace algunos años. El pianista, que no canta nada mal, la ayuda con la segunda voz, la masculina. No ha podido cambiarse de vestido, así que canta vestida de Cleopatra, pero da lo mismo, es noche de Carnaval; no es la única disfrazada en el *Príncipe de Asturias*.

Desde allí ha podido ver cómo Gabriela, la joven mallorquina, ha deslizado su mano hasta coger la de Giulio, el italiano. Ahora los dos se miran felices, creyendo que nadie se ha dado cuenta...

—Tápame, tápame, tápame, tápame, tápame, que tengo frío...

—Si tú quieres que te tape, ven a mí, cariño mío.

* * *

—Señor Nicolau, suba al coche.

No le han dado tiempo a buscar a Trauman, le han abordado por la calle a los pocos minutos de salir del apartamento de Miriam. El que le habla es el mismo judío de la otra vez, el que medía cerca de dos metros que no le dijo su nombre.

—No me obligue a meterle en el coche por la fuerza; Noé Trauman quiere hablar con usted y no está dispuesto a esperar.

El conductor es también el mismo que le llevó a Avellaneda, pero esta vez no se dirigen a ese barrio: atraviesan toda la ciudad hasta llegar a Caballito. Después el coche no para. Lo sacan de Buenos Aires. Tardan cerca de dos horas por una carretera que pronto se convierte en una pista de tierra.

—¿Dónde me llevan?

—Silencio.

No paran hasta llegar a una gran finca. Es el inicio de la pampa, está mucho más cerca de la ciudad de lo que siempre creen. Un hombre les abre el portón sin necesidad de que digan nada.

Es una finca cuidada, con caballos, vacas, perros corriendo y algunos gauchos trabajando. Lo que más llama la atención es que los gauchos llevan colgando en la cintura los nudos de esa prenda de los judíos que Nicolau nunca recuerda cómo se llama. Son los famosos gauchos judíos de los que Meishe tantas veces le ha hablado. Un mito para ellos, que se han criado cultivando una miserable huerta o en los sótanos de los infames barrios judíos del este; los ojos les brillan cuando piensan en judíos a caballo por las inacabables praderas de la pampa.

Después de andar por lo menos tres kilómetros por un camino dentro de la finca, llegan a una lujosa casa. El coche se detiene y le abren la puerta para que salga. El mismo Noé Trauman sale a su encuentro.

—Amigo Nicolau, gracias por venir a mi finca. Se llama Campos del Sinaí. ¿Sabe montar a caballo? Después, si lo desea, le mostraré la propiedad. Estas fincas en Europa son imposibles…

Trauman no va vestido de gaucho, pero tampoco con uno de los elegantes trajes que suele usar en Buenos Aires. Su aspecto es el que tienen los nobles ingleses en sus propiedades rurales, la moda que han adoptado los argentinos más acaudalados en sus estancias.

—¿Ha tenido un buen viaje? Entre y se refresca, ahora mismo nos sirven una limonada bien fría.

La casa por dentro es tan lujosa como se espera al verla por fuera: grandes espacios, paredes blancas, muebles de maderas nobles. En todos los rincones se ve la enorme influencia de las costumbres inglesas. Las mujeres visten como en Francia, los hombres amueblan sus espacios de ocio como en Inglaterra. Nicolau sólo echa en falta los trofeos de caza que ha visto en otros lugares parecidos.

Noé sigue con sus fórmulas de cortesía hasta que les han servido la bebida y los dos están sentados en un porche desde el que pueden ver la gran extensión de la finca.

—Qué gran país… Hay sitio para todos. Podrían hacerse millones de estancias como ésta y todavía quedarían miles de hectáreas para los que llegaran desde Europa. Usted es de una isla pequeña, ¿no?

—De Mallorca. Comparado con esto, todo es pequeño.

—Cierto. Por eso sé que me entiende. Habiendo lugar para todos, ¿por qué unos quieren ocupar el sitio de otros? Le pedí que avisara a Meishe.

—Meishe es libre y orgulloso. Usted lo sabe, usted sabe que hay judíos que sitúan la libertad y el no agachar la cabeza por encima de todo.

—Lo sé, y me siento grato de que sea así. Nuestra raza lleva muchos siglos soportando injusticias y somos muchos los que pensamos que eso se debe acabar. Pero no era el porvenir de los míos lo que me preocupaba cuando le llamé. No me importaba que Meishe fuera orgulloso, sólo que no se metiera en mis asuntos. ¿Se lo pidió?

—Se lo pedí, señor Trauman.

—Vuelve a llamarme así; quiero que me llame Noé.

—Se lo pedí, Noé.

—Entonces tiene menos influencia sobre él de lo que yo pensaba. Una pena, podía usted haberle salvado la vida. Acompáñeme.

Noé le hace salir de la casa y entrar en el establo, pasan junto a caballos muy hermosos, quizá sean purasangres preparados para correr, pero lo que quieren enseñarle no está allí sino tras una puerta en el fondo.

—¡Meishe!

Allí está, tirado sobre la paja, ensangrentado, pero todavía con vida. Lleva puestos los pantalones del traje que él mismo le dejó.

—Podía usted haber evitado esto... Su amigo quería ir a Brasil y no llegó ni a dos calles de su casa. Y sabemos que usted le ayudó; en lugar de ponerse de mi lado, se puso del lado de él. Un error, Nicolau. Todos lo pagarán: usted, su esposa, esa joven judía que le regalé...

—Le llevé el recado a Meishe, sólo por eso debía concederme un favor. Deje a esa joven en paz. Ha pagado ya bastante ser pobre.

Trauman sonríe.

—Me gusta, me gusta que tenga usted el descaro de pedir eso. ¿Sabe una cosa? La dejaremos en paz, tiene mi palabra de honor.

—Gracias, Noé.

Nicolau va hasta su amigo, lo abraza, pero ni siquiera puede hablarle, quizá ni le reconozca. Se levanta, no quiere venganza, sólo piedad por parte de Noé.

—Un médico, por favor, llamen a un médico.

—No se puede hacer ya nada por él. Nada excepto ahorrarle el sufrimiento.

A continuación hace un gesto a uno de sus guardaespaldas, que saca una pistola, se acerca a Meishe y dispara una, dos, tres veces sobre él.

—Ya no sufre. Mejor eso que un médico, ¿no?

Nicolau cae de rodillas junto a él. No sabe si abrazarlo, si llorar, si simplemente marcharse.

—Yo le pedí un favor. Tengo por costumbre pedir sólo uno. Ah, antes de que lo olvide, no se preocupe por su esposa. Gabriela, ¿no? Sabemos en qué barco viene, la recibiremos nosotros y le daremos una manera de ganarse la vida en Argentina. Aunque no sea judía no le importará trabajar para nosotros. ¿Quién sabe si acabaremos trayendo a las mujeres de allí, de su isla? Su esposa nos hará ganar más dinero del que usted nos ha hecho perder. De dos pesos en dos pesos. Ya le he concedido el deseo de dejar libre a Miriam. Si quiere, la cambio por Gabriela.

Nicolau no tiene tiempo para responder antes de que Noé estalle en carcajadas.

—No, ya he sido muy piadoso hoy y no me gusta. Las dos, Miriam y su esposa, trabajarán para mí. Espero que usted escogiera a una virgen en su isla, me dará más dinero. O quizá no la venda, quizá por una vez la disfrute para mí.

Hace otra señal y el mismo hombre que disparó a Meishe se acerca a Nicolau con el arma apuntando a su cabeza. Él ni siquiera pide clemencia. ¿Para qué?

* * *

—Llévelo usted, señorito, cómpreme usted este ramito. *Pa* lucirlo en el ojal…

Con el último verso de «La Violetera» se acaba la actuación de Raquel Chinchilla —la que actuaba en el Japonés con el sobrenombre artístico de Raquel Castro— en la noche de Carnaval de 1916, a bordo del *Príncipe de Asturias*, navegando frente a las costas de Brasil bajo una intensa lluvia que los pasajeros, por lo menos los reunidos en la gran sala de entrada, ignoran.

Los aplausos son insistentes y muchos piden una canción más. Si algo ha aprendido Raquel en todos estos años es que, aunque le apetezca complacerlos, hay que dejar a los espectadores y a los amantes con ganas de más.

—Bravo, has estado espectacular, Raquel.

—¿De verdad te ha gustado? Te voy a contar un secreto, pero no se lo digas a nadie. ¿Sabes cómo me llamaban los de detrás del escenario en el Japonés?

—¿Cómo?

—Cordera.

—¿Quieres que te llame así?

—Sólo cuando me esté bajando del escenario, Eduardo.

—Has estado espectacular, cordera.

—Cantaba para ti. Si después pasas por mi camerino, brindaremos con champán.

Otros pasajeros se acercan a felicitarla y la separan de Eduardo Sagarmín, pero ella le ha señalado y pasarán la noche juntos. Y si todo le sale bien, lo hará el resto de las noches de su vida.

El barco sube y baja por las olas, como en un tobogán, y muchos tienen que agarrarse para no caer, incluso ruedan algunas copas; no es la primera vez que pasa en lo que va de noche. Algunos se miran con cara de preocupación, pero la orquesta arranca con la música y ataca un tango criollo, «La Morocha» —«soy la gentil compañera, del noble gaucho porteño, la que conserva el cariño para su dueño»—, el más conocido, el primero que se exportó a Europa. Todos se olvidan del movimiento del barco y aprovechan que los camareros retiran las sillas para improvisar una pista de baile.

Raquel, todavía vestida de Cleopatra, pasa de unos brazos a otros. Todos la felicitan. Era lo que esperaba cuando llegó a Madrid y, pese a la felicidad del momento, piensa en que se precipitó, en que no tenía que haberse desnudado aquella tarde en el despacho del señor Losada y haber cantado «El Polichinela». Tendría que haber sido paciente y haber esperado a que le saliera un trabajo como chica en el coro de alguna revista y de ahí haber ido subiendo poco a poco, sin morrongos, sin amantes, sin vender su cuerpo por unas pesetas. Hasta conocer a Eduardo Sagarmín y enamorarse.

En las vueltas que da por la sala se encuentra de frente con Gabriela.

—¿A qué esperas, muchacha? Si no lo haces te vas a arrepentir toda la vida. Vete con el italiano, que vida sólo hay una.

Nada más, pero sabe que la joven mallorquina lo ha entendido y está de acuerdo.

Giulio mira la fiesta fascinado. Sus compañeros, los otros cinco italianos, se mueven y bailan por la sala. Es la primera vez en la travesía que tienen acceso a las instalaciones de primera y están encantados con todo, sólo él había tenido acceso casi libre. Aquello es mucho mejor de lo que les contaba Giulio al regresar al camarote por las noches.

—¿Qué te ha dicho la cantante?

—Cosas de mujeres. Vamos a mi camarote.

—¿Estás segura?

—Nunca en mi vida he estado tan segura como de esto.

Gabriela aprovecha el desbarajuste de la música, del baile y de los camareros, que todavía apartan las sillas, para tirar de Giulio y llevarlo por el pasillo de primera. Los dos se meten en el camarote y cierran la puerta.

—Ahora lo pienso y me habría gustado que tú fueras el primero, Giulio.

* * *

—Capitán, creo que es mi obligación pedirle que paremos máquinas.

Las condiciones meteorológicas no hacen más que empeorar. La lluvia hace que la visibilidad sea casi nula y las grandes olas que el barco se vea zarandeado ocasionalmente, pese a todas las medidas para asegurar su estabilidad. Hasta el submarino alemán que los acosaba ha desaparecido, probablemente se haya ido a refugiar a aguas más tranquilas.

Según las cartas marinas, no hay nada por lo que temer; están todavía a muchas millas de la costa, de la isla de San Sebastián, la que también llaman Ilhabela, la Isla Bella. Hasta dentro de unas horas no verán el faro de Ponta do Boi —Punta del Buey— y no tiene sentido parar las máquinas y quedar a merced del mar.

—Avante media.

Después de que el capitán Lotina dé la orden, se transmite

desde el puente de mando a la sala de calderas y al resto de la oficialidad. La velocidad del *Príncipe de Asturias* pasa de los dieciséis nudos que llevaba hasta ese momento a los diez.

A Lotina le queda por delante una larga noche sin dormir, así que organiza a sus oficiales para que lo hagan por turno y tenerlos frescos en el momento que sea necesario. Algunos se retiran a sus camarotes, pese a la fiesta de Carnaval que viven los pasajeros, y tendrán que estar en sus puestos dentro de tres horas, a las tres de la mañana. Otros se quedan en sus puestos y no descansarán hasta que sean relevados. La obligación del capitán es permanecer en el puente de mando, él es el responsable de todo, el único que no puede dejar su cometido en otras manos.

—Voy a salir al alerón de estribor.

—Vaya con cuidado, capitán, el mar está batiendo fuerte. Mejor le acompaño.

El capitán Lotina sale hasta el alerón de estribor con uno de los agregados que cubren el primer turno de la guardia. El agua los empapa nada más salir al exterior y tienen que agarrarse fuerte para no caer.

—Vaya noche de perros, capitán.

—En peores nos hemos visto.

Los dos escudriñan en busca de la luz del faro de Ponta do Boi. Aunque falte bastante para verla bien, quieren estar seguros de que no han variado su posición más de lo que indican sus cálculos.

—Yo no veo nada, ¿tú?

—Tampoco, capitán.

Es una buena noticia que les hace volver más tranquilos al puente de mando. Paula Amaral ha aparecido con unos termos de café.

—He visto cómo está la noche y he pensado que les vendrá bien un poco de café caliente.

—Gracias, Paula. ¿Cómo va el pasaje?

—Disfrutando de la fiesta de Carnaval, se lo han pasado muy

bien con la actuación de Raquel Chinchilla; se alarman cuando el barco da una sacudida, pero enseguida se les pasa.

—Pídale a la orquesta que toque sin parar. No queremos que cunda el pánico. No es más que una tormenta un poco fuerte.

El capitán agradece beber el café mientras se seca con una toalla, ha quedado como si en lugar de andar por fuera del agua lo hubiera hecho por dentro.

—Será mejor que vaya a cambiarse de ropa, capitán, lo que nos faltaba es que cogiera un resfriado y tuviera que llegar a Buenos Aires metido en la cama.

Paula tiene razón, así que va a cambiarse. No tardará ni cinco minutos. Además, no saldrá otra vez al exterior sin un buen impermeable.

En el pasillo camino de su camarote se cruza con Félix Rondel, su segundo.

—¿No descansas un rato?

—No podría, mi capitán. He ido a la bodega de carga para ver si todo seguía seguro en su sitio.

—¿Y?

—Sin problemas. Le confieso que en realidad me he acercado para ver si las estatuas habían cobrado vida. Siguen metidas en sus cajas, un asunto menos del que tenemos que preocuparnos.

Se agradece que siga habiendo sentido del humor. Es sólo una tormenta, ¿cuántas peores que ésa ha vivido cualquiera de ellos?

—Tenme al corriente. Voy a cambiarme de uniforme. Y descansa un rato, o por lo menos inténtalo.

Ve cierto fatalismo en la tripulación. Sabe a qué se lo tiene que achacar, a las malditas estatuas. Está deseando descargarlas; ni llevar las armas de los alemanes podría ser peor que eso.

* * *

—Pasa.

Es la primera vez que Giulio entra en uno de los camarotes de primera del *Príncipe de Asturias*. Los imaginaba lujosos, pero no había pensado en que tuvieran esos muebles, la sala, la gran cama que se ve tras la puerta abierta del dormitorio. Parece uno de aquellos palacios que alguna vez ha visitado de niño en Viareggio acompañando a su padre a dar clases al hijo de alguna familia acaudalada. Mientras su padre daba las clases individuales, él se quedaba en la cocina o en alguna salita, pero siempre intentaba atisbar dentro para ver aquellos salones. Más que la fachada o la amplitud, era eso lo que le daba la sensación de poder: los muebles y los cuadros en los que estaban retratados los antepasados de la familia. Se veía a sí mismo en uno de esos cuadros y soñaba con mandarse hacer uno cuando ganara dinero. Su padre siempre se reía de él:

—¿Y cómo piensas ganar dinero? ¿Honestamente? Nadie se hace rico si es honesto. Todas estas familias tienen casas tan grandes para que quepan los fantasmas de todos lo que han tenido que morir para que ellos se hicieran ricos.

Ahora está en un sitio así y no lo tiene que observar desde la cocina, no tiene la mirada inocente de un niño. Tampoco es eso lo importante, sino la mujer que tiene delante, es a ella a quien tiene que mirar y debe hacerlo con los ojos de un hombre.

—¿Vamos al dormitorio?

Es ella la que toma la iniciativa, igual que le pasó con Francesca —¿cuántos días hacía que no la recordaba?—, es Gabriela quien le empuja con suavidad hacia la cama y le hace sentarse en el borde mientras, todavía de pie, le coge la cara con las manos y le besa en la boca. Su lengua se abre camino dentro de la boca de Giulio y se encuentra con la suya, se tocan, se entrelazan, juguetean, se amoldan la una a la otra para unirse, como una pareja que baila.

—Estaba deseando besarte, Giulio. Desde que nos conocimos en Barcelona. Desde aquel día que nos presentó el capitán Lotina.

—Aquel día ni siquiera soñé que esto pudiera llegar a ocurrir.

Gabriela vuelve a empujarle hasta que lo tumba sobre la cama, le desabrocha con cuidado los botones de la camisa; cuando la ha abierto, le acaricia el pecho. Giulio no se atreve a hacerle lo mismo a ella, hasta que se lo pide.

—Desnúdame.

La vio desnuda aquella noche en aquel piso de la calle de la Riereta, pero la mujer a la que ve ahora no le recuerda en nada a esa joven asustada. Le quita poco a poco todas las prendas de ropa que la moda y la decencia la obligan a llevar y se le ocurre que algún día se bañará con ella completamente desnuda en el mar. La idea le excita y le hace precipitarse, querer ir más deprisa de lo que las prendas que ella viste requieren.

—Tranquilo, ve con calma. Tenemos toda la vida por delante.

Por fin descubre sus pechos y le parecen preciosos. ¿Cómo pueden gustarle tanto? ¿Por qué tiene que compararlos con los de Francesca? Los toca y ve cómo sus pezones se endurecen. La mira y ella sonríe feliz.

Afortunadamente, Gabriela vuelve a empujarle contra el colchón y se tumba encima de él; los pechos de ambos se juntan, desnudos y Giulio siente su suavidad en toda su piel. De nuevo busca su boca, sus lenguas vuelven a su baile, prueban nuevos movimientos; en muy pocos segundos se han hecho compañeras para siempre.

Gabriela sigue tomando toda la iniciativa, se desliza hacia abajo y desabrocha su pantalón, un botón tras otro, después lo baja. Le mira sonriente y pícara.

—Uy, qué tenemos aquí. Parece que tu amigo se ha alegrado de verme.

Él también sonríe, la frase ha roto la tensión que vivían y le hace recordar que están allí porque se quieren y se divierten cada minuto juntos.

—Mi amigo tenía muchas ganas de conocerte.

—Encantada, amigo de Giulio.

Tras las presentaciones, besa al amigo, no quiere soltarlo. Eso nunca lo hizo Francesca y a él le parece maravilloso.

Gabriela le descalza y le quita los pantalones. Después es el turno de Giulio de terminar de desnudarla a ella. Le gustaría levantarse y contemplarla con calma, pero no quiere romper el momento. Además, como le dijo ella antes, tienen toda una vida por delante. Siente de nuevo su cuerpo sobre el de él. Entonces ella se abre de piernas y se coloca a horcajadas; los sexos están a escasos centímetros, quizá sólo milímetros, de tocarse.

—Menos mal que te he encontrado.

Ella se da cuenta de que es la primera vez que lo va a hacer porque esto no tiene nada que ver con lo que vivió con Enriq. Se coloca y le conduce con la mano, hasta que Giulio entra en ella. Se mueve despacio al principio, más deprisa después. No puede evitar los gemidos, la respiración entrecortada, los pequeños gritos rítmicos. Tiene la necesidad de decir su nombre.

—Giulio, Giulio, Giulio…

Giulio está feliz besando su cuello y mirándola a los ojos, la sensación es tan apasionante que tiene la impresión de que va a estallar de placer. Le dan igual las sacudidas del barco; por lo único que le importaría que el mundo se acabara hoy mismo es porque no volvería a estar así con ella. Por otra parte, ya ha conocido, o está conociendo, lo mejor que podía esperar de la vida.

Los dos llegan al éxtasis casi a la vez y ella se desploma sobre su pecho. Se queda abrazada a Giulio sin moverse.

—¿Estás bien?

—Mejor que en toda mi vida.

* * *

—Ya le he dicho que no quiero hablar con usted, señor Medina. No me obligue a repetírselo de otra forma.

Gaspar insiste porque su trabajo es insistir; Max se niega, quizá porque le va la vida en ello.

—Sólo una copa de champán. No hablaré con nadie de usted, voy a Argentina y quiero entrevistar a Noé Trauman, tengo que saber lo más posible sobre él.

La mención a Noé Trauman tranquiliza a Max Schlomo. Gaspar se da cuenta de que es un nombre que abre puertas. Era uno de los nombres que aparecían una y otra vez mientras buscaba documentación sobre Buenos Aires.

Sara, aunque no les entiende al hablar español, se ha dado cuenta del nerviosismo de Max con la presencia de ese hombre tan alto y delgado. Nunca ha visto a su marido tan paciente con nadie; en los tiempos de Odesa ya habría sacado la navaja.

—Sara, vete al camarote. Yo me quedaré aquí un rato, hablando con este caballero.

—No tardes, *feiguele*.

Ésta es la noche; Sara ha tomado la decisión, no puede dejar pasar más tiempo. Mañana atracan en Brasil, el primer puerto americano, el final del viaje se acerca y pronto se descubrirá el engaño. Es mejor que Max sepa que no es virgen antes de que se entere ese jefe al que tanto teme, Meishe Benjamin. Lo ha intentado de casi todas las maneras y no lo ha logrado, pero no puede esperar más, esta noche su esposo tiene que tomarla, aunque sea necesario obligarle.

—¿Pertenece usted a la Varsovia?

—Lo dice como si fuese lo mismo que pertenecer a la mafia. La Varsovia es legal, no es más que una asociación que ayuda a los emigrantes polacos que llegan a Buenos Aires. Lo mismo que hacen los españoles o los italianos. Usted mismo irá al Círculo Español, o como se llame. Allí comerá paella los domingos y jugará al dominó, o a lo que jueguen ustedes. Pues nosotros, lo mismo.

—El resto de los judíos no opinan eso.

—¿Quién habló de judíos? Yo le dije que éramos polacos. Al

principio había también rusos y rumanos, pero ya sólo hay polacos.

—¿Usted no es judío?

—Yo sí. Y también polaco; bueno, polaco argentino, nací en Buenos Aires. Mi padre llegó de joven de Polonia, es sastre.

—¿Y usted no ha seguido la tradición?

—¿Su padre era periodista? No, seguro que no. Ustedes son fantásticos, quieren libertad para escoger, pero desean que los judíos sean sastres, buhoneros y zapateros remendones por siglos.

No le está siendo fácil hacer que Max hable. Por su aspecto, pensó que sería una persona mucho menos contenida, sin embargo está resultando suspicaz y reservado.

—¿Ha viajado a Ucrania para llevar mujeres a Argentina?

—Llevo a mi esposa, me he casado con ella. Espero que me dé hijos, que pueda transmitirles mi religión y enseñarles el yiddish, el verdadero idioma de mis antepasados.

—¿Y las otras mujeres? Las que viajan en tercera.

—No viajo en tercera, no sé nada de lo que sucede allí.

—Tres judías ucranianas viajan acompañadas por un hombre llamado Jacob.

—Ese hombre no soy yo.

Tampoco por ahí es posible sacarle nada, pero la obligación de Gaspar es seguir intentándolo una y otra vez, aunque se encuentre con un muro infranqueable.

—¿Conoce a Noé Trauman?

—Es el jefe de la Varsovia.

—¿El jefe?

—El presidente, no sé cómo le llaman ustedes. Un gran hombre. Algún día habrá calles con su nombre en todas las ciudades argentinas. Gracias a él hay dos millones de hombres, que han llegado solos al país, que no tienen que salir a violar a las mujeres decentes.

—Eso es una barbaridad, explota a las mujeres que trabajan para él.

Max se levanta. Gaspar se arrepiente de haber tomado partido, él sólo debe ser unos oídos que registran lo que dice el entrevistado, pero no lo ha podido evitar. Se resiste a aceptar que unas mujeres sean consideradas un mero alivio para los inmigrantes varones.

—Usted no quiere hablar conmigo de Noé, quiere insultarme.

—Disculpe, sigamos hablando.

—No, la charla ha terminado.

Sara espera en el camarote a su marido. Muchas noches lo ha hecho desnuda, pero hoy está vestida de una forma que le parece ridícula pero que, según las revistas que ha podido ver en las semanas que lleva de travesía, a los hombres les excita. No entiende lo que dicen, pero en las viñetas de humor y en algunos anuncios hay jóvenes, supuestamente bellas, con la misma indumentaria que ella. Es lo que llaman lencería y se la ha cosido ella misma con la pieza de seda que Max le compró en el bazar de Estambul. Una tarde, una de las camareras, Paula, la vio coser y, mediante señas, le dio consejos y le prestó una ayuda que le ha venido muy bien. Es una pena no haberse podido entender bien con ella, le habría preguntado tantas cosas… Se ha mirado en el espejo grande, en el que puede ver todo su cuerpo, más de veinte veces. Ella no se ve atractiva, pero espera que su esposo lo haga. También ha usado esos polvos maravillosos que Max le mostró en el barco que los llevaba a Barcelona, cuando estaban a punto de llegar a Italia; la cocaína.

—Espera para vestirte así a estar en el bulín.

Ya sabe muchas de esa palabras: bulín es burdel, el lugar donde trabajará; papusa es prostituta, el que será su trabajo; la madama será la encargada; la Varsovia, la empresa para la que trabajará; dos pesos serán su precio…

—¿No te gusto?

—Quítatelo y ven.

Él también se quita la ropa. Viene de mal humor, parece que la charla con ese español no le ha agradado.

—Venga, deprisa.

Quiere lo mismo que siempre, que ella se meta su pene en la boca y juegue con él hasta que explote.

—Max, yo quiero sentir placer.

—Eres mujer, no tienes por qué sentirlo.

Sólo lo sintió una vez con Eliahu —y muchas veces ella sola—, por eso sabe que se puede, que es mentira lo que los hombres dicen de que es exclusivo para ellos.

Cuando más excitado está él, se coloca encima.

—Ya te he dicho que no. Tienes que llegar virgen a Buenos Aires. Si no llegas virgen, Meishe me mata.

Sara baja la cabeza y empieza a llorar.

—¿Qué pasa?

—Yo no soy virgen, Max. Soy viuda. La *shadjente* te engañó.

Sara se queda esperando el golpe y éste no tarda en llegar. La lanza al suelo.

—¿Viuda?

—Sólo estuve con mi marido unas semanas, después a él se lo llevaron a la guerra.

—¡Voy a matarte a ti, voy a matar a tus padres, voy a matar a esa *shadjente*! ¡Hasta al rabino que nos casó! ¡Los voy a matar a todos!

—Yo te amo, Max, no me hagas nada. Te haré ganar mucho dinero. Te amo…

Max la toma, pero no es como ella hubiera deseado; la toma con violencia y con golpes. Cuando se ha derramado dentro de ella, la emprende a patadas. Después sale del camarote dando un portazo.

* * *

—¡Ay Ba! ¡Ay Ba! Ay, babilonio qué marea...

Ahora es Eduardo quien canta mientras acompaña a Raquel camino del camarote, aún con una copa de champán en la mano. No han parado de reírse desde que abandonaron juntos la sala donde los pasajeros todavía bailaban y bebían.

—Qué imagen vamos a dar en Brasil, todo un barco con resaca...

A ninguno de los dos le importaba que les vieran salir juntos, no se han separado desde que embarcaron y nadie puede sorprenderse si se entera de que hay algo entre ellos. El primer beso se lo han dado allí, delante de la orquesta, sin preocuparse de quien los mirase. La más cautelosa ha sido Raquel, preocupada no por su nombre sino por el de él, todo un emisario de Su Majestad el rey de España.

—Vamos al camarote, no pueden verte así, con una cupletista.

—Con la mujer más bella del barco. Hasta me conviene que me vean. Los hombres se ganan el respeto de los demás cuando van acompañados por mujeres bellas.

Han decidido que irían al camarote de Eduardo, el más lujoso del *Príncipe de Asturias*, un camarote digno de un rey.

—Hay casas en tierra firme mucho más pequeñas. Qué bonito.

—Antes de salir hacia tu actuación, tenía la esperanza de que acabáramos la noche aquí, juntos. Le pedí al mayordomo que dejara una botella de champán enfriando.

—Con cuidado, no quiero beber demasiado.

Eduardo Sagarmín abre la botella, sirve las copas y levanta la suya para un brindis.

—Por este viaje, por este barco, por el día que nos conocimos, por ti y por mí.

Ambos entrechocan sus copas y mojan sus labios, sólo eso. Ninguno de los dos quiere estropear con la bebida lo que está por venir.

El barco pega una de las sacudidas que han sido habituales toda la noche; ésta es tan fuerte que hace que a Raquel se le derrame el espumoso sobre el vestido de Cleopatra que Paula Amaral le confeccionó para la actuación.

—Qué patosa soy.

—Qué patoso es el capitán.

—¿Serán normales estos movimientos?

—Estamos en el mar y hoy hay olas. No creo que haya que preocuparse.

Pero la siguiente sacudida es todavía más fuerte, tanto que ella trastabilla y se agarra a él, que también pierde el equilibrio y cae sobre una butaca con ella encima. Los dos se ríen como niños.

—A lo mejor no son tan normales.

Lejos de preocuparse, las risas siguen, divertidas.

—Con tantos movimientos está claro que nos caeremos más veces. ¿No te parece mejor que vayamos a la cama?

—Me parece lo mejor, pero no por los movimientos; me lo seguiría pareciendo aunque el mar fuera una balsa de aceite.

Vuelven a besarse, como hicieron cuando todavía estaban delante de la orquesta, pero esta vez de forma más pausada, aun antes de levantarse de la butaca.

Después se dirigen al dormitorio y empiezan a desvestirse.

—Creo que en los últimos años me han visto desnuda más de diez mil hombres en el Japonés. Nunca había sentido tanta vergüenza como hoy.

—Si quieres no miro.

—Al contrario, quiero que mires, que me mires más de lo que me han mirado nunca.

—Espera, entonces.

Eduardo se sienta en una butaca.

—Que empiece la sesión.

Raquel se sube en la enorme cama y empieza un bailecito sensual mientras se despoja de la ropa.

—Necesito música.

Él vuelve a cantar la canción, la canción de la noche.

—¡Ay, Ba! ¡Ay, Ba!, ¡Ay, vámonos allá!

—Con ese ritmo no hay quien haga nada sensual. Ven.

Se acabó el espectáculo y vuelven los besos y las manos que se aventuran por cada rincón de su cuerpo, las ropas caen sin ritmo pero con pasión.

Ella también empieza a desabrocharle los botones de la camisa, pero se cansa en el segundo y los hace saltar con un fuerte tirón.

—Espero que no fuera tu camisa favorita.

—La odiaba.

Una vez que los dos están desnudos, sin parar de besarse en ningún momento, él se coloca detrás de Raquel, ella se pone de rodillas, sus cuerpos se pegan y las manos de Eduardo acarician sus pechos, rodeándola con su cuerpo.

—Sí, así.

Ella vuelve la cabeza para besarle, pero él no la suelta, la mantiene en esa misma postura, no quiere que se mueva. Ella abre los muslos para facilitar su entrada. Eduardo no espera más invitaciones y la penetra. Raquel tiene que agarrarse al oportuno cabecero para aguantar sus embestidas sin darse golpes contra la pared. El placer es cada vez mayor y empieza a jadear sin medida; nunca había hecho tanto ruido, con ninguno de sus amantes, tampoco con Roberto o con Susan. Las sacudidas de placer se suceden una tras otra, hasta que explota en un orgasmo que le llega a oleadas. El más grande e intenso que jamás haya sentido.

Eduardo se queda quieto, pero aún no ha gozado, sigue dentro de ella. Cuando Raquel recupera el control de su cuerpo, recupera el movimiento anterior durante unos minutos. Para él. Ahora sí, ahora ambos llegan a la vez al clímax.

Eduardo se deja caer sobre la cama junto a ella, Raquel le besa y es entonces cuando él se da cuenta de que ella está llorando. Hace algo que ella no esperaba y que le confirma que ése es el hombre de su vida: acerca la lengua hasta una de sus lágrimas y la recoge con ella. Por muy ridículo que parezca, se acuerda de

Roberto y lo que éste sentía por Gerardo. La diferencia es que Eduardo lo merece.

—Te quiero, Eduardo, acabo de entender y de aprender tantas cosas… Espero no parecerte una estúpida.

—Yo también te quiero y no me pareces ninguna estúpida, deseo que me enseñes todo lo que has aprendido.

* * *

—¿Tú eres Miriam? Te imaginaba más bella.

Miriam ha hecho caso a Nicolau y no ha esperado a ver qué pasaba; en cuanto se ha enterado de la desaparición del mallorquín ha dejado su apartamento —qué poco tiempo ha podido disfrutar de él— y ha salido a la calle. Ha acudido a una sinagoga —hacía años que no entraba en ninguna— y se ha presentado ante el rabino. Él la ha acompañado a presentarse ante Isaac Kleinmann.

—¿Por qué?

—Hay hombres que van a perder su alma por ti.

Isaac Kleinmann trabaja en una pequeña casa del barrio de Once, a muy pocas manzanas de donde están sus enemigos de la Varsovia. Ellos tienen casas lujosas y palacios, Kleinmann un pequeño cuchitril y la ayuda de hombres y mujeres decentes, judíos que quieren acabar con los abusos de los *tmein*.

—Supe que Nicolau Esteve te había dado un trabajo decente.

—Creo que los de la Varsovia están en guerra y que Meishe y Nicolau han desaparecido.

—El mismo Trauman nos hace el trabajo y acaba con los suyos.

—Nicolau era un hombre decente. Tengo miedo, necesito ayuda.

Kleinmann y los que le apoyan no pueden contar con la policía o con las autoridades, la Mutual Varsovia gasta tanto dinero en sobornos que siempre que han intentado seguir los cauces oficiales se han dado contra un muro de piedra. A cambio hay muchos de los suyos que les ayudan. Llevan a Miriam hasta la casa de Salomón Steinman, un hombre poderoso, uno de los mayores constructores de la ciudad de Buenos Aires, relacionado con las más altas instancias del poder. Contra él ni siquiera Trauman se atreve.

—Aquí estarás a salvo. Cuando sea seguro vendremos a buscarte.

La familia Steinman trata a Miriam como una más, ni el padre ni la madre mencionan en ningún momento que ella ha sido una de las papusas que avergüenzan a toda la comunidad.

—Trauman cree que nadie puede hacer nada contra él, pero se equivoca. Tuvimos que denunciarle cuando llegamos a Argentina y no lo hicimos, creímos que aquí todo sería distinto.

Miriam se entera de que Kleinmann, Steinman y Trauman, tres hombres completamente opuestos llegaron a Buenos Aires en el mismo barco, al final del pasado siglo, desde Hamburgo. Los tres eran polacos y habían viajado hasta Hamburgo, enfrentándose a todo tipo de peligros, para tomar el barco hacia Argentina.

—Éramos tres, Trauman, Kleinmann y yo. Sólo Trauman se dedicó a los pisos de chicas, y los demás a trabajar. Nosotros sabíamos que en Polonia era un delincuente, que tenía antecedentes, que le acusaban de haber asesinado a dos mujeres… Teníamos que haberle denunciado para que le impidieran salir de Europa. O después, para que no le dejaran entrar aquí. Pero no lo hicimos. Por nuestra culpa existe la Varsovia. Kleinmann no ha dejado de luchar contra él, pero cada vez tenemos más claro que el mal será el vencedor.

Todos los días la visita Kleinmann y le informa de los intento de Trauman para encontrarla.

—Está decidido a dar una lección, no va a parar hasta dar contigo.

—¿Estoy segura aquí?

—Más que en ninguna otra parte. A no ser que quieras marcharte de Argentina.

—¿Adónde? ¿De vuelta a Polonia?

—No, ¿te gustaría Brasil?

En Brasil también hay pisos de la Varsovia, pero la organización tiene menos poder que en otros países de la zona.

—Allí te podríamos proteger. Podrías partir hoy mismo.

—Nada me ata a Argentina.

Esa misma noche, con la ayuda de un camionero judío que colabora con Kleinmann, Miriam parte hacia el sur de Brasil. Aprenderá portugués como aprendió español. Espera no volver a saber nada de Trauman y los suyos. No olvida que debe su libertad a Nicolau Esteve; si puede, algún día se lo agradecerá a su esposa —ahora su viuda, aunque ella no lo sepa—, a esa joven que está a punto de llegar a Buenos Aires.

* * *

—Tenemos que estar cerca de Ponta Pirabura, capitán.

Lotina ha pasado más de una docena de veces por ese lugar. Recuerda el temor de la primera vez: había leído, como todos los capitanes que cubren ese recorrido, los muchos naufragios que habían ocurrido allí mismo, media docena sólo este siglo. Pero eran barcos con un pésimo instrumental de navegación, no como el suyo. Muchos capitanes han contado que los instrumentos se volvían locos; Lotina se ha reído muchas veces de esas excusas: los instrumentos no se vuelven locos, el problema es que no se sepan usar.

—Atentos, no puede faltar mucho para que veamos la luz del faro de Ponta do Boi.

No es fácil ver el haz de luz llegando de Europa. Todos saben que debería haber otro faro en Ponta Pirabura, pero las autoridades brasileiras se resisten a instalarlo. Hace poco el capitán Lotina firmó una petición oficial de marinos de todo el mundo solicitándolo. Los brasileiros han hecho oídos sordos; hoy siente no haber sido más vehemente.

—Son las tres de la mañana, capitán, vengo a hacerle el relevo. Será mejor que descanse unas horas.

Es probable que Félix Rondel no haya pegado ojo en toda la noche, como él. Habrá estado dando vueltas en la cama, mirando por el ojo de buey para ver si encuentra de una vez la deseada luz del faro. Cuando la tienen a la vista consideran que han llegado a América sin problemas; en más de un viaje les ha sorprendido la llegada del día y han podido ver la belleza de la isla de San Sebastián, no en vano la llaman la Isla Bella. En esas ocasiones ha brindado con champán con el resto de los presentes en el puente de mando. Hoy no es momento de brindis. Cuando llegan de noche, como en este viaje, aunque gocen de un tiempo apacible es una alegría ver la luz del faro. Ver tierra tras tantos días de navegación.

—Me quedaré aquí. Llegaremos a Santos a eso de las nueve de la mañana, entonces iré a dormir. Vamos a estudiar la carta náutica.

Es la madrugada del día 5 de marzo de 1916 y llevan desde hace más de veinticuatro horas navegando por estima. No han podido comprobar que su situación es la que suponen desde hace muchas horas. Es una zona en la que hay fuertes corrientes; si viajaran en un barco más pequeño y menos potente, temerían que las mareas los hubieran acercado a los peligrosos arrecifes que rodean la isla de San Sebastián y preferirían alejarse de la costa, pero viajan en el *Príncipe de Asturias*, no hay buque más seguro.

El capitán Lotina y el primer oficial, Rondel, estudian la carta náutica en la mesa de derrota. En el exterior la lluvia se hace cada vez más intensa y la visibilidad se reduce de tal forma que apenas si se distingue desde el puente de mando la proa del buque. Cada vez más preocupado, Lotina piensa que apenas si podrá ver la débil luz del faro de Ponta do Boi.

—Según la posición de estima, deberíamos estar a diez millas del faro, capitán. Ya deberíamos verlo.

—Maldita lluvia. Vamos fuera.

Los dos vuelven a salir al alerón de estribor, a intentar ver con sus ojos, ayudados por la ocasional luz de los rayos, lo que los instrumentos no les indican y tampoco pueden ver desde el puente de mando.

—Debería estar a unos cuarenta y cinco grados por estribor.

—No se ve nada. No veríamos ni otro barco que viniera en nuestra dirección, capitán.

—Afortunadamente, a nosotros sí nos ven. Si en quince minutos seguimos así, hacemos sonar la bocina de niebla. Dé órdenes a máquinas para estar en situación de atentos.

—A las cuatro es el relevo de máquinas. ¿Dejo a toda la tripulación de guardia?

—No, mejor que no haya una alarma injustificada. De un momento a otro veremos la luz del faro y se acabará la incertidumbre. Vamos a cambiar el rumbo cinco grados a babor, por si los cálculos han fallado, así nos alejaremos de tierra.

Al capitán no le queda más que esperar, mientras toda la tripulación se afana en cumplir sus órdenes. Él sólo piensa, hace cálculos mentales, intenta recordar momentos similares; el aprendizaje de toda una vida en el mar.

A las cuatro en punto de la madrugada manda que suene la sirena de niebla. Lo siente por los pasajeros, les impedirá dormir y además creará alarma, una alarma que espera que sea injustificada.

—Y cambiemos el rumbo otros cinco grados a babor.

Paula, la camarera, aparece con más café. Todos lo agradecen.

—Capitán, algunos pasajeros están saliendo de sus camarotes. Están preocupados.

—Procure tranquilizarlos, no quiero que cunda el pánico.

Ahora ya todos tienen claro que no saben dónde están y que de nada han servido las estimaciones que han hecho. La luz del faro debería ser visible hace ya muchos minutos.

Rondel y el capitán Lotina vuelven a salir del puente de mando. Un rayo ilumina la noche y a los dos se les hiela la expresión.

—¿Es eso tierra?

—Creo que sí, capitán.

—¡Atrás toda! ¡Todo a babor!

En ese momento aparece la deseada luz, pero no donde esperaban, a estribor, sino a proa.

Las órdenes están dadas y todo el mundo se apura, es una situación de emergencia. Están navegando en dirección a los arrecifes a una velocidad inquietante, no saben si lograrán evitar la colisión.

En cuanto están de vuelta en el puente de mando, Rondel se apresura a cerrar las puertas estancas para que el buque quede compartimentado y, en caso de sufrir una colisión, los daños queden reducidos a solo un sector.

Sin embargo, el choque contra el arrecife, a las 4 horas y 15 minutos, es brutal. El *Príncipe de Asturias* salta por encima de la superficie del agua y, al volver a caer, el arrecife corta como una cuchilla todo el fondo, de proa a popa. La parte delantera del buque, la proa, tarda segundos en hundirse; la trasera, la popa, se levanta. Las hélices giran fuera del agua.

* * *

—¿Qué ha sido eso?

Gabriela se ha quedado dormida en los brazos de Giulio. Nada más escuchar el impacto, tras el brusco movimiento que ha dejado el camarote inclinado, los dos saltan de la cama y buscan a toda prisa unos pantalones. Ella no quiere ponerse el pesado vestido, piensa de repente que no podrá nadar con él y se viste sólo con una ligera combinación.

—Vamos, deprisa, fuera.

Llegan los primeros, con esfuerzo, a la cubierta. Muchos de los pasajeros del resto de los camarotes están vistiéndose. No están dispuestos a salir, igual que ellos dos, medio desnudos.

—Tengo que ir a por mi reloj. Era de mi abuelo…

—¡Olvídate del reloj!

En la cubierta hay un guirigay tremendo, con muchos miembros de la tripulación desatando los botes salvavidas.

—Sube en el primer bote, tengo que ayudar. En tercera hay muchos niños, muchas mujeres que no lograrán salir.

Gabriela no está dispuesta a quedarse sola, así que corre tras él. Todas las sirenas del barco han empezado a sonar. Antes de que lleguen a entrar en las bodegas, una gran ola se los lleva por delante.

Gabriela está en el agua, lucha por salir a la superficie, algo la golpea, no sabe si es un madero o un fardo, tal vez otro pasajero que ha caído, como ella. No se le ha ocurrido preguntar a Giulio si sabía nadar.

En cuanto logra salir de debajo del agua y respirar, intenta tranquilizarse, su padre le enseñó a nadar. Ha estado así muchas veces, en el agua. Sabe que la tierra está cerca, sólo tiene que alcanzarla. Respira acompasadamente, es la forma de no cansarse demasiado y ser capaz de nadar una larga distancia. Pero no puede abandonar a todos los que patalean allí para salvar su vida. Ayuda a una mujer a aferrarse a un bulto que flota, después a un niño, a un hombre, a otra mujer… A todos les dice hacia dónde deben dirigirse, ahora que el haz de luz del faro es visible. Ella está cada vez más cansada, pero debe seguir nadando, con la angustia de no saber dónde está Giulio.

Giulio sabe nadar; de niño, en el mar frente a Viareggio, hacía competiciones con sus amigos. Es el único deporte que siempre ha practicado y le gusta. No era el mejor ni el más rápido, pero sí el más resistente. No quiere alejarse del barco sin saber dónde está Gabriela, tal vez necesite ayuda. La busca y se da cuenta del desastre, la panza del *Príncipe de Asturias* se ha abierto como un panecillo y escupe fardos y cadáveres. Los fardos —no sabe qué tienen dentro— flotan bien y ayudan a muchos a no hundirse. No encuentra a Gabriela y la luz no le permite ver más allá de cinco o seis metros. Decide que debe nadar hacia la playa. Quizá ella esté agarrada también a uno de los fardos.

Nada hacia la orilla; llega un momento en que la ven tan cercana que sabe que va a salvar su vida. Entonces la escucha.

—¡Giulio, aquí, ayúdame!

Gabriela va nadando y trae con ella a un niño pequeño, uno de los hermanos de Asun, Toño, el más sonriente de los gemelos. Entre los dos lo sacan del agua y lo dejan sobre la arena. Giulio va a abrazarla, a besarla, pero ella le detiene.

—Después, Giulio, ahora tenemos que sacar del agua a todos los que podamos.

—Arriad los botes salvavidas. Mandad una señal de socorro.

No ha hecho falta que el capitán Lotina, completamente abatido, diera la orden. Todos los marineros se han puesto en marcha, conocen su obligación en un caso así. Lo han ensayado decenas de veces.

Han empezado a llegar datos del estado del barco, no pueden ser peores: el agua entra de manera masiva en la bodega de proa y ha inundado uno de los sollados en los que dormían los pasajeros de la clase emigrante. Muchos han muerto ya, otros deben de estar luchando por salir con pocas posibilidades de éxito. En la sala de máquinas ni siquiera dio tiempo a cumplir las órdenes de parar los motores y dar marcha atrás. El agua entra a raudales y pronto explotará todo. Los hombres que trabajan allí intentan huir, pero las enormes calderas los aplastan y el agua que tenían dentro, que escapa a gran presión por las tuberías rotas, los achicharra. Pocos lograrán salir a cubierta. De un momento a otro habrá una explosión.

—Todo está perdido. Todo…

—Hay que salir de aquí, capitán.

Una enorme ola barre la cubierta y se lleva a muchos pasajeros al agua, sumergiendo el puente de mando.

Sara tiene un ojo con el que apenas ve. También dos dientes menos que al principio de la noche, cuando le dijo a Max que no era virgen, que la *shadjente* le había engañado y era viuda. Después él salió y no volvió; no le culpa, su reacción fue la lógica. Pensaba en que, si le volviera a ver, le pediría perdón, y él también le pediría perdón a ella, y serían ya felices para siempre.

Cuando escuchó el ruido de la colisión, salió corriendo del camarote. Temerosa, no sabía si tendría que esperarle, pero tuvo tanto miedo que huyó.

¿Estaría Max fuera, esperándola? ¿Habría ido a jugar a las cartas? Nada más salir a la cubierta cayó a gatas al suelo, aquello empezaba a inclinarse. Se agarró a una barandilla. Después alguien la agarró a ella; era Jacob, no le había visto desde que subieron al *Príncipe de Asturias*.

—Allí, a ese bote.

La ayudó a llegar y subió cuando empezaban a bajar el bote al mar. Vio cómo Jacob todavía ayudaba a dos o tres personas más a subir a la barca.

—¡Jacob! ¡Sube, sálvate!

Pero el judío no escuchaba, sólo intentaba echar una mano a los que, podía… Era la última persona que Sara hubiera esperado, que llegado el momento, se comportaría como un héroe… Hay personas a las que nunca se conoce.

No entiende lo que dicen a su alrededor; todos los que están en el bote, poco más de veinte personas, hablan español. Una de ellas es Paula, la camarera que la ayudó a coser la ropa que ahora lleva puesta, la que tenía que haber servido para seducir a Max. Mientras la barca se acerca a la playa recogen a dos o tres personas que nadaban; ninguna de ellas es su marido.

La playa está cerca, va a salvar su vida, aunque parece que hay muchos que la perderán esta noche.

—No te separes de mí, dame la mano.

Eduardo Sagarmín ha tirado de Raquel tal como estaba. No ha podido ni ponerse un camisón y ella, que tantas veces ha salido así al escenario, ahora corre desnuda por la cubierta. Sagarmín ha cogido dos salvavidas con el nombre del buque y obliga a Raquel a ponerse uno de ellos alrededor de la cintura. Justo a tiempo, porque la ola gigante los arrastra. A él no le ha dado tiempo a coger el salvavidas y cae al agua. Lucha por mantenerse a flote, pero no ha logrado agarrar a Raquel, la ha perdido...

Hay más gente que intenta flotar a su alrededor. Alguien le agarra del brazo y le impide nadar; va a hundirle, van a morir ahogados los dos.

—Suélteme, no puedo.

La persona —cree que es una mujer— sigue aferrada a él desesperada. A Eduardo no le queda más remedio que golpearla con fuerza para que se suelte. No vuelve a salir a flote.

No sabe hacia dónde tiene que nadar hasta que un rayo ilumina una isla cercana. No está a más de dos kilómetros, quizá menos. Ha nadado distancias así muchas veces, sólo tiene que evitar ponerse nervioso.

—¡Aquí, Eduardo!

No ha dado más de cincuenta brazadas cuando la escucha. Raquel está viva, aferrada al salvavidas.

—Vamos hacia allá, hacia la playa.

Escuchan entonces la gran explosión.

—Sácame de aquí, Eduardo. Sácame de aquí.

Eso es lo que va a hacer, y nunca más volverá a separarse de ella.

—Vas a ser valiente por una vez en tu vida, Gaspar. ¡Salta!

Mercedes ha obligado a su marido a salir de la cama y a correr por el pasillo. Ha tirado de él y le ha empujado para salir a la cubierta. Estaban allí cuando escucharon la explosión y vieron en llamas la proa del barco. Un marinero ha pasado por su lado.

—¡Salten al agua, esto se hunde…!

Él mismo ha saltado. Mercedes quiere ir tras él, pero Gaspar se ha aferrado a la barandilla y llora como un niño.

—No sé nadar…

—Mejor ahogado que quemado. ¡Salta!

Mercedes no sabe de dónde ha sacado fuerzas, pero le ha hecho soltarse, lo ha levantado sobre la barandilla y lo ha lanzado al agua. A continuación ha ido ella.

Le ha costado mantenerse a flote, pero ha llegado un bulto hasta su lado y se ha agarrado a él. Es corcho. Su marido le dijo que un gran cargamento de corcho viajaba en las bodegas del barco y ha tenido la suerte de agarrarse a una parte. Busca con la mirada a Gaspar, pero no lo encuentra.

Si el barco se va a hundir, habrá que alejarse de él, para que no la arrastre hasta el fondo del mar. Se impulsa como puede con los pies, sin dejar de buscar a su marido.

—Ahí hay salvavidas. Cójanlos y salten al agua, no miren atrás. Aléjense del barco.

La ola que se llevó por delante el puente de mando arrojó al capitán Lotina contra algo duro, una pared, una mesa, no sabe. Perdió el conocimiento y tiene la cara llena de sangre, pero sólo fueron unos segundos, quizá un par de minutos. Después se ha levantado y ha evaluado la situación: todo está perdido, como dijo antes de que la ola se lo llevara por delante. Tampoco sabe si desde la radio del *Príncipe de Asturias* llegó a salir la petición de auxilio. La electricidad del barco se genera gracias a sus motores y éstos han dejado de funcionar; están a oscuras y sin posibilidad de comunicarse con nadie. Debe procurar que la mayor cantidad de gente salve la vida. Intenta convencer a los que se encuentra para que salten. Ve a Rondel arriando un bote.

—No te va a dar tiempo, Félix, esto no va a durar ni un minuto más. ¡Salta!

—Venga conmigo, capitán.

—No, mi sitio está aquí.

Encuentra después a Paula, la camarera gallega está ayudando a todos los que se acercan a ponerse los salvavidas.

—Paula, sálvate.

—Alguien tiene que ayudar a toda esta gente, capitán.

—Yo me quedo.

—Entonces los ayudaremos los dos.

No está dispuesto a que esa joven no luche por su vida. No le dice nada más, sólo la agarra, la levanta en brazos y la arroja al mar, por la fuerza.

Lotina sigue centrando sus esfuerzos en que nadie se quede en el barco, pero sus previsiones eran correctas, un minuto después se escucha un gran estruendo y el agua fluye de las entrañas del barco. Se van al fondo del mar. Sólo le queda tiempo para dedicar un último pensamiento a su esposa Carmen y a su hija Amaya. Después no hay nada más. Que Dios le perdone por haber perdido tantas vidas y tantas cartas de amor confiadas a él.

* * *

—Hay que hacer un viaje más. Tiene que quedar gente en el agua.

Ya ha salido el sol y los marineros que lograron llegar a la playa de los Castellanos, en la Isla Bella, no se han concedido un minuto de descanso. Ayudados por algunos pasajeros, como Giulio, el italiano, o Eduardo, el noble español, salen una y otra vez a la mar con el único bote salvavidas que se arrió del *Príncipe de Asturias* y recogen a los supervivientes del hundimiento. Han hecho tres viajes y han logrado rescatar al menos a setenta u ochenta personas que flotaban agarrados a los grandes bultos de corcho que liberó el accidente. También han visto cadáveres, incluso algunos completamente destrozados, quizá víctimas de los tiburones. Sagarmín ha reconocido entre ellos a ese judío que Gaspar sospechaba que pertenecía a la Varsovia, Max Schlomo, pero no ha visto a la pelirroja que viajaba con él.

Paula Amaral es la que organiza todo, la que ha dado instrucciones a todo el mundo, ha puesto a las mujeres que llegan a la playa en buenas condiciones a buscar agua potable, anima a los marineros a volver e intentar salvar sólo una vida más, se mete en el agua para sacar a los cadáveres que las olas van llevando a la playa, atiende a los heridos... Afortunadamente, uno de los hombres que ha llegado a la playa en el último viaje de la barca es el doctor Zapata, el mismo hombre que la operó de apendicitis hace unos meses. Aunque está herido, se está ocupando de aliviar a sus compañeros de infortunio.

También está con ella esa joven mallorquina, Gabriela; es tan buena nadadora que ha salvado al menos a tres personas de morir, entre ellas un niño que ha perdido a su familia y ahora llora en la arena.

—¿Y Asun? ¿Y mi hermana?

—Tienes que rezar por ella, a lo mejor viene con la barca.

Pero Gabriela sabe que no será así, que casi nadie de los que viene estaba en tercera. Los que dormían allí están casi todos muertos.

—Ahí llega otro cuerpo.

—Yo voy a buscarlo.

En unas pocas horas la situación ha cambiado: no llueve, luce el sol y el mar está casi en calma. Como si al haberse cobrado su cuota de vidas, el océano hubiera decidido dar una tregua a los náufragos.

No saben cuánta gente viajaba en el barco, sólo que allí no hay más de un centenar de personas con vida. Quizá haya una playa cercana con más gente, pero dudan que se hayan salvado muchos. Son conscientes de que más de quinientos pasajeros han perdido la vida y que ellos son unos privilegiados.

Al llegar a la playa y mirar alrededor, Gabriela vio las olas, los muertos, los restos del barco que devolvía el mar y descubrió que ya había estado allí: es la playa de su sueño, de ese que tuvo tantas veces de niña y que se repitió por última vez la noche antes de su boda. Su padre no le mentía cuando le decía que algún día se alegraría de haber aprendido a nadar. El mar le ha dado una nueva oportunidad.

* * *

—Capitán, venga a ver esto.

La superficie del mar está llena de restos: fardos, muebles, maderos... Está claro que ha habido un naufragio y, por la cantidad de material flotando en el agua, tiene que haber sido de un barco muy grande.

—¿Qué es aquello?

Son casi las doce del mediodía cuando el capitán Augusto Poli, al mando de un carguero francés llamado *Vega*, escucha a uno de sus marineros.

Hace visera con la mano para tapar el sol; no lo ve claro, pero...

—¿Pueden ser náufragos?

Da órdenes para acercarse a ellos; poco a poco los van viendo mejor: son dos personas agarradas a un salvavidas y pidiendo auxilio. Ya no sólo ven restos, también hay cadáveres flotando.

—Olvidemos los cadáveres, hay que buscar supervivientes.

El capitán y toda la tripulación del barco se ponen en marcha. Hay que intentar salvar la mayor cantidad de vidas posible.

Con uno de los botes, llegan hasta donde están los dos náufragos que llamaron su atención.

—¿Están bien?

—Agua, necesito agua…

Los suben al barco, son un hombre y una mujer. El hombre es extremadamente alto y delgado, se llama Gaspar Medina; la mujer es pelirroja y no habla ni castellano ni francés, el idioma de los marineros. Entienden por señas que la mujer logró un puesto en la única barca de salvamento que bajó del barco pero más tarde cayó al mar.

La gran preocupación del hombre es su esposa, Mercedes. No la ha vuelto a ver desde que saltó por la borda…

Los marineros del *Vega* logran sacar con vida del mar a cinco personas más. Pero son muchos más los cadáveres que dejan atrás. Han avisado a las autoridades por radio. Pronto llegarán otros barcos para rescatar a vivos y muertos.

—Primero hay que llevarse a los heridos.

—No se preocupe, doctor. Está todo previsto, pueden subir todos al barco.

La tarde del día 5 de marzo los pocos supervivientes de la playa de los Castellanos pueden ser rescatados y trasladados, por fin, a Santos. Allí serán atendidos, consolados, agasajados, hasta que puedan volver a España. Allí se encuentran los que han sido rescatados del mar, los que llegaron a la playa, los que fueron rescatados por el carguero francés *Vega*. Allí se pueden abrazar Gaspar y Mercedes, los dos vivos, Raquel y Eduardo, Giulio y Gabriela… Allí se entera Sara de la muerte de Max Schlomo, de Jacob y del resto de las mujeres que viajaban en las bodegas de tercera.

Algunos regresarán, otros seguirán viaje hasta Argentina. Unos pocos han llegado a su destino en Brasil.

—Giulio, podemos quedarnos.

—¿Aquí, en Brasil?

—Sí; no hay documentos, podemos inventarnos nuestras vidas, podemos decir que estamos casados y nos creerán. Juntos aquí, para siempre.

* * *

Los barcos de guerra brasileiros que patrullan la zona y el *Satrústegui*, barco de la Trasatlántica —competencia de Pinillos, el mismo que devolvería a los supervivientes a España— que recibió la llamada de socorro del *Vega* cuando estaba a unas horas de llegar a Santos, sólo pudieron recoger cadáveres. Los únicos que lograron sacar a un grupo con vida, tres adultos y un niño, fueron los pescadores de una aldea de la Isla Bella.

Durante los días siguientes se peina la zona para buscar más supervivientes, se encuentra a un grupo que fue a dar a otra playa de acceso más difícil, se rescatan decenas de muertos del agua, la mayoría será imposible identificarlos.

Ciento cuarenta y tres supervivientes, incontables muertos... En el fondo del mar reposan casi todos los sueños que el *Príncipe de Asturias* llevaba hacia un nuevo mundo...

LA BUTACA DE PENSAR
Por Gaspar Medina para *El Noticiero de Madrid*

NACER DE NUEVO

Se cumplen diez años desde mi llegada a Argentina, tiempo suficiente para enterrar a los viejos fantasmas. En los diez años que llevo en este país les he informado puntualmente de todo lo que he ido encontrando, lo mismo he hecho una crónica social, que un artículo político, que una crítica de un partido de balompié, ese deporte que gana adeptos día a día. Sólo hay una noticia a la que nunca me he referido, el hundimiento del vapor *Príncipe de Asturias*.

Sí, mi esposa y yo íbamos a bordo del buque, en un viaje de novios que, aunque tuviera un inicio tan tormentoso, dura ya diez felices años. Murió mucha gente, cuatrocientas, quinientas, seiscientas personas. ¿Qué más da el número? Gente que anhelaba llegar a este país y nunca lo consiguió.

Hoy hablo de ellos porque han pasado diez años y unos pasajeros de aquella tragedia han tenido la feliz idea de juntarnos a los supervivientes en el lugar al que llegamos, la playa de los Castellanos, para recordar aquellas fechas y agradecer al cielo nuestra suerte. Imagino que seremos pocos los que vayamos a desplazarnos hasta Brasil para este recuerdo, pero a mí me tendrán allí.

Y estos días, pensando en el evento, he caído en la cuenta de que mi negativa a hablar del naufragio ha impedido que rinda mi homenaje a los que ya no están.

Lo hago hoy, con diez años de retraso. Desde el capitán Lotina, al que tanto se ha criticado, hasta el último marinero cumplieron con su obligación. Agradezco sobre todo a aquella mujer judía, a Sara, que hizo que me agarrara al salvavidas que la mantenía a ella a flote, a riesgo de que nos hundiéramos los dos, y con ese acto me hizo luchar.

Salud a los supervivientes, respeto y descanso eterno para los fallecidos.

—¿Están listos los niños?

Hoy es un día muy especial en casa de los Rosini Pons. Un apellido italiano y otro mallorquín, los que al llegar a Brasil tomaron Giulio Bovenzi y Gabriela Roselló para ocultarse. Ya nada temen, pero los apellidos les hacen recordar que escogieron una nueva vida, la que ellos deseaban. Es 4 de marzo de 1926 y hoy hace diez años desde que Giulio y Gabriela llegaron al país, diez años desde que se hundió, a unos ciento cincuenta kilómetros de su casa actual, el buque *Príncipe de Asturias*. Llevan más de seis meses trabajando para que parte de los ciento cuarenta y tres supervivientes de aquella tragedia puedan reunirse en la playa de los Castellanos, en la isla de San Sebastián, la Ilhabela, como hasta ellos prefieren llamarla, para dar las gracias a Dios y pedir por el alma de los que no lo lograron. En estos diez años su vida ha cambiado mucho: viven en São Paulo, se entienden entre ellos en portugués, han tenido una niña, que ahora tiene siete años, y un niño de cuatro. Todavía son muy pequeños, pero algún día les contarán que su padre huyó de una guerra, que su madre es de un pueblo precioso en la isla de Mallorca que se llama Sóller, que llegaron a Brasil, su país, en barco y que tuvieron la suerte de salvar la vida nadando. Que muchos se quedaron debajo del agua y que su obligación es ser felices, todo lo felices que habrían querido ser los que no consiguieron salvarse.

Viajarán en coche —Giulio es un fanático de los coches desde que los descubrió en Brasil, incluso tiene un concesionario de venta de vehículos— desde São Paulo hasta cerca de Santos. Seguirán entonces la carretera que viaja junto al mar hasta la localidad de São Sebastião, todavía en el continente. Desde allí cruzarán en barco a la isla. No es la primera vez que hacen el recorrido, tardarán unas cinco o seis horas, por eso salen tan temprano, cuando todavía no ha salido el sol. Los niños dormirán en el asiento trasero del coche; cuando se despierten, lo considerarán, como siempre, una aventura.

—¿Ha confirmado alguien más?

—No, creo que sólo seremos veinte. Brasil está muy lejos...

Con los otros supervivientes que viven en Brasil se han visto alguna vez, sobre todo con esa chica judía pelirroja. No supieron hasta años después su historia y el futuro que le esperaba de haber llegado a Buenos Aires con el que era su marido. Ahora vive en Río de Janeiro y está casada con otro hombre de su religión; tiene dos hijos, igual que ellos. Les ha presentado a otra judía que vive allí y que lucha contra los que llevan a las jóvenes como ella a Sudamérica. Es una mujer que se llama Miriam y que asegura haber conocido a Nicolau, el hombre que hizo que Gabriela viajara a Sudamérica.

—¿Te das cuenta de que hay gente que, pese a todo, tiene mucho que agradecerle al naufragio? Esa chica, Sara, tú y yo... Si el barco no se hunde nos habríamos separado, ella estaría en un burdel en Buenos Aires...

—A veces lo pienso y me da vergüenza ser tan feliz.

Son felices, Brasil les ha tratado bien, la vida les ha dado dos hijos preciosos. Con el tiempo volvieron a tener contacto con sus familias y no descartan hacer un viaje para encontrarse otra vez con ellos, viajar a Sóller y a Viareggio, pero nunca se deciden.

Todavía no se creen la extraña desaparición de Nicolau unos días antes de la fecha en la que ella tendría que haber llegado a Buenos Aires. Ni mucho menos saben que un compañero de aquel hombre, Max Schlomo, llamado Noé Trauman, estaba esperando a Gabriela para que tuviera el mismo destino que la pelirroja. La vida podría ser de una manera y acaba siendo de otra.

—¿Te acuerdas de cuando nos encontramos aquí?

Gaspar y Mercedes han pasado la noche en el Hotel de España, en la ciudad de Santos. Antes de partir hacia Isla Bella han querido visitar el Hospital de la Santa Casa de la Misericordia, el lugar donde hace diez años se reencontraron después de pensar que se habían perdido para siempre.

—Si no es por ti, no me salvo. Fuiste tú quien me tiró al agua.

—Y tú el que se agarró a ese salvavidas hasta que te sacaron de ahí.

—¿Sabes quién me gustaría que viniera? La judía que estuvo agarrada a él conmigo. Se iba quedando dormida y yo intentando que despertara. Hasta le tuve que cantar. Y la única canción que se me ocurría era la que cantó Raquel, la del babilonio. Tenías que oírme con el «babilonio qué marea»… Yo creo que si esa joven llega a saber que voy a cantarle eso, no deja que me agarre al salvavidas.

Se lo han contado cien veces. Es la segunda que vuelven a Ilhabela, el lugar donde pasó todo. Hace cinco años, ellos dos solos quisieron regresar y ver desde tierra el lugar donde creyeron que se acababan sus vidas.

Gaspar y su mujer no regresaron a España, siguieron viaje a Buenos Aires y viven allí desde entonces. Todas las semanas siguen apareciendo en *El Noticiero de Madrid* sus columnas, ahora desde Argentina.

Gaspar consiguió, por fin, entrevistar a Noé Trauman y a Isaac Kleinmann y publicar un libro sobre la Varsovia; pese a todo, la organización sigue existiendo, y sigue explotando a jóvenes que lleva desde el este de Europa. El final de la guerra, con la miseria en que dejó al continente, no ha hecho más que facilitar su criminal tráfico de mujeres. Ya no recibe amenazas de los militares españoles, ahora le llegan las de los proxenetas argentinos. Pero ya no las teme, las tira a la papelera y sigue viviendo tranquilo.

—Ahí vienen; menos mal, no quiero llegar tarde, cordera.

Eduardo Sagarmín es un fanático de la puntualidad. Ni estos diez años junto a su esposa —no han podido casarse legalmente pero ellos se consideran marido y mujer— han logrado cambiar sus costumbres. No hay manera de que Raquel Chinchilla llegue puntual a ningún lugar, cosas de las artistas…

Los dos se salvaron, los dos volvieron a España después del naufragio y los dos decidieron regresar a Argentina. Él no ha podido separarse de su esposa, Beatriz Conde, pero le da igual, no necesita papeles para ser feliz junto a Raquel y para ayudarla a cumplir su sueño de ser una cantante de éxito. Ahora es bastante famosa en su país de adopción; de vez en cuando alguna revista publica algo sobre sus tiempos del morrongo, pero ambos se lo toman a risa. Sólo hay una cosa que no han logrado por mucho que lo han intentado, tener hijos. Pero ya se han hecho a la idea y son felices.

En un lugar de honor en el salón de su casa hay una fotografía de la pareja con el rey don Alfonso XIII firmada por éste. Esa fotografía, junto con la cena tras la que fue tomada, son dos de los mejores recuerdos que Raquel guarda de España. El tercero, mucho más importante, ya no es un recuerdo, es Roberto, su amigo el bailarín, que hace cinco años decidió olvidar por fin a Gerardo y puso también rumbo a Buenos Aires. Allí es pintor, sin mucho nombre pero sí muy feliz. De Susan, de Manuel Colmenilla, de Rosita, de don Amando o de sus demás amantes, no ha vuelto a saber nunca nada.

Cuando llegó la carta de Gabriela organizando el décimo aniversario de la tragedia, decidieron de inmediato acudir y llamaron a Gaspar y a Mercedes, sus mejores amigos en Buenos Aires, para viajar juntos. También a Paula Amaral, la mujer que ha confeccionado todas las prendas de Raquel Chinchilla, con las que ha actuado en todos los teatros —hasta en el Colón— durante los últimos diez años.

—Vamos, que todavía tenemos varias horas de camino.

—Sí, vamos. Es que hemos ido al hospital a recordar... ¿Y Paula?

—Está ya dentro del coche.

—¿Nos ponemos en marcha o no?

Paula Amaral llegó a Buenos Aires y sólo ha vuelto a España una vez, para recibir una condecoración por su heroico comportamiento durante el naufragio del *Príncipe de Asturias*. Fueron seis los que la recibieron, aunque debían haber sido ocho, pero a la joven sollerense y al desertor italiano que se perdieron en Brasil nadie los localizó. O sí los localizaron, pero ellos declinaron la invitación; decidieron que no querían medallas. Don Antonio Martínez de Pinillos, ya jubilado, abandonó su Cádiz natal, en tren, no en barco, para asistir al acto y agradecerle personalmente todo lo que hizo aquellos días de comienzos de 1916.

Paula trabajó durante años con la modista francesa que le dio la gran oportunidad de su vida en el mundo de la moda, y ahora, desde hace dos años, es dueña de su propio establecimiento, también en la calle Florida. No es el más grande de Buenos Aires pero es lo que ella siempre había soñado.

—En marcha. Vaya día bonito, ojalá hubiera lucido este sol tal día como hoy hace diez años.

* * *

—Si el capitán Lotina fue culpable, expurga su error en el fondo del mar.

Muchas fueron las hipótesis que se esgrimieron como ciertas para explicar el triste naufragio del *Príncipe de Asturias*; en casi todas se dio como cierta la culpabilidad del capitán Lotina, aunque se señaló el valor que demostró para poner fin a su vida junto con la de su barco.

Los hubo que dijeron que la tripulación estaba bajo los efectos del alcohol a causa de la fiesta de Carnaval que se celebraba esa noche; los que lo achacaron a la enfermiza manía del capitán con los horarios, que le habría hecho poner en riesgo al barco y al pasaje; también las teorías que hablaban de conspiraciones, de cercanía excesiva a la costa para descargar soldados alemanes o armas; otros achacaban a los arrecifes de la Ilhabela un magnetismo especial que volvía loco el instrumental del buque... Nunca se supo la causa precisa.

Los homenajes en Santos, en Argentina y en Barcelona se sucedieron para los supervivientes; el rey de España y los presidentes de muchos países enviaron sus telegramas de condolencia, hubo condecoraciones para alguno de los implicados, y las estatuas para el Monumento de los Españoles —tal vez malditas— se quedaron a unos cincuenta metros de profundidad, a poco más de una milla de Ponta do Boi.

Diez años después, pocos recuerdan el maravilloso *Príncipe de Asturias*. Quizá sólo lo haga ese grupo de españoles, italianos, argentinos y brasileños que se reúnen en un día de sol maravilloso en la playa de los Castellanos.

Unos se conocieron en el barco, otros no se hablaron hasta después, cuando coincidieron en los distintos homenajes. Pero todos están unidos por algo más fuerte que la sangre: por ser de los pocos que sobrevivieron al horror de aquella noche.

Han asistido a misa; hasta aquella judía pelirroja que viajaba en el barco y que después se quedó en Brasil, y que ha acudido con su marido, un judío ortodoxo que soporta las altas temperaturas con su traje negro y su sombrero, la escucha con respeto.

Han compartido la comida y la bebida que todos han llevado, se han abrazado, han reído, han llorado, han hablado de la vida y de las familias. Han recordado a algunos de los que el mar no devolvió, incluso al capitán Lotina… De hecho allí está su hija, Amaya, una joven de casi veinte años que ha viajado para ese homenaje. Se mantiene en un discreto segundo término; no sabe si su padre fue el causante de esa desgracia. Sólo Paula sabe quién es.

—Amaya, ven conmigo y no olvides una cosa: tu padre fue un gran hombre, y si cometió un error, hizo lo que cualquier capitán debe hacer: morir con su barco.

—Aquél es Giulio, ¿no?

—Sí, ¿le conoces?

—¿Puedes darle este libro cuando me vaya?

Le entrega *Corazón*, el libro que el italiano se dejó en su casa hace muchos años.

—No quiero que me salude, pero dile que lo leí. Y que a mí sí me gustó.

Gabriela se ha alejado de los demás y mira al mar. Tras dejarla unos momentos a solas, Giulio se le ha acercado por detrás.

—Hace más de diez años, allí en mi pueblo, en Sóller, le dije a una amiga que quería tirarme al agua y nadar hasta encontrar otra vida. Ya lo he hecho, y mi vida estaba aquí, contigo.

Agradecimientos

Agradezco a Claudia, por su apoyo y por su compañía. También por sus cuidados. Para ella es esta novela.

A mis editores, Virginia y David, siempre tan preocupados por publicar el mejor producto posible.

No puedo olvidarme de la conexión Almería, que empezó con Mireia, Inma, Cato y Carmen, y no deja de crecer: Marga, Inés, Natalia... Empiezan a ser tantos —más bien tantas— que es imposible mencionarlos sin dejarse a nadie.

A los amigos de siempre, a los de la comisaría, a los de la facultad, a los de la tertulia, a los de la secta, a los de Lisboa...

A todos los que me leen y me brindan sus consejos y su afecto, a Estefanía Salyers, que no contenta con una versión se ha leído dos o tres, a Manu Cuesta, a Cristina Delgado, a Javier Lorenzo, a Santi Díaz, a Recaredo Veredas, a Antonio Gómez Rufo y a Regina Román.

Y como digo siempre, si me he dejado a alguien que no se enfade, que me lo recuerde y en la próxima novela estará.